Visions

DÉJÀ PARUS DU MÊME AUTEUR

DANS LA MÊME SÉRIE (RICK BENTZ & RUBEN MONTOYA)

Un danger dans la nuit
Visions
Noire était la nuit
Dans l'ombre du bayou
Les disparues de la nuit
Mortel parfum

DANS LA SÉRIE SELENA ALVAREZ & REGAN PESCOLI

L'hiver assassin
Piège de neige

LISA JACKSON

Visions

BestSellers

Collection : BEST-SELLERS

Titre original : COLD BLOODED

Publié par KENSINGTON PUBLISHING CORP.

Traduction française de JEAN-CHRISTOPHE NAPIAS

Ce roman a déjà été publié dans la même collection en septembre 2009

Photos de couverture
Sous-bois : © ROMAN FLURY/CORBIS
Grille : © ROYALTY FREE/MICHEL GILE
Cabane : © ROYALTY FREE/MICHEL GILE

83/85, boulevard Vincent-Auriol, 75646 PARIS CEDEX 13.
Service Lectrices — Tél. : 01 45 82 47 47
www.harlequin.fr
ISBN 978-2-2802-4860-0 — ISSN 1248-511X

A Robin Rue, agent extraordinaire —
merci pour tout !

Prologue

Il la vit.

Tête baissée, les doigts crispés sur la capuche de son manteau, elle courait dans la nuit, en direction de la petite église.

L'Elu attendait sous la pluie, en embuscade derrière un magnolia, les muscles tendus, les nerfs à fleur de peau.

En quelques enjambées, il pouvait la rattraper et l'emmener de force. Rien de plus facile… Et le fait que son père attende à l'intérieur l'excitait particulièrement.

Mais le moment n'était pas encore venu. Il y en avait d'autres avant elle.

Elle marqua une pause sous la corniche, près de la porte d'entrée, le temps de repousser sa capuche et de libérer ses cheveux châtain-roux sur lesquels se reflétait la lumière de la lampe.

L'Elu déglutit avec peine et sentit un début d'érection.

Il avait envie d'elle.

Un désir douloureux.

Il suffisait pour ça qu'il la regarde. Il entendait les battements de son cœur, il percevait la pulsation de son pouls. Il sentait aussi l'odeur forte du Mississippi qui sillonnait la ville, ses rues glissantes où le péché se monnayait à chaque carrefour.

Lorsqu'elle disparut derrière la porte, il se faufila à travers la végétation dense du parc pour rejoindre sa cachette, près de la fenêtre aux vitraux colorés. L'un d'eux avait été remplacé par un petit panneau de verre transparent qui offrait une vue imprenable sur la nef.

Il la vit s'avancer dans l'allée, faire une génuflexion, puis se glisser dans la rangée de bancs où se trouvait son père. Cet enfoiré de flic.

Ils échangèrent quelques mots et elle s'assit à côté de lui.

A peine installée, elle commença de s'agiter et donna l'impression de s'ennuyer. Bien sûr, elle aurait préféré être ailleurs ! Elle repoussa ses cheveux d'un côté puis de l'autre, observa les personnes qui entraient…

L'Elu tourna légèrement la tête pour regarder le flic.

Rick Bentz.

Un type solide, d'un peu plus d'un mètre quatre-vingts, avec une mâchoire carrée, des yeux très enfoncés au regard las. Une cinquantaine d'années. Ses péchés de jadis avaient été oubliés, sinon pardonnés. Dans son costume noir et sa chemise amidonnée, il semblait extrêmement mal à l'aise et tout à fait déplacé dans la maison de Dieu.

Il chuchota quelque chose à l'oreille de sa fille. Elle se pencha vers lui, et ce simple geste fit glisser légèrement sa robe, révélant un décolleté magnifique. Une chair blanche et souple mise en valeur par la soie bleue.

L'Elu imagina ce qui se cachait sous le tissu léger… les mamelons aux pointes en bouton de rose, la peau vierge et, plus bas, un buisson de poils du même roux foncé que cette somptueuse chevelure cuivre qui cascadait sur ses épaules.

Une princesse.

La fierté et la joie de son père.

Athlétique, brillante… un rien provocante. Rebelle, même. C'était là, dans son regard. Il l'avait déjà vu. Il avait aussi entendu son rire profond, sexy.

Elle tourna ses grands yeux verts du côté de la fenêtre derrière laquelle se cachait l'Elu. Il se figea.

Ses lèvres dessinèrent une petite moue provocante.

Entre ses jambes, la réponse fut immédiate.

Il imagina ce que ces lèvres pourraient faire avec les bons

gestes pour la guider… Fermant les yeux, il sentit la caresse de la pluie dans sa nuque, tout en commençant à se caresser.

Son érection s'intensifia. Son sexe dur, palpitant, attendait la suite.

« Bientôt, Princesse, pensa-t-il. Bientôt. Mais d'abord je dois m'occuper des autres. Je me chargerai de toi ensuite. Sois patiente… »

Bip ! Bip ! Bip !

Il ouvrit les yeux en reconnaissant l'alarme de sa montre. Il la coupa aussitôt en réprimant un juron. Quelle imprudence ! Ça ne lui ressemblait pas, vraiment.

Il jeta un dernier coup d'œil dans l'église et s'aperçut que la princesse regardait toujours vers la fenêtre. Comme si elle avait su qu'il se trouvait là.

Rapidement, il sortit du couvert des arbres et se mit à courir sous le rideau de pluie. Il était resté beaucoup trop longtemps. Furieux contre lui-même, il accéléra l'allure à travers la pelouse mouillée. Au bout, il tourna dans une petite rue transversale, poursuivit sa course sur trois blocs, avant de rejoindre la place de parking située devant un ancien garage abandonné, avec ses fenêtres et ses portes condamnées.

Quand il monta à bord de la vieille voiture aux vitres teintées, il transpirait. Il se débarrassa de ses vêtements de jogging et de ses gants, qu'il rangea dans un sac en cuir.

L'heure viendrait. Bientôt.

Oui, Rick Bentz connaîtrait un jour prochain la douleur de perdre ce qui lui était le plus cher.

Mais, d'abord, il fallait que ce sale flic mesure ce qui était en jeu : il devait éprouver une vraie peur — une peur bleue qui le rongerait lorsqu'il se rendrait compte qu'il n'était plus en sécurité nulle part.

Un sourire étira les lèvres de l'Elu tandis qu'il sortait une serviette de son sac. Rapidement, il passa le tissu-éponge sur son visage et son cou. Puis il prit le temps de jeter un coup d'œil dans le rétroviseur. Des yeux bleus le regardèrent.

Des yeux affamés. Des « yeux langoureux », lui avaient dit quelques-unes de ces femmes assez stupides pour croire qu'on pouvait le séduire.

Mais, derrière son regard, il surprit comme une ombre. Il tourna brusquement la tête et tenta de percer la buée qui couvrait la lunette arrière. Les yeux plissés, il chercha à voir à travers les gouttes de pluie, le brouillard.

Il ne distingua rien au-dehors.

Il n'y avait personne dans cette rue déserte.

Et pourtant... pourtant, il sentait comme un lien, quelque part. Ça n'était pas nouveau. Déjà, à plusieurs occasions, il avait perçu une présence. Chaque fois, cette impression devenait un peu plus vive. Elle gagnait en réalité.

La sueur perla à ses tempes. Les battements de son cœur s'intensifièrent.

« Une petite crise de paranoïa, se dit-il. C'est juste ça. Calme-toi. Reste concentré. »

Il n'y avait personne dans ce coin désolé de la ville. Personne qui puisse voir à travers les vitres teintées de la voiture, en cette nuit lugubre.

Il devait se calmer. Etre patient. Tout prenait forme.

Le pire cauchemar de Rick Bentz avait commencé.

Mais le flic ne le savait pas encore.

1

— Ce qu'il vous faut, c'est une femme, dit Reuben Montoya en engageant la voiture de patrouille sur le parking, devant chez Bentz.

— Je n'ai qu'à t'en emprunter une.

Bentz ouvrit sa portière. La dernière chose qu'il lui fallait, c'était les conseils d'un jeune flic affublé d'un petit bouc et d'un anneau à l'oreille. Montoya était peut-être dans le coup, mais, pour Bentz, il manquait sérieusement d'expérience. Il devrait aussi apprendre à se mêler de ses affaires.

— Désolé mais actuellement je suis monogame ! lança Montoya.

— Si tu le dis…

— Je peux quand même vous aider.

Montoya était un jeune flic d'un peu moins de trente ans, avec un teint bronzé et un sourire craquant. Il avait eu assez d'ambition pour sortir de son milieu très pauvre, grâce à une bourse sportive. Non seulement il faisait ce qu'il voulait avec un ballon de football, mais il s'était classé chaque semestre sur la liste des meilleurs étudiants de son université, la *dean's list*. Ensuite, son diplôme en poche, alors qu'un avenir radieux lui était promis, il avait décidé de devenir flic.

Allez savoir pourquoi !

Montoya sortit une cigarette de son paquet. Il l'alluma et recracha un nuage de fumée.

— Je pense à une amie de ma mère, une dame très bien qui…

— C'est bon, coupa Bentz avec un regard assassin. Oublie ça. Je vais très bien.

Montoya ne se laissa pas impressionner.

— Mais non, vous n'allez pas très bien. Vous vivez seul, vous ne sortez jamais et vous travaillez comme un bourrin pour des supérieurs qui ne vous aiment pas. La voilà, votre vie.

— Je leur en toucherai deux mots quand j'irai demander une augmentation.

Bentz descendit de voiture. La nuit était fraîche. Le vent qui soufflait depuis le fleuve était presque hivernal.

— Tout ce que je dis, moi, c'est que vous avez besoin de vivre un peu. Votre fille est à la fac, maintenant. Vous devriez penser à vous amuser.

— Mais je m'amuse !

— Mon œil !

— Bonne nuit, Montoya.

Bentz claqua la portière de la Ford Crown Victoria, avant de rentrer dans l'immeuble.

Une femme. Ouais, cela résoudrait ses problèmes, c'est sûr.

Il récupéra le journal du soir ainsi que son courrier, puis emprunta l'escalier pour rejoindre son appartement, au premier étage.

Qu'est-ce qu'il savait, Montoya, au juste ?

Rien. Mais alors, rien de rien.

Bentz, lui, avait appris depuis longtemps que les femmes n'étaient qu'une source d'ennuis. Il avait été à bonne école avec Jennifer.

Belle.

Intelligente.

Sexy en diable.

Sa femme.

La femme qui lui avait brisé le cœur. Plusieurs fois.

Il ouvrit la porte, alluma.

Tu m'y prends une fois, tu es une fripouille.

Tu m'y prends deux fois, je suis une andouille.

Il déposa ses clés sur le bureau, suspendit sa veste et dénoua sa cravate.

Bon sang, il se serait bien offert une bière et une cigarette. Mais pas une femme. De toute façon, il s'était juré de ne plus jamais toucher ni aux unes ni aux autres.

Il n'y avait pas de message sur son répondeur. Montoya avait raison : sa vie sociale était un désert. Il faisait de l'exercice en tapant dans un sac de boxe installé dans l'une des chambres. Il n'était même pas membre d'un club de bowling ou de golf. Il avait arrêté de faire du bateau, de chasser, de jouer au poker et de boire du bourbon.

Roulant ses manches de chemise, il ouvrit le frigo et en contempla le contenu. Lamentable. Même le congélateur était vide. Il prit une canette de bière sans alcool, l'ouvrit et alluma la télé. Un journaliste sportif débitait les résultats du jour, tandis que des images des moments les plus marquants se succédaient rapidement sur l'écran.

Il s'installa dans son gros fauteuil et il se dit que Montoya avait tort, en fait. Il n'avait pas besoin d'une vie sociale. Il avait son travail et il avait encore Kristi, même si elle était maintenant à l'université de Baton Rouge. Il posa les yeux sur le téléphone et songea un instant à l'appeler. Mais il lui avait déjà passé un coup de fil dimanche, et il avait senti qu'elle était agacée. Ça ne lui plaisait pas qu'il la surveille…

Bon, il allait sortir s'acheter un sandwich dans une gargote qui se trouvait à deux blocs de chez lui, puis il travaillerait un peu. Il avait deux rapports à rédiger et il voulait revoir ses notes.

Montoya se trompait. Il n'avait pas besoin d'une femme.

Il était même certain que personne n'en avait besoin.

Olivia n'aimait pas cet avocat. Elle ne l'avait jamais aimé. Elle n'arrivait pas à comprendre comment sa grand-mère, Grannie Gin, avait pu faire confiance à un type aussi véreux. Ramsey John Dood, qui aimait à se faire appeler RJ, était un petit homme dodu aux manières doucereuses insupportables.

— … la succession est donc réglée, les honoraires et les taxes perçus, et tous les héritiers ont reçu leur part. Si vous voulez vendre la maison, c'est le moment.

Ramsey John rapprocha ses mains potelées l'une de l'autre et tapota le bout de ses doigts. Dans son dos, prisonnière derrière les stores de l'unique fenêtre du bureau à l'atmosphère confinée, une mouche bourdonnait de frustration en se cognant contre la vitre.

— Je ne suis toujours pas certaine de vouloir déménager.

— Eh bien, si vous vous décidez, je peux vous mettre en relation avec un excellent agent immobilier.

« Ça, je m'en serais douté ! » pensa Olivia.

— Wally est un fonceur.

— Je vous préviendrai, promit-elle en se levant soudain.

Il s'agissait pour elle de mettre fin à cette conversation, mais aussi de dissimuler le fait qu'elle mentait. Jamais de la vie elle ne confierait le moindre travail à un associé de RJ Dood.

Il haussa les épaules, comme si ça n'avait pas d'importance, mais Olivia perçut sa déception. Il devait toucher une commission à chaque nouveau client pris au piège.

— Merci pour votre aide, lui dit-elle.

— Mais je vous en prie.

Elle lui serra la main, une main molle et moite.

Sa grand-mère avait le don pour repérer un escroc à des kilomètres. Comment avait-elle pu se laisser embobiner par ce serpent ? La réponse était évidente : parce que ses honoraires étaient faibles. RJ était aussi le neveu d'une des amies de Grannie.

— Un détail me trouble, si je puis me permettre, déclara-t-il en se levant avec effort.

— Quoi donc ?

— Comment se fait-il que vous ayez hérité de la maison, alors que votre mère n'a eu que l'argent de l'assurance ?

— Vous êtes l'avocat. C'est à vous de me le dire.

— Virginia ne m'aurait jamais confié une chose pareille.

Olivia lui sourit avec lassitude. Il cherchait à lui faire dire quelque chose, mais elle ne voyait pas ce dont il s'agissait.

— Peut-être que j'étais la préférée de Grannie ?

L'avocat fronça les sourcils.

— C'est peut-être ça, oui. Je ne la connaissais pas très bien — juste assez pour me rendre compte qu'elle était un peu… étrange. Certaines personnes, par ici, racontent que c'était une prêtresse vaudoue. Qu'elle lisait l'avenir dans les cartes de tarot, les feuilles de thé et autres. Qu'elle avait des dons extrasensoriels, en somme.

— Mais il ne faut pas croire tout ce que l'on entend, n'est-ce pas ? répliqua Olivia, impatiente de changer de sujet.

— On dit qu'elle vous a également légué ses dons.

— Que voulez-vous savoir, au juste, monsieur Dood ? Si je suis médium ?

— Appelez-moi RJ, lui dit-il avec un grand sourire. Il ne faut pas vous mettre en colère. C'était juste histoire de bavarder.

— Pourquoi ne posez-vous pas toutes ces questions à ma mère ?

— Bernadette affirme qu'elle n'a hérité d'aucun don.

— Oh ! Je vois… Ça saute une génération, bien sûr.

Olivia sourit, comme pour signifier que seul un idiot pourrait croire de telles âneries. Et, pourtant, elle était mieux placée que quiconque pour savoir combien elles étaient fondées. Mais cela ne regardait pas Ramsey Dood, voilà tout.

Il contourna son bureau avec une rapidité et une agilité surprenantes pour un homme de sa corpulence.

— Ecoutez, j'aimerais juste vous donner un conseil. Gratuit.

Il avait perdu de son assurance, tout à coup.

— Je sais tout le bien que votre grand-mère pensait

de vous. Je sais aussi que… qu'elle n'était pas une femme comme les autres et qu'à cause de ses visions beaucoup de gens la trouvaient bizarre. Certaines personnes, néanmoins, lui faisaient une confiance aveugle. Ma tante, par exemple. Mais d'autres étaient persuadées qu'elle pratiquait la magie noire ou bien qu'elle était folle — voire les deux. Ça ne lui a pas facilité la vie. Alors, si j'étais vous, je ne dirais pas un mot de ces histoires de visions.

— Je m'en souviendrai.

— S'il vous plaît, oui.

— Autre chose ? demanda Olivia.

— Non. C'est tout. Soyez prudente.

— Entendu. Et merci encore pour votre aide.

Elle glissa dans son sac à dos le dossier qu'il lui avait remis.

— C'était un plaisir, assura-t-il. Et si jamais vous décidez de vendre la maison, passez-moi un coup de fil. Je demanderai à Wally de vous appeler…

Sans attendre qu'il l'accompagne jusqu'à la porte, elle rejoignit la réception, où une secrétaire semblait s'ennuyer ferme. Sur les trois bureaux de l'étage, seul celui de Dodd était utilisé. Les deux autres étaient vides. Les plaques, sur les portes, avaient été retirées.

Olivia traversa le parking et grimpa à bord de sa camionnette. RJ savait donc qu'elle était allée voir les policiers à cause de ses visions. Super ! Dans peu de temps, toute la ville serait au courant, à commencer par sa patronne du Troisième Œil, et les gens de l'université où elle suivait des cours.

Merveilleux, vraiment ! Elle démarra et quitta le parking. Elle ne voulait pas penser à ses visions. Mais s'agissait-il de visions à proprement parler ? Non, c'étaient plutôt des kaléidoscopiques d'événements horribles qui lui transperçaient le cerveau, lui donnaient la chair de poule et la déstabilisaient tant qu'elle avait fini par aller voir la police.

Là, on l'avait traitée comme une cinglée. On l'avait pratiquement fichue dehors en se moquant d'elle.

A ce souvenir, elle sentit son visage s'enflammer.

Elle alluma la radio et prit un virage un peu trop rapidement. Les pneus de la Ford protestèrent.

Décidément, c'était difficile d'être la petite-fille de Virginia Dubois. Un fardeau dur à porter.

— Pardonnez-moi, mon père, parce que j'ai péché, chuchota la femme nue.

Avec le collier qui lui enserrait le cou, elle ne pouvait pas parler fort. Elle était à genoux, enchaînée à la colonne du lavabo, et visiblement elle n'avait toujours pas commencé à mesurer l'ampleur de ses péchés ni la raison pour laquelle elle était punie, ni le fait qu'il était en train de la sauver.

— Dis-moi, chuchota l'Elu. Quels péchés ?

— Tous… tous…

Les yeux exorbités, elle tentait de réfléchir, mais elle n'était pas dans la repentance. Elle avait juste peur. Elle espérait pouvoir le convaincre de la libérer. Les larmes ruisselaient sur ses joues.

— … tous mes péchés, balbutia-elle, au désespoir.

Elle essayait de lui faire plaisir, sans savoir que c'était impossible. Que son destin était déjà scellé.

Elle tremblait de peur et de froid, mais cette situation allait bientôt changer. De la fumée avait commencé à s'infiltrer dans la minuscule salle de bains, par le conduit d'aération. Les flammes allaient suivre très vite. Le temps pressait.

— Je vous en supplie ! implora-t-elle. Laissez-moi, pour l'amour de Dieu !

— Que sais-tu de l'amour de Dieu ? répliqua-t-il d'un ton brusque.

Puis, maîtrisant sa colère, il posa une main gantée sur la tête de la femme, comme pour l'apaiser. A travers la vitre brisée de la fenêtre, il entendit la pétarade d'un pot d'échappement dans la rue glaciale. Il devait en finir. Maintenant. Avant que le feu n'attire l'attention.

— Tu es une pécheresse, Cécile ! Et tu vas devoir payer pour tes péchés.

— Vous… Vous vous trompez ! Je ne m'appelle pas Cécile. Je vous en supplie ! Laissez-moi. Je… je ne dirai rien. Je vous le promets. Je vous le jure.

Elle agrippa le bord de sa soutane.

Elle était désespérée. Et sale. C'était une pute. Comme les autres.

Il reporta son attention sur la radio posée sur le bord de la fenêtre, et tourna le bouton. Les haut-parleurs diffusèrent une musique familière, qui laissa peu à peu la place à une voix féminine sensuelle.

— C'est toujours le Dr Sam, avec une dernière pensée pour John Fitzgerald Kennedy, l'un de nos meilleurs présidents, qui fut assassiné en ce jour… Bonne nuit à tous, et que Dieu vous bénisse. Quels que soient vos ennuis du jour, pensez qu'il y aura un lendemain… Faites de beaux rêves…

Il passa d'une station à l'autre, jusqu'à ce qu'il ait trouvé ce qu'il cherchait : le son des grandes orgues qui résonnaient comme dans une cathédrale.

Maintenant, il pouvait y aller.

Sous les yeux de la pute, il sortit son sabre, caché derrière le rideau de la douche.

— Oh ! mon Dieu, non !

Elle était affolée, à présent. Elle tirait sur la chaîne et, du même coup, serrait un peu plus le collier.

— Il est trop tard, dit-il d'une voix posée.

Son ton était mesuré. En lui, pourtant, c'était l'agitation. L'impatience, l'excitation. L'adrénaline, sa drogue favorite, courait dans ses veines. Du coin de l'œil, il vit que les flammes avaient commencé à se glisser par la grille d'aération. Le moment était venu.

— Non, je vous en prie ! Ne… Mon Dieu !

Elle tirait sur sa laisse, essayant vainement de se cacher derrière le lavabo. Ses chevilles et ses poignets saignaient à cause des liens.

— Vous vous êtes trompé de femme !

Son pouls, qui battait avec force, lui emplissait le cerveau de ses martèlements. Un instant, il sentit comme un picotement sur sa nuque. On aurait dit le souffle de Satan. Il regarda dans la glace et chercha à voir au-delà de son visage dissimulé sous la cagoule noire. Il eut le sentiment que quelqu'un l'observait à travers le miroir. Un témoin de ce qu'il s'apprêtait à faire…

Mais c'était impossible.

De la sueur lui coula dans les yeux quand il leva le sabre, si haut que son bras lui fit mal. La fumée lui brûla les poumons. Puis la soif de sang le submergea quand, de sa main libre, il empoigna les cheveux de sa victime. Il contempla ce cou parfait, enserré par le collier étrangleur. Il bandait, c'était dur à en avoir mal. Il aurait tant aimé plonger en elle, goûter à son corps avant de l'absoudre pour ses péchés. Mais ce n'était pas sa mission. Se priver de tels plaisirs était son propre martyre.

— Pour tes péchés, Cécile, et au nom du Père, du Fils et du Saint-Esprit, je remets ton âme à Dieu.

2

— Non !

Olivia ouvrit grand les yeux.

L'écho de son propre cri flottait encore dans la petite chambre. Le chien aboya.

— Oh ! mon Dieu, non ! Non !

Son cœur battait comme un tambour. Elle était trempée de sueur. Et son rêve était toujours là, comme si elle venait d'assister à un meurtre. Une fois encore !

La vision était incroyablement précise et réaliste. Elle sentait l'odeur de la fumée. Elle entendait les grandes orgues. Elle avait la bouche sèche et la gorge irritée. Sans parler de cette terrible migraine qui venait de naître dans le bas de sa nuque et qui remontait lentement.

Elle jeta un coup d'œil au réveil. 3 h 15.

Les mains tremblantes, elle repoussa ses cheveux en arrière.

Au pied du lit, Harry, le chien de sa grand-mère, avait levé la tête et la regardait. Il bâilla puis aboya de nouveau.

— Viens ici ! lui dit-elle.

Il s'étira puis sauta sur le lit.

Elle aurait aimé lui dire que tout allait bien. Mais c'était impossible. Enfouissant son visage dans sa fourrure, elle tenta de se calmer. Peut-être qu'elle se trompait et qu'il s'agissait juste d'un rêve…

Non. Elle savait ce que les images signifiaient.

— Merde !

Elle se redressa.

Calme-toi.

Mais elle tremblait encore.

— Va au diable, Grannie Gin ! marmonna-t-elle.

Les bruits de la nuit s'insinuaient dans la chambre par la fenêtre ouverte — le bruissement du vent à travers les arbres, la rumeur de la circulation, les semi-remorques sur l'autoroute lointaine.

Elle entreprit de se masser les tempes.

« Pourquoi moi ? » se demanda-t-elle.

Les visions avaient commencé alors qu'elle était très jeune. Les rares fois que Bernadette était venue vivre avec sa fille et sa mère, entre deux maris, elle n'avait jamais voulu croire qu'Olivia ait hérité du don de sa grand-mère.

— C'est une coïncidence, lui avait-elle dit un jour. Tu inventes. Tu cherches à te faire remarquer. Alors, arrête ça, Livvie, et cesse d'écouter grand-mère. Elle a perdu la boule, et si tu ne te méfies pas… Tu m'écoutes ?

Elle l'avait secouée, comme pour faire sortir les monstres tapis à l'intérieur de son crâne.

— Si tu ne te méfies pas, tu seras atteinte, toi aussi. Pas par un prétendu don de vision, comme dit grand-mère, mais par le diable. Satan ne dort jamais. Tu m'entends ? Jamais !

Elles se trouvaient dans la cuisine de cette même maison, où l'odeur du bacon frit se mêlait à celle du parfum bon marché. Bernadette venait de quitter son service. Elle travaillait dans un restaurant de routiers, près de la nationale. Elle était pieds nus sur le linoléum craquelé, dans sa tenue de travail : un chemisier blanc et une jupe noire. Les bretelles de son soutien-gorge étaient visibles, et une petite croix en or accrochée à un collier se perdait dans le profond sillon, entre ses seins.

— Ecoute-moi, ma fille, avait-elle dit d'un ton grave. Je ne plaisante pas. Tout ce tralala, ces histoires sur le vaudou, c'est de la connerie. Tu m'entends ? De la connerie. Ta grand-mère se prend pour une prêtresse vaudoue, ou je ne sais quoi, mais c'est pure invention. Elle n'est pas médium, et toi non plus. C'est bien compris ? Bon, maintenant, file : va faire du vélo, du skate ou ce que tu voudras.

Elle avait allumé une cigarette, puis s'était haussée sur la pointe des pieds pour prendre une bouteille de whisky dans un placard. Sa récompense après une dure journée de travail au cours de laquelle elle avait enduré les regards concupiscents des clients, leurs œillades et même quelques pincements de fesses.

Après avoir bu une gorgée de whisky, elle s'était de nouveau tournée vers sa fille.

— T'es curieuse, Livvie, lui avait-elle dit avec un soupir. Je t'aime plus que tout, tu le sais, mais t'es différente. N'empêche que si t'utilises ta tête et que t'arrêtes de débiter toutes ces âneries, tu te trouveras un bon mari — peut-être même quelqu'un de riche. Seulement, faut pas foutre la trouille aux hommes en leur racontant ces drôles de trucs !

Elle avait fait tourner le verre dans sa main, tout en regardant fixement les cubes de glace qui s'entrechoquaient.

— Je sais de quoi je parle, crois-moi. Un jour, va falloir que tu te tires de ce trou à rats. Tu te débrouilleras pour avoir une belle maison. Comme Scarlett O'Hara !

Elle avait eu un grand sourire pour conclure :

— Et, à ce moment-là, tu t'occuperas de ta maman, d'accord ?

En y repensant, Olivia laissa échapper un soupir. *Maman, si seulement tu savais…* Olivia aurait tout donné pour que ses démons intérieurs se calment. Mais c'était loin d'être le cas depuis son retour en Louisiane.

Elle devait absolument faire quelque chose au sujet de ces visions. Et sans tarder.

« Cette femme est morte, Olivia. Tu ne peux plus rien pour elle. De toute façon, personne ne te croira. Tu le sais. Tu as déjà essayé de contacter les autorités. Tu as tenté de convaincre ta famille, tes amis — jusqu'à ton fichu fiancé. Personne ne t'a crue. Personne ne te croira jamais. »

Et puis c'était un rêve. Juste un rêve…

Lentement, elle sortit du lit en entraînant l'édredon de sa grand-mère avec elle, et elle ouvrit les portes-fenêtres qui donnaient sous la véranda, à l'arrière de la maison. Le chien la suivit tandis qu'elle sortait pieds nus dans la fraîcheur de ce matin d'hiver. Le bayou était calme, silencieux. Le brouillard se levait lentement sur les eaux stagnantes dont on entendait le clapotis tout proche, derrière les immenses cyprès.

Elle posa la main sur la rampe de la balustrade. Une créature des ténèbres fila à travers les broussailles pour rejoindre le marais, dans un froissement de feuilles sèches et de brindilles. Un frisson courut sur les bras d'Olivia. Alors que son regard se perdait vers les eaux sombres et immobiles, elle s'efforça de chasser le rêve de son esprit. Mais il demeurait là, comme ancré en elle.

C'était plus qu'un cauchemar.

Olivia le savait avec une certitude glaçante. Car ce n'était pas la première fois qu'elle « assistait » à la mort de quelqu'un. Les visions n'avaient cessé d'aller et venir, toutes ces années, mais dès qu'elle s'était retrouvée ici, dans cette partie du bayou, elles ne lui avaient pas laissé de répit. C'était l'une des raisons pour lesquelles elle était restée éloignée aussi longtemps.

Pourtant, elle était de retour ici, en Louisiane. Et les visions avaient déjà recommencé, avec une fureur qui la terrifiait.

— C'est ta faute ! chuchota-t-elle, comme si sa grand-mère pouvait l'entendre.

Les doigts d'Olivia se fermèrent sur la rambarde. Aussi clairement que si elle s'était trouvée dans la minuscule salle de bains, elle vit de nouveau le meurtrier. Alors que la fumée avait envahi la petite pièce, le prêtre au visage masqué levait son sabre et l'abattait soudain. Non pas une, mais trois fois…

Elle ferma les yeux, pressa les paupières de toutes ses forces, mais la vision ne voulait pas se dissiper.

Un prêtre ! Un homme de Dieu !

Elle devait faire quelque chose. Tout de suite.

Cette nuit, quelque part, une femme avait été assassinée.

Machinalement, Olivia se signa. Puis elle se frictionna les bras et serra l'édredon autour de son corps, alors qu'un vent léger soupirait dans les arbres. L'odeur humide des marais lui emplit les narines. Elle ne pouvait se comporter comme s'il ne s'était rien passé. Seulement, si elle parlait, personne ne la croirait.

Elle pivota sur ses talons et rentra en toute hâte. Derrière elle, les pattes d'Harry cliquetèrent sur le parquet, tandis qu'elle rejoignait son bureau. Elle alluma la petite lampe, fourragea dans les compartiments de rangement, parmi les stylos, les cartes postales, les dés à coudre et autres rouleaux de ruban adhésif, jusqu'à ce qu'elle trouve ce qu'elle cherchait : une coupure de journal toute froissée. C'était un article paru dans le *Times-Picayune* à la suite d'une succession de meurtres à La Nouvelle-Orléans. D'après le journaliste, l'affaire avait été en grande partie résolue par l'inspecteur Rick Bentz. C'était lui qui avait découvert le lien entre plusieurs crimes étranges. Des crimes qui étaient eux-mêmes en rapport avec le « Dr Sam », Samantha Leeds, l'animatrice de l'émission de radio « Les Confessions de minuit ».

L'émission qu'Olivia avait « entendue », cette nuit, dans sa vision.

Elle ne put réprimer un frisson en relisant l'article qu'elle avait découpé dans le journal, quelques mois plus tôt.

C'était à Bentz et à son coéquipier, Ruben Montoya, que revenait le mérite d'avoir résolu l'affaire du « Tueur au rosaire », une affaire dans laquelle plusieurs prostituées avaient été assassinées par un certain « père John », un monstre qui avait semé la terreur dans les rues de La Nouvelle-Orléans. L'homme, qui faisait une fixation sur le Dr Sam et son émission, exigeait de ses victimes qu'elles portent des perruques rousses afin de ressembler au Dr Sam. Il leur écrivait des dialogues, insistait pour qu'elles se repentent de leurs crimes… de la même façon que le prêtre, dans la vision d'Olivia, contraignait cette malheureuse à implorer clémence et pardon.

Un froid intense l'envahit.

D'abord, un homme qui se faisait appeler « père John ». Et, maintenant, un prêtre.

Elle devait parler à l'inspecteur Bentz, dès que possible. Au commissariat, personne ne l'avait prise au sérieux. Elle avait été cataloguée comme folle. Mais elle était habituée au ridicule. Rick Bentz allait peut-être réagir autrement.

Il le fallait.

Elle rejeta l'édredon pour s'emparer de son jean et de son pull. Elle prit aussi la petite bouteille d'Ibuprofène sur la table de nuit. Elle avala quatre comprimés en espérant ainsi chasser sa migraine. Elle devait penser clairement, pour expliquer…

Elle prit son sac, enfila une paire de mocassins et se dirigea vers l'escalier. Harry dégringola les marches à sa suite. Mais alors qu'elle passait devant le petit meuble bibliothèque, près de la porte d'entrée, elle sentit un courant d'air — comme un souffle sur sa peau. Un souffle malfaisant.

Elle s'arrêta net et jeta un coup d'œil par la fenêtre de l'entrée. Le chien gronda. Les poils, sur son cou, se dressèrent. Et de nouveau, par la fenêtre ouverte, elle entendit le froissement des feuilles mortes, une bourrasque de vent entre les branches. Son imagination lui jouait-elle encore des tours, ou bien y avait-il quelqu'un dehors… quelqu'un qui rôdait dans les ténèbres ?

Elle s'approcha de la fenêtre, tenta de percer le brouillard et l'obscurité. Mais elle ne vit personne. La nuit était absolument immobile. Même le vent, soudain, était tombé.

Elle referma violemment la fenêtre et tira les rideaux. Ce n'était pas le moment de paniquer. Pourtant, en repassant devant la bibliothèque, elle éprouva encore cette sensation glaçante.

« Tu réagis de manière excessive. Arrête ça tout de suite, Livvie ! »

Elle avait la chair de poule, l'impression que quelqu'un se trouvait avec elle dans la pièce. Elle chercha son reflet dans le miroir accroché au mur, près de la bibliothèque, et frissonna. Elle avait les cheveux en bataille, le visage très pâle, l'air terrifié — et elle *était* terrifiée.

Elle devait y aller, pourtant.

Elle fouilla dans son sac et y récupéra son trousseau. Elle prit la plus longue des clés entre ses doigts, comme s'il s'agissait d'une arme, puis gagna la porte d'entrée. Harry la suivait, la queue entre ses pattes arrière.

— Tu dois rester ici, lui dit-elle.

Mais alors qu'elle ouvrait la porte, la petite boule de poils se faufila dans l'entrebâillement et rejoignit la vieille camionnette. Olivia verrouilla la porte, sans cesser de regarder par-dessus son épaule. Elle courut dans l'allée, où le chien couinait et sautait contre la portière.

— C'est bon, monte ! lui dit-elle.

Elle ouvrit, côté conducteur, et Harry grimpa. Il prit sa place favorite, côté passager, les pattes avant posées sur la boîte à gants. Il haletait, la langue pendante.

— Ce n'est pas une promenade, lui rappela Olivia.

Elle fit marche arrière pour effectuer un demi-tour, et ses phares éclairèrent la façade de la petite maison. Elle ne vit pas d'étranger en train de rôder, pas de silhouette cachée derrière les meubles en osier, sous la véranda. Son imagination l'avait-elle une fois de plus entraînée trop loin ?

C'était forcément ça.

Son cœur, pourtant, battait à tout rompre.

Avec un grondement sourd, son vieux Ford Ranger s'élança, faisant gicler des gravillons dans son sillage. L'allée, longue et sinueuse, serpentait à travers les arbres et franchissait un petit pont avant de rejoindre la route.

Il lui faudrait une vingtaine de minutes pour atteindre La Nouvelle-Orléans. Il était encore tôt, et l'inspecteur Bentz ne serait sans doute pas encore au commissariat. Mais elle l'attendrait aussi longtemps qu'il le faudrait.

Alors que la route tournait vers le sud, elle remarqua une lueur, à l'horizon, une lumière orangée visible à travers les cyprès et les chênes verts.

Le feu.

Seigneur !

Elle sut avant tout le monde, avant les pompiers ou les policiers, que, quelque part dans cet enfer, il y avait le corps d'une femme suppliciée. La femme qui lui était apparue dans sa vision.

3

— Oh ! oh ! fit Reuben Montoya.

Sa voix retentit comme un glas.

Rick Bentz leva les yeux de ses papiers alors que son collègue se glissait dans le bureau, deux gobelets de café à la main.

— Qu'est-ce qu'il y a ?

— Des soucis.

— Des soucis, on en a tout le temps.

— Je parle de notre zinzin, précisa Montoya. Elle est de retour.

Bentz jeta un coup d'œil par la porte ouverte pour voir ce qui intéressait tant Montoya. Une petite femme à la peau claire et aux boucles blondes. Pleine de détermination. Elle portait un jean délavé, un sweat-shirt des New Orleans Saints un peu fatigué, et elle marchait droit vers le bureau de Bentz.

— Brinkman a déjà eu affaire à elle, ajouta Montoya. Elle raconte qu'elle est médium et qu'elle voit des meurtres avant qu'ils aient lieu.

— Et qu'est-ce qu'il en dit, Brinkman ?

— Comme d'habitude. « Des conneries. » Il ne croit absolument pas à ce genre de trucs.

Au même moment, elle poussa la porte et entra dans la pièce. Elle avait les joues en feu, et elle regarda Rick droit dans les yeux.

— Inspecteur Bentz ? demanda-t-elle sans accorder la moindre attention à Montoya.

— C'est moi, oui.

— Il faut que je vous parle.

Bentz, qui s'était levé, désigna Montoya.

— Mon collègue, l'inspecteur Reuben Montoya.

— Reuben D. Montoya. D pour Diego.

Bentz haussa un sourcil. *Diego ?* Mais depuis quand… ? Depuis qu'une jolie femme était entrée dans le bureau, bien sûr ! Montoya l'avait peut-être traitée de zinzin, mais elle l'intéressait, malgré les propos qu'il avait tenus la veille, en se définissant comme l'homme d'une seule femme. Et apparemment l'état mental de la nouvelle venue était secondaire.

— J'ai lu un article sur vous dans le *Times*, dit-elle à Bentz.

Super ! Encore quelqu'un qui le prenait pour un héros.

N'empêche qu'elle le regarda droit dans les yeux tandis qu'ils se serraient la main. Et elle avait une poigne étonnamment ferme.

— Il ne faut pas croire tout ce qui est écrit dans les journaux, dit-il.

— Ce n'est pas mon genre.

Il lui désigna une chaise.

— Alors, que se passe-t-il ?

— Un meurtre.

Au moins, elle ne tournait pas autour du pot.

Il alla chercher un carnet enfoui sous la pile des rapports qu'il était en train de rédiger.

— Le meurtre de qui ?

— Une femme. Il l'appelait Cécile, mais elle affirmait que ce n'était pas son prénom.

Elle se laissa tomber sur sa chaise, et il remarqua les cernes de fatigue sous ses yeux, les petits plis qui soulignaient le coin de sa bouche. Elle avait apporté avec elle un discret parfum de jasmin qui flottait dans la pièce.

— A qui disait-elle ça ?

— A l'assassin.

Bentz fronça les sourcils.

— Attendez un instant. Reprenons depuis le début. Vous

avez vu un homme tuer une femme pendant la nuit, c'est ça ? Vous étiez présente ?

Elle hésita avant de répondre :

— Non.

— Non ?

— Mais j'ai vu ce qui s'est passé.

Formidable ! Exactement ce dont il avait besoin pour bien commencer la journée.

— Et où le meurtre a-t-il eu lieu, mademoiselle…

— Benchet. Olivia Benchet. Je ne sais pas où ça s'est passé. Mais j'ai vu une femme d'environ vingt-cinq ans se faire tuer.

Elle déglutit avec peine. Elle était vraiment pâle.

— La victime avait des cheveux blonds qui lui arrivaient aux épaules, les yeux bleus, quelques taches de rousseur et… un joli visage en forme de cœur. Elle était mince, mais pas maigre… avec des muscles bien dessinés, comme si elle faisait de la musculation ou… Oh ! mon Dieu !

Olivia Benchet ferma les yeux et prit une profonde inspiration. Ensuite, elle parut plus calme, comme si elle avait recouvré le contrôle d'elle-même.

— J'aimerais qu'on revienne en arrière, lui proposa Bentz. Vous avez entendu l'homme *prononcer* le nom de cette femme et vous l'avez *vu* la tuer, mais vous n'étiez pas là-bas ?

Bon sang ! Montoya l'avait prévenu. Il lui avait dit à qui ils avaient affaire. Et pourtant il avait de plus en plus de mal à s'empêcher de rire.

— C'est ça, oui.

— C'était dans un film ?

— Non. Je… Il faut que je vous explique quelque chose.

Elle se pencha en avant, et comme si elle essayait de saisir un objet, n'importe quoi, elle ouvrit et ferma les mains.

« Nous y voilà ! » pensa Bentz. C'était effectivement une zinzin de première.

— Je suis capable de voir des choses avant ou pendant

qu'elles se déroulent. Ça se passe dans ma tête. Même si je ne suis pas présente... Je sais que ça peut sembler bizarre, mais c'est vrai.

— Vous êtes médium ?

— J'ignore si c'est le terme qui convient. En tout cas, j'ai quelques petites facultés de perception extrasensorielle.

— Des *petites* facultés ?

— Eh bien, elles ne sont pas permanentes. Cette nuit, pendant que je dormais, c'était très réel. Je veux dire... j'y étais.

De mieux en mieux ! songea Bentz. Elle dormait. Super.

— Vous rêviez, donc ?

— C'était plus que ça.

— Et tous vos rêves deviennent réalité ?

— Non ! Bien sûr que non ! s'exclama-t-elle en levant les bras. Je sais que ça peut sembler fou, mais écoutez-moi, d'accord ? Et je vous en prie, ne portez pas de jugement définitif ! Je vous dis que ces « rêves », si vous voulez les appeler comme ça, sont différents. Je ne peux pas l'expliquer. Ils sont entre réalité et irréalité.

Tu m'étonnes...

Bentz se passa la main sur la nuque, tout en étudiant la jeune femme. Elle avait l'air parfaitement honnête. Elle ne mentait pas. Elle y croyait à fond.

— Quand je me suis réveillée, je pouvais encore sentir la fumée, expliqua-t-elle. Sentir la chaleur, entendre les cris de cette femme. Je... *j'étais là-bas*. Pas physiquement, mais...

— Spirituellement ? proposa-t-il.

— Mentalement, suggéra Montoya. Ou télépathiquement.

— Oui, comme vous voudrez, dit-elle, vaguement agacée.

— Je n'arrive pas à me l'expliquer.

— Je comprends. Moi non plus.

« Parce que c'est inexplicable », songea Bentz.

— Je sais que vous êtes habitués à travailler sur des faits. Des preuves et des éléments réels, tangibles. Je ne vous en veux pas. Mais vous avez aussi dû collaborer avec des personnes qui avaient un niveau de sensibilité différent. J'ai lu quelque part que certains services de police utilisaient des médiums pour les aider à résoudre des affaires particulièrement difficiles.

— Cela peut se produire lorsqu'on manque vraiment d'éléments concrets, expliqua Bentz. Quand on a épuisé toutes les méthodes habituelles.

— Il n'y a rien d'habituel dans tout ça, croyez-moi.

— Amen, dit Montoya.

La jeune femme lui jeta un coup d'œil acéré par-dessus son épaule.

— Ma grand-mère avait ce don, mais pas ma mère. Vous parlez d'une chance ! ajouta-t-elle avec un sourire amer.

Des rides apparurent soudain sur son front lisse, et elle se laissa aller contre le dossier de sa chaise, comme si elle était épuisée.

— C'est génétique ?

— J'ignore comment ça fonctionne et comment ça se transmet. Les visions ne surviennent pas uniquement la nuit, dans des rêves. Ça peut arriver en pleine journée, alors que je roule en voiture.

— Plutôt dangereux…

— Oui, en effet. Et c'est… très difficile d'en parler aux autres, de tenter de leur faire comprendre. De là à ce qu'ils me croient…

— Ce n'est pas évident, pour nous autres, mortels.

Derrière la jeune femme, Montoya fit de son mieux pour conserver une expression impassible, mais, tandis qu'il buvait une gorgée de café, Bentz surprit la lueur dans ses yeux. Une lueur qui signifiait : « Je vous l'avais bien dit… »

Olivia Benchet ne semblait pas à sa place dans ce commissariat où une activité intense régnait déjà, bien qu'il ne fût que 8 heures. La porte du bureau de Bentz était entrebâillée, et par l'ouverture il pouvait entrevoir un incessant ballet de flics et de civils, des suspects ou des victimes qu'on s'apprêtait à interroger. Il entendait des bribes de conversations, des rires étouffés. Mais cette femme n'était ni un flic, ni un criminel… ni un témoin sérieux, à ce qu'il lui semblait.

— Je n'aurais pas dû venir, déclara-t-elle soudain. Je savais que vous ne me croiriez pas… Mais il fallait que j'essaye.

— Inspecteur Montoya, vous pourriez peut-être aller chercher du café pour Mlle Benchet ?

— Ça ira ! dit-elle. Je…

Mais Montoya avait déjà quitté le bureau.

Olivia Benchet se pencha en avant, comme si elle s'apprêtait à se confier à lui, maintenant qu'ils étaient en tête à tête.

— Vous devez me croire, inspecteur Bentz. Une femme a été assassinée, ce matin. Un meurtre violent. Je l'ai vu.

— Mais vous n'étiez pas sur place. Vous dormiez…

— Ce n'était pas un rêve ! affirma-t-elle, entre désespoir et colère. Je… je connais la différence.

Montoya revint sans bruit avec un gobelet en carton.

— Le prêtre l'a torturée, poursuivit-elle. Il…

— Un prêtre ? lança Montoya en lui tendant la tasse de café. L'assassin est un prêtre ?

— Oui. Il portait un vêtement sacerdotal. Une aube.

Bentz se renfrogna en comprenant pourquoi elle s'était adressée à lui. Il posa son calepin, puis se balança d'avant en arrière.

— Attendez… Vous avez lu quelque part que Montoya et moi avions résolu une affaire de ce genre, cet été, et vous nous avez pris pour des spécialistes de crimes à connotation religieuse…

— C'est ce que j'espérais, oui, reconnut-elle.

Elle lui paraissait si sincère qu'il eut envie de la croire. Mais ce ne serait pas raisonnable.

— Oh ! Je vois ! s'exclama-t-elle, les yeux soudain brillants. Vous pensez que j'ai lu l'histoire de ce tueur en série, cet été, et que je n'ai rien trouvé de mieux à faire que venir taper à votre porte avec une histoire à dormir debout sur un prêtre assassin, pour essayer d'attirer l'attention sur moi. Pour avoir mes « quinze minutes de gloire »…

Il ne répondit pas.

— Qui irait faire une chose pareille ? s'écria-t-elle.

— Mademoiselle Benchet…

— Ne me parlez pas sur ce ton condescendant, d'accord ? Je préférerais même que vous m'appeliez Olivia. Mon histoire est horrible, j'en ai conscience, mais ce que j'ai vu était horrible, croyez-moi. J'ai assisté à ce crime aussi sûrement que si je m'étais trouvée dans la petite salle de bains.

— Une salle de bains ?

— Oui, c'est là qu'un prêtre, un homme qui est censé consacrer sa vie à Dieu, a tué une femme enchaînée à un lavabo.

Montoya haussa un sourcil.

— Vous seriez donc en mesure de reconnaître cet homme, mademoiselle Ben… Olivia ?

— Non, fit-elle en secouant la tête. Il portait un masque — comme une cagoule de ski, qui lui couvrait toute la tête.

— Nous voilà donc maintenant avec un prêtre qui porte une cagoule…, murmura Bentz.

Les yeux de la jeune femme s'illuminèrent de colère.

— Exactement !

— Et le meurtre dont vous avez été le témoin sans vous trouver sur place s'est déroulé dans une salle de bains ?

— Je vous ai déjà dit que la femme était enchaînée au pied du lavabo et…

Elle s'interrompit en frissonnant violemment.

— C'était horrible ! Les flammes passaient à travers la grille d'aération, et il ne semblait même pas avoir peur. On aurait même dit qu'il attendait le feu. Mais cela ne lui suffisait pas.

— Cela ne lui suffisait pas ? répéta Bentz, qui redoutait déjà la suite.

— Non. Il avait un sabre, dit-elle dans un murmure, en fermant les yeux avec force, comme pour repousser le souvenir. Et il l'a abattu à trois reprises sur la nuque de la femme.

— Nom de Dieu ! chuchota Montoya.

Des larmes apparurent dans les yeux d'Olivia Benchet. Ou c'était une excellente actrice, ou elle croyait dur comme fer à ses propres mensonges.

— C'était… c'était horrible.

Bentz jeta un coup d'œil à Montoya qui avait saisi la boîte de mouchoirs en papier et la tendait à Olivia. Elle en prit plusieurs et parut embarrassée tandis qu'elle se séchait les yeux.

— Je suis désolée.

— Il n'y a pas de quoi, dit Bentz.

Il ne savait pas trop ce qui se passait, mais d'une manière ou d'une autre Olivia Benchet était au bout du rouleau. Il décida de faire les choses dans les règles et de prendre sa déposition. Au cas où. Cinglée ou pas, elle était visiblement morte de peur.

— Allons-y, maintenant ! Je vais enregistrer tout ça, si ça ne vous ennuie pas.

— Non, je… je vous en prie. C'est très bien… Faites ce qu'il faut…

Elle agita la main, comme si ça lui importait peu. Puis elle but une gorgée de café, tandis que Bentz récupérait son magnétophone, y introduisait une cassette vierge et pressait le bouton d'enregistrement.

— 22 novembre, entretien avec Olivia Benchet. Sont présents les inspecteurs Rick Bentz et Reuben Montoya.

Il dirigea le micro vers Olivia, et ajouta :

— Mademoiselle Benchet, pourriez-vous donner votre nom en l'épelant, puis votre adresse…

Alors que le magnétophone enregistrait et que Bentz prenait des notes, Olivia commença à parler d'une voix calme, son gobelet de café serré dans la main. Elle expliqua qu'elle habitait en dehors de la ville, dans les bayous. Elle donna son adresse, son numéro de téléphone, ainsi que le nom de la boutique où elle travaillait — Le Troisième Œil, juste à côté de Jackson Square. Quelques mois plus tôt, elle vivait encore à Tucson, mais elle était venue s'installer en Louisiane pour s'occuper de sa grand-mère malade.

Guidée en douceur par Bentz, elle répéta en grande partie ce qu'elle avait déjà dit. Elle décrivit la « vision » qu'elle avait eue quelques heures plus tôt, sa certitude d'avoir « vu » un prêtre attacher une femme nue à un lavabo, dans une pièce enfumée — une femme qui ne cessait d'implorer sa pitié.

La voix d'Olivia ressemblait à un murmure, un bourdonnement monotone, comme si elle se trouvait plongée dans une espèce de transe, loin du bureau de Bentz avec ses piles de dossiers, sa corbeille à papier pleine et une fougère qui couvrait le sol de frondes sèches et courbées.

— … et dès qu'il a trouvé la bonne fréquence, celle qui diffusait une musique d'orgue, il a utilisé son sabre, dit-elle. J'ai senti qu'il était pressé. A cause du feu ou par peur d'être pris. Pourtant, après avoir tué cette malheureuse, alors que les flammes sortaient de la grille d'aération, il a pris le temps de fouiller dans sa poche. Il en a sorti une chaînette, ou un collier, et il l'a suspendue au pommeau de la douche. La radio diffusait toujours cette musique étrange. La fumée était si épaisse que je ne voyais presque plus rien, mais je pense qu'il s'est débarrassé de son habit et qu'il l'a laissé sur place.

— Il était nu, alors ? demanda Montoya.

Il était appuyé à l'encadrement de la porte, les bras croisés sur le torse, son gobelet de carton dans une main.

— Vous avez peut-être vu des marques qui permettraient de l'identifier, comme des tatouages, des taches de naissance, des grains de beauté, des cica…

— Il n'était pas nu. Il portait une espèce de combinaison de plongée, toute noire. A moins qu'il ne s'agisse d'une tenue de cycliste…

— Et il avait toujours cette cagoule sur la tête ? demanda Bentz.

— Et des gants ? ajouta Montoya.

— Oui.

Un muscle fit tressaillir la mâchoire de la jeune femme, qui regarda par la porte entrouverte.

— Je pense que… j'ai eu la sensation étrange que, d'une façon ou d'une autre, il savait ou sentait que je l'observais.

4

Une dingue. Purement et simplement.

Même s'il n'aimait pas penser à elle comme ça, parce qu'elle semblait absolument convaincue de ce qu'elle avait vu, Bentz décida que Montoya avait raison. Olivia Benchet était fascinante, certes, mais bonne à enfermer. Jolie, avec ses cheveux bruns lumineux et ses lèvres pleines, mais cinglée. Assise en face de lui, elle paraissait tantôt fragile et vulnérable, tantôt pleine de force. Et toujours ardente alors qu'elle tentait désespérément de lui faire croire à son histoire.

Jusqu'à présent, elle n'y était pas parvenue.

— Comment le prêtre savait-il que vous l'observiez ? demanda Reuben. Il vous a vue ?

— Je ne sais pas. Je suis incapable de l'expliquer, mais je vous jure qu'il m'a regardée.

Montoya insista.

— Mais comment pouvait-il vous voir ? Vous n'étiez pas là, on est bien d'accord ? Vous vous trouviez dans la maison de votre grand-mère… C'était un rêve.

— Je parvenais à voir malgré la fumée. J'avais l'impression de regarder à travers du verre ou du plastique transparent. Une fenêtre, peut-être…

Avec un soupir de découragement, elle laissa sa phrase en suspens et posa sa tasse sur le bureau.

— Je me rends bien compte que vous ne me croyez pas, dit-elle en repoussant les cheveux tombés devant ses yeux. Et pourtant, je sais que c'est arrivé. *Vraiment* arrivé.

En regardant Bentz au fond des yeux, elle ajouta d'un ton grave :

— J'en mettrais ma tête à couper.

Bentz baissa les yeux sur son calepin. Depuis le couloir, il entendait des sonneries de téléphone, des bribes de conversations, le cliquetis des claviers. Une voix lui souffla qu'il perdait son temps. Et pourtant il ne laissa pas tomber.

— D'accord, fit-il. Vous dites que le prêtre a ôté ses vêtements. Que s'est-il passé ensuite ? Où est-il allé ?

— Il est parti. Il a quitté la pièce.

— Vous ne l'avez pas suivi ?

— Je n'aurais pas pu. Ça ne marche pas comme ça.

— Et ça marche comment ?

— J'aimerais bien le savoir. En général, je n'ai que des visions très fragmentaires. Des éléments que j'ai du mal à assembler. Cette fois, c'était beaucoup plus complet que d'habitude, mais… je… je me suis réveillée.

« Pratique », pensa Bentz sans pour autant faire le moindre commentaire.

Lorsqu'il parla, il veilla même à effacer de sa voix toute trace de scepticisme.

— Vous vous rappelez autre chose ? Par exemple, avez-vous remarqué un détail qui nous permettrait de localiser le lieu où les faits se sont déroulés ?

— Le bâtiment était en feu, souligna-t-elle d'un ton sec. Je pense que cela devrait suffire comme indication.

Il ne releva pas la pique.

— Vous êtes certaine que la scène se déroulait à La Nouvelle-Orléans ?

— Il y avait la radio, et j'ai reconnu l'une des émissions. C'était dans la région. Je pense… Je ne peux pas l'expliquer, mais je *sens* qu'il était en ville… Je…

Elle soupira et secoua la tête.

— Vous ne me croyez toujours pas, hein ?

— Je m'efforce de faire le tri dans ce que vous dites.

Elle l'intriguait. Il avait une bonne dizaine de questions à lui poser, mais il ne voulait pas la submerger. Si jamais elle mentait, il se fiait au proverbe : « Donnez assez de corde à un voleur, et il se pendra lui-même. »

— Donc, reprit-il avec douceur, tout ce que vous savez, c'est qu'une femme a été assassinée, pratiquement décapitée, par un prêtre que vous ne pouvez pas identifier, dans un bâtiment que vous ne pouvez pas décrire, mais vous pensez quand même que ça s'est passé à La Nouvelle-Orléans.

Elle baissa les yeux sur ses mains.

— Oui. Je… je ne peux pas vous dire où précisément. En tout cas, c'est arrivé tôt ce matin.

— Alors que vous étiez en train de rêver.

Le visage de la jeune femme s'enflamma.

— Non. Je crois, sans en être certaine, que les visions surviennent en même temps que l'acte. Je vous l'ai déjà dit, *inspecteur*, il y avait une radio dans cette maudite salle de bains. Elle diffusait « Les Confessions de minuit », et l'animatrice, le Dr Sam, évoquait l'anniversaire du jour où le président Kennedy a été assassiné. C'est aujourd'hui, le 22 novembre.

— En effet, confirma Montoya.

— Et c'est significatif, non ?

— C'est vous qui le dites.

Olivia Benchet pointa le doigt vers Bentz. Ses yeux mordorés étincelaient du feu de la colère.

— Je suis déjà venue ici et j'ai parlé à l'inspecteur Brinkman, qui m'a envoyée paître. Quand j'ai lu cet article vous concernant, tous les deux, je me suis dit que vous étiez sans doute différents. Que vous m'écouteriez.

— S'il s'est passé quelque chose…

— Croyez-moi, inspecteur, il s'est passé quelque chose. Je le jure sur la tombe de ma grand-mère.

Elle avait le visage rouge, les mâchoires serrées, l'air convaincu.

— A moins qu'il s'agisse d'un cauchemar et de rien d'autre ? suggéra Bentz.

— Je suis capable de faire la différence.

— D'accord. Avez-vous autre chose à nous dire ?

Elle laissa échapper un long soupir.

— Non. Je ne vois rien, pour l'instant.

Il était temps de mettre un terme à cette plaisanterie. Bentz esquissa un sourire factice.

— Ecoutez, mademoiselle Benchet… Olivia, je crains de ne pas pouvoir faire grand-chose. Pour ouvrir une enquête pour meurtre, j'ai besoin d'un cadavre, ou au moins de la disparition d'une femme qui corresponde à la description que vous nous avez donnée. Au final, je n'ai presque rien, sinon la description de votre cauchemar…

— Un cauchemar ? répéta-t-elle. Je n'ai pas l'habitude de me précipiter au commissariat chaque fois que je fais un cauchemar. Vous pourriez au moins effectuer quelques vérifications. En commençant par l'incendie…

Montoya, qui se trouvait près du meuble de classement, lissa son bouc d'un air perplexe.

— Il y a eu un incendie. Une vieille maison, près de City Park, dans une perpendiculaire d'Esplanade Avenue.

Bentz leva les yeux vers lui.

— Comment se fait-il que tu sois déjà au courant ?

Montoya lui adressa un sourire étudié.

— Toujours sur la brèche. L'oreille collée au sol, l'œil rivé au ciel…

« Ben voyons », pensa Bentz. Parfois, le côté cool que cultivait Montoya l'exaspérait.

— Il y avait quelqu'un à l'intérieur ?

— Je ne sais pas. L'incendie n'était pas encore éteint quand j'en ai entendu parler.

Bentz reporta son regard sur Olivia.

— Entendu, on va vérifier ça.

— Bien. Je sais que vous aimeriez ne voir en moi qu'une folle, mais faites un effort de compréhension, d'accord ? Je vous en prie.

Il éteignit le magnétophone et se redressa, signifiant ainsi que l'entretien était terminé.

— Merci d'être venue. Nous allons nous intéresser à cet incendie et nous vous préviendrons, si jamais nous trouvons quoi que ce soit.

— C'est tout ce que je demande.

Elle ouvrit son sac et en sortit une carte sur laquelle on pouvait lire :

« Olivia BENCHET
Propriétaire
Le Prisme de Cristal
Objets de collection, New Age, Spiritualité »

Le numéro de téléphone et l'adresse à Tucson, dans l'Arizona, avaient été biffés, et on avait ajouté un numéro local. Elle fit glisser la carte sur le bureau de Bentz, à côté du cadre contenant deux photos sur lesquelles Kristi souriait.

— Elle est jolie, dit Olivia. C'est votre fille ?

— Ouais, fit Bentz en récupérant la carte. Je vais être direct avec vous, mademoiselle Benchet. Votre histoire est loin de me convaincre, mais si l'on me signale la disparition d'une femme correspondant à la description que vous m'avez donnée et si un corps est découvert dans les décombres d'un incendie, je vous contacterai.

Elle hocha la tête, hésita. Elle paraissait lutter avec elle-même. Montoya s'en rendit compte, lui aussi, car il se redressa légèrement et demanda :

— Vous vouliez nous parler d'autre chose ?

Elle se tourna vers lui.

— Je suis certaine que vous avez parlé de moi avec l'inspecteur Brinkman. Faites les vérifications que vous voudrez à mon sujet, ça ne me gêne pas. Mais j'ai la certitude que le meurtrier a déjà frappé. Je... je n'avais jamais eu de visions aussi claires que celle de la nuit dernière. Auparavant, elles étaient beaucoup plus fragmentées. Des morceaux de verre plutôt qu'une fenêtre intacte, si l'on veut. J'ai senti, sans pouvoir l'expliquer, que non seulement cet homme — ce prêtre — avait déjà tué, mais qu'il se sentait investi d'une sorte de mission. Il doit avoir le sang de plusieurs victimes sur les mains — deux, peut-être trois… ou plus. Je ne sais pas exactement ce qui leur est arrivé, mais elles sont mortes. Elles ont été assassinées. Avec une cruauté inouïe.

Elle se mordit la lèvre, plissa les yeux.

— Il se passe quelque chose de terrible dans cette ville. Cette nuit, j'ai vu un être diabolique à l'œuvre. C'était affreux. Il a une mission qui est loin d'être terminée. Je pense qu'elle vient juste de commencer.

« Et voilà ! Une vraie cinglée ! » Bentz en avait assez entendu. Mais Olivia Benchet regarda de nouveau les photos de sa fille. Sur la première, Kristi n'avait pas encore six ans. Elle entrait à la maternelle et affichait un grand sourire permettant de voir qu'il lui manquait une dent de devant. L'autre photo, prise l'année dernière, montrait une jolie jeune fille de dix-sept ans. Elle souriait, là encore, mais il y avait une pointe de défi dans ses yeux noisette et la façon dont elle levait le menton — la promesse d'une rébellion à venir.

— Vous avez une fille, inspecteur Bentz. Que ressentiriez-vous si ce monstrueux assassin s'en prenait à elle ? La jeune femme qu'il a tuée cette nuit avait des parents, peut-être des frères et sœurs, ou même des enfants.

De nouveau, ses yeux ambrés l'implorèrent.

— J'espère que vous m'appellerez lorsque vous vous serez rendu compte que je vous dis la vérité. Car il y a une chance que je puisse vous aider.

Il contourna le bureau et vint lui ouvrir la porte, lui signifiant qu'elle pouvait s'en aller.

— Nous vous contacterons dès que nous aurons du nouveau.

— Je ne vous demande pas d'être condescendant ni de me faire l'aumône, répliqua-t-elle en pinçant les lèvres. Si je ne peux pas lire dans vos pensées, grâce à Dieu, votre regard en dit beaucoup.

Sur ces mots, elle franchit la porte.

— Et toc ! fit Montoya, qui l'avait laissée passer.

Plusieurs policiers tournèrent la tête sur son passage. Elle portait un jean taille basse et un pull moulant. Elle avait le dos bien droit, le menton levé. Pas une fois elle ne regarda par-dessus son épaule.

— Sacrée bonne femme ! ajouta Montoya.

— Ouais.

Un léger parfum de jasmin flottait toujours dans la pièce. Tout en tripotant la carte qu'elle lui avait donnée, Bentz la regarda disparaître dans l'escalier. Bon, d'accord, elle était séduisante. Et après ? Les jolies femmes ne manquaient pas. Et elles n'avaient pas toutes un grain.

— Encore une belle cinglée ! murmura Montoya d'un air pensif. Décidément, elles sont nombreuses par ici.

— Je suis d'accord. Mais elle a passé beaucoup de temps à Tucson.

— Ils ne sont pas en manque non plus. C'est là-bas qu'ils voient des ovni, non ?

— Plutôt à Roswell, au Nouveau-Mexique.

— C'est tout près, déclara Montoya en remontant la fermeture Eclair de son blouson en cuir. C'est le soleil du désert qui leur tape sur la tête, si vous voulez mon avis.

— Franchement, j'aurais pu m'en passer.

Montoya ignora la remarque. Il vida son gobelet de café et l'écrasa ensuite dans sa main.

— Ils ont le cerveau en bouillie. Vous avez vu ces crânes de bestiaux, dans le désert ? Voilà ce qu'il fait, le soleil. Il vous débarrasse les os de tout ce qu'il peut y avoir autour…

— Même sur les créatures vivantes ?

— Ça commence lentement, expliqua Montoya avec son grand sourire.

Et il balança son gobelet dans la corbeille à papier.

— Il s'est déclaré à quelle heure, cet incendie ? demanda Bentz.

— Assez tôt. 3 ou 4 heures.

Ça collait avec l'histoire d'Olivia Benchet. Pendant la semaine, « Les Confessions de minuit », l'émission à succès du Dr Sam, était programmée la nuit. Le vendredi, elle se terminait à 3 heures.

— Un prêtre, murmura Montoya. Je n'y crois pas.

Bentz non plus. Même s'il avait un compte à régler avec l'Eglise catholique, ou plus précisément avec un prêtre. Une ordure. Mais aussi bas qu'il puisse s'abaisser, avec ou sans ses vêtements sacerdotaux, le bon père ne commettrait jamais un meurtre, Bentz en avait la conviction.

Le téléphone sonna, et il revint vers le bureau pour décrocher.

— Bentz.

— Salut, Rick. C'est Stan Pagliano.

Bentz jouait aux cartes avec lui deux ou trois fois par an. Stan était un collègue, père célibataire, comme lui, et sa fille avait le même âge que Kristi. Il était pompier.

— Qu'est-ce qu'il y a, Stan ?

— J'ai été sur le pont une bonne moitié de la nuit. On a eu un méchant feu, pas loin du bayou Saint-John. Une petite maison. Le temps qu'on nous appelle, il était déjà trop tard.

— Il y avait quelqu'un à l'intérieur ?

— Oui. D'après ce qu'il en reste, nous pensons qu'il s'agit d'une femme. Rien de sûr pour l'instant. Le légiste et les spécialistes des scènes de crime sont sur place, mais je me suis dit que tu aimerais venir jeter un coup d'œil. Ce n'est pas juste l'histoire classique du crétin qui s'endort au lit en fumant une cigarette. Ça ressemble plutôt à un incendie criminel. La femme ne pouvait rien faire : elle était *enchaînée* par les chevilles et les poignets au lavabo de la salle de bains. Elle avait aussi quelque chose autour du cou. Le corps est méchamment brûlé. Le pire, c'est… c'est sa tête.

Il expira longuement.

Bentz savait déjà ce qui allait suivre.

— Elle était pratiquement décapitée. Pas joli, tout ça.

Le corps de Bentz fut parcouru d'un long frisson. Il jeta un coup d'œil par l'entrebâillement de la porte, comme s'il avait pu rappeler Olivia Benchet. Mais elle était déjà loin.

— Il y a d'autres éléments, aussi. L'équipe scène de crime s'occupe de tout, mais je pense que ce serait bien que tu fasses un tour avant que tout soit ensaché et étiqueté.

— J'arrive ! dit Bentz.

Le ventre noué, il nota l'adresse, puis raccrocha. Il allait récupérer sa veste quand son regard croisa celui de Montoya.

— Quelqu'un est mort dans l'incendie, du côté d'Esplanade Avenue. Probablement une femme. Elle est carbonisée. Elle était enchaînée à un lavabo et elle a presque été décapitée.

— Putain de merde ! fit Montoya dans un souffle.

Bentz glissa son Glock dans son holster d'épaule.

— Tout à fait d'accord.

5

Kristi Bentz sortit de l'eau. Trois mille mètres, soixante longueurs de bassin. C'était sa plus belle performance pour les six derniers mois, et elle se sentait bien. Elle attrapa sa serviette et respira profondément. Elle avait du chlore plein le nez et les oreilles bouchées, ce qui ne l'empêchait pas d'entendre les voix des autres nageurs. Avec son survêtement, ses tongs et son sifflet autour du cou, Mme Carter, le maître-nageur, ramassait les planches de natation et autres objets qui traînaient au bord du bassin.

A travers les fenêtres couvertes de buée, Kristi entrevit les étudiants qui se pressaient pour rejoindre les salles de classe en coupant par les installations sportives. Elle leva les yeux vers la pendule.

7 h 45 ! Si elle ne se dépêchait pas, elle allait être en retard à son premier cours de la journée. Alors qu'elle se séchait, quelque chose attira son attention. Elle se tourna et eut la vision fugitive d'une silhouette de l'autre côté du verre embué — un homme qui devait dépasser le mètre quatre-vingts et regardait à l'intérieur.

Et après ? Qu'est-ce que ça pouvait faire ? Sans doute un pauvre type que cela excitait de regarder les filles en maillot de bain.

Un pervers un peu pathétique.

Elle s'enveloppa dans sa serviette et pressa le pas vers les vestiaires. Elle prit une douche rapide, brûlante. Elle avait déjà complètement oublié le voyeur. Dans sa cabine, elle enfila son jean, son pull et, sans perdre de temps, elle réunit ses cheveux en queue-de-cheval. Puis elle se maquilla légèrement et, son sac à dos en bandoulière, traversa le campus à petites foulées. La plupart des élèves étaient déjà entrés dans les amphithéâtres. Ils n'étaient plus que quelques-uns dans les allées quadrillant les pelouses, au milieu des vieux bâtiments en brique.

Kristi regarda au-delà de la bibliothèque, vers le pavillon Adam, où elle avait un cours d'anglais avec le Pr Northrup, puis un autre de psychologie avec le Pr Sutter. Deux drôles de zèbres, selon elle. Northrup voyait en Shakespeare l'égal de Dieu, et Sutter leur donnait des tonnes de devoirs. Des tonnes ! Si elle s'était inscrite plus tôt, elle aurait pu suivre les cours de professeurs moins problématiques. Mais non, comme toujours, il avait fallu qu'elle s'y prenne au dernier moment ou presque. Si bien qu'elle se retrouvait avec Northrup, Sutter et le Pr Franz — encore un qui était bon à enfermer !

Mais, dans l'immédiat, elle avait son cours préféré. Philosophie des religions. Ce n'était pas la matière elle-même qui l'intéressait ni le grincheux qui l'enseignait — le Pr Zaroster, aussi vieux que les livres dont il tirait la matière de ses cours —, mais son assistant, Brian Thomas, un étudiant de troisième cycle. Pour *lui,* ça valait la peine de se lever tôt et de ne jamais manquer un cours. Si le Pr Sutter ou le Pr Franz avaient pris des assistants comme Brian, leurs cours auraient eu davantage de succès.

Elle sourit en pensant à Brian. Il avait manifesté une attention particulière à son égard durant deux discussions en groupe, et elle en avait été flattée. Brian était grand, il avait d'épais cheveux bruns et un corps sublime. Il n'avait pas cessé de lui adresser des sourires un peu timides. Par la suite, pendant les cours, elle l'avait surpris plusieurs fois en train de la fixer. Il détournait aussitôt les yeux, comme s'il ne voulait pas qu'elle sache qu'il l'observait.

Eh bien, ça n'avait pas marché.

Elle pénétra en hâte dans l'amphithéâtre et descendit les marches pour aller s'asseoir dans les premiers rangs. Zaroster, qui était en train d'ouvrir son livre, lui jeta un coup d'œil irrité.

Quelle affaire ! Elle n'avait qu'une ou deux minutes de retard. Mais elle voulait faire une entrée remarquée. De cette façon, Brian noterait sa présence et… Sauf que Brian n'était pas là. Les autres étudiants prenaient déjà des notes fébrilement. La voix haut perchée de Zaroster emplit la salle tandis qu'il feuilletait son vieux livre poussiéreux.

Kristi promena discrètement son regard à travers l'auditorium. Et elle *le* vit. Au fond de la salle, dans la dernière rangée, en train de distribuer des feuilles.

Alors qu'elle regardait par-dessus son épaule, dans sa direction, il posa enfin les yeux sur elle. Elle lui sourit et, à sa grande surprise, il répondit à son sourire.

Seigneur ! Elle sentit son visage s'embraser et baissa les yeux une seconde, retenant son souffle. Il était bien plus âgé qu'elle — sans doute plus proche de trente ans que de vingt.

Et après ? Quelle importance ?

Il y a Jay, tout de même…, lui souffla une petite voix.

Elle éprouva une pointe de culpabilité. Jay était son petit ami. Du moins, il l'avait été. Car, depuis qu'elle avait quitté La Nouvelle-Orléans pour entrer à la fac, leur relation avait pris du plomb dans l'aile. Elle regarda la bague qu'elle avait au doigt. Une bague d'engagement, de celles qu'on offre juste avant de se fiancer. Ça lui paraissait ridicule, à présent.

Elle ôta l'anneau en argent de son doigt alors que le vieux Zaroster poursuivait son cours, et le glissa dans sa poche. Puis elle risqua un nouveau coup d'œil derrière elle. Brian, qui continuait à distribuer ses feuilles, n'était plus qu'à deux rangées d'elle. Leurs regards ne se croisèrent pas, cette fois, mais elle s'en fichait.

Elle savait que, tôt ou tard, il lui proposerait de sortir avec lui.

***

Une sale odeur flottait dans l'air. La fumée, l'humidité, et cette puanteur si particulière des cendres humides et du bois calciné.

Dans la lumière du matin, Bentz contempla les restes encore fumants de la maison carbonisée. Cernés par le ruban de sécurité jaune, détrempés par les lances des pompiers, quelques piliers de soutien noircis se tenaient encore debout autour du foyer à moitié écroulé d'une cheminée. Dans le jardin, il restait une demi-douzaine de lilas et de chênes verts roussis par le sinistre.

Bentz se passa la main dans les cheveux, tout en contemplant ce gâchis et le petit monde qui s'agitait autour. Les techniciens, en plein travail, s'aventuraient avec précaution au milieu des décombres. Un photographe et un vidéographe scrutaient les lieux à travers leurs appareils tandis que des flics en uniforme maintenaient les curieux à l'écart. Des voitures de police, gyrophare en marche pour certaines, étaient stationnées en travers de la chaussée afin d'interdire l'accès au secteur. Il y avait aussi une équipe de télévision en train de filmer.

La victime avait été photographiée puis emportée dans un sac mortuaire.

En vingt ans de métier, Bentz n'avait jamais vu une horreur pareille. Ce que cette femme avait subi dépassait les limites du supportable.

Il restait encore un camion de pompiers. Les voisins posaient des questions ou discutaient entre eux, alors qu'un soleil hivernal tentait de percer à travers le couvercle de nuages gris qui pesait sur la ville.

Bentz avait parlé à deux policiers et au légiste, et il essayait toujours de comprendre comment Olivia Benchet avait pu voir aussi juste.

Comme si elle s'était trouvée là.

Il prit un paquet de chewing-gums à la menthe verte dans

sa poche et sortit une tablette de son emballage. Qu'est-ce qui se passait avec cette femme ? Si elle n'était pas sur place au moment du crime, comment savait-elle ce qui était arrivé ?

Stan Pagliano s'avança vers Bentz. Il avait le visage couvert de suie et de boue. Les rides de son front semblaient encore plus creusées que d'ordinaire.

— C'était pas joli, dit-il. Mais c'est toujours comme ça…

— Qu'est-ce qui s'est passé ? demanda Bentz.

Il avait déjà entendu l'histoire de la bouche d'un des flics, mais il voulait la version de Stan.

— D'après ce que j'ai compris, un voisin s'est levé pour aller aux toilettes, il a jeté un coup d'œil par la fenêtre, machinalement, et il a vu les flammes. Il était déjà trop tard. Le premier camion est arrivé ici en trois minutes, mais le feu avait gagné toute la maison. On a eu de la chance de pouvoir sauver les autres.

Il désigna les bâtiments mitoyens, tout en longueur et identiques, des *shotgun houses*, avec leur toit en pente et à l'avant une véranda sur laquelle donnaient une porte et deux fenêtres étroites.

— Le feu a dû prendre dans une petite pièce, au fond, où se trouvait un vieux fourneau. Et, sans qu'on sache trop pourquoi, il est passé dans l'un des conduits d'aération. Un peu comme s'il avait suivi le tracé d'un combustible assez lent, jusqu'à la salle de bains. Bizarre…

Ses yeux sombres croisèrent ceux de Bentz.

— Et là, il y avait la victime, enchaînée. *Enchaînée*, bon sang ! Quel genre de malade irait faire un truc pareil ?

Il porta la main à l'une des poches de sa grosse veste jaune couverte de suie, et en sortit un paquet écrasé. Il l'agita pour faire sortir une cigarette, qu'il proposa à Bentz. Puis, aussitôt, il secoua la tête.

— C'est vrai, tu as arrêté.

Stan porta la Winston à ses lèvres, récupéra son briquet et alluma la cigarette. Il inspira profondément la fumée.

— Tu sais, ça fait des années que Bethie essaye de me

convaincre d'arrêter en me répétant toutes les conneries sur le tabagisme passif, les trucs qu'on leur serine à l'école. Et puis, un jour, cet été, elle fait tomber son sac par terre, et devine un peu ce qui s'en échappe ? Un petit paquet de Marlboro *light*…

Il recracha un épais nuage de fumée et ajouta :

— Va comprendre !

— Nos filles commencent à grandir et à se rendre compte qu'on leur a menti la moitié du temps, dit Bentz, tout en observant Montoya, qui s'entretenait avec les voisins.

— Dix contre un que la victime était jeune, dit Stan. Pas tellement plus vieille que Beth Ann ou Kristi, si tu veux mon avis.

Bentz pensa aussitôt aux paroles d'Olivia Benchet : « Vous avez une fille, inspecteur Bentz. Que ressentiriez-vous, si ce monstre s'en prenait à elle ? »

— Hé, Stan, amène-toi ! cria un pompier. On a besoin d'un coup de main.

— J'arrive !

Il tira longuement sur sa cigarette, puis salua Bentz d'un hochement de tête.

— On se reparle plus tard. Et… Rick ?

— Oui ?

— Trouve-moi vite cette enflure, d'accord ?

— Tu peux me faire confiance.

Bentz regarda Stan, qui rejoignait le camion de pompiers en courant.

Montoya en avait fini avec les voisins. Longeant la scène de crime, il se fraya un chemin entre les voitures stationnées.

— Il dit quoi, le légiste ? demanda-t-il à Bentz.

— Il doit nous envoyer son rapport, mais, d'après ce qu'il a déjà pu observer, il semblerait que notre « témoin », si on peut l'appeler comme ça, a bien « vu » ce qui se passait.

— Ça donne à réfléchir, pas vrai ?

— On va devoir s'intéresser à elle de très près, marmonna

Bentz en fourrant ses mains dans ses poches. Son histoire est encore plus compliquée qu'elle n'en a l'air.

Les sourcils froncés, il songea à Olivia Benchet. Elle lui était apparue franche, déterminée et innocente. Qu'allait-il découvrir en se penchant sur son cas, en fouillant dans sa vie privée ? Probablement rien de plaisant.

— Je vais lui parler et, de ton côté, tu fais des recherches sur elle et sur son entourage. La grand-mère, la mère, le petit ami, tu vois si elle est mariée, si elle l'a été, combien de fois, tu trouves où elle a fait ses études, ce genre de trucs.

— Pigé ! fit Montoya en hochant la tête.

— Qu'est-ce que tu as trouvé, sinon ? Les voisins ont vu quelque chose ?

Montoya soupira.

— Rien. A part le type qui s'est levé en pleine nuit, dans la maison rose, là…

Il désigna une *shotgun house*, près de celle qui avait brûlé.

— … aucun des voisins n'est allé jeter un coup d'œil par la fenêtre avant l'arrivée des pompiers. Et c'est seulement à ce moment-là qu'ils ont senti la fumée.

Dégoûté, il secoua la tête.

— Pour revenir à Elvin Gerard, il a réveillé sa femme, Lois, et il a appelé le 911 dès qu'il a vu les flammes. Fin de l'histoire. Selon lui, la maison avait été divisée en deux appartements à louer. Mais ils étaient libres. La maison était donc vide.

— Sauf que, cette nuit, il y avait quelqu'un.

— Ouais.

Montoya ouvrit son petit calepin.

— Toujours d'après Gerard, les locaux appartenaient à un vieux couple, les Jalinsky. Ils sont morts à quelques mois d'intervalle. Les enfants, qui ont hérité, ont mis la maison en location par l'intermédiaire d'une agence locale, Benchmark Realty. Personne n'est venu récemment, à l'exception d'un agent de Benchmark, qui a fait visiter, et d'une société d'entretien.

Les pompiers avaient commencé d'enrouler les tuyaux. Les voisins se dispersaient, et la dernière équipe de télévision rangeait son matériel. Un policier retirait les barrières et faisait signe aux voitures de passer.

— Je vais contacter Benchmark et leur demander une liste de toutes les personnes intéressées par la maison, dit Bentz. Autre chose ?

— Peut-être, oui. Un voisin qui est allé chercher sa caméra vidéo et qui a filmé l'incendie au moment où les pompiers arrivaient.

— Tu as le film ? demanda Bentz, évidemment intéressé.

— Oui. Le type était trop content de rendre service.

Montoya sortit une cassette de sa poche.

— J'imagine qu'il faudra se taper le dernier voyage des Henderson à Disney World, mais après ça on devrait avoir un bon aperçu de l'incendie.

— Et avec un peu de chance, il y aura quelque chose d'intéressant…

En même temps, Bentz n'y croyait pas trop. L'assassin était sans doute parti depuis un moment quand le voisin, à moitié endormi, avait dirigé sa caméra vers l'incendie. A moins que le meurtrier ait pris un plaisir malsain à rester sur place pour profiter un peu du spectacle. Ça arrivait — et ça faisait souvent les affaires de la police. Mais on n'en était pas là. Pour l'instant, leur piste la plus sérieuse, dans cette affaire, c'était l'histoire pour le moins bizarre d'Olivia Benchet — une victime enchaînée, un prêtre avec une radio et un sabre, et l'assassinat de John Fitzgerald Kennedy.

— Je vais aussi aller voir du côté des personnes disparues. Ils ont peut-être l'identité de la victime. Et, bien entendu, j'irai parler à Mlle Benchet.

— Vous ne croyez pas trop au côté parapsychologique-vaudou de son histoire ? demanda Montoya en réprimant un sourire.

— Pas pour l'instant.

Ils se dirigèrent vers la Crown Victoria.

— Il s'agit d'abord de comprendre comment elle fonctionne. Va voir Brinkman et récupère tout ce qu'il a sur elle, même le plus insignifiant. Il a dû prendre des notes, peut-être même constituer un dossier. Renseigne-toi aussi pour savoir si elle a parlé à quelqu'un d'autre, ici ou dans les comtés voisins. D'après ce qu'elle raconte, il y aurait eu d'autres meurtres. Vérifie ça. De mon côté, je vais contacter le FBI et leur demander de faire passer l'info.

— S'ils trouvent quelque chose, ils vont encore vouloir former une de leurs foutues *task forces*.

— Tant mieux.

— Je ne pensais que vous aimiez travailler avec les fédéraux.

Ils contournèrent quelques pompiers qui tiraient les derniers tuyaux vers le camion.

— Je tolère les fédéraux tant qu'ils ne se mettent pas sur mon chemin.

Ils rejoignirent leur voiture, et Bentz s'installa côté passager.

— On devrait peut-être s'intéresser à la piste du prêtre, suggéra Montoya en se glissant derrière le volant.

— Peut-être. L'idéal, ce serait d'en trouver un avec un casier, des condamnations pour meurtre et incendie criminel !

Montoya émit un rire étouffé en même temps qu'il tournait la clé de contact.

— Olivia Benchet était en plein dans le mille, pas vrai ?

— C'est ça. Ou bien elle est impliquée.

— Vous y croyez ?

Bentz secoua la tête, se rappelant le désespoir dans les yeux d'Olivia, la peur sincère qui s'y lisait, sa façon de se mordiller la lèvre ou encore son expression inquiète tandis qu'elle racontait son histoire.

— Je ne sais pas quoi penser.

Montoya fit marche arrière et manœuvra la Ford entre les autres véhicules.

— Pourquoi serait-elle venue au commissariat, si elle est dans le coup ? Ça ne tient pas…

C'était bien ce que pensait Bentz, mais il avait vu des choses bien plus étranges. Il ne laissait rien au hasard.

— On verra bien.

— Oui. Je vais aussi me rencarder, côté permis, vignettes et plaques d'immatriculation. Sans oublier la Sécurité sociale et tout le reste.

— Dès que j'aurai les premières infos, ainsi que le rapport du légiste, j'appellerai Mlle Benchet.

— C'est quand même dingue, cette histoire. Je suis prêt à parier tout ce que vous voulez qu'on va retrouver une radio cramée et une espèce de collier sur le pommeau de la douche, exactement comme elle l'a dit.

Montoya croisa le regard de Bentz.

— Il y a quelque chose, chez cette femme.

— C'est sûr… *Diego.*

— Hé, c'est comme ça que je veux qu'on m'appelle, maintenant ! répliqua Montoya en quittant la rue pour s'engager dans une avenue plus large.

— Pourquoi ?

— Ça fait partie de mon héritage. Et puis ça sonne bien, vous ne trouvez pas ?

— Peu importe.

Pour tout dire, Bentz s'en foutait. Tout en mâchouillant son chewing-gum insipide, il jeta un coup d'œil à la cassette vidéo et se demanda ce qu'elle allait révéler. Probablement rien. A moins qu'on y distingue la silhouette d'un suspect en train de prendre la fuite, ou un homme au milieu de la foule des curieux, qu'aucun des voisins ne reconnaîtrait et qui pourrait être le coupable en train de profiter du spectacle… Non, il n'y croyait pas.

Leur meilleure piste, pour l'instant, c'était Olivia Benchet.

6

Le téléphone sonnait quand Olivia rentra chez elle. Elle laissa son sac sur la table de la cuisine et décrocha tandis que Harry filait dans le salon.

— Allô ?

Coinçant le combiné entre son épaule et son oreille, elle souleva la couverture qui protégeait la cage de Chia, le perroquet. Dans un froissement d'ailes, l'oiseau siffla bruyamment.

— Livvie ?

La voix généralement haut perchée de Sarah était douce. Sobre. Cela ne pouvait signifier qu'une chose. Des problèmes avec son mari. Une fois de plus. Leo Restin avait pris des libertés avec son devoir de fidélité. Il était incapable d'intégrer le terme « monogamie » à son vocabulaire, de même qu'il lui semblait impossible de maîtriser ses mains baladeuses. Quelques mois plus tôt, il avait eu le culot de draguer Olivia, l'associée et amie de sa femme. Ses avances pressantes faisaient partie des raisons qui l'avaient poussée à quitter Tucson. Elle lui avait demandé de la laisser tranquille et avait même menacé de tout révéler à Sarah, mais il avait continué.

Pauvre type !

— Que se passe-t-il ? demanda Olivia en adressant un clin d'œil à Chia.

— C'est Leo.

Quelle surprise !

— Il a de nouveau disparu.

Cela signifiait en général qu'il était avec une femme. Olivia regarda par la fenêtre les nappes de brume qui montaient du bayou.

— Il n'arrêtera donc jamais ? Tu sais aussi bien que moi ce que tu devrais faire, Sarah.

— Non. Je ne crois pas au divorce, Olivia. Et aussi dingue que ça puisse paraître, je l'aime toujours. Je dois juste attendre qu'il grandisse.

Elle risquait d'attendre longtemps !

— Ecoute, il a trente-cinq ans. D'après toi, ça va durer encore combien de temps ?

— Je l'ignore. Mais je l'aime vraiment, répéta Sarah d'une voix légèrement tremblante. Je comprends que ça puisse sembler pathétique, par moments. Mais je tiens à lui et… et il peut se montrer tellement adorable !

— C'est pour ça que toutes les femmes craquent pour lui.

Sarah retint son souffle.

— Oh ! excuse-moi, dit aussitôt Olivia. Ça m'a échappé. Mais je déteste te voir souffrir. Si tu le laisses faire, il continuera, tu en as conscience ?

— Je sais, je sais, oui. Seulement, *personne* n'a jamais divorcé, dans ma famille. Je serais la première…

— C'est si important que ça ?

— Je crois, oui… Enfin, je n'en sais rien. J'ai grandi en pensant que l'on se mariait pour la vie. Une vie de bonheur.

— Dans les contes de fées, oui.

Contre toute attente, Sarah se mit à rire.

— Tu as raison. Et toi, comment vas-tu ?

— Couci-couça, répondit Olivia. Ça va être plus difficile que prévu de vendre la maison.

Elle promena son regard autour d'elle, effleurant des yeux les murs lambrissés et le plancher de bois brillant d'une patine centenaire. Les hautes fenêtres aux vitres étroites offraient une vue spectaculaire sur le bayou. A côté de ça, la plomberie et l'électricité étaient vétustes et probablement dangereuses. Quant à l'insonorisation, il ne fallait même pas y penser.

— Il y a beaucoup de travaux à faire, et je ne suis même pas certaine de vouloir la vendre. Elle est dans la famille depuis toujours…

— Donc tu n'as pas décidé si tu allais rester ou non à La Nouvelle-Orléans ?

— Je compte au moins terminer ma maîtrise ici. Après, qui sait ?

— Tu travailles toujours dans cette petite boutique, sur la place ?

— A mi-temps. En dehors des heures de cours.

Elle s'adossa au comptoir et songea à la clientèle pour le moins éclectique du Troisième Œil. Logé dans un minuscule espace situé en face de Jackson Square, le magasin proposait un choix d'articles disparates : de la tête d'alligator naturalisée aux objets religieux. L'esprit était essentiellement New Age et vaudou, avec un soupçon de christianisme entre les deux.

— Comment vont les affaires, à Tucson ?

— Super ! répondit Sarah. J'ai fait la connaissance d'une artiste qui va exposer ses créations. J'ai aussi une nouvelle ligne de pendentifs en cristal qui se vendent comme des petits pains. Mais tu me manques. Sans toi, ce n'est plus pareil.

— Tu as bien engagé quelqu'un ?

— Oui. Une fille avec des tatouages partout. Elle a même recours aux épingles à nourrice, tu te rends compte ? Je me demande si elle a sa place ici.

Olivia se mit à rire pour la première fois de la matinée.

— Attention, Sarah, ton éducation catho commence à ressortir…

— Retire ça tout de suite !

— Si ça continue, tu iras travailler en jupe écossaise, blazer et socquettes…

— Très amusant !

— Je le pense.

— Oh ! J'ai un bip, dit Sarah. Je dois y aller…

— On se parle plus tard, répondit Olivia, sachant que son amie était impatiente de raccrocher pour prendre l'autre appel.

Sarah, l'éternelle optimiste, devait probablement penser que c'était Leo qui lui téléphonait. Un Leo qui, sans doute déjà fatigué de sa nouvelle conquête, était prêt à ramper sur les mains et les genoux pour implorer le pardon de sa femme…

Harry aboya et se mit à tourner en rond devant la porte qui donnait sur l'arrière de la maison.

— Tu veux sortir ? lui demanda Olivia en ouvrant la porte.

Le chien s'élança dehors. Des nuages orageux s'amoncelaient à l'horizon. L'atmosphère lourde et humide annonçait la pluie. Le chien courut tout le long de la véranda, puis s'élança à la poursuite d'un écureuil, d'un opossum ou d'un oiseau.

L'estomac d'Olivia se mit à gargouiller. Il était 10 heures du matin, et ça faisait sept heures qu'elle était levée. Elle ouvrit le réfrigérateur et jeta un regard sur ses provisions — deux œufs, un bout de mozzarella, un reste de pain de mie et du ketchup.

— Une omelette s'impose ! annonça-t-elle en entendant Harry, qui rentrait. Qu'est-ce que tu en dis ?

Elle ouvrit le garde-manger, où un sac à moitié plein de croquettes pour chien était rangé sous trois étagères de pêches, d'abricots et de poires en boîte conservées par sa grand-mère. A la pensée de la vieille femme, une pointe de tristesse la transperça. Comme il était dur de perdre quelqu'un qui vous aimait !

Après avoir versé une mesure de croquettes dans la gamelle d'Harry, elle ajouta des graines dans la cage de Chia et lissa les douces plumes vertes du perroquet.

— Elle n'est pas belle ? avait demandé Grannie, le jour où elle avait apporté l'oiseau à la maison. Ces bestioles sont salissantes comme tout, je sais, mais Wanda me devait de l'argent et elle m'a offert Chia. Je n'ai pas pu résister.

Les yeux de Grannie brillaient de joie. Et c'est ainsi que Chia était entré dans la famille.

— Grannie avait raison, tu sais ? Tu es magnifique, dit Olivia à l'adresse de l'oiseau.

Lequel fit admirer ses ailes colorées, avant de se pencher pour picorer quelques graines dans sa mangeoire.

Olivia alluma la radio et glissa deux tranches de pain dans le grille-pain. Pendant qu'Harry terminait goulûment son petit déjeuner, elle battit les œufs et les fit glisser dans la poêle. A la radio, Patsy Cline chantait un amour perdu. Super ! songea Olivia en râpant le bout de fromage. Exactement ce qu'elle avait envie d'entendre. Idéal pour se remonter le moral… Les dernières notes de musique moururent, et Ramblin' Rob, le présentateur de l'émission, conta l'histoire de la chanson, un vieux classique country que la star avait enregistré peu avant sa mort. Il avait une voix profonde de baryton et donnait l'impression de connaître personnellement tous ses auditeurs. Ce qu'Olivia appréciait.

Au cours des quelques mois écoulés depuis son retour en Louisiane, elle s'était familiarisée avec les voix des présentateurs, qu'ils soient journalistes ou animateurs d'émission. La station qu'elle écoutait le plus souvent était WSLJ, où officiait notamment Samantha Leeds, *alias* « Dr Sam », qui dispensait tous les soirs et une partie de la nuit des conseils aux auditeurs — cette même radio qu'elle avait « entendue » la nuit dernière au cours de sa vision.

Cette fichue vision.

Une impression de froid l'envahissait chaque fois qu'elle pensait à ce meurtre horrible. « Alors, n'y pense pas », se disait-elle. Mais c'était plus fort qu'elle. Et cette fois encore le souvenir de la victime en train d'implorer son bourreau lui traversa l'esprit. Distraite, elle passa la râpe sur le dos de ses doigts.

— Aïe !

Elle ouvrit aussitôt le robinet et laissa couler l'eau sur ses doigts.

— Quelle idiote ! murmura-t-elle en s'adressant à Harry.

Olivia était surtout troublée de ne pas pouvoir se débarrasser de ce cauchemar. Elle avait pensé y arriver en allant trouver la police. Mais le scepticisme évident de Bentz avait agi sur elle comme une douche froide. En lisant un article de journal, elle l'avait cru différent des autres. Plus ouvert. Mais, en fait, il s'était montré presque aussi désagréable que Brinkman.

— Pauvre type ! murmura-t-elle.

Peut-être les doutes de Bentz étaient-ils fondés. Peut-être s'agissait-il d'un mauvais rêve…

— C'est ça ! marmonna Olivia en réponse à ses propres pensées. Et moi, je suis la reine d'Angleterre !

Elle enveloppa ses doigts blessés dans du papier absorbant, et réussit à saupoudrer la mozzarella sur ses œufs.

Le grille-pain éjecta les toasts.

Elle s'emparait de la barquette de margarine quand les informations attirèrent son attention.

— … et la nuit dernière, un incendie de niveau trois a fait une victime de sexe féminin, qui n'a toujours pas été identifiée. Le feu s'est déclenché aux alentours de 3 heures du matin, près du bayou Saint-John…

Olivia se laissa aller contre le comptoir et écouta la fin de l'information. Il n'y avait que les éléments essentiels. Un incendie. Une femme décédée. Probablement un feu d'origine criminelle. Il n'était pas question de meurtre. On ne parlait d'aucun assassin qui se serait enfui dans la nuit.

Mais Rick Bentz savait.

Et il allait appeler.

Ça, Olivia n'avait pas besoin d'être médium pour le savoir.

7

Bentz n'attendait pas grand-chose de sa visite à Benchmark Realty. Il s'y arrêta après avoir récupéré sa propre voiture au commissariat, et apprit que le propriétaire de la société de gestion immobilière, Oscar Cantrell, était absent. Mais la secrétaire, Marlene, une belle brune aux yeux cachés derrière des lunettes aux montures rouges, confirma à Bentz que la maison où l'incendie s'était déclenché était libre depuis septembre — depuis que les derniers occupants, des étudiants de la Tulane University, étaient partis en laissant un passif de plusieurs mois de loyer impayés.

— C'est toujours la loterie, avec les étudiants..., expliqua Marlene.

Elle ajouta que les cinq garçons, qui avaient loué les deux parties de la bâtisse, étaient des fêtards. Ils avaient causé d'importants dégâts que ni la caution ni les services d'une société de nettoyage n'avaient pu faire disparaître. A présent, les propriétaires, un frère et une sœur qui vivaient dans des Etats différents, étaient désireux de vendre.

Marlene parlait en prenant à peine le temps de respirer, sans cesser de mâchouiller son chewing-gum et de faire de grands gestes avec les mains.

— Comme les propriétaires n'habitent pas l'Etat, nous nous occupons de tout. Wes, le frère, habite Montgomery et Mandy, dont le nom de femme mariée est Sieverson, vit à Houston. Ils n'arrivent pas à s'entendre. Mandy voudrait arranger la maison, mais son frère refuse de dépenser un dollar. On venait tout juste d'enterrer sa mère quand il a nous a appelés pour mettre la maison en vente. Il semblait intraitable. Mais Mandy, elle, n'était pas du tout d'accord. Elle est mariée, comme je vous l'ai dit, et elle veut garder la maison. Avec Wes, c'est une autre histoire… Il a piqué une de ces crises, quand les derniers locataires ont fait faux bond ! Il voulait que le patron lui rembourse ses pertes.

Levant les yeux au ciel, elle émit un claquement de langue.

— Comme si un truc pareil était possible !

— J'aimerais avoir une liste de toutes les personnes qui se sont présentées pour visiter la maison depuis qu'elle est libre — ainsi que le nom des gens que vous avez engagés pour remettre l'endroit en état.

— Pas de problème, dit Marlene en tapant sur le clavier de son ordinateur. Juste une seconde ! Nous avons un dossier pour chaque client.

Une imprimante qui n'était pas de la première jeunesse se mit à crépiter. Et moins de deux minutes plus tard, la secrétaire tendait une liasse de feuilles à Bentz.

Il la remercia, tout en se promettant d'aller prendre des renseignements sur les propriétaires actuels et leurs récents déplacements, afin de s'assurer qu'ils n'avaient pas mis le feu pour toucher l'argent de l'assurance.

Sauf qu'une affaire de fraude à l'assurance n'expliquait pas qu'une femme ait été torturée et assassinée dans la maison. Bentz n'arrêtait pas de penser aux paroles de Stan Pagliano : « Elle était *enchaînée* par les chevilles et les poignets… Mais c'est… c'est sa tête… Elle était pratiquement décapitée. »

Peu après, Stan lui avait demandé quel genre de tordu serait capable de commettre un crime aussi horrible.

Bentz l'ignorait.

Mais il se pouvait que quelqu'un le sache.

Olivia Benchet.

*
* *

— Puisque je te dis que c'est juste une dingo ! répéta Brinkman. Je lui ai parlé deux fois, et les deux fois, elle m'a dit qu'elle avait vu des meurtres se produire. Elle était incapable de me donner quoi que ce soit de concret. Pas de corps. Pas de scène de crime. Pas de flingue chaud et fumant. Rien. Si tu veux savoir ce que j'en pense, je crois qu'elle bat complètement la campagne. Et j'ai toujours détesté la campagne…

Bentz n'était pas d'humeur à apprécier les plaisanteries de Brinkman.

— J'aimerais simplement jeter un coup d'œil aux rapports, dit-il. Cette fois, il y a un corps, une scène de crime, et un sabre à défaut de flingue.

— J'ai entendu parler de ça. Le truc près d'Esplanade Avenue ?

— C'est ça.

— Bon sang ! Elle est venue pour ça ?

Brinkman secoua la tête.

— Sale histoire ! maugréa-t-il.

— Comment tu expliques qu'elle nous ait raconté ça avant tout le monde ?

— Un gros coup de bol ? Qu'est-ce que j'en sais, moi ? Mais je dois reconnaître qu'elle m'a intrigué. Elle paraissait tellement sûre d'avoir raison… Alors, j'ai fait quelques vérifications, j'ai passé des coups de fil, et j'ai fini par découvrir qu'elle est issue d'une longue lignée de cinglés. La grand-mère racontait qu'elle était une princesse vaudoue, ou quelque chose d'approchant, tout ça parce qu'elle était « octavonne » — c'est-à-dire qu'elle avait un huitième de sang noir. La mère a dû se marier quatre ou cinq fois. Le père, lui, a passé une bonne partie de sa vie dans la prison d'Etat du Mississippi et…

— Attends un peu ! C'est quoi cette histoire ? demanda Bentz.

Brinkman remonta ses lunettes sur son nez et esquissa

un sourire en comprenant qu'il disposait d'une information inédite.

— Tu ne savais pas ? Le vieux Reggie a trucidé un homme. Tout ça figure dans mon rapport. Il est sorti de prison cette année.

— Et ?

— Pour autant que je sache, il se tient à carreau, répondit Brinkman en souriant. Un citoyen modèle. Il a rencontré Dieu, ou quelque chose d'approchant. Ecoute, je vais t'envoyer toute l'info, et tu décideras par toi-même ce que tu veux croire de l'histoire d'Olivia Benchet. Si elle était au courant de ce qui est arrivé à la fille qui s'est fait tuer, c'est qu'elle était dans le coup…

Il s'interrompit.

— Non, en fait, ce n'est pas son genre. J'y suis ! s'exclama-t-il en claquant des doigts. Elle a vu ce qui s'est passé. En rêve.

— C'est ce qu'elle dit.

— Et tu gobes ça ?

— Arrête ton cirque ! coupa Bentz, agacé. Transmets-moi juste tes rapports, d'accord ?

Lui non plus ne croyait pas à cette histoire de visions, mais il avait encore plus de mal à imaginer que la jeune femme puisse être impliquée dans le meurtre, d'une manière ou d'une autre.

— Et si on lui accordait le bénéfice du doute ?

— Ma parole, mais on croirait entendre ces gens qui sont dans la compassion permanente.

Brinkman secoua la tête.

— Et moi qui commençais à croire que tu étais un bon flic…

— Pardonnez-moi, Père, car j'ai péché.

L'Elu s'agenouilla devant l'autel, et il vit le reflet déformé de son visage sur la surface réfléchissante du calice. Des cierges aux flammes tremblantes brûlaient. A travers les murs de son sanctuaire exposé aux quatre vents, il sentait la rivière. Cette odeur de moisi. D'humidité. Il percevait le mouvement du courant, aussi, toujours là, impossible à détourner. Ils avaient beaucoup de points communs, le Mississippi et lui. Ils dissimulaient de nombreux secrets qui resteraient à jamais cachés.

— Je suis plein de fierté, Père, et je…

Il déglutit avec peine, sachant qu'il devait avouer son horrible péché.

— Je… j'ai désiré ces femmes. Bien que je sente votre force, Père, ma chair… ma chair est faible. Si faible. Je prie pour votre force et votre pardon.

Il ferma les yeux, écouta, et, grâce à son ouïe exercée, il entendit la voix de Dieu, qui livrait sa pénitence.

Après avoir chuchoté un « amen » à peine audible, et fait son signe de croix, il se redressa et marcha jusqu'à la grande armoire où ses soutanes étaient suspendues… Il en manquait une, aujourd'hui. Sa favorite, qu'il avait laissée brûler à cause de l'autre pute.

La photo de la fille se trouvait également là. Il la prit et alla la placer, avec du ruban adhésif, sur le calendrier accroché au mur. 22 novembre, jour de célébration de sainte Cécile. Cécile… Elle s'était montrée si confiante… jusqu'à ce qu'il soit trop tard. Mais il ne devait pas y penser. Il ne pouvait pas. Il était en pénitence.

Il revint à l'armoire. Avec précaution, il écarta les vêtements et, après avoir composé la combinaison, il ouvrit le plus privé des endroits, où il rangeait tout ce qui avait de la valeur à ses yeux. Il ajouta à ses trésors une longue mèche de cheveux dorés et des ongles. Puis il fouilla parmi les médailles et les chaînes jusqu'à ce que ses doigts entrent en contact avec l'arme.

Un fouet. Un petit fouet léger, avec des pierres aiguisées incrustées dans les lanières pareilles à du ruban, des pierres étincelantes, aussi coupantes qu'un rasoir. Elles laissaient de jolies entailles bien nettes car elles attaquaient juste la surface de la peau — pas assez pour faire jaillir le sang, mais suffisamment pour faire souffrir. Une souffrance méritée par tous les mortels. D'ailleurs, lui aussi était né du péché originel.

L'Elu se débarrassa de ses vêtements. Une fois nu, il s'agenouilla de nouveau devant l'autel. La tête penchée, il murmura une prière expiatoire.

Pas pour le meurtre. Il répondait à une nécessité, comme toujours. C'était la volonté de Dieu. Ne suivait-il pas les commandements du Très-Haut en débarrassant la Terre des vils pécheurs au jour qu'Il avait choisi ?

Oui, mais il avait aussi ressenti le désir, cette faim âpre et débordante qui, maintenant encore, courait dans ses veines, sourde et brûlante.

Il ne pouvait pas se montrer faible. Il inspira profondément, puis se prépara. Il leva haut son arme, et donna un coup de poignet.

Chlac!

Les doigts en cuir lui mordirent l'épaule, et il se raidit.

La douleur, la magnifique douleur, se répandit en lui. Le sang accéléra sa course dans ses veines. Et entre ses jambes, la chaleur monta.

Il leva le fouet et l'abattit de nouveau.

Chlac!

Les petites pierres tranchantes le piquèrent comme la morsure de centaines de guêpes. Il retint son souffle, sentit qu'un peu de sang perlait. Cela suffisait à le laver de ses péchés.

Encore. Il leva la main et la laissa retomber avec force.

Chlac!

Son érection s'intensifia. Douloureusement. Délicieusement.

Il pensa à la femme. A la façon dont ses boucles claires tombaient sur la peau blanche de son cou. Cécile. Une pute. Une fille de Satan. Elle était si belle… Un corps parfait… Ce cou qui se tendait vers lui… Pour son sabre ou pour sa bouche ? Il imagina qu'il la prenait alors qu'elle était à genoux, tremblante, implorant le pardon. Il allait et venait en elle. Elle était chaude. Humide. Maintenant encore, il imaginait ses seins lourds pendant vers le bas, leurs pointes roses qui touchaient presque le sol. Comme il aurait aimé les pétrir, pincer les mamelons, l'entendre crier alors qu'il la pénétrait plus profondément.

Pécheur ! Ton désir pour elle te rend faible !

Il donna un violent coup de fouet.

Chlac !

La douleur irradia sur toute sa peau. Le souffle court, il serra les dents.

Encore !

Les lanières de cuir sifflèrent de nouveau.

Chlac !

Tout son corps tressaillit.

Oui ! Cette pute méritait de mourir !

Il eut un mouvement de recul. Puis il rassembla ses forces et donna un coup de poignet.

Chlac !

Des larmes coulèrent de ses yeux tandis que la lumière sacrée le baignait. Il combattrait sa luxure, sa faiblesse, et il tuerait encore pour débarrasser la Terre des catins de Satan.

Telle était la volonté de Dieu.

8

Olivia entendit le crissement des pneus dans l'allée. En jetant un coup d'œil par la fenêtre, elle vit Rick Bentz descendre de sa voiture. Il avait l'expression d'un homme qui a déjà tout vu. Il portait un blouson cintré à la taille, une chemise blanche et un jean. Ainsi qu'un holster d'épaule. Elle entrevit l'éclat du cuir et la crosse d'un pistolet.

Elle ne pouvait s'empêcher de le trouver séduisant. Son visage aux traits bien dessinés semblait taillé à la serpe. Et ses tempes grisonnantes avaient également leur charme. Mais, en plus du pistolet, ce fut la lueur dans ses yeux qui lui rappela qu'il était flic.

Donc inaccessible.

Pourtant, elle avait remarqué qu'il ne portait pas d'alliance. Et elle avait lu quelque part qu'il était divorcé et que son ex-femme était décédée.

Elle avait juré de renoncer aux hommes après sa dernière tentative. Et puis, de toute façon, Bentz n'était pas son genre.

Elle ouvrit la porte avant qu'il ait frappé, et Harry déboula en aboyant comme un fou.

— Ça suffit !

Aussitôt, le chien se tut.

Olivia croisa le regard de Bentz.

— Vous l'avez trouvée, n'est-ce pas ?

— Nous avons trouvé quelque chose.

Oh, Seigneur ! Au plus profond d'elle-même, elle espérait s'être trompée…

— C'est la femme dont je vous ai parlé ?

— J'aimerais vous en entretenir.

Il était temps !

— Entrez.

Elle ouvrit un peu plus la porte, et le chien se faufila dehors.

— Merci.

Les mains dans les poches de son pantalon, il entra dans la maison. Son regard glissa sur la bibliothèque, les plantes en pots, le canapé plein de bosses et les chaises dispersées.

— Nous allons devoir revenir sur certaines choses que vous m'avez déjà dites.

— Aucun problème. Je suis libre jusqu'à 16 heures. Ensuite, j'ai rendez-vous avec mon directeur de maîtrise.

— Un vendredi ? Si tard ?

Rick Bentz était encore plus imposant que dans son souvenir. Il devait mesurer un mètre quatre-vingt-dix. Il contourna la lampe-tempête suspendue au plafond, et Chia poussa des cris en se déplaçant d'un bout à l'autre de son perchoir.

— Encore un orphelin laissé par ma grand-mère, expliqua Olivia. Chia n'aime pas passer inaperçu. Elle a toujours son mot à dire.

— Typiquement féminin.

— Pardon ?

— Je plaisantais.

— Eh bien, c'était une plaisanterie douteuse.

— Admettons. Donc vous avez rendez-vous avec votre professeur de maîtrise ?

— Oui. Le Pr Leeds, à Tulane.

Olivia sentit l'atmosphère se rafraîchir aussi sûrement que si elle avait mis la climatisation en marche. Toute la bonne humeur de Bentz avait disparu.

Ses yeux gris acier étincelèrent.

— Vous le connaissez ? lui demanda-t-elle.

— Je l'ai rencontré, oui.

Il sortit de sa poche son petit magnétophone.

— Ça ne devrait pas être trop long.

Il posa l'appareil sur la table et, parlant près du micro, il expliqua qu'il poursuivait l'entretien déjà commencé, indiqua la date et l'heure, et, après avoir épelé le nom d'Olivia, il précisa qu'ils se trouvaient chez elle. Mais au lieu de s'asseoir à table, il s'adossa au comptoir.

— Vous avez dit que vous étiez revenue récemment en Lousiane ? Etait-ce cet été ?

— Oui. Je suis arrivée en juillet, quand ma grand-mère est tombée malade.

Elle désigna l'une des photos accrochées sur le mur du fond.

— C'est une image de nous. Il y a longtemps.

Sur le cliché, Grannie soulevait Olivia à bout de bras et la balançait au-dessus du sol. Olivia, qui devait avoir cinq ans, portait un T-shirt et un short. Elle avait la tête renversée en arrière, elle était visiblement ravie. Les rayons du soleil transperçaient les arbres et tachetaient d'ombre et de lumière l'herbe mouillée. A l'arrière-plan, une haie pleine de fleurs roses. Le seul point sombre était une ombre que l'on devinait en bas de l'image.

Cela n'échappa pas à Bentz, qui demanda :

— Qui a pris la photo ?

Olivia sentit sa nuque se raidir.

— Mon père. L'une des rares fois où il a daigné se montrer.

— Il ne vous a pas élevée ?

— Oh, non ! Ce n'était pas un père modèle, vous savez ? On le voyait rarement. C'est surtout Grannie Gin qui s'est occupée de moi.

Elle n'aimait pas parler de sa famille. Le terme « dysfonctionnelle » n'était pas assez fort pour la qualifier.

— Oh ! je suis désolée… Voulez-vous une tasse de café ?

— Avec plaisir. A condition que vous en preniez aussi.

— Bien sûr ! J'en ai besoin. Tout cela est très… éprouvant pour les nerfs.

A sa grande surprise, elle le vit esquisser un léger sourire.

— Je sais, dit-il. Alors, buvons un café tranquillement.

Elle voyait bien qu'il s'efforçait de l'apaiser, et elle lui en était reconnaissante. Elle avait besoin de renouer avec la sérénité. Se hissant sur la pointe des pieds, elle essaya d'atteindre l'étagère du haut. Bentz vint à son secours et prit deux tasses à café en porcelaine.

— Merci. Nous parlions de ma famille… qui n'est pas mon sujet préféré. Mon grand-père a été tué pendant la guerre. Ma grand-mère ne s'est jamais remariée. Elle a passé la plus grande partie de sa vie à s'occuper des autres.

— Et qui sont les autres ?

— Surtout moi. Et aussi ma mère, quand elle était dans les parages. Ma sœur, Chandra. Elle a été victime d'un accident à l'âge de deux ans. Elle s'est noyée dans une piscine.

Olivia utilisait toujours les mêmes termes lorsqu'on l'interrogeait au sujet de sa famille. Un accident. C'était plus facile. Sauf que les choses n'étaient pas aussi simples. Cette mort n'était peut-être pas un accident…

— Où se trouve votre mère, en ce moment ?

— Bonne question ! répondit Olivia en servant le café. Je pense qu'elle est à Houston avec son mari, Jeb Martin — qui, entre nous, est une ordure de première.

— Vous ne l'aimez pas ?

Elle haussa les épaules.

— Il n'est sans doute pas pire que les autres, mais le fait est que je ne l'aime pas. Cela dit, je ne vois pas le rapport avec ce qui s'est passé cette nuit.

— Aucun rapport. Mais ce n'est pas tous les jours que quelqu'un débarque dans mon bureau pour me raconter ce que je vais découvrir un peu plus tard.

Elle ne discuta pas. Il l'écoutait, c'était déjà ça.

Elle lui tendit une tasse.

— J'ai du lait, mais pas de sucre.

— Je ne prends ni l'un ni l'autre.

— Alors, c'est parfait. Voyez-vous, j'ai hérité de cette maison et je n'ai toujours pas décidé si j'allais y rester.

Tandis que le magnétophone continuait d'enregistrer, Bentz

s'approcha de la fenêtre et regarda le bayou — la lumière du soleil qui filtrait à travers les arbres, l'eau stagnante qui s'étendait au-delà du petit jardin.

— Et votre père ?

Elle ferma les yeux. Autant se débarrasser de tout ça maintenant.

— Je n'ai aucune nouvelle de lui depuis des années. Il est en prison — dans le Mississippi, je crois. La dernière fois que je l'ai vu, j'étais à l'école primaire.

Elle attendait d'autres questions sur son père, mais heureusement Bentz passa à un autre sujet.

— Et Tuscon, alors ?

— Comment ça, Tucson ?

— Pourquoi êtes-vous partie ?

— Je pensais vous l'avoir expliqué. Ma grand-mère était malade, et je m'étais déjà inscrite en maîtrise. Quand j'ai été acceptée à Tulane, j'ai décidé que c'était le destin, et je suis revenue. Mon associée m'a racheté mes parts de la boutique.

Le chien couina derrière la porte qui donnait sous la véranda. Olivia l'entrouvrit pour le laisser entrer.

— C'était le chien de ma grand-mère, expliqua-t-elle sans que Bentz lui ait rien demandé. J'en ai hérité. Harry… Il porte le prénom du président favori de Grannie Gin.

— Pas vraiment un chien de garde.

— Détrompez-vous, inspecteur ! répliqua Olivia en caressant Harry.

— En général, je conseille plutôt un rottweiler ou un pitbull.

— Merci, mais je garde Harry.

— Et l'oiseau ?

— Et l'oiseau, évidemment !

Il regarda autour de lui.

— Vous êtes plutôt éloignée des voisins et vous faites des cauchemars sacrément effrayants… Vous n'avez pas peur ? Vous m'avez confié cette impression que l'assassin vous avait aperçue, d'une certaine manière. Ne craignez-vous pas qu'il cherche à vous retrouver ?

— Je ne crois pas qu'il sache qui je suis.

— Pas encore.

Olivia se rappela le froid qui l'avait envahie quand elle avait eu le sentiment que quelqu'un l'observait à travers la fenêtre.

— Je m'efforce de ne pas vivre dans la peur. Je suis prudente. Et n'oubliez pas : j'ai grandi ici. Je suis chez moi.

— Un système de sécurité ne serait pas superflu.

— Vous avez peut-être raison. Je vais y réfléchir.

— Pensez-y sérieusement.

Bentz tira une chaise et s'assit.

— Bien, parlons de la nuit dernière, dit-il en sortant un calepin de sa poche. Quelqu'un peut-il confirmer que vous étiez ici ?

— Ici, à la maison ? Non… je… j'étais seule. Hé, attendez une minute ! Il me faut un alibi, c'est ça ?

— Vous en avez un ?

— Non. Mais c'est moi qui suis venue vous voir, vous vous rappelez ? Et je viens de vous dire que je vivais seule. Avec mon chien.

— J'essaie juste de reconstituer les faits. Vous êtes allée vous coucher, comme d'habitude, et…

— Et j'ai dormi trois bonnes heures.

Elle le fixa, tout en prenant à son tour une chaise, de l'autre côté de la table.

— Ecoutez, je ne sais vraiment pas comment expliquer tout ça, d'accord ? Il m'est arrivé d'avoir ces… rêves ou visions, quand j'étais petite… Je voyais des choses qui arrivaient… Mais c'était juste par moments et… c'était différent, j'imagine.

Elle porta son regard au-delà des portes-fenêtres et fronça les sourcils. Combien de fois déjà avait-elle essayé d'expliquer ce qu'elle voyait ? Combien de fois lui avait-on ri au nez en la traitant de folle ? Inspecteur ou pas, Rick Bentz était comme les autres.

Il la jaugeait de ses yeux gris.

— Si vous êtes ici, c'est pour que je vous aide, n'est-ce pas ? Mais je ne sais rien de plus que ce que je vous ai déjà dit.

— Et l'assassin ? Parlez-moi de lui.

— J'y ai réfléchi, déclara Olivia en faisant de son mieux pour apaiser sa colère.

Quel toupet il avait, quand même ! Oser suggérer que… Elle inspira profondément et se dit qu'elle devait juste en finir avec ça.

— Comme je vous l'ai expliqué, il portait une tenue de prêtre et il n'arrêtait pas de demander à cette fille de confesser ses péchés. Mais je ne suis pas certaine qu'il ait été vraiment prêtre…

— Vous n'avez pas vu son visage à cause de sa cagoule. En revanche, vous avez entendu sa voix. Vous pourriez la reconnaître, si vous l'entendiez de nouveau ?

— Je ne sais pas. Il chuchotait.

Bentz fronça les sourcils d'un air très concentré.

— Pouvez-vous me préciser à quel moment il a ôté ses vêtements religieux ? Etait-il grand ? A qui pourriez-vous le comparer, physiquement ?

— Il semblait en bonne condition physique. Athlétique, même. Il devait mesurer un peu plus d'un mètre quatre-vingts. Mince, sans être maigre. Un physique de nageur : des épaules larges, avec une taille et des hanches minces.

— Vous pensez qu'il vous a regardée ?

— Oui. Il a levé les yeux et les a tournés vers moi. Avec intensité.

— Mais vous n'étiez pas là-bas !

Bentz but une gorgée de café.

— Non. C'est comme si… comme s'il m'avait sentie.

— De quoi s'agit-il, selon vous ? D'un lien télépathique ?

Elle secoua la tête.

— J'aimerais tant le savoir… Mais, quand ces choses-là arrivent, j'ai un mal de tête terrible et, ensuite, je suis épuisée.

— Combien de fois cela vous est-il arrivé ?

— Plusieurs fois. Mais jamais avec cette netteté. De façon aussi vivante.

— De quelle couleur étaient ses yeux ?

— Je ne distinguais aucune couleur, expliqua Olivia avec un soupir. Il y avait trop de fumée. Et il plissait les yeux.

Bentz parut contrarié.

— Donc, même si vous l'avez « vu », d'une manière ou d'une autre, vous ne vous rappelez rien qui permettrait de le distinguer dans la foule ?

— Non.

Elle serra les dents et s'interdit une réplique acide qui lui brûlait les lèvres, parce que l'inspecteur, même s'il faisait mine de l'interroger, ne la croyait toujours pas.

— Vous croyez que j'invente…

— Tout cela est un peu tiré par les cheveux.

— Et comment expliquez-vous que j'en sache autant ?

Il se pencha en avant et, pour la première fois, elle remarqua les petits sillons colorés dans ses yeux gris, les parenthèses qui se creusaient aux coins de sa bouche.

— C'est bien la question. Comment en savez-vous autant ?

— Je vous l'ai déjà dit, inspecteur, mais visiblement vous ne me croyez pas. Vous semblez penser que je suis impliquée dans ce crime macabre, et que je me suis empressée de courir au commissariat pour être démasquée.

— Ça aussi, c'est un peu tiré par les cheveux.

— Pourquoi êtes-vous venu ici ?

— J'aimerais connaître la vérité.

— Pas autant que moi, je vous assure ! répliqua Olivia avec colère.

Quelle idiote elle avait été de penser qu'il pouvait la croire ! Qu'il verrait l'évidence et qu'il accepterait enfin son histoire.

— Y a-t-il autre chose que vous voudriez me dire ? demanda-t-il sèchement.

— Y a-t-il autre chose que vous aimeriez me demander ?

— Ça ira, mais il est possible que j'aie d'autres questions à vous poser, un jour ou l'autre.

— Bien sûr…

Olivia n'avait pu s'empêcher de mettre une touche de sarcasme dans sa voix, tout en se disant qu'il n'était pas dans son intérêt de braquer le policier.

Il coupa son enregistreur et le fit glisser dans sa poche.

— Si jamais vous pensez à quoi que ce soit…

— Vous serez le premier informé, ne vous inquiétez pas.

L'inspecteur ferma son calepin.

— Vous savez, Bentz, lui dit Olivia, j'espérais que vous finiriez par me croire.

— Le problème n'est pas de savoir si je vous crois ou non, dit-il en reculant sa chaise pour se lever. L'important pour moi, c'est de mettre la main sur ce malade mental avant qu'il ne recommence. Vous devriez peut-être mieux programmer vos visions. *Avant* que les choses arrivent, plutôt qu'*après*. Là, ça m'aiderait vraiment.

9

— Bon, occupons-nous de ce bébé, dit Montoya en glissant une cassette dans le magnétoscope de Bentz.

Il portait son habituel blouson en cuir, imprégné de l'odeur du tabac.

— C'est une copie de la vidéo tournée la nuit de l'incendie par les Henderson. Le contenu de la carte mémoire de la caméra a été transféré sur une cassette vidéo et sur un CD, afin qu'on puisse étudier le document sur ordinateur. L'original est chez les gars des Preuves.

Bentz se leva et contourna le bureau tandis que Montoya appuyait sur un bouton. L'image de l'incendie emplit soudain l'écran, une image tremblante et floue alors que le caméraman effectuait un panoramique sur la rue, où les voisins et les badauds avaient commencé de se rassembler. On entendait le bourdonnement des conversations et quelques exclamations par-dessus la rumeur de la circulation. Dans un craquement de verre brisé, une fenêtre explosa.

— Seigneur ! s'exclama le caméraman alors que des flammes montaient à l'assaut du toit. Monica, je t'en prie… fais reculer les enfants… Non, ramène-les à la maison ! Ils regarderont le film plus tard. Dépêche-toi !

Des voix juvéniles protestèrent, un bébé se mit à pleurer, mais le caméraman garda son objectif fixé sur la maison en feu. Une fumée noire s'élevait vers le ciel. Soudain, des sirènes se firent entendre, et la caméra se déplaça pour filmer un camion de pompiers, avec ses gyrophares, qui débouchait dans la rue en rugissant. Il fut presque aussitôt suivi d'un autre camion, d'un véhicule de secours et de plusieurs voitures de police. Des hommes jaillirent des véhicules.

— Reculez ! hurlèrent les policiers alors que les pompiers tiraient les tuyaux des lances à incendie vers la maison.

— On va essayer d'entrer… ici ! cria la voix de Stan Pagliano, au loin.

Bentz observa les pompiers qui enfonçaient la porte pour combattre les flammes et tenter de sauver d'éventuels occupants.

Il serra les dents en pensant à la femme prise au piège à l'intérieur… enchaînée à ce lavabo. Des pompiers se précipitèrent, aboyèrent des instructions. Des voitures de police stationnèrent de l'autre côté du ruban délimitant le périmètre de sécurité, alors que la foule des curieux ne cessait de croître.

« Nous y voilà ! » pensa Bentz en scrutant les images plutôt floues.

— Bon, ces deux-là, dit Montoya en désignant un couple âgé, ce sont les Gerald. Ils ont appelé les pompiers et les secours. Ils habitent juste à côté. Et lui, le type chauve d'une trentaine d'années, il habite la rue voisine.

Il y avait aussi une famille blottie sous un arbre, une femme toute frêle avec son chien. D'autres images suivirent, encore plus floues, alors qu'Henderson réglait sa caméra pour filmer la maison en feu.

— Pas grand-chose d'intéressant, j'en ai peur, déclara Montoya en buvant une gorgée de café, les yeux fixés sur l'écran.

— Attends ! fit Bentz.

La caméra venait d'effectuer un nouveau panoramique sur la foule, montrant un groupe d'adolescents, trois garçons et une fille qui fixaient les flammes, ainsi que les petits groupes de curieux agglutinés dans l'ombre.

— Reviens en arrière !

Bentz avait entrevu quelque chose, juste à côté de la

lumière diffusée par un lampadaire, un peu à l'écart de la clarté tremblante provoquée par l'incendie. Montoya pressa la touche de rembobinage, puis revint au mode lecture.

— Là ! Arrête-toi.

L'image n'était pas très nette, mais on distinguait une personne, en partie dans le cadre, et trop floue pour qu'on puisse dire s'il s'agissait d'un homme ou d'une femme.

— Et lui ? demanda Bentz en désignant la silhouette qu'on entrevoyait sous un arbre.

— Quoi, lui ?

— Dans la foule, c'est la seule personne seule. A l'écart.

Montoya plissa les yeux pour mieux voir.

— Il pourrait y avoir d'autres gens avec lui, mais hors cadre.

— Peut-être que oui. Peut-être que non.

— De la même façon, il est possible qu'il y ait de l'autre côté de la rue plein d'autres gens qu'Henderson n'a pas jugé bon de filmer.

— En attendant, ce type est bien là. Fais-moi agrandir ce plan — et vois si on peut en améliorer la qualité.

Les yeux plissés, Bentz scrutait avec intensité la silhouette indistincte. Se pouvait-il que ce soit leur homme ? Auraient-ils cette chance ? Il n'y croyait pas trop, en vérité. Mais, à défaut d'autre chose, ça valait la peine d'essayer.

— Et pendant que tu y es, isole tous les plans où l'on voit des gens. Notre homme a peut-être essayé de se fondre dans la foule, pour ne pas se faire remarquer…

— Entendu. Je demanderai des copies numériques et papier.

Ils regardèrent le reste du film en silence, sans rien remarquer d'intéressant. Carl Henderson avait surtout dirigé son viseur sur l'incendie, et le reste du document montrait essentiellement les pompiers aux prises avec les flammes.

A la fin, Montoya éjecta la cassette et la glissa dans sa poche.

— Je m'occupe des photos tout de suite. Vous avez reparlé avec notre témoin vedette ? La maboule ?

— Olivia Benchet ? Oui.

Même si Bentz avait tendance à penser qu'Olivia était bonne à enfermer, ça ne lui plaisait pas d'entendre Montoya exprimer à voix haute ses propres pensées.

— Qu'est-ce qu'elle raconte ?

— Elle est revenue en Louisiane il y a quelques mois parce que sa grand-mère est tombée malade. Et puis la grand-mère est morte, et elle est restée. Elle travaille sur sa maîtrise, à Tulane.

— Qu'est-ce qu'elle étudie ? Le vaudou ?

— C'est presque ça. La psychologie.

Pour le besoin de ses recherches, Bentz avait contacté l'université. Non sans mal, il avait obtenu une copie du dossier de la jeune femme ainsi que son emploi du temps.

— Psychologie ? Encore une ! Après l'affaire du tueur au rosaire, je me suis dit qu'on en avait fini avec les psys !

— Les maladies mentales semblent se multiplier, en ce moment.

— Inutile d'aller voir un psy : il suffit d'avaler un anti-dépresseur. C'est quand même beaucoup plus simple !

Montoya ajusta le col de son blouson. Un diamant brilla à son oreille.

— Si vous voulez mon avis, poursuivit-il, les gens qui choisissent ce métier ont eux-mêmes un grain… Bon sang, quand on y réfléchit : une psy qui pense qu'elle a des…

Avec ses doigts, il traça des guillemets imaginaires.

— … « visions ». Ça craint. Et pour couronner le tout, sa grand-mère était une prêtresse vaudoue. C'est ce qu'elle a dit, non ? On avait bien besoin de ça… Peut-être que pour le prochain meurtre on aura droit à une espèce de sacrifice, avec plein de poulets morts…

— Arrête ça, tu veux ? coupa Bentz d'un air agacé.

— Bon, d'accord. On va attendre de voir.

— C'est ça. Tu sais que l'un de ses professeurs est le Pr Leeds ?

— Sans blague ? s'exclama Montoya qui, pour une fois, resta un instant abasourdi. Le monde est petit, quand même…

— Un peu trop petit à mon goût.

— Vous avez trouvé des choses intéressantes sur elle ?

— Quelques-unes. J'ai fait des recherches, et Brinkman m'a communiqué ce qu'il avait.

Bentz vint se rasseoir, et feuilleta les papiers disposés devant lui.

— Les infos qu'ils ont à Tulane correspondent. Elle ne s'est jamais mariée. Elle a failli : il y a six ans, elle a quitté un type juste au moment de sauter le pas. C'est à cette époque qu'elle est partie à Tucson. Le type en question s'appelle Ted Brown. Il n'était pas très content. Il lui a un peu couru après et puis, sous le coup de la déception, il a épousé quelqu'un d'autre. Le mariage a duré moins d'un an. Sinon, Mlle Benchet n'a jamais eu de problème avec la loi, si l'on excepte deux excès de vitesse et la participation à une espèce de sit-in pour le droit des animaux, à Phoenix, il y a quelques années.

Il leva les yeux vers Montoya.

— J'ai aussi appelé les collègues de Tucson. Je me suis dit qu'ils auraient peut-être quelque chose. Mais ou bien elle n'a jamais eu de visions là-bas, dans le désert, ou elle n'a pas jugé bon d'en parler à la police.

— Donc elle est partie dans l'Ouest et ça s'est arrêté.

— A moins qu'elle ait tout gardé pour elle.

— Je n'ai pas l'impression que ce soit son genre, dit Montoya. Sinon, quoi d'autre ?

— Elle a fait toutes sortes de boulots pour payer ses études : serveuse, employée dans une société d'assurances. Elle a même eu une boutique New Age, à Tucson, mais elle a revendu ses parts à son associée. Quand elle est revenue ici, il était assez naturel qu'elle travaille dans ce magasin attrape-touristes qui s'appelle Le Troisième Œil, dans Jackson Square…

— Si je comprends bien, dit Montoya, elle déteste les visions qu'elle a héritées de sa grand-mère, mais elle baigne dans ces trucs de New Age et de spiritisme. Désolé, mais ça ne prend pas. C'est comme le fait qu'elle n'ait pas de petit ami. Une jolie fille comme elle ? Qu'est-ce qui se passe ?

— Aucune idée.

— Vous ne lui avez pas posé la question ?

— Non. C'est en lisant le dossier de Brinkman que j'ai découvert l'info sur ses fiançailles rompues au dernier moment.

Montoya haussa un sourcil.

— Vous ne l'avez pas interrogée tout de suite sur sa situation personnelle ? Pourtant, j'ai bien vu comment vous la regardiez, aujourd'hui… D'ailleurs, je vous comprends. Elle est vraiment mignonne. Elle a un petit cul…

— Si je la regardais avec intérêt, coupa Bentz, c'est parce qu'elle est venue ici avec une histoire complètement dingue qui s'est révélée exacte.

— Si vous le dites…

Le sourire narquois de Montoya agaça prodigieusement Bentz.

— Arrête ton cirque… *Diego* !

Mais, au fond, son collègue avait raison. L'histoire d'Olivia Benchet était un vrai puzzle. Une énigme qui forçait l'intérêt. Il ne pensait qu'à cela depuis qu'il était allé la voir chez elle. Toute la journée, il avait cherché des pistes pour le meurtre du bayou Saint-John, et pendant ce temps-là l'image d'Olivia ne l'avait pas quitté. Il revoyait en permanence la colère et le désespoir qui faisaient étinceler ses yeux dorés.

Il avait lu toutes les notes de Brinkman avant d'effectuer ses propres recherches. Conclusion : elle croyait dur comme fer à ses propres mensonges — ou à ses illusions. Et pourtant il avait envie de la croire. Parce qu'ils n'avaient pas d'autre piste. Mais aussi parce qu'il lui était impossible d'imaginer cette femme complice d'un meurtre et d'un incendie criminel.

Il trouva un paquet de chewing-gums Juicy Fruit ouvert, et glissa une tablette entre ses lèvres. Ce n'était pas la même chose que fumer une cigarette, mais il faudrait bien que ça fasse l'affaire. Pour l'instant.

— Il y a autre chose dans le rapport de Brinkman, reprit-il. Le père d'Olivia a purgé une peine à la prison d'Etat du Mississippi. Attaque à main armée. Deux morts. Apparemment, c'est l'un de ses associés qui l'a balancé.

Montoya laissa échapper un long sifflement.

— Et il est sorti ?

— Oui, en janvier dernier, après vingt-deux ans de réclusion. Il a bénéficié d'une remise de peine pour bonne conduite.

— Ouah ! La famille idéale ! Vous lui en avez parlé ?

— Pas encore. Elle a juste souligné le fait qu'elle n'avait pas vu son père depuis longtemps.

— Et où est-il, maintenant ?

— A Lafayette. Il travaille dans une station de lavage de voitures et il pointe comme une horloge auprès de son agent de probation.

— Un citoyen modèle.

— Exactement. Mais nous allons voir ça de plus près. Je veux vérifier son alibi, notamment.

Montoya fit le geste de prendre son paquet de cigarettes, puis il se ravisa.

— Cette histoire est de plus en plus bizarre. Mais vous avez raison, il faut aller voir le vieux. Pour en revenir à Olivia, elle vous a parlé un peu plus de ses visions ? Ce n'était pas la première fois, hein ? Elle a dit qu'elle était déjà venue ici. Qu'est-ce qu'elle avait vu, la fois précédente ?

— D'après ce qu'elle raconte, les visions précédentes étaient beaucoup moins précises. Tu peux jeter un coup d'œil aux rapports de Brinkman. Il est question, entre autres, d'une femme dans une cave, avec des hiéroglyphes. Tiens…

Alors que Bentz tendait le dossier de Brinkman à Montoya, le téléphone se mit à sonner. Il décrocha entre la première et la seconde sonnerie.

— Bentz.

— Salut, papa !

Il sourit en entendant la voix de Kristi. Comme toujours.

— Salut, ma belle ! Quoi de neuf ?

Il fit signe à son collègue qu'il en avait pour une minute. Montoya lui répondit d'un clin d'œil appuyé, comme si Bentz était en ligne avec l'une de ses conquêtes. N'empêche qu'il avait compris le message. Le rapport de Brinkman en main, il se glissa par la porte entrouverte.

— J'appelais comme ça, sans raison particulière, dit Kristi. Mon prochain cours est dans une heure. J'en profite pour te donner des nouvelles. Mon dernier cours avant Thanksgiving se termine à 16 heures, le mardi. Tu n'auras qu'à venir me chercher dans ces eaux-là.

Bentz feuilleta son éphéméride.

— Je peux arriver à 18 heures, dit-il. Peut-être même plus tôt, si je mets le gyrophare et la sirène.

— Une riche idée, vraiment ! Mais tu n'es pas obligé de venir, tu sais ? Je peux trouver quelqu'un pour m'accompagner.

— Non, non, ça ne me pose aucun problème, ma chérie. Baton Rouge n'est pas si loin. Et puis ça me donnera l'occasion de jeter un coup d'œil au campus.

— Mais si tu es occupé…

— Tu veux que je vienne te chercher, oui ou non ?

— Eh bien, oui, évidemment ! Mais ça va être la folie, ici, avec tous les départs. Et je me suis dit que ce ne serait peut-être pas ton truc.

— A moins que ce ne soit pas *ton* truc, à toi ! répliqua Bentz.

Il avait insisté pour que sa fille habite sur le campus, dans l'une des maisons qui étaient mises à la disposition des étudiants, plutôt qu'elle loue un appartement, car il craignait pour sa sécurité. Tout en discutant avec elle, il jeta un coup d'œil sur la photo d'une femme mutilée au cours d'un meurtre récent. Mieux que personne, sans doute, il savait combien le monde pouvait être dangereux. C'était pour cette raison qu'il avait offert à sa fille des cours de taekwondo et de tir.

— Bon, on en reparle la semaine prochaine, dit-il. Si tu préfères rentrer avec des amis, tu n'auras qu'à me le dire.

— D'accord, mais…

Elle soupira bruyamment, et il l'imagina en train de repousser de ses yeux une mèche de cheveux auburn.

— En fait, reprit-elle, c'est Mindy. Elle est tout excitée. Sa mère est célibataire et… figure-toi qu'elle est flic ! Elle doit venir chercher Mindy, et elles ont prévu d'aller dîner avant de reprendre la route pour Shreveport. Alors, bien sûr, Mindy pense que ce serait « trooop cooool ! » que sa mère et toi, vous vous rencontriez…

— Et de ton côté, qu'est-ce que tu en penses ?

— La mère est inspecteur, comme toi. Quant à Mindy, elle est passablement abrutie.

Bentz se mit à rire.

— Ne t'inquiète pas. Je viendrai, et ce sera juste toi et moi. Explique à Mindy que je suis obligé de rentrer tout de suite ou que j'ai déjà quelqu'un dans ma vie… Ce que tu voudras.

— Toi ? Quelqu'un dans ta vie ? Tu veux dire… une femme ?

— Oui.

— Mais tu n'as personne !

— Qu'est-ce que tu en sais ?

Il y eut un silence à l'autre bout de la ligne, puis un rire nerveux.

— Je sais que tu n'as pas de temps pour une relation. Tu es pour ainsi dire *marié* à ton travail !

Kristi eut un rire qui rappelait celui de sa mère. Un rire de gorge, un rien sexy.

C'était le rire de Jennifer Nichols qui avait attiré son attention, alors qu'il n'était qu'un gamin tout juste sorti du lycée. Il l'avait trouvée magnifique, avec ses longs cheveux bruns, ses yeux espiègles et sa langue bien pendue. L'attirance mutuelle avait été immédiate, la liaison, torride et passionnée. Jennifer avait un caractère fort, mais lui, il était de taille à dominer ses sautes d'humeur. Et quand, à peine cinq mois après leur rencontre, il lui avait proposé le mariage, elle avait accepté.

Il était fou d'elle. Et sa passion était restée intacte. Même dans les mauvais moments. Même quand elle l'avait trahi.

— Quelle femme voudrait fréquenter un inspecteur de la criminelle ? demanda Kristi.

— Tu penses donc que ton vieux père n'a pas de vie sociale ?

— Je *sais* que tu n'en as pas.

— Dans ce cas, je devrais peut-être rencontrer la mère de ton amie.

— C'est ça, oui ! Ce serait super, papa !

Elle retint son souffle.

— Merde !

— Que se passe-t-il ?

— J'ai oublié ma dissert ! Elle est dans ma chambre, de l'autre côté du campus. Il faut que j'y aille, papa.

Elle raccrocha, et Bentz resta un instant le combiné à la main. Il regarda sa fille, qui lui souriait, sur sa photo la plus récente. Elle avait grandi rapidement. Plus vite que la plupart des enfants. Kristi en avait trop vu, durant ses dix-huit premières années : très tôt, elle avait été privée de son innocence. Et c'était sa faute à lui. La sienne et aussi celle de Jennifer.

Quel enfant ne serait pas amer après avoir traversé ce que Kristi avait traversé ? Non seulement elle avait enterré sa mère et regardé son père se noyer dans l'alcool, mais elle avait dû affronter le fait qu'ils lui avaient menti depuis le début.

La famille idéale, avait dit Montoya au sujet des Benchet. Il ignorait donc que ça n'existait pas ?

10

Bentz vit apparaître à la porte de son bureau Melinda Jaskiel, sa supérieure immédiate, la personne à laquelle il devait son poste. Elle portait un tailleur, comme toujours. Il ne l'avait jamais vue habillée autrement. Elle avait les cheveux coupés court et des lunettes à monture invisible. La cinquantaine, divorcée et en bonne condition physique, cette femme franche et directe avait une indéniable autorité sur les hommes qu'elle commandait — une main de fer dans un gant de velours. C'était une vraie professionnelle.

— J'aimerais que vous me parliez du meurtre d'Esplanade Avenue, dit-elle en croisant les bras, une épaule appuyée contre le chambranle de la porte. J'ai lu le rapport préliminaire et j'ai aussi entendu parler d'un témoin « oculaire » qui ne se trouvait pas sur place…

— C'est à peu près ça, oui.

— Qu'en pensez-vous ? Cette femme a réellement des visions ? Des dons extrasensoriels ?

— Elle a su avant tout le monde ce qui se passait. Je pense que c'est plus qu'un coup de chance…

Melinda esquissa un sourire.

— Toujours maître en matière de litote, Bentz !

— Vous savez que ma mission consiste à servir, protéger et filtrer autant que possible les conneries…

— Ce que vous réussissez à merveille. Mais il faut parfois faire montre d'une certaine ouverture d'esprit. Nous avons dans nos archives quelques affaires qui ont été résolues grâce à l'aide de médiums.

— Oui, je sais…

A Los Angeles, Bentz avait eu un coéquipier qui travaillait avec une médium. Elle l'avait aidé dans deux ou trois affaires. Simplement, elle n'avait pas prévu qu'un soir un gamin de douze ans pointerait sur lui un flingue factice et que Bentz, pensant que le gosse avait l'intention d'ouvrir le feu, tirerait le premier, le blessant mortellement. Non, cette abrutie de médium n'avait rien vu venir. Bentz s'était retrouvé en liberté surveillée, une liberté dont il avait profité pour faire de Jack Daniel's son meilleur ami. Il avait évidemment perdu son travail. Et il avait eu la chance que Melinda Jaskiel s'intéresse à un flic délabré, quand tous les autres commissariats du pays ne voyaient en lui qu'une source de problèmes.

— Vous savez ce qu'on dit sur les gens qui ont l'esprit trop ouvert ?

— Que leur cerveau risque de s'échapper par l'ouverture. Je la connais, Rick.

Bentz sourit.

— Je pensais à autre chose. On vous accuse d'être une chiffe molle et de ne pas avoir d'opinion.

— Je ne pense pas que vous ayez à vous inquiéter pour ça.

Elle secoua la tête, avant d'ajouter :

— Et depuis quand faites-vous attention à ce que pensent les autres ?

Le sourire de Bentz s'élargit, et il cligna de l'œil.

— Pas les autres, Jaskiel. Juste vous.

— Gardez ce genre de truc pour les gogos. Comment vous en sortez-vous avec cette affaire ?

Il lui raconta tout, depuis la vision de Benchet jusqu'à la bande vidéo, les informations récoltées auprès de Benchmark Realty et les rapports que Brinkman avait rédigés après les précédents passages d'Olivia au commissariat.

— Olivia Benchet en sait plus qu'elle ne devrait. Ce qui

m'amène à me demander pourquoi… hormis le fait, bien sûr, qu'elle soit médium et qu'elle « voie » des meurtres.

Melinda eut un sourire cinglant.

— Elle a un alibi ?

— Son chien, mais il n'est pas très causant.

— Sérieusement…

— Elle était dans son lit. Elle a été réveillée par la vision.

Mélinda s'accorda une poignée de secondes pour réfléchir.

— J'imagine que vous vous êtes renseigné à son sujet.

— C'est en cours.

— Très bien. Tenez-moi au courant. Dès que vous aurez le rapport des techniciens scène de crime et celui du légiste, prévenez-moi.

Elle fit mine de partir, puis se ravisa.

— Une dernière chose, Bentz. Ne vous avisez pas de jouer le petit numéro du flic solitaire. Je tiens à ce qu'on agisse dans les règles.

— Le contraire ne m'a même pas effleuré l'esprit.

— Mes fesses !

— Qui sont fort belles…

— Attention ! Ça ressemble à du harcèlement sexuel !

— Et vous adorez ça, répliqua-t-il. De toute façon, c'est vous le patron.

— Ne l'oubliez pas, surtout ! J'insiste pour qu'on accorde de la crédibilité au témoin de cette affaire, Mlle Benchet. Entendu ? Il se peut fort bien qu'elle ait des visions.

Jaskiel ponctua sa phrase en tapant sur l'encadrement de la porte, puis elle s'éloigna.

— Ben voyons ! maugréa Bentz.

Il était donc censé croire à tout ce qu'Olivia Benchet allait lui raconter ? Mais pourquoi avait-elle « vu » ce meurtre plutôt qu'un autre ? Avait-elle un lien avec l'assassin ? Avec la victime ? Avec la maison où le crime avait eu lieu ? S'était-elle confessée au prêtre ? A moins que *lui* ne se soit confessé à elle… Mais quel était le lien, bon sang ?

Bentz se leva et se gratta le menton. Garder l'esprit ouvert…

Merde ! Il ne savait pas s'il en était capable. Surtout si on lui demandait de croire qu'une femme avait pu « voir » un crime à des kilomètres de distance…

Donc Bentz ne te croit pas. Et après ?

Ce n'est pas vraiment une surprise.

Olivia crispa les doigts sur le volant de sa camionnette, alors qu'elle roulait dans le Garden District en direction de l'université. Elle avait vraiment espéré que l'inspecteur Bentz la croirait, qu'il prendrait la mesure de son désespoir. Mais, bien sûr, il était comme les autres. Tous les hommes ! pensa-t-elle, écœurée.

Elle s'arrêta pour laisser passer le tramway, juste avant de pénétrer dans le campus. En cette fin d'après-midi, les ombres s'étiraient sur les bâtiments des deux universités voisines de Tulane et de Loyola. Olivia se gara sur un emplacement réservé, puis se dirigea vers le département de psychologie. L'image de l'inspecteur Bentz la poursuivait, mais elle était décidée à mettre de côté aussi bien son visage rude et séduisant que toutes les pensées concernant le meurtre. Du moins, pour le moment. Elle monta vers le bureau du Pr Jeremy Leeds — lequel, ironie du sort, était aussi l'ancien mari du Dr Sam, la psychologue qui travaillait à la radio, sur WSLJ. Olivia n'aimait pas trop Jeremy Leeds ; elle le trouvait très imbu de lui-même. Mais comme c'était le professeur de référence qu'on lui avait attribué, elle devrait le supporter pendant un an ou presque.

Il n'y avait personne au secrétariat, et elle suivit le couloir labyrinthique pour rejoindre le bureau du Pr Leeds. Elle frappa à la porte. Pas de réponse. Elle recommença. Ses phalanges meurtries par la râpe à fromage lui firent mal.

— Professeur Leeds ? appela-t-elle.

Au même moment, elle entendit des pas qui s'approchaient.

— Olivia ! Excusez-moi, je suis en retard.

Il affichait un sourire vaguement contrit.

Agé d'environ quarante-cinq ans, les traits pleins de vigueur, il avait un long nez droit et une courte barbe taillée avec soin. Ses chaussures étincelaient et sa veste devait coûter une fortune. « Chic » : c'était le mot qui venait à l'esprit d'Olivia chaque fois qu'elle pensait à lui. Ou plus exactement « chic » et « faux ». Car, chez lui, quelque chose sonnait faux, sans qu'elle fût capable de dire exactement ce dont il s'agissait.

— J'ai dû courir dans tout le bâtiment pour m'entretenir avec un collègue avant qu'il s'en aille, expliqua-t-il. Le Pr Sutter ne vient qu'à mi-temps, et le week-end commence ce soir. C'était une chance de le trouver là.

Leeds parlait sans s'arrêter, tout en fouillant dans ses poches. Il semblait nerveux.

— Le Pr Sutter et moi organisons au printemps un séminaire de deux jours qui pourrait vous intéresser. Vous avez entendu parler de lui, j'imagine. Ah !

Il venait de trouver son porte-clés. Olivia haussa les épaules. Elle ne connaissait Sutter que de réputation, et on le disait très autoritaire — un vrai tyran.

Leeds glissa une clé dans la serrure.

— Toujours est-il que nous nous sommes mis à bavarder et que j'ai perdu la notion du temps. Il m'arrive d'être un peu distrait…

Olivia n'en croyait rien. Jeremy Leeds était aussi tranchant et incisif que la lame d'un rasoir. Il y avait quelque chose de trop lisse en lui. Et de froid, aussi. Elle le ressentait fortement en cet instant, alors qu'elle se tenait près de lui. Il ouvrit la porte, et la laissa entrer la première.

— Installez-vous, je vous en prie.

Elle s'assit sur une chaise près de la fenêtre, et ouvrit la chemise qui contenait ses notes. Le Pr Leeds s'installa de l'autre côté du bureau.

— Alors, qu'est-ce que vous avez là ? Un point de départ de votre maîtrise ?

— Plutôt un début d'idée.

— Bien. Voulez-vous que j'y jette un coup d'œil ?

— En réalité, je préférerais en parler d'abord avec vous. Ce n'est pas encore très net sur le papier.

— Bien sûr.

Il se laissa aller contre le dossier de son fauteuil et attendit.

— Pour ce mémoire, j'aimerais traiter de la déviance psychologique dans le domaine de la religion.

— Vraiment ?

Le sourire de Leeds s'était en partie évanoui.

— Je pense à la psychologie de la prière et de la pénitence telle qu'on l'observe dans la théologie judéo-chrétienne.

— Ce travail concerne plutôt les spécialistes en théologie ou les philosophes.

— Certainement, mais je pense quand même pouvoir y arriver. Et c'est ce qui m'intéresse. Vous proposez des cours de licence sur les déviances psychologiques et la psychologie criminelle. J'aimerais beaucoup y assister, si ça ne pose pas de problème.

— Non, non, ça n'en pose pas.

Il hocha la tête, réfléchissant à cette idée.

— Voici ce que je vous propose. Allez-y, partez dans cette direction, mais apportez-moi très vite une proposition écrite. Nous partirons de là. Qu'en dites-vous ?

« J'en dis que c'est super ! » pensa Olivia.

— Entendu, répondit-elle. Je vous appellerai pour prendre rendez-vous.

— Très bien, très bien, dit-il en se levant.

Et Olivia s'en alla avec le sentiment d'être en accord avec au moins un petit détail de sa vie. Elle s'était débattue pour trouver le sujet de sa thèse. A défaut d'autre chose, le meurtre de la nuit dernière lui avait permis d'y voir plus clair sur ce point.

Dehors, il faisait nuit noire, et pourtant il n'était que 17 heures. Les lampadaires baignaient le campus d'une lumière irréelle. Le Gibson Hall ressemblait à un château médiéval et en cet instant, dans la pénombre, alors que des gouttes de pluie commençaient à tomber, il semblait plus impressionnant que jamais.

Olivia traversa la pelouse et se dirigea vers le parking. Elle se glissa au volant de sa camionnette. Elle n'était pas seule dans cette partie du campus et pourtant, après ce qui s'était passé dans la matinée, elle se sentait isolée. Détachée.

Tout en sachant qu'elle commettait une erreur, elle ne suivit pas le chemin qui l'aurait ramenée chez elle. Pour une obscure raison qui lui échappait, elle éprouvait le besoin de se rendre sur les lieux du crime.

Comme le font les assassins, paraît-il.

La circulation était épouvantable. Il pleuvait fort, et toutes les lumières brillaient d'une lueur étrange.

Olivia rejoignit l'autre côté de Canal Street et traversa un Vieux Carré[1] aux trottoirs encombrés de piétons armés de parapluies. Puis elle alluma son autoradio. WSLJ diffusait du jazz. Cela l'agaça, sans doute parce qu'elle était épuisée. Elle trouva une station spécialisée dans la musique country et monta le son.

Mais ça ne valait guère mieux.

Elle éteignit la radio.

Du côté est du City Park, elle scruta les noms des rues, et découvrit enfin celle qu'elle cherchait. Elle s'engagea dans la petite rue et arriva assez vite à hauteur des décombres carbonisés de la bâtisse incendiée. Il n'en restait pas grand-chose. Elle s'arrêta le long du trottoir et descendit de la camionnette.

L'habituel ruban jaune délimitait un périmètre incluant une bonne partie du jardin et ce qui subsistait de la maison. Bien que ses chaussures ne soient pas faites pour la pluie et que son blouson soit dépourvu de capuche, elle s'élança pour aller contempler les ruines.

Alors que la pluie ruisselait sur son visage et s'infiltrait dans ses cheveux, elle se rappela sa vision. C'était bien ici

1. C'est le nom du quartier français de La Nouvelle-Orléans.

que la victime — cette femme blonde terrifiée — était morte dans des conditions épouvantables. Décapitée par un prêtre.

« Où es-tu, espèce d'ordure ? »

C'était ce qu'elle avait entendu.

En venant ici, elle espérait obtenir des indices sur l'identité du tueur.

Elle entendait des voitures passer derrière elle, mais la pluie étouffait pratiquement tous les bruits de la ville.

Elle ferma les yeux et se concentra sur les battements de son cœur. Puis elle sentit quelque chose. Un picotement qui fit place à un frisson glacé, comme si le prêtre venait de passer dans la rue.

— Allez, allez ! murmura-t-elle pour s'encourager, tout en levant son visage vers le ciel.

— Vous voyez quelque chose ?

Le souffle coupé, elle crut défaillir. Elle fit volte-face, les poings serrés.

L'inspecteur Bentz se tenait là, sous la pluie battante, à moins d'un mètre d'elle.

— Vous… vous m'avez fait peur, balbutia-t-elle, le cœur battant à se rompre. Je… non… je ne vois rien. Rien d'autre que les décombres.

Il hocha la tête. Il portait une casquette ornée du logo de la police de La Nouvelle-Orléans, et un blouson imperméable.

— Que faisiez-vous ? Je veux dire, là, à l'instant ?

Elle se sentit stupide.

— C'était un… une expérience. J'ai pensé qu'en venant ici, sur le lieu du meurtre, j'arriverais à le sentir de nouveau. Un peu plus.

— L'assassin ?

— Oui.

Elle jeta un coup d'œil vers la jeep stationnée en double file dans la rue.

— Vous m'avez suivie jusqu'ici ?

— Je rentrais chez moi et, comme vous, j'ai pensé qu'en venant ici, j'aurais peut-être une lueur, une intuition.

Il la regarda attentivement.

— Vous êtes trempée.

— Je comprends mieux pourquoi vous êtes inspecteur, répliqua Olivia en souriant. Vous avez un sacré sens de l'observation. Rien ne vous échappe…

— J'aime à le penser, oui.

Il esquissa un sourire sincère, ce qui, d'après Olivia, était assez rare.

— Et si nous allions dîner avant que vous n'attrapiez du mal ?

La proposition la prit au dépourvu. Etait-ce une invitation ? S'agissait-il d'un rendez-vous sentimental ?

Bien sûr que non, Livvie ! Ce que tu peux être cruche ! Et nunuche !

— Vous voulez me cuisiner, c'est ça ?

— Pensez ce que bon vous semble. En tout cas, je connais un endroit où l'on mange de délicieuses crevettes cajuns et des *curly-cut fries* — vous savez, ces frites torsadées…

Il mima un mouvement circulaire avec son index.

— C'est un endroit sans prétention, mais la cuisine y est formidable.

Elle se demanda s'il était sérieux.

— Je ne vous aurais jamais imaginé en adepte des frites torsadées.

— Et vous prétendez avoir des dons extrasensoriels ?

— Vous n'essayez pas de flirter avec moi, Bentz, n'est-ce pas ?

Le sourire du policier disparut.

— J'essaye juste de vous sauver de la pneumonie.

Il avait repris son ton bourru. L'avait-elle vexé ? Pourtant, il ne lui faisait pas l'impression d'un homme aux prises avec des problèmes d'ego…

— D'accord. Où est-ce ?

— Je vous emmène.

Il l'entraîna vers la jeep, et elle eut conscience de commettre une nouvelle erreur stratégique.

— Je peux vous suivre…

— Ça n'est pas facile de stationner, là-bas.

— Entendu. Comme vous voudrez.

Il lui ouvrit la portière de la jeep, et elle se glissa sur le siège passager. Le véhicule ressemblait à n'importe quel 4x4 — pas de fusil de la police prêt à être utilisé, pas de panneau de séparation entre l'avant et l'arrière, pas de menottes pendant de la boîte à gants. Il y avait juste, à l'arrière, un poncho imperméable avec le logo de la police. Et Bentz, bien sûr, était armé.

Il roula à travers les rues détrempées avec l'expérience de quelqu'un qui avait l'habitude de manœuvrer une voiture dans les endroits les plus improbables. Ils suivirent Esplanade Avenue et traversèrent le Vieux Carré jusqu'à St. Peter, où il parvint à garer la jeep dans un emplacement incroyablement petit.

— Vous allez voir, ça n'est pas le Ritz, dit-il.

— Tant mieux, parce que je n'ai pas la tenue adéquate.

Une odeur de graisse et d'épices flottait dans le restaurant. Derrière un long comptoir, plusieurs cuisiniers s'activaient devant des marmites de crevettes bouillonnantes et de grandes friteuses. Bentz entraîna Olivia jusqu'à une table située presque au fond, derrière un petit bar sur lequel des bouteilles de bière étaient entassées dans des seaux pleins de glace. Il lui avança une chaise. De sa place, elle voyait une porte de verre qui donnait sur une terrasse, à l'arrière du restaurant.

Bentz s'assit en face d'elle, de l'autre côté de la table couverte d'une nappe rouge. Au serveur qui s'approchait, il lança :

— On va prendre un double !

— Un double ? répéta Olivia.

— Je commande toujours la même chose. Vous allez aimer.

— Je ne peux pas choisir ?

Bentz grimaça un sourire.

— La prochaine fois.

Parce qu'il y aurait une prochaine fois ? songea Olivia en hochant la tête.

— D'accord.

— Qu'est-ce que vous voulez boire ? Une bière ?

— Très bien. Mais *light*.

— Et pour moi, ce sera comme d'habitude, dit Bentz.

Le serveur revint quelques secondes plus tard avec deux bouteilles de bière sans alcool.

— Vous êtes encore en service ? demanda Olivia.

— Toujours. A vôtre santé !

Il fit tinter son goulot de bouteille contre celui d'Olivia, avant de boire une longue gorgée.

— Alors, qu'est-ce que vous voulez savoir, inspecteur ? J'espère que vous n'avez pas reçu pour mission de me suivre ou quelque chose de ce genre…

— Pas précisément.

Il prit une autre gorgée de bière et, dans la douce lumière que diffusait une lampe à pétrole, il lui parut moins impressionnant, plus abordable. Il était indéniablement séduisant, dans un genre mal dégrossi. Et, malgré ses yeux sombres, il avait un sourire chaleureux.

— On m'a dit de garder « l'esprit ouvert ». Alors, quand je suis tombé sur vous, tout à l'heure, je me suis dit que j'allais écouter ce que vous aviez à dire.

— Et découvrir comment je fonctionne ?

De nouveau, ce sourire énigmatique.

— Je ne sais pas pourquoi, mais je pense que c'est impossible.

Derrière Olivia, il y eut un fracas de porcelaine brisée et de métal.

— Oups ! fit Bentz en haussant ses épais sourcils.

Elle regarda par-dessus son épaule et découvrit par terre un plateau d'assiettes fracassées, des couverts éparpillés un peu partout, de la bière qui ruisselait sur le carrelage et des dizaines de crevettes et de langoustines qui glissaient entre les tables et les pieds des clients.

— Attention, elles s'échappent ! lança Olivia.

Et Bentz se mit à rire.

Bouche bée, la malheureuse serveuse qui avait laissé tomber le plateau fixait sur son patron un regard horrifié. Celui-ci, un grand Noir, lui lança un torchon tandis qu'un employé se précipitait vers un placard pour y prendre un seau et une serpillière.

— Beau geste ! murmura Bentz, amusé.

— La pauvre, elle est traumatisée…

— Elle s'en remettra. Il m'est arrivé la même chose, une fois. A l'époque du lycée. Non seulement j'ai fait tomber un plateau, mais les boissons ont atterri sur six clientes du Country Club en tenue de soirée. C'était mon premier jour de boulot dans cet établissement, et aussi le dernier. J'avais oublié ça…

Il but une gorgée de bière.

Olivia refusait d'imaginer Bentz sous les traits d'un adolescent un peu gaffeur. En fait, elle ne voulait voir en lui que le policier.

Le serveur leur apporta, peu après, les crevettes servies dans des caquelons, avec deux énormes portions de frites. Les crevettes étaient d'un rouge flamboyant et les frites, comme promis, étaient torsadées et très épicées. Bentz posa une crevette sur son plateau, ôta la tête, puis la carapace, et mordit dans la chair.

Olivia l'imita. Comme Bentz l'avait promis, c'était merveilleusement bon. Peut-être cet homme méritait-il qu'on aille au-delà des simples apparences. Peut-être le policier bourru cachait-il un esprit plus raffiné que…

« Mais oui, bien sûr ! Déchiqueter avec les mains un crustacé est un grand signe de sophistication. Voyons, Livvie, regarde les choses en face. Ce type est un flic machiste, soupçonneux et impertinent. Ne l'oublie surtout pas ! Il pense toujours que tu es impliquée dans ce meurtre. Seulement, il n'a pas encore trouvé comment. Il ne croit qu'en ce qu'il peut voir, toucher, entendre et sentir… Surtout, ne lui fais pas confiance une seconde ! »

— Parlez-moi un peu de ce « don » que vous avez reçu. Vous êtes née avec, ou a-t-il été déclenché par un événement particulier ?

Il s'attaqua à une nouvelle crevette.

— Vous voulez savoir si je suis tombée sur la tête quand j'étais enfant, ou si j'ai été victime d'un traumatisme qui aurait tout déclenché ?

— Si c'est ce qui s'est passé, oui.

— Eh bien, non ! répliqua Olivia avec humeur. C'est curieux, quand même ! Les gens s'attendent toujours à ce genre d'histoire !

— Hé, du calme ! dit-il en levant la main. Je ne voulais pas vous blesser.

Il semblait sincère, et elle se sentit un peu stupide d'avoir foncé tête baissée.

— Excusez-moi. Réflexe conditionné… C'est difficile à expliquer, mais… oui, j'ai ça depuis l'enfance. Depuis toujours. Grannie Gin, ma grand-mère, disait que c'était un don. Ma mère, elle, affirmait que tout était dans ma tête et que j'avais intérêt à ne pas en parler autour de moi. Je pense qu'elle-même était embarrassée par les facultés extraordinaires de sa propre mère. Les gens venaient voir Grannie pour qu'elle leur tire les cartes du tarot ou qu'elle lise leur destin dans les feuilles de thé. Tout ça, alors qu'elle était profondément religieuse. Bernadette, ma mère, trouvait ces pratiques étranges — ce en quoi elle n'avait pas tort. Moi, je ne me posais pas trop de questions. C'était comme ça, voilà tout. Et quand ça m'est arrivé personnellement, j'ai bien été obligée de l'accepter.

— Ça n'a pas l'air de vous plaire, mais vous travaillez tout de même dans tout ce milieu New Age, vaudou et autres…

— Je sais. Je déteste ça et, en même temps, j'éprouve

une fascination étrange, presque morbide pour ce genre de choses.

— Brinkman a fait allusion au fait que vous étiez déjà venue lui parler d'autres meurtres.

— Vous l'avez vu ?

— Il a bien fallu. Ça vous pose un problème ?

— Non. Pas du tout.

Elle prit une crevette, puis la laissa retomber dans le caquelon.

— Je suis déjà venue au commissariat, en effet. Mais personne ne m'a prise au sérieux. Pas plus l'inspecteur Brinkman que vous-même.

— Essayez encore.

Comme elle hésitait, il dépiauta une nouvelle crevette.

— J'ai lu les rapports de Brinkman, mais je tiens à avoir votre propre point de vue.

Il se laissa aller en arrière, s'essuya la bouche avec sa serviette et regarda Olivia au fond des yeux.

— Pas d'enregistreur. Pas de calepin. Je veux juste que vous me disiez ce que vous avez vu.

Elle hésita.

— Allez, Olivia ! Vous aviez bien commencé…

Elle remarqua les petites pattes d'oies qu'il avait au coin des yeux, comme s'il les plissait. Un homme réfléchi.

— Vous avez raison, dit-elle enfin. Par où commencer ? Par la vision la plus proche : celle de l'été dernier. Je m'en souviens particulièrement bien parce que c'est arrivé à peu près à l'époque de la mort de ma grand-mère. A ce moment-là, j'effectuais de nombreux allers et retours, et, chaque fois que j'étais en Louisiane, je faisais des cauchemars, plus fragmentés que le dernier, mais intenses.

Elle étudia la réaction de Bentz, sans rien noter de particulier. Il mangeait, écoutait, buvait à la bouteille. Pensait-il qu'elle inventait ? Ou commençait-il vraiment à la croire ?

— Continuez, s'il vous plaît. Qu'y avait-il, dans ces cauchemars ?

— En fait, il s'agissait du même cauchemar qui se répétait. Assez flou lorsque j'étais à Tucson, il devenait très réaliste dès que je revenais ici. Quelqu'un était assassiné de façon extrêmement violente, comme la nuit dernière… Je visualisais des images courtes, un jour sur deux à peu près. On laissait la victime mourir de faim. Elle… elle était prisonnière dans une espèce de crypte, et elle pleurait, criait. Il y avait des symboles inscrits sur les murs, des dessins et des inscriptions… des inscriptions que je n'arrivais pas à déchiffrer. La femme s'affaiblissait chaque jour un peu plus. Et puis il y avait *lui*. Je sentais sa présence.

Olivia soutint le regard de Bentz. Il avait cessé de manger, et il la fixait avec intensité, comme s'il cherchait une faille dans son histoire. Un mensonge.

— L'assassin ?

— Oui. La personne qui l'avait enlevée venait lui rendre visite, braquait une lampe électrique sur ses yeux terrifiés. C'est comme ça que j'ai eu des flashes de l'endroit où elle était retenue, de son environnement… Il avait laissé une espèce de gourde. Je pense que c'était pour la tenter. Il pouvait s'agir d'eau… ou d'autre chose, qui aurait accéléré sa mort. Mais de toute façon c'était hors de sa portée. Elle était enchaînée, elle aussi.

Olivia réprima un frisson.

— La nuit dernière, la victime est morte de façon très violente. Pour l'autre, c'était tout le contraire, du moins au début… D'une certaine façon, c'était encore pire — une longue et horrible attente. On la laissait mourir de soif et de faim.

— C'est ce qui s'est passé.

— Oui… enfin… l'image est vague, mais je crois que ça ne s'est pas arrêté là. C'était vers la fin du mois de juillet, peut-être début août — je le sais, parce que Grannie était de plus en plus malade. J'ai pris l'avion pour Tucson, j'ai rendu les clés de mon appartement, tout ça en l'espace de cinq jours. La situation avait évolué, alors. Et j'ai eu des visions épouvantables.

— Quoi donc ?

Elle inspira profondément.

— Je crois que la prisonnière a été… décapitée.

— Comme la nuit dernière.

— Oui, fit Olivia en hochant la tête. Comme la nuit dernière.

Bentz ne savait plus que penser. Qu'y avait-il de vrai dans toutes ces histoires de vaudou et de médium ? Cette jeune femme semblait si normale, assise en face de lui, avec ses cheveux qui séchaient en bouclant, ses mains pleines de sauce, ses sourcils froncés, ses lèvres serrées. Mais c'étaient ses yeux qui le touchaient, ce regard franc qui le mettait au défi de la croire — avec, sous la surface, des ombres, des fantômes.

— Vous pourriez me tracer les symboles dont vous parlez ?

— Là, de mémoire, non. Mais je les ai notés. Chaque fois que j'ai fait ce cauchemar, j'ai couché sur le papier ce dont je me rappelais, le matin. Tout est chez moi. Je pourrai vous apporter ça lundi en allant travailler.

— Et si je passais demain chez vous ?

— Ça fait un bout de chemin.

Il lui sourit et fit signe au serveur d'apporter l'addition.

— Je suis célibataire. Mon programme dominical consiste à regarder le foot à la télé et à faire ma lessive.

— Très bien. Comme vous voudrez…

Elle prit une crevette, et il l'observa tandis qu'elle la dépiautait, puis la mangeait.

— Autre chose ? demanda-t-elle.

Elle passa la pointe de la langue sur ses lèvres enduites de sauce, et il eut l'impression d'y voir comme une invite. Ridicule ! songea-t-il aussitôt. Pourtant… il y avait chez elle quelque chose de légèrement provocant qui le fascinait.

Comme chez Jennifer.

— Oui, une ou deux choses, dit-il. J'aimerais avoir une

liste de toutes les personnes que vous connaissez. Famille, amis, mais aussi les gens avec qui vous travaillez ou que vous voyez à l'université.

— Vous pensez que mes amis sont impliqués ?

— Si je prends ce que vous me dites au pied de la lettre, il me semble qu'il y a un lien — quel qu'il soit — entre le tueur et vous. Vous comprenez ? Dans mon idée, ça marche de cette façon-là. Vos visions ne sont pas un éclair surgi du ciel. Elles semblent se concentrer sur un seul homme, sur ses crimes. Nous sommes d'accord ?

Elle hocha la tête.

— Parfois…, commença-t-elle.

Elle laissa sa phrase en suspens. Soudain, les bruits du restaurant parurent plus intenses. Les couverts et les verres qui s'entrechoquaient, les conversations, les serveuses qui lançaient les commandes, la musique en fond sonore…

— Parfois ? répéta Bentz d'un ton encourageant.

— Ça peut paraître fou, mais j'ai parfois une impression étrange… Comme des cristaux de glace qui me martèleraient la nuque. Et je sens qu'il est tout près… que, d'une manière ou d'une autre, je marche dans ses pas…

Elle surprit une lueur de doute dans les yeux de Bentz, et s'interrompit pour boire une longue gorgée de bière.

— Je vous avais prévenu que ça pouvait paraître fou, ajouta-t-elle.

— Peut-être mais… qui pourrait être le lien ? Et quel est le fonctionnement de cette télépathie ?

— Tout ce que je peux dire avec certitude, c'est que le phénomène est plus intense depuis que je suis revenue à La Nouvelle-Orléans. Et les meurtres ont lieu ici. Donc c'est quelqu'un qui est tout près.

— Tout à fait d'accord.

Il en fallait beaucoup pour effrayer Bentz. Pourtant, il sentit comme un frisson d'appréhension le parcourir. Quelle que soit l'identité du tueur, il y avait une part d'intangible à l'œuvre dans cette affaire qui la rendait encore plus dangereuse.

Bentz régla l'addition et raccompagna la jeune femme jusqu'à sa camionnette, toujours stationnée devant les décombres de la maison incendiée. Il ne pleuvait plus, mais les lieux du crime étaient toujours aussi lugubres.

— Vous m'avez dit que vous étiez venue ici pour tenter de sentir ce qui s'était passé, n'est-ce pas ?

Elle hocha la tête en même temps qu'elle descendait de la jeep. Bentz l'imita.

— Et… vous avez perçu quelque chose ?

— Ça n'est pas vraiment comme un signal radar, dit-elle.

Pourtant, elle se rapprocha du ruban de sécurité et regarda intensément ce qui avait été une petite habitation confortable.

— Non… rien, murmura-t-elle au bout d'un moment. Mais si je « reçois quelque chose », je vous préviendrai. Merci pour le dîner.

— Je vous en prie, c'était un plaisir, répondit-il machinalement.

Elle fixa sur lui un regard incisif, l'accusant en silence de mentir.

— Ce n'était pas du plaisir, mais du travail, inspecteur Bentz. Et j'ai le sentiment que c'est toujours comme ça, pour vous.

Elle grimpa à bord de sa vieille Ford, démarra et partit dans un léger crissement de pneus. Il suivit ses feux arrière dans la nuit, jusqu'à ce qu'ils disparaissent. Puis il se dit qu'il pourrait la suivre afin de s'assurer qu'elle rentrait bien chez elle. Pourquoi pas ? Jaskiel avait donné son accord, et, bien qu'il eût terminé son service, il avait quelques heures à tuer.

Il démarra à son tour. Ce qui le gênait dans cette filature, c'était la curiosité qu'il éprouvait. Pour l'affaire, mais aussi pour cette femme. Il la trouvait extrêmement sexy. C'était aussi une excentrique. Une dingue, sans doute.

Mais une dingue qui en savait plus que quiconque sur le meurtre. Alors, que ça lui plaise ou non, il devait la croire.

11

Le téléphone sonna. Une fois. Deux fois. Trois fois. Blottie sous ses couvertures, Kristy gémit. Elle ne voulait pas se lever ! Elle jeta un coup d'œil à son réveil. 10 h 30 ! Un samedi ! Qui pouvait avoir l'idée saugrenue de l'appeler à une heure pareille ? Son père, probablement. Elle laissa le répondeur se mettre en route.

> « Bonjour, c'est Kristi. Vous savez ce que vous avez à faire… Merci. »

Après le bip, il y eut un moment de silence, puis une voix profonde se fit entendre.

— Bonjour. J'espère que je suis bien chez Kristi Bentz. C'est Brian Thomas, à l'appareil. Il est possible que tu ne te souviennes pas de moi… Je suis l'assistant du Pr Zaroster et…

Kristi jaillit de son lit et se jeta sur le téléphone.

— Bonjour ! lança-t-elle, essoufflée. Oui, oui, je sais qui tu es !

« Qui ne le sait pas, sur le campus ? pensa-t-elle. Mais ne te mets pas martel en tête. Il doit appeler pour t'annoncer que tu as complètement foiré le contrôle sur Bouddha, hier… »

— Tu filtres tes appels ?

— Non, je… eh bien, si tu veux tout savoir, je n'étais pas encore levée. Mais c'est fait, maintenant.

— Couchée tard ?

— Une soirée studieuse, répondit Kristi en minaudant. J'étais à la bibliothèque.

Elle se rallongea sur son lit.

Ils savaient tous les deux qu'elle mentait, mais elle n'avait pas envie de reconnaître qu'elle était allée à une petite fête, sur le campus, qu'elle avait bu plus que de raison et qu'elle avait maintenant une migraine terrible.

— Que voulais-tu me dire ? lança-t-elle d'un ton léger.

— Je me demandais si tu serais d'accord pour sortir avec moi, un soir.

Elle en resta bouche bée. Il lui proposait un rendez-vous ? *Un rendez-vous ?* Le cœur battant à un rythme inquiétant, les mains moites, elle tenta de garder son calme. Elle se doutait bien qu'il appellerait un jour, mais elle ne s'attendait pas à ce que cela arrive aussi vite.

— En fait, je sais que je ne devrais peut-être pas, étant donné que tu es une étudiante de Zaroster, mais je ne vois pas trop où est le mal…

« Moi non plus ! » pensa Kristi.

— En tout cas, si tu es mal à l'aise parce que je suis son assistant…

— Non ! Pas du tout. Je… je serais superheureuse de passer une soirée avec toi.

— Tant mieux ! dit-il avec un évident soulagement.

— Où ? Quand ?

— Ce soir. Vers 19 heures. On dîne et on va voir un film… Enfin, si tu n'as rien d'autre à faire.

Kristi n'en revenait pas. Une soirée avec Brian Thomas, sur lequel elle flashait depuis le début de l'année !

— C'est super.

— Je passerai te chercher… Tu es à Crammer Hall, c'est ça ?

— Mais comment est-ce que tu… ?

— Au département théologie, nous sommes omniscients, dit-il en plaisantant.

— C'est ça…

— En fait, je l'ai vu dans ton dossier. Tu es une DG.

— Oui, je suis en période d'essai chez les Delta Gamma.

Le fait qu'il en sache autant sur elle la chiffonnait. Elle aurait pu être flattée d'apprendre qu'il était allé fouiner dans son dossier, mais ce n'était pas le cas.

— Je… je pensais que toutes ces informations étaient confidentielles.

— Elles le sont. Mais certains privilégiés connaissent les codes.

— Ah, oui ?

Il n'était même pas professeur. Quelque part, ça n'était pas normal. Et il semblait très content de lui ! Dire qu'elle le croyait timide… Elle s'avisa soudain que ce n'était peut-être pas Brian qui lui téléphonait, mais qu'il s'agissait d'une mauvaise plaisanterie.

Mais qui aurait pu faire une chose pareille ? Et comment aurait-il eu accès aux dossiers des étudiants ?

— On se voit à 19 heures, dit le garçon, très sûr de lui.

— D'accord…

Il raccrocha, et Kristi se laissa aller sur son lit avec un sourire immense. Elle n'arrivait pas à croire qu'il avait vraiment appelé. Il paraissait si réservé pendant les cours, si sérieux. Et pourtant, à l'instant, au téléphone…

Elle jeta un coup d'œil au tableau d'affichage fixé au mur, au-dessus de son bureau. Il y avait dans un coin une photographie qui la représentait en compagnie de Jay. Elle avait été prise l'année précédente, à la grande soirée de fin d'année des terminales, la « senior prom ». Elle portait pour l'occasion une robe longue noire, et lui un smoking. Il avait passé une main autour de son épaule. Ce soir-là, elle s'était dit qu'elle l'aimait. Et c'était le cas. Sauf qu'il avait décidé de rester à La Nouvelle-Orléans, où il projetait de reprendre un jour l'entreprise de son père. C'était là qu'il travaillait, à présent, au bas de l'échelle : il passait ses journées à goudronner des toitures ou à poser des bardeaux. Il voulait que Kristi arrête ses études et qu'elle l'épouse, mais elle avait refusé, sachant qu'elle était trop jeune pour un tel engagement.

Depuis, leurs rapports avaient changé.

Elle avait même envisagé de rompre, sans être certaine que ce soit la meilleure solution.

Mais ce coup de fil matinal changeait tout.

Elle se débarrassa de sa chemise de nuit et remarqua que Lucretia, avec qui elle partageait sa chambre, était déjà partie. Il n'y avait personne dans le lit du haut.

Lucretia était un vrai rat de bibliothèque. Une bûcheuse qui ne sortait jamais. *Jamais.* C'était presque comme si elle était en prison.

Kristi s'étira. Elle envisageait d'aller faire quelques longueurs de bassin à la piscine, avant de se plonger dans les livres. Elle avait un travail à rendre pour le cours de Sutter, et il n'était pas question pour elle de le remettre en retard. Sutter avait une façon étrange de la regarder — comme un objet curieux, une énigme psychologique. C'était presque aussi pénible qu'avec le Pr Northrup. Mais Northrup, lui, était encore plus bizarre. Il l'observait comme s'il guettait le moment où il allait la surprendre en train de copier ou de tricher. Il lui collait la chair de poule.

Elle gémit en songeant qu'il allait probablement y avoir un contrôle, aujourd'hui, pendant le cours de Northrup. Mais après ça… Elle jeta un nouveau coup d'œil à son réveil et ne put retenir un sourire.

Plus que neuf heures, et elle serait au paradis.

Fidèle à sa parole, Bentz apparut à 14 heures. Olivia était en train de faire le ménage quand Harry se mit à aboyer furieusement. Elle abandonna sa pelle et son balai, puis traversa la cuisine et vint jeter un coup d'œil par la fenêtre. La jeep de Bentz s'arrêtait dans l'allée. Les feuilles s'éparpillaient dans la lumière du soleil d'après-midi ; des nuages glissaient dans le ciel, au-dessus des arbres. Et Harry ne semblait pas vouloir se taire.

— Chut ! lui ordonna-t-elle.

Mais il continua de sauter devant la porte d'entrée en aboyant de plus belle, tandis que Bentz coupait le moteur et descendait de sa jeep. Olivia le reconnut à peine. Oubliée la tenue de travail, avec le pantalon strict, la chemise blanche, la cravate et la veste. Il portait un jean sérieusement usé, un pull et des chaussures de sport. Avec le vent qui lui ébouriffait les cheveux, il ressemblait plus à un père de famille qui accompagne son fils au foot qu'à un flic désabusé.

— Il ne se calme jamais ? demanda Bentz en désignant Harry.

— Il attend de vous connaître, répondit la jeune femme en attrapant son chien par le collier.

Harry avait les yeux fixés sur Bentz, et il gigotait comme un fou, jappant et grondant comme s'il était sur le point de mettre le policier en pièces.

— Et ça prend combien de temps, en général ?

— Plus que deux jours. C'est la même chose pour Chia. Je vous recommande donc de ne pas trop vous approcher de sa cage… Ça suffit ! cria-t-elle à l'intention d'Harry

Le chien, sérieusement réprimandé, se contenta d'un jappement de désapprobation. Olivia le lâcha, puis elle l'observa tandis qu'il allait renifler de bas du jean de Bentz.

— Il aboie beaucoup, mais il ne mord pas, dit-elle.

— Contrairement à l'oiseau.

Olivia sourit.

— Vous pouvez toujours tenter le coup.

— Je vais plutôt vous croire sur parole.

— C'est une décision avisée. Alors, vous êtes venu à bout de votre lessive ?

— Affirmatif.

Il sourit à son tour. Un de ces sourires rares, sincères, qui éclairaient son regard.

— J'ai même trouvé le temps de vider le lave-vaisselle. Il ne m'a manqué que quelques minutes pour passer l'aspirateur.

— Très drôle.

— C'est sérieux.

— Je suis quand même étonnée que vous n'ayez rien trouvé de mieux à faire, cet après-midi. Je ne sais pas, moi : aller à la pêche ou jouer au golf… Vous n'aviez pas l'intention de regarder le match de foot ?

— Quand je suis parti, les LSU Tigers étaient à la peine…

— Comme toujours, non ?

— Hé, doucement ! Vous parlez à l'un de leurs supporteurs !

— J'essaierai de m'en souvenir. Allez, entrez.

Ils rejoignirent la cuisine, et Olivia se sentit un peu plus à l'aise. Difficile d'imaginer que, moins de quarante-huit heures auparavant, cet homme n'était pour elle qu'un nom sur une coupure de journal. A présent… il faisait partie de sa vie, d'une certaine manière.

Oh ! Arrête un peu ! C'est un flic. Et il fait son boulot. Point à la ligne.

— Alors… ces inscriptions ? demanda-t-il.

— Euh… oui. C'est dans ma chambre. Un instant.

Elle s'élança vers l'escalier, suivie de près par Harry. Elle ouvrit le tiroir de sa table de nuit et en sortit plusieurs feuilles. Sur l'une se trouvait une liste de toutes les personnes qu'elle connaissait et qui vivaient dans un rayon de cent kilomètres. L'autre était un fichier de son ordinateur, imprimé la veille au soir. Elle avait noté les inscriptions étranges entrevues dans sa vision, la nuit même où Grannie Gin était morte. En posant les yeux sur ces lettres et ces symboles dépourvus de signification, elle sentit sa bonne humeur s'évanouir et un frisson glacé la parcourir, comme chaque fois qu'elle revivait ces instants atroces.

— Ne t'aventure pas dans cette voie ! se dit-elle tout haut, en quittant rapidement la chambre.

Harry lui emboîta le pas dans l'escalier.

— Il est fidèle, on dirait ? lança Bentz.

— Très.

« Contrairement à tous les hommes que j'ai pu connaître », songea la jeune femme en tendant au policier les documents qu'elle était allée chercher.

— Voici les inscriptions, ainsi qu'une liste de mes parents et amis.

Bentz s'assit à la table de la cuisine et s'absorba aussitôt dans la lecture des hiéroglyphes.

— C'est ce qui était écrit dans la crypte, quand vous avez eu ce rêve ? demanda-t-il.

— En tout cas, c'est ce dont j'ai pu me souvenir à mon réveil, oui.

Elle alla se placer derrière lui, pour lire par-dessus son épaule. En regardant les lettres et les symboles, elle fut prise d'un nouveau frisson au souvenir du martyre qu'avait enduré la victime.

— Vous voulez bien revenir là-dessus ?

— Bien sûr. Mais il faut savoir que ces *rêves*, si vous voulez les appeler comme ça, n'étaient pas aussi réalistes. Du moins, au début.

Elle se les rappelait pourtant de façon très claire. Comme pour le dernier. Avec une intensité glaçante.

— En fait, c'était toujours le même rêve qui se répétait, avec de légères variations.

Elle se frictionna les bras et jeta un coup d'œil par la fenêtre. Le soleil hivernal transperçait le filigrane des arbres dénudés pour pailleter de lumière l'eau du bayou. Mais le jour semblait soudain glacial, sans vie, empli d'ombres qui s'agitaient et se déformaient, toujours changeantes. Combien de fois avait-elle pensé à cette femme terrifiée, prisonnière de son propre tombeau ? Combien de nuits cette image s'était-elle transformée en un cauchemar qui la hantait, sans répit ?

— Le plus atroce, c'est quand il m'a semblé qu'il finissait par la tuer. Ça s'est passé la nuit où ma grand-mère est morte. Le 11 août, très exactement. Je suis allée en parler à l'inspecteur Brinkman, mais… toujours la même histoire. Pas de corps, pas de témoin… juste moi. La cinglée.

Il tourna la tête vers elle.

— C'est ce que vous êtes ?

Elle ne put s'empêcher de sourire. Leurs regards restèrent accrochés l'un à l'autre.

— Qu'en pensez-vous ?

Comme il ne répondait pas, elle reprit avec véhémence :

— Vous devez me croire, inspecteur Bentz. Je ne suis pas de ces gens qui cherchent à attirer l'attention sur eux en allant raconter n'importe quoi à la police. Et vous le savez. Parce que cette fille, dans la maison, a été assassinée exactement comme je vous l'ai dit. Et elle n'est certainement pas la seule !

— D'accord, d'accord. Calmez-vous. Je suis ici, non ? Je vous écoute et j'essaie de comprendre.

Elle était encore très énervée, mais elle hocha la tête en essayant de se maîtriser.

— Bon, fit Bentz en prenant la feuille sur laquelle se trouvaient les croquis d'Olivia. Qu'est-ce que vous en pensez ? Je les ai déjà vus dans le rapport de Brinkman, mais ça n'évoque pas grand-chose pour moi. De vraies pattes de mouches.

Penchée au-dessus de son épaule, elle remarqua l'odeur délicieuse de son eau de toilette.

— Je ne suis pas sûre de leur signification, dit-elle en désignant les symboles du doigt. Je les ai vus beaucoup trop rapidement, quand une lumière, probablement une torche électrique, les a éclairés. Je pense que le premier dessin représente une ancre. Et là, ajouta-t-elle en déplaçant son doigt vers des lignes en pointillés, il s'agit probablement de flèches — avec un arc au-dessus, peut-être, ou quelque chose en feu. Du moins est-ce l'impression que j'ai eue.

Elle passa au dessin suivant.

— Ici, ça ressemble à une fleur... Mais le reste, je ne sais pas. Là, c'est l'inscription. Je n'ai fait que l'apercevoir, par flashes, et j'ai tenté de retranscrire les lettres dans l'ordre où elles étaient gravées sur les parois de la « tombe ». C'est tout ce que j'ai pu me rappeler.

Elle lut en silence l'étrange message qu'elle avait déjà tenté de déchiffrer des centaines de fois.

LUM… NA… PA… E… CU… FI

— Lum-na-pas-e-cu-fi, lut Bentz à voix haute.

— Il manque des lettres, dit Olivia. Et j'ai essayé un bon million de fois de combler les vides. Luminaire, lumineux… Napa, comme la Napa Valley, en Californie. Je ne sais pas. Il peut s'agir d'une langue étrangère, d'un code… n'importe quoi. C'est peut-être même un total charabia. Ces inscriptions ont pu être gravées par cette femme pendant sa captivité ; il est possible aussi qu'elles n'aient rien à voir avec elle.

Elle fixait avec intensité ces lettres, ces fragments de mots, mais ils n'avaient pas plus de sens que la première fois. Plissant les yeux, elle se pencha un peu plus et, dans le mouvement, ses seins effleurèrent le dos de Bentz, dont les muscles se tendirent soudain. Elle se redressa aussitôt.

Embarrassée, elle tira une chaise pour s'asseoir, et désigna la feuille.

— C'est un peu comme ces jeux qu'on trouve dans les journaux ou les magazines. Sauf qu'ici, on ne peut pas aller à la dernière page, pour voir la solution.

Il plissa les yeux. Pas l'ombre d'un sourire. Il était de nouveau professionnel à cent pour cent.

— Ça vous ennuie, si je prends cette feuille ? C'est beaucoup plus net que la copie de Brinkman.

— Allez-y.

— Et vous avez eu d'autres visions ?

Il la fixait comme s'il essayait de séparer les mensonges de la vérité, ce qui relevait de la folie et de la raison.

— Par intermittence.

— Toutes différentes ?

— Oui. Il n'y avait rien de cohérent.

— C'était toujours le même homme ?

— Je… je ne sais pas. Mais c'est bien possible, puisque je ne visualise pas tous les meurtres commis. Juste certains.

Et pas n'importe lesquels, inspecteur. Des meurtres qui me terrifient.

Il hocha la tête et passa à la seconde feuille, qu'il parcourut rapidement.

— Noms, adresses et numéros de téléphone. Je suis impressionné, dit-il en relevant les yeux.

— Je suis prête à tout pour retrouver ce monstre.

Olivia se laissa aller contre le dossier de sa chaise.

— Je voulais vous demander : allez-vous continuer de me suivre ? Comme hier soir ?

Elle avait reconnu la jeep dans son rétroviseur, alors qu'elle rentrait chez elle.

— Je tenais simplement à m'assurer que vous rentriez chez vous sans problème.

— Allez savoir pourquoi, mais je ne suis pas convaincue…

Il la fixa un instant sans rien dire.

— D'accord, je vais être honnête avec vous.

— Ce serait bien aimable de votre part.

— J'avais envie de voir où vous alliez. Je commence à vous croire et, du coup, je commence aussi à me soucier de votre sécurité. Je ne plaisantais pas quand je vous ai parlé d'un système d'alarme et d'un rottweiler.

— Et vous allez jouer les gardes du corps pour moi, maintenant ? demanda Olivia en penchant la tête de côté.

— Je pense que ma patronne accepterait assez mal une telle situation, même si vous en valez vraiment la peine — avec votre don et tout.

— « Et tout », inspecteur Bentz ?

Il plia la feuille de papier et se leva légèrement pour la glisser dans la poche de son jean.

— Vous pouvez faire l'économie de l'« inspecteur », dit-il.

— Et je vous appelle comment ?

— Rick. Même si la plupart des gens disent « Bentz ».

Elle se rendit compte qu'il lui tendait une perche, et elle décida de s'en saisir. Tout était bon à prendre.

— Entendu, Bentz. Mais vous m'appelez « Olivia » ou « Livvie ». Au choix.

— Marché conclu.

— Alors, comme ça, vous me croyez, finalement ?

Elle lui arracha un demi-sourire, et vit une lueur dans ses yeux.

— Disons que je garde l'esprit ouvert, dit-il

— Et c'est douloureux ?

Son sourire s'élargit.

— Je ne suis pas spécialement réputé pour ma tolérance, avoua-t-il en se levant. Merci de votre aide.

Ils traversèrent la maison et rejoignirent la porte d'entrée. Harry en profita pour sortir, se lançant aussitôt sur les traces d'une créature invisible.

— Je vous préviendrai, si jamais nous trouvons quelqu'un pris au piège d'une espèce de crypte, quelque part…

— Je ne suis pas pressée. Je sais que ça arrivera un jour ou l'autre.

— Et à ce moment-là nous aurons peut-être mis la main sur l'assassin.

Il hésita. L'espace d'un court instant, elle se demanda s'il allait lui serrer la main. Ou même l'embrasser.

Il se contenta d'un signe de tête.

— Je vous tiens au courant.

Olivia le suivit du regard tandis qu'il regagnait sa jeep. Il recula pour faire demi-tour, avant de la saluer d'un geste et de s'éloigner dans l'allée.

Elle resta un moment dans l'embrasure de la porte, à se demander combien de temps Bentz allait garder cette ouverture d'esprit. Puis elle se dit que c'était sans importance.

C'était elle qui avait les visions. C'était donc à elle de découvrir d'où elles venaient. Sinon, jamais elle ne pourrait convaincre qui que ce soit de la prendre au sérieux. Elle croisa les bras sur sa poitrine, avec force, et se demanda s'il était vraiment indispensable que Rick Bentz la croie. Après tout, ce n'était qu'un policier comme un autre. Un type un peu bourru et terre-à-terre. Quelle importance si elle avait remarqué la largeur de ses épaules et la manière dont son jean épousait ses hanches ? Quelle importance s'il était, à l'évidence, bien plus compliqué qu'il ne le paraissait ? Elle ne pouvait se permettre de le trouver séduisant et d'envisager une aventure avec lui.

Ce serait une erreur majeure.

De même qu'elle commettrait une erreur en attendant que Rick Bentz, ou n'importe quel autre policier, la prenne au sérieux. C'était à elle de trouver des indices, des preuves, des liens… Avant que le tueur ne frappe de nouveau.

Elle décida de commencer par St. Luke's.

12

Olivia mit le frein à main et regarda l'église à travers le pare-brise. Le bâtiment, plus imposant qu'elle ne l'aurait cru, était blanchi à la chaux. Il possédait des fenêtres en arc ornées de vitraux, une flèche unique et un clocher séparé du reste de la bâtisse. Situé à quelques blocs d'Esplanade Avenue, ce bastion de la foi catholique, deux fois centenaire, était l'église la plus proche du lieu du crime. En toute logique, c'était donc là qu'il convenait de rechercher un prêtre assassin, se dit-elle en descendant de sa camionnette.

On était samedi, et il y avait peu de monde aux abords immédiats du bâtiment. L'intérieur était assez chaleureux. La nef était éclairée par quelques lampes et des dizaines de cierges dont les murs reflétaient la lumière tremblotante. Olivia entrevit la silhouette de quelques fidèles, mais la plupart des bancs étaient vides.

Alors qu'elle marquait une pause devant l'autel, elle ressentit un besoin presque douloureux de croire. Même si elle n'avait jamais été particulièrement attirée par la religion, elle avait souvent accompagné sa grand-mère à la messe.

— Quand on a trop de soucis, lui disait-elle, il faut parler à Dieu. Lui rendre visite chez Lui.

Olivia fit un rapide signe de croix et commença ses recherches. Si elle ne trouvait rien ici, elle se rendrait à la St. Louis Cathedral, à côté de Jackson Square. C'était la plus vieille et la plus célèbre église de la ville, et elle se trouvait tout près du Troisième Œil. Si tout échouait, en dernier recours, il restait Internet.

En observant la femme qui venait d'entrer, le père McClaren éprouva une impression très forte, impossible à contenir.

Elle se signa comme si elle était inquiète ou troublée. Elle détonnait au milieu des paroissiens qui effectuaient leur visite quotidienne à l'église.

Même dans la pénombre, il remarqua la nuance dorée de ses yeux et la petite moue de ses lèvres. Elle donnait l'impression de chercher quelque chose. Ou quelqu'un.

— Puis-je vous aider ? demanda-t-il en s'approchant.

— Je crois que… j'aimerais parler à un prêtre.

Elle était légèrement essoufflée. Il remarqua les quelques taches de rousseur sur ses joues.

— Vous *croyez* ?

— Oui. Non. Enfin… si, j'en suis sûre.

Elle semblait un peu agitée, mais il avait l'habitude.

— Je suis prêtre, lui dit-il.

Elle le regarda comme s'il lui avait annoncé qu'il venait d'une autre planète.

— Je vous assure, dit-il. Je suis le père James McClaren.

— Oh !

Elle fronça les sourcils et demeura hésitante. Il eut l'impression de lui avoir fait un aveu effrayant. C'était étrange.

— Je ne m'attendais pas à ce qu'un prêtre porte un jean dans une église, avoua-t-elle.

Et elle continua de le fixer avec une pointe de soupçon.

— Ce n'est sans doute pas une excellente idée, reconnut-il en baissant les yeux sur son Levi's délavé, mais je rejoignais le cloître. J'étais certain que personne ne ferait attention à moi — et je suis sûr que cela ne dérange pas Dieu.

Elle haussa un sourcil. A l'évidence, il ne correspondait pas à l'image qu'elle se faisait du prêtre. Mais il y était habitué.

— Etes-vous venue vous confesser ? C'est le père O'Hara qui officie aujourd'hui. Je peux aller le chercher si vous voulez.

— Non, dit-elle d'un ton brusque. Je ne suis pas ici pour confesser quoi que ce soit. J'ai juste besoin de parler à… quelqu'un.

Elle le regarda fixement. Elle avait des cils épais et foncés, des pommettes saillantes. C'était une très belle femme.

Les femmes étaient le fléau de son existence. En particulier, les belles femmes.

— Je peux vous parler ? demanda-t-elle en surmontant son apparente réticence. Si vous avez une minute, bien sûr.

— Bien sûr ! J'ai tout mon temps.

Il effleura son bras en lui désignant une porte.

— Nous pouvons parler maintenant, à condition que vous me laissiez d'abord jouer les hommes à tout faire. Une petite tâche à accomplir dans le cloître. Notre employé est bloqué chez lui avec la fièvre. Cela ne prendra même pas une minute.

Olivia décida de lui faire confiance, en dépit de sa nervosité. N'avait-elle pas *vu* un prêtre assassiner cette pauvre femme ? Un prêtre au physique athlétique, comme celui-ci ? Mais elle ne pouvait pas se méfier de tous les prêtres athlétiques qu'elle croiserait à l'avenir. Quel était le pourcentage de chances que celui-ci soit le monstre de son rêve ?

Pratiquement nul. Et, de toute façon, elle n'avait pas l'intention d'évoquer les meurtres. Elle voulait juste parler à un homme de Dieu et établir un contact, quel qu'il soit, avec l'Eglise.

Le père James la guida au-delà des dernières rangées de bancs, puis ils franchirent une porte qui permettait d'accéder au cloître. Là, une galerie entourait une cour au sol de marbre, avec en son centre une fontaine et une statue de la Vierge et de l'enfant Jésus. Un vent froid circulait dans l'espace à ciel ouvert — un ciel plombé de lourds nuages noirs.

— Cela ne prendra qu'une minute, assura-t-il.

Il ouvrit une porte et sortit d'un cagibi un balai, une paire de gants, un seau et un escabeau. Tandis qu'elle l'observait, il plaça l'escabeau près d'un angle du toit où une gargouille se vidait dans une gouttière. Il enfila les gants et monta à l'échelle pour débarrasser la gouttière des feuilles détrempées et autres déchets.

— Sale boulot ! dit-il en faisant entrer le manche du balai dans la bouche de la gargouille. Mais il faut bien que quelqu'un s'en charge…

Il se tourna vers Olivia et lui sourit. Un sourire magnifique. Il était décidément trop séduisant pour être prêtre, songea-t-elle.

En plus, elle avait l'impression de l'avoir déjà vu.

Il termina son travail et, tandis qu'elle s'efforçait de ne pas faire attention à la façon dont le jean épousait ses fesses, il descendit de l'escabeau.

Olivia se sentait extrêmement troublée. Et ce n'était pas pour la bonne personne.

— Si vous avez trop froid, nous pouvons rentrer. Mais j'aime bien cet endroit. On est dehors tout en se sentant protégé.

Il rangea l'escabeau dans le placard, avec le balai, le seau et les gants.

— Si jamais vous quittez l'Eglise, vous pourrez toujours vous reconvertir, dit-elle, tandis qu'il fermait le cagibi à clé.

Il se mit à rire et passa la main dans ses cheveux brun foncé, presque noirs.

— Ce n'est pas le même genre de travail… Alors, qu'avez-vous en tête ?

— Vous n'allez pas le croire.

— Essayez toujours ! lança-t-il avec son sourire irrésistible. J'en ai entendu…

— D'accord.

Ils avaient commencé de faire le tour de la galerie. L'odeur du Mississippi arrivait jusqu'à eux.

— Je m'appelle Olivia Benchet. Je suis venue dans la région pour rejoindre ma grand-mère qui était malade. Elle est décédée, depuis. J'ai hérité de sa maison… et de quelque chose d'autre. C'est un don, comme on dit. Une espèce de perception extrasensorielle.

— Une *espèce* ?

— Je vois des choses, mon père. Des choses parfois horribles.

Elle fourra les mains dans ses poches et se demanda jusqu'à quel point elle devait se confier. Des feuilles sèches dansaient sur le sol du cloître.

— Des choses qui m'amènent à douter de ma foi, ajouta-t-elle.

Elle lui jeta un coup d'œil, mais il regardait droit devant lui, les sourcils froncés. Il avait le nez un peu rouge à cause du froid.

— Nous ressentons tous des doutes, de temps à autre, dit-il. Même les prêtres.

— Les prêtres pèchent-ils ?

— Qu'est-ce ce que vous croyez ? Nous ne sommes que des humains.

Elle s'interrogea. L'homme qu'elle avait vu dans ses visions n'avait rien d'humain. Il était hideux. Une vraie bête. L'incarnation du mal.

Brusquement, de grosses gouttes de pluie se mirent à tomber.

— Vous me croyez, père James ?

— Les voies du Seigneur sont impénétrables…

— Je vous en prie, ce n'est pas une réponse !

— Vous avez raison, c'est un cliché usé, avoua le prêtre en s'arrêtant à la porte de la chapelle. Je pense que Dieu fait don à chacun d'un certain nombre de choses. Certains de ces présents sont visibles, nous pouvons les voir, les toucher, prouver leur existence si nous le voulons. D'autres sont intangibles, mais n'en restent pas moins des dons du Seigneur. C'est une chance de savoir reconnaître ce que nous avons.

— Et si moi, je considère mon don comme une malédiction ?

— Essayez de l'envisager différemment. Dieu veut que nous utilisions tous les dons qu'Il nous accorde pour le bien de l'humanité et pour Lui rendre gloire. Je suis sûr qu'en y réfléchissant bien vous trouverez quelque chose de positif dans votre don.

— Cela me semble difficile.

— Je suis certain que vous pouvez, insista-t-il avec un sourire encourageant qui éclaira son regard.

« Si seulement vous saviez », songea Olivia.

Un instant, elle fut tentée de se confier à lui, de lui révéler ce qu'elle avait vu… mais elle n'en fit rien.

— J'y penserai, promit-elle, tout en se demandant si elle n'était pas en train de mentir à un homme de Dieu. Le père O'Hara et vous êtes les seuls prêtres de St. Luke's ?

— En ce moment, oui. Nous avons parfois des prêtres en visite qui célèbrent la messe. Et je vous signale que c'est *Mgr* O'Hara. Il lui arrive d'être chatouilleux là-dessus.

— Je tâcherai de m'en souvenir. Et vous connaissez des prêtres d'autres paroisses, à La Nouvelle-Orléans ?

— Bien sûr ! répondit-il en souriant, comme s'il était amusé. Pourquoi ?

— Simple curiosité, dit Olivia.

Là, ce n'était pas vraiment un mensonge.

— Merci de m'avoir accordé de votre temps, dit-elle en tendant la main au prêtre.

Il la prit dans la sienne.

— Revenez chaque fois que vous vous poserez des questions, Olivia. Et… vous devriez venir à la messe, de temps en temps. Vous entretenir avec moi est une bonne chose, mais vous avez peut-être besoin de parler directement avec notre Père.

— Je peux faire ça chez moi.

— Bien sûr, mais la maison de Dieu est là pour vous accueillir, dit-il avec un sourire.

— Tenez.

Il sortit un portefeuille de sa poche, et en tira une carte de visite.

— Vous êtes la bienvenue ici. La porte de St. Luke's est toujours ouverte. Je vous attends. Vous pouvez même m'appeler.

« Ne retiens pas ton souffle ! » se dit Olivia en prenant la carte.

— Oh, je vois ! lui dit-il encore. Vous ignoriez que les prêtres avaient des cartes de visite et des boîtes e-mail.

Elle se mit à rire, et fourra la carte dans son sac.

— Merci.

— Ce n'est pas moi qu'il faut remercier. Il y a ici un pouvoir bien plus grand que le mien.

Le père James tint la porte à la jeune femme, et il la suivit des yeux tandis qu'elle traversait le parking pour rejoindre une camionnette rouge.

C'était une femme intéressante. Tourmentée. Très belle. Elle lui avait caché des choses : il l'avait vu dans ses yeux. Il se demandait pourquoi, tout en essayant de ne pas la juger. Aucun être humain n'avait le droit d'en juger un autre. Ce droit, il appartenait à Dieu. Il l'avait appris depuis longtemps. Lui-même savait très bien ce que c'était que pécher. Il savait combien il était difficile de résister à l'appel du vice.

Il devait se montrer prudent, songea-t-il en se rappelant avec quelle facilité le péché était venu frapper à sa porte, et avec quelle rapidité, quelle impatience, il la lui avait ouverte. Depuis, il avait promis à Dieu de garder à tout jamais cette porte verrouillée.

Il espérait ne pas rompre cette promesse.

Ses recherches sur Internet étaient un vrai fiasco !

Elle éteignit son ordinateur portable et se massa la nuque. Qu'espérait-elle, au juste ? Trouver un site sur lequel figurerait la photo de tous les prêtres de la Louisiane, avec leur biographie ? Et après ? Elle ne serait même pas capable de reconnaître l'assassin au milieu d'une foule. D'ailleurs, il ne s'agissait peut-être même pas d'un prêtre. Il pouvait avoir simplement enfilé un déguisement qu'il réservait d'ordinaire à mardi gras…

« Laisse tomber », se dit-elle.

On était en fin d'après-midi. Le soleil plongeait lentement à l'horizon et l'obscurité envahissait le bayou. La pluie avait cessé, mais de gros nuages, à l'image de ceux qui avaient rendu cette journée maussade, roulaient toujours dans le ciel. Harry était recroquevillé sur son petit tapis, près de la porte donnant sur l'arrière. Il leva la tête, agita paresseusement la queue, puis bâilla et reposa le menton sur ses pattes. De son côté, Chia émit un sifflement, plongea le bec dans son abreuvoir et projeta de l'eau au-dessus d'elle.

Oliva se tourna vers la chaise cannée où Rick Bentz avait pris place quelques heures plus tôt. Un homme étrange, qui affichait en permanence une expression désabusée… jusqu'à ce qu'il sourie et devienne incroyablement séduisant. Un mâle déterminé au regard intelligent et à l'humour cinglant. Elle aimait ça. Mais aussi intéressant fût-il, il restait un flic, et il la prenait pour une cinglée. Par conséquent, il lui était interdit.

Ses pensées glissèrent vers le père James McClaren. Un physique hollywoodien, avec un regard bleu intense et juste ce qu'il fallait de gris sur les tempes. Lui était plus qu'interdit ! C'était un prêtre, qui avait dédié sa vie à Dieu. Quel gâchis, tout de même ! songea Olivia en se rappelant ses fesses tellement sexy.

Elle sursauta, stupéfaite par le cours qu'avaient pris ses pensées.

« Ça fait trop longtemps que tu es seule, Benchet ! »

Après la rupture de ses fiançailles, elle s'était juré de renoncer pour de bon au sexe opposé, et voilà qu'elle entretenait maintenant des fantasmes ridicules sur des hommes avec qui la perspective d'un simple rendez-vous était inconcevable.

— Bentz a raison, dit-elle tout haut. Tu es une maniaque.

Harry se redressa soudain et se mit à aboyer.

— Qu'est-ce qu'il y a ?

Il aboya de plus en plus fort, puis se précipita vers la porte d'entrée, contre laquelle il se mit à gratter. Il faisait assez de bruit pour ameuter tout le quartier.

— Ça suffit ! lui ordonna Olivia en le rejoignant à la porte.

Elle s'attendait presque à entendre le tintement du carillon. Elle réprima un sourire. Ça devait être Bentz qui revenait avec des éléments nouveaux ou d'autres questions.

Mais quand elle regarda par la fenêtre, elle ne vit personne. Harry aboyait toujours en sautant, comme s'il y avait quelqu'un de l'autre côté de la porte.

Olivia eut la chair de poule. Elle se déplaça de manière à avoir un aperçu de la véranda sur toute sa longueur. Elle ne vit rien. Pas même une ombre. Elle pensa alors au fusil de chasse de sa grand-mère, caché dans le cagibi, sous l'escalier.

— Juste au cas où ! disait Grannie. On ne sait jamais, avec les gens. J'ai honte de le dire, mais je ne leur fais plus confiance comme avant.

« Moi non plus », pensa Olivia.

Se rappelant la mise en garde de Bentz, elle alla chercher le fusil et prit aussi une boîte de cartouches qui se trouvait sur l'étagère, au-dessus des manteaux. Elle chargea l'arme, la referma puis revint à la porte et l'entrouvrit. Il n'y avait pas un son, dehors. Pas un souffle de vent, pas même le coassement d'un crapaud ou le bourdonnement des insectes.

Elle s'avança sous la véranda et Harry, qui s'était collé à elle, émit un grognement sourd, comme s'il avait peur.

— Tout va bien, lui dit-elle.

Sa voix sonnait affreusement faux, et le chien se mit à geindre.

— Viens ici.

Elle le prit dans ses bras et scruta la pénombre. Les ombres paraissaient glisser, mais il s'agissait peut-être d'une illusion due à la lumière tombante. Le fond de l'air était froid. Dans le ciel, les nuages à peine visibles semblaient s'être figés.

— Rentrons, chuchota-t-elle.

Elle verrouilla la porte derrière elle, tout en se demandant si elle aurait le cran d'utiliser son arme en cas de besoin.

Elle ne s'effrayait pas facilement. Vivre seule ne lui posait en général aucun problème. Ce soir, pourtant, elle aurait aimé avoir quelqu'un à ses côtés. Quelqu'un de grand, de fort, qui n'aurait peur de rien. L'image de Rick Bentz lui traversa l'esprit. Il était grand. Fort. Déterminé. Et armé. Il y avait aussi James McClaren. Lui, il avait Dieu de son côté. Ce qui valait nettement mieux qu'une arme.

« N'importe quoi ! »

Elle secoua la tête devant le tour que prenaient ses pensées. Avait-elle si désespérément besoin d'un homme ? se demanda-t-elle en rangeant le fusil sous l'escalier. Jamais de la vie ! Et ce n'était pas elle qui irait accorder le moindre crédit à la vieille histoire qui voulait que les femmes aient besoin de se reposer sur le sexe dit « fort ». Il lui suffisait de regarder les hommes qui avaient traversé sa vie — son père, son fiancé. Elle avait bien eu quelques petits amis, mais ils n'avaient jamais fait long feu : ils souffraient tous d'un défaut majeur qu'il lui avait semblé impossible de surmonter. De toute façon, aucun des hommes avec qui elle était sortie ne lui avait juré un amour éternel — à l'exception de Ted. Ce qui ne l'intéressait pas, du reste.

Mais maintenant ?

Pourquoi pensait-elle au policier et au prêtre ?

« Toi, songea-t-elle en se regardant dans le miroir de l'entrée, tu aurais bien besoin de conseils. Des conseils sérieux. »

C'est alors qu'elle le sentit. De nouveau.

Ce froid intense, brut. Engourdissant. Qui créait un sentiment de sécurité fallacieux. Dans le miroir, elle voyait maintenant au-delà de son reflet. L'obscurité… elle entendait les bruits de la nuit, sentait les battements d'un pouls, percevait une douleur... et aussi la soif de sang qui courait dans les veines du tueur...

— Oh, mon Dieu ! chuchota-t-elle.

Elle frémit violemment en reconnaissant le parfum de la chasse, le sombre flot d'adrénaline que soulevait la perspective de tuer. Son cœur se mit à battre avec force. Son pouls cogna à ses oreilles.

— Non... non...

Les jambes flageolantes, elle se laissa aller contre la table et sentit au bout de ses doigts les bords usés de la bible de sa grand-mère. Mais ses yeux restèrent plongés dans les profondeurs du miroir, où elle ne voyait qu'une nuit noire.

Elle la voyait à travers les yeux du monstre. Et il était de nouveau en chasse.

13

— Quel salaud !

Kristi jeta un nouveau coup d'œil au réveil de sa chambre. Il était 19 h 35, et Brian n'avait toujours pas donné le moindre signe de vie. Elle s'était habillée d'un jean noir taille basse, avec un pull rouge qui découvrait légèrement son ventre quand elle levait les bras au-dessus de sa tête. Elle avait passé près d'une heure à s'occuper de son maquillage et de ses cheveux — soit environ cinquante minutes de plus que d'habitude. Et voilà qu'il lui posait un lapin !

Elle regarda fixement le téléphone, comme pour l'encourager à sonner :

— Allez, allez…

Lucretia entra dans la pièce avec un Coca et un sac en papier du fast-food mexicain situé à un bloc du campus. Ses boucles brunes dansaient autour de son visage.

— Tu es encore là ? s'exclama-t-elle en laissant tomber son blouson trempé sur la moquette. Je croyais que tu avais un rendez-vous.

— J'en avais un, en effet.

— Il n'est pas venu ?

— Pas encore.

— Tu devrais peut-être l'appeler et lui demander ce qui se passe. Il a un portable ?

Lucretia ouvrit son sac et en sortit une espèce de taco enveloppé dans du papier coloré.

— Je ne sais pas, répondit Kristi en fronçant les sourcils. Je n'ai pas son numéro.

Elle avait vérifié sur son téléphone, mais le coup de fil de Brian venait d'un numéro privé anonyme — ce qui rendait inutile le service d'identification des appels auquel son paranoïaque de père l'avait fait souscrire.

— Il est peut-être malade, suggéra Lucretia avant de mordre dans son taco.

« Ou peut-être qu'il m'a juste piégée », pensa Kristi. Il avait dû se rendre compte qu'elle flashait sur lui et il s'amusait avec elle — histoire classique de la petite étudiante de première année qui s'intéressait à un quasi-trentenaire préparant son doctorant. Elle devait affronter la vérité : il ne viendrait pas.

— Remarque, il n'est pas si tard ! reprit Lucretia. Il a peut-être été retardé. La circulation ou… je ne sais pas, moi.

Elle but une gorgée de Coca et s'assit sur la chaise de son bureau.

— Il aurait pu téléphoner ! fit remarquer Kristi avec aigreur.

— Bon, à mon avis, c'est un con. Et de toute façon tu devrais rester avec Jay. Lui, au moins, il t'aime.

Ça, Kristi le savait.

— Jay est sympa, mais… il est tellement ennuyeux, parfois !

— D'accord, mais on peut compter sur lui et il est fidèle.

Sous-entendu : *ce qui n'est pas ton cas*. Lucretia n'eut pas besoin de le dire, Kristi le lut dans ses yeux. Lucretia n'était sortie qu'avec un seul garçon, auquel elle restait extrêmement attachée. Ils n'allaient pas dans les mêmes universités, ils se voyaient rarement et dépensaient des centaines de dollars en conversations téléphoniques. Tous les week-ends qu'elle ne passait pas avec son petit ami, Lucretia restait ici, dans cette petite chambre, à étudier jour et nuit. Ce qui, aux yeux de Kristi, n'était pas follement amusant.

— Au fait, quelqu'un d'autre a appelé ! annonça Lucretia

en cherchant un minuscule bout de papier. Un certain Willie Davis.

Kristi fronça les sourcils d'un air contrarié.

— C'est le garçon dont je t'ai parlé : celui qui s'assoit toujours derrière moi en psycho et qui passe son temps à m'observer.

Elle prit le bout de papier des mains de Lucretia et en fit une boulette.

— Il n'est pas méchant, mais il ne m'intéresse pas. C'est un gros fayot. La seule chose positive, c'est que le Pr Sutter semble avoir une dent contre lui. Du coup, je me sens moins harcelée.

Elle jeta la boulette de papier dans la corbeille.

— Si jamais il rappelle, dis-lui que je suis sortie, que j'ai disparu, que je suis morte ou ce que tu voudras.

— J'en ai assez de mentir pour toi ! déclara Lucretia. Débrouille-toi avec lui.

— D'accord, c'est ce que je vais faire, répliqua Kristi d'un ton sec.

Elle était agacée par la remarque de Lucretia, et encore plus énervée par le comportement de Brian. Quel pauvre type, quand même !

— Je sors, annonça-t-elle en récupérant son blouson.

— Toute seule ?

— Oui, toute seule.

— Tu ne devrais pas ! Tu connais le règlement…

— Il est fait pour être enfreint de temps à autre. Je sors. Seule.

— Mais… mais… qu'est-ce que je lui dis, s'il appelle ?

D'aller se faire voir.

— La vérité : que je suis sortie.

La seconde d'après, Kristi avait quitté la chambre et elle enfilait son blouson tout en suivant le couloir pour rejoindre l'escalier. Elle entendit la sonnerie d'un téléphone, mais il n'était pas question qu'elle rebrousse chemin. Même pour le garçon le plus craquant du campus.

*
* *

Il guettait, caché dans l'ombre, quand il la vit franchir en trombe les portes vitrées du Cramer Hall. Elle était vraiment parfaite, avec ses longues jambes athlétiques et son corps ferme de nageuse. Ses cheveux flottaient derrière elle et luisaient dans la lumière bleutée des rares lampadaires. Elle était seule. Exactement comme il l'avait prévu.

Kristy Bentz allait bientôt devenir sainte Lucie.

A condition qu'il puisse attendre jusque-là…

Un brouillard léger s'élevait au-dessus des pelouses et des buissons, enveloppant le campus d'un voile mouvant. Dans le ciel, les nuages masquaient complètement la lune.

Il la voulait ce soir. Le 13 décembre semblait bien trop éloigné.

Suivant en silence le même chemin qu'elle, tout en restant à bonne distance, il pensa aux différentes façons de l'enlever… de la garder jusqu'au bon moment… de prolonger le frisson. Le jour de son salut était déjà fixé. Le 13 décembre, soit dans trois semaines. Serait-il capable de patienter jusque-là ? L'autre sacrifice qu'il avait prévu en attendant suffirait-il ? Car c'était elle qu'il voulait. Le fait qu'elle soit la fille de Bentz, sa princesse, ne faisait qu'ajouter à l'intensité de son désir.

Il se faufila dans la pénombre.

Elle représentait un défi pour lui. Contrairement aux autres, la fille du flic avait l'esprit et le feu en elle. Il imagina ce qu'il lui ferait. Dieu lui pardonnerait bien un péché ; il l'absoudrait pour l'avoir touchée, pour avoir palpé sa chair douce et souple, ses muscles durs. Il l'avait observée, à la piscine, tandis qu'elle fendait l'eau, puis à la fin quand elle était sortie du bassin et avait tiré le bas de son maillot sur ses fesses minces. Il avait entrevu la courbe de son petit cul, apprécié la longueur de ses jambes, observé comment elle secouait ses cheveux mouillés.

Son sexe se raidit. Etait-elle vierge ? Ou bien cette petite pute était-elle déjà souillée ?

La perspective de l'enchaîner, de la garder, de la toucher et de l'exciter le fit gémir. *Ça ne fait pas partie du plan. Ce n'est pas elle. Pas encore.* Mais il se sentait incapable de résister. Elle était une sirène, une Jézabel. Et il était faible… si faible.

Elle suivit une allée qui séparait les bâtiments des étudiants, puis traversa une rue et marcha sans s'arrêter. Il resta derrière elle et la vit tourner à un coin pour rejoindre le bar tenu par des étudiants qui n'étaient pas trop regardants sur l'âge de leurs clients.

Elle passa sous un panneau publicitaire éclairé au néon qui vantait les bienfaits du Pink Martini, et pénétra dans l'établissement sans la moindre hésitation, bien qu'elle n'ait pas l'âge légal et que son père soit flic. Elle était décidément pleine d'audace.

— Tss, tss, tss, fit-il entre ses dents. Petite coquine…

Son cœur battait à grands coups, et il bandait douloureusement.

Elle n'avait même pas jeté un coup d'œil par-dessus son épaule avant d'entrer.

Quelques instants plus tard, il entra à son tour dans le bar.

Bentz posa un regard absent sur la boîte de pizza ouverte. Il en avait mangé trois portions, tout en regardant la chaîne de sport ESPN et en sirotant une bière — du moins, ce qu'il appelait de la bière. Il avait l'esprit ailleurs, à présent. Il pensait à Olivia Benchet et à l'incendie d'Esplanade Avenue.

Il avait contacté la police de Lafayette. Ils étaient censés interroger Reggie Benchet et le rappeler quand ce serait fait. Jusque-là, il n'avait eu aucune nouvelle.

Bentz avait renoncé à essayer de découvrir la signification des symboles qu'Olivia Benchet avait couchés sur le papier. Il les avait faxés à un spécialiste en décryptage qui travaillait pour la criminelle. Quant à la liste de noms d'amis et de parents qu'elle lui avait donnée, il en avait envoyé une copie à un enquêteur privé. Il s'en occupait aussi lui-même, prenant contact avec certaines personnes dont elle était proche.

Il posa un talon sur le bord de sa table basse et fixa un instant l'écran de télévision, avant de revenir aux documents éparpillés sur le canapé, à côté de lui. Il avait connu des médiums qui collaboraient avec la police de Los Angeles, mais ils travaillaient en se rendant sur la scène de crime ou, par exemple, à partir de vêtements appartenant à des suspects. Jamais il n'avait eu affaire à quelqu'un qui voyait à travers les yeux de l'assassin. Ou à travers un miroir ou une surface réfléchissante — une macabre variation du miroir magique de la reine dans *Blanche Neige*. Tout ça était sacrément bizarre. Et pourtant, même s'il n'y avait pas d'explication rationnelle, il la croyait.

Il avait laissé le volume de la télévision assez fort pour suivre les derniers scores des matchs de basket, mais il se concentrait sur la liste. Cette fille avait une drôle de famille. Son père, notamment, avait purgé une peine pour meurtre — autant dire qu'il figurait en tête sur la liste des suspects. Il y avait aussi l'ancien petit ami, Ted Brown, aujourd'hui divorcé, qui travaillait pour une société de chemins de fer et vivait de l'autre côté du Mississippi, à Gretna. Il avait eu quelques soucis avec la police. Les flics avaient dû se rendre à son appartement à trois reprises pour des problèmes de disputes conjugales. Avec sa femme et une autre fille. Il avait apparemment brandi un couteau, mais chaque fois les charges avaient été abandonnées.

— Sympa, comme type, murmura Bentz, tout en se demandant comment Olivia avait pu envisager d'épouser un type pareil.

Ted Brown méritait qu'on s'intéresse à lui. Les amants éconduits pouvaient se montrer hostiles et même dangereux.

Bentz s'interrogea. Olivia parlait-elle encore à Brown ? Le voyait-elle ? Pouvait-il être le tueur ?

La question qui tracassait Bentz, c'était celle du lien qui existait entre Olivia Benchet et l'assassin. Pourquoi le voyait-elle ? Et le phénomène fonctionnait-il dans les deux sens ? L'assassin la connaissait-il ? Connaissait-il son nom ? S'il découvrait son pouvoir, elle courrait un sérieux danger car elle serait une menace pour lui.

Il fit jouer le mécanisme de son stylo, nerveusement. Il n'aimait pas trop le cours que suivaient ses pensées. Il vit le nom de la mère — Bernadette Dubois Benchet Martin — et songea qu'il était incomplet car, à en croire Brinkman, elle avait été mariée « cinq fois ». Il manquait donc quelques maris. Il allait devoir vérifier ça. Et la petite sœur, qui s'était noyée, Chandra ?

Bentz avait ajouté trois noms de personnes décédées à la liste d'Olivia. Chandra, mais aussi les grands-parents maternels : Virginia et Montcliff Dubois. Les autres grands-parents, il n'avait pas encore fait de recherches sur eux. Quant aux oncles, tantes et cousins, il avait l'intention de les contacter rapidement.

Et les demi-frères, les demi-sœurs ? Car si Bernadette avait été mariée si souvent, il y avait des chances pour qu'elle ait eu d'autres enfants. La chose était également valable pour Reggie. Lui aussi avait peut-être laissé quelques rejetons derrière lui.

Merde ! pensa Bentz. A croire que cette liste pouvait encore s'allonger à l'infini. Mais il voulait arrêter l'autre ordure avant qu'il recommence. Avant qu'il se rende compte qu'Olivia Benchet « assistait » à ses crimes.

Pensivement, alors que le journaliste sportif passait du basket au football, estimant les chances des Saints pour le Super Bowl, Bentz traça un point d'interrogation à côté du prénom de Chandra, l'unique sœur d'Olivia. Quelque chose n'allait pas. Ce n'était qu'une vague intuition, mais il sentait que l'histoire était plus compliquée que celle qu'on lui avait livrée.

Il en allait de même avec la maison incendiée où l'on

avait retrouvé la victime. On avait commencé à interroger toutes les personnes qui s'étaient présentées pour visiter la maison. Jusque-là, ça n'avait rien donné.

Il leur fallait pourtant une piste, du solide, et vite.

Son pageur bipa. Il baissa les yeux sur le petit écran et reconnut le numéro d'Olivia Benchet. Il s'inquiéta aussitôt. Ça n'était pas son genre d'appeler sans une bonne, une très bonne raison. Il devait y avoir un problème. Dans le même mouvement, il coupa le son de la télé et saisit le téléphone sans fil pour composer le numéro de la jeune femme.

Elle décrocha juste avant la deuxième sonnerie.

— Allô ?

— C'est Bentz.

— Il est de nouveau en chasse, dit-elle.

Sa voix tremblait.

— Quoi ?

Bentz s'était levé. Il récupérait déjà son blouson, son arme, ses clés.

— Je... je le sens de nouveau. Et il est en chasse. En ce moment.

— Où ?

— Je n'en sais rien. Je ne saisis que des fragments. Mais il est dehors, cette nuit, et il suit une fille. Je n'ai pas vu son visage. Il faisait trop noir. Je... Il a envie d'elle. En fait, il hésite. La capturer ce soir ou attendre. Je ne sais pas ce que ça signifie, mais... j'ai peur qu'il la tue.

14

— Assurez-vous que tout est bien verrouillé chez vous, dit Bentz. J'arrive. Dès que je serai en route, je vous rappellerai sur mon portable.

Bentz raccrocha et sortit de chez lui. Il réussit à enfiler son holster d'épaule et à mettre son blouson avant d'avoir atteint le rez-de-chaussée de son immeuble.

Il ouvrit la porte en la poussant de l'épaule et courut jusqu'à son emplacement de parking. Deux minutes plus tard, il était en route. Il composa le numéro de Montoya et lui laissa un message. Dès qu'il eut rejoint l'autoroute et qu'il se fut glissé dans la circulation plutôt fluide, il appela Olivia.

— C'est moi. J'aimerais que vous recommenciez depuis le début. Dites-moi ce que vous avez vu.

— J'étais seule et... je jetais juste un coup d'œil dans le miroir. Ça peut paraître fou, mais soudain ce n'était plus mon reflet que je voyais, c'était quelque chose *au-delà*. Comme si je voyais à travers d'autres yeux. *Ses* yeux.

Elle paraissait plus calme qu'au moment où elle l'avait appelé. Mais elle était encore effrayée, ça s'entendait. Bentz écouta son histoire. Il lui dit de ne pas s'affoler et roula aussi vite que possible.

Elle habitait à une demi-heure de chez lui. Cette fois, il effectua le trajet en vingt minutes. Il se sentait oppressé et son cerveau fonctionnait à plein régime. Il était malade d'inquiétude pour Olivia, et convaincu que ses visions n'étaient ni plus ni moins que la vérité.

A travers les arbres, il aperçut sa maison, quelques taches de lumière derrière les fenêtres. Alors qu'il s'arrêtait en dérapant dans l'allée, elle alluma les lampes de la véranda, ouvrit la porte d'entrée, et le chien sortit en aboyant. Le pouls de Bentz, déjà frénétique, s'affola complètement. Bon sang, qu'elle était belle, avec ses longues jambes, ses cheveux en bataille et ses grands yeux pleins d'inquiétude ! Il descendit de sa jeep, rejoignit la véranda au pas de course, et alors qu'il survolait les deux marches, elle vint se jeter dans ses bras.

— Merci d'être venu…

Elle sentait bon le jasmin. Il la retint un peu plus longtemps qu'il n'aurait dû.

— Ça va ? lui demanda-t-il.

— Oui… je pense… Entrez.

Comme il la relâchait, il remarqua qu'elle avait le visage légèrement empourpré, comme si elle était gênée d'avoir laissé libre cours à ses émotions. Elle siffla le chien, qui rentra aussitôt dans la maison et fila droit vers la cuisine. Olivia verrouilla la porte derrière eux, puis elle se dirigea vers une petite bibliothèque en haut de laquelle était posée une bible à la reliure en cuir usée. Au-dessus, un miroir aux bords biseautés et au cadre sombre était fixé au mur.

— C'est là que je l'ai vu, dit-elle en regardant vers le miroir.

Bentz, qui se tenait derrière elle, ne vit rien d'autre que leur reflet — elle et lui, avec ses quinze centimètres de plus.

— Et maintenant ?

— Rien. A part vous et moi.

Elle fronça les sourcils.

— Mais il faisait sombre…, ajouta-t-elle.

Elle s'approcha de l'interrupteur pour éteindre le plafonnier. La petite entrée se trouva alors plongée dans l'obscurité. Ils regardèrent de nouveau ensemble dans le miroir. Bentz l'entendit prendre son souffle et il l'observa. Lorsqu'il sentit qu'elle se contractait, il lui toucha doucement l'épaule, espérant lui transmettre un peu de force et de soutien.

— Il n'y a rien..., dit-elle enfin en se relaxant. Rien du tout.

Elle soupira.

— J'aurais dû m'en douter. Ce n'est pas quelque chose que je peux provoquer. Ça vient, comme ça...

Elle repoussa les cheveux tombés devant ses yeux et croisa le regard de Bentz dans le miroir.

— Je suis désolée. Vous avez fait le chemin pour rien.

— Pas forcément. On va revoir tout ça. Répétez-moi précisément ce qui s'est passé. Montrez-moi, et peut-être que nous apprendrons quelque chose.

Il lui sourit, et elle se retourna. Dans le mouvement, son bras effleura le torse de Bentz, et il sentit son parfum terriblement tentant.

— Si vous pensez que c'est utile...

— Je ne sais pas trop quoi penser.

— Moi non plus, avoua-t-elle. Mais j'imagine que ça vaut le coup d'essayer.

Elle se dirigea vers l'escalier, et Harry se précipita pour la précéder.

— J'étais là-haut.

Les vieilles marches craquèrent tandis qu'ils les gravissaient. Bentz fit comme il put pour ne pas trop regarder les jolies fesses d'Olivia, la façon dont son jean en épousait les formes. Il s'obligea à regarder l'étage supérieur où un petit couloir desservait une salle de bains et deux chambres, le tout sous les combles. Il entrevit la plus grande des chambres qui donnait sur l'arrière de la maison. Un lit à baldaquin occupait l'un des murs, au milieu, et le reste du mobilier était composé d'un bureau et d'une commode. Des portes-fenêtres ouvraient sur un balcon. Olivia précéda Bentz dans l'autre chambre. Elle était plus petite, chaleureuse, avec des lits jumeaux, un sofa et un bureau sur lequel était posé un ordinateur portable. Des livres emplissaient une bibliothèque du sol au plafond.

— J'étais ici et je travaillais, expliqua Olivia. Tout semblait normal. Je suis descendue...

Il la suivit. Cette fois, il fixa son attention sur le mouvement de ses cheveux alors qu'elle rejoignait le rez-de-chaussée.

— … et je suis passée par ici…

Elle jeta encore un coup d'œil dans le miroir, tendant la main pour effleurer la bible, sur le petit meuble bibliothèque.

— … j'ai senti quelque chose…

Elle frissonna, comme si elle avait froid. Il ne la toucha pas. Il la laissa regarder dans le miroir, tenter de retrouver ses sensations et, peut-être, de renouer le lien avec le monstre qui sillonnait les rues de La Nouvelle-Orléans.

Il ne savait plus à partir de quel moment il avait commencé à la croire. Mais, d'une manière ou d'une autre, elle avait trouvé le moyen de percer sa carapace de scepticisme et de le convaincre qu'elle avait un lien avec le tueur.

— Il est parti, chuchota-t-elle.

Elle secoua la tête en soupirant et se tourna pour faire face à Bentz.

— Mais je l'ai bien senti, tout à l'heure, je vous assure.

— Je sais.

Il plongea les yeux dans les siens, et ses défenses commencèrent à s'écrouler. Elle était si sérieuse en cet instant, dans cette entrée à peine éclairée par la lumière du salon. L'expression de ses yeux mordorés trahissait l'inquiétude qui l'habitait.

— Vous… vous me croyez ?

— Je crois que vous avez vu quelque chose, oui. Je ne sais pas ce que c'était ni ce que ça veut dire, mais d'une façon ou d'une autre vous avez établi un lien avec le tueur, Olivia.

— Seigneur ! fit-elle dans un souffle. Mais comment ?

— C'est ce qu'il faut découvrir.

Il avait très envie de la rassurer. De la prendre dans ses bras et de la serrer contre lui. De déposer un baiser sur ses lèvres.

Mais il n'en fit rien. Malgré ses émotions contradictoires, il se retint. Il était déjà bien trop impliqué.

Ce fut elle qui, à sa grande surprise, prit l'initiative. Se haussant sur la pointe des pieds, elle lui frôla la joue d'un baiser léger.

— Merci d'être venu, dit-elle d'une voix rauque.

Visiblement embarrassée, elle s'éclaircit la voix et ajouta :

— Asseyez-vous. Je vous apporte quelque chose à boire.

Il s'installa au coin du canapé. Après lui avoir tendu un mug de café, Olivia prit place de l'autre côté, les jambes repliées sous elle. Le chien sauta entre eux après avoir effectué trois petits tours sur lui-même.

Bentz posa des questions, des dizaines de questions. Elle y répondit, mais sans rien lui apprendre de nouveau.

— Vous n'avez vraiment aucune idée de son identité ni de celle de la femme qu'il traquait ?

— Non. Elle, je ne l'ai vue que de dos. Elle courait. Il m'a juste semblé qu'elle était jeune. Il l'a suivie dans des petites rues que je n'ai pas reconnues. Ils sont passés devant de grandes propriétés bien entretenues. Ils ont traversé une rue assez fréquentée, en direction d'un quartier commercial. Mais, encore une fois, je n'ai rien reconnu… La femme s'est engouffrée dans un bar et j'ai entrevu la lumière d'un néon — un verre de Pink Martini.

C'était déjà quelque chose. Même s'il y avait des centaines de bars dans le coin.

— Je ne suis même pas certaine que la scène se soit passée à La Nouvelle-Orléans, ajouta-t-elle sur un ton d'excuse.

— Où ça, alors ?

— Je l'ignore.

Ils burent leur café en silence, et Bentz poursuivit le feu roulant de ses questions, tâchant de faire réfléchir Olivia à sa vision, à sa famille, à son « don ». Mais, décidément, tout cela n'aboutissait nulle part.

Son portable sonna, et il décrocha.

— J'ai eu votre message, dit Montoya. Que se passe-t-il ?

Bentz lui expliqua, et son coéquipier étouffa un juron.

— Ça voudrait donc dire qu'on va avoir un autre meurtre sur les bras.

— Espérons que non ! Elle n'a pas « vu » de meurtre, cette fois. Juste un homme qui suivait une femme.

— C'est bien assez. Ça lui était déjà arrivé de voir l'autre salaud en train de chasser ?

— Non. Je lui ai posé la question.

— Elle progresse, alors ! Elle a une chance supplémentaire de remarquer un détail intéressant avant qu'il frappe de nouveau.

A l'évidence, Montoya avait décidé de croire Olivia, lui aussi. Mais avait-il le choix ? Les visions d'Olivia étaient leur seule piste.

Bentz raccrocha. Il posa encore quelques questions à la jeune femme, et, quand il se fut assuré qu'elle avait recouvré son calme et qu'elle était en sécurité, il décida de partir.

— Surtout, appelez-moi s'il se passe quelque chose. A n'importe quel moment ! ajouta-t-il alors qu'elle le raccompagnait à la porte.

— Je le ferai, promit-elle en souriant.

— Et je vous en prie, faites installer un système d'alarme. Je me sentirai plus tranquille, ajouta-t-il, la main sur la poignée.

— Vous vous inquiétez pour moi, inspecteur ? lui demanda-t-elle d'un ton léger.

— On peut dire ça, oui.

— Parce que je suis votre seul et unique témoin ?

— C'est ça, oui.

Comme elle haussait les sourcils, l'air dubitatif, Bentz précisa :

— Je n'aimerais pas qu'il arrive malheur à une femme aussi charmante que vous.

Elle se mit à rire.

— Vous êtes un vrai charmeur, quand vous voulez, Bentz…

— Merci. Je fais ce que je peux.

Il ouvrit la porte, hésita de nouveau. Et tout en sachant qu'il commettait l'une des pires erreurs de sa vie, il se tourna et prit Olivia dans ses bras. Elle laissa échapper un hoquet de surprise tandis qu'il la soulevait du sol pour l'embrasser sans douceur.

Il n'aurait su dire combien de temps dura leur baiser.

Olivia était tout essoufflée quand il la reposa.

— Ne vous frottez pas trop à moi, Benchet, lui dit-il avec un clin d'œil. Et verrouillez cette porte après mon départ.

Olivia avait la tête qui tournait. Elle le regarda rejoindre sa jeep, puis ferma la porte et mit le verrou.

Se laissant aller contre le battant, elle se demanda ce qui lui avait pris. Pourquoi avait-elle flirté avec lui ?

Parce que tu es seule, parce que tu as peur, et parce que Rick Bentz est sexy en diable.

Elle entendit le moteur de la jeep démarrer, et le bruit s'éloigna peu à peu. Soudain, la maison lui parut incroyablement vide. Froide.

« Tu ne peux pas tomber amoureuse de lui, se dit-elle. C'est impossible. La situation est banale, en somme : tu es terrifiée et c'est un homme fort, quelqu'un sur qui tu peux compter. »

C'était forcément ça. Et pourtant, quand elle se toucha les lèvres du bout des doigts, elle revécut ce baiser à couper le souffle, et comprit avec consternation qu'elle se mentait.

Si elle n'y prenait pas garde, elle allait s'imaginer qu'elle était amoureuse de l'inspecteur Rick Bentz. Et ce serait un désastre.

Kristi en était à la moitié de sa seconde bière et elle était déjà bien pompette. Elle avait retrouvé des amies dans le bar, et faisait mine de ne pas être furieuse. Lorsqu'elle aperçut Brian, qui se frayait un chemin entre les tables, elle se tourna pour contempler la rue par la fenêtre.

— Ne regarde surtout pas ! lui glissa Marianne, de l'autre côté de la table, en tirant sur sa cigarette. Mais je crois que quelqu'un vient te faire de plates excuses…

— Très bien. Qu'il s'aplatisse comme bon lui semblera.

— Laisse-lui une chance ! Ecoute au moins ce qu'il a à te dire, ajouta Jennie en prenant une poignée de bretzels.

— Kristi ?

C'était la voix profonde de Brian. Il posa la main sur son épaule et elle sursauta.

— Il faut qu'on parle.

Toujours énervée, elle tourna la tête vers lui.

— Qu'on parle de quoi ?

— Des raisons pour lesquelles j'étais en retard.

— Tu n'étais pas en retard : tu n'es pas venu du tout !

— Si. D'après ta colocataire, je suis arrivé à peine cinq minutes après ton départ. J'ai pensé que je te trouverais ici.

— Pourquoi ?

— Il n'y a pas beaucoup d'autres endroits dans le coin.

Il s'était légèrement penché vers elle. Il était en sueur. Il sentait la pluie, une odeur à laquelle se mêlait un parfum musqué d'eau de toilette.

— Ma voiture est en panne.

— Tu aurais pu appeler !

— La batterie de mon portable est tombée en carafe. Pile au moment où j'étais en train d'appeler le service d'assistance pour qu'on m'envoie un dépanneur.

— Il y a des téléphones publics…

— Je ne pensais pas que j'arriverais aussi tard.

Il regarda rapidement les deux amies de Kristi, qui le dévoraient des yeux.

— Allez… Laisse-moi t'inviter à dîner !

— Je pense qu'il serait préférable d'en rester là.

Il esquissa un début de sourire.

— Tu vas vraiment m'en faire baver pour cette histoire ?

— Tu le mérites.

— Je te demande juste de me laisser une chance.

— J'ai peur que ce soit impossible.

Marianne écrasa sa cigarette.

— Il a raison, Kristi, laisse-lui une chance !

Plissant les yeux, Kristi fixa son amie sans un mot.

— Tu sais quoi ? reprit Brian. Je te propose une partie de billard ou de fléchettes, à ta guise. Si je gagne, on va dîner ensemble.

— Et si c'est moi qui l'emporte ?

— Dans ce cas, tu choisiras le châtiment.

— Ça pourrait être dangereux, répliqua-t-elle d'un ton taquin. J'ai beaucoup d'imagination. Tu ne sais pas à quoi tu t'exposes. Tu pourrais te retrouver en situation d'humiliation…

Ses yeux sexy étincelèrent.

— Dans ce cas, je vais peut-être faire exprès de perdre, dit-il en riant.

— D'accord, c'est bon.

Elle termina sa bière, et éprouva un léger vertige en se levant.

— Attention ! lança Marianne. Kristi est très douée.

— Moi aussi, affirma Brian.

D'un geste nonchalant, Kristi récupéra les trois fléchettes sur la cible.

Elle eut la sensation étrange que quelqu'un l'observait — quelqu'un d'autre que ses amies. Elle promena son regard à travers le bar, mais ne vit aucune personne semblant s'intéresser particulièrement à elle. Juste deux types qui jouaient au billard et qui levèrent les yeux pour lui adresser un clin d'œil. Et aussi le barman, qui l'étudiait soudain comme s'il avait des doutes sur son âge. Rien de sérieux ni d'inquiétant. Pourtant, la sensation était bien là.

— Il y a juste une chose, dit Brian.

Il avait refermé la main sur son poignet, avec force. Kristi s'avisa alors qu'il était nettement plus fort qu'elle.

— Une règle, précisa-t-il.

— Parce qu'il y a des règles, maintenant ? Super ! Alors, qu'est-ce que c'est ?

— Si jamais je perds — et je n'en ai pas l'intention —, tu ne pourras pas me demander de modifier ta note dans le cours de Zaroster. J'ai beaucoup d'affection pour toi, mais je ne vais pas foutre ma vie en l'air pour ça, d'accord ?

— Mince, alors ! Et moi qui croyais tenir une chance d'obtenir un A en philo !

— Je suis sérieux.

— C'est entendu. Mais pour le reste, tout est permis, d'accord ?

Brian, qui tenait toujours le poignet de Kristi, desserra son étreinte.

— D'accord, répondit-il avec un regard suggestif. Absolument tout.

15

Bentz passa son dimanche matin à travailler sur l'affaire. Il contacta le commissariat. Un jeune homme avait été poignardé sur les quais, lors d'un affrontement entre gangs, et un accident de voiture avec délit de fuite s'était produit du côté de l'aéroport, mais on n'avait signalé aucun meurtre suggérant que le tueur d'Olivia Benchet fût de nouveau sur la brèche.

Bentz décida alors de remonter certaines pistes. Il appela toutes les personnes qui avaient visité la maison du bayou Saint-John, où le meurtre avait été commis. Il effectua un recoupement systématique entre les gens présents sur la vidéo de Carl Henderson et la liste des témoins de l'incendie. Trois personnes figurant sur la vidéo — un jeune couple et le type qui se tenait dans l'ombre — n'avaient pas encore été identifiées. Bentz avait mis un nom sur tous les autres.

Il attendait un fax de la police de Lafayette, qui avait pu joindre Reggie Benchet. Jusque-là, rien ne permettait de penser qu'il se fût rendu à La Nouvelle-Orléans au moment du dernier meurtre — ils étaient toujours en train de vérifier son alibi.

Bentz répertoria les entreprises spécialisées dans les néons, ainsi que les bars de la région. Quelqu'un se souviendrait peut-être d'un verre de Pink Martini, même si la plus récente des visions d'Olivia n'avait *a priori* rien à voir avec un meurtre.

Jusque-là.

Il y avait aussi les églises et les prêtres qui y officiaient. Là encore, Bentz établit une liste.

Fatigué de cette paperasse et de ces pistes qui ne menaient nulle part, il décida de s'accorder une pause et fila jusqu'à la salle de sport installée dans la chambre du fond. Il se déshabilla et, vêtu de son seul boxer-short, il commença à cogner contre son sac d'entraînement pour évacuer le stress. Au cours des six derniers mois, il avait perdu presque huit kilos et il se sentait dans une forme éblouissante.

Pas d'alcool.

Pas de cigarettes.

Pas de femmes.

A part Olivia Benchet, qu'il ne connaissait que depuis quelques jours et qu'il n'avait embrassée qu'une fois. Un sacré baiser, cela dit. Mais on pouvait difficilement parler de liaison.

Des perles de sueur commencèrent à glisser dans son dos. Il menait une existence de moine. Montoya l'avait accusé de n'avoir aucune vie sociale, et le fait était que ce jeune gommeux avait raison.

— Bon sang ! maugréa Bentz en martelant son sac jusqu'à ce que ses muscles demandent grâce.

En nage, le souffle court, il se laissa aller contre le sac et reprit son souffle. Il observa la chambre de Kristi. A l'exception du gros sac, elle était restée en l'état, avec le grand lit, l'édredon bleu et les rideaux assortis. Mais elle sentait la poussière et le renfermé, si bien qu'il décida de passer l'aspirateur en attendant l'arrivée de sa fille. Quand son regard se posa sur la petite table, il fronça les sourcils en découvrant une photographie légèrement fanée. Kristi devait avoir sept ans, à l'époque, et elle posait en compagnie de Jennifer. La mère et la fille se trouvaient sur un manège de montagnes russes ; elles avaient le visage en feu, les cheveux en bataille, les yeux brillants. Curieusement, Bentz ne ressentit pas sa vieille colère, juste une pointe de tristesse.

Leur mariage était évidemment voué à l'échec depuis le

début. Jennifer n'avait pas aimé l'existence avec un flic trop ambitieux qui n'était presque jamais à la maison. Il avait tout de suite senti que quelque chose n'allait pas, mais il se disait que la situation allait s'arranger. Il n'avait pas été fichu de voir les signaux d'avertissement jusqu'au jour où, en larmes, et enceinte de huit mois, elle n'avait pu garder le secret plus longtemps et lui avait avoué que le bébé n'était pas de lui.

Jamais il n'avait connu une douleur pareille. Et quand il avait découvert qui était le fils de pute qui avait mis sa femme dans cet état… il avait commencé à boire. Bien sûr, il avait reconnu Kristi ; il avait compris à la seconde où il avait posé les yeux sur elle qu'il l'élèverait comme son propre enfant. Mais les racines de la méfiance étaient bien plantées. Son mariage n'était plus qu'une coquille vide. Bentz avait passé de longues heures au travail ou dans un bar situé près de son commissariat, à Los Angeles. Il n'avait pas oublié la trahison de sa femme, et ne la lui avait jamais vraiment pardonnée. Même après sa mort. A présent, il était capable de mettre sa colère en perspective, de la dominer. Ça n'avait plus d'importance. Jennifer était morte. Il devait, avant tout, songer à Kristi qui, après la mort de sa mère, était entrée en révolte contre lui.

Il était possible que les choses s'arrangent un peu, maintenant qu'ils ne vivaient plus sous le même toit. A condition qu'ils ne se laissent pas dominer par leurs caractères et leurs langues un peu trop bien pendues.

Bentz sortit de sa chambre, ferma la porte et se dirigea vers la salle de bains pour prendre une douche. Il ne fallait pas qu'il oublie de mettre des fleurs dans la chambre de Kristi.

Décidément, il avait du pain sur la planche.

Au Troisième Œil, les affaires étaient plutôt calmes en ce dimanche précédant Thanksgiving. Olivia en profita pour regarnir quelques étagères de bougies et dépoussiérer certains objets, comme les prismes New Age. Sous le regard vitreux des têtes d'alligators naturalisées, elle grimpa sur un petit escabeau pour suspendre ici et là des guirlandes étincelantes. Accrochées au plafond, les poupées vaudoues cohabitaient avec les décorations de Noël et les objets religieux. De vieilles machines à coudre tenaient lieu de présentoirs.

Un ensemble pour le moins éclectique, qui faisait toute la personnalité et le charme du Troisième Œil.

A 16 heures, Tawilda revint après une pause-café-cigarette, et ordonna à Olivia d'aller « prendre l'air » quelques minutes. Cette Afro-Américaine était invariablement vêtue de saris colorés et portait des perles assorties dans les longues et fines tresses de ses cheveux. Avec sa silhouette mince, ses pommettes hautes dignes d'un mannequin et le rang de bracelets qui couvrait son bras, Tawilda était aussi exotique que le magasin et ce que l'on y trouvait.

— Je peux m'occuper seule de la boutique, dit-elle en passant à travers le rideau de perles qui permettait d'accéder aux pièces du fond.

Elle revint quelques secondes plus tard avec le manteau et le sac d'Olivia.

— Allez. Ouste !

Effectivement, Olivia avait besoin d'une pause.

— Je serai de retour dans un quart d'heure, dit-elle.

Tawilda agita la main.

— Tu peux prendre vingt ou vingt-cinq minutes si ça te chante. Il n'y a pratiquement personne, aujourd'hui. Je ne risque pas d'être débordée.

— Si tu le dis…

Olivia prit son manteau et son sac, puis elle sortit dans la nuit tombante et se dirigea d'un pas rapide vers la St. Louis Cathedral. Il n'y avait pas grand monde dehors. Un vent glacé soufflait du Mississippi. Devant elle, un groupe de pigeons se dispersa. Un joueur de trombone, son étui ouvert devant lui, jouait un air de blues au coin de la rue.

Avec ses trois imposantes flèches qui partaient à l'assaut du ciel nocturne, St. Louis était non seulement un bâtiment imposant, mais aussi la plus ancienne cathédrale en activité des Etats-Unis. Olivia avait le sentiment que cet édifice reconstruit à deux reprises était le centre du catholicisme à La Nouvelle-Orléans.

Elle pénétra à l'intérieur, où de grandes arches et des vitraux encadraient la nef. Elle se tourna vers l'autel et se mêla à la poignée de touristes qui venaient d'entrer. Quelques fidèles occupaient les bancs les plus proches de l'autel. Un homme assez grand passa devant elle, très vite, et leurs yeux se rencontrèrent une fraction de seconde.

— Leo ? appela-t-elle, alors qu'il poursuivait son chemin sans s'arrêter.

Le mari disparu de Sarah Restin, ici, à La Nouvelle-Orléans ? Etait-ce possible ? Non. Elle voulut se lancer sur ses traces, mais il avait déjà disparu, se glissant à travers une porte, sur le côté.

— Livvie ?

Olivia se figea en reconnaissant la voix de sa mère. Mais, là encore, c'était impossible. Bernadette était à Houston !

Une pression légère sur son bras la fit sursauter. Elle se tourna et découvrit la femme qui lui avait donné le jour. Plus pâle que dans son souvenir, elle portait une cape qui lui descendait jusqu'aux chevilles, laissant entrevoir des bottes à talons aiguilles. Elle était coiffée d'un chapeau à large bord et portait des lunettes de soleil.

Olivia était sous le choc. Elle n'avait pas vu sa mère depuis les funérailles de Grannie.

— Qu'est-ce que tu fais ici ?

— Je suis venue te voir, répondit Bernadette, légèrement essoufflée. Je suis passée à la boutique et une femme noire m'a dit que tu venais de partir. Je suis aussitôt ressortie et j'ai eu la chance de te voir entrer ici.

— Mais pourquoi…

— Laisse-moi t'offrir un café, d'accord ?

— Maman, je dois retourner travailler.

— Je t'en prie, Livvie, c'est important.

Ça devait l'être. Autrement, elle ne serait pas ici. Olivia suivit sa mère, une femme qu'elle connaissait à peine et qu'elle n'était même pas sûre d'aimer.

Dehors, la morsure du vent glacé la fit frissonner.

Quand elle était enfant, elle cherchait constamment à obtenir l'approbation de sa mère, puis à l'adolescence elle l'avait rejetée. Aujourd'hui, elle acceptait le fait que Bernadette Dubois Benchet fût incapable de donner et de recevoir de l'amour. C'était une notion que cette femme ne comprenait tout simplement pas.

Elles trouvèrent refuge dans un café qui restait ouvert très tard. Un musicien jouait de la guitare, près de l'entrée. Bernadette se débarrassa de son chapeau, qu'elle accrocha avec son manteau sur le montant séparant les boxes. Puis elle se glissa sur la banquette, en face d'Olivia. Dans la lumière tremblotante de la lampe-tempête posée sur la table, ses longs cheveux bruns prirent des reflets cuivrés. Elle garda ses lunettes de soleil.

— Comment vas-tu, Livvie ?

— Ça va, je crois.

— Ça se passe bien, à l'université ?

— Aussi bien que possible. Et toi ?

Sa mère eut un vague sourire.

— Ça va aussi, je crois… Je sais combien tu étais proche de ta grand-mère et je me demandais comment tu t'en sortais, depuis sa mort.

Bernadette hocha la tête et ajouta :

— Que tu le croies ou non, elle me manque aussi. C'était… un personnage. Toutes ces bêtises avec le tarot, la voyance et je ne sais quoi encore…

Un serveur apparut, et elles commandèrent du café au lait et des beignets.

— Je n'ai pas beaucoup de temps, déclara Olivia.

Bernadette hocha de nouveau la tête. Elle passa la pointe de sa langue sur ses lèvres comme si, soudain, elle n'avait plus été très sûre de pouvoir se confier à sa fille.

— Qu'est-ce que tu venais faire dans la cathédrale ? demanda-t-elle.

— Jeter un coup d'œil.

— Tu ne fréquentais guère les lieux de culte, autrefois !

— J'ai peut-être changé d'avis.

Le serveur revint avec un grand plateau. Olivia garda le silence tandis qu'il déposait sur leur table les cafés et un panier de beignets saupoudrés de sucre glace. Quand il fut parti, elle demanda :

— Qu'est-ce que tu as en tête, Bernadette ?

Sa mère prit une profonde inspiration.

— J'ai eu des nouvelles de ton père, annonça-t-elle.

Sa voix n'était qu'un murmure.

Le donneur de sperme. Super !

Olivia se raidit à la seule pensée de l'homme qui l'avait engendrée.

— Vraiment ? Et qu'est-ce qu'il veut ?

Elle prit sa tasse, la porta à ses lèvres pour estimer d'une courte gorgée la chaleur du café au lait. Il était brûlant. Au même moment, le guitariste termina sa prestation, et quelques personnes applaudirent.

— Attends, que je devine… De l'argent ?

— Eh bien, oui. Comme toujours.

Bernadette prit un beignet et le coupa en deux.

— Mais cette fois ce n'est pas tout, ajouta-t-elle. Il veut te voir.

Olivia reposa précipitamment sa tasse.

— Tu plaisantes ?

— Non, c'est vrai. Il a appelé la semaine dernière.

— Je croyais qu'il était toujours en prison…

Elle n'avait jamais accepté que son père soit un criminel et qu'on lui ait caché la vérité. Elle l'avait apprise par une « amie », Connie Earnhardt, bien trop heureuse de divulguer l'information alors qu'elles étaient au lycée. Grannie Gin et Bernadette avaient jugé qu'il était préférable pour Olivia de croire que Reggie Benchet était dans les forces armées, quelque part dans les coins les plus reculés de la planète, plutôt qu'en prison pour vol à main armée et meurtre.

— Il est sorti au tout début de l'année. Il m'a appelée il y a quelques mois. Jeb l'a découvert et ça ne lui a pas plu.

Dans la lumière douce du bar, Olivia remarqua que sa mère était plus maquillée que d'habitude. Bien entendu, elle ne pouvait rien faire contre la progression du temps.

— Reggie a appelé trois fois au cours des deux dernières semaines, et il a répété qu'il voulait te voir. Tu es tout ce qu'il lui reste.

— N'y pense même pas ! dit Olivia en secouant la tête et en repoussant son café. Il nous a larguées, toi, moi et Chadra. Il a tué quelqu'un et il s'est retrouvé en prison. Il a fichu sa vie en l'air. Tout ça ne m'intéresse pas. Que tu le croies ou non, j'ai ma propre vie. J'ai certaines choses à faire.

— C'est pour cela que tu étais à la St. Louis Cathedral ?

Olivia ne pouvait pas se confier à sa mère. Elle avait essayé, enfant, et la réaction de Bernadette n'avait réussi qu'à aggraver la situation.

— Tout le monde a besoin de foi, à un moment ou à un autre, dit-elle.

Puis elle consulta sa montre et conclut :

— Bon, il faut vraiment que j'y aille, maintenant.

— Comme tu voudras… mais je dois quand même t'avertir que j'ai donné ton numéro de téléphone à Reggie.

— Quoi ? Qu'est-ce que tu as fait ?

— C'est ton père, quand même !

— Tu as juste cherché à te débarrasser du problème.

Bernadette se raidit, et si Olivia ne put lire l'expression de ses yeux à cause des lunettes de soleil, elle avait tout lieu de penser qu'ils étincelaient de colère.

— Il a purgé sa peine et payé sa dette à la société. Il a le droit de…

— Et moi ? Quels sont mes droits, au juste ?

Olivia se tut. Elle savait qu'elle n'obtiendrait aucune réponse à cette question.

Maîtrisant sa colère, elle changea de sujet.

— Qu'est-ce que ça signifie, ces lunettes de soleil, maman ? La nuit tombe, et, au cas où ça t'aurait échappé, il n'y a pas beaucoup de lumière dans ce café. Alors, pourquoi portes-tu ces lunettes ?

Bernadette ignora la question et laissa échapper un soupir.

— J'aurais dû m'attendre à ce que tu réagisses ainsi, dit-elle enfin. Je pensais… non, *j'espérais* que tu avais grandi. Mais apparemment je me suis trompée.

« Bravo, maman ! » pensa Olivia.

Pour Bernadette, la meilleure défense était toujours l'attaque.

— Je ne sais pas pourquoi je perds ainsi mon temps, dit-elle. Toujours est-il que je t'ai parlé de la requête de Reggie. C'est à toi de voir, maintenant.

— Tu admettras tout de même qu'il n'a pas été le plus brillant des pères.

— Nous le savons l'une comme l'autre. Bon. J'avais un message à transmettre : je l'ai fait.

Elle chercha son portefeuille dans son sac.

— Laisse, lui dit Olivia.

Mais Bernadette ne s'en laissait pas conter, aujourd'hui. Elle posa un billet de vingt dollars sur la table.

— Il y a encore une chose que tu dois savoir, Olivia, déclara-t-elle d'un ton glacial. J'ai quitté Jeb.

Ce n'était pas vraiment une surprise. En plus d'avoir un goût épouvantable en matière de compagnons, Bernadette s'était toujours sentie obligée de les épouser. Puis elle divorçait quand les premiers feux de la passion s'éteignaient.

— C'est une bonne idée.

— Je… je l'espère.

— Il y a une raison précise ?

— Nous ne nous entendions plus. Et puis il a découvert que j'avais menti sur le montant de mon héritage.

— Pourquoi ce mensonge ?

Olivia avait posé la question sans être certaine de vouloir connaître la réponse.

— C'était pour avoir quelque chose. Quelque chose à moi.

Bernadette déglutit avec peine. Elle remit son chapeau. Dans le mouvement, la flamme de la lampe à pétrole s'agita, et Olivia crut voir comme une tache bleuâtre sur la joue de sa mère, sous l'épaisse couche de fond de teint et de poudre.

— Maman ? fit-elle avec appréhension.

Bernadette releva brusquement la tête en s'entendant appeler ainsi. Cela faisait des années qu'Olivia ne l'avait pas appelée autrement que par son prénom.

— Quoi ?

— Que se passe-t-il ?

Se redressant, Olivia fixa avec intensité la joue de sa mère. Une ecchymose. Comme si Bernadette s'était heurté la tête quelque part.

Ou comme si elle avait reçu un coup.

— Retire tes lunettes !

— Non. Pas maintenant.

Olivia s'en chargea pour elle. Malgré le mouvement de recul de sa mère, elle saisit la monture et lui retira ses lunettes.

— Il t'a frappée ! lança-t-elle avec colère.

Bernadette avait les yeux enflés, avec le blanc injecté de sang et de gros cercles noirs autour.

— Ça va aller.

— Mais tu es folle ! Ça n'ira *jamais* bien. Cette ordure devrait déjà être en prison. C'est Jeb qui a fait ça, hein ? C'est pour ça que tu le quittes.

— Je dois te laisser. Tu vas être en retard à ton travail.

— Mais je m'en fous, de mon travail !

Alors que sa mère faisait mine de s'éloigner, Olivia la saisit par le bras.

Les regards se tournèrent vers elles, les conversations se turent.

— Il t'a agressée, Bernadette ! Il faut porter plainte, si tu veux qu'il arrête. Je connais un policier qui…

— Je n'irai pas à la police, Livvie.

— Mais ce salaud…

— Chhhhut ! C'est mon problème, et je m'en occupe, affirma Bernadette en remettant ses lunettes. Toi, occupe-toi juste de ton père, d'accord ? Et ne me fais pas de scène !

Elle libéra son bras d'un coup sec et se dirigea vers la porte vitrée, le visage baissé.

— Tout va bien ? demanda un petit homme qui portait une fine moustache.

Il était assis à une table voisine. Visiblement nerveux, il n'arrêtait pas de cligner des yeux.

— Ça va, ça va, lui répondit Olivia.

Mais elle pensait tout le contraire. Rien n'allait, ce soir. Rien du tout.

16

La bibliothèque était presque vide en ce dimanche soir. Quelques rares étudiants étaient penchés sur leurs livres. Les bûcheurs. Ou bien ceux qui n'avaient pas de meilleur endroit où aller, songea Olivia en refermant l'ouvrage de référence qu'elle consultait. Elle s'étira discrètement. Elle avait fermé la boutique à 18 heures et s'était rendue au campus, où elle venait de passer les trois dernières heures à étudier et à essayer d'oublier l'entrevue avec sa mère, à tenter de se convaincre qu'elle ne pouvait rien pour Bernadette, quels que soient les problèmes qu'elle rencontrait avec son mari actuel.

Rien, vraiment ?

Et si Bernadette était venue non pour lui parler de Reggie, mais pour tenter de réparer une relation mère-fille en piètre état ? *Tu ne lui as même pas donné une chance…* Olivia sentit la culpabilité l'envahir. Sans doute des vestiges de cette éducation catholique qu'elle devait à Grannie et non à Bernadette.

Alors qu'elle marquait une pause au bureau pour emprunter deux livres sur la psychologie des sociopathes, elle se rappela en quelle occasion elle avait vu sa mère pour la dernière fois. Les funérailles de Grannie Gin.

C'était une journée lourde, chaude et humide. Bernadette s'était montrée distante, ce qui n'avait rien d'exceptionnel. Elle avait écouté sans un mot le service funèbre, laissé tomber une rose sur la tombe de Grannie, au cimetière. Elle s'était ensuite montrée à la maison, où les quelques membres de la famille, des cousins éloignés pour la plupart, ainsi que des amis s'étaient rassemblés, mais elle était restée dans son coin, derrière, sous la véranda, fumant cigarette sur cigarette et sirotant un verre de Jack Daniel's qui paraissait toujours plein. Elle semblait perdue dans ses pensées. Les quelques fois où Olivia l'avait approchée, elle s'était adoucie. Derrière son voile noir, des larmes coulaient lentement sur ses joues.

Olivia comprenait maintenant qu'elle avait gardé son chapeau et son voile de peur que l'on découvre ses ecchymoses.

Une nouvelle pointe de culpabilité la transperça tandis qu'elle rejoignait sa camionnette. La nuit était fraîche, avec l'hiver tout proche qui menaçait de prendre possession de La Nouvelle-Orléans. Quelques étudiants se pressaient sur les allées du campus, par groupes de deux ou trois. Olivia était seule et, pour la première fois de sa vie, cette réalité l'attrista.

Mais c'était ridicule ! Il lui suffisait de regarder sa mère, ou son amie Sarah, ou encore de songer à Ted, qu'elle avait failli épouser, pour se rappeler qu'elle était bien mieux toute seule. Les deux hommes qu'elle avait trouvés vaguement intéressants, ces deux dernières années, étaient un flic désabusé et un prêtre. Ridicule ! Mais qu'est-ce qui n'allait pas chez elle ?

Cette vague de nostalgie était probablement due à la période des vacances. N'était-ce pas à ce moment-là qu'il y avait le plus gros taux de suicides ?

Tout en remontant le col de son manteau, elle entendit de la musique et des rires qui s'échappaient d'une fenêtre ouverte.

Quelle importance si elle était seule ? Et d'abord, pourquoi fallait-il toujours qu'elle choisisse des hommes inaccessibles ? Etait-ce parce qu'elle ne voulait pas vraiment s'impliquer ?

L'allée qu'elle suivait passait à travers deux bosquets d'arbres. Il faisait encore plus sombre, ici ; elle était encore plus seule. Tous les autres étudiants avaient regagné les bâtiments du campus. « Et après ? » songea-t-elle en pressant le pas.

Clic, clic, clic.

Un bruit, derrière elle.

Elle se sentit brusquement oppressée.

« Ce n'est rien, se dit-elle. Juste ton imagination. »

Elle jeta un coup d'œil par-dessus son épaule, vers les massifs d'arbustes qui s'élevaient au pied des bâtiments. Personne.

« Calme-toi, se dit-elle encore. Tu n'as aucune raison d'être aussi nerveuse. »

Mais elle entendit de nouveau le bruit, et son cœur se mit à battre à grands coups. Elle commença à courir.

— Hé ! Attention ! cria une voix d'un ton bourru. Sur votre droite !

Elle bondit sur sa gauche, et se retrouva sur le parking.

Surgissant de nulle part, un cycliste passa sur sa droite. A la faveur de la lumière bleutée d'un lampadaire, elle entrevit le reflet argenté de son casque.

Clic, clic, clic.

Le cycliste changea de vitesse et fut englouti par la nuit. C'était donc ça ! Le bruit d'un dérailleur qu'elle avait déjà entendu des centaines de fois.

« Tu perds la tête ! » se dit-elle en repérant avec soulagement sa camionnette, le seul véhicule stationné sur le parking. Elle courut pour le rejoindre, déverrouilla les portières et se glissa derrière le volant. Puis elle démarra trop brutalement et fit tomber le sac contenant les provisions qu'elle avait achetées un peu plus tôt.

— Super !

Quelques minutes après, elle s'engageait sur l'autoroute. Elle alluma la radio et reconnut la voix de Trish LaBelle qui dispensait ses conseils sur les ondes. Trish avait d'abord travaillé à WNAB, avant de rejoindre l'équipe de WSLJ. Son émission, qui passait en début de soirée, était suivie de celle de Gator Brown et sa programmation jazzy. Venait ensuite le Dr Sam, jusque tard dans la nuit. Trish LaBelle ne fonctionnait pas comme sa collègue : elle enregistrait les questions des auditeurs, puis entrecoupait ces questions et leurs réponses de musique, souvent adaptée aux sujets abordés.

Olivia écouta quelques instants, avant de repenser à Bernadette et au message qu'elle était venue lui apporter. Reggie Benchet voulait la voir.

Pourquoi son père voudrait-il renouer le contact maintenant, après toutes ces années de séparation ? Pourquoi ? se demanda Olivia.

Il se mit à pleuvoir. De grosses gouttes scintillèrent dans le faisceau de ses phares. Elle n'avait presque aucun souvenir de son père, et elle ne tenait absolument pas à commencer une relation avec lui maintenant. Que dirait-elle, s'il l'appelait ? Qu'y avait-il à dire ?

Alors qu'elle arrivait à destination, les phares de la camionnette balayèrent les troncs sombres des cyprès et des chênes immenses. Et, tandis qu'elle traversait le petit pont, elle aperçut la maison où elle s'était vraiment sentie chez elle pendant son enfance — même si ses parents n'étaient guère présents. Heureusement, elle avait eu Grannie. Et c'était elle qui lui manquait.

Elle s'arrêta, récupéra ses provisions et prit au passage son courrier, qu'elle fourra dans le sac en papier. Elle entendit Harry, qui aboyait comme un fou derrière la porte. Mais, ce soir, elle se moquait bien qu'il se comporte comme un idiot. Elle ouvrit la porte et entra.

Elle était toujours hantée par les événements des deux derniers jours, et des pensées parasites lui traversèrent l'esprit. Des images des décombres noircis de la maison où la jeune femme avait été tuée. Celles d'un prêtre armé d'un long sabre, du père James, qui montait sur son escabeau, du visage meurtri de sa mère… Et puis il y eut le baiser qu'elle avait échangé avec Bentz, ici même. Un baiser long et passionné qui l'avait bouleversée.

Seigneur ! Elle était décidément une incurable romantique. Ce type était un flic, nom d'une pipe ! Un inspecteur de la brigade criminelle qui la considérait comme une espèce de bête de foire.

Elle posa le courrier sur la table de la salle à manger et s'occupa enfin de Harry. Elle le flatta et le caressa derrière les oreilles tandis qu'il s'agitait, décrivant de petits cercles aux pieds de sa maîtresse.

— Tu veux sortir ? lui demanda-t-elle en accrochant son manteau.

Le chien jappa pour manifester sa joie. Elle lui ouvrit les portes-fenêtres de la petite cuisine et tout en aboyant il s'élança dehors. Il traversa la véranda pour aller se perdre dans la pénombre, sur la trace d'un écureuil, d'un opossum ou d'une autre créature des marais.

— Evite les alligators, tu veux bien ? lui lança-t-elle.

Elle lança un clin d'œil à Chia.

— Quel idiot, hein ?

Le perroquet poussa une espèce de gloussement, et passa d'un perchoir à un autre. Ses pupilles ne cessaient de se dilater et de s'étrécir au-dessus de la ligne rouge et or qui surmontait son bec.

— Nous, les femmes, on est plus malignes, ajouta Olivia tandis que Chia faisait entendre un roucoulement, agitait ses ailes et sortait sa langue noire. Oui, bien plus.

C'est ça. Dans ce cas, pourquoi tes relations avec les hommes sont-elles aussi confuses ?

Plutôt que d'entretenir le dialogue avec la petite voix qui la narguait, elle pressa le bouton de son répondeur téléphonique pour écouter les messages. Le premier émanait de l'entrepreneur qu'elle avait contacté pour installer un système d'alarme. Il promettait de passer le lundi suivant Thanksgiving. Olivia reconnut ensuite la voix de Sarah.

— Quand tu auras un instant, appelle-moi. Je… euh, je n'ai toujours aucune nouvelle de Leo. Mais j'ai trouvé une boucle d'oreille dans mon lit ! Tu le crois, ça ? Dans *mon* lit ! Quel salaud ! Tu avais raison, à son sujet…

Olivia sentit son cœur chavirer. Elle percevait une intense douleur dans la voix de Sarah.

— Appelle-moi quand tu auras un moment, d'accord ?

Le message suivant commençait par une longue hésitation, comme si la personne qui avait téléphoné ne savait pas quoi dire. Puis on raccrocha. Etrange, songea Olivia. Elle repassa le message. Il lui semblait entendre de la musique en arrière-plan… une chanson qui lui parut familière… Mais oui ! C'était Bruce Springsteen : *Tunnel of Love*. La chanson favorite de Ted.

Elle en eut la chair de poule. Se pouvait-il que son ex-fiancé l'ait suivie jusqu'ici ? Elle se rappela sa colère. Il l'avait traquée jusqu'à Tuscon puis, finalement, avait laissé tomber quand elle l'avait menacé de porter plainte.

Elle décida d'oublier cet appel et passa au suivant. C'était un message de la secrétaire du Pr Leeds qui voulait convenir d'un nouveau rendez-vous. Le dernier message avait été laissé par l'inspecteur Bentz qui demandait à Olivia de le rappeler dans la matinée au commissariat. Le ton était très professionnel, mais elle ne put s'empêcher de sourire en reconnaissant sa voix.

« Quelle nunuche ! » se dit-elle.

Elle rappela aussitôt le commissariat, mais l'inspecteur Bentz ne s'y trouvait pas.

Quand elle composa le numéro de Sarah, elle tomba sur son répondeur et laissa un message. Au moment où elle raccrochait, Harry sautait frénétiquement sur la porte.

— J'arrive ! lança-t-elle en allant lui ouvrir. Tu as faim ?

Elle versa des croquettes dans la gamelle du chien, puis glissa un plat tout prêt dans le four à micro-ondes.

— Canard à l'orange *light* ! annonça-t-elle. Seulement six pour cent de matière grasse.

Harry ne fit aucun commentaire.

Quelle journée ! pensa Olivia quand la sonnerie du four

tinta. Elle ôta la pellicule plastifiée qui scellait la barquette, et un parfum d'orange lui parvint. Avec une cannette de Coca Light, son dîner était prêt. Elle jeta un coup d'œil à la photo où elle posait en compagnie de Grannie Gin : celle qu'elle avait montrée à Bentz. Elle était tellement insouciante, à cette époque-là ! Elle ignorait encore que son père était en prison dans le Mississippi.

Olivia n'avait vu de lui que les photos d'un homme en uniforme de la marine. Un homme athlétique et séduisant, qui avait eu le coup de foudre pour la jeune Bernadette Dubois, âgée de dix-sept ans. Une histoire d'amour éclair, dont Olivia ne possédait que les grandes lignes. Elle savait que sa grand-mère n'avait pas apprécié. Un jour, cachée au pied de l'escalier, elle avait surpris une conversation qu'elle n'était pas censée entendre.

— As-tu oublié qu'il t'a quittée ? s'était exclamée Grannie Gin.

Elle faisait frire du bacon. En même temps que le grésillement de la viande dans la poêle, l'odeur flottait à travers le salon.

— Et tu étais enceinte !

— Il n'en savait rien ! avait répliqué Bernadette en sanglotant.

— Ce qui était une bonne chose. Je te le répète : Reginald Benchet sera toujours un bon à rien… Enfin, il te reste un enfant ! avait conclu Grannie en ajoutant une poignée d'oignons dans la poêle.

Olivia ne voyait pas ce qui se passait, mais elle avait très vite senti l'oignon — et elle avait vu sa grand-mère accomplir ce geste des dizaines de fois. Elle avait entendu le crépitement des rondelles d'oignons qui entraient en contact avec l'huile brûlante.

— Tu ferais mieux de t'occuper de Livvie et d'oublier Reggie. Il est mauvais depuis le jour de sa naissance. Marqué par le démon, je te le dis ! J'ai connu sa mère et sa grand-mère. Deux femmes faciles avec une morale de chats de gouttière. Et le père… le mal incarné !

— Tu racontes n'importe quoi ! avait répliqué Bernadette.

— Pas du tout. J'ai *vu* de quoi cet homme est capable.

— Oh ! je t'en prie, ne me dis pas qu'il s'agit encore d'une de tes visions ! Tu penses que tu as *vu* quelque chose alors que tu ne faisais que *rêver.* Tout ça, c'est n'importe quoi, et nous le savons toutes les deux. Et ce n'est pas bien pour Livvie. Tu lui bourres la tête de toutes ces idioties, et maintenant elle commence à raconter qu'elle a vu sa sœur mourir *avant* que Chandra ne se noie. C'est ta faute.

— Il se peut que cette enfant ait le don.

— Oublie un peu ce fichu don ! Il n'existe pas, et j'en ai plus qu'assez d'entendre parler de ça. Autant accepter la vérité : si Livvie raconte qu'elle a vu Chandra mourir, c'est parce qu'elle l'a tuée.

— Tais-toi, voyons ! C'est absurde.

— Pas du tout ! Elles se chamaillaient, non ? Livvie était plus âgée. Plus grande. Elle a poussé Chandra en arrière dans le petit bassin et… et mon petit bébé s'est noyé. Là…

Elle avait prononcé ce dernier mot d'une voix aiguë. Et Olivia, les larmes aux yeux, savait que sa mère pointait du doigt le jardin.

Malgré les années, la scène de l'accident était toujours aussi présente dans sa mémoire. Elle voyait le visage de Chandra, sous l'eau. Elle voyait ses yeux bleus grands ouverts qui la fixaient sous la surface sale où flottaient de l'herbe et des cadavres de guêpes et de criquets. Elle était tombée dans le bassin, elle s'était cogné la tête, et Olivia n'avait pas été capable de la sauver.

— Assez ! avait lancé Grannie d'un ton sec. C'était un accident. Tu le sais très bien.

— Et tu m'en veux parce que je dormais. Mon Dieu, maman, tu penses toujours que c'est ma faute, n'est-ce pas ? Je le lis dans tes yeux chaque fois que je croise ton regard.

— Tu n'étais pas simplement endormie. Tu étais défoncée.

Olivia a essayé de te réveiller… Oh ! Et puis à quoi bon ? C'est fini, tout ça. Je te demande juste de ne pas rejeter la responsabilité sur Livvie. Et si elle te dit qu'elle a le don, crois-la.

— Elle le dit juste pour te faire plaisir. Tout ça n'est qu'un tissu d'âneries, et je ne veux plus qu'elle entende parler de ces histoires. Tu n'as toujours pas compris à quel point il a été dur pour elle de grandir en se faisant appeler la « fille de la cinglée » ? La fille de celle qui pouvait prédire l'avenir pour deux malheureux dollars ? Les gens pensent que tu es folle, et je ne veux pas que ma fille soit mêlée à ça. Alors, arrête de lui raconter toutes ces idioties, tu m'entends ?

— Commence par te comporter comme une vraie mère ! Occupe-toi d'elle au lieu de tomber dans les bras de tous les hommes qui posent les yeux sur toi.

— Je ne veux plus t'écouter…

— Cesse d'écarter les cuisses pour un oui ou pour un non.

— Maman !

— Protège-la de Reggie, pour commencer. Ne le laisse pas venir ici.

— Il ne viendra pas. Nous sommes divorcés.

— Et tu es fiancée à un autre homme, ne l'oublie pas !

Sans la voir, Olivia avait imaginé sa grand-mère en train de pointer sa spatule vers Bernadette.

— Je ferai ce que je pense être le mieux pour Reggie, avait-elle ajouté. Jusqu'à ce que tu aies apporté la preuve que tu es une bonne mère.

Tout en essuyant du dos de la main ses yeux humides de larmes, Olivia avait remonté l'escalier sans un bruit, et elle était allée se pelotonner dans son lit.

Elle n'avait plus jamais revu son père. Pas plus que Bernadette, après que celle-ci s'était remariée.

La visite de sa mère, aujourd'hui, soulevait donc d'innombrables questions.

Après avoir fait la vaisselle, elle siffla Harry et monta dans la petite chambre qui avait été la sienne durant son enfance. Le lit à une place avec son matelas un peu avachi était toujours coincé sous le toit en pente. Le petit canapé que sa mère utilisait lorsqu'elle venait se trouvait de l'autre côté de la pièce. Il y avait une coiffeuse avec un miroir rond entre la porte et l'armoire, et Olivia avait poussé le bureau sous l'unique fenêtre, près d'une petite bibliothèque. C'était sur ce bureau qu'elle travaillait quand elle était plus jeune, et elle y avait ajouté un meuble de rangement, un ordinateur et une imprimante.

Elle s'installa devant son portable. Elle avait deux cours, le lendemain matin : les derniers avant Thanksgiving. Mais alors qu'elle sortait un livre de sa bibliothèque, elle frissonna et éprouva, au plus profond d'elle, le même froid glaçant, épouvantable, que la nuit où la jeune fille était morte.

Seigneur ! Ça recommençait ? Déjà ?

Luttant contre sa peur, elle regarda par la fenêtre, dans la nuit noire. Un mince éclat de lune, visible entre les branches dénudées des arbres, était accroché bas dans le ciel. Peut-être qu'elle se trompait. D'autant qu'elle ne « voyait » pas vraiment : il s'agissait juste d'une impression…

Un mouvement. C'était ça, oui. Elle *le* sentait, et *il* était en mouvement.

L'obscurité se referma sur lui, et, comme pour une créature de la nuit, ses sens se firent plus aigus. Plus affûtés. L'Elu entendait les battements de son propre cœur, il sentait tous les parfums qui flottaient dans l'air humide et froid. Il sentait aussi la soif de sang, presque douloureuse, qui affluait dans ses veines.

Trouve-la. Capture-la… C'est le moment !

Courant sans bruit, il traversa les pelouses humides du campus. Il entendit une musique de jazz qui s'échappait d'une fenêtre ouverte. Des étudiants s'attardaient ici et là, par petits groupes. L'odeur douceâtre de la marijuana flottait dans les allées. Il tourna, à un moment, pour rejoindre un coin plus secret du campus, une petite allée que les étudiants utilisaient parfois pour rejoindre la ville plus rapidement.

Il glissa la main dans sa poche pour s'assurer que son arme était bien là. Un pistolet paralysant. Silencieux. Rapide. Mais pas mortel. Parfait pour un enlèvement. Il savait qu'elle devait passer par cette allée. Il avait surpris sa conversation, en cours.

Mais l'exécution ne pouvait pas se passer ici. Il avait besoin d'intimité, de temps pour préparer le rituel… Il se mit à bander tout en courant. Rien que d'y penser… Elle le supplierait pour qu'il l'épargne, elle l'implorerait, alors qu'il savait pertinemment que son sort était scellé.

Il l'aperçut au loin.

Seule.

La tête penchée pour se protéger de la pluie et du vent.

Il referma les doigts sur son arme en même temps qu'il se faufilait dans la pénombre pour y attendre le meilleur moment. Il se passa la langue sur les lèvres, se répéta qu'il devait être patient. Il ne pouvait pas se permettre la moindre erreur. Pas ce soir.

Ni jamais.

Après tout, il avait conclu un pacte avec Dieu.

Elle leva les yeux lorsqu'il s'approcha, et sourit en le reconnaissant. Et ouvrit la bouche pour parler alors qu'il sortait son arme et tirait. Elle eut un hoquet de stupeur. Laissa tomber son sac. Il le récupéra et la rattrapa, elle, avant qu'elle ne tombe par terre. Sa capuche glissa, révélant ses cheveux noirs qui encadraient son visage d'un blanc fantomatique.

— Qu'est-ce… ? commença-t-elle. Non…

Elle pouvait à peine respirer.

Il sourit tandis qu'il la soulevait sans peine dans ses bras et l'emportait jusqu'à sa vieille voiture.

— Reste tranquille, Catherine, ou je vais être obligé de te punir de nouveau !

— Mais… je ne suis pas…

Il la reposa par terre et lui administra une nouvelle décharge, longue et douloureuse, qui lui arracha un cri.

— Je suis sérieux, vraiment, dit-il en la reprenant dans ses bras.

Elle gémissait. Elle avait peur.

Il déverrouilla le coffre de sa voiture qui s'ouvrit tout seul. Elle se débattait, utilisant les dernières forces qui lui restaient. Mais ça ne servait à rien, sinon à l'exciter, à le faire bander un peu plus. Il pensa que, cette fois, il allait en profiter… Mais Dieu désapprouverait !

Il avait une mission.

— Non ! cria-t-elle.

Et il lui balança une nouvelle décharge.

Il observa avec un certain plaisir les convulsions de son corps, son cou offert. Elle serait parfaite pour le sacrifice, songea-t-il en fermant le coffre.

Dieu serait satisfait.

— Hé, mais vous ne rentrez jamais chez vous ? lança Montoya.

Il était en train d'enfiler son blouson et venait de passer la tête à la porte du bureau de Bentz.

— C'est samedi soir !

— Et toi, Montoya, tu vas regagner tes pénates ?

Rick se laissa aller en arrière et arracha des craquements de protestation à son fauteuil. La fenêtre du bureau, entrebâillée, laissait entrer le tintamarre de la ville — coups de Klaxon, éclats de voix et même la plainte d'un saxophone.

Montoya lui décocha son sourire le plus irrésistible, et s'avança dans la pièce. Il se percha sur le bord du bureau.

— Je ne suis jamais chez moi, à moins d'y être obligé. Je suis un homme à femmes : il faut que je sorte.

— Je croyais que tu avais quelqu'un, en ce moment ?

— Oui, c'est vrai. Mais ça ne m'empêche pas de regarder ce qui se passe autour de moi !

Il jeta un coup d'œil à sa montre.

— Et si on allait boire une bière tous les deux ?

— Non, merci. Une autre fois.

Montoya fit entendre un claquement de langue.

— Vous manquez quelque chose ! lança-t-il avant de partir.

— Ainsi soit-il.

Rick revint à l'écran de son ordinateur. Il travaillait en ce moment sur plusieurs affaires. Une femme battue qui s'était emparée du fusil de chasse de son mari et lui avait tiré dessus plutôt que de se faire tabasser encore une fois. Un nouvel incendie criminel dans lequel les deux occupants d'une maison avaient trouvé la mort. Il y avait aussi un affrontement au couteau entre deux types de gangs rivaux — l'un y avait laissé sa peau, l'autre se battait pour ne pas y passer à son tour.

Autant d'affaires que Bentz avait mises de côté. Car, alors qu'il relisait une énième fois le rapport d'expertise sur l'incendie d'Esplanade Avenue, un détail avait fait tilt. Une étincelle s'était allumée dans son cerveau, et il s'était soudain rappelé un point précis qui l'avait asticoté, sans qu'il soit capable de mettre le doigt dessus.

Jusqu'à ce soir.

Les médailles de saints.

Ce n'était pas la première scène de crime où l'on découvrait une chaîne et sa médaille. Il avait le souvenir d'au moins deux autres affaires. Sur son écran étaient affichées les photos de la scène de crime d'un meurtre récent.

Sa mâchoire se crispa tandis qu'il fixait le corps dénudé d'une jeune femme qui n'était sans doute pas plus vieille que sa fille. La victime avait été retrouvée dans son appartement du Garden District. Elle était décédée le 22 juillet et s'appelait Catherine Adams, du moins pour l'état civil. Car elle était également connue sous les noms de Cassie Alexa ou Princess Alexandra, selon que l'on avait affaire à la mignonne petite étudiante de Tulane, à la danseuse sexy d'une boîte de Bourbon Street ou à la pute.

Quel que soit son nom, elle avait été étranglée. Et la position de son corps avait été arrangée théâtralement : on l'avait allongée face contre terre sur un tapis, les bras bien écartés, la tête placée près d'un mur sur lequel était affichée une image du Christ, avec les pieds dirigés vers le mur opposé où se trouvait un portrait de Martin Luther King. Elle avait le crâne rasé, et on lui avait laissé dans la main une mèche de ses propres cheveux. Une très forte odeur de patchouli se dégageait de son corps à la peau couleur moka.

Tout en haut de la liste des suspects se trouvait Marc Duvall, le souteneur de la jeune fille, qui avait la réputation de lui faire subir des violences à répétition. Il avait quitté la ville, et sans doute même l'Etat. Il s'était évanoui dans la nature. A moins qu'il ne soit mort, lui aussi.

Les éléments dont Bentz disposait sur l'autre affaire étaient plus sommaires. Encore une femme, dont le corps avait été brûlé de manière à rendre toute identification impossible, et déposé au pied d'une statue de Jeanne d'Arc. Jusque-là, personne n'avait permis de mettre un nom sur les restes calcinés retrouvés tout à la fin du mois de mai.

Bentz fit défiler les images sur son écran. Et bien qu'il fût endurci, il fut remué par la vue du corps brûlé, défiguré, posé au pied de la très belle statue de Jeanne d'Arc.

Jamais il n'aurait eu l'idée d'établir un lien entre les deux affaires, sans la petite chaîne avec une médaille de saint qu'on avait retrouvée chaque fois sur les lieux.

Une coïncidence ?

Bentz était persuadé que non. Cet été, il n'avait pas fait de rapprochement entre les deux meurtres. Ils ne portaient pas la marque du Tueur au rosaire, et rien ne permettait d'établir une corrélation… Il ne s'était pas intéressé plus que cela aux médailles, songeant qu'il s'agissait d'objets personnels. Il avait loupé le coche. Le lien était là, pourtant. Et une troisième affaire venait maintenant se greffer aux deux autres. Même si l'idée le rendait malade, il était certain qu'un tueur en série était de nouveau à l'œuvre dans les rues de La Nouvelle-Orléans.

Les médias allaient se jeter là-dessus avec avidité. Mais il fallait prévenir le public, avertir le FBI, sonder tous les dossiers informatiques pour chercher d'autres meurtres qui auraient des points communs, et pas simplement dans les environs de La Nouvelle-Orléans.

Tout le monde allait se poser la même question, Bentz le savait.

Le Tueur au rosaire avait-il ressuscité ?

Ou bien la ville avait-elle affaire à un nouveau malade — un dingue qui aurait un lien avec Olivia Benchet ?

17

Le lundi matin, le rapport d'expertise et celui du légiste attendaient Bentz sur son bureau. Tout en sirotant son café, il étudia attentivement chaque page, avec le même soin que les techniciens scène de crime avaient mis à passer les lieux au peigne fin. Ce qu'il lisait ne le surprenait pas. La victime était morte parce qu'on avait essayé de la décapiter. A la façon dont les os avaient été sectionnés, le légiste estimait qu'il y avait eu plusieurs coups portés au niveau de la nuque, avec une arme pourvue d'une lame assez longue, comme une machette ou un sabre.

Exactement ce qu'avait affirmé Olivia. Ce qui ne le surprenait pas non plus.

A quel genre de monstre avaient-ils affaire ? Bentz avait eu son lot de violences quand il travaillait à Los Angeles, et l'horreur avait sans doute atteint son comble l'été dernier, ici même, à La Nouvelle-Orléans. Dans le domaine de la cruauté, le Tueur au rosaire avait indéniablement du génie. Un génie malfaisant. Il avait aussi très probablement des liens avec l'Eglise catholique… Mais il était mort. Bentz s'en était chargé lui-même.

Du moins, il le pensait.

Mais on n'avait jamais retrouvé son corps dans le marais où il avait disparu, criblé de balles. Cette ordure avait-il pu s'en sortir, d'une manière ou d'une autre ?

— Le fils de pute !

La pensée de père John, comme il s'était lui-même baptisé,

ressuscitant d'entre les morts, n'avait rien d'agréable. Mais ce qui se passait en ce moment n'avait rien à voir ou presque avec le mode opératoire de père John.

Et que venaient faire dans cette histoire les visions d'Olivia concernant une femme emmurée vivante, puis décapitée ? Un simple cauchemar ? Bentz ne le pensait pas. Il avait fait une copie des notes qu'elle lui avait remises, et en plus de la communiquer à certains de ses collègues, il avait enfreint les règles et montré les étranges suites de lettres à un ami, Bud Dell, qui avait travaillé pour la CIA et qui adorait les codes, énigmes, cryptogrammes et autres.

Jusque-là, pas plus Bud que les autres n'avaient pu en tirer quoi que ce soit.

Le téléphone sonna.

— Inspecteur Bentz.

— C'est Olivia, dit une voix désormais familière, qui lui arracha un sourire. Vous avez appelé, hier soir…

— Juste pour vérifier que tout allait bien.

Il se laissa aller en arrière dans son fauteuil.

— Alors ? Pas d'autres visions ?

— Rien cette nuit.

— Je préfère ça.

— Je… j'avais peur que vous ayez trouvé une autre victime.

— Non, répondit Bentz en se représentant le visage d'Olivia.

— Tant mieux. Alors, comme ça, vous vous inquiétiez pour moi ?

— Vous avez été plutôt secouée, ces derniers temps. Je voulais m'assurer qu'il n'y avait pas de problème.

Il y eut un court silence.

— Je… eh bien, merci.

— Vous promettez de m'appeler si quelque chose vous met mal à l'aise ?

— Entendu, répondit Olivia, visiblement décontenancée par tant de sollicitude.

Puis elle se reprit.

— A bientôt, dit-elle avant de raccrocher.

Bentz contempla le combiné pendant un moment. Que lui arrivait-il ? Il lui avait téléphoné parce qu'il éprouvait un besoin presque irrésistible de lui parler et de vérifier que tout allait bien. Il n'aimait pas l'idée qu'elle vive seule au milieu de ce fichu bayou, avec juste ce chien ridicule pour la protéger. Ses visions n'avaient rien de plaisant, et il craignait que, d'une manière ou d'une autre, sa vie ne soit en danger.

Et si Kristi avait raison ? Peut-être réagissait-il juste en flic paranoïaque. Mais il ne pouvait se défaire du sentiment qu'Olivia, à cause de son lien avec le tueur, était plus exposée que quiconque.

Une énième fois, il se demanda quel pouvait être ce lien. Dans la grande salle, les téléphones sonnaient, des conversations s'échangeaient, entre flics et témoins, flics et suspects, avec le cliquetis des claviers d'ordinateurs par-dessus. Comment Olivia connaissait-elle l'assassin ? Car elle le connaissait, il n'y avait pas d'autre hypothèse.

Il se gratta le menton d'un air pensif. D'après elle, le monstre s'était remis en chasse. Sauf qu'il n'y avait pas eu de meurtre. Elle lui avait aussi livré des éléments d'informations, comme cette enseigne de bar, le Pink Martini, qui le tarabustait. Ces pièces disparates formaient-elles un seul et même puzzle ?

Peut-être que oui… Peut-être que non. Il était possible que le soudain crédit qu'il apportait aux visions d'Olivia ne soit pas fondé. Mais qu'est-ce qu'il en savait, bon sang ? Cette affaire lui prenait la tête. Son coup de fil à Olivia Benchet en était la preuve : il dépassait le cadre de son travail, et il était largement en dehors des règles qu'il avait établies pour lui-même.

Il commençait à s'impliquer avec elle, et c'était évidemment une erreur.

Il reprit sa lecture du rapport d'expertise, et s'arrêta au milieu de la page en découvrant la description d'une chaîne — pas la grande qui avait servi à étrangler la victime, mais une petite chaîne, avec une médaille. Celle d'un saint. Le labo avait travaillé dessus et déterminé qu'il s'agissait de sainte Cécile. On l'avait laissée sur place, où elle avait été endommagée par le feu, accrochée à la pomme de douche. Exactement comme l'avait indiqué Olivia. Cécile — c'était ainsi que l'assassin avait appelé sa victime, selon Olivia Benchet.

Il revint aux deux autres affaires. Assez logiquement, la médaille trouvée sur la victime abandonnée au pied de la statue était celle de Jeanne d'Arc. Cela avait un sens. Ce qui n'était pas le cas du petit médaillon trouvé avec le cadavre de Cathy Adams, dans le Garden District. Marie-Madeleine. Qu'est-ce que ça voulait dire, tout ça ? Bentz nota aussi un détail qui lui avait échappé jusque-là : chaque victime semblait avoir une partie du crâne rasée. Comme Cathy Adams avait *toute* la tête rasée, il n'avait pas fait le lien. Mais à présent, en réexaminant les rapports du légiste, il se rendait compte que les deux autres avaient curieusement perdu environ six centimètres carrés de cheveux avant que leur corps soit brûlé. Ou bien le meurtrier s'en était chargé pour garder un trophée, ou bien les deux victimes appartenaient à la même secte — ce qui était assez peu probable.

Quelque chose tourmentait Bentz, quelque chose d'important, qu'il ne parvenait pas à extraire des profondeurs de sa conscience. Cela avait un rapport avec le Tueur au rosaire… Qu'est-ce que c'était, bon sang ?

Son téléphone sonna, cassant net le fil de ses pensées. C'était un assistant du procureur qui l'appelait au sujet d'un homme poignardé du côté de Canal Street, à deux pas du casino.

Cécile devrait attendre.

Kristi laissa tomber son sac à dos par terre. Elle en avait déjà fini avec sa séance de natation du matin. Elle s'était rendue à la piscine plus tôt que d'habitude, et elle avait besoin de la demi-heure qui lui restait pour se préparer à revoir Brian au cours de Zaroster. Elle devait aussi réviser. Avant le week-end de Thanksgiving, elle avait des contrôles de psycho, de philo et de maths, ainsi qu'un devoir d'anglais à rédiger.

Mais le plus important, ce serait son rendez-vous avec Brian. Il s'était montré inflexible pour qu'ils passent leur dimanche à étudier. Olivia et lui ne se reverraient que le dernier soir, avant qu'elle rentre à La Nouvelle-Orléans.

Elle n'arrivait pas à croire qu'ils se soient aussi bien entendus, après la colère dans laquelle il l'avait mise et la correction qu'elle lui avait infligée aux fléchettes. Elle se demandait toujours s'il l'avait laissée gagner… Il avait tant à se faire pardonner qu'elle aurait dû insister pour qu'il soit son esclave. Au lieu de quoi, elle avait exigé un excellent dîner, tout en soulignant qu'il avait toujours une dette envers elle… Il avait alors suggéré un « quitte ou double », et elle avait sauté sur l'occasion de le battre. C'était son problème, ce goût pour la compétition. Et puis… un quitte ou double sans règles, ça semblait assez intéressant… voire dangereux.

Brian était différent de tous les garçons avec qui elle était sortie. Beaucoup plus mûr, profond et réfléchi. Ils étaient restés ensemble pendant toute la soirée du samedi, à parler et à boire, à se découvrir un peu. Elle savait maintenant qu'il avait grandi quelque part du côté de Chicago, qu'il avait eu sa licence à Notre-Dame et qu'il était venu poursuivre ses études à All Saints. C'était quelqu'un d'assez complexe, pas un garçon dont l'unique aspiration était de se marier, d'avoir des enfants — de préférence des garçons qui joueraient au football — et de reprendre un jour l'entreprise de couvertures de son père.

Elle n'était décidément plus en phase avec Jay, c'était une évidence.

Avec Brian, c'était une autre histoire. Il était si mûr… Il avait tellement d'expérience… Elle sentit un picotement en songeant à la façon dont il l'avait embrassée, comme si ça devait être leur dernier baiser.

Un sourire aux lèvres, elle retira son T-shirt et, gardant son soutien-gorge noir, elle se contempla dans le miroir. « Pas si mal », se dit-elle en tournant d'un côté, puis de l'autre pour mieux voir.

Elle aurait aimé avoir de plus gros seins, bien sûr, mais elle était assez satisfaite de sa taille mince et de son ventre plat. Au lycée, elle avait essayé l'ecstasy et les champignons hallucinogènes... Mais quel genre de comportement peut-on attendre d'une adolescente qui découvre que son père n'est pas vraiment son père et que sa mère... ?

« Arrête-toi là ! se dit-elle. Ne t'aventure pas sur ce terrain. C'est terminé. Rick est quelqu'un de bien. De très bien, même, et tu le sais. C'est ton père. Il a toujours été là pour toi. Toujours. Même en sachant que tu n'étais pas sa fille... »

Elle fronça les sourcils et se concentra sur son reflet pour détourner le cours de ses pensées. Elle aimait ce qu'elle voyait. Elle pencha la tête, laissant une mèche de ses cheveux auburn lui tomber sur le côté du visage — comme le faisaient les mannequins, à la télé, dans les publicités pour shampoing.

Elle sourit de nouveau. Elle avait les cheveux longs, brillants, d'une jolie teinte acajou. Elle s'était fait faire un balayage, cet automne, et ses mèches avaient des reflets rouges dans la lumière. Cela plaisait à Brian. Samedi soir, il avait enfoui son visage à plusieurs reprises dans ses cheveux ; il lui avait dit combien ils étaient beaux. Elle l'avait laissé lui retirer son pull, et il lui avait caressé les seins — elle s'enflamma à ce seul souvenir. Des caresses légères, qui avaient éveillé en elle toutes sortes d'émotions contradictoires... Elle avait eu très envie d'aller plus loin, mais elle n'en avait rien fait.

« Cette bonne vieille éducation catholique », pensa-t-elle. Son père ne l'avait jamais obligée à aller à la messe, mais sa mère l'avait inscrite dans une école catholique. Pourtant, Jennifer ne s'était même pas mariée à l'église !

C'était, du moins, ce qu'affirmait Rick. Il avait attendu

qu'elle ait son bac pour lui révéler la vérité. A savoir que son mariage avait mal tourné parce que sa mère avait eu une aventure avec un autre homme et qu'elle était tombée enceinte. L'histoire ne s'arrêtait pas là. Si Jennifer avait rompu, après avoir couché avec cet homme, leur relation avait repris, par la suite. C'était quinze ans plus tôt, juste avant sa mort.

D'abord, Kritsi avait refusé de croire que Rick n'était pas son père. Mais quand elle avait vu la preuve, sous la forme d'une lettre de Jennifer écrite deux jours avant son accident de voiture, elle avait été convaincue. Bien que la lettre fût adressée à Kristi, Rick avait décidé d'épargner la vérité à sa fille jusqu'à ce qu'elle en eût terminé avec le lycée. Il lui avait donc caché l'existence de ce document pendant presque quatorze ans.

Quel salaud ! pensa-t-elle, toujours aussi en colère contre lui.

Essuyant ses yeux humides de larmes, elle se remémora chacun des mots qui figuraient sur cette simple feuille de papier jauni. Les lignes, comme gravées dans son esprit, lui donnaient invariablement envie de pleurer.

« Je suis tellement désolée, ma chérie. Tu dois me croire si je te dis que je t'aime plus que la vie elle-même. Mais je suis de nouveau avec l'homme qui est ton vrai père, et j'ai peur que cela ruine mon mariage et le cœur de Rick… »

— Merci, maman. Merci beaucoup, dit Kristy en reniflant.

Mais elle ne pleurerait pas. Elle était convaincue que sa mère s'était suicidée. Elle s'était bourrée de pilules et avait pris sa voiture, deux jours après que son mari l'eut surprise au lit avec un autre homme. Aux yeux de Kristi, Jennifer avait choisi la voie de la lâcheté en rédigeant cette fichue lettre avant de prendre le volant et de terminer son existence contre un arbre.

Depuis qu'elle avait appris la vérité, au début de l'été, Kristi ne décolérait pas contre sa mère, contre l'homme qui l'avait élevée et contre le salaud qui n'avait pas pu s'empêcher de poser les mains sur Jennifer, l'homme qui l'avait engendrée. Tout ça était pathétique. Vraiment pathétique.

Kristi ne voulait pas y penser maintenant. Et même, jamais plus, pour tout dire. Elle était déjà assez avancée dans le programme de psycho, ce trimestre, pour savoir qu'elle était en plein déni. Un sacré déni, mais elle s'en fichait. Elle préférait penser à la soirée de samedi et à Brian. S'il avait mal commencé, ce rendez-vous s'était ensuite révélé merveilleux.

Tout en enfilant un pull, elle songea qu'elle aurait préféré ne pas rentrer à La Nouvelle-Orléans pour Thanksgiving. Elle passerait sans doute un bon moment avec son père, mais ça faisait des années que leurs relations étaient instables. Et maintenant elle avait quelqu'un de nouveau dans sa vie. Un petit ami, un vrai. Un homme plus âgé qu'elle.

Son père, surprotecteur, n'allait-il pas piquer une crise en l'apprenant ? A cette idée, elle ne put s'empêcher de sourire. Quelque part, elle adorait lui donner du fil à retordre.

Alors, que se passerait-il si elle lui présentait Brian et si elle lui annonçait joyeusement qu'elle l'avait invité chez eux pour Thanksgiving ? Brian ne semblait avoir nulle part où aller — du moins, le pensait-elle. En vérité, elle ne savait pas grand-chose de lui, sinon qu'il enseignait à l'université et qu'il travaillait sur son doctorat.

Donc dîner ce soir avec Brian, et ensuite… qui sait ? Elle esquissa un sourire. Elle brûlait d'impatience.

— Ecoutez un peu ça !

Il était un peu moins de 10 heures, et Montoya venait d'entrer dans le bureau de Bentz. Il arborait un grand sourire. L'anneau qu'il portait à l'oreille brillait dans la lumière, et son blouson noir étincelait comme s'il l'avait acheté la veille.

— Quoi ?

Bentz en était à sa deuxième tasse de café. Il attendait que les flics de Covington le rappellent. Stephanie Jane

Keller, qui travaillait comme secrétaire chez un assureur, avait disparu. Son petit ami, Dustin Townsend, avait appelé un peu plus tôt. Personne n'avait vu la jeune femme depuis vendredi après-midi, quand elle s'était rendue en ville en voiture.

Selon la description de Townsend, Stephanie avait les yeux bleus et les cheveux blonds ; elle mesurait environ un mètre soixante-huit, pour soixante kilos, et jouait régulièrement au tennis. Le gars semblait très agité, au téléphone, mort d'inquiétude, et c'était avec une extrême réticence qu'il avait donné à Bentz les coordonnées du dentiste de Stephanie. A tout hasard, on avait demandé le dossier dentaire de la jeune femme, qui avait été faxé et que l'on étudiait en ce moment même. De son côté, Townsend était en route pour apporter des photos de Stephanie.

— J'ai des infos intéressantes sur Benchet, annonça Montoya en s'asseyant comme à son habitude sur le coin du bureau de Bentz.

Celui-ci se raidit.

— Enfin, sur sa mère, Bernadette Dubois..., précisa Montoya. Elle a été mariée cinq fois. Et encore, on ne compte pas les fiançailles ratées. Pas mal, pour une femme qui a à peine la cinquantaine. Et puis il y a le père d'Olivia, Reggie Benchet.

— Le criminel.

— Il a été libéré...

— Pour moi, il reste un criminel.

— Agression. Refus d'obtempérer. Deux meurtres. Plus quelques broutilles. Un type super. En tout cas, Bernadette a eu le bon goût de divorcer après avoir fait deux enfants avec lui. Mais il était le premier d'une longue série de maris. Elle les a tous quittés. Et elle est en train de s'occuper du plus récent. D'après les documents recueillis auprès du tribunal, elle a déjà rempli les papiers contre un certain Jeb Martin. Il travaille à Houston pour une compagnie pétrolière. Ils se sont mariés il y a environ quatre ans, et apparemment leur bonheur n'a pas duré. Martin a un sale caractère quand il boit. Il a été arrêté plusieurs fois.

— Tout cela a un air de déjà-vu, dit Bentz, qui se demandait où son coéquipier voulait en venir.

— En effet. Le numéro un et le numéro cinq sont sur le même moule, et le troisième mari, Bill Yates, le camionneur, je pense que c'était une espèce de mariage de dépit, pour oublier l'échec du premier. Ça n'a duré que dix-huit mois. Le numéro quatre était un certain Scott Lafever : il n'a pas survécu à sa dernière overdose. Mais j'en arrive au meilleur. Devinez qui était le deuxième mari !

— Celui qui est venu juste après Reggie Benchet ?

Montoya hocha la tête avant de lâcher sa bombe :

— Notre vieil ami Oscar Cantrell.

— Le proprio de Benchmark Realty ?

— Lui-même ! confirma Montoya, visiblement ravi de son effet. Je ne sais pas ce que ça vous inspire, mais je pense qu'il pourrait y avoir un lien, si l'on considère que c'est la boîte d'Oscar qui gérait la maison où s'est déroulé l'un des meurtres.

— On devrait peut-être aller bavarder avec ce monsieur…

— J'ai essayé. J'ai appelé chez lui — pas de réponse, juste un répondeur. J'ai passé un coup de fil à Benchmark, juste après, et j'ai eu sa secrétaire. Je crois que vous l'avez rencontrée.

— Marlene Machin-Chose.

— Anderson.

— C'est ça. Une pipelette de première, dit Bentz en se rappelant la belle brune aux lunettes à monture rouge.

— C'est bien ça. D'après elle, son patron est en déplacement et il ne sera de retour qu'après le week-end de Thanksgiving.

— Elle ne peut pas le joindre ? demanda Bentz. Il n'a pas de portable ?

— J'imagine que si. J'ai essayé d'amadouer Marlene. Puis, comme ça ne marchait pas, j'ai tenté la manière forte. Mais rien à faire. Elle est même devenue désagréable.

— Désagréable ? Avec toi ? lança Bentz avec un petit sourire.

Il aurait bien aimé voir ça. En général, les femmes fondaient comme beurre au soleil quand Reuben Montoya commençait son numéro de charme. Mais après tout Marlene Anderson valait peut-être mieux que l'image qu'il s'en était faite.

— C'est dur à croire, mais ça arrive, maugréa Montoya.

— Donc, si je te suis bien, le lien, c'est qu'un des beaux-pères d'Olivia est le patron de l'agence qui s'occupe de la maison où a eu lieu le meurtre qu'elle a « vu » ?

— Vous avez mieux ?

Bentz ressentait des brûlures au niveau de l'estomac. Il ouvrit le tiroir du haut de son bureau, en sortit un flacon d'antiacides Tums, et fit tomber les deux derniers comprimés dans sa main. Il les porta à sa bouche et commença à les mâcher.

— Je ne sais pas. J'attends une possible identification de notre victime.

Il fit un rapide topo concernant Stephanie Jane Keller, et conclut :

— Son copain ne devrait pas tarder à nous apporter des photos.

— Pour une éventuelle reconstitution ?

Bentz acquiesça. Mais il avait autre chose en tête. Un test. Pour Olivia. Il allait prendre en photo quelques-unes des inspectrices qui travaillaient au commissariat, y mêler une photo de Stephanie, et voir si Olivia parvenait à l'extraire du lot. Même s'il commençait à croire qu'elle avait un pouvoir de perception extrasensorielle, son côté flic et pragmatique avait encore un peu de mal à l'accepter.

— Vous pensez que le petit ami est impliqué ?

— Ce n'est pas impossible. Si notre cadavre est bien celui de Stephanie Keller, il faudra se renseigner sur lui, mais aussi sur la famille de la victime, ses amis et relations, et voir si elle a un lien quelconque avec Cathy Adams — hormis le fait d'avoir été tuée par le même meurtrier.

— Avec Cathy Adams et Olivia Benchet.

— Je vérifierai ça aussi.

— Je n'en doutais pas, dit Montoya en plissant les yeux. Vous savez, Bentz, si vous n'étiez pas un tel dur à cuire, j'aurais pensé que vous aviez un petit faible pour notre cinglée.

— Ça fait un moment que j'ai tiré un trait sur les femmes.

— A cause de votre ex, je sais. Il a quand même fallu qu'elle vous en fasse voir ! Qu'est-ce qui s'est passé, au juste ? Vous l'avez surprise en train de batifoler avec quelqu'un d'autre ?

Bentz ne répondit pas.

— C'est ça, hein ? Avec qui elle était ?

— C'est de l'histoire ancienne. Ça s'est passé il y a très longtemps.

Bentz n'avait aucune envie de remuer la boue. Dix-huit années s'étaient écoulées, et les rares fois où il songeait à la façon dont Jennifer avait reconnu que l'enfant qu'elle portait n'était pas de lui, à la souffrance qu'il avait éprouvée, il n'était pas loin de croire qu'elle lui avait dit la vérité de peur qu'il la découvre par lui-même, si jamais le bébé avait besoin d'une transfusion sanguine. Il y avait eu des complications durant la grossesse, et Jennifer, qui avait tendance à toujours exagérer les choses, était persuadée que l'enfant aurait besoin d'une intervention chirurgicale après sa naissance. Elle lui avait donc tout révélé, jurant qu'elle avait rompu avec son amant, qu'elle aimait Rick, qu'elle voulait que leur mariage fonctionne et que, de toute façon, sa liaison était terminée avant même d'avoir commencé... Bentz, qui n'avait rien vu venir, était allé noyer sa douleur dans une bouteille. Mais jamais il n'avait regretté d'être un père pour Kristi.

— Ce qui s'est passé ne regarde que moi, d'accord ? dit-il à Montoya.

Celui-ci fit entendre un léger reniflement.

— Mais pourquoi vous ne vous êtes jamais remarié ?

— Trop occupé, peut-être.

— Par quoi ? Le boulot ? Bon sang, Bentz, on a tous besoin d'une vie sociale !

— Vraiment ?

Bentz se laissa aller en arrière dans son fauteuil, qui émit ses habituelles protestations.

— Parfaitement. Et épargnez-moi vos salades concernant votre âge ! On ne me la fait pas. Vous devriez sortir, Bentz, je vous assure.

— Tu fais ça très bien pour nous deux.

— Plus maintenant. Non, non, non, répéta Montoya avec un clin d'œil. Je vous le répète : je suis l'homme d'une seule femme, en ce moment.

— C'est ça.

— Je vous assure ! J'ai rencontré une femme super. *Su-per.*

— Tu en rencontres une chaque semaine.

— Celle-ci est différente.

— Jusqu'à la semaine prochaine.

Montoya sourit, mais préféra en rester là.

— Bon. Maintenant qu'on pense avoir un tueur en série dans notre jolie ville, qu'est-ce qu'on fait des médias ?

— Jaskiel travaille avec le chargé des relations publiques. Il devrait y avoir un communiqué et une conférence de presse aujourd'hui.

— Vous serez présent ?

— Non, sauf si on me le demande. C'est Jaskiel qui prend ça en charge. Elle veut s'assurer que le public disposera d'informations fiables.

Inutile de souligner que si le public allait être averti de l'existence de l'assassin, et que certaines informations seraient diffusées, la police gardait sous le coude des éléments importants connus d'elle seule et du meurtrier — afin d'écarter les habituels malades qui se présenteraient en affirmant être l'assassin, juste pour attirer l'attention sur eux.

Se penchant en avant, Bentz tapota le plateau de son bureau avec son stylo.

— Il y a du nouveau, avec la vidéo de l'incendie ?

— Le labo est toujours dessus. J'ai vu des photos. Jusque-là, ça ne donne rien. Mais le type qui a filmé tient à être sûr de ses droits sur le document. Il s'imagine déjà que son film a autant de valeur que celui de Zapruder sur l'assassinat de Kennedy. Il vient d'engager un avocat. Il y a des chances qu'il se mette à hausser le ton après la conférence de presse.

— Qu'il hausse le ton ! marmonna Bentz, alors que son téléphone se mettait à sonner.

Il décrocha aussitôt.

— Bentz.

Une secrétaire de l'accueil l'avertit que Dustin Townsend venait d'arriver et demandait à le voir.

— Envoyez-le-moi.

Moins de cinq minutes plus tard, un homme à l'air égaré apparut à la porte. Il devait avoir autour de la trentaine. Il était prématurément chauve et avait un peu de ventre. Les yeux injectés de sang, il paraissait nerveux.

— Vous avez du nouveau ? demanda-t-il après de rapides présentations.

— Pas encore. Nous devons effectuer un certain nombre de tests et de comparaisons. On est en train d'examiner le dossier dentaire.

— Oh, mon Dieu ! Je suis sûr que ça n'est pas Stephanie ! s'exclama-t-il, le menton tremblotant et le visage très pâle. Je veux dire… je l'ai vue vendredi après-midi. Non… il y a sûrement une autre explication.

— Je l'espère, dit Bentz sans regarder Montoya.

Combien de fois avaient-ils entendu les mêmes craintes exprimées par des familles incrédules ? Malheureusement, toutes les victimes ou presque avaient de la famille et des amis, des amoureux, quelqu'un qui tenait à eux.

— C'est la photo de Stephanie ? demanda-t-il en désignant la pochette en papier que Townsend tenait entre ses doigts crispés.

— Oui. Je… je vous en ai apporté plusieurs.

Il donna l'enveloppe à Bentz. Avec toutes ses empreintes digitales dessus.

— Merci. Mais vous pouvez me montrer vous-même ce qu'il y a là-dedans.

Townsend ne se fit pas prier pour disposer sur le bureau les trois photos d'une fille ravissante au regard plein de vitalité. Sur l'un des clichés, elle portait un jean taille basse et un débardeur ; sur un autre, elle était habillée d'un short et d'un haut sans manches, les cheveux relevés en chignon, le visage en sueur, une raquette de tennis posée négligemment sur l'épaule. Et sur le troisième cliché, très glamour, Stephanie regardait par-dessus son épaule, l'œil langoureux et sexy.

— Elle est très jolie, dit Bentz.

Townsend hocha la tête, et il s'assit en face de Bentz, les mains serrées entre ses genoux. D'une voix unie, il répondit à toutes les questions qui lui furent posées, et, à la fin de l'entretien, Bentz était convaincu de son innocence. A moins qu'il ne s'agisse d'un extraordinaire comédien ?

Il s'en alla au bout d'une demi-heure.

— Ça m'étonnerait que ce soit lui, déclara Montoya en portant la main à sa poche pour récupérer son paquet de cigarettes.

— Moi aussi. Mais vérifie quand même son alibi. Je résume : il dit qu'il l'a laissée devant le concessionnaire Ford, où elle devait faire réparer sa Taurus. Elle avait ensuite prévu de se rendre à pied à son cours du soir, à Loyola, et elle avait des projets avec des amies pour le week-end. Lesquelles amies, en ne la voyant pas, ont contacté Townsend. Il a appelé la police de Covington hier. On en est là. La voiture de la jeune femme est bien chez le concessionnaire — ils se souviennent d'elle. C'est tout ce qu'on sait. J'ai obtenu de l'université une liste des autres personnes inscrites au cours, et j'ai déjà reçu un coup de fil de sa prof. J'essaye de trouver la personne qui l'a vue pour la dernière fois. Grâce au fichier dentaire, on devrait savoir rapidement si, oui ou non, c'est son cadavre qu'on a découvert dans la maison incendiée.

— Et si c'est bien elle ?

— On commencera par s'intéresser de plus près au petit copain.

Bentz saisit son blouson.

— Je vais faire un tour à Loyola. Si Stephanie Keller est notre cliente, ça veut dire que deux des victimes fréquentaient des universités toutes proches l'une de l'autre.

— L'autre salaud ne s'attaquerait qu'à des étudiantes…

— Peut-être parce qu'il est lui-même étudiant, suggéra Bentz. Ou parce qu'il travaille dans une université.

— Loyola… c'est catho, non ?

— Exact. Il y a eu une fusion avec l'université jésuite de l'Immaculée-Conception. Je crois bien que c'est la plus grande université catholique du Sud.

— Avec Tulane.

Bentz secoua la tête.

— A l'origine, c'était juste une fac de médecine. Publique. Elle est passée du public au privé et s'est ouverte à toute sorte d'enseignement.

— Comment vous savez tout ça ? demanda Montoya d'un air surpris.

— J'ai vérifié. A la minute où j'ai appris qu'une autre des victimes était peut-être une étudiante, j'ai fait des recherches. Tout est là.

Il désigna un guide de La Nouvelle-Orléans qui surnageait sur l'océan de paperasse couvrant son bureau.

— Il va aussi falloir que je voie ce que je peux dénicher sur Oscar Cantrell et Bernadette Dubois.

Montoya avait déjà gagné la porte.

— Laissez-moi deviner ! dit-il, les yeux brillants. Une autre conversation avec notre visionnaire ?

— J'ai aussi l'intention de lui montrer les photos de Stephanie, mélangées à celles d'autres filles, pour voir si elle la reconnaît. Tu as une meilleure idée ?

Le sourire de Montoya s'élargit.
— Non, non, je pense que c'est un sacré bon plan.
Il glissa une cigarette entre ses lèvres.
— Ouais, sacrément bon.

18

La clochette de la porte tinta. Olivia était occupée à faire du rangement dans l'arrière-boutique. Elle poussa une boîte de bougies sur une étagère, puis passa à travers le rideau de perles. Elle découvrit l'inspecteur Bentz à côté des présentoirs d'encens.

— Vous venez faire vos achats de Noël ? Vous êtes prévoyant !

— Vous avez raison : c'est prématuré. Je repasserai, dit-il simplement.

— Je peux vous faire une ristourne sur les cartes de tarot ! lança-t-elle en souriant.

De l'épaule, il frôla l'étoile argentée d'un carillon à vent. Les tubes tintèrent doucement par-dessus la musique indienne diffusée dans le magasin.

— Une autre fois.

— Je me doutais que ce n'était pas une visite de courtoisie, dit-elle.

Il avait un visage grave. Soudain, elle crut comprendre.

— Vous l'avez arrêté ! s'exclama-t-elle.

— Malheureusement, non. Mais nous avons peut-être la possibilité d'identifier le corps.

— Qui est-ce ?

— Je ne peux pas le dire avant d'en être certain — et d'avoir prévenu la famille.

— Pourquoi êtes-vous ici, alors ?

Stupidement, durant une fraction de seconde, elle songea

qu'il était peut-être venu pour elle. Les battements de son cœur s'accélérèrent. Elle se rappela le baiser qu'ils avaient échangé, se demanda s'il en avait été aussi troublé qu'elle.

Elle remarqua alors l'enveloppe kraft qu'il tenait à la main. Il en sortit les photographies en couleur de six ou sept jeunes femmes de vingt-cinq et trente-cinq ans, toutes séduisantes. Certaines souriaient, d'autres non.

Il lui tendit les photos.

— Des femmes disparues ? demanda-t-elle horrifiée.

Le monstre les avait peut-être tuées…

— Non. J'aimerais juste savoir si l'une d'elles ressemble à quelqu'un que vous auriez « vu » dans vos visions.

— Quoi ? Vous me testez, c'est ça ?

— Il faut bien.

— Si vous le dites…

Elle étudia chaque visage, et s'arrêta sur une jeune femme en Bikini.

— Je… j'ai l'impression de l'avoir déjà vue, dit-elle, troublée. Mais ce n'est pas elle qui… Oh ! Mon Dieu !

Elle crut que son cœur allait s'arrêter de battre lorsqu'elle posa les yeux sur le cliché d'une autre femme, très jeune, qui tenait une raquette de tennis à la main. Un courant glacé la traversa.

— La voilà, chuchota-t-elle en laissant tomber les autres photos. Cécile. J'en suis sûre.

En pensée, elle revit les images terribles de la femme agenouillée, implorante, agrippant désespérément la robe du prêtre. Les jambes flageolantes, elle sentit son estomac se révulser. Elle prit une profonde inspiration et se laissa aller lourdement contre le comptoir.

Bentz fut rapide. Il la saisit par le coude.

— Doucement ! murmura-t-il.

Au même moment, la porte du magasin s'ouvrit et Tawilda entra en traînant un gros sac de courses.

— Livvie ? Ça va ? lança-t-elle en se précipitant vers Olivia.

Elle regarda Bentz d'un air suspicieux.

— Qui êtes-vous ?

— C'est bon, lui dit Olivia. Il est de la…

Bentz sortit l'étui qui contenait son insigne et sa carte.

— Rick Bentz, police de La Nouvelle-Orléans.

— La police ? Que s'est-il passé ? On s'est fait voler quelque chose ?

— Mlle Benchet nous aide dans le cadre d'une affaire.

— Quelle affaire ? demanda Tawilda en écarquillant les yeux.

Puis elle se tourna vers Olivia.

— Tu ne m'en as pas parlé. De quoi s'agit-il ?

— Elle n'est pas vraiment libre d'en parler, déclara Bentz. En réalité, cela me rendrait service si vous pouviez vous occuper de la boutique pendant que je m'entretiens quelques minutes avec Mlle Benchet. Je vous offre un café, ajouta-t-il à l'intention d'Olivia.

Elle s'écarta légèrement.

— Vous l'arrêtez ? demanda Tawilda. Vous n'êtes pas censé lui lire ses droits, d'abord ?

— Il n'est pas question d'arrêter qui que ce soit, assura Bentz.

— Rassure-toi, tout va bien, dit Olivia en parvenant à sourire. Si ça ne t'ennuie pas, j'aimerais parler quelques instants avec l'inspecteur Bentz.

— Ce qui m'ennuie, répliqua Tawilda d'un ton sec, c'est que tu ne m'aies pas parlé de tout ça ! Je t'ai trouvée bizarre, ces deux derniers jours. J'ai pensé que c'était à cause de la présence de ta mère, mais il y a autre chose, n'est-ce pas ?

Elle jeta un rapide coup d'œil vers Bentz, puis ajouta :

— Bon, allez-y. Je tiens la boutique. De toute façon, c'était l'heure de ta pause, Olivia. Fais ce que tu as à faire, et ne t'inquiète pas pour moi.

— Merci. Je te revaudrai ça.

— Ça ne fera que s'ajouter à ce que tu me dois déjà. Mais qui compte ?

— Toi. Et sans rien oublier.

— Tu crois ? Oui, tu as sans doute raison…

Olivia se tourna vers Bentz.

— Une minute, s'il vous plaît : je vais prendre mes affaires.

Elle se glissa à travers le rideau de perles, tandis que deux clientes entraient dans la boutique en même temps qu'une violente bourrasque d'air froid.

Deux minutes plus tard, elle était de retour et quittait le magasin en compagnie de Bentz.

L'odeur du fleuve était lourde, et le vent qui soufflait depuis le Mississippi était glacial.

— Je me trompe, ou vous avez voulu me tendre un petit piège ? demanda-t-elle alors qu'ils rejoignaient Decatur Street.

Les trottoirs étaient encombrés de piétons entrant et sortant des boutiques et restaurants qui se succédaient tout au long de la rue.

— Je voulais m'assurer que nous étions sur la bonne piste, expliqua Bentz.

— Cette fille, avec la raquette… C'est elle.

— Et l'autre ? Celle que vous avez l'impression de connaître ?

— Je ne sais pas.

Elle y réfléchit de nouveau, et des images lui traversèrent l'esprit.

— J'ai vraiment la sensation de l'avoir déjà vue. Dans mes rêves. Cet été, je pense, quand je suis venue m'occuper de Grannie. J'ai fait plusieurs cauchemars. C'était elle. Il ne s'agissait que de visions fragmentées, mais j'en suis certaine à présent. Quelqu'un lui rasait la tête… la mettait en position et… l'étranglait.

Bentz la guida jusque dans un café, et ils prirent place à une table, près d'une fenêtre donnant sur la rue. Une bougie brûlait à l'intérieur d'une lampe-tempête.

— Et c'était le même prêtre qui l'étranglait ?

— Je ne sais pas. Je vous l'ai dit : c'était très morcelé.

— Ça pourrait aussi être celui qui retenait la femme prisonnière dans la cave et la laissait mourir de faim ?

Elle secoua la tête pour signifier que, là encore, elle n'en savait rien.

Une serveuse vint prendre leur commande, et s'éloigna.

— C'est possible, murmura Olivia, absorbée par ses pensés. Mais je n'ai pas souvenir d'un prêtre… Juste… j'ai l'impression qu'il y a un point commun, en plus de ces femmes terrifiées. Un collier — ou une chaînette. C'est ça, oui. Comme celle que j'ai vue l'autre nuit, et que le tueur a laissée sur la pomme de douche.

Ce souvenir la fit frémir. Il lui sembla presque sentir de nouveau la peur, la fumée. Elle leva les yeux vers Bentz. Il y avait peu de lumière dans le café. La flamme de la lampe-tempête jouait sur ses traits. Son regard gris était intense. Soupçonneux. Et en même temps il y avait une autre émotion dans les profondeurs de ses yeux.

Sur le moment, elle n'avait pas fait le lien entre les chaînettes, mais cela semblait important.

— Il faut me croire, Bentz. Je n'invente rien. Je ne pourrais pas.

— Je sais.

La serveuse vint leur apporter deux cafés. Elle devait avoir dix-huit ans et mâchouillait un chewing-gum d'un air vaguement ennuyé.

— Autre chose ? demanda-t-elle.

Bentz interrogea Olivia du regard.

— Non, ça ira, répondit-elle.

Elle enveloppa sa tasse de ses mains tandis que la serveuse faisait claquer son chewing-gum et s'éloignait de nouveau. Il régnait une atmosphère paisible dans le café, bercée par la rumeur sourde des conversations, le cliquetis des cuillères dans les tasses.

— Au sujet des photos…, reprit Olivia. J'ai choisi les bonnes ?

— En plein dans le mille.

Un silence s'installa entre eux.

— J'aimerais vous poser quelques questions, reprit Bentz. Sur votre mère.

Olivia haussa les sourcils.

— Pourquoi ?

— Elle a été mariée à Oscar Cantrell.

— Oui. C'était le troisième. Ils sont restés ensemble un certain temps.

— Vous l'avez déjà rencontré ?

— Le jour du mariage, c'est tout. Ma mère et moi, nous ne sommes pas particulièrement proches. Je crois vous en avoir déjà parlé.

— Soyez indulgente avec moi…, dit Bentz.

Olivia ignorait où il voulait en venir, mais elle avait le sentiment que ça n'allait pas lui plaire.

— Il se trouve que la maison où la dernière victime a été tuée, l'autre nuit, appartient à des gens qui n'habitent pas l'Etat. Pour la louer, ils ont dû passer par une agence : Benchmark Realty.

Il s'en tint là, et Olivia ne put s'empêcher de demander :

— Et alors ?

— Benchmark Realty appartient à Oscar Cantrell.

— Hein ? fit Olivia, incrédule. Vous… pensez qu'il pourrait être impliqué ?

— Nous en sommes au stade des vérifications, répondit simplement Bentz.

— Je vous l'ai dit : je ne l'ai rencontré que le jour du mariage. J'ai le souvenir d'un homme assez petit, moins d'un mètre soixante-dix. Et il n'était pas aussi baraqué que l'homme que j'ai vu.

— Il a pu perdre du poids.

Tout cela paraissait hautement improbable. D'Oscar, Olivia avait gardé l'image d'une espèce de nounours affublé d'un gros nez et de joues rouges, qui distribuait sans compter son grand sourire — le commercial en pleine représentation.

Rien en lui de cette rage intense et contenue qu'elle sentait chez l'assassin.

— Si Oscar avait commis un meurtre, il n'aurait pas choisi un endroit qui permette de remonter jusqu'à lui aussi facilement… Il n'a pas d'alibi ?

Elle regarda fixement Bentz, qui buvait son café et l'observait par-dessus le bord de sa tasse.

— Nous vérifions.

— Ça doit faire au moins deux ans que ma mère et lui sont séparés. Si vous pensez à un lien entre Oscar et moi, vous faites fausse route. Je vous le répète : nous ne nous sommes rencontrés qu'une fois.

— Et vous ne connaissez personne de sa famille ? Un frère ? Son père ?

— Non. A l'époque de son mariage avec Bernadette, je vivais chez ma grand-mère.

— Ils ont eu des enfants ?

— Non ! Je n'ai pas de demi-frère ni de demi-sœur. Je n'ai eu qu'une sœur, qui est morte il y a des années.

Il hocha la tête, comme s'il comprenait, mais Olivia vit les ombres qui obscurcissaient son regard.

— Qu'y a-t-il ? Vous ne me croyez pas ?

— Je m'efforce juste de rassembler les pièces du puzzle.

— Vous ne faites donc confiance à personne ? C'est quoi, votre problème, au juste ? Vous êtes tellement blasé que vous ne croyez personne… ou bien est-ce une autre raison ? Il vous est arrivé quelque chose, personnellement ?

Ses lèvres esquissèrent un sourire sans joie.

— Vous n'avez qu'à me le dire vous-même. C'est vous la télépathe, non ?

Cette fois, c'en était assez. Elle avait senti son scepticisme à la seconde où il était entré dans la boutique. Le soupçon avait repris le dessus en lui.

— Je m'en vais, dit-elle en attrapant son sac sur la table.

— Attendez !

Plusieurs têtes s'étaient tournées vers eux.

— Laissez-moi. J'en ai plus qu'assez qu'on doute de moi. Je sais que tout cela n'a pas beaucoup de sens pour vous. Eh bien, c'est la même chose pour moi. J'avais pourtant pensé que… vous ne me croyez vraiment pas ? Vous n'aviez pas dit que… Oh ! et puis tant pis, c'est sans importance !

Blessée, elle s'éloigna en se demandant pourquoi elle perdait son temps à vouloir s'expliquer avec ce flic buté. Elle l'entendit sortir des billets de son portefeuille, puis les poser sur la table, et elle sentit sa main sur son épaule alors qu'elle atteignait la porte.

— Olivia…

— Fermez-la, Bentz ! Quoi que vous ayez à dire, fermez-la. Ça ne m'intéresse pas. J'ai fait ce que j'avais à faire, j'ai joué mon rôle de citoyenne en venant vous voir, et j'ai assez supporté votre incrédulité, vos soupçons et vos insultes. J'en ai plus qu'assez !

— Vous ne pouvez pas m'en vouloir d'être sceptique…

Elle fit volte-face et se retrouva à un centimètre de lui.

— Mais si, je peux ! Ou vous me prenez comme je suis ou vous me fichez la paix ! C'est aussi simple que ça.

Elle réagissait avec excès, elle en était vaguement consciente. Mais elle s'en fichait. Qui était-il, pour se méfier ainsi d'elle ? Pour se moquer ? Pourquoi la lâchait-il, alors qu'elle attendait énormément de lui ? Un instant, il paraissait la croire, s'ouvrir à elle — il allait même jusqu'à l'embrasser —, et l'instant d'après il retrouvait son uniforme de flic, son personnage de dur à cuire qui la harcelait de questions.

Elle traversa la rue en courant et slaloma entre les voitures sans se soucier des coups de Klaxon que suscita son imprudence. Elle s'attendait presque à ce que Bentz se lance à sa poursuite, pour lui coller une amende ou tenter de l'arrêter, mais elle put rejoindre la boutique sans être accostée. Pas une fois, elle ne regarda par-dessus son épaule pour voir s'il l'avait suivie.

Cela n'avait aucune importance. Car les sentiments

qu'elle éprouvait pour lui étaient juste ridicules. Elle s'était comportée comme une idiote, voilà tout.

Cela devait cesser. Et vite.

L'Elu était agité. A cran. Irrité, même, tandis qu'il faisait les cent pas dans sa chapelle. Il avait lu les comptes rendus de l'incendie du bayou Saint-John. Ils ne comportaient aucune mention du sacrifice. On parlait seulement d'une victime morte dans les flammes. Comme s'il s'agissait d'un accident.

Cécile… Elle était vraiment belle.

Les flics, eux, étaient des abrutis. Il les avait vus arriver, ces crétins pathétiques qui n'avaient toujours pas été fichus de faire un lien entre tous ses « crimes ». C'est comme ça qu'ils disaient : des *crimes.* Comme s'ils avaient affaire à un banal criminel ! Ils n'avaient pas la moindre idée de sa mission ; ils ne se doutaient pas que ce qu'il accomplissait était l'œuvre de Dieu. Et il n'en avait pas terminé, loin de là.

Incapable de trouver l'apaisement dans la prière, il ouvrit son armoire, puis le coffre où étaient entreposés ses trésors. Il passa les doigts dans les morceaux d'ongles — ces minuscules trophées qu'il gardait précieusement —, et il revécut chaque rencontre. Les yeux fermés, conscient de son érection naissante, il se rappela la peur de ses victimes, la façon dont elles l'imploraient, mais aussi sa propre maîtrise. Il avait souffert le martyre pour chacune d'elles, lutté contre le désir qu'il avait de leur corps blasphématoire, païen. Innocentes à l'extérieur, ces Jézabel étaient possédées par le démon à l'intérieur. Et il y en avait tant !

L'une d'elles était plus importante que les autres. La fille du flic. Là, c'était personnel. Le sourire aux lèvres, il pensa à elle… Bientôt… Bientôt…

Au fond de sa cache, il trouva la tresse. Il l'avait lui-même nattée, avec des cheveux de couleurs différentes qui luirent doucement dans la lumière. Bruns, noirs, blonds… mais pas de roux. Un manque, qu'il allait devoir combler. Il fit rouler la tresse entre ses doigts, imaginant le visage terrifié de chacune de ces traînées, songeant au moment où il leur coupait une mèche — elles croyaient alors qu'elles allaient vivre et se répandaient en prières, se repentaient pour des crimes qu'elles croyaient n'avoir pas commis. Lui, il rangeait ses trophées dans sa combinaison en Néoprène.

Des roulures. Des filles de Satan. Des putes, absolument toutes.

Lentement, il écarta les pans de son peignoir. Son sexe était dur et tendu. Gorgé de sang. Réclamant qu'on s'occupe de lui. Il se caressa avec la tresse et goûta cette caresse légère, aussi douce et excitante que les lèvres d'une tapineuse. Il se raidit en sentant la jouissance monter. Son sang circulait follement dans ses veines, son pouls battait à ses oreilles, il avait le ventre en feu. Oh ! Juste le contact d'une bouche sur lui… le baiser du diable… Il éprouva le besoin insupportable de porter la main à son sexe, mais il n'en fit rien. Non. Pas question de céder à un désir indigne pour se soulager.

Il imagina plutôt le visage de toutes ces traînées. Belles. Séduisantes. Pernicieuses. En larmes, elles l'imploraient de les laisser s'occuper de lui, elles négociaient pour sauver leurs misérables vies. Il sourit. Des gouttes de sueur sillonnaient son visage et son dos. Elles étaient siennes dans la mort. Ignoraient-elles qu'il les avait sauvées ? Qu'il avait fait d'elles des martyres ?

Mais il lui en fallait une autre… une autre âme à sauver… une autre Jézabel à ajouter à son harem… une autre mèche pour compléter sa tresse… Ce soir.

Il avait l'endroit. Tout était prêt. L'autel était sommaire, mais il ferait quand même un lieu de sacrifice, sombre et bien caché. Son arme attendait.

La date avait été établie d'avance. Il posa les yeux sur le calendrier. 25 novembre, le jour de sainte Catherine d'Alexandrie, patronne des jeunes filles… des nourrices…

des philosophes… des pasteurs… des étudiants… Cela convenait admirablement. Oui, ce serait parfait !

Ce soir.

Avant les douze coups de minuit.

Dieu attendait.

19

Olivia avait du mal à se remettre de sa confrontation avec Bentz. Mais que lui importait ce qu'il pouvait penser ? Elle était sur le point de fermer la boutique quand le téléphone sonna. Il y avait le répondeur, bien sûr, mais avec la proximité du week-end de Thankskiving, elle préféra répondre.

— Le Troisième Œil, Olivia à votre service. En quoi puis-je vous aider ?

Silence. Pourtant, il y avait quelqu'un en ligne, elle le savait.

— Allô ?

A travers les vitrines, elle regarda la rue plongée dans la nuit. La boutique elle-même était dans la pénombre, seulement éclairée par les veilleuses de sécurité.

— Allô ? Il y a quelqu'un ?

— Olivia ? demanda une voix masculine.

— Oui. Que puis-je pour vous ?

Il y eut une ou deux secondes d'hésitation, comme si son correspondant rassemblait ses pensées, son courage.

— C'est ton père.

Elle retint son souffle. Ne dit pas un mot. Elle en était bien incapable.

— Tu ne te souviens probablement pas de moi. Je suis parti longtemps. Mais j'espérais que… qu'on pourrait se revoir, toi et moi.

Elle se laissa aller contre le mur.

— Je… je ne pense pas que ce soit une bonne idée.

— Pourquoi ?

— Ecoutez, je préférerais qu'on en reste là, dit Olivia, qui sentit des gouttes de sueur perler à son front.

— C'est bien le problème, Livvie, répliqua Reginald.

Le seul fait de l'entendre utiliser son surnom lui donna la chair de poule.

— Je suis resté éloigné un certain temps, poursuivit-il, et ça m'a permis de réfléchir. De faire le point sur ma vie. Je ne t'ai pas appelée tout de suite, je n'ai pas contacté ta mère, je ne suis même pas venu aux funérailles de ta grand-mère, alors que j'avais vu le faire-part dans le journal. J'ai pensé qu'il nous fallait à tous un peu de temps pour nous habituer au fait que je sois un homme libre.

« Je ne m'y habituerai jamais », songea Olivia.

— Quelle différence ? demanda-t-elle.

— J'ai changé, Livvie. J'ai passé beaucoup de temps seul, à lire, à réfléchir et même à philosopher. J'ai laissé Jésus entrer dans ma vie, dans mon cœur. Et non seulement j'ai payé ma dette à la société, mais je me suis repenti pour mes péchés et j'ai fait de Jésus-Christ mon sauveur personnel.

— C'est bien..., murmura Olivia.

Elle songeait au moyen de mettre un terme à cette conversation. Elle ne voulait pas de père, et surtout pas d'un père tel que Reginald Benchet.

— Evidemment que c'est bien. Et je vais faire mes preuves.

— Comment ça ?

— En travaillant pour notre Seigneur. En répandant sa parole. Je suis pasteur, à présent, Livvie. Et maintenant que je suis à l'extérieur, il est temps pour moi de rendre visite à ma fille. Tu es l'unique enfant qu'il me reste, tu sais ? J'ai perdu les autres. Quand un homme passe autant de temps que moi en prison, il apprend à reconnaître ce qui a de la valeur dans la vie. Il y a la famille, Olivia. La famille et Dieu.

— Je ne pense pas être prête pour ça. J'en suis même certaine.

— Réfléchis quand même.

— Je... Oui, d'accord.

— Que le Seigneur soit avec toi, Olivia.

Il raccrocha le premier. Elle ferma les yeux.

C'est ton père, lui répéta une petite voix.

Mais elle ne voulait pas l'entendre.

« C'est l'un de ses spermatozoïdes qui m'a donné la vie, rien de plus. »

Mais il a changé. Il a changé de conduite.

Ça non plus, elle ne voulait pas l'entendre. De tout ce qu'elle avait appris sur Reggie Benchet, elle avait retenu le fait qu'il était un arnaqueur de tout premier ordre. Elle ne voulait rien avoir à faire avec lui.

Ah ! Oui ? Imagine qu'il tombe malade et qu'il n'ait pas d'argent ? Qu'est-ce que tu ferais, alors ? Tu es sa chair et son sang. Son unique enfant.

Olivia décida qu'elle avait besoin d'aide pour y voir clair. Elle alla chercher dans son sac la carte du père James McClaren.

— Quelle surprise ! lança James.

La secrétaire était partie, de même que le père Roy, et il avait en face de lui Olivia Benchet, la belle jeune femme aux cheveux ébouriffés et aux yeux énigmatiques. Il avait pensé à elle plus d'une fois, ces deux derniers jours. Plus qu'il n'aurait dû. Et ses pensées n'avaient pas été très pures. Loin de là. Mais c'était sa croix, les démons qu'il devait combattre.

— J'aimerais parler à quelqu'un, dit-elle en hésitant au seuil de la porte.

— Entrez… je vous en prie.

Il se leva et désigna l'une des deux chaises qui se trouvaient de l'autre côté de son bureau.

— Vous êtes venue me voir ?

— Oui.

— En tant que prêtre ?

Elle hésita et, tandis qu'elle s'asseyait, il remarqua la courbe de son mollet au-dessous de sa jupe fendue. Il détourna aussitôt le regard vers la fenêtre et le grand chêne dénudé, éclairé par les lampadaires de la rue toute proche. Un corbeau était posé sur la branche la plus basse, la tête rentrée sous ses ailes.

— Oui, et… En fait, je ne suis pas allée à la messe depuis des années.

— C'est peut-être le problème, dit-il en esquissant un sourire.

— Si c'est le cas, ce n'est que la partie émergée de l'iceberg.

— Que se passe-t-il, Olivia ?

Elle hésita de nouveau. Comme si elle calculait jusqu'où aller dans ses confidences.

— Je pense que nous devrions commencer par ma famille, dit-elle en se décidant à croiser son regard. Quoique… rien que pour ça, il nous faudrait des jours…

Il haussa les sourcils.

— Lancez-vous, et voyons jusqu'où cela nous entraîne. J'ai toute la soirée. La nuit, s'il le faut.

— Même les hommes de Dieu ont besoin de dormir.

— Je vous écoute, Olivia. Expliquez-moi ce qui vous trouble.

Il aurait été plus rapide de se demander ce qui ne la troublait pas, songea-t-elle.

— J'ai ressenti le besoin de venir chercher des conseils, dit-elle. Au sujet de mon père. Je ne le connais pour ainsi dire pas. Ma mère et lui ont divorcé alors que j'étais toute petite. Ensuite, il a passé de longues années en prison. Pour meurtre.

Le père James demeura imperturbable.

— Il est sorti cette année — enfin, je crois. Ma mère ne m'en a parlé que très récemment. Et il veut me rencontrer, maintenant. Il m'a appelée pour m'expliquer qu'il était un homme nouveau. Il serait même devenu pasteur. Mais la vérité, c'est que je ne veux rien avoir à faire avec lui. Absolument rien.

— Mais… ? Car il y a un « mais », n'est-ce pas ?

— Eh bien, même si je le surnomme le « donneur de

sperme » quand je pense à lui, il n'en reste pas moins vrai que nous avons le même sang. Je suis son unique enfant. Et mon bon vieux sens de la culpabilité est en train de me rattraper. Il m'a dit que j'étais tout ce qu'il lui restait.

Le père James écoutait avec attention, sans quitter la jeune femme des yeux. Il portait une chemise noire avec le col d'ecclésiastique blanc. Il était bien trop séduisant pour avoir fait don de sa vie à Dieu. Et puis il y avait chez lui quelque chose d'étrangement familier aux yeux d'Olivia. Il lui rappelait quelqu'un, sans qu'elle parvienne à découvrir qui. Probablement un acteur de cinéma qui n'avait jamais vraiment réussi à se faire un nom.

En tout cas, il n'avait pas du tout l'air d'un prêtre. Malgré sa tenue, malgré cette bible ouverte dans un coin du bureau dont la fenêtre en arc donnait sur l'entrée de l'église, le père James donnait l'impression d'avoir davantage sa place sur un terrain de football, comme guide d'une randonnée de rafting ou sur le pont d'un bateau.

Comme s'il lisait dans ses pensées, il se mit à sourire, découvrant des dents blanches et régulières.

— Je devrais vous dire d'aller chercher dans votre cœur, de regarder dans votre âme, de trouver le courage de pardonner à votre père les péchés dont il s'est rendu coupable envers vous.

— De tendre l'autre joue, de détourner les yeux de tout ce qu'il a fait ?

— Il a payé sa dette à la société, mais pas à vous. C'est ce que vous pensez ?

— Oui.

— Je ne veux surtout pas banaliser. Abandonner quelqu'un, surtout un enfant, est un acte grave. Je suis persuadé que les conséquences, sur votre mère et vous, ont été dévastatrices. Et, bien que vous soyez adulte, cela ne signifie pas que la douleur va disparaître. Vous pouvez dire que vous vous en moquez, que vous êtes au-dessus de ça, que c'était sans doute aussi bien, mais les cicatrices sont là, douloureuses.

Et quand la souffrance est soudain réveillée — comme aujourd'hui, avec la réapparition soudaine de votre père —, c'est comme lorsqu'on arrache la croûte qui s'était formée sur de vieilles blessures. Ça pique, ça brûle, c'est tout près de saigner de nouveau. Cela réveille de vieux souvenirs malheureux qu'on croyait oubliés depuis longtemps.

Il s'arrêta pour la fixer, le visage grave, et Olivia prit soudain conscience de l'obscurité qui régnait dans la pièce. A part la lumière en provenance de la rue, il n'y avait pour éclairer le bureau qu'une lampe de banquier, avec son opaline verte.

Il lui sembla que la pièce rétrécissait, que l'atmosphère était plus épaisse.

— Je ne peux pas vous dire ce que vous devez faire, Olivia. Seulement vous suggérer de prier et de parler avec Dieu. De voir ce qu'Il en dit.

Il écarta les mains.

— Ce n'est probablement pas la réponse que vous attendiez, mais c'est la meilleure que j'aie.

— Vraiment ?

— Pourquoi ne rentrez-vous pas chez vous pour réfléchir ? Faites un peu d'introspection et revenez dans deux jours, nous en reparlerons.

— Et s'il appelle ?

— Faites ce que vous dicte votre cœur.

— Même si mon cœur me conseille de le traiter de tous les noms ?

Il esquissa un sourire.

— Vous savez, dit-il en désignant sa collerette blanche, je porte ceci, mais cela ne signifie pas pour autant que j'aie toutes les réponses. Je ne suis qu'un homme.

— Et moi qui pensais que vous aviez été touché par la main de Dieu…

— Ce à quoi je devrais sans doute répondre que cette main se pose sur chacun de nous.

Il haussa un sourcil.

— Je vous suggère de parler avec le Seigneur. Et d'écouter. Car Il vous répondra.

Olivia n'était pas convaincue, mais elle renonça à discuter. Après tout, c'était elle qui était venue chercher l'inspiration auprès du père McClaren. Le moins qu'elle pouvait faire, c'était l'écouter.

— Merci de m'avoir consacré du temps.

— C'était un plaisir.

Ses yeux pétillants et la chaleur de sa poignée de main semblaient le confirmer.

— Je vous raccompagne.

Il contourna le bureau, effleura le bras d'Olivia tandis qu'il ouvrait la porte, puis ils rejoignirent l'entrée de l'église. Des dizaines de cierges brûlaient dans la pénombre de la nef. Quelques projecteurs fixés sur les poutres apparentes étaient braqués sur les vitraux colorés des fenêtres.

— Je vous verrai peut-être à la messe, dimanche, dit le père James.

De l'épaule, il poussa la porte, et un vent froid s'engouffra à l'intérieur. Les flammes des cierges se mirent à danser dans tous les sens.

— J'y penserai, répondit Olivia.

Des doigts, il lui effleura le dos de la main.

— Appelez-moi lorsque vous aurez conversé avec Dieu.

Elle le regarda dans les yeux — des yeux bleus, au regard intense et sexy. En contraste flagrant avec ses paroles pondérées et pleines de piété.

— C'est promis, dit-elle.

Elle s'éloigna et sentit qu'il la suivait du regard alors qu'elle remontait le col de son manteau et marchait au milieu des flaques pour rejoindre sa camionnette. Comme elle se glissait derrière le volant, il la salua de la main. Elle fit de même, puis tourna la clé pour démarrer. Le vieux moteur toussota mais ne partit pas. Elle hésita, avant de réessayer. Avec succès. Elle put quitter le parking, rebondissant violemment au gré des nids-de-poule.

Son cœur battait trop vite.

Le père James l'avait touchée, et pas seulement physiquement. Non, c'était beaucoup plus profond.

« N'y pense même pas ! » se dit-elle, tout en jetant un coup d'œil dans le rétroviseur. Il était hors de question qu'elle éprouve de l'attirance pour un prêtre. Pas plus que pour un policier. Ils étaient l'un comme l'autre interdits. Totalement interdits.

Et s'il était là, son problème ? songea-t-elle, quelques minutes plus tard, en s'engageant sur l'autoroute. Elle n'était attirée que par des hommes avec qui aucun avenir n'était possible.

Alors, pourquoi n'as-tu pas parlé de tes visions au père James ? Pourquoi ne pas lui faire confiance ? Parce que tu as peur qu'il te prenne pour une cinglée, comme Bentz ?

De grosses gouttes de pluie se mirent à tomber, s'écrasant sur le pare-brise. Elle mit les essuie-glaces en marche. Elle ne pouvait pas se confier au prêtre. Pas tout de suite. Elle passerait pour une folle. Il savait déjà que son père avait fait de la prison et bientôt, sans aucun doute, elle devrait parler des multiples mariages de sa mère. Mais le reste — sa grand-mère qui pratiquait le vaudou tout en allant régulièrement à l'église, ou encore ses propres visions au cours desquelles elle était témoin de meurtres —, mieux valait le passer sous silence.

Quant à lui avouer qu'elle avait « vu » un prêtre commettre un assassinat, c'était parfaitement inimaginable.

20

Sainte Cécile.

Sainte Jeanne d'Arc.

Sainte Marie-Madeleine.

Les noms virevoltaient dans l'esprit de Bentz.

Tous différents. Et tous frappés sur une médaille qu'on avait chaque fois laissée sur le lieu du crime.

Pourquoi ?

Bentz était devant son ordinateur et consultait des pages consacrées aux différentes martyres. Il cherchait une signification à tout cela. Pivotant sur son fauteuil de bureau, il récupéra le tirage de la page sur sainte Cécile, patronne des musiciens et des poètes, entre autres. Il survola le résumé de sa vie, à Rome, pour en arriver au récit de ses dernières heures. Refusant de renier sa foi catholique, Cécile avait été condamnée à mort — d'abord par suffocation dans son *sudatorium*, un ancêtre du sauna, puis par décapitation. La légende disait que le bourreau s'y était pris à trois fois. La loi interdisant un quatrième coup, elle aurait agonisé durant plusieurs jours.

— Bon sang ! fit Bentz dans un souffle.

Les ressemblances avec la mort de la femme du bayou Saint-John étaient plus que frappantes — la salle de bains enfumée, la tête pratiquement désolidarisée du reste du corps après trois coups portés, détails que confirmaient aussi bien le légiste qu'Olivia Benchet. L'ordure qui avait fait ça s'inspirait du martyre qu'avait enduré sainte Cécile.

Et, dans sa vision, Olivia avait entendu l'assassin appeler sa victime Cécile…

Un désagréable sentiment d'irréalité enveloppa Bentz.

Pour la victime suivante, le décryptage ne posait pas de problème. Il savait que Jeanne d'Arc était morte sur le bûcher. Et le cadavre de la femme qu'on avait retrouvé au pied de sa statue, dans le Vieux Carré, avait été horriblement brûlé.

Restait Marie-Madeleine… et là, ça ne collait pas. Il n'avait rien trouvé ou presque sur sa mort ; il savait juste qu'on la considérait comme une pécheresse, probablement une prostituée — comme Cathy Adams, assassinée dans son appartement de Garden District. La jeune femme avait été rasée, et une forte odeur de patchouli flottait dans les lieux. Bentz parcourut le récit de la vie de Marie-Madeleine tel qu'il était livré par saint Luc dans le Nouveau Testament : elle avait lavé les pieds du Christ avant de l'oindre d'onguent.

De nouveau, cette impression d'irréalité.

Le tueur avait-il détourné cet épisode de façon grotesque ?

Le téléphone sonna. C'était le légiste qui appelait de la morgue.

— Les dossiers dentaires correspondent. La victime de la maison incendiée du bayou Saint-John est bien Stephanie Keller, annonça-t-il.

Cela faisait déjà un moment que Bentz avait acquis la conviction que le corps retrouvé là-bas était celui de la petite amie de Dustin Townsend.

— Certain ? demanda-t-il quand même.

— A cent pour cent. Elle avait reçu des soins dentaires, il y a quelques années. J'ai vérifié les radios, parlé au dentiste. C'est elle.

— Merci.

Bentz raccrocha et tapota de son stylo le calepin posé près du téléphone.

Il en était malade. Il avait vu pas mal de morts terribles, mais dans cette histoire on atteignait un degré d'horreur rare. Il s'agissait de crimes épouvantables perpétrés par une espèce de fanatique pervers, tordu. Un prêtre ? Non, c'était impossible.

En tout cas, il fallait mettre au plus vite la main sur ce salaud pour l'empêcher de recommencer.

Bentz reprit le cours de ses réflexions.

Qu'est-ce que les trois femmes assassinées avaient en commun, hormis le fait d'avoir trouvé la mort dans des circonstances aussi étranges qu'affreuses ?

Elles semblaient toutes avoir moins de trente ans. Deux d'entre elles étaient blanches ; Cathy Adams était métisse. Le tueur avait donc franchi les frontières raciales : une singularité qui n'était, cependant, pas une première.

Quoi d'autre ?

En attendant de découvrir qui se cachait derrière le corps déposé au pied de la statue de Jeanne d'Arc, Bentz n'avait que Cathy Adams et Stephanie Jane Keller pour comparer les styles de vie, les relations et les passés des victimes. Elles avaient toutes les deux un petit ami, même si l'on n'avait pas de nouvelles de celui de Cathy depuis des mois. Marc Duvall, qui était à la fois son mac et son copain, avait disparu de la ville autour de la date du meurtre. Il restait donc un suspect.

Les deux victimes identifiées vivaient seules, Cathy dans le Garden District, et Stephanie dans un appartement de Covington, à environ cinq cents mètres de chez son copain. Cathy était étudiante à Tulane et danseuse sexy. Stephanie travaillait dans une compagnie d'assurances et suivait des cours du soir à Loyola, juste à côté de l'université de Tulane…

Un lien ? Une coïncidence ?

Bentz mettait depuis longtemps un point d'honneur à ne pas croire aux coïncidences. Il nota ce détail, puis s'interrogea sur la dernière victime. Une autre étudiante des universités de Garden District ?

Et Olivia Benchet était elle-même étudiante à Tulane…

Il serra la mâchoire. Il n'aimait pas le tour que prenaient

ses pensées. L'idée qu'Olivia puisse être en contact avec le tueur ne lui plaisait pas. Mais alors pas du tout.

Et le prêtre, dans tout ça ?

« Le prêtre qu'Olivia est la seule à avoir *vu*… Non, ne saute pas aux conclusions, Bentz ! Il te faut un peu plus d'éléments pour croire que c'est un prêtre qui a tué ces femmes. »

Ça n'avait aucun sens.

Il parcourut de nouveau ses notes, s'intéressant notamment à celles qu'il avait prises durant ses entretiens avec Olivia. Il s'arrêta quand il arriva à la feuille de papier avec les lettres et les symboles étranges. Une autre sainte ? songea-t-il en plissant les yeux. Ou bien allait-il trop loin, se raccrochant à ce qu'il pouvait ? Pour quelle raison un prêtre irait-il assassiner des femmes en calquant ses meurtres sur le martyre de certaines saintes ? Ça ne voulait rien dire. Et pourquoi Olivia serait-elle capable de le voir commettre ses crimes ? Pourquoi et *comment* ? Quel était le lien ?

Bentz avait l'impression de passer à côté de quelque chose d'essentiel.

Il se passa la main sur le visage. Puis il revint à ses notes sur sainte Cécile. Rien de neuf. A ceci près que… Son estomac se crispa quand il nota la date à laquelle on célébrait la sainte. Le 22 novembre. Il retint son souffle. C'était ce jour-là que Stephanie Jane Keller avait été assassinée.

Le tueur avait accompli sa sale besogne un 22 novembre, non pas en référence à l'assassinat de JFK, mais parce que c'était le jour de la Sainte-Cécile.

— Fils de…

Fébrilement, Bentz reprit ses documents sur Jeanne d'Arc. Sa fête était célébrée le 30 mai — c'était ce jour-là qu'elle avait été brûlée sur le bûcher. Or le corps calciné avait été retrouvé au pied de la statue de Jeanne d'Arc le 31 mai dernier. Elle avait pu être tuée la veille. Le 30 mai.

Bon sang, à quel genre de malade avaient-ils affaire ? Et quand allait-il de nouveau frapper ?

Le souffle court, Bentz sentit son front se couvrir de sueur.

« Du calme ! lui souffla la voix de la raison. Tu es peut-être en train d'établir des liens qui n'existent pas, de tirer des conclusions exagérées. »

Tu parles ! Il savait qu'il avait vu juste. L'autre malade s'inspirait des saints du calendrier pour commettre ses monstruosités.

Bentz eut envie d'un verre, soudain. Et d'une cigarette.

Il ouvrit le tiroir de son bureau, celui du haut, et chercha un chewing-gum à la nicotine. Ce n'était pas la même chose ; ça ne lui donnait pas les sensations qu'il pouvait tirer d'une Camel. Mais il faudrait que ça fasse l'affaire. Pour l'instant. Quant à boire un coup, c'était hors de question.

Il se leva, récupéra son blouson, son insigne et son holster d'épaule. A l'accueil, il indiqua qu'il s'en allait et signala que Montoya devait le rappeler dès qu'il arriverait. Puis il sortit sous la pluie. Il laissa un message à son coéquipier sur son pageur tandis qu'il déverrouillait les portières de sa jeep. Il avait décidé de se rendre dans un endroit de la ville qu'il avait réussi à éviter pendant très longtemps.

L'esprit traversé par d'innombrables questions, il traversa la ville, exaspéré par la circulation beaucoup trop importante à son goût. Il était presque comique qu'il soit prêt à violer toutes les réglementations en matière de code de la route pour rejoindre au plus vite un lieu qu'il avait fui comme la peste. Les essuie-glaces chassaient des torrents de pluie, et la radio de la police crachotait son habituel mélange de messages et de parasites. Mais rien n'aurait pu détourner Bentz.

Un dernier virage, et il découvrit l'église. Un lieu de foi. Sa paroisse, s'il en avait une. Depuis qu'il avait emménagé à La Nouvelle-Orléans, il s'y était rendu cinq fois. Toujours avec Kristi. A Noël, à Pâques. Jamais entre les deux, et parfois même il avait sauté une année. Tout dépendait de ce qu'il éprouvait pour Dieu lorsque les vacances approchaient. Il stationna dans la rue et contempla la haute flèche de la cathédrale St. Luke's. Illuminée par des projecteurs installés au sol, elle montait à l'assaut du ciel et des nuages.

Quelle ironie, tout de même, que James ait atterri là ! La probabilité était infime…

A moins que ce soit James qui ait demandé sa mutation ici.

Là, ce serait le pompon ! Il s'était souvent demandé pourquoi son demi-frère avait été muté à La Nouvelle-Orléans.

Bentz empocha son trousseau de clés, et, sans se soucier de relever son col, il gagna la porte de l'église. Un jour, quelqu'un lui avait dit que Dieu était patient. Etait-ce vrai ?

La femme posait un sérieux problème.

L'Elu sentait sa présence. Elle allait finir par lui amener la police. Ce n'était plus qu'une question de temps, il le savait. Il savait aussi comment elle s'appelait. Olivia Benchet. Une soi-disant médium. Comme l'était sa grand-mère, une prêtresse vaudoue qui habitait au beau milieu des bayous.

Sur Virginia Dubois, l'Elu savait beaucoup de choses. Il avait mené ses recherches. Un travail nécessaire pour connaître ses ennemis. Comment espérer prendre l'avantage, sinon ?

Il se tenait sous le jet brûlant de la douche et il réprima son envie de rire en songeant à la police. Des niais. Des idiots. Malgré tout leur équipement sophistiqué, leurs réseaux informatiques, et aussi leurs effectifs, ils tournaient en rond. Il avait écouté la conférence de presse censée prévenir les habitants de la présence d'un tueur maniaque en ville ; il avait entendu qu'une force spéciale était en place et que de nouveaux détails seraient prochainement divulgués.

Une blague ! Jamais les flics n'oseraient dévoiler leurs cartes et en dire trop sur ce qu'ils avaient trouvé, de peur d'inspirer un *copycat* — ces tueurs qui en imitent d'autres —, ou de devoir se taper les aveux imaginaires de prétendus coupables.

Ils faisaient donc attention.

Et se révélaient vraiment stupides.

Il était en train de se raser, avec le soin habituel. Une première lame, une autre aussitôt après, et enfin une troisième, de sorte qu'il n'y avait aucune marge d'erreur. Des lames de rasoir neuves, chaque fois, qui le débarrassaient du moindre poil sans lui agresser la peau. Il commençait au niveau des tempes et descendait lentement sur son visage puis son cou, son torse et ses aisselles. Il passait partout où pouvait pousser un poil. Il faisait particulièrement attention autour de son sexe, puis prenait son temps pour ses jambes et ses pieds, regardant les poils disparaître dans le tourbillon de la douche.

Il avait installé un grand miroir près de la cabine, et à travers les cloisons vitrées il entrevoyait son image. Nu et propre, il avait la peau rougie par l'eau brûlante, sans un seul poil visible. Juste les muscles qui jouaient sur sa peau. Une musculature qu'il devait à un rameur, un marcheur et les haltères qu'il utilisait dans le cadre de son entraînement quotidien. Ses cheveux étaient mouillés, et il envisagea de les raser complètement. Il suffirait d'un seul cheveu trouvé sur une scène de crime pour le faire tomber. Mais un changement trop important de son apparence risquait aussi d'éveiller les soupçons. Et finalement la fierté et la vanité l'emportaient sur la prudence. Pour l'instant, donc, il garderait ses cheveux. Il les peigna avec soin, les plaquant sur son crâne.

Au sortir de la douche, il n'utilisa pas de serviette, mais laissa l'air froid sécher sa peau. Il avait trouvé sa prochaine victime. Le choix ne manquait pas, il y avait tant de pécheresses, mais celle-ci, la rousse, ferait parfaitement l'affaire. Il l'avait observée pendant des semaines, il s'était demandé si elle méritait le sacrifice, et quand il lui avait parlé, il avait su.

Pieds nus sur le parquet, il rejoignit son armoire et se pencha pour prendre la médaille. Une médaille très spéciale, avec sa chaîne.

Sainte Catherine d'Alexandrie.

La pensée de sa mission l'excita. Ce soir… avant minuit.

Il imagina la fille en train de le supplier pour qu'il l'épargne, priant, implorant, s'offrant à lui… Mais elle pourrait bien lui proposer tout ce qu'elle voudrait, son sang coulerait.

Il enroula la chaîne autour de son poignet et jeta un nouveau coup d'œil dans le miroir. Un autre sacrifice, et une bonne soirée en perspective.

Mais il devait quand même réévaluer la situation. La petite-fille de Virginia Dubois, la fille de cette pute de Bernadette, risquait de tout gâcher.

A moins qu'elle ne devienne l'une de ses martyres.

L'idée le fit sourire. Elle devait mourir ; elle représentait une menace réelle, et il avait des raisons personnelles d'abréger son existence, des raisons qu'elle ne pouvait pas encore comprendre. Il lui restait d'autres sacrifices à perpétrer, d'abord, mais… il allait revoir son calendrier pour pouvoir exécuter ce rite spécial.

Il y avait une sainte Olive de Palerme, dans le calendrier. Ça sonnait bien.

Ça sonnait même très bien.

21

— Il y a quelqu'un pour vous… un policier.

C'était Wanda, la secrétaire du père James, mince et toute fripée, avec ses grandes lunettes qui la faisaient ressembler à une chouette. Comme à son habitude, elle avait frappé à la porte du bureau en même temps qu'elle l'ouvrait.

Le prêtre la regarda par-dessus la monture de ses lunettes. Wanda s'humecta les lèvres avec nervosité.

— Il s'appelle…

Elle se tourna, et James entendit une voix masculine qu'il reconnut dans la seconde.

— Ah ! Oui, inspecteur Richard Bentz, annonça-t-elle en se tournant de nouveau vers lui.

James sentit sa poitrine se serrer. L'apaisante musique classique qu'il écoutait sembla disparaître. Qu'est-ce qui pouvait amener son demi-frère ici ? Il ne voyait qu'une raison, qu'il redoutait plus que tout. *Kristi*.

— Faites-le venir, dit-il en se détournant de l'écran de son ordinateur.

Le sermon de la semaine prochaine attendrait.

Quand Wanda s'écarta pour laisser entrer son visiteur, il se raidit malgré lui. Avec Bentz, toutes les conversations tournaient à l'affrontement.

— Mon père, dit Bentz avec un petit signe de tête.

Se levant, James parvint à esquisser un sourire.

— Merci, Wanda ! lança-t-il à la secrétaire, qui s'attardait.

Elle comprit le message et s'éclipsa, fermant la porte du

bureau sans un bruit. James tendit la main par-dessus le bureau, vaguement rassuré. S'il y avait eu un problème avec Kristi, il l'aurait probablement vu sur le visage de Bentz. Or l'expression de son demi-frère trahissait une certaine contrariété, mais pas de désespoir ni de douleur.

— Ça faisait longtemps. Comment vas-tu, Rick ?

Bentz lui serra la main fermement.

— Ça va.

Il s'assit sur l'une des chaises destinées aux visiteurs, et James se rappela combien il admirait son aîné quand ils étaient jeunes. Combien ils étaient proches. Rick avait toujours été très présent pour lui, durant leur enfance. Au fil des années, il lui avait appris à lancer au base-ball, à tirer à la carabine ou à piquer des bouteilles dans le bar de leur père. Rick se moquait souvent de la piété de James, ce qui ne l'avait pas empêché de donner une leçon à Freddy Mason et à ses copains, un jour qu'ils avaient commencé de se bagarrer avec James dans la cour du collège en le traitant de « tapette » et de « fils à sa maman ». Il avait flanqué une bonne dérouillée à Mason, rigolé en regardant les autres prendre leurs jambes à leur cou, puis il s'était tourné vers son demi-frère pour lui botter le derrière. Freddy avait raison, lui avait-il dit. Il n'était rien qu'un « fils à sa maman », et il avait intérêt à être plus discret avec toutes ces âneries sur Dieu et l'Eglise, sinon, la prochaine fois, il le laisserait se débrouiller tout seul. Il était temps aussi que James apprenne à se battre.

Une semaine plus tard, James avait demandé à Rick de lui enseigner quelques rudiments de boxe. Et l'année suivante, après avoir pris une quinzaine de centimètres et autant de kilos, il était capable de se défendre tout seul. Ils étaient très proches, alors. James avait toujours éprouvé un respect mêlé d'admiration pour son demi-frère, ce gamin costaud qui avait grandi sans connaître son propre père, un flic tué par balle dans l'exercice de ses fonctions.

Malgré leur grande complicité, James et Rick avaient pris

des chemins bien différents, jusqu'à ce que James finisse par trahir son frère aîné. Depuis, pas un instant il n'avait cessé de prier pour ça.

Il se rassit dans son fauteuil. Il se sentait fatigué.

— Et toi ? lui demanda Rick, sans le moindre sourire, comme s'il s'en fichait complètement. Ça va, en ce moment ?

— Je ne peux pas me plaindre.

Prenant une courte inspiration, James posa la question qui le tourmentait depuis des mois.

— Comment va Kristi ?

— Bien.

— Les études ?

Du regard, Bentz parut le défier.

Et il releva le défi.

— Elle est à All Saints ?

— Exact.

— Elle s'en sort ?

— Je te l'ai dit. Ça se passe bien.

— Elle rentre pour Thanksgiving ?

Il était avide d'informations, du moindre renseignement sur celle qui, quelques mois plus tôt, croyait encore qu'il n'était que son oncle.

— Ouais.

Bentz était crispé, comme s'il pensait, lui aussi, à ce qui s'était passé après qu'il avait tendu à Kristi la lettre de Jennifer. Il avait ensuite laissé un message sur le répondeur de James, pour lui expliquer qu'il avait fini par révéler la vérité à l'adolescente. James espérait que la blessure cicatriserait, mais il avait été déçu. Kristi l'avait rejeté. Quand il l'avait appelée, elle lui avait dit d'aller se « faire foutre ». Cette conversation unilatérale, aussi courte qu'enflammée, résonnait encore à ses oreilles.

— Ne m'appelle plus jamais, tu m'entends ? Tu n'es qu'un salaud d'hypocrite. Et je ne veux pas que tu pries pour moi. Je veux juste que tu me foutes la paix, que tu m'oublies !

Et elle avait raccroché. Il avait prié pour elle. Des heures. Il espérait qu'elle finirait par consentir à le voir, à l'écouter… Si seulement elle savait à quel point il l'aimait, combien il avait aimé sa mère… plus, peut-être, que Dieu. Quand Jennifer lui avait annoncé qu'elle était enceinte de lui, il avait proposé de quitter la prêtrise ; il était prêt à affronter la colère de son frère, la fureur de Dieu, à accepter même l'excommunication. Mais elle avait refusé. Elle ne pouvait accepter le scandale. Ils avaient donc caché la vérité pendant un temps. A présent, il éprouvait de la honte et ce sentiment de culpabilité qui lui était si familier.

Rick le fixait toujours.

— Je ne suis pas venu pour parler d'elle, dit-il d'un ton brusque.

James hocha la tête, tâchant d'ignorer ce vide qu'il éprouvait chaque fois qu'il pensait à Kristi.

— Je sais. Et ça me soulage, quelque part. En te voyant apparaître, j'ai eu peur qu'il lui soit arrivé quelque chose.

— Non, il ne s'agit pas de ça.

— D'accord, mais…

Ouvrant les mains, il se demanda comment il pourrait jamais combler le fossé qui les séparait. « Avec l'aide de Dieu », s'était-il répété encore et encore. Mais, pour quelque raison, le Seigneur n'avait pas jugé bon d'intervenir pour réparer les liens distendus de leur petite famille. Et ça aussi, c'était la faute de James. Car il n'avait jamais oublié Jennifer, et des années après la naissance de Kristi, ils avaient de nouveau péché ensemble.

Il s'éclaircit la gorge.

— Je m'inquiétais. Tu sais bien que Kristi ne répond à aucune de mes lettres, aucun de mes mails.

— Alors, laisse tomber, James ! répliqua Bentz.

— Mais…

— Je t'ai dit de laisser tomber. Si elle veut entrer en contact avec toi, elle le fera. En attendant, laisse-la tranquille.

— J'ai prié et…

Bentz soupira avec mépris, comme pouvaient le faire les impies. James ne tirait aucun sentiment de supériorité de sa propre foi. Cela aurait été un péché. Surtout avec son frère, qu'il avait blessé si durement dans le passé.

Rick Bentz avait été un modèle pour James. Un frère aîné qu'il avait admiré et imité. Jusqu'à ce qu'il rencontre Jennifer. Jusqu'à ce week-end qui avait changé leur vie pour toujours.

— Je suis ici pour le travail, annonça Bentz en se penchant vers le bureau. Je t'explique la situation. On a un autre malade en liberté, un tueur en série.

— J'ai entendu parler de ça, oui.

— Il y a un certain nombre de choses dont, normalement, je n'ai pas le droit de parler. Des détails qu'on ne révèle pas au public. On va donc dire que je suis ici pour me… confesser, ou ce que tu voudras.

Il eut un geste de la main, comme pour signifier que cela n'avait pas d'importance.

— Je tiens juste à être sûr que, si je t'en parle, ça ne sortira pas d'ici, d'accord ? C'est entre toi, moi et Dieu.

— Si c'est ce que tu souhaites.

— C'est ce que je souhaite, oui.

Rick était sérieux, mortellement sérieux. Son expression sombre, déterminée était celle qu'il avait toujours avant un match de boxe. Et il l'avait aussi quand il avait écrasé son poing sur le nez de James. Celui-ci n'avait pas vu venir le coup. Il ignorait alors que Jennifer avait avoué à Bentz qu'elle portait l'enfant de son demi-frère. Après ce coup de poing, un fossé s'était creusé entre eux. James avait tenté de renouer des liens, de jouer le rôle d'oncle pour son propre enfant, mais Rick n'avait accepté qu'à contrecœur, probablement dans le seul but de cacher la vérité à Kristi et de la protéger.

— Tu peux compter sur moi.

Bentz hocha la tête sans faire le moindre commentaire.

— Pour ce que nous en savons, expliqua-t-il, le tueur aurait frappé à trois reprises. Mais il y a peut-être d'autres victimes. Visiblement, il ne s'en prend qu'aux femmes. Leur seul point commun, c'est d'avoir été tuées le jour de la célébration d'un saint ou d'une sainte.

— Quoi ?

— Tu as très bien entendu. Et en plus, la façon dont elles meurent rappelle chaque fois le martyre de la sainte du jour.

— Seigneur ! chuchota James en se signant. Mais dans ce cas, reprit-il, il pourrait y avoir des dizaines… des centaines de victimes.

Il désigna le calendrier posé sur son bureau.

— Aujourd'hui, par exemple, on célèbre sainte Catherine d'Alexandrie, patronne des philosophes, des étudiants et des pasteurs.

Bentz regarda le calendrier et demanda :

— Comment est-elle morte ?

— De façon horrible. Comme tous les martyrs, à vrai dire. Voyons…

Il fit tourner son fauteuil et chercha un livre dans la bibliothèque qui se trouvait derrière lui. C'était un volumineux ouvrage entièrement consacré aux saints. Ce que Bentz suggérait était odieux, non seulement pour les victimes, mais aussi pour l'Eglise.

James chaussa ses lunettes et ouvrit le livre. Il consulta la table des matières, puis feuilleta le gros volume jusqu'à ce qu'il ait trouvé ce qu'il cherchait.

— Nous y voilà ! dit-il en poussant le livre vers son frère.

Il vit Bentz pâlir à mesure qu'il lisait.

— Attachée à une roue hérissée de pointes ?

— C'est l'idée, oui.

— Bon sang ! Ses liens se sont miraculeusement dénoués et les pointes ont jailli pour aller aveugler ses bourreaux.

— Et on l'a alors décapitée.

Bentz hocha la tête.

— Lorsque son sang a jailli, il était blanc comme du lait, ajouta James. Et tout ça parce qu'elle avait commis le péché de convertir des gens au christianisme.

Croisant les mains, il se pencha vers son demi-frère.

— Si le tueur que tu cherches s'inspire du martyre des saints pour commettre ses meurtres, tu as du pain sur la planche, je le crains. Il y a des centaines… des milliers de saints.

James réprima un frisson.

— C'est inimaginable, dit-il.

— Beaucoup d'actes inimaginables ont été commis au nom de Dieu.

— Je le sais.

— Tu veux bien me prêter ce livre ?

— Bien sûr ! Si ça peut t'aider.

— Merci. Maintenant, j'ai un document à te soumettre. Je voudrais que tu m'aides à l'interpréter.

— Je vais essayer.

Bentz sortit de sa poche une feuille de papier.

— Est-ce que ça t'évoque quelque chose ? demanda-t-il. Ces lettres et ces signes ont-ils un rapport avec un saint ?

James remonta ses lunettes sur son nez. A première vue, les lettres et les symboles qu'il avait sous les yeux ne signifiaient rien.

— Tu pourrais m'en dire un peu plus ?

— Je pense que c'est lié à un saint ou une sainte qu'on célébrerait pendant l'été. Probablement en août. Peut-être en juillet.

— Philomène ! dit soudain James, alors que les lettres se mettaient en place.

Il reprit le livre, mais, alors qu'il le feuilletait, il savait déjà ce qu'il allait trouver.

— *LUMENA, PAXTE, CUM FI.* C'est du latin. On a trouvé ces mots peints en rouge sur des dalles en terre cuite placées devant le tombeau de sainte Philomène. Si on change l'ordre des mots, ça peut donner « *Pax tecum, Filumena* », ce qui signifie : « La paix soit avec toi, Philomène. »

— Et les symboles ?

— Egalement sur les dalles. Ils sont sujets à interprétation, et même à caution. La tombe de cette jeune Romaine a été découverte en 1802, et certains émettent des doutes sur les circonstances de cette découverte. Enfin, en plus des lettres, les inscriptions sur les dalles étaient un lis, une palme, des flèches, une ancre et un fléau. Tiens, regarde ici, dit James en pointant la feuille du doigt. Voilà le lis, qui est symbole de pureté et qui indique que Philomène était vierge. La palme symbolise le triomphe des martyrs, et les armes rappellent les tortures qui lui ont été infligées.

Il désigna les flèches.

— Et ces lignes ondulées au-dessus des flèches sont censées représenter le feu. Mais bien sûr tout cela n'est que spéculations, puisqu'on n'a aucun document d'époque sur elle. On a aussi trouvé à l'intérieur de la tombe une petite fiole de sang séché, dont on a présumé que c'était le sien.

— Son sang ? Pourquoi ?

James haussa les épaules.

— C'est le mystère de sainte Philomène. On ne sait rien d'elle, on ignore qui elle était. Bien qu'elle ait des fidèles, l'Eglise a commencé d'évoluer à son sujet — je crois même qu'elle l'a supprimée du calendrier au début des années soixante. Puis elle a bénéficié d'un regain de ferveur, du moins avec certains de ses adeptes qui invoquent son nom dans toutes sortes de circonstances.

— Elle a fait des miracles ? demanda Bentz, sans chercher à cacher son scepticisme.

— Exact, répondit James en lui rendant la feuille. Ce sont certaines de ses interventions qui ont permis sa canonisation.

— Elle a exaucé des prières, tu veux dire ?

— Oui.

— Elle a déjà exaucé l'une des tiennes ? demanda Bentz en se levant et en fourrant la feuille de papier pliée dans sa poche.

— Je ne lui ai encore rien demandé. Bon, je peux faire autre chose pour toi ?

— Oui, dit Bentz en se dirigeant vers la porte. Prier.

— Je le fais toujours.

Bentz s'arrêta net. Il jeta un coup d'œil par-dessus son épaule et posa sur James un regard dur.

— Je n'ai pas de problème, James. Je peux me passer de tes prières.

— Les mauvaises habitudes ont la vie dure, répliqua James en contournant le bureau. Surtout, préviens-moi si tu as encore besoin d'aide.

— Je n'y manquerai pas.

Bentz posa la main sur la poignée de la porte.

— Et s'il te plaît…, ajouta James. Transmets tous mes vœux de réussite à Kristi.

Bentz se retourna pour lui faire face.

— A quoi bon ? Elle connaît la vérité. Laisse-la gérer. C'est déjà assez dur pour une gamine d'apprendre que l'homme qui l'a élevée n'est pas son vrai père. Si tu ajoutes à ça le fait que son vrai père se révèle être celui qu'elle prenait pour son oncle, et que le type en question est un prêtre… tu comprendras que ça fait beaucoup pour une seule personne.

— Oui… je sais… mais je…

La même vieille angoisse revenait torturer James.

— Je t'ai dit que j'étais désolé, reprit-il. J'ai parlé au Seigneur. Si je pouvais faire quoi que ce soit pour…

— Pour quoi ? coupa Bentz avec colère. Pour revenir en arrière ? Et tu ne coucherais pas avec ma femme ? Tu ne la mettrais pas enceinte, et Kristi ne verrait pas le jour ?

Il s'arrêta et parut se détendre.

— Oublie ça, James. Et la prochaine fois, laisse-moi me charger de la prière. Qu'est-ce que tu en dis ? Je vais prier pour toi, d'accord ? Tu en as nettement plus besoin que moi.

Sur ces mots, il fit volte-face et sortit du bureau.

James était séminariste quand il avait rencontré Jennifer. Un week-end, pendant l'absence de Rick, ils étaient allés à la plage tous les deux. Aujourd'hui encore, il gardait le souvenir de la chaleur brûlante du sable et du goût de l'eau salée sur la peau de Jennifer. Ces souvenirs étaient comme imprimés en lui, et ils avaient resurgi, plus vivaces que jamais, quand elle s'était de nouveau offerte à lui, des années plus tard, alors que son mariage était en train de craquer. Elle n'en pouvait plus d'être mariée à un flic qui, après avoir tué un gamin du même âge ou presque que Kristi, avait sombré dans l'alcoolisme... James avait cherché à la réconforter, et il avait fini dans son lit, le lit même qu'elle partageait avec son demi-frère.

Malheureusement, Rick était passé chez lui de façon inopinée.

Un mois plus tard, Jennifer Nichols Bentz mourait. S'était-elle suicidée ? James avait tout lieu de le penser, même si cette mort avait été déclarée accidentelle. Car les antidépresseurs et l'alcool ne suffisaient pas à expliquer pourquoi son véhicule avait quitté la route pour aller s'encastrer dans un arbre.

James sentit sa gorge se serrer. Comment s'étonner que son frère le haïsse ? Kristi avait raison. Il n'était qu'un hypocrite. Alors qu'il aurait dû se détourner de la prêtrise, il avait passé les dix-huit dernières années à implorer le pardon du Seigneur.

« Tu n'as pas pu la laisser tranquille, hein ? Tu n'as pas pu résister. Et elle est morte. C'est non seulement toi que Dieu a puni, mais aussi ton frère et ta fille. »

On frappa tout doucement à la porte, et il leva les yeux. Il s'attendait à ce que Bentz ait oublié quelque chose. Il découvrit le père O'Hara, qui entra dans le bureau. C'était un homme grand et élégant, à la voix douce, avec un maintien qui le distinguait de ses pairs. Il était vêtu d'une aube ordinaire.

— Tout va bien ? demanda-t-il en fermant la porte derrière lui.

Cette bonne blague ! pensa James. Tout allait mal, en réalité.

— Je suppose, répondit-il.

— Mme Landry m'a dit que la police était ici.

Evidemment ! Wandra Landry s'était sentie obligée d'aller

colporter la nouvelle. C'était une commère qui semblait tirer un plaisir tout particulier du malheur des autres.

— Le policier en question est mon demi-frère.

— Oh ! fit le prêtre en fronçant pensivement les sourcils. J'ignorais que vous aviez de la famille dans la région.

— Nous ne sommes pas très proches.

A qui la faute ?

— Cela changera peut-être…

— Peut-être, murmura James sans autre commentaire.

Il ne tenait pas à parler de sa famille. Le père de Bentz, un policier, avait été tué dans l'exercice de ses fonctions. Sa femme avait épousé par la suite son coéquipier, qui avait traité Rick comme son propre fils. Il lui avait laissé le nom de son père biologique — un cadeau, mais aussi, rétrospectivement, un fardeau.

— Il n'y a donc pas de problème ? demanda O'Hara en esquissant un sourire prudent.

A plus de cinquante ans, le père O'Hara faisait régulièrement de l'exercice, si bien qu'il n'avait pas une once de graisse. C'était quelqu'un de sincère, quoique assez distant. En vérité, James en savait très peu sur cet homme avec qui il travaillait depuis des années.

— Pas de problème.

— Bien… bien… Je vous verrai plus tard.

Comme s'il ne voulait vraiment pas entendre de mauvaises nouvelles, le prêtre leva la main et quitta la pièce. James se retrouva seul dans la douce lumière verte de sa lampe de banquier. La musique de fond, les notes d'un violoncelle, flotta de nouveau jusqu'à lui. Il essaya de prier, mais n'y trouva aucun réconfort. Il se leva et s'approcha de la fenêtre, perdant son regard vers le ciel sombre et lugubre. Le vent avait commencé de souffler, et la branche d'un magnolia qui se trouvait près de l'entrée du bâtiment s'agita contre l'église, comme si Dieu donnait des petits coups contre les murs pour lui rappeler qu'Il surveillait. Qu'Il savait.

Posant son front sur la vitre, il tenta de visualiser le

monstre qui hantait les rues de la ville. Un homme qui assassinait des femmes en leur faisant endurer le martyre subi autrefois par certaines saintes. C'était ignoble. Quel esprit malade était capable d'imaginer de telles choses ? Et pourquoi, Dieu du ciel ?

Il sentait que son frère ne lui avait pas tout dit, loin de là. Et il fallait que la menace soit grande pour que Rick soit venu le trouver.

Ou peut-être était-ce un message que lui adressait Dieu. Il aurait amené Rick jusqu'à l'église afin de lui montrer qu'on avait besoin de lui.

Il alla chercher dans la bibliothèque un livre usagé, consacré aux saints. Les pages étaient si fines qu'elles en étaient presque transparentes.

Il s'assit sur le bord du bureau et feuilleta le volume illustré de nombreuses gravures. Les saintes y apparaissaient douces et belles, vertueuses, désirables…

Comme Olivia Benchet.

Mais pourquoi ne parvenait-il pas à la sortir de ses pensées ? Depuis leur dernière rencontre, il avait dû songer à elle une bonne dizaine de fois. Il avait évoqué son image ; il avait même caressé des pensées indignes d'un homme de Dieu.

Il baissa de nouveau les yeux sur son livre. Olivia était aussi belle que beaucoup des saintes figurant dans le volume qu'il avait en main.

Ça suffit !

Il ferma le gros livre en le faisant claquer… pour aussitôt se demander s'il reverrait Olivia. Les battements de son cœur s'accélérèrent à la perspective d'une nouvelle rencontre, même très brève. Elle était l'innocence mêlée à une douce séduction teintée d'un soupçon de péché ; elle était l'une des rares femmes capables de creuser une brèche dans le mur qu'il avait édifié autour de son cœur.

Lui-même se savait plutôt séduisant. On le lui avait dit assez souvent. Il avait eu droit aux plaisanteries sur le gâchis que représentait son vœu de célibat. Certaines femmes s'étaient même demandé s'il n'était pas homosexuel. Et puis il y avait les autres, les plus vulnérables. Dans son rôle de conseiller, pour celles qui étaient dans le chagrin ou le deuil, il avait eu cent fois l'opportunité de briser son vœu. Il avait vu défiler de jeunes veuves en quête de force et de réconfort, des femmes rejetées par leur petit ami ou leur époux et qui cherchaient quelqu'un pour leur prouver qu'elles étaient encore attirantes, de petites allumeuses trop sûres d'elles qui ne voyaient en lui qu'un défi et un trophée de plus à ajouter à leur tableau de chasse. Chaque fois, à chaque tentation, il avait résisté. Même quand l'appel de la chair avait été si fort qu'il devait passer des heures à prendre des douches froides ou à s'agenouiller sur le sol glacé, devant l'autel, priant pour trouver la force de tenir. Chaque fois, il avait réussi.

Sauf avec la femme de son demi-frère.

Il ferma les yeux et, comme toujours, malgré les années, il éprouva de la honte.

Quelques jours plus tôt, il avait assez d'orgueil pour penser que rien ne pourrait jamais plus troubler sa chasteté.

Mais Dieu lui avait prouvé une fois de plus qu'il était un homme fragile, faible.

Il avait suffi qu'il plonge son regard dans les yeux couleur or d'Olivia Benchet. A présent, il craignait fort d'être condamné à pécher de nouveau.

22

— … oui, c'est ça, oui, sainte Philomène, le 11 août, confirma Bentz.

Il était à bord de sa jeep, son téléphone portable collé à l'oreille.

— Il faudrait vérifier dans toutes les universités si des étudiantes ont été signalées absentes autour de cette date.

Ça ne lui plaisait vraiment pas d'établir ce lien entre les différentes victimes. Des étudiantes. Comme Kristi. Kristi, qui n'était pas très loin de La Nouvelle-Orléans. Il était mort de trouille.

— J'ai commencé à me renseigner, lui répondit Montoya. Mais vous croyez vraiment à cette histoire de fêtes ?

— Je suis prêt à parier le flingue de service de mon père là-dessus.

— Nom de Dieu !

Depuis qu'il avait quitté St. Luke's, Bentz avait passé les trois dernières heures à examiner les pistes possibles dans le meurtre de Stephanie Keller. A présent, il roulait dans le Vieux Carré.

— J'ai parlé au mécano qui s'est occupé de Stephanie Jane Keller après que son copain l'avait laissée chez le concessionnaire. Il a bossé jusqu'à 21 heures — ils travaillent tard —, et à 21 h 30 il était chez lui avec sa femme et ses gamins. Il ne se rappelle rien, sinon le fait qu'elle était pressée parce qu'elle avait cours. Un cours auquel elle n'a pas assisté si l'on en croit le prof. Jusque-là, donc, le mécano est la dernière personne à l'avoir vue vivante.

— Merde !

Cela reflétait exactement la pensée de Bentz.

— J'ai passé des coups de fil à un certain nombre de ses amis. Ils sont tous persuadés qu'elle devait aller en cours et nulle part ailleurs, ce qui semble en partie confirmé par le fait que les bouquins et le classeur relatifs à ce cours ne se trouvent ni chez elle ni dans sa voiture. J'ai parlé aux collègues qui ont examiné ses affaires. On a vérifié les alibis de tous ses amis, y compris son dernier petit copain, celui qui a précédé Townsend. Ils ont rompu parce qu'il avait été muté à Boston. Il est hors de soupçon.

— Super ! maugréa Montoya d'une voix étouffée, comme s'il tirait sur une cigarette. Et la voiture ?

— On s'en occupe. Recherche d'empreintes, de sang, de fibres, cheveux. La totale.

— Ça va peut-être nous apprendre quelque chose.

— J'en doute. Je pense plutôt que notre homme a attendu qu'elle fasse à pied le trajet entre le concessionnaire et l'université, soit cinq blocs. Puis il l'a enlevée. Peut-être même qu'il a proposé de la déposer. J'aurais tendance à penser que sa victime le connaissait. Qu'elle avait confiance. J'ai une liste des autres élèves du cours. Je suis en train de les contacter pour savoir si quelqu'un l'a vue. Ils ne font pas l'appel, là-bas.

— Dommage.

— Ouais, murmura Bentz, les yeux fixés droit devant lui, dans la nuit.

Il n'y avait toujours pas le moindre élément nouveau sur la mort de Stephanie Jane Keller, et chaque heure qui passait rendait plus difficile, voire improbable, la résolution du crime. Où Stephanie avait-elle croisé son agresseur ? Que s'était-il passé ? Comment l'avait-on transportée dans la *shotgun house* du bayou Saint-John ?

— Tiens-moi au courant, dit Bentz. Je vais passer voir

à WSLJ s'ils n'ont pas reçu des appels bizarres. J'ai aussi l'intention de me pencher sur ma théorie des jours de fête des saints. J'aimerais vérifier si des disparitions ont été signalées cet été ou au début de l'automne, et quels jours.

— Vous pensez que le Tueur au rosaire est de retour ? demanda Montoya.

— Je ne sais pas. En tout cas, je n'aime pas trop le lien entre les meurtres et l'Eglise catholique. Ça pue le déjà-vu. Et puis quelles sont les probabilités ? Les tueurs en série sont plutôt rares, et ce gars nous laisse chaque fois sa carte de visite, pour ainsi dire.

— Mais la signature est différente, fit remarquer Montoya.

Puis il poussa un juron, et Bentz entendit un coup de Klaxon à l'autre bout de la ligne.

— Je sais. Mais je ne dis pas que le bonhomme est chaque fois le même. Je pense plutôt à la possibilité qu'ils se connaissent.

— Comment ça ?

— Un mentor, ou quelque chose de ce genre.

— Hé ! Vous ne trouvez pas que vous y allez un peu fort, là ?

— Possible. Seulement, j'ai du mal à croire qu'il puisse y avoir deux tueurs en série dans la même ville, liés d'une manière ou d'une autre à l'Eglise catholique, et qu'ils ne se connaissent pas.

— Ce n'est quand même pas pareil que s'ils appartenaient au même club de golf.

— Non ? Eh bien, explique ça au profileur, au FBI, et parles-en aux gens qui essayent de déchiffrer les foutues inscriptions de la crypte de sainte Philomène.

— Vous avez raison. Bon sang, cet enfoiré m'a fait une queue-de-poisson !

Il y eut un bruit étouffé. Quelques paroles plutôt crues. Puis Montoya revint.

— Devinez un peu qui m'a appelé, aujourd'hui !

Bentz tourna sur la gauche.

— Je donne ma langue au chat. Qui ?

— Marlene, la secrétaire d'Oscar Cantrell. Vous vous rappelez ? Je crois que mon petit blabla sur l'obstruction à la justice a fait son effet… En tout cas, elle m'a refilé le numéro du portable de Cantrell. Je lui ai laissé un message. Jusque-là, il ne m'a toujours pas contacté.

— Essaye encore.

— J'y compte bien, dit Montoya. Vous savez, Bentz, si on a bien un malade qui tue des femmes les jours où l'on célèbre des saintes, on est mal. Le calendrier en est plein.

— Il faut qu'on l'arrête, alors.

Bentz aperçut le bâtiment où se trouvaient les bureaux et studios de WSLJ, et il s'arrêta sur une zone de livraison. Il était tard et, de toute façon, il s'en foutait. Il pénétra dans le bâtiment, prit l'ascenseur et tomba sur un garde. Sa présence rappelait que, quelques mois plus tôt, la station de radio avait été la cible d'une campagne de terreur et d'un tueur qui faisait une fixation sur le Dr Sam, l'animatrice vedette.

— L'heure des visites est passée, déclara le garde d'un ton bourru.

Bentz ouvrit l'étui qui contenait son insigne et sa carte.

— Je cherche Samantha Leeds.

— Elle n'est pas là.

Le garde ne bougea pas d'un centimètre.

— C'est bon, Charlie, fit une voix derrière lui.

Bentz jeta un coup d'œil par-dessus l'épaule du type, et il découvrit une femme toute mince, à la taille de guêpe, aux cheveux noirs coupés court et aux traits anguleux.

— Je suis Trish LaBelle, inspecteur. Je vous reconnais, j'ai vu votre photo dans le journal…

Elle se tourna vers le garde.

— C'est le policer qui a résolu l'affaire du Tueur au rosaire, expliqua-t-elle avant de revenir à Bentz. Sam ne commence son émission qu'à 23 heures et elle n'est pas encore arrivée. Je peux peut-être vous aider. Vous savez, j'aimerais beaucoup vous interroger sur notre antenne, surtout maintenant qu'il y a un autre tueur… Car il s'agit bien de cela, n'est-ce pas ?

Elle plissa les yeux, et Bentz devina qu'elle réfléchissait intensément.

— Attendez un peu…, reprit-elle. Pourquoi voulez-vous voir Samantha ? C'est lié à l'affaire du Tueur au rosaire ?

Elle claqua des doigts.

— On n'a jamais retrouvé son corps, hein ? J'y suis ! Le Tueur au rosaire est de retour. Il a ressuscité !

Au lieu de paraître horrifiée par cette perspective, elle semblait dévorée de curiosité.

— Je vous en prie, inspecteur, accordez-moi une interview !

— Pas maintenant.

— Demain soir ? Après-demain soir ? Il faut que j'annonce votre venue tout au long de la journée et…

— Je ne crois pas que ce soit possible.

— Promettez-moi au moins d'y réfléchir…

— Vous pourrez dire à Samantha que je suis passé ?

— Inspecteur Bentz ! lança une voix féminine dans son dos.

Il se tourna et découvrit Samantha Leeds. Elle repoussa ses cheveux roux de son visage, et lui sourit.

— Ça me fait plaisir de vous voir. Qu'est-ce qui vous amène, inspecteur ? Besoin de conseils gratuits à l'antenne ?

— Peut-être plus tard, marmonna-t-il. J'ai besoin de vous parler, si vous avez une minute.

— J'ai toujours une minute pour mon policier favori, répliqua-t-elle, le regard brillant.

Elle l'entraîna dans le labyrinthe des couloirs de WSLJ. Ils longèrent les cabines vitrées des studios, jusqu'à la petite salle qui faisait office de cantine. Elle laissa tomber son sac sur une table ronde et s'assit sur une chaise en plastique.

— Sérieusement, j'aimerais savoir comment ça va, avant que vous me disiez ce qui vous amène.

— Je n'ai pas à me plaindre.

— Vraiment ?

— Et vous ?

— Pareil. Je vais me marier, annonça-t-elle avec un sourire. Le mois prochain. Vous allez recevoir le faire-part et l'invitation.

— Il me semblait pourtant que vous aviez renoncé aux hommes !

— Ça, c'était avant de rencontrer Ty. Qu'est-ce que je peux dire ?

— « Oui », quand vous serez devant l'autel…

Elle se laissa aller contre le dossier de sa chaise.

— C'est incroyable : ce genre de chose arrive très souvent quand on est sur le point de renoncer à jamais au sexe opposé. On rencontre quelqu'un. Méfiez-vous : ça risque de vous tomber dessus.

Bentz songea à discuter, puis il se ravisa.

— Je vais vous croire sur parole. Après tout, c'est vous la psy. Alors, comment va Ty ?

Le sourire de la jeune femme s'épanouit.

— Il est en train de terminer son livre sur le Tueur au rosaire. Il a prévu de l'envoyer la semaine prochaine à son agent.

Elle soupira.

— Après ça, il pourra enfin penser au mariage… Mais j'imagine que vous n'êtes pas venu ici pour savoir quel traiteur j'ai choisi ni combien de demoiselles d'honneur j'aurai à mon côté. Que se passe-t-il ?

Se penchant en avant, il posa les coudes sur la table.

— Je me demandais si vous aviez reçu des appels étranges, ces derniers temps.

— Plus étranges que d'habitude ? Non, je ne crois pas. Vous savez, les gens qui décrochent leur téléphone à 2 ou 3 heures du matin sont toujours un peu bizarres.

— Je pensais à des coups de fil dans le même genre que ceux du père John, cet été.

— Non.

Le visage de Samantha était devenu grave, soudain.

— Pourquoi ?

Bentz évoqua dans les grandes lignes la récente série de meurtres. Il remarqua que Trish LaBelle rôdait près de la porte et ne manquait pas un mot de leur conversation. Il décida de l'ignorer et poursuivit :

— Le mode opératoire et la signature diffèrent légèrement de ceux du père John, mais j'ai le sentiment qu'il y a un lien. Les tueurs en série ne courent pas les rues. Or, voilà que moins de six mois après le premier, on en a un second. Il est même possible qu'ils aient opéré presque au même moment. Ça ne peut pas être une coïncidence.

— Vous pensez à un *copycat* ?

Trish se décida à entrer dans la pièce.

— Il pense que le père John n'est peut-être pas mort dans les marais.

Elle prit une chaise et s'assit avec eux.

— Excusez-moi. J'aimerais pouvoir dire que j'ai surpris votre conversation, mais en fait j'écoutais.

— Formidable..., marmonna Samantha.

Bentz se rappela que ce n'était pas le grand amour entre les deux femmes. Elles avaient travaillé sur des émissions concurrentes, dans des radios différentes, et puis, l'été dernier, Trish avait quitté son navire pour rejoindre WSLJ. A première vue, leurs relations ne s'étaient pas améliorées.

Trish ignora le commentaire de Sam.

— Je dois vous avouer, inspecteur Bentz, que je trouve ces histoires macabres fascinantes.

— C'est parce que tu n'es pas directement impliquée, déclara Samantha.

Bentz, lui, avait plissé les yeux et regardait fixement Trish.

— Vraiment ? lui dit-il. Vous trouvez ça intéressant ?

— Mmm, fit-elle.

Elle croisa ses jambes minces et se pencha pour mettre un coude sur la table, le menton posé dans la paume. Elle se trouvait ainsi entre Samantha et Bentz.

— En vérité, j'adorerais vous accompagner sur les scènes

de crime, inspecteur. Examiner les indices… ce genre de choses, quoi.

— Vous savez, on est parfois confronté à des situations pénibles — des horreurs, même. Certains flics, même aguerris, ont du mal à le supporter.

— Je pense être assez forte, déclara-t-elle en battant des cils, un sourire faussement timide aux lèvres.

Elle était pratiquement en train de le supplier — elle lui faisait même un petit numéro de séduction. Rien de tout cela n'avait échappé à Samantha. Bentz songea au corps mutilé et calciné de la dernière victime ; il était prêt à parier deux semaines de salaire que Trish LaBelle s'évanouirait à la seule vue d'un cadavre.

— Ce serait intéressant et riche d'enseignements, reprit-elle. Cela pourrait me servir dans mon émission, d'une manière ou d'une autre.

— Je ne pense pas, non.

— Je devrais appeler Eleanor Cavalier. Je suis certaine qu'elle approuverait.

— Ne vous donnez pas la peine de contacter votre chef des programmes, dit Bentz, résolu à clore le sujet. Ça ne se fera pas. Il y a des règlements.

Mais il en fallait plus pour décourager Trish.

— J'ai lu des articles à votre sujet, Bentz. Ce n'est pas votre genre de suivre les règlements à la lettre.

— Il a dit « non », Trish ! intervint Samantha. Tu veux qu'il te l'écrive ?

— Ce que je veux, c'est l'interviewer dans mon émission, d'accord ?

Sam soupira et interrogea Bentz du regard.

— Je verrai ça, répondit-il évasivement.

Il se leva.

— Prévenez-moi si vous recevez des appels perturbants.

— Elle a quelque chose à craindre ?

— Tout le monde a quelque chose à craindre dans cette affaire. Je ne dis pas que le tueur est le même que cet été — mais je n'en suis pas sûr non plus. Ce que je sais, c'est qu'il y a un malade en liberté, quelqu'un de dangereux, et qu'il faut absolument le trouver.

— D'accord. C'est pour cette raison que vous devriez venir à mon émission, dit Trish. Pour mettre les gens en garde.

— Nous avons déjà fait une conférence de presse.

— Je sais. Mais par mon intermédiaire vous toucheriez davantage de monde. L'interview serait diffusée plusieurs fois tout au long de la journée, y compris dans l'émission de Sam. WSLJ a beaucoup d'auditeurs.

— Ce qu'ils entendront dans vos journaux d'informations suffira.

— Certains ne les écoutent pas ! Promettez-moi juste d'y réfléchir, inspecteur.

Entendu. J'y penserai. Mais ne vous faites pas trop d'illusions. Et vous, Samantha, si vous recevez le moindre coup de fil suspect, prévenez-moi.

— Elle se fera virer si elle fait ça ! lança Trish avec un sourire ambigu.

Sam l'ignora.

— Vous serez le premier à savoir. Merci d'être passé. Et je compte sur vous, pour le mariage.

— Je ne manquerais ça pour rien au monde ! assura Bentz en quittant la jeune femme.

C'était un mensonge, évidemment. Sa propre expérience du mariage l'avait rendu plus que sceptique sur la question. S'il souhaitait à Samantha et Ty Wheeler tout le bonheur du monde, il ne croyait pas à la réussite d'un couple. Absolument pas.

Olivia sortit de la baignoire. Il faisait chaud dans la salle de bains. Elle se sécha avec une grande serviette, puis se passa de l'huile sur tout le corps. La journée avait été longue. Epuisante. Forte en émotions. Malgré sa fatigue, elle songea aux différents face-à-face qu'elle avait menés :

avec sa mère, avec Bentz, avec le père McClaren… Pour ne rien arranger, il y avait cette migraine qui n'avait cessé de monter en puissance au cours des deux dernières heures. Elle avait pris quatre comprimés de paracétamol, puis elle avait passé près d'une demi-heure dans la baignoire. Elle espérait ainsi évacuer la fatigue accumulée au long de la journée et combattre sa migraine.

Ça n'avait pas marché. Tout en enfilant son peignoir, elle surprit son reflet dans le miroir du lavabo. Elle avait les cheveux relevés sur le sommet de la tête, avec quelques mèches humides qui retombaient et lui encadraient le visage. Couvert de buée, le miroir lui renvoyait une image déformée. La condensation commença de former des gouttes qui se mirent à ruisseler en traçant des lignes. Elle put alors entrevoir une image plus nette de son reflet, mais aussi de quelque chose de plus sombre, trouble, derrière la surface.

Elle crut soudain que son cœur allait cesser de battre.

— Oh ! non…, chuchota-t-elle.

Ça n'allait pas recommencer !

Elle distingua une grande roue de charrette hérissée de piques, qui se mit à tourner lentement, avant de disparaître.

Olivia sentit son ventre se nouer.

— Non…

Le visage d'une femme, défiguré par la souffrance, apparut alors. Olivia eut un mouvement de recul et heurta le porte-serviettes, derrière elle. La femme hurlait, les yeux exorbités par la peur et la douleur. Ses cheveux sombres étaient souillés de sang.

Olivia se mit à trembler.

La roue tournait. Elle apparut de nouveau derrière le voile de condensation, puis disparut. Olivia avait la chair de poule. Elle pouvait à peine respirer. Sa migraine avait empiré. Elle entendait une rumeur assourdissante. Paralysée par l'horreur, elle fixait le miroir.

Tandis que la buée se dissipait, elle discerna un endroit sombre, aux allures de grotte ou de caverne. Elle entendait aussi des hurlements d'agonie, et de l'eau qui coulait goutte à goutte. Puis elle découvrit les épouvantables appareils de torture. La femme, entièrement nue, était écartelée sur la roue. Des piques aux extrémités pointues lui déchiraient la peau tandis qu'elle se débattait et que la roue tournait lentement.

— Je… je vous en supplie ! cria-t-elle en sanglotant. Laissez-moi… Pitié…

Olivia eut l'impression que sa tête allait exploser.

— A l'aide ! Pour l'amour de Dieu, à l'aide !

La voix de la malheureuse se répercuta douloureusement dans le crâne d'Olivia.

— Laisse-la, espèce de malade ! hurla-t-elle avec rage.

Elle se tut brusquement. Car elle venait de voir le sabre, dont la lame courbe avait accroché la lumière faible et tremblotante.

— Non, non ! hurla la femme, paniquée. Pourquoi ? Je… vous en prie, je… je ferai tout ce que vous voudrez ! Je…

La lame du sabre s'abattit.

— Non !

Olivia s'empara d'une serviette et se mit à essuyer frénétiquement la buée qui restait sur le miroir. Et elle se retrouva bientôt face à son visage, à ses yeux emplis de terreur. Si seulement elle pouvait en voir plus et découvrir où cette horreur se déroulait… Mais l'image avait changé. Les traits défigurés de la femme s'étaient fondus dans l'ombre, remplacés par une image plus distincte, juste au-dessous du reflet d'Olivia.

Un froid glacé l'envahit, en même temps que la certitude qu'elle était confrontée au mal absolu. Au milieu d'un masque noir, des yeux d'un bleu métallique se rivèrent aux siens et…

Elle entendit son prénom. Aussi clairement que s'il l'avait prononcé.

Olivia.

— Seigneur ! chuchota-t-elle avec un nouveau mouvement de recul.

Sainte Olive.

— Non ! cria-t-elle en se précipitant contre le miroir. Qui êtes-vous ! Salaud ! Salaud !

Du poing, elle s'était mise à marteler le visage masqué. Le verre se fendit, vola en éclats. Des échardes de verre tombèrent dans le lavabo, sur le sol. Olivia vit sa propre image, déformée et fragmentée, dans les morceaux restés en place sur le cadre du miroir.

— Espèce de malade ! hurla-t-elle encore, tout en sentant la douleur irradier de sa main. Qui… qui êtes-vous ?

Monté des profondeurs de son être, un premier sanglot lui échappa.

— Qui ?

A l'extérieur de la salle de bains, Harry aboyait sauvagement, labourant de ses griffes le battant de la porte.

Des gouttes de sang tombèrent dans le lavabo.

Une rumeur assourdissante lui emplissait le crâne. Le chien poussait de longs glapissements. Mais, par-dessus tout, Olivia gardait en elle l'image du supplice d'une femme attachée à une roue de torture en train de tourner.

— Aidez-nous, mon Dieu ! chuchota-t-elle, le visage ruisselant de larmes. Aidez-nous !

Elle recula jusqu'au mur et, sans trop savoir comment, parvint à ouvrir la porte. Se laissant glisser jusqu'au sol, elle donna libre cours à ses sanglots.

Harry se mit à gémir. Elle le prit dans ses bras.

Qu'allait-elle faire ? Comment arrêter ça ? *Comment ?*

Elle passa sa main ensanglantée sur son visage, puis caressa le chien.

Il fallait agir. Vite.

Le monstre venait de frapper de nouveau.

Et il recommencerait.

Olivia. Sainte Olive. Elle avait entendu son prénom, aussi sûrement que s'il l'avait prononcé. Il avait l'intention de la tuer, elle en était certaine. Il allait l'assassiner, de la plus épouvantable des façons.

A moins que… A moins qu'elle trouve un moyen de l'arrêter.

23

Bentz téléphonait tout en roulant à bord de sa jeep. Il avait pris contact avec Norm Stowell, dans l'Arizona. Et sa conversation avec le profileur n'était pas faite pour le rassurer.

— Tu as un problème, lui expliqua Stowell. La plupart des tueurs en série commencent en douceur, si je puis dire. Ils revivent leur premier crime pendant des semaines, parfois des mois, avant d'éprouver de nouveau le besoin de repartir à la chasse.

Bentz accéléra pour doubler un gros camion dont l'un des feux arrière ne fonctionnait pas.

— A mesure que le temps passe, revivre le crime ne procure plus une excitation suffisante, et le tueur commence à raccourcir le délai entre les meurtres. C'est l'escalade. Ici, on a un fonctionnement différent. Si tu vois juste en ce qui concerne le lien avec les jours de célébration des saints, ton tueur est assez libre. N'importe quel jour fera l'affaire…

Bentz n'était pas convaincu.

— Mais les crimes sont planifiés. Il a besoin d'accessoires, le lieu est mis en scène. Il faut aussi qu'il parvienne à convaincre les filles de le suivre ou de le laisser entrer chez elle. Il prend des risques incroyables. Souviens-toi de l'incendie d'Esplanade Avenue. Un voisin en train de promener son chien aurait pu le voir plus tôt et donner l'alerte. Et hop, on aurait mis la main sur notre suspect ! Il y a aussi la victime dont il est allé déposer le cadavre au pied d'une statue qui se trouve en plein centre-ville, dans une rue passante. C'est plutôt gonflé ! En réalité, il vous provoque. « Regardez ce que je peux faire sans être inquiété ! » Il veut que vous le cherchiez. Il aime la publicité, se sentir plus intelligent que vous. Il est possible qu'il ait fait lui-même partie de la police ou de la sécurité…

— D'après notre témoin, il s'agit d'un prêtre.

— Pas un prêtre comme les autres, en tout cas ! Vois si tu ne trouves pas un prêtre qui aurait un lien avec la police. Et n'oublie pas que ce type se croit investi d'une espèce de mission divine : il est persuadé que Dieu est de son côté, et il se croit invulnérable. C'est bon pour nous : ça signifie qu'il va finir par se planter.

— Espérons-le ! dit Bentz.

Il doubla un autre camion, un semi-remorque dont les grosses roues soulevaient de la boue. Il mit ses essuie-glaces en route.

— J'ai le sentiment que ton bonhomme apprend à connaître ses victimes, poursuivit Stowell. Ça fait partie de son jeu, de ce qui l'excite. D'une manière ou d'une autre, il se débrouille pour gagner leur confiance. On n'a aucune trace d'effraction chez la fille de Garden District, hein ? Mon idée, c'est qu'il les charme pour pouvoir les approcher. Tu as dit que les deux victimes étaient étudiantes, n'est-ce pas ? Il est là, le lien. Il n'est pas tombé sur elles par hasard. Il les côtoie avant de les tuer. Il prend le temps de mettre son piège en place. On a des traces de rapports sexuels ?

— Jusque-là, non.

Il y eut un assez long silence, durant lequel Bentz n'entendit que le moteur de sa jeep, le chuintement des roues sur l'asphalte et la rumeur de la circulation.

— Ça, c'est curieux, reprit Stowell. C'est peut-être lié au vœu de chasteté des prêtres. Ou alors, il est impuissant. Mais en général le meurtre excite le tueur : ça le fait jouir. J'imagine que tu as commencé à mener des recherches dans les universités de la région ?

Les mains de Bentz se crispèrent douloureusement sur

le volant. Il sentit une brûlure au niveau de l'estomac en pensant à ces étudiantes qu'on avait pourchassées et torturées. Une brûlure qui s'intensifia lorsque l'image de Kristi se superposa aux précédentes.

— Nous essayons de découvrir si les deux victimes se connaissaient, si elles suivaient les mêmes cours ou si elles s'étaient déjà rencontrées. Les deux facs qu'elles fréquentaient sont voisines. Les étudiants se mélangent beaucoup.

— Et les petits amis ?

— L'un d'eux a quitté la ville depuis plusieurs mois. L'autre a un alibi.

— Béton ?

— On cherche une faille. Mais jusque-là il semble réglo.

— Vérifiez encore. Surtout si c'est un homme blanc, âgé de vingt-cinq à trente-cinq ans, avec un passé marqué par la violence, peut-être des problèmes à l'école, ou même des arrestations pour actes de cruauté sur les animaux, incendie criminel, incidents avec les femmes… Il y a sûrement des choses de ce genre dans son passé.

— On va voir ça.

— Bien. Je te faxe mon rapport complet.

— Merci.

Ils raccrochèrent en même temps.

Bentz ne se sentait pas mieux que lorsqu'il avait quitté St. Luke's. La perspective de se retrouver face à son demi-frère ne l'enchantait pas, mais il savait que James essaierait de l'aider. Ce salaud moralisateur… A part Kristi et quelques cousins éloignés éparpillés à travers le pays, le père James McClaren était la seule famille qui lui restait. C'était aussi lui qui l'avait poignardé dans le dos. Et pas qu'une fois.

Quelques minutes plus tard, alors qu'il s'engageait sur la bretelle de sortie, à quelques kilomètres seulement de chez Olivia Benchet, son téléphone sonna.

— Bentz, à l'appareil.

— C'est Olivia. Je… j'ai besoin de vous voir.

Elle semblait à bout de souffle, affolée.

— Il a recommencé, ajouta-t-elle.

Bentz eut très froid, soudain. Il s'attendait à son appel, il se rendait chez elle parce qu'il avait la quasi-certitude que l'autre frapperait pour la Sainte-Catherine-d'Alexandrie.

Ou un autre jour.

— Je suis en route. Je serai chez vous dans une dizaine de minutes.

— Dieu merci !

— Tenez bon, dit Bentz en raccrochant et en accélérant. Bon sang !

Les rues étaient vides dans cette partie du comté. Il brûla un stop, et prit un virage un peu serré pour s'engager sur la petite route qui traversait le bayou. Avec la lune cachée derrière les nuages, il faisait nuit noire, et un vent glacé soufflait à travers les bosquets de chênes et de cyprès qui se dressaient comme des fantômes. Il traversa un pont à toute allure, mais il avait l'impression de ne pas rouler assez vite. La terreur qu'il avait perçue dans la voix d'Olivia l'aiguillonnait douloureusement. Il faillit rater le dernier virage, puis se retrouva dans l'allée qui traversait les arbres, faisant voler des feuilles mortes autour de lui.

Devant chez Olivia, il freina et s'arrêta dans un dérapage.

La porte de la maison s'ouvrit à la volée.

Il retint son souffle.

Eclairée par les lampes allumées dans la maison, elle apparut en peignoir, les cheveux plus ébouriffés que jamais. Il eut comme un coup au cœur. Il comprit qu'en quelques jours il était tombé amoureux de cette femme un peu cinglée qui prétendait voir des choses et posséder des dons de médium. Il eut l'impression, pour le moins invraisemblable, de rentrer chez lui.

Il sortit de sa camionnette et se mit à courir. Le chien stupide d'Olivia jaillit de la maison.

— Harry !

La jeune femme s'élança à sa poursuite, sans se soucier

de la boue et des feuilles humides. Et elle vint se blottir contre Bentz.

— Dieu merci, vous êtes là !

Il ferma les bras sur elle, et sentit les effluves de jasmin et de lilas, malgré le vent qui soufflait et les relents humides du marais. Elle avait les cheveux mouillés. Elle se serra contre lui en tremblant. Bentz dut faire un effort surhumain pour repousser l'idée qu'elle ne portait peut-être rien d'autre que son peignoir.

— Je l'ai encore vu. Il… il tuait une femme. Sur une roue, avec des piques ou des clous… C'était horrible. Oh ! mon Dieu ! Mon Dieu ! répéta-t-elle en s'accrochant au cou de Bentz.

Elle respirait avec difficulté, luttait contre les sanglots, hoquetait.

— Et puis… il y avait ce sabre… je crois… Et il…

— *Chut !* fit Bentz.

Il voulut la serrer contre lui, mais il se sentait maladroit, comme s'il avait des mains trop grandes pour ce corps menu. Qu'est-ce qu'il fichait, bon sang ? Tout ça n'allait pas du tout !

Mais alors qu'une bourrasque de vent soufflait dans les arbres, elle se blottit plus étroitement contre lui, et il se laissa aller. Il lui posa une main sur la nuque, l'autre dans le bas du dos. Et pendant un instant il se demanda ce que ce serait de faire l'amour avec elle. Il l'avait déjà embrassée, et il lui sembla naturel de poser les lèvres sur le sommet de sa tête, de sentir son souffle tiède dans son cou. Elle tourna la tête vers lui, pour le regarder, et il s'en fallut de peu qu'il ne s'empare de cette bouche sexy, provocante.

— Venez, lui dit-il. Entrons.

— Je… je suis désolée, chuchota-t-elle, comme si elle s'avisait soudain de ce qu'elle avait fait.

— Ça va, je vous assure.

Il réussit même à lui sourire et siffla le chien, qui les rejoignit et sembla soudain très intéressé par le bas de son pantalon. Bentz passa le bras autour des épaules d'Olivia tandis qu'ils gravissaient les marches du porche.

— Si vous saviez comme je déteste ça ! murmura-t-elle.

— Quoi ?

— Tout.

Elle leva les yeux alors qu'ils franchissaient la porte d'entrée.

— Vous savez… ce rôle de la femme faible et gémissante.

— Vous avez eu peur, non ?

— Dites plutôt que j'étais terrifiée ! Et je le suis toujours.

Mais elle avait cessé de pleurer.

— Vous allez tout me raconter.

Dès que Harry fut entré à son tour, Bentz ferma la porte à clé. Il suivit Olivia dans la cuisine et remarqua un épais bandage à sa main droite, puis les taches de sang sur son peignoir.

— J'aimerais pouvoir dire que je me suis coupée en me rasant…, dit-elle avec un pauvre sourire.

La plaisanterie tomba à plat. Elle cligna des yeux, luttant visiblement contre les larmes.

— En réalité, j'ai donné un coup de poing dans le miroir de la salle de bains.

— Vous l'avez fait… exprès ? demanda Bentz d'un air incrédule.

— Oui. C'est stupide, mais je voulais me débarrasser de ce salaud, le frapper, et je…

Elle s'arrêta et se laissa tomber sur une chaise, à la table de la cuisine. Son peignoir s'entrouvrit largement, mais elle n'eut pas l'air de s'en rendre compte.

Bentz s'obligea à la regarder droit dans les yeux.

— Je devrais commencer par le commencement, dit-elle en se tournant vers les fenêtres qui donnaient sur la nuit.

— Ce serait bien, oui.

— C'était il y a environ une heure, je crois. Je prenais un bain. La journée a été rude… Il y a eu notre rendez-vous… animé, puis mon père qui a appelé et…

— Reggie Benchet vous a téléphoné ?

Bentz entendit comme un signal d'alarme au fond de lui. Benchet était un ex-taulard. Un criminel.

Olivia acquiesça d'un hochement de tête.

— Oui. C'était étrange. Je ne lui avais pas parlé depuis l'école primaire. Notre conversation a été assez courte. Ensuite, j'ai essayé de travailler pour la fac, de le chasser de mon esprit, mais rien n'y a fait. Alors, j'ai décidé de prendre un bain et de me coucher tôt. Mais, en sortant de la baignoire, j'ai jeté un coup d'œil dans le miroir et je l'ai vue… j'ai vu cette horrible roue…

Tout en se frictionnant les bras, elle se lança dans le récit de sa vision : une reconstitution glaçante du supplice de sainte Catherine d'Alexandrie. De sa main indemne, elle se frotta la tempe. Elle avait les traits tirés, le regard vague, comme si elle était en train de revivre l'horrible expérience.

— … et je ne pouvais rien faire, conclut-elle. Je me sentais impuissante, inutile.

Il posa une main sur son épaule.

— Je ne sais pas si ça vous consolera, mais je tiens à vous dire que je vous crois. J'ai compris un certain nombre de choses au sujet des meurtres.

Il lui exposa ses récentes découvertes, lui expliqua comment le tueur assassinait ses victimes en se référant à des saintes — dans sa manière de tuer, mais aussi pour choisir le jour du crime.

— Nous avons donc maintenant Jeanne d'Arc, sainte Marie-Madeleine et sainte Cécile — pour celles dont les corps ont été découverts.

— Parce qu'il pourrait y en avoir d'autres ?

— Je ne sais pas. Mais il reste cette femme dont vous avez parlé, abandonnée dans une espèce de crypte. Je pense qu'elle jouait le rôle de sainte Philomène. Et nous en avons une nouvelle, ce soir…

— Sainte Catherine d'Alexandrie.

Bentz fronça les sourcils.

— Nous ignorons à combien de victimes il s'en est pris et depuis combien de temps il sévit.

— Mon Dieu ! fit Olivia dans un souffle.

Elle leva vers Bentz ses yeux humides de larmes.

— Quel genre de fou pourrait être capable d'une chose pareille ?

— C'est ce que nous devons découvrir, dit Bentz en essayant de se montrer rassurant. Nous allons le trouver. Pour ça, j'ai besoin de votre aide.

— Tout ce que vous voudrez !

Il hocha la tête en souriant.

— Je sais. Il faut que je passe un coup de fil.

Il jeta un coup d'œil à sa montre. Il était tard, plus de 23 heures. Il appela néanmoins Montoya puis le commissariat, et laissa des messages. Il monta ensuite inspecter la salle de bains. Il y avait des éclats de verre un peu partout, du sang dans le lavabo et sur la baignoire.

— Un vrai champ de bataille ! dit-il.

— J'étais en colère, expliqua Olivia. Et j'avais peur. Il me regardait, dans le miroir… et je crois qu'il pouvait me voir aussi bien que je le voyais.

Elle alla chercher un balai, une pelle, et ils entreprirent de ramasser les débris de verre. Après quoi ils essuyèrent le sang.

Quand ils rejoignirent le rez-de-chaussée, Olivia prépara du thé, un mélange qui sentait le gingembre et qui avait un goût de fleur. Bentz ne fit aucun commentaire. Il but à petites gorgées, tout en regrettant que ce ne soit pas de la bière.

Ils étaient assis à la petite table de la cuisine. Le perroquet émettait de temps à autre de petits bruits, le chien était couché sur un tapis, et Olivia racontait son histoire une nouvelle fois. Elle avait même entrevu les yeux de l'assassin, malgré sa cagoule noire : des yeux bleu métallique, intenses. Quatre jours auparavant, Bentz aurait ricané en entendant ça. Ce soir, il prenait tout ce qu'elle disait pour parole d'évangile.

— Je ferais mieux d'y aller, dit-il soudain en reculant sa chaise. A moins que vous ne vous rappeliez un autre détail ?

— Il connaît mon nom.

— Quoi ?

— Je l'ai... entendu. Dans la vision, il m'a regardée fixement et j'ai eu l'impression d'entendre sa voix, ou de percevoir ses pensées. Il m'a appelée. Olivia. Il a parlé de sainte Olive.

— Nom de Dieu ! lança Bentz.

Il tourna la tête vers la fenêtre et la nuit noire qui régnait dans les bayous. Une obscurité absolue. Si jamais le tueur s'aventurait jusqu'ici, dans cet endroit isolé, il n'y aurait pas de témoin pour le voir.

Il savait qui était Olivia.

— Ecoutez, si... si ça ne vous ennuie pas, je vais rester ici jusqu'à demain — jusqu'à ce qu'il fasse jour.

Elle hésita.

— Bien sûr... oui, ce serait bien. Mais... je ne voudrais pas vous donner l'impression d'être une pauvre petite femme terrifiée, seule et sans défense...

— Vous vous êtes occupée de la sécurité ? Du système d'alarme ?

— Il sera installé après Thanksgiving. Je...

— Alors, je reste.

— Mais...

— Je ne fais pas ça parce que je vous considère comme « une pauvre petite femme terrifiée ». D'accord ? Même si vous avez toutes les raisons de l'être — *terrifiée*. Votre vie est menacée. J'ai déjà eu l'aval du commissariat pour qu'on vous donne un garde du corps.

— Je n'habite pas en ville.

— Nous travaillons avec les services du shérif. Et puis... peut-être que j'ai envie de rester ici, de toute façon.

Il inspira, vit des questions danser dans les yeux d'Olivia, et décida d'être clair.

— J'ai été dur avec vous. La première fois que vous

êtes venue à mon bureau, puis aujourd'hui au café. Je suis désolé. J'ai commis une erreur.

— En effet, dit-elle. Une grosse erreur. Mais je m'en suis remise.

Vraiment ? se demanda Bentz.

— Et j'accepte vos excuses, ajouta-t-elle en souriant. Toujours est-il que vous n'êtes pas obligé de rester. Je vous assure. Je m'en sortirai toute seule.

— En fait… je vous l'ai déjà dit : j'aimerais rester ici.

Il vit une lueur s'allumer dans les yeux d'Olivia. Une lueur intéressée, malicieuse. Précisément ce qu'il ne voulait pas y voir.

— C'est différent, alors. Même s'il s'agit d'un mensonge.

— Allez vous coucher, Olivia. Je prends le canapé.

Elle secoua la tête.

— Il y a deux chambres à l'étage. Allons-y. Il est tard.

Elle commença d'éteindre les lumières.

— Vous ne ferez pas trop attention au désordre.

— Pour ça, vous n'avez pas à vous inquiéter, répliqua Bentz en vérifiant toutes les portes et fenêtres. Si vous connaissiez mon appartement…

— J'espère avoir cette chance, un jour.

Sans faire le moindre commentaire, il la suivit dans l'escalier. Il commettait une erreur. Une de plus. Décidément, il battait des records, ce soir. Cette maison était bien trop chaleureuse, et son hôtesse aussi.

Dans la pièce qui faisait office de chambre et de bureau, Olivia rangea quelques livres, puis défroissa le lit. Alors qu'elle se penchait pour tapoter l'oreiller, Bentz lutta pour ne pas s'attarder sur la rondeur de ses fesses si visibles sous le peignoir, et ignorer la réaction immédiate que cela suscitait chez lui.

— Et voilà ! lança-t-elle en se redressant pour lui faire face, le visage légèrement enflammé.

Se hissant sur la pointe des pieds, elle lui déposa un petit baiser chaste sur les lèvres.

Il n'en fallut pas plus. Il aurait pu résister si elle l'avait ouvertement allumé, mais là… cette effronterie… ce sourire espiègle et cette lueur dansant dans ses yeux, le défi qu'il lisait sur son visage, c'était sa perte ! Il l'attira à lui, lui arrachant un petit hoquet de stupeur, et il l'embrassa. Presque violemment. Dans ce baiser, il ne cacha rien de ses intentions.

Et elle lui répondit. Comme si elle avait attendu qu'il fasse le premier pas. Elle soupira doucement, ouvrit la bouche et chercha sa langue. L'érection de Bentz s'intensifia. Toutes les pensées qu'il avait pu avoir — de la protéger, de rester vigilant, de mettre la main sur un tueur fou avant qu'il ne frappe de nouveau… tout cela glissa dans les profondeurs de sa conscience.

Elle le caressa à travers sa chemise, et alors qu'elle ne cessait de l'embrasser, il l'entraîna vers sa chambre. Il ne s'arrêta que lorsqu'elle toucha le matelas de son lit à baldaquin.

Il glissa la main à l'intérieur du peignoir, et elle gémit de plaisir.

En cet instant, il n'avait qu'une pensée en tête : il voulait cette femme.

Férocement.

« Ne fais pas ça, Bentz ! Ne fais pas ça ! » lui chuchota une petite voix.

Mais il l'ignora.

Il fit glisser sa main sur le ventre d'Olivia, insinua les doigts entre ses cuisses, dans la toison qui s'y nichait. Et tandis qu'il la caressait doucement, il entendit le rythme de sa respiration s'accélérer. Si jamais elle le repoussait maintenant, il serait embarrassé, mais il pouvait encore s'arrêter.

L'atmosphère de la chambre était lourde d'une question sans réponse. Alors qu'il accentuait la pression de sa caresse, il la sentit frissonner. Sa main remonta sur son ventre plat.

Elle gémit de nouveau.

Un gémissement qui était comme une invitation.

Il hésita, pourtant. Il avait la main gauche sur la nuque

d'Olivia, et de l'autre il continuait de la caresser, tandis que sa propre érection commençait à se faire douloureuse.

— Ça pourrait être dangereux, chuchota-t-il dans la pénombre.

— Je… je sais.

— Je me demande ce que nous en penserons, demain matin…

— Moi aussi.

Il reprit ses lèvres, et elle posa la main sur sa braguette. Avec un gémissement sourd, il la poussa doucement sur le lit, et ils y tombèrent ensemble, sans cesser de s'embrasser.

Elle avait la peau plus douce que la soie ; elle sentait le jasmin et la lavande. Ses lèvres avaient un goût de gingembre.

Il écarta les pans de son peignoir et déposa un chapelet de baisers tout au long de son cou, pour finir au creux de sa gorge. En quelques mouvements, elle lui ouvrit sa chemise, puis il sentit son pantalon et son boxer-short glisser sur ses cuisses tandis qu'il plongeait son visage entre les seins d'Olivia. Il les huma, les goûta, joua avec leurs pointes durcies, sans cesser de la caresser.

Bon sang ! C'était trop. S'ils ne calmaient pas un peu les choses, il allait jouir trop tôt. Il lui saisit les poignets.

— Doucement, Livvie… doucement. On a tout le temps.

Olivia soupira.

Elle éprouvait un désir si féroce qu'il semblait battre à travers tout son corps. Elle ne pouvait plus réfléchir, à peine respirer, alors que Bentz la touchait, l'embrassait, se mouvait au-dessus d'elle.

Elle était comme coupée en deux. Car une partie d'elle savait qu'elle commettait une erreur, que demain, avec la lumière du jour, viendrait le temps de l'embarras, voire des récriminations. Mais ce soir elle avait envie de cet homme, envie de se perdre en lui. Si elle l'aimait ? Bien sûr que non… elle le connaissait à peine. Pourtant, elle le désirait. Un désir terrible. Ça faisait longtemps… si longtemps. Elle était brûlante, comme si un feu s'était allumé en elle.

Il lui mordit la pointe d'un sein, et une petite onde de douleur se mêla délicieusement au plaisir qui la consumait. Son cœur battait sauvagement. Elle s'accrocha à lui. Elle voulait plus. Beaucoup plus. Elle voulait tout de lui.

Sans douceur, il lui écarta les cuisses, et un doigt puis deux s'insinuèrent dans le secret de son intimité. Elle se mit à bouger au rythme de sa caresse, désirant plus à mesure qu'il lui donnait. Une vague montait en elle, irrésistible. Elle s'agita, cria.

— Oh ! Oh ! Mon Dieu…

— C'est bon, Livvie, chuchota-t-il. C'est bon…

Elle lui agrippa les cheveux alors que des ondes de plaisir déferlaient en elle, l'élevaient toujours plus. Et chaque fois qu'elle pensait avoir atteint le sommet, elle montait d'un degré supplémentaire.

— Viens ! fit-elle dans un râle. Maintenant…

Les caresses de Bentz cessèrent et il se glissa au-dessus d'elle, entre ses cuisses. Doucement, il s'insinua en elle. Elle était brûlante, humide. Elle se souleva pour l'attirer plus profondément en elle. Et elle se mit à onduler au rythme qu'il lui imposait.

Il haletait, sa peau était trempée de sueur. Soudain, il l'agrippa pour la serrer contre lui, et laissa échapper un cri. La seconde suivante, une longue série de spasmes la secoua tandis que l'orgasme déferlait en elle.

— Rick ! l'appela-t-elle dans un sanglot, alors qu'il retombait sur elle.

A bout de souffle, elle le retint contre elle. Elle pleurait. Pas de chagrin ni de honte, mais à cause de l'intensité de ce qu'elle venait de vivre. Ils restèrent silencieux un long moment. La nuit, douce et épaisse, les enveloppait alors qu'ils recouvraient peu à peu leur souffle et leurs esprits.

— Ouah ! fit-il. C'était bien pour toi ?

— Je suppose que ça devrait aller, répondit-elle.

Ils se mirent à rire.

— Ça devrait aller ? répéta-t-il en se soulevant sur un

coude pour la fixer dans la pénombre. Tu penses qu'on pourrait faire mieux ?

— Je te faisais marcher, d'accord ? C'était super !

— Néanmoins…

Il glissa la main le long de sa cuisse, et s'empara de ses lèvres…

— On ne devrait pas…, dit la femme aux yeux dorés et aux cheveux décolorés par le soleil. Ce n'est pas possible.

Elle traversait d'un pas rapide un champ écrasé de soleil. Elle portait une robe transparente qui tourbillonnait autour de ses jambes et épousait étroitement les formes de son corps. On voyait ses seins et leurs aréoles sombres sous l'étoffe légère. Elle n'avait pas de soutien-gorge. Pas de culotte non plus. Rien que cette petite robe.

James bandait douloureusement.

— Je sais… mais… avec vous, c'est différent.

— Vous êtes prêtre ! dit-elle en désignant son col blanc.

Il tenta de l'arracher, sans y parvenir. C'était tout ce qu'il portait : son col blanc. Sinon, il était aussi nu qu'au jour de sa naissance. Le soleil tapait sur sa peau, et les longues herbes du champ lui frôlaient les jambes.

Elle se mit à courir, et des sauterelles sautèrent sur son passage. Il se lança à sa poursuite.

— Mais je crois que je suis en train de tomber amoureux de vous !

— Amoureux ?

Elle tourna la tête vers lui et se mit à rire. Elle ne paraissait même pas se soucier du fait qu'il était nu et en érection. Ils gravissaient en courant la pente d'une petite colline.

Il la rattrapa au sommet et la fit tomber sur le sol. Sans cesser de rire, le souffle court, elle le fixa droit dans les yeux.

— On ne devrait pas, répéta-t-elle.

Mais, cette fois, il y avait dans son regard une lueur de sensualité.

— C'est un péché, vous savez ? ajouta-t-elle d'un ton aguicheur.

Les derniers doutes qu'il éprouvait disparurent, et, oublieux de ses vœux, il souleva le bas de la jupe et respira la douce odeur féminine que dégageait son corps.

Quelque part, une cloche se mit à sonner.

Il était couché sur elle, le sexe palpitant.

La cloche sonna de nouveau. Il leva les yeux et vit un clocher… du stuc baigné de soleil, avec un toit en tuile rouge… Des pigeons volaient autour de la haute flèche, au sommet de laquelle une croix, en feu, se détachait sur le ciel sans nuages. Le clocher était vide : aucune cloche ne se balançait aux grosses poutres.

— Je t'en prie…, chuchota la femme.

Il baissa les yeux sur elle et s'aperçut que son visage avait changé. Ce n'était plus Olivia, mais Jennifer Bentz, qui était couchée au-dessous de lui. Nue. Le corps luisant de sueur, elle l'implorait du regard, le suppliait de venir en elle.

Driiiiiiing.

James ouvrit les yeux.

Il était en nage, il haletait. Le rêve s'évanouissait. Seigneur ! Où ses pensées l'avaient-elles entraîné ? Il avait le sexe dur et tendu, et l'image d'Olivia Benchet nue sous sa robe légère était comme imprimée en lui.

Le téléphone sonna de nouveau.

Il chercha le combiné à tâtons. Quelle heure pouvait-il être ? Il jeta un coup d'œil à son réveil. 2 heures du matin. Que se passait-il ? Quelque chose de grave. Quelqu'un de mort, un accident…

— Père McClaren…, marmonna-t-il en allumant sa lampe de chevet.

Il s'aperçut qu'il tenait le combiné à l'envers. Il le retourna rapidement, tout en passant sa main libre sur son visage.

— Pardonnez-moi, mon père, car j'ai péché.

Une voix masculine. Un chuchotement.

— Hein ?

Quelqu'un voulait se confesser ? A une heure pareille ? A moins qu'il ne s'agisse d'une plaisanterie. Des gamins. C'était déjà arrivé. Il cligna des yeux, tenta de repousser les vestiges de son rêve, si net.

— Ce soir, j'ai pris une vie, déclara la voix.

— Je vous demande pardon ? dit James, qui n'était pas sûr d'avoir bien entendu.

Il se redressa dans son lit.

— Pour Dieu. Au nom du Saint-Père. Une pécheresse a été rachetée et à présent, grâce à moi, elle est devenue une sainte.

— Vous vous confessez, c'est ça ? demanda James, soudain glacé, en comprenant que son correspondant était sérieux, mortellement sérieux. Vous… avez tué quelqu'un ?

— C'est ma réconciliation. Entre vous, moi et Dieu.

James faillit en lâcher son téléphone. Un froid terrible l'avait envahi.

— Ecoutez…

— Pardonnez-moi, mon père, car j'ai péché.

24

La lumière du jour se glissait dans la chambre.

Le lit était froid. Vide.

Olivia fixa le plafond.

Qu'avait-elle fait ?

Des flashes de ce qui s'était passé pendant la nuit lui traversèrent l'esprit. Des images érotiques et pleines de vie qui réussirent à l'enflammer alors qu'elle était seule dans son lit. Elle avait fait l'amour avec Bentz. Plusieurs fois.

Où avait-elle la tête ?

« Il est bien là, le problème ! Tu n'avais plus ta tête. Tu n'as pas réfléchi une seconde ! »

Quelle erreur ! Mais elle ne pouvait plus rien y changer, à présent. Et même si elle avait eu le pouvoir de revenir sur ce qui s'était passé, elle n'était pas certaine de le vouloir. L'expérience en valait la peine. Largement.

Un parfum de café arriva jusqu'à elle. Elle entendit le bruit étouffé d'un placard qu'on fermait. Donc il était toujours là.

Elle retrouva son peignoir par terre. En boule, là où elle l'avait laissé. Elle l'enfila, serra la ceinture avec force, et descendit l'escalier, pieds nus. En bas, elle surprit son reflet dans le miroir, près de la porte. Elle essaya tant bien que mal de se recoiffer tout en entrant dans la cuisine. Le café était en train de passer, et un grand livre était ouvert sur la table. Les portes-fenêtres ouvertes laissaient entrer la fraîcheur matinale.

Bentz contemplait le brouillard qui s'élevait au-dessus du

bayou. Le coton de sa chemise était tendu sur ses épaules musclées. Il tenait à la main une cigarette à moitié consumée.

— Bonjour ! lança-t-elle.

Elle ôta la couverture de la cage de Chia. L'oiseau poussa une espèce de cri, avant d'agiter ses ailes.

— Bonjour à toi aussi, lui dit Olivia alors que Chia sautait d'un perchoir à un autre.

Bentz se tourna pour lui faire face.

En découvrant son expression, elle eut l'impression de perdre pied.

Son cœur sombra.

C'était du regret qui avait creusé des plis aux commissures de ses lèvres. Et ses yeux gris étaient méfiants. De nouveau soupçonneux.

— Bonjour, lui dit-il en parvenant à sourire. Le café est en route.

— J'ai vu.

Elle plia la couverture. Elle se sentait stupide.

— Je ne savais pas que tu fumais, dit-elle.

— Je ne fume pas.

Il baissa les yeux sur sa main, haussa les épaules, puis tira longuement sur sa cigarette.

Gardant pour elle la question qui lui brûlait les lèvres, elle rangea la couverture sur une étagère.

— J'ai toujours un paquet dans la jeep et un autre dans le tiroir de mon bureau, expliqua-t-il en soufflant la fumée par le nez. Au cas où.

— Au cas où ?

— Au cas où j'en aurais vraiment trop envie.

Il jeta le mégot dans le jardin marécageux, où la cigarette grésilla et s'éteignit.

— Pour des jours comme aujourd'hui ? demanda-t-elle.

— En particulier pour des jours comme aujourd'hui, oui. De toute façon, il fallait que j'aille chercher ça dans la jeep.

Il désigna le gros volume posé sur la table.

— Qu'est-ce que c'est ?

— Un dictionnaire de tous les saints.

— Je vois…

Le livre était ouvert à une page consacrée à sainte Olive de Palerme. Olivia sentit sa gorge se serrer. Il n'y avait pas beaucoup d'informations, sinon qu'elle avait été emprisonnée et condamnée au bûcher à cause de sa foi et des conversions qu'elle avait suscitées dans la région de Tunis. Les flammes du bûcher l'ayant miraculeusement épargnée, ses bourreaux avaient fini par la décapiter. Olivia frissonna et s'appuya contre la table. En pensée, elle vit la longue lame courbe qui avait été utilisée contre cette malheureuse femme, dans sa vision.

— Superfaçon de commencer la journée ! dit-elle.

— Il y a aussi une sainte Olivia.

Il feuilleta le livre jusqu'à ce qu'il en arrive à la page évoquée. Il n'y avait aucune information sur cette sainte Olivia. Sinon qu'il s'agissait d'une martyre et qu'elle avait été exécutée. Elle était fêtée le 5 mars.

— Je pense qu'il s'agit de la même, dit-il. Le jour de célébration est identique.

— Je sais maintenant quand il va tenter de me tuer. Formidable !

— J'y ai réfléchi. Son mode opératoire consiste à rebaptiser ses victimes, sans se soucier de leur véritable identité. Il pourrait donc te donner le nom d'une sainte dont la fête est plus proche.

Regardant Olivia dans les yeux, avec intensité, il ajouta :

— Et certaines ont connu des fins particulièrement atroces.

— On t'a déjà dit que tu avais l'art de donner la pêche aux gens, le matin ? répliqua Olivia, qui refusait de paniquer. Sers-toi plutôt une tasse de café. Je n'ai pas besoin de tout ça.

— Je ne plaisante pas.

— Je sais, je sais.

— Tu dois être prudente.

— Je le suis.

En regardant Bentz, elle comprit qu'il pensait tout le

contraire. Dans sa cage, Chia criailla, et Olivia pensa à la nuit passée. Au fait qu'elle avait couché avec un flic. Au fait qu'elle pourrait tomber amoureuse de lui, si elle se laissait aller.

— D'accord, tu as raison, lui dit-elle en soupirant.

— Bien.

Il se passa la main dans les cheveux.

— J'ai appelé un ami à moi. Ole Olsen. Il dirige une entreprise de sécurité, et il me doit un service. Son équipe passera cet après-midi.

— J'ai déjà pris rendez-vous avec quelqu'un la semaine prochaine.

— Annule. Ole va te faire du superboulot, et ça ne te coûtera pas plus cher que ce que tu avais prévu.

— Il te doit une sacrée faveur, on dirait, fit Olivia, vaguement agacée par toutes ces attentions.

— Assez, oui.

Bentz marqua une pause.

— Ecoute, pour ce qui s'est passé cette nuit…

Il laissa sa phrase en suspens, comme s'il s'attendait à ce qu'elle enchaîne. Pas question ! Elle voulait entendre ce qu'il avait à dire.

— Eh bien ? demanda-t-elle.

Il fourra ses mains dans ses poches.

— D'habitude, je mets un point d'honneur à ne pas m'impliquer auprès des personnes avec lesquelles je travaille — que ce soit au commissariat ou dans le cadre d'une affaire.

— On dirait que tu as dérogé à tes principes…

— En effet.

— Et tu ne recommenceras pas ?

— Non. Ce serait une erreur.

— Ouah ! Ma parole, Bentz, tu es un vrai charmeur.

Refusant de répondre à sa provocation, il poursuivit :

— Je tenais juste à ce que tu le saches. Au cas où… eh bien…

— Au cas où, folle que je suis, j'irais imaginer de stupides histoires romantiques à cause de ce qui s'est passé entre nous ?

Il serra les mâchoires.

— Ce qui est arrivé ne se répétera pas.

— Ça sonne presque comme un défi.

Bentz secoua la tête.

— Je ne peux pas laisser mes émotions obscurcir mon jugement.

— Vraiment ? fit-elle en se rapprochant de lui. Parce que tu éprouves des émotions ?

Il lui décocha un regard meurtrier.

— Il faut que j'aille en ville.

— Le devoir t'appelle ?

Elle était plus agressive qu'elle ne l'aurait souhaité. Si elle comprenait ce qu'il voulait dire, il lui était impossible de repousser comme ça, d'un haussement d'épaules, la douleur cuisante qu'elle ressentait.

— C'est ça, oui, répondit-il, le visage tendu. Merci pour...

— Ah, non ! coupa-t-elle en levant la main. Va-t'en, maintenant. Je suis une grande fille. Majeure et vaccinée. Pas une ado qui aurait bêtement craqué pour un flic. Je tiens juste à ce que tu comprennes ça. Ce qui est arrivé la nuit dernière n'est pas un accident.

Il haussa un sourcil, comme s'il ne croyait pas un mot du charabia qu'elle était en train de débiter.

A vrai dire, elle n'y comprenait rien, elle non plus. Elle n'avait jamais été la fille d'une seule nuit, même si, depuis sa première histoire sérieuse, en terminale, elle n'avait fait qu'aligner de courtes liaisons. Mais il n'était pas question de lui avouer ça. Pas maintenant.

— D'accord, tu as balancé ce que tu avais sur le cœur. J'ai compris.

Elle eut un léger mouvement de tête et plongea les mains dans les poches de son peignoir.

— Tu es énervée.

— Oui, un peu. C'est que… les aventures d'un soir, ce n'est pas mon genre.

— Pareil pour moi.

— En tout cas, je ne considère pas cette histoire comme un accident sans importance.

Elle le fixa avec intensité pour appuyer ses paroles.

— J'ai juste besoin de mettre les choses en perspective, expliqua-t-il. J'ai perdu mon contrôle, la nuit dernière. Ça ne me ressemble pas.

— Il se pourrait aussi que ça te ressemble, mais que tu ne veuilles pas l'admettre…

Au coup d'œil qu'il lui jeta, elle comprit qu'elle avait touché une corde sensible.

— On dirait qu'une certaine personne a laissé des traces sur toi, ajouta-t-elle.

— Ça n'a aucun rapport.

— Ah, oui ? Au cas où ça t'aurait échappé, j'étais là, cette nuit, souligna Olivia en s'approchant encore de lui et en lui martelant le torse de sa main bandée. Et j'ai bien observé. Il y a des murs érigés tout autour de toi, Bentz. D'immenses murs de pierre. Et j'ai tendance à croire que lorsque quelqu'un commence à retirer des pierres pour faire écrouler ces murs, soit tu reconstruis en vitesse, soit tu t'enfuis.

— Je te l'ai dit : ça n'a rien à voir.

— C'est là que tu te trompes !

Olivia était en colère, une colère qu'elle ne pouvait plus maîtriser.

— De deux choses l'une : ou ce qui est arrivé cette nuit est un accident, ou ça *devait* se passer. Tout dépend de ta vision du monde. En tout cas, je ne me rappelle pas t'avoir demandé de déclaration d'amour, de promesse de mariage ou Dieu sait quoi. Alors, ne te comporte pas avec moi comme si j'étais une pauvre petite chose à qui on aurait brisé le cœur. D'accord ? Je disais simplement que nous avions partagé quelque chose de fort. Si c'était juste pour une fois, très bien, je peux le supporter. Mais n'essaie pas de me faire croire que tu prends de la distance pour des motifs professionnels, parce que ça ne prend pas.

Il hésita.

— Qu'est-ce que tu attends de moi ?

— De l'honnêteté.

— Les femmes se contrefichent de l'honnêteté. Elles n'en veulent surtout pas.

— Mais de quelle espèce de vieille planète viens-tu ? s'exclama Olivia. Au contraire : toutes les femmes ou presque désirent qu'on soit honnête avec elles. Et je fais partie du nombre.

— Alors, je vais être honnête, simple et concis. Je ne peux pas m'impliquer. Avec qui que ce soit. Ce qui s'est passé était une erreur. Pas de ton fait, du mien. Tant que je serai sur cette affaire, je ne peux pas te laisser…

— Quoi ? coupa-t-elle avec colère. Me laisser quoi ?

— Rester trop proche de moi.

— Et une fois que l'affaire sera terminée ?

— Je ne sais pas, dit-il en fronçant les sourcils.

— Moi, je sais. Rien ne changera.

Elle commençait à le comprendre. Elle commençait à saisir ce qui se cachait derrière tout ce déni.

— Tu ne laisseras aucune femme s'approcher de toi.

— Je me demande si tu n'abuses pas des programmes du Dr Sam…

— C'est pour ça que j'en reviens à mon idée selon laquelle quelqu'un t'a démoli, poursuivit Olivia sans relever sa remarque. Ton ancienne femme, peut-être ?

Bingo ! se dit-elle en le voyant plisser les yeux.

— Je préférerais qu'on la laisse en dehors de ça, dit-il sans desserrer les lèvres.

Il ramassa le livre sur les saints, et le coinça sous son bras.

Mais Olivia n'avait pas terminé.

— Disons les choses sans détour. Je ne suis pas le genre de femme à attendre sans rien faire. Que tu le croies ou non, j'ai une vie.

— Tant mieux.

— Comme tu dis.

Il hésita, marmonna quelques mots inintelligibles, puis se dirigea vers la porte. Olivia le suivit.

— Je te rappelle… enfin, s'il se passe quelque chose, dit-il. Et j'attends la même réaction de ta part.

— Absolument.

Sans un mot de plus, elle l'accompagna jusqu'à l'entrée, et s'efforça de mettre sa colère de côté. Après tout, pourquoi Rick serait-il différent des autres hommes qui l'avaient laissé tomber ?

— Ecoute, dit-elle, je ne voulais pas passer pour une fille facile. Merci de m'avoir dit ce que tu ressentais et… merci aussi d'être venu hier soir. Je… je n'allais pas bien.

Elle parvint à esquisser un pauvre sourire.

— Qui songerait à te le reprocher ? Ce que tu as vu aurait sérieusement secoué n'importe qui. Je vais contacter les services du shérif pour qu'ils augmentent la fréquence des patrouilles. Et toi, dit-il en pointant un doigt accusateur sur Harry, tu vas être un bon chien de garde, d'accord ? Pas un petit jappeur de salon — un vrai chien de garde.

Harry baissa la tête et alla se cacher derrière sa maîtresse.

— Il préférerait jouer le rôle du voleur, dit-elle. Il adore chiper des objets et les cacher.

— Formidable ! Il va beaucoup nous aider…

Bentz ouvrit la porte et marqua une pause.

— Sois prudente, d'accord ?

Il sortit sous la véranda, bouscula de l'épaule les carillons à vent, et se mit à courir vers sa jeep.

Olivia resta dans l'entrée et le regarda s'installer au volant, boucler sa ceinture de sécurité et démarrer. Il lui adressa un geste de la main, puis manœuvra et s'en alla dans un sillage de feuilles et de boue.

Elle aurait pu penser « bon débarras », mais ce ne fut pas le cas.

Elle suivit la jeep des yeux alors qu'elle disparaissait à

travers les arbres. Bentz était avant tout un flic, un flic qui en avait trop vu. Au fils des années, il avait perdu toute capacité de tendre la main vers une autre personne, de communiquer avec elle. Ce n'était absolument pas le genre d'homme dont elle avait besoin dans sa vie !

Il était séduisant ? Et après ? Des hommes séduisants, on en trouvait à la pelle. La belle affaire s'il était un amant exceptionnel. Et peu importait qu'il se soit précipité ici alors qu'elle était en pleine détresse. Après tout, c'était son job.

Elle avait couché avec lui, elle s'était totalement abandonnée ? Mais des tas de gens faisaient ça tous les jours.

« Pas toi. C'est nouveau pour toi. Un territoire vierge. Tu es une idiote. Tu te rends compte des risques que tu as pris avec lui ? Risques physiques, risques émotionnels. Tu ne sais rien de lui ; il est peut-être engagé avec une autre femme. Le fait qu'il soit célibataire ne signifie pas qu'il est seul. Il peut très bien avoir une petite amie — peut-être même deux ou trois. »

Non, ça, elle n'y croyait pas. Bentz n'avait pas de temps à consacrer à une femme.

La jeep était déjà loin quand elle ferma la porte. La maison parut soudain vide. Froide. Comme si elle avait perdu une partie de sa vitalité.

— Ça suffit ! dit Olivia à voix haute.

Elle monta à l'étage pour se changer. Elle était à mi-chemin quand le téléphone sonna. Elle redescendit aussitôt et courut rejoindre la cuisine, arrachant presque le téléphone de son socle.

— Allô ?

Elle s'attendait plus ou moins à entendre Bentz. Peut-être avait-il oublié quelque chose.

— Enfin ! s'exclama la voix essoufflée de Sarah.

— Que se passe-t-il ?

Olivia avait posé la question pour la forme, car elle savait déjà qu'il allait être question de Leo. Elle ouvrit un placard et en sortit un paquet de graines de tournesol, dont elle remplit l'une des mangeoires de Chia.

— Leo est à La Nouvelle-Orléans.

— *Quoi ?*

— Il m'a téléphoné hier soir. Il ne voulait pas me dire où il se trouvait, mais je n'ai eu aucun mal à le découvrir.

— Qu'est-ce qu'il fait ici ?

— Aucune idée. Ou plutôt si… *une* idée. Mais elle ne me plaît pas. Il s'est rendu à un congrès à Nashville, l'année dernière, et depuis je le trouve distrait. Il passe beaucoup de temps sur son ordinateur, à surveiller sa boîte e-mail. J'ai voulu y jeter un coup d'œil, mais il a changé son mot de passe. J'ai essayé de trouver le nouveau, sans résultat.

— Pourquoi t'appelait-il ?

— Je ne sais pas. D'abord, j'ai cru qu'il voulait juste me donner de ses nouvelles, me rassurer, mais maintenant… en fait, j'ai trouvé son coffre-fort et j'ai réussi à l'ouvrir.

— Qu'est-ce que tu as trouvé ? demanda Olivia, qui n'avait pas vraiment envie de savoir.

— Les relevés d'un compte dont j'ignorais l'existence et… un premier jet pour des papiers juridiques. Des papiers de divorce.

La voix de Sarah se mit à trembler.

— Je n'arrive pas à y croire, Olivia. Après toutes ces années, toutes ses infidélités, il pense obtenir le divorce comme ça ? Pas question, tu m'entends ? Il n'en est pas question !

— Oh ! Sarah… je suis désolée.

Désolée, Olivia l'était sincèrement. Elle détestait le chagrin et le désespoir qu'elle percevait dans la voix d'habitude si joyeuse de son amie. Et elle détestait Leo Restin pour ce qu'il faisait à sa femme. Elle aurait volontiers dit à Sarah que le divorce était sans doute la meilleure solution, mais elle risquait de devoir argumenter à l'infini.

— Oui, moi aussi, balbutia-t-elle d'une voix brisée

par l’émotion. Bon, écoute, si tu venais chez moi pour Thanksgiving ?

— Tu vas espionner Leo et tu me donneras de ses nouvelles, c’est ça ?

— Je ferai une pause pour le dîner, je te le promets… A moins que tu aies d’autres projets.

— Ne t’en fais pas pour ça. Je n’avais aucun projet.

Olivia songea alors à Rick Bentz. Elle se demanda ce qu’il avait prévu, lui, pour les fêtes. Ce qui n’avait, au demeurant, aucune espèce d’importance.

Puis elle se rappela l’homme qu’elle avait entrevu dans la cathédrale.

— Mais j’y pense ! Je crois bien avoir vu Leo. C’était… Seigneur, juste hier !

— Où ça ? demanda Sarah d’un ton pressant.

— Dans la cathédrale St. Louis.

— Tu plaisantes ? Leo n’est pas allé à la messe depuis des années.

— Je me suis peut-être trompée.

— Il a été renvoyé de son université, une université religieuse, et il n’a plus jamais mis les pieds dans une église.

— Une université catholique ? demanda Olivia avec surprise.

Elle jeta un coup d’œil par la fenêtre et vit la lumière du soleil qui filtrait à travers les arbres.

— Il y est resté deux ans, oui. C’était un bon joueur de foot. Mais il a été pris avec de la drogue sur le campus, et on l’a immédiatement expulsé. Même à cette époque, il s’attirait des problèmes en refusant de jouer selon les règles. Pourtant, je pense qu’il est le meilleur.

Elle se mit à rire, d’un rire qui sonnait faux, et ajouta :

— C’est stupide, hein ?

— Nous commettons toutes des stupidités quand nous sommes amoureuses.

Olivia pensa de nouveau à Rick Bentz. Et pourtant elle n’était pas amoureuse de lui, elle ne le serait jamais…

— Et il a abandonné l'Eglise ? demanda-t-elle.

Son esprit avait commencé de jouer avec une idée absolument révoltante. Leo était un athlète, un grand gaillard d'un mètre quatre-vingt-dix aux yeux bleus, qui chassait à l'arc et qui, d'après son comportement avec sa femme, était aussi un homme cruel… Mais un tueur sadique ? Non, il y avait un pas qu'elle avait du mal à franchir.

— Pratiquement. Ça n'a pas été simple quand j'ai insisté pour qu'on se marie religieusement. J'ai cru qu'il allait tout annuler. C'était terrible. Et puis il a fini par accepter. Je pense qu'il s'est passé autre chose, quelque chose de grave, mais il ne m'en a jamais parlé et je n'ai pas cherché à savoir.

— C'est ton mari, pourtant !

Olivia prit un mug dans le placard et, le combiné coincé entre sa joue et son épaule, elle se servit un café.

— Je sais…, murmura Sarah. Que veux-tu, nous avons tous nos petits secrets ! En tout cas, nous sommes toujours mariés. Dans nos vœux, il est dit : « Jusqu'à ce que la mort vous sépare. »

— Oui…

— Eh bien, je fais mon possible pour ne pas briser ce serment.

Après cette déclaration, Sarah indiqua à son amie l'heure du vol qu'elle allait prendre.

— Je serai là demain, conclut-elle.

— Tu as ton billet ?

— Bien sûr ! Ça m'a coûté les yeux de la tête…

— Il faut que je me dépêche de trouver une dinde et des canneberges.

— Et des patates douces. Je fais une tourte aux patates douces dont tu me diras des nouvelles !

Sur ces mots, Sarah raccrocha.

Olivia but une gorgée de café brûlant. Sarah et ses problèmes allaient peut-être réussir à lui faire oublier Rick Bentz.

Peut-être.

Ou peut-être pas.

En tout cas, une chose était certaine : rien ne lui permettrait d'oublier qu'il y avait un tueur sadique en liberté — un assassin qui connaissait son prénom.

Elle regarda la photo sur laquelle elle posait en compagnie de sa grand-mère. Si seulement elle était encore là… Sur ce vieux cliché, on voyait Grannie la soulever dans ses bras. On devinait qu'il faisait très chaud. Et il y avait cette ombre, ce souvenir obscur de l'homme qui avait pris la photo.

Ton père.

Un détail semblait la tracasser depuis que Reggie l'avait appelée. De quoi s'agissait-il ? Qu'avait-il dit qui la dérangeait ?

Il voulait la voir. Il était déterminé. Quels étaient ses mots, déjà ?

« Tu es l'unique enfant qu'il me reste, tu sais ? J'ai perdu les autres… »

C'était ça ! *Les autres.* Un pluriel. Il ne parlait pas simplement de Chandra. Il avait eu d'autres enfants, dont elle n'avait visiblement jamais entendu parler. Quand ? Avec qui ? S'était-il remarié, ou bien ces enfants étaient-ils le résultat de ses liaisons ? Qui étaient-ils ? A moins qu'il ne s'agisse d'un lapsus.

Oui, il était possible que cela ne signifie rien. Néanmoins, Olivia frissonna en se rappelant les paroles de son père.

J'ai perdu les autres.

En quel sens ? Parce qu'ils étaient brouillés ?

Serrant son mug entre ses mains, elle marcha jusqu'à la fenêtre et observa le jardin. Etait-il possible que ses autres enfants soient morts, eux aussi ?

Imbéciles !

Ignares !

Abrutis !

L'Elu ajoutait la nouvelle mèche de cheveu à la natte en écoutant les informations à la radio, débitées par une espèce de faux-cul qui s'imaginait tout savoir sur tout et qui avait même le culot de faire des plaisanteries stupides.

L'Elu se demandait qui était le plus stupide dans l'histoire : la police ou les médias ? Le comparer au Tueur au rosaire était insultant ! Le père John n'avait été qu'un apprenti, et pas très futé, avec ça. La preuve : il s'était fait prendre.

L'Elu revint à sa tâche, assis sur un tabouret près de la fenêtre. Alors que ses doigts se mêlaient aux cheveux, il ferma les yeux et dut en appeler à sa volonté pour rester calme. Un courant d'excitation le parcourut lorsqu'il pensa au dernier sacrifice. Elle s'était montrée si conciliante... jusqu'à ce qu'elle se réveille, couchée et attachée sur la roue. Alors, là, sa terreur avait été absolue. Sainte Catherine... Malheureusement, le sang qui avait coulé n'était pas blanc, contrairement à ce qu'il attendait — et à ce qui était prévu.

Il avait eu envie d'elle. Affreusement. Et son désir n'avait fait qu'augmenter tandis qu'il la regardait crier et tourner doucement sur la roue, se rapprochant de lui, puis s'éloignant, les yeux exorbités de terreur, le visage pâle de douleur... Il avait eu envie de s'allonger sur elle, de sentir les piques, de la pénétrer en même temps que la roue tournait en émettant des craquements. Oui, c'est ce qu'il aurait voulu : la douleur et le désir combinés. Sentir la pression des piques et venir en elle alors qu'elle hurlait.

Il était épuisé. Il avait la tête dans un étau. Un étau qui semblait se resserrer un peu plus chaque jour lui emplissant le crâne d'un battement sourd qui augmentait à mesure que les heures passaient. Les sacrifices le stimulaient toujours : avant, pendant et immédiatement après. Mais ensuite, après quelques heures passées à le revivre, la fatigue le submergeait.

Le crétin de WSLJ était toujours en train de blablater sur le tueur en série qui rôdait dans les rues de la ville. Deux des victimes avaient été identifiées : des étudiantes de Loyola et de Tulane. Les policiers venaient de découvrir qu'il y avait déjà eu d'autres sacrifices. Bien, très bien. Il commençait à être frustré qu'ils n'aient toujours pas effectué de rapprochement avec ses exécutions précédentes.

L'identification des autres mortes vénérées allait forcément arriver. Maintenant que la police connaissait ses méthodes et les dates auxquelles il était susceptible de tuer, la chasse allait se compliquer pour lui. Mais il s'y était préparé. Il avait déjà choisi ses prochaines victimes, des femmes qui avaient besoin d'être libérées de leurs liens terrestres. Passant les doigts dans ses cheveux, il marcha jusqu'à l'autel, fit une génuflexion, et regarda le mur sur lequel se trouvait son collage. Un magnifique collage d'images des saintes qu'il avait choisies pour jouer un rôle dans son œuvre. Chacune de ces images, où l'on voyait une belle jeune fille entourée d'un halo chatoyant, devait être couverte d'une photo qu'il aurait lui-même prise. Pour certaines, c'était déjà fait. Sainte Jeanne d'Arc, la jolie petite Philomène, sainte Marie-Madeleine, sainte Cécile et maintenant sainte Catherine d'Alexandrie.

Mais il y en avait tant d'autres. Kristi Bentz ferait une parfaite sainte Lucy. Et sainte Olive ? Le jour où on la célébrait était bien trop éloigné ; il allait donc devoir délivrer Olivia Benchet en la rebaptisant.

Il regarda son grand livre posé sur la table, à côté de la paire de ciseaux qu'il utilisait pour découper les illustrations. Il allait trouver une autre fille de Dieu et…

— … et l'inspecteur Rick Bentz, de la police de La Nouvelle-Orléans…

L'Elu releva brusquement la tête en entendant prononcer le nom de Bentz à la radio. Bentz lui avait volé son élève : la seule personne en qui il avait eu suffisamment confiance pour lui révéler son secret. Le père John. Qu'on présumait mort, abattu par Bentz.

Mais Bentz allait souffrir.

L'Elu se redressa et laissa son aube tomber à terre. Lentement, avec douceur, les yeux fixés sur les collages et les visages de ses victimes, il fit glisser sur sa peau la natte qu'il avait confectionnée.

Toutes ces filles étaient magnifiques, rayonnantes. Elles méritaient d'être canonisées.

Son souffle se fit saccadé. Son sexe dressé était dur et brûlant. Il passa la tresse autour, imagina des dizaines de mains et de lèvres gourmandes sur sa peau…

Il songea à Kristi Bentz, dont le visage fut aussitôt remplacé par celui d'Olivia Benchet. Il grimaça un sourire.

Grâce à lui, elle allait connaître la rédemption, elle, la fille de la Pute.

25

— Bon, où en sommes-nous ? lança Melinda Jaskiel en s'adressant à Bentz et Montoya. Les médias réclament davantage d'infos, et le chef ne me lâche pas : il se demande ce qu'on va faire avec un nouveau tueur en série sur les bras. En plus, je dois rencontrer le responsable de la force spéciale et le FBI dans…

Elle regarda sa montre.

— … vingt-trois minutes.

— J'ai déjà parlé au type de la force spéciale, dit Bentz. Tortorici s'est chargé du FBI.

Il était 14 heures, et il se trouvait avec Montoya dans le bureau de Jaskiel. Il avait passé la matinée à travailler sur l'affaire, bridant sévèrement ses pensées chaque fois qu'elles le ramenaient vers Olivia Benchet et les événements de la nuit.

— Pensez-vous qu'il y ait la moindre chance pour que ce soit le Tueur au rosaire ? demanda Melinda.

Elle était debout, dans son habituel tailleur bleu marine, appuyée à son bureau. Bentz et Montoya étaient assis face à elle, sur les chaises des visiteurs. Il y avait sur la table de travail deux photos de ses filles, et un vase en cristal avec des fleurs fraîches. Hormis ces petites touches personnelles, la plaque à son nom et quelques récompenses accrochées au mur, le bureau aurait pu être celui de n'importe qui. Enfin, de n'importe quel maniaque de l'ordre et de la propreté.

— J'ai eu une discussion avec le FBI et Norm Stowell… Il a été profileur.

— Chez nous ? demanda Jaskiel en plissant les yeux.

— Non, mais…

— Hé, un instant, Rambo ! Il faut la jouer réglo dans cette affaire, on est bien d'accord ?

— Bien sûr ! dit Bentz. D'après Stowell, ce ne serait pas le Tueur au rosaire. Trop de différences — la signature, la façon dont les corps sont disposés. Notre nouveau client est plus brutal. Plus violent. Ça n'est pas le même homme.

— Et vous pensez que le fil rouge de ses crimes, ce serait des saints ?

— Des saintes, plus précisément. Des martyres.

Bentz s'agita sur sa chaise. Plus il acceptait le fait que ces femmes avaient été torturées et tuées en s'inspirant du supplice infligé à des saintes, et plus il était nerveux. Certaines des victimes étaient étudiantes, et sa propre fille étudiait à All Saints — dont le seul nom pouvait attirer l'attention du tueur, même si l'université se trouvait à Baton Rouge.

— Des martyres ? A chaque fois ?

— Oui. Ce qui limite un tout petit peu la liste. Il y a des centaines de saintes catholiques, et nous ignorons lesquelles il va choisir pour la suite. On relève tout de même une prédilection pour les morts bizarres et violentes.

— J'imagine qu'il y en a un certain nombre.

— Amen ! maugréa Montoya en sortant des tirages de pages Internet. Stephanie Jane Keller a connu le même sort que sainte Cécile — décapitée de trois coups de sabre, après avoir été torturée. L'inconnue dont on a retrouvé le cadavre calciné au pied de la statue de Jeanne d'Arc autour du 30 mai a fini comme la sainte française — on ignore, toutefois, où la victime a été brûlée. Pour Cathy Adams, c'est différent. La mise en scène de sa mort, et le jour choisi, le 27 juillet, renvoient à Marie-Madeleine.

Il tendit les documents à Jaskiel. Tandis qu'elle les parcourait, son visage se ferma.

— C'est encore pire que le précédent.

Bentz ne put qu'en convenir.

— Nous pensons qu'il a au moins deux autres victimes à son palmarès.

— Pourquoi ?

Elle leva les yeux vers Bentz, qui hésitait.

— Oh ! j'y suis ! lança-t-elle. Parce que Olivia Benchet a « vu » leur mort.

Elle avait tracé des guillemets imaginaires dans l'air en prononçant le mot « vu ».

— Jusque-là, elle ne s'est pas trompée, fit remarquer Montoya.

— Nous sommes en train d'établir un listing des personnes disparues dans l'Etat, et en particulier dans les campus de la ville. Stephanie Jane Keller et Cathy Adams étaient étudiantes, l'une à Tulane, l'autre à Loyola.

Une fois de plus, ce lien entre les victimes mit Bentz mal à l'aise. Sauf que le tueur semblait traquer des étudiantes ici même, à La Nouvelle-Orléans, pas à Baton Rouge. Soit. Mais la plupart des tueurs en série n'étaient-ils pas mobiles, en quête de nouveaux terrains de chasse ?

— Olivia Benchet prépare une maîtrise, à Tulane. Nous avons contacté tous les établissements de la ville, pas simplement les campus d'universités, tous les établissements d'études supérieures, qu'ils soient privés ou publics, laïques ou religieux, pour alerter les directions. Ils vont recommander à leurs étudiants d'être extrêmement prudents, de bien verrouiller leurs portes, de ne pas sortir la nuit... Tous les trucs habituels.

— Vous pensez qu'Olivia Benchet, notre « témoin » — si on peut l'appeler comme ça — est liée aux victimes parce qu'elle va à l'université ?

— C'est possible, dit Bentz. Mais elle ne connaissait aucune des deux femmes identifiées.

Montoya hocha la tête.

— Nous procédons aussi à des vérifications concernant Oscar Cantrell. Il a été le beau-père, parmi beaucoup d'autres, de Benchet. Par l'intermédiaire de son agence immobilière,

Benchmark Realty, il gérait la maison incendiée d'Esplanade Avenue… Il y avait donc accès.

— Connaissait-il la victime ?

— On n'a pas pu l'établir.

— Il faut l'interroger, ajouta Bentz en jetant un coup d'œil à la pendule. Il avait quitté la ville pour les vacances, mais on a pu le retrouver grâce à sa secrétaire. Et plutôt que d'avoir affaire à la police du comté de Dade, il a choisi de revenir ici pour répondre à nos questions.

— Aucun risque qu'il nous glisse entre les doigts ?

— Quelqu'un va s'assurer qu'il prend bien l'avion. Et j'irai personnellement l'accueillir à l'aéroport.

— Et il n'y a pas de témoins ? Personne n'a rien vu ? A part l'autre cinglé, bien sûr.

Bentz secoua la tête.

— Rien de consistant. La dernière personne à avoir aperçu Stephanie Keller vivante, c'est le mécanicien du garage où elle a laissé sa voiture. Il est réglo. Comme le petit ami de la fille, Townsend, qui a un alibi en béton. Il a même accepté de passer au détecteur de mensonge, et il s'en est sorti sans problème. Ce n'est pas notre homme.

Montoya prit la suite.

— Nous avons aussi la photo de ce type qui se trouvait sur place au moment de l'incendie, et qui apparaît sur la vidéo prise par un voisin. Mais, même avec des bidouillages informatiques, on n'a toujours pas réussi à l'identifier. Ça viendra peut-être. Nous avons mené notre enquête sur les deux propriétaires de la maison, le frère et la sœur qui en ont hérité. Eux aussi semblent réglos, ils ont de bons alibis. Le frère paraît très pressé de toucher l'argent de l'assurance. Mais il a travaillé tard, la nuit du meurtre — on a les registres de présence de son entreprise et les caméras de surveillance pour le prouver. Sa sœur, elle, est dévastée. Elle aimait cet endroit où ils ont grandi. La nuit du crime, elle était chez elle avec son mari et ses gamins.

— D'une manière ou d'une autre, le tueur a réussi à entrer, fit remarquer Melinda.

— Nous avons la piste Reggie Benchet, murmura Bentz. Il a un lien avec Olivia. Et il a fait de la prison pour meurtre. Il est sorti, maintenant. Il a découvert la religion durant ses années d'incarcération.

— C'est ça ! fit Montoya. Il a surtout dû apprendre quelques bonnes combines. Vous les envoyez en prison, et ils se mettent au courant des dernières arnaques. Réhabilitation, mon cul !

— Vous avez parlé à son contrôleur judiciaire ? demanda Melinda.

Bentz hocha la tête.

— Jusque-là, Reggie se tient à carreau.

— Mon cul, répéta Montoya.

— La police de Lafayette l'a interrogé. Je me suis dit que j'allais m'y arrêter aujourd'hui, en allant à Baton Rouge. C'est presque sur le chemin. Reggie Benchet a récemment essayé d'entrer en contact avec sa fille…

Bentz hésita, songea à ce qu'Olivia lui avait confié, et décida que sa supérieure avait le droit de tout savoir.

— Olivia m'a appelé, hier soir…

Et il raconta en détail ce qu'elle avait vu, décrivant l'état dans lequel ses visions l'avaient laissée.

— Elle était si bouleversée qu'elle a démoli le miroir, si bien qu'elle s'est coupé la main. Elle est certaine que le tueur de sa vision connaissait son prénom. Je ne sais pas comment, mais elle a « senti » qu'il pensait à elle et à sainte Olive.

— Merde ! fit Jaskiel.

— Vous êtes sûr qu'elle n'en rajoute pas un peu ? demanda Montoya, qui paraissait peu convaincu.

— Crois-moi, elle était terrifiée.

Frustrée, Jaskiel reposa soudain sur son bureau les feuillets qu'elle avait en main.

— Entendu, voyez pour le père. Et veillez à ce que la maison soit surveillée en permanence.

— C'est déjà fait. Le FBI a donné son feu vert.

Bentz redoutait vaguement qu'elle lui remonte les bretelles pour n'avoir pas suivi la procédure habituelle, mais elle approuva d'un hochement de tête.

— Et pour les deux autres crimes qui auraient eu lieu ? demanda-t-elle. Ceux qu'Olivia Benchet a « vus ».

— Hier soir, c'était la sainte Catherine d'Alexandrie. Elle a été attachée à une roue hérissée de piques, et décapitée.

Jaskiel serra les dents.

— Comme dans la dernière vision de Benchet.

— Oui.

— Et il s'agirait du même tueur ?

— C'est ce que nous pensons.

Melina haussa les sourcils d'un air surpris.

— Alors, comme ça, vous la croyez, maintenant ?

— Oui. Je la crois. Elle dit qu'elle a assisté à un autre meurtre. Une femme enfermée dans une espèce de crypte, que l'on aurait torturée, puis laissée mourir de faim… Regardez ça.

Il lui tendit une page consacrée à sainte Philomène, complétée par les notes qu'Olivia avait prises après ses visions.

— De deux choses l'une, dit-il. Ou bien elle a une vaste culture sur les saints et elle s'amuse avec nous, ou bien elle dit vrai et elle n'a aucune envie de rire.

Le souvenir de l'expression terrorisée d'Olivia lorsqu'elle s'était précipitée dans ses bras traversa l'esprit de Bentz.

— J'opte définitivement pour la seconde hypothèse, conclut-il.

— D'accord, dit Jaskiel en jetant un nouveau coup d'œil à sa montre. Vous travaillez avec la force spéciale et le FBI, alors ?

— Oui. Et c'est coton, avec toutes ces juridictions qui ne sont pas toujours sur la même longueur d'onde. Mais il faut tenir compte du fait que notre homme a très bien pu sévir dans un autre Etat. On a quelqu'un qui essaye de recouper toutes les affaires de crimes violents non résolues — des crimes commis les jours de célébrations de certaines saintes.

Mais même avec le FBI et leurs bases informatiques, c'est un boulot qui prend du temps.

— Et nous n'en avons pas vraiment.

— Nous n'avons pas eu beaucoup de chance non plus, jusque-là, souligna Bentz.

Montoya soupira.

— Je suis en train de vérifier du côté des fabricants de sabres. On a pu récupérer l'arme dans les décombres de la maison du bayou Saint-John. Pas d'empreintes, bien sûr, mais le sabre n'est pas commun. L'hypothèse la plus plausible, pour l'instant, c'est qu'il a été acheté d'occasion dans une convention d'armes, comme il y en a beaucoup. Impossible ou presque de retrouver l'ancien propriétaire. Mais on continue de démarcher les commerçants locaux.

— Et la possibilité que le tueur soit un prêtre ?

— Rien de ce côté-là. Juste le témoignage d'Olivia Benchet. On passe au peigne fin ce qui a été trouvé sur place, mais comme tout ou presque a été brûlé, ça prend du temps. On n'a aucune fibre à analyser. Rien non plus sous les ongles de la victime. J'ai bien peur que l'autre salaud n'ait laissé aucune trace, admit Bentz.

Jaskiel esquissa une moue de frustration, et se mit à tambouriner sur le bureau avec ses ongles.

— Il va finir par se planter. Il le faut bien. En attendant, qu'est-ce qu'on raconte à la presse ?

Jaskiel répondit elle-même à sa question.

— On ne leur parle pas encore de l'histoire des saintes — sous peine de voir surgir un copieur et tous les cinglés religieux des environs qui nous inventeront des tortures aussi nouvelles qu'innovantes pour se faire remarquer. On répète les informations d'usage : nous avons un tueur en série, soyez prudents… Rien de précis.

— Ça pourrait l'amener à se dévoiler un peu, dit Bentz. Quand un tueur en série n'attire pas assez l'attention, il est frustré et il devient parfois plus audacieux. Certains vont jusqu'à contacter la police.

Melinda se redressa.

— C'est valable, à condition que le manque d'attention ne le pousse pas à tuer de nouveau. Allez expliquer ça au public, ensuite…

— Alors, qu'est-ce que tu fais pour Thanksgiving ?

Kristi était assise à une table de la cantine, et elle sirotait un Coca tout en essayant de décider si elle allait « le faire » ou non avec Brian Thomas. Il était vraiment craquant. Des cheveux bruns, des yeux bleus intenses et ce côté secret, impénétrable qu'elle trouvait dangereusement excitant.

— A part aller à l'église ?

Il repoussa son plateau et planta ses coudes sur la table au revêtement écaillé. Sa bague d'étudiant — celle qu'il avait obtenue en même temps que son diplôme — brilla sous les néons du plafond.

— Oui, à part ça.

— Je pense que je vais célébrer l'action de grâces en corrigeant des copies.

Kristi fit la moue.

— Pas très rigolo.

— Tu trouves ? Ça ne t'exciterait pas de lire des partiels sur les implications philosophiques et politiques de l'Eglise catholique à Rome durant…

— Oh ! Je t'en prie ! lança-t-elle en levant les yeux au ciel. Non, ça ne m'exciterait pas.

— Quoi, alors ?

Il se pencha au-dessus de la table et lui saisit le poignet. Aussitôt, Kristi sentit son cœur s'affoler.

— Pourquoi on ne le « ferait » pas ensemble ?

— Maintenant ?

— Non, répondit-il en secouant la tête. J'ai cours dans une demi-heure. Mais plus tard… J'ai une bouteille de vin. Un truc bon marché mais efficace. On pourrait aussi aller au Dive.

Kristi soupira. — Je pense que ce sera pour une autre fois. Je dois retrouver mon père. Il passe me chercher juste après mon dernier cours.

Le sourire de Brian se fit malicieux.

— Appelle-le et demande-lui de venir plus tard. Invente une excuse : dis-lui que tu as trop de travail, par exemple.

— Il me connaît trop pour avaler ça, répondit Kristi alors que Brian relâchait lentement son poignet. N'oublie pas que nous avons vécu dix-huit ans ensemble.

— Tu aurais pu changer, ces dernières semaines…

— Il n'y croirait pas. Il est policier. Inspecteur.

C'était un aveu qu'elle répugnait à faire. En apprenant que son père était flic, la plupart des garçons rompaient à plus ou moins long terme. Sans un regard en arrière. Pas question de sortir avec la fille d'un policier et de s'exposer aux problèmes que ça pourrait leur causer. A la première occasion, ils plaquaient Kristi.

Brian, lui, ne cligna même pas les yeux.

— Ton père ne te fait pas confiance ?

— Il ne fait confiance à personne, et ça ne risque pas de s'arranger maintenant. J'ai lu dans le journal qu'il y avait encore un tueur en série à La Nouvelle-Orléans. Là, papa va carrément flipper. Rends-toi compte : il veut que je revienne m'installer à la maison ou que j'installe un système de sécurité dans ma chambre et que je ne sorte jamais sans une bombe lacrymo.

Brian se mit à rire.

— Il est paranoïaque.

— Oui. Il voit tout ce qu'il y a de pire dans les rues, et ça le rend dingue. Tu vois, j'ai de la chance ! Et toi ? Tu ne parles jamais de tes parents.

Le sourire de Brian disparut.

— Il n'y a pas grand-chose à dire.

— Tu ne rentres pas chez toi pour Thanksgiving ?

— Je n'ai pas de chez-moi.

— Oh, allez ! lança-t-elle en pensant qu'il la taquinait.

Puis elle perçut une soudaine tension sur son visage.

— Tes parents ont divorcé ?

— Juste de moi.

— Comment ça ?

— Ils ont rompu les liens quand j'avais dix-huit ans. J'ai eu des… des problèmes et ils ne l'ont pas supporté.

— Quel genre de problèmes ? demanda Kristi, sur ses gardes.

Soudain, tout leur environnement sonore lui parut étouffé — les bruits en provenance de la cuisine, les plateaux, assiettes, couverts et verres qui s'entrechoquaient, le bourdonnement des conversations aux tables les plus proches, tout cela semblait s'être éloigné. Brian baissa les yeux sur ses mains. Il évitait le regard de Kristi.

— Allez, raconte-moi ! lui dit-elle avec insistance. Je t'ai dit, pour mon père…

— C'est différent.

— Il suffirait que je lui passe un coup de fil et qu'il effectue quelques recherches informatiques.

Les yeux bleus de Brian s'illuminèrent en même temps qu'ils se rivaient à ceux de Kristi.

— Tu ferais ça ?

— Je pourrais. Allez…

Elle se pencha à son tour sur la table et mêla ses doigts aux siens.

— Que s'est-il passé ?

— C'était il y a longtemps. De l'histoire ancienne.

— Je ne te condamnerai pas, je t'assure.

Il haussa un sourcil, l'air sceptique.

— Tu n'en sais rien.

— C'est aussi grave que ça ?

En voyant son expression, elle retint son souffle.

— A toi de juger. Une fille… une fille avec qui je sortais depuis six mois… Elle m'a accusé de viol.

— Quoi ?

Kristi sentit son cœur chavirer. Soudain, elle regretta de

s'être montrée aussi curieuse. Un viol ? Elle retira sa main et eut un mouvement de recul — comme il l'avait prévu.

— Plus exactement, il s'agissait de détournement de mineur, précisa-t-il. Mais on a parlé de viol. J'avais dix-huit ans, elle n'en avait que seize. Tout ça, c'était de la connerie, et les accusations n'ont pas tenu. J'ai été complètement disculpé, *complètement*, mais mes parents ne m'ont plus jamais fait confiance. On a eu la dispute de trop à ce sujet, et ils m'ont fichu dehors.

— Comme ça ?

— Pourquoi s'enquiquiner avec moi ? Ils avaient cinq autres enfants dont il fallait s'occuper. J'étais le mouton noir. Mon père et moi, on ne s'est jamais entendus. Même quand j'étais gamin.

Il prit son verre et vida le peu qui restait au fond.

Sous le choc, Kristi croisa les bras. Elle soupçonnait qu'il avait un côté sauvage, dangereux, mais c'était bien plus sauvage et dangereux que ce qu'elle avait imaginé, et, pour la première fois depuis qu'elle avait rencontré Brian, elle se demanda si elle ne s'était pas engagée dans une relation qui la dépassait largement.

— Et qu'est-ce que tu as fait, après qu'ils t'ont mis à la porte ?

— L'armée, pendant deux ans. Mon casier était resté vierge. Mais je ne me voyais pas faire ça toute ma vie. Alors, je suis parti et j'ai pensé entrer au séminaire.

— Pour devenir prêtre ?

Kristi allait de surprise en surprise. Elle était abasourdie. Surtout quand elle pensait aux moments qu'ils avaient passés ensemble. Brian était si passionné, elle avait senti une telle urgence en lui alors qu'il la touchait, l'embrassait, la caressait… Comment avait-il pu songer à devenir prêtre ?

— Et le vœu de célibat ?

Son visage s'éclaira un peu.

— C'était un problème, reconnut-il en hochant la tête. En vérité, ma vocation n'a pas tenu longtemps. Alors, je suis allé à la fac, j'ai passé deux ans à faire un boulot qui ne m'intéressait pas, et j'ai finalement atterri ici.

— Quel âge as-tu ? Quarante ans ?

Il se mit à rire.

— Non. Seulement trente et un.

Elle déglutit avec peine. Trente et un ans ? Ça n'était pas tout jeune. Mais quelle importance ? Elle était toujours sous le choc de cette histoire de viol et de séminaire.

De son côté, il avait l'air blessé par cette question concernant son âge.

— Je n'ai pas dit que tu étais vieux ! dit-elle vivement, comme pour se rattraper.

— Tu me donnais tout de même quarante ans… Bref. Quand je suis entré au séminaire, j'essayais d'y voir clair. Je crois que je recherchais une famille. Un endroit où j'aurais ma place… Oh, et puis ça suffit ! Qui ça peut intéresser, toutes ces histoires ?

Il fit une boule avec sa serviette en papier, et la jeta sur la table. Son humeur sombre était brusquement revenue. Des nuages s'amoncelaient dans son regard bleu métallique.

— Moi, lui dit-elle. Ça m'intéresse.

— Et c'est pour ça que tu es spéciale, Kristi.

Il esquissa un vague sourire.

— Tu es sûre de ne pas pouvoir te libérer, aujourd'hui ? Ce serait super de passer un moment ensemble.

— Ça, j'en suis certaine.

Kristi fut tentée d'appeler son père et d'inventer une excuse pour rester à Baton Rouge pour le week-end — elle pouvait prétendre qu'elle avait un mémoire important à rédiger, par exemple.

— Mais il faut vraiment que je rentre chez moi, conclut-elle.

— Inutile que j'insiste, tu es sûre ?

— Eh bien… j'ai un contrôle avec le Pr Northrup et un devoir à rendre au Pr Sutter.

— En psycho ?

— Première année, oui.

— J'ai eu Sutter, quand j'étais en premier cycle. Il ne m'aimait pas trop.

— Ah bon ? Pourquoi ?

Brian retira sa main.

— Il était persuadé que j'avais entièrement pompé certains de mes travaux sur Internet. Ce qui était archi-faux. Et je le lui ai dit.

— Que s'est-il passé ?

— Rien. Il n'a pas pu prouver ce qu'il avançait. Mais il a eu l'air d'un con. Je le vois encore, face à la classe, le visage écarlate, une espèce de tic nerveux au coin de l'œil. Je crois que ça l'emmerde que je sois revenu.

— Et ça te fait plaisir ?

— Il mérite qu'on lui rabatte son caquet. C'est un connard !

Kristi hésita.

— Et… tu n'avais vraiment pas triché ?

— Bien sûr que non ! En faisant ça, j'aurais tout fichu en l'air. Mes projets, ma vie, jusqu'à mes chances d'enseigner.

— Seulement si tu avais été pris, lui fit remarquer Kristi sans le quitter des yeux.

— Tu penses que j'ai triché ? lui demanda-t-il.

— Je ne sais pas. Tu aurais pu ?

Elle s'avisa que son cœur battait sourdement, qu'elle s'était mise à transpirer légèrement, comme si elle craignait la réponse de Brian. Pourquoi lui faisait-il un tel effet ?

— Non. Si tu veux tout savoir, je crois que Sutter voulait absolument m'avoir.

Il s'interrompit et parut regretter ce qu'il venait de dire.

— Je dois te paraître un peu parano, non ? D'abord mes parents, puis le Pr Sutter. Attention ! Le monde entier en veut à Brian Thomas…

— C'est ce que tu penses ?

— Non. Ce que je pense vraiment, dit-il en baissant la voix alors qu'un employé de la cafétéria nettoyait une table voisine, c'est que tu devrais rester ici pour le week-end, histoire qu'on fasse un peu mieux connaissance.

— On aura le temps plus tard.

— Si tu le dis…

Il se laissa aller en arrière, et Kristi sentit toute l'intimité qu'ils avaient partagée se dissiper. Il semblait brusquement seul, distant. Le fait qu'il n'ait pas de famille, qu'il ait été rejeté par les siens la touchait vraiment, mais elle ne pouvait pas faire faux bond à son père.

Et pourquoi pas ?

— Il faut que j'y aille, dit-il après avoir jeté un coup d'œil à la pendule, au-dessus de la caisse. Merde ! J'ai cinq minutes pour traverser tout le campus !

Il se leva.

Elle ne voulait pas le laisser partir ainsi, alors qu'il semblait fâché contre elle. En même temps, elle n'avait rien fait de grave. Il essayait juste de la manipuler en rejetant sur elle la responsabilité de sa tristesse et de sa solitude. Pas question pour elle de rentrer dans son jeu, malgré l'attirance qu'elle éprouvait pour lui.

— Je te verrai à mon retour.

— Oui, c'est ça, fit-il d'un ton distrait en récupérant son sac.

Il s'éloigna vers la porte. Puis, comme s'il regrettait soudain de s'être montré cassant, il revint vers elle et se pencha pour lui chuchoter à l'oreille :

— Et quand tu reviendras, tu as intérêt à être prête.

Un picotement parcourut le dos de Kristi.

— Prête pour quoi ?

Le sourire de Brian s'épanouit lentement, un sourire franchement sexy.

— Devine.

26

— Et j'ai besoin d'un avocat ? demanda Oscar Cantrell en sortant de l'aéroport.

Il était fou de rage. Petit et bedonnant, le visage rougeaud, il avait un cigare éteint coincé entre les dents. Il était coiffé d'un chapeau de paille.

— A vous de me le dire, lui répondit Bentz.

— Vous m'accusez de quelque chose ?

Il lui jeta un regard assassin auquel Bentz ne prêta même pas attention. Il laissait l'autre mijoter. Il l'avait abordé à sa sortie d'avion, puis il lui avait montré son insigne, et maintenant il l'emmenait jusqu'à sa jeep.

— J'ai juste quelques questions à vous poser.

— Mais ma voiture est ici ! lança Cantrell en faisant passer son petit sac d'une main à l'autre. Pas besoin que vous me conduisiez.

— Faites-moi donc ce plaisir... Je vous raccompagnerai.

— Connard ! marmonna Cantrell en changeant de nouveau son sac de main.

Mais il ne discuta pas davantage. Le réseau de couperose qui sillonnait son nez et ses joues avait pris une teinte rouge vif quand il monta de mauvais gré à l'arrière du véhicule.

Bentz mit le contact, et jeta un coup d'œil dans son rétroviseur intérieur.

— Parlez-moi de votre ex-femme.

— Laquelle ?

— Bernadette Dubois.

Son cigare au coin de la bouche, Cantrell marmonna :

— Sainte Bernadette !

Bentz se raidit. *Sainte Bernadette ?*

— C'est le surnom que vous lui donnez ?

— Exactement. Vous la connaissez ?

Comme Bentz secouait la tête, Cantrell poursuivit :

— C'est une emmerdeuse de première. Mais très belle. Une bombe doublée d'une manipulatrice. Elle veut toujours plus que ce qu'un homme est en mesure de lui donner. Le genre de femme qui ne vous cause que des ennuis.

Il se laissa aller contre le dossier de son siège.

— Et merde ! Elle a des problèmes avec la justice, c'est ça ? De quoi s'agit-il ?

— De l'incendie de cette location dont vous avez la gestion, du côté du bayou Saint-John.

— Je m'en doutais…

Cantrell regardait au-dehors tout en mâchouillant son cigare.

— Je ne sais rien de tout ça. Rien. Interrogez ma secrétaire. Je n'étais pas en ville. J'étais avec… une amie. Vous n'avez qu'à le lui demander.

— J'en ai bien l'intention, répondit Bentz.

Mais il sentait que Cantrell était sincère. Encore une impasse !

— Vous connaissez sa fille ? demanda-t-il quand même.

— Olivia ? Eh bien… je l'ai rencontrée une ou deux fois, oui.

Il ôta son chapeau de paille et s'épongea le front avec un mouchoir.

— Elle a eu une autre fille qui est morte. Je pense qu'elle ne s'en est jamais vraiment remise. Elle s'en voulait terriblement. Elle faisait la sieste quand la gamine est tombée dans le bassin du jardin. Elle s'est noyée. Bernadette a dit que c'était la faute d'Olivia, mais je sais qu'elle se sentait responsable, dans le fond. Il y avait beaucoup de culpabilité chez cette femme, bon sang !

— Vraiment ?

Bentz était surpris que Cantrell se révèle aussi bavard et aussi franc.

— Comment ça ? De quelle culpabilité parlez-vous ?

Cantrell fourra son mouchoir dans sa poche.

— Qu'est-ce que j'en sais, moi ? Son père était mort, sa mère à moitié cinglée avec ses histoires de vaudou. Rien d'étonnant si elle était aussi perturbée. Et tout a probablement commencé avec le bébé.

— Olivia ?

— Non.

— La petite fille qui s'est noyée ? Chandra ?

— Mais non ! s'exclama Cantrell, soudain irrité. Je vous parle de son premier bébé.

Bentz sentit qu'il venait de lever un lièvre. Il regarda de nouveau son passager dans le rétroviseur.

— Le premier ?

— Oui, son fils. A mon avis, c'était censé être un gros secret, mais, un soir qu'on avait bu, elle s'est mise à tout déballer sur son fils. Elle était tombée enceinte et elle avait dû abandonner le bébé. C'est Virginia, sa mère, qui l'y avait obligée.

— Et qui était le père ?

— Benchet, bien sûr. Tout le problème était là. Virginia avait décidé que Reggie Benchet était un bon à rien.

Le regard de Cantrell croisa celui de Bentz dans le rétroviseur.

— Une histoire de dingues. Elle ne m'en a plus jamais parlé. Moi non plus. J'ai pensé que ça n'était pas vraiment mes affaires. Je pense aussi qu'elle n'a jamais rien dit à Reggie.

— Mais avec vous, elle s'est sentie suffisamment en confiance ? demanda Bentz d'un air sceptique.

— C'est le rhum qui lui a délié la langue. Elle avait un énorme problème de culpabilité, je vous assure. Si vous voulez mon avis, tout a commencé au moment où elle a abandonné son bébé.

— Qu'est-ce qui a commencé ?

— La folie… C'est un truc de famille.

Il sortit son cigare de sa bouche.

— La vieille Virginia était déjà folle, reprit-il. Elle a transmis ça à sa fille, et même à sa petite-fille. Virginia, Bernadette, Olivia… des belles femmes, sexy et tout, mais dérangées, si vous voyez ce que je veux dire.

Malheureusement, Bentz voyait, oui.

Le matin, Olivia travailla quelques heures au Troisième Œil, puis elle rentra chez elle pour y retrouver Ole Olsen et son équipe.

Retranchée dans son ancienne chambre, elle essaya de travailler à son mémoire pendant que les ouvriers circulaient dans toute la maison, tirant des fils, hurlant des ordres, coupant l'électricité un instant ou testant les alarmes. Assise sur le canapé-lit, ses livres sur les genoux, elle fut plus d'une fois interrompue par des coups frappés à la porte et une tête qui passait dans l'entrebâillement et lui posait une question. Impossible de se concentrer. Comment aurait-elle pu, de toute façon ? Sa nuit avec Bentz lui paraissait de plus en plus irréelle, et leur dispute de la matinée n'était qu'une autre pièce du puzzle éparpillé qu'était sa vie.

Une fois l'électricité rétablie, elle oublia un moment son mémoire pour aller surfer sur Internet. Elle passa plus de deux heures à chercher des informations sur la vie et la mort des saintes. Elle avait été tentée de dire à Bentz qu'il faisait fausse route. Mais, à mesure qu'elle lisait des pages consacrées aux saintes qu'il avait mentionnées, tout en se remémorant le calvaire des femmes qui avaient été tuées, elle acquit la certitude qu'il y avait en effet un lien.

Mais lequel ? Pourquoi ces saintes ? Et pourquoi elle-même se trouvait-elle mêlée à cette histoire ?

Quand la nuit tomba, la plupart des ouvriers étaient partis, et elle était maintenant équipée d'un système de sécurité de base, avec une alarme qui se déclencherait chaque fois qu'une porte ou une fenêtre serait ouverte alors qu'elle était activée.

— Si je comprends bien, je ne pourrai plus dormir avec les fenêtres entrebâillées ? demanda-t-elle à Ole, un grand gaillard de type nordique, au visage large et aux cheveux blancs coupés court.

— Si, si, il suffira de désactiver l'alarme dans certaines pièces. Mais je ne vous le conseille pas. Attendez, je vais vous expliquer…

Il lui montra le panneau de contrôle et détailla le fonctionnement des détecteurs de mouvement et le réglage du laps de temps entre le moment où elle mettait l'alarme et celui où elle était réellement activée.

— Donc, si je branche le détecteur de mouvement, il faut que j'enferme le chien dans une autre pièce ?

— Sauf si vous voulez voir arriver ça…

Pressant le bouton, il déclencha l'alarme, et une série de couinements stridents à déchirer les tympans emplit la maison. Harry se mit à hurler. Olivia apprit sans peine à couper le signal.

— Je hais la technique, parfois…

— Moi aussi, assura Ole avec un sourire qui découvrit quelques couronnes en or. Mais c'est mon gagne-pain. Je ne peux pas trop m'en plaindre.

Avant de quitter Olivia, il lui laissa sa carte de visite, un épais manuel d'utilisation et une facture étonnamment faible — grâce à l'inspecteur Bentz, expliqua-t-il.

— Ça remonte à quelques années. Il a aidé mon fils à se sortir de la drogue. Surtout, n'hésitez pas à m'appeler s'il y a le moindre problème, d'accord ?

Il sortit pour aller rejoindre sa camionnette.

— N'hésitez pas ! répéta-t-il. Bentz m'a recommandé de veiller sur vous et je n'ai pas l'intention de le trahir.

— Je suis certaine de pouvoir m'en sortir seule, lui assura-t-elle.

Elle le salua de la main, avant de rentrer dans la maison.

Puis elle se demanda ce que Grannie aurait pensé de tout cela, et crut presque entendre la voix de sa grand-mère : « Qu'est-ce qui te prend de payer pour toutes ces bêtises de cloches et de sifflets ? Fais confiance au Seigneur, Livvie, et apprends à te servir d'un fusil. C'est la meilleure protection. »

— C'est faux, Grannie ! chuchota Olivia en venant s'asseoir à la table de la cuisine pour feuilleter le manuel d'utilisation.

Le chien couina, et elle le gratta entre les oreilles. Incapable d'aller au-delà de la page sept du livret, elle l'abandonna sur la table et gagna le salon. Du coin de l'œil, elle vit Harry sauter sur la chaise qu'elle occupait, s'emparer du volume et filer vers la buanderie.

— Ah, non ! s'écria-t-elle en lui courant après.

Elle réussit à récupérer le manuel avant que le chien ait eu le temps d'aller l'enfouir dans ses couvertures, avec ses autres trésors.

— Je pourrais en avoir besoin, lui dit-elle.

Elle cacha la brochure dans un placard de la cuisine, puis retourna dans le salon.

C'est alors qu'elle ressentit comme un changement. Une modification dans l'atmosphère de la maison.

Ça ressemblait à une brise froide.

Le souffle court, elle sentit les battements de son cœur s'accélérer.

— Non !

Il n'allait pas recommencer. Pas déjà !

Une peur glacée la transperça. Elle jeta un coup d'œil vers le miroir accroché au-dessus de la petite bibliothèque ; elle s'attendait à y découvrir de nouveau le prêtre masqué, à affronter ses yeux bleus pleins de cruauté. Au lieu de quoi, elle ne vit que son propre reflet — une femme, pâle, aux cheveux ébouriffés, avec sur le visage une expression hantée. Torturée.

Harry gémit, mais il ne se précipita pas vers la porte ou la fenêtre ainsi qu'il le faisait chaque fois qu'il entendait un bruit venant du dehors. Il vint au contraire se blottir auprès d'elle, tremblant comme s'il avait senti, lui aussi, une présence malfaisante.

— Chhhhh, tout va bien ! lui dit-elle en le soulevant pour le serrer dans ses bras. On est en sécurité.

Malgré ses paroles, il se mit à trembler de plus en plus fort et se débattit pour descendre. Elle le posa par terre. Il courut jusqu'à la cuisine, puis se tourna pour la regarder.

— Tout va bien, Harry.

Il couina de nouveau.

— Quand même, tu es une vraie poule mouillée ! lui lança-t-elle.

En même temps, elle ne pouvait se départir du sentiment que quelque chose d'horrible se préparait. Et pas simplement dans ses visions, mais ici, chez elle. Elle songea aux paroles de Grannie Gin, à sa foi en Dieu. La religion de Grannie avait certes un peu dévié — mélange de catholicisme romain et de vaudou. Mais c'était inoffensif. Grannie avait toujours trouvé le réconfort dans la Bible. Cette bible qui était posée sur l'étagère du haut de la petite bibliothèque. Un épais volume relié de cuir qui était dans la famille depuis très longtemps et qu'elle laissait sous le miroir ovale.

Harry aboya en reculant.

— Ça suffit ! lui lança Olivia.

Mais il continua d'aboyer alors qu'elle prenait la bible et l'ouvrait au hasard. Le Psaume 23. Le préféré de Grannie. Olivia lut le passage si familier, et elle se rappela sa grand-mère qui le lui chuchotait, le soir, en la bordant dans son lit.

— *Quand je marche à travers la vallée de l'ombre de la mort, je ne crains pas le mal, car Tu es avec moi.*

Olivia cligna des yeux pour retenir des larmes alors qu'elle songeait à sa grand-mère, à la façon dont elle lui caressait les cheveux tout en lui murmurant ces mots. Curieusement, elle n'avait jamais lu cette bible seule. C'était le domaine réservé de Grannie.

Harry gronda. Apparemment, cette lecture ne l'apaisait pas.

— Hérétique ! lui cria Olivia.

Tandis qu'elle s'apprêtait à remettre la bible en place, la couverture s'ouvrit sur une page où des générations de Dubois avaient visiblement pris la peine de noter chaque naissance, chaque mariage et chaque décès dans la famille au cours des cent vingt dernières années. Grannie avait suivi cette tradition aussi scrupuleusement que sa belle-mère.

Olivia fit glisser son index le long de la page, trouva le nom de sa mère, ainsi que la mention des trois autres enfants auxquels Grannie avait donné le jour. Des enfants qu'elle avait dû très vite enterrer, aucun n'ayant vécu plus d'une semaine.

Bernadette avait été l'exception — elle avait eu droit à la force, alors que les autres étaient nés avec une faiblesse fatale.

Sous le nom de sa mère se trouvait la liste de ses mariages et des enfants qu'elle avait eus.

Olivia se figea.

Son index resta suspendu au-dessus de la page. Elle figurait bien là, avec sa date de naissance. Chandra aussi, avec sa trop courte existence. Mais il y avait un troisième prénom, au-dessus du sien.

Bébé, garçon. Simplement. Sans prénom. Il était présenté comme le fils de Bernadette et de Reggie Benchet. Si elle en croyait ce qui était écrit, ce frère anonyme avait à peine un an de plus qu'elle.

Un frère ? Elle avait eu un frère ? Que lui était-il arrivé ? Qu'était-il devenu ?

Son pouls battait à ses oreilles. Elle relut la page, persuadée qu'un élément d'information lui avait échappé. Mais non, il n'y avait aucune indication de la mort de l'enfant. C'était impossible ! Comment se pouvait-il qu'elle n'ait jamais entendu parler de lui ?

Comme s'il n'avait jamais existé.

S'agissait-il d'une bévue, d'un bébé sans nom qu'on aurait fait figurer au mauvais endroit ? Non. La liste était écrite de la main même de sa grand-mère. Et Grannie n'aurait pas commis une telle erreur.

Mais s'il n'était pas mort, où se trouvait-il ?

Olivia sentit ce courant glacé, désormais familier, la traverser, et, quand elle regarda dans le miroir, elle entrevit quelque chose au-delà de son reflet — comme une silhouette sans forme réelle.

Elle laissa échapper la bible, recula et faillit trébucher.

Le martèlement de son cœur lui emplissait les oreilles. Elle pouvait à peine respirer. Elle avait les mains moites.

Dans les profondeurs du reflet, elle entrevit comme une présence. Marquée par la mort et le mal.

Reculant encore, elle tenta de se raisonner. Elle se laissait emporter par son imagination. L'agitation de son chien la rendait nerveuse. En tout cas, elle avait la chair de poule.

« Reprends-toi, Olivia ! Tu n'as rien vu. Rien ! »

Contrôlant son souffle, elle se précipita sur le téléphone, récupéra son répertoire dans le tiroir du haut, et fit glisser son doigt sur une page où les numéros avaient été effacés et barrés. Elle finit par trouver celui de Bernadette.

Elle le composa très vite, tout en s'efforçant de combattre la panique qui menaçait de la submerger. Bentz lui avait dit qu'il devait y avoir un lien entre le tueur et elle. Quelque chose dans les gènes. Etait-il possible que…

Oh ! Seigneur !

Le téléphone sonna. Une fois. Deux fois. Trois fois.

— Réponds, bon sang !

La quatrième sonnerie retentit, et un répondeur lui demanda de laisser un message.

Que dire ?

— Bernadette, c'est Olivia. Pourrais-tu me rappeler dès que…

— Livvie ?

En entendant la voix de sa mère, Olivia crut que ses jambes allaient se dérober. Elle se tint d'une main au comptoir.

— Quelle surprise !

— Il faut que je te parle.

— A condition que ce ne soit pas pour me faire la leçon au sujet de mon mari. J'ai envisagé de le quitter, mais, Jeb et moi, on essaie d'arranger les choses.

— Est-ce que tu es fol…

Olivia ravala la fin de sa phrase.

— Tu sais ce que j'en pense, reprit-elle. Mais ce n'est pas pour ça que je t'appelais.

Il y eut un long silence, et Olivia se demanda comment elle allait pouvoir formuler sa question — et accuser sa mère de lui avoir caché un secret pendant plus de trente ans.

— Je parcourais la bible, dit-elle. Tu sais, celle de Grannie…

— Oui.

— Eh bien, j'ai découvert à l'intérieur une page sur laquelle sont consignés les naissances, les mariages et les décès de la famille.

— Vraiment ?

Olivia comprit qu'elle devait se lancer.

— J'ai trouvé mon nom et celui de Chandra, bien sûr, mais nous ne sommes pas seules. Il est fait mention d'un autre enfant. Un garçon. On ne donne pas son prénom. Il serait né environ un an avant moi. Ce serait mon frère aîné.

Pas de réponse.

— Maman…

Le silence se poursuivit, rompu par un soupir.

— Ecoute, Livvie, je ne crois pas que cela te regarde.

— J'ai un frère, personne ne me l'a dit, et ça ne me regarde pas ? s'exclama-t-elle, abasourdie. Mais bien sûr que ça me regarde !

— Quelle importance, maintenant ?

— Bernadette… c'est mon frère. Est-ce qu'il est… vivant ?

Nouveau silence.

— Est-il vivant ? insista Olivia, les doigts crispés sur le téléphone.

— Je… je ne sais pas.

— Pourquoi ?

— C'est compliqué.

— Pour l'amour du ciel, Bernadette ! Où est-il ? Que s'est-il passé ? Qui est-il ?

— Je t'ai dit que je n'en savais rien, répliqua sa mère d'un ton sec. J'étais jeune, à peine sortie du lycée. Je n'étais pas mariée… à une époque où il était très mal vu, presque inconcevable, d'avoir un enfant en dehors du mariage. Pas comme aujourd'hui. J'ai dû avouer à ma mère que j'étais enceinte et elle… elle s'est arrangée pour qu'il soit adopté. Je ne sais pas comment il s'appelle, ce qu'il est devenu. Rien.

— Mais…

Olivia se laissa aller contre le mur. Elle avait la tête qui tournait. Combien d'autres secrets, combien de mensonges lui restait-il à découvrir ?

— Pour moi, ce bébé n'a jamais existé, affirma Bernadette d'une voix que l'émotion faisait trembler. Je ne te demande pas de comprendre, Livvie ; j'aimerais juste que tu ne me juges pas.

— La question n'est pas là. Je veux simplement connaître la vérité.

— C'est tout simple. Je suis tombée enceinte alors que j'étais encore au lycée. Et ton père était… eh bien, il était parti Dieu sait où. Je n'étais pas mariée, alors j'ai abandonné mon bébé sans trop y penser. Je n'en voulais pas. C'est sans doute ce qu'aujourd'hui on appelle du déni…

Et cela expliquait beaucoup de choses, songea Olivia.

— Les seules personnes au courant dans la famille étaient ta grand-mère et moi. C'était une adoption privée. Je ne connais même pas le nom de l'avocat qui s'en est occupé ni celui de la famille qui a accueilli l'enfant. Je ne tenais pas à le savoir, à ce moment-là. Et ça n'a pas changé. Je n'en ai pas parlé à ton père.

— Il n'est *pas* mon père.

— Qui est dans le déni, maintenant ? répliqua Bernadette.

Laisse tomber, Olivia. Tu as un frère quelque part ? Quelle importance ?

— Tu n'es pas curieuse de savoir ce qu'est devenu ton fils ?

— Non, Livvie. Alors, je t'en prie, oublie tout ça.

Olivia en était bien incapable. D'une façon ou d'une autre, songea-t-elle en raccrochant, elle allait apprendre qui était son frère. Même si c'était pour découvrir en même temps le visage d'un tueur impitoyable.

Assis à son bureau, Bentz regarda l'heure et étouffa un juron. Il avait tout juste le temps de se rendre à Baton Rouge pour y récupérer Kristi. Hormis la suggestion que « Sainte Bernadette » avait fait adopter le fils que lui avait fait Reggie Benchet, Bentz n'avait rien appris d'Oscar Cantrell. Si jamais celui-ci avait éprouvé de l'amour pour son ex-femme, cet amour était mort lorsque Bernadette avait commencé à le tromper sérieusement.

— Une vraie pute ! avait conclu Cantrell sans détour. Il fallait qu'elle baisse toutes les braguettes qui passaient à proximité. Bien sûr, c'est ce qui m'avait d'abord attiré chez elle. Mais j'attendais d'une épouse qu'elle se réserve pour son mari. Tu parles ! Un sacré numéro, la Bernadette.

Bentz devinait que l'histoire ne s'arrêtait pas là, mais il n'avait rien obtenu de plus. Et à présent il était en retard.

Il enfila son blouson, glissa son Glock dans son holster et quitta son bureau.

— Bentz ! lança l'une des opératrices quand il passa à côté de la réception. J'ai Montoya en ligne. Il dit que c'est important.

— Qu'il m'appelle sur mon portable !

Son téléphone se mit à sonner alors qu'il rejoignait la jeep.

— Bentz, répondit-il en ouvrant la portière et en s'installant.

— On l'a trouvée, dit Montoya d'une voix glaciale.

— Qui ?

— Sainte Catherine d'Alexandrie.

— Quoi ?

La main droite sur le volant, Bentz se figea.

— Où ça ?

— Il y a autre chose, déclara Montoya d'une voix grave. Elle n'est pas seule.

27

Quelle poisse !

Au palmarès des pires journées de son existence, celle-ci méritait de figurer dans les toutes meilleures places, songea Kristi en finissant de répondre à la dernière question de son test. C'était un cours d'anglais de première année, donc superfacile *a priori*. Sauf que le Pr Northrup avait la réputation d'être le plus exigeant du département d'anglais. Un vrai perfectionniste. Tatillon, coincé. Avec un look en conformité : costumes chics et cheveux toujours impeccablement coupés. Il devait avoir environ trente-cinq ans, mais il paraissait plus âgé. Et totalement blasé.

Décidant qu'elle avait fait aussi bien qu'elle le pouvait, Kristi se leva et alla déposer sa copie dans la corbeille à moitié pleine qui se trouvait sur le bureau de Northrup.

— Vous rentrez chez vous pour Thanskgiving ?

Kristi en resta sans voix. De tout le trimestre, c'était la première fois qu'il lui adressait la parole. Et il n'avait pas dit un mot aux élèves qui avaient rendu leur copie avant elle.

— Oui, répondit-elle en hochant la tête.

Elle passa son sac à dos sur son épaule et précisa :

— Aujourd'hui.

Il eut un sourire qui semblait forcé. De toute façon, ce type était aussi faux qu'un billet de trois dollars.

— Passez de bonnes vacances, mademoiselle Bentz.

Et il se tourna pour donner des instructions à son assistant.

— Vous aussi, marmonna Kristi.

Elle était étonnée qu'il connaisse son nom. Ce type était vraiment bizarre. Mais, quand elle y réfléchissait bien, tous ses profs l'étaient un peu. Apparemment, elle était tombée sur tous les excentriques de l'université, songea-t-elle en sortant dans le froid de cette journée de novembre.

Il pleuvait. Le ciel était sombre et bas. Des flaques s'étaient déjà formées ici et là. Et pour le troisième jour consécutif elle avait oublié son parapluie. Tout en se traitant d'idiote, elle remonta le col de son blouson et coupa à travers le campus dans l'obscurité, la tête baissée pour éviter les gouttes. Il y avait très peu d'élèves dans les allées étroites qui passaient entre les bâtiments en brique et qui sillonnaient les pelouses de l'université. La nuit n'était censée tomber que dans quelques heures, mais il faisait aussi sombre qu'à minuit.

Elle sauta par-dessus une flaque, au beau milieu d'une allée, et se mit à courir. Elle repensa à ses enseignants. Zaroster, le prof de philo, était un type nerveux et exigeant, qui aboyait ses ordres à Brian et regardait les étudiants avec un air de supériorité — ce qui n'était pas le cas de Northrup.

Peut-être que tous ceux qui réussissaient dans le milieu universitaire devenaient imbus de leur personne…

La prof de maths, Mme Wilder, se maquillait outrageusement et portait des pulls beaucoup trop près du corps. A part ça, elle semblait normale. Sutter, le prof de psycho, faisait de son mieux pour paraître cool, mais Kristi avait la certitude qu'il n'était pas aussi détendu qu'il voulait le montrer. Il semblait souvent à cran. Une fois, il l'avait prise à part pour lui dire que sa copie était décevante.

— Je suis certain que si vous passiez un peu plus de temps à mener des recherches, vous vous surprendriez vous-même.

Ah, oui ? Et qu'est-ce qu'il en savait ? Le fait qu'il ait un doctorat en psychologie l'autorisait-il à mener des analyses sauvages sur ses étudiants ? Il y avait aussi Mlle Pratt, la prof d'éducation physique. Homosexuelle, très certainement. Elle avait essayé de la convaincre de s'inscrire dans l'équipe de natation, mais Kristi était persuadée qu'elle la draguait.

Elle avait même eu parfois l'impression que c'était un homme. Sans doute à cause de cette façon qu'elle avait de toujours traîner à la piscine ou aux vestiaires, faisant mine d'être occupée alors qu'elle observait attentivement ce qui se passait autour des installations sportives.

Kristi n'avait jamais été particulièrement prude, elle se changeait et se douchait pour les cours de gym sans faire de manière. Avec Roberta Pratt, les choses avaient changé. Cette lesbienne la rendait nerveuse.

Mais qu'est-ce qui ne la rendait pas nerveuse, ces derniers temps ?

Et maintenant son père allait être en retard ! Il l'avait appelée sur son portable pour lui expliquer qu'il était retenu par un cas de force majeure. Il avait même proposé d'envoyer un collègue à sa place.

Comme si c'était la même chose !

L'homme auquel son père pensait allait sans doute débarquer à bord d'une voiture de patrouille. Super ! Elle n'avait qu'une envie : faire savoir à tout le campus qu'elle était la fille d'un flic !

Rien que d'y penser, elle était mortifiée. Elle avait assuré à son père qu'elle patienterait. De son côté, il lui avait promis qu'il n'aurait « que » deux heures de retard. Elle n'en croyait rien. Elle le connaissait trop bien.

Elle avait déjà décidé qu'elle n'attendrait pas indéfiniment. Si son père ne se montrait pas dans un délai raisonnable, elle rappellerait Brian. Cette perspective lui arracha un sourire.

Au niveau de la statue de sainte Marie, au milieu des pelouses, elle prit sur sa gauche. Elle eut l'impression d'entendre quelqu'un derrière elle. Sans doute un étudiant qui courait pour aller se mettre à l'abri. Elle jeta un coup d'œil par-dessus son épaule, mais ne vit personne. Le campus était désert ou presque.

Et avec l'obscurité ambiante, ça n'était pas très rassurant…

Oh ! ça va !

Elle prit un raccourci pour rejoindre la bibliothèque,

gravit deux à deux les marches du perron et poussa les portes vitrées. L'endroit, d'habitude très fréquenté, avait un côté « ville fantôme », avec juste une poignée d'étudiants assis aux vieilles tables de bois ou en train de scruter les rayonnages. Il sembla même à Kristi que l'intensité de l'éclairage était plus faible que d'ordinaire. Toute l'atmosphère du bâtiment était désolée.

Elle s'empressa de ressortir et coupa à travers la pelouse humide pour rejoindre Cramer Hall. De nouveau, elle eut l'impression d'entendre du bruit derrière elle, comme si quelqu'un courait dans l'herbe détrempée. Cette fois encore, elle regarda par-dessus son épaule. Et elle entrevit un homme, assez grand. Il lui parut vaguement familier, mais il faisait trop sombre pour qu'elle distingue ses traits. Et il disparut dans le rideau de pluie, se détournant à la seconde où elle regardait dans sa direction.

Un court instant, Kristi s'interrogea. La suivait-il ? Mais non, c'était ridicule ! Pourquoi lui courir après sous cette pluie battante ?

« Tu es aussi paranoïaque que ton père ! Enfin, quoi ! Ce type fonçait se mettre à l'abri, c'est tout. Rien d'effrayant là-dedans. Ressaisis-toi ! »

Pouvait-il s'agir de Brian ? Mais pour quelle raison l'aurait-il suivie ? Et surtout pourquoi aurait-il ainsi disparu dans la pénombre ? Non, ça n'avait aucun sens.

Et au fait, où était-il, Brian ? se demanda-t-elle avec irritation.

Elle ouvrit la porte du Cramer Hall, tâchant de maîtriser sa colère. Il avait sans doute une excellente raison de ne pas avoir répondu à ses coups de fil.

— Pauvre type ! maugréa-t-elle à voix basse.

Montant en courant les deux volées de marches, elle s'essuya le visage, puis sortit son téléphone portable de sa poche. Elle l'ouvrit. Rien. Aucun appel après celui de son père.

La porte de sa chambre était ouverte, et Lucretia était étendue sur son lit, en train de feuilleter le dernier numéro de *Modern Bride*. En reconnaissant le magazine, Kristi eut envie de vomir. Toute la vie de Lucretia se résumait à travailler et à rêver de mariage.

Gardant ses commentaires pour elle, Kristi entreprit d'ôter ses vêtements mouillés.

— Quelqu'un a appelé ? demanda-t-elle, tout en cherchant des vêtements secs dans sa petite armoire.

— Oui, Jay.

Lucretia buvait une cannette de Coca Light et grignotait des Cheetos.

— Il voulait savoir quand tu rentrerais, précisa-t-elle.

Kristi aperçut son reflet dans le miroir. Elle avait la peau rougie par le froid, et ses cheveux commençaient à frisotter.

— Il croit toujours être ton petit ami, tu sais ? ajouta Lucretia.

— Bon. Je le rappellerai quand je serai rentrée chez moi.

— Comme tu voudras.

Désintéressée, Lucretia grignota un autre Cheetos, avant de se lécher les doigts.

— Personne d'autre ?

— Non.

Lucretia leva les yeux. Elle avait cette expression suffisante qui donnait des envies de meurtre à Kristi.

— Personne, ajouta-t-elle. Pas même Brian.

Kristi ne fit aucun commentaire. Elle avait hâte de rentrer et de fuir sa colocataire si contente d'elle. Lucretia ne fumait pas, ne buvait pas, ne prenait pas de drogue, et elle n'écoutait pas d'autre musique que celles que diffusait une radio chrétienne. Son unique rêve dans la vie était de se marier et d'avoir des enfants.

L'Ennui avec un grand E.

Kristi jeta un coup d'œil à sa montre en se demandant quand son père allait enfin arriver.

*
* *

Bentz arrêta la jeep devant le portail. Il descendit et montra son insigne au shérif adjoint qui montait la garde. Au-delà de la vieille clôture à moitié affaissée, il aperçut un moulin à blé abandonné.

Montoya était en train de parler avec d'autres policiers, sous la pluie. Quittant le petit groupe, il fit signe à Bentz de le rejoindre.

— Alors ? demanda Bentz.

— Deux femmes non identifiées. Mortes.

Montaya avait les traits tirés. Son blouson luisait de pluie. Une pluie qui ne faiblissait pas, avec de grosses gouttes qui continuaient de marteler le sol et ruisselaient sur la casquette de Bentz. La lumière déclinait rapidement dans cette région agricole située à une heure de La Nouvelle-Orléans.

— J'ai un copain qui travaille au bureau du shérif, expliqua Montoya. Il m'a appelé, et je suis tout de suite venu. Ce sont des gamins qui ont trouvé les corps.

De la tête, il désigna deux garçons qui se trouvaient en compagnie d'un policier et d'une femme.

— Qu'est-ce qu'ils fichaient là ?

— Ils chassaient — en cachette de leurs parents.

Montoya tira sur sa cigarette et ajouta :

— S'ils cherchaient les émotions fortes, ils ont été servis.

Bentz regarda vers le moulin. Le bâtiment semblait tout droit sorti d'un film d'horreur. Les fenêtres étaient murées, les murs en ciment noircis par les ans, envahis par des plantes grimpantes et des ronces qui montaient jusqu'au toit. La mousse dégoulinait sur ce qui restait de l'avant-toit. Un morceau de roue avait échoué dans un torrent.

— A qui appartient cet endroit ?

— On cherche. Le shérif pense que le propriétaire du moulin n'habite pas l'Etat.

— Il a un nom ?

— On n'en est qu'au stade des vérifications. Quand ils parlent de cet endroit, les gens disent « chez le vieux Kayler ». Il y a cent cinquante ans, le terrain appartenait à un certain

Kayler, qui a un lien avec la guerre de Sécession. Le nom est resté. Le moulin a été construit par la suite, mais il ne fonctionne plus depuis une ou deux générations — il a dû être fermé au moment de la Seconde Guerre mondiale. Les voisins les plus proches sont à plus de huit cents mètres.

— Pratique.

— Et beaucoup moins dangereux que la *shotgun house* d'Esplanade Avenue.

— Ou qu'un appartement de Garden District.

Bentz examina de nouveau l'extérieur. Les lieux grouillaient déjà de monde. De puissantes lampes à arc au carbone illuminaient les murs partiellement écroulés, et les rayons lumineux de torches électriques s'agitaient ici et là ; les policiers inspectaient le moindre centimètre carré du terrain détrempé, progressant au milieu des hautes herbes, des chênes nains et des broussailles.

— Les gamins ont été interrogés ? demanda Bentz en désignant les deux garçons.

— Oui. Ils ne savent rien.

— J'aimerais leur parler, une fois que j'aurai vu l'intérieur.

Bentz tourna la tête vers le moulin. Un long ruban jaune cernait le bâtiment.

— La scène de crime a été préservée ?

— Autant que possible.

— Et rien pour identifier les victimes.

Ce n'était pas une question.

— Ce serait trop beau, dit Montoya. Surtout avec notre tueur. On a relevé les empreintes, pris des photos, effectué des prélèvements sanguins — et il nous reste les dossiers dentaires.

Bentz releva son col pour se protéger de la pluie.

— Allons jeter un œil à l'intérieur.

— Ça n'est pas joli, prévint Montoya.

Il écrasa le bout de sa cigarette, récupéra le mégot et le glissa dans sa poche.

Bentz se prépara tandis qu'il passait à côté de deux

inspecteurs en train de scruter l'herbe de l'allée à la recherche de traces de pneus. Un autre balayait le coin avec une puissante lumière.

— Sûr que c'est notre homme ? demanda Bentz.

— Aucun doute.

Ils franchirent une porte au battant affaissé, et la puanteur de la mort frappa Bentz aussi sûrement qu'un coup de poing en plein ventre. Par-dessus cette odeur forte et fétide, il y en avait une autre, métallique : celle du sang.

A l'intérieur, des rats filèrent sur leur passage, et Bentz serra les dents lorsqu'il eut un premier aperçu de la scène. Son estomac se révolta, comme toujours. Il combattit l'envie de vomir et s'obligea à étudier les lieux.

Au milieu d'une grande salle, le corps nu d'une femme décapitée était toujours attaché à une roue grossière, hérissée de piques. Tout le sol était souillé de sang. Et sur un établi, posée sur un seau rouillé retourné, il y avait une tête aux yeux fermés. On lui avait coupé une grosse mèche de cheveux.

— Bon sang..., murmura Bentz.

Autour de l'effrayant moignon qui avait été le cou de la morte, pendait une chaîne terminée par une médaille.

— Sainte Catherine d'Alexandrie ?

— Oui.

Bentz serra encore plus les dents.

— Nom de Dieu !

— Ce type est un putain de malade, déclara Montoya par-dessus le bourdonnement de l'aspirateur que l'un des spécialistes des scènes de crime utilisait pour tenter de récupérer d'éventuels indices.

Un photographe était toujours là, en train de prendre des clichés du cadavre et de ses environs immédiats. Un autre se livrait au même travail, équipé d'une caméra vidéo. Des flashes illuminaient de façon intermittente les murs tapissés de moisi et striés de fils noirâtres, des sillons que la pluie et les infiltrations avaient tracés au fil des ans.

— Accueillant, hein ? lança Montoya d'un ton ironique. Difficile de trouver un endroit plus glauque.

Il s'accroupit pour examiner la roue en contreplaqué.

— Il a fallu que quelqu'un fabrique ce truc, dit-il. On ne trouve pas ça dans le magasin du coin.

— Ni sur eBay.

— Donc soit notre tueur a un atelier et une grosse camionnette qui lui a permis de transporter ce machin, soit il l'a construit ici. A moins qu'il l'ait acheté à quelqu'un qui a un certain talent pour réaliser des instruments de torture.

Montoya se pencha en avant et tourna la tête, éclairant de sa lampe électrique le dessous de la roue.

— Je dirais qu'elle a été fabriquée ici. Il a coupé des planches dans un contreplaqué assez épais, creusé quelques trous, placé les plus grosses pointes qu'il a trouvées, et il a réussi à fixer cette installation à une espèce de touret.

— On dirait un vieil équilibreur de roue, ces appareils qu'on utilise dans les garages pour contrôler les pneus.

— Il suffit de pousser de la main et ça se met à tourner, c'est ça ?

Bentz se rapprocha. Il rejoignit Montoya alors que celui-ci examinait le dessous du mécanisme, qui comprenait un essieu et un parpaing. Des bras métalliques soutenaient la roue en contreplaqué souillé de sang.

— C'est un bricoleur, fit remarquer Bentz.

— Qu'est-ce que vous en savez ?

— J'ai déjà eu l'occasion de fabriquer un truc de ce genre. Mais, au lieu de ces piques, j'avais utilisé des pinces à linge. C'était pour la fête de l'école de Kristi — elle devait avoir dix ans. Les gamins faisaient tourner la roue pour essayer de gagner des lots — des sifflets, des ballons, des petites voitures…

— Comme dans « Le Juste Prix » ?

— Si on veut, oui. En tout cas, ici, ce serait plutôt « La Roue de l'horreur ».

— Confectionnée par un prêtre bricoleur.

— Qui peut récupérer de vieux outils de garage aussi facilement que des médailles de saints.

Bentz se redressa et remarqua un grand miroir accroché au mur du fond. La surface était propre et intacte, sans la moindre trace de cette poussière et de cette crasse omniprésentes dans la pièce.

— Qu'est-ce que ça signifie ? demanda-t-il.

Mais, en même temps qu'il posait la question, la réponse s'imposa à lui.

— Il doit aimer se regarder en plein travail…

— Merde ! fit Montoya en parcourant la scène des yeux. Vous avez raison. Ce type est égocentrique.

— Narcissique, je dirais. On a relevé les empreintes là-dessus ?

— Evidemment !

Le flic qui avait répondu était une femme. Elle semblait vaguement agacée, comme si Bentz avait laissé entendre que le reste de l'équipe et elle ne faisaient pas correctement leur travail. Elle portait des gants en latex et passait en revue la moindre surface.

— On les a relevées partout, dit-elle.

Puis, tout en marmonnant des propos incompréhensibles où il était question des hommes en général et des flics des grandes villes en particulier, elle retourna à son travail.

Bentz ne se laissa pas impressionner.

— Il faudrait essayer de voir d'où vient ce miroir, où il a été fabriqué, dit-il à Montoya. Avec de la chance, on pourrait tomber sur une personne qui a acheté un article de ce genre au cours du mois — même chose pour le bois qui a servi à construire la roue. Pour ce qui est de la médaille, j'imagine que l'on vend couramment celles de certains saints très connus, mais sainte Catherine d'Alexandrie…

— L'achat a dû se faire sur Internet ou dans une de ces boutiques d'objets religieux.

Montoya caressait son bouc d'un air très concentré.

— Il y a aussi l'équilibreur de roue, dit-il. Il a peut-être été volé dans un garage. En même temps, il paraît assez vieux — ce n'est pas un modèle récent, comme ceux qui sont reliés à un ordinateur.

— Je ne crois pas que tous les garages de Louisiane soient informatisés. Et à moins qu'ils n'aient été effacés, on a une chance de trouver sur le matériel des numéros de série. Ça pourrait nous aider.

Bentz examina une nouvelle fois les lieux, et il remarqua une épaisse flaque de sang sous la roue. Une explication s'imposa à lui : la victime devait être à ce point de sa rotation, juste en face du miroir, quand le tueur l'avait décapitée. Comme si cette ordure avait voulu se voir tandis qu'il utilisait son sabre. Il avait dû prendre son pied.

Bentz eut l'impression qu'il allait vomir, mais il parvint à se maîtriser.

— On a trouvé l'arme ?

— Pas encore.

Montoya avait toujours sa torche braquée sur le miroir.

— Tu m'as bien dit qu'il y avait une autre victime ?

— Ah ! Oui…

Utilisant sa lampe pour désigner un passage, Montoya entraîna Bentz dans un petit couloir sombre qui donnait accès à une salle plus petite, aux allures de silo, dans laquelle on devait entreposer le blé, autrefois.

— Bordel de…

Il découvrit une femme, ou plutôt les restes d'une femme, enchaînée au mur. Sans aucun doute, la malheureuse qui avait été sacrifiée cet été lors de la Sainte-Philomène. Son corps était dans un état de décomposition avancée qui la rendait difficile à identifier. Ce que les rats et autres rongeurs n'avaient pas dévoré ou emporté, la chaleur et les vers s'en étaient chargés. Bentz se plaqua un mouchoir contre le visage. C'était la crypte qu'Olivia avait vue. La tombe.

Cette fois encore, on avait décapité la victime. Et, comme dans l'autre salle, la tête reposait sur un seau rouillé et retourné. Une chaînette était passée autour de ce qu'il lui restait de cou, avec une médaille qui brillait dans la lumière de la lampe électrique.

Sur les murs de la pièce — circulaire, telle qu'Olivia l'avait décrite —, on pouvait lire en grandes lettres majuscules : « LUMENA PAXTE CUM FI ». Autour des lettres, Bentz retrouva les symboles dont son demi-frère lui avait expliqué le sens : les flèches, les palmes, les lis, l'ancre, le feu et un fléau.

— Repose en paix, Philomène, murmura-t-il.

— C'est mal parti, dit Montoya. A première vue, les lettres ont été tracées avec du sang, probablement celui de la victime — et non pas avec la peinture rouge dont il est question dans les livres sur les saints que j'ai vus. Si Olivia Benchet a dit vrai, notre homme a dû garder la malheureuse ici un certain temps, puis il l'a décapitée et il a récupéré assez de sang pour écrire ce message et remplir ça.

Il désigna un petit flacon en porcelaine posé sur le sol. Bentz opina du chef.

— Et il y a un truc curieux, avec la tête, poursuivit Montoya.

— Quoi donc ?

— Elle a été bougée. Notre théorie, c'est qu'elle est tombée du seau sur lequel elle avait été posée. C'est sans doute le fait d'un animal. On voit distinctement des traces sur la poussière qui couvre la table, avec du sang, des cheveux, des fragments de peau. Et c'est le tueur qui a dû la remettre à sa place quand il est revenu ici pour construire sa roue ou lorsqu'il a amené sa dernière victime. Il a remis les choses dans l'état où il voulait qu'elles soient.

— Ou telles qu'il voulait qu'on les trouve, précisa Bentz.

— Exactement. Cet enfoiré est fier de son œuvre. Il doit se prendre pour un artiste.

Bentz n'aimait pas ça. Mais alors pas du tout. Le tueur donnait l'impression de se moquer d'eux, de les provoquer. Il regarda autour de lui, à la recherche d'un miroir. Il ne lui fallut pas longtemps pour en trouver cinq. Cinq panneaux tout en hauteur, fixés sur l'un des murs arrondis.

— Il a pris son temps. Regarde. Les espaces entre les miroirs sont calculés avec précision : l'alignement est parfait.

— Il sait ce qu'il veut.

— Et il veut se voir en 3D.

Sur le mur qui se trouvait juste en face des miroirs, les chaînes de la victime avaient été fixées dans un gros pilier de bois.

— Voilà pourquoi Olivia n'a vu que des fragments, dit Bentz. Elle percevait des images éclatées, à cause des miroirs.

— Comme le mur n'est pas droit, le type n'a pas pu utiliser un grand miroir d'un seul tenant.

— Ce fils de pute ! lâcha Bentz en regardant fixement les panneaux. Là encore, il va falloir faire le tour des revendeurs et des fabricants de l'Etat, que ce soit au détail ou sur Internet. Il ne doit pas être si fréquent qu'un particulier achète cinq miroirs identiques de cette taille-là. On peut remonter jusqu'à cet été. Avant le 11 août. On aura peut-être un peu de chance…

Pour la première fois, il avait le sentiment de tenir une piste valable.

— On effectuera des recoupements avec toutes les personnes qui ont acheté des miroirs, des médailles de saints, des vêtements de prêtre, des cagoules de ski, des outils et des armes.

— Ça va être coton ! dit Montoya.

— Mais plus facile que tu le crois.

Ils reprirent le couloir, traversèrent la grande salle et se retrouvèrent à l'extérieur. La pluie tombait toujours. Les gouttes brillaient dans la lumière puissante des lampes à arc et des phares de voitures.

— Le FBI devrait pouvoir nous aider, ajouta Bentz. Mais où sont-ils, au fait ?

— Ils arrivent.

Bentz rejoignit la voiture de patrouille où les gamins qui

avaient trouvé les cadavres se serraient sous des parapluies, en compagnie d'une femme d'une quarantaine d'années. Les garçons, qui devaient avoir onze et douze ans, étaient vêtus de sweats à capuche, de jeans et de chaussures de randonnée, et ils paraissaient terrifiés.

Montoya se chargea des présentations.

— Kenny et Donny Satwell… Leur mère, Linda… Voici l'inspecteur Bentz. Kenny, tu veux bien raconter à l'inspecteur ce qui s'est passé ?

Les deux garçons étaient très pâles. Ce fut Kenny qui parla. Donny se contenta de confirmer ses propos à grand renfort de hochements de tête. L'histoire était simple. Les deux frères, qui vivaient à un peu plus de cinq kilomètres de là, étaient partis chasser en cachette, sans rien dire à leur mère. Avec Roscoe, le chien de la famille, ils avaient pisté un daim à travers les bois jusqu'au vieux moulin. Là, ignorant le panneau « Interdiction d'entrer », ils s'étaient glissés par un trou dans la clôture. Roscoe avait senti quelque chose, et ils avaient forcé la porte du bâtiment, pensant que ça ferait une « chouette » cachette. Ils avaient eu la frayeur de leur vie et avaient pris leurs jambes à leur cou pour rentrer chez eux. Là, ils avaient prévenu leur mère, Linda, qui avait aussitôt alerté les autorités locales.

— Vous étiez déjà venus ici ? demanda Bentz.

Les garçons secouèrent la tête d'un même mouvement. Malgré les parapluies et leurs capuches, ils avaient le nez dégoulinant de pluie.

— On n'avait jamais traversé la route, expliqua Kenny. Pas ici, en tout cas.

— Jamais traîné autour du vieux moulin ?

— Non, monsieur.

— Et vous n'avez vu personne ? Pas de véhicules non plus ?

Les deux frères secouèrent de nouveau la tête.

— Et vous ? demanda Bentz à la mère.

— Je viens rarement dans le coin. Ce n'est pas le chemin

que j'emprunte pour aller travailler ou conduire les garçons à l'école.

Ses cheveux avaient commencé à friser à cause de la pluie. Elle avait passé un bras sur les épaules de chacun de ses fils — comme si elle craignait que Bentz les embarque pour violation de propriété privée.

— En général, je vais vers l'est ou le sud. Pas le nord. Et même si je prends la route, je ne m'aventure pas jusqu'ici.

Bentz la croyait. Pour rejoindre le chemin qui donnait accès au moulin, il fallait suivre sur plus de quatre cents mètres une petite route de campagne qui partait de l'autoroute. Le moulin se trouvait vraiment en dehors des axes fréquentés, et parmi les habitants de la région, seuls les plus âgés devaient en connaître l'existence.

Exception faite du tueur. D'une manière ou d'une autre, il avait découvert l'endroit et il l'avait utilisé à deux reprises pour accomplir sa sinistre besogne.

— Avez-vous encore besoin de nous ? demanda Mme Satwell. Je dois préparer le dîner. Le père des garçons va bientôt rentrer à la maison et il voudra sans aucun doute s'entretenir avec ces jeunes gens et savoir pourquoi ils sont partis avec le chien et les fusils sans autorisation.

Elle regarda chacun de ses fils et resserra ses doigts sur leurs épaules.

— Vous pouvez y aller, lui dit Bentz.

Il sortit une carte de visite de son portefeuille.

— Si jamais vous pensez à quoi que ce soit, ajouta-t-il en s'adressant aux garçons, vous m'appelez.

— Nous n'y manquerons pas, promit Linda au nom de ses fils.

Et elle les entraîna vers une camionnette stationnée juste devant le portail.

— Alors, qu'est-ce que vous en pensez ? demanda Montoya.

— Les gamins disent la vérité. Ils étaient morts de trouille.

— Je vais m'occuper du propriétaire de l'endroit. Les

hommes du shérif sont déjà en train de contacter les voisins. Si quelqu'un a vu quelque chose, on le saura.

— Mais quand ? s'interrogea Bentz à voix haute.

— Vous pensez qu'il va remettre ça ?

Les yeux fixés sur le moulin, Bentz hocha la tête.

— Ouais. Et, à mon avis, il va encore monter d'un cran dans l'horreur.

28

— Puisque je vous dis que je ne sais absolument rien de cette histoire de bébé adopté !

Au téléphone, Ramsey John Dodd était formel. Malgré tout, Olivia n'aurait pas été étonnée que l'avocat lui mente.

— Ma grand-mère n'y a jamais fait allusion ?

— Pas devant moi, en tout cas.

— J'ai bien conscience que vous êtes trop jeune pour avoir été mêlé à cette histoire, dit Olivia en tournant le robinet de l'évier, mais je pensais qu'elle aurait pu évoquer le bébé ou vous donner le nom d'un avocat qu'elle aurait contacté avant vous.

— Je vais chercher dans mes dossiers et voir si je trouve quelque chose sur cette affaire, dit Ramsey d'une voix onctueuse.

— Ce serait vraiment gentil…

Olivia imagina l'avocat qui se laissait aller en arrière dans son fauteuil et posait les pieds sur son bureau, dans l'espèce de trou à rats qui lui tenait lieu de cabinet.

— Merci, R.J.

— Je vous en prie. N'hésitez pas, surtout.

Il raccrocha, et Olivia déposa le repas d'Harry par terre.

Le fait qu'elle ait un frère ne voulait pas forcément dire qu'il soit le tueur, songea-t-elle. Bentz était persuadé que l'assassin avait un lien de parenté avec elle, mais ce n'était qu'une théorie.

Une théorie qui serait peut-être confirmée un jour, pensa-t-elle en se massant la nuque.

A qui Grannie se serait-elle confiée, à part un avocat ? Une sœur ? Elles étaient toutes décédées. Olivia pianota du bout des doigts sur le comptoir. Bernadette prétendait ignorer ce qu'était devenu son fils. Reggie, à l'en croire, ignorait jusqu'à l'existence de cet enfant. Pourtant… n'avait-il pas fait une allusion au fait qu'Olivia était le dernier enfant qu'il lui restait ? Qu'il avait perdu tous les autres ? Savait-il ce qui était arrivé au bébé ? Allait-elle devoir ravaler sa fierté et rappeler le « donneur de sperme » ?

La conversation avec sa mère ne lui avait laissé aucun doute : il n'existait pas de document officiel sur la naissance. Ni à l'état civil ni dans les hôpitaux. Pourtant, elle n'avait pas d'autre piste.

« Tu ferais mieux d'appeler Bentz, se dit-elle. Il est policier. Il obtiendra les informations bien plus vite que toi. »

Elle tendit de nouveau la main vers le téléphone, mais la fierté la retint. C'était ici même, dans cette cuisine, qu'il l'avait rejetée, quelques heures plus tôt. Auparavant, il y avait eu cette incroyable nuit d'amour.

Elle ne put retenir un sourire en songeant à leurs étreintes, à sa chaleur, au sentiment de sécurité qu'elle avait éprouvé dans ses bras. Elle avait entendu son souffle régulier, les battements de son cœur…

Mais c'était terminé, tout ça. Il avait été suffisamment clair sur ce point.

Elle allait prendre un balai dans le placard quand le téléphone sonna.

— C'est Bentz.

Le ton était froid. Professionnel. Olivia sentit son cœur se serrer. Derrière lui, elle percevait un bruit de fond — le grondement d'un moteur, les craquements de la radio de la police. Elle comprit qu'il l'appelait sur son portable, depuis sa voiture.

— J'ai pensé que vous aimeriez savoir que nous avons trouvé les victimes.

Elle retint son souffle. Seigneur !

— Déjà ? Mais… *les* victimes, vous avez dit ? Au pluriel ?

— Nous ne les avons pas encore identifiées. Elles sont telles que vous nous les aviez décrites. L'une d'elles était enchaînée à un mur, avec les inscriptions et symboles autour d'elle. L'autre était attachée à la roue que vous aviez vue.

— Et les deux…

— … ont été décapitées, oui.

Olivia se pencha sur l'évier, persuadée qu'elle allait vomir. Elle aurait dû éprouver un petit sentiment de triomphe, au lieu de quoi, c'était de l'horreur qu'elle ressentait.

— Les deux victimes étaient au même endroit, précisa Bentz.

Elle sentit sa poitrine se serrer au souvenir des souffrances endurées par ces deux femmes. Du pied, elle tira une chaise et s'y laissa tomber, tandis que Bentz lui livrait un récit sommaire, et sans doute expurgé, de ce que la police avait découvert.

— Tout était exactement tel que vous l'aviez décrit, ajouta-t-il. A ceci près que la crypte était en réalité un vieux silo à blé.

Olivia sentit que ses larmes étaient sur le point de couler. Elle était faible. Impuissante. Elle gardait un souvenir bien trop vif de ses visions, du moment où ces femmes avaient été tuées. Elle n'avait rien pu faire, sinon assister, épouvantée, à ces scènes atroces. Sa main — celle qui tenait le combiné — se mit à trembler. L'autre était toujours bandée.

— On va l'avoir, Liv… Olivia.

Le ton de Bentz s'était adouci, et elle sentit encore sa poitrine se serrer.

— Quand ?

— Je ne sais pas.

Combien d'autres femmes allait-elle encore voir torturées

et tuées ? Ses larmes se mirent à couler, à rouler sur ses joues, son menton.

— Ecoute, je sais que c'est dur…

Elle cligna des yeux en remarquant qu'il la tutoyait de nouveau. Mais personne ne pouvait comprendre. Personne.

— Jusqu'à ce qu'on le coince, j'ai obtenu pour toi une protection permanente, vingt-quatre heures sur vingt-quatre.

Elle déglutit avec peine, essuya ses larmes du dos de la main.

— Ole Olsen est venu ? demanda Bentz.

— Oui, répondit-elle en hochant la tête.

Elle regarda autour d'elle. Depuis son perchoir, Chia fit entendre un cri perçant.

— C'est Chia que tu viens d'entendre, pas l'alarme, précisa-t-elle avec un sourire sans joie. En tout cas, je suis plus qu'équipée, à présent. C'est tout juste s'il ne faut pas un diplôme en électronique pour fermer la maison…

— J'aimerais juste que tu me promettes d'utiliser ce système.

— D'accord… si j'arrive à comprendre ce qui est écrit dans la notice.

« Arrête un peu, Olivia ! Ce n'est pas en restant assise à pleurnicher que tu aideras les victimes. Et ça ne t'apportera rien de bon non plus. »

— Tu es une femme intelligente, tu t'en tireras très bien, lui assura Bentz.

Elle trouva peu de réconfort dans ce compliment. Des femmes mouraient, et elle n'y pouvait rien. Rien du tout.

— Olivia ? Ça va ?

Elle serra les dents.

— Non. Ça ne va pas. D'une certaine manière, je me sens responsable de ce qui se passe.

— C'est absurde ! Ce n'est pas toi qui…

— Je le sais bien ! Mais c'est dur, je t'assure ! s'écria-t-elle sans parvenir à se contenir. Ecoute, je voulais t'appeler, moi aussi. Tu m'as demandé si j'avais des frères et sœurs, et je t'ai répondu non. C'était avant que j'ouvre la bible de ma grand-mère et que j'y découvre un registre de toutes les naissances de la famille. Il semblerait que j'aie un frère.

— Je sais.

Elle se figea.

— Comment ça, tu sais ?

— J'ai appris que ta mère avait eu un fils avant d'épouser ton père. Elle l'a fait adopter. Mais je n'ai trouvé aucun document pour confirmer.

— Et tu ne m'en as rien dit ?

Une vague de colère avait balayé tous les autres sentiments d'Olivia. Que savait-elle de Bentz, au fond ? Elle avait accepté le fait qu'ils ne puissent pas être amants. Elle en était arrivée à la douloureuse conclusion qu'il mettait un terme à leur très courte relation par respect pour ses principes professionnels, mais aussi parce qu'il était tout simplement incapable de laisser une femme partager sa vie. A l'évidence, il s'était autrefois brûlé les ailes au feu de la passion, et la blessure était toujours ouverte.

Malgré tout, il aurait pu avoir la décence de lui parler de ce frère.

— Il ne t'est pas venu à l'esprit que j'aurais aimé savoir ?

— C'est l'une des raisons de mon appel. J'ai appris ça cet après-midi, juste avant que je sois appelé sur la scène de crime. Je viens seulement de trouver le temps de te passer un coup de fil.

En silence, Olivia compta jusqu'à trois. Elle essaya de se calmer. Sans trop de résultat.

— Comment l'as-tu découvert ?

— Par l'un des ex de ta mère. Oscar Cantrell.

— Le propriétaire de Benchmark Realty ?

— Lui-même. Un soir qu'elle avait trop bu, Bernadette s'est confiée à lui. Il faut que je parle à ta mère.

— Tu perdrais ton temps.

Olivia jeta un coup d'œil dehors. Un corbeau s'était perché sur le toit de la véranda.

— Nous avons déjà eu cette discussion, Bernadette et moi, dit-elle. Ou bien elle ignore vraiment qui a adopté son enfant, ou bien elle le sait et elle n'en dira jamais rien. Je ne sais même pas si elle passée par l'intermédiaire d'un avocat ou si c'est ma grand-mère qui s'est chargée de la transaction.

— On est déjà en train de chercher dans les archives du comté et de l'Etat, expliqua Bentz. Ainsi que dans les hôpitaux et les cliniques.

— Je ne pense pas que Bernadette soit allée accoucher à l'hôpital. Ma grand-mère a fait beaucoup de choses dans sa vie. Elle jouait notamment le rôle de sage-femme avec beaucoup de fierté, alors qu'elle n'avait pas de diplôme.

— Tu penses donc que ta mère n'a pas vu de médecin ?

— Oui. J'en suis presque certaine.

— Il faut que j'y aille, dit Bentz. Quelqu'un est en train de me biper. Fais attention à toi. Surtout, si tu vois quoi que ce soit d'anormal, si tu as la moindre impression d'être en danger, tu m'appelles.

— Entendu, promit-elle. Mais arrêtez-le vite, d'accord ?

— On fait tout ce qu'on peut.

— Dépêche-toi, Bentz. Dépêche-toi.

Kristi était furax. Elle se hissa sur le siège passager de la jeep de son père et croisa les bras d'un air boudeur.

— Trois heures ! lança-t-elle en même temps qu'il démarrait le moteur. Ça fait trois heures que j'attends !

— J'ai appelé, lui rappela Bentz. Je t'ai prévenue que j'avais été retenu.

Elle regarda par la vitre. Pourquoi avait-il fallu que son père soit flic à la criminelle ? Elle détestait ce travail. Et être fille de flic, ça craignait, vraiment.

Il quitta le parking situé près du Cramer Hall. Il y avait peu de circulation sur le campus ; la plupart des étudiants étaient déjà partis depuis longtemps.

— C'était important, ajouta-t-il.

— C'est toujours important !

Pourquoi n'était-elle pas restée à l'université ? En cet instant, Brian et elle seraient en train de boire une bière, ils feraient mine de travailler et s'embrasseraient dans sa chambre… Au lieu de cela, elle allait être coincée pour les cinq prochains jours chez son père. Elle devrait éviter les coups de fil de Jay en attendant avec impatience son retour à All Saints. Alors que certains élèves ne rêvaient que de rentrer chez eux, jusqu'à en être malade, Kristi regrettait déjà de devoir regagner cette cage à lapins que Rick promettait de quitter depuis des années pour un appartement plus grand. Tu parles ! Maintenant qu'elle était partie, il avait l'air de s'y plaire.

Elle éprouva une pointe de culpabilité. C'était lui qui payait ses études — et au prix fort. Tant qu'elle serait à la fac, il ne pourrait guère envisager de déménager, compte tenu de son salaire.

Mais elle était quand même en colère. Très en colère.

Elle regarda devant elle.

— Maman n'était jamais en retard quand elle venait me chercher !

Du coin de l'œil, elle nota la réaction de Bentz. Il était rare qu'elle fasse allusion à sa mère ; c'était uniquement quand elle était vraiment, vraiment énervée. Comme aujourd'hui. Et elle ne comptait pas s'en tenir là.

— Ça ne me plaît pas que tu sois policier ! Maman non plus, ça ne lui plaisait pas.

— Elle savait pourtant que j'allais devenir flic, quand on s'est mariés.

Il mit ses essuie-glaces en marche.

— Moi, on ne m'a pas donné le choix.

— Personne ne choisit ses parents, dit-il entre ses lèvres serrées.

Il la dévisagea d'un regard perçant tandis qu'ils roulaient à travers les allées étroites du campus.

— Tu as juste eu de la chance.

Est-ce qu'il plaisantait ? Non, son expression ne révélait pas la moindre trace d'amusement. C'était d'ailleurs le problème. L'inspecteur Rick Bentz était toujours terriblement sérieux. Impossible ou presque de lui arracher un sourire — et, à vrai dire, elle ne lui avait pas vraiment donné de motif de sourire, ces derniers temps… Soudain, elle regretta la manière dont elle l'avait traité. Sa rage s'était un peu dissipée, maintenant qu'elle avait lancé ses petites piques. Elle savait qu'il s'efforçait d'être le meilleur père possible et de réparer ce qu'il pouvait y avoir de brisé entre eux.

— Jay a appelé. Je pense qu'il aimerait bien que tu ailles chez lui pour Thanksgiving.

Elle soupira.

— Jay et moi, on va rompre.

— Ah bon ? fit Bentz en s'arrêtant à un stop. Et… il est au courant ?

La bague que Kristi avait dans sa poche lui parut soudain affreusement encombrante.

— J'attends de le voir pour le lui annoncer.

— Bonne idée.

Bentz fronça les sourcils, comme s'il avait connu une situation comparable. Mais non, voyons, c'était impossible. Pas l'homme marié à son travail.

— Tu pourrais faire les choses en douceur.

Voilà que son père lui donnait des conseils sur sa vie amoureuse. C'était d'un comique !

— Tu joues les Dr Sam, maintenant ?

Il esquissa enfin un sourire.

— Jay est un gars réglo.

— Je croyais que tu ne l'aimais pas.

— Je n'aime aucun des garçons avec qui tu sors.

— Comme si je ne le savais pas…, marmonna Kristi.

Elle songea à lui parler de Brian et se ravisa en songeant qu'il venait de lui suggérer de ne pas rompre avec Jay. Sans doute ne verrait-il pas d'un bon œil qu'elle fréquente un homme de trente ans. Il risquait même de se mettre très en colère… Il était temps de changer de sujet.

— Alors, tu travailles sur cette affaire de tueur en série, c'est ça ?

— Oui.

— Il est aussi horrible que l'autre ?

— Ils sont tous horribles, répondit Bentz en franchissant les portes du campus.

En même temps que la circulation, ils retrouvèrent la lumière des rues, après la pénombre qui régnait dans le campus.

— Mais pour répondre à ta question, oui, je pense qu'il est pire que le Tueur au rosaire.

— Pourquoi ?

Il hésita.

— Voyons, papa, insista Kristi, tu sais que tu peux me faire confiance !

— Cette affaire nous touche d'un peu plus près. Certaines des victimes étaient étudiantes. Elles allaient à la fac.

— Je m'en doutais. J'ai entendu des étudiants en parler. Nous avons même eu droit à des conseils de prudence.

— Tu as intérêt à les suivre.

Kristi leva les yeux au ciel.

— Tu vas l'arrêter, alors ?

— J'y compte bien !

— Et on parlera encore de toi ?

— Oui. En bien ou en mal, ça, je n'en sais rien.

Il lui adressa un sourire furtif, puis reporta son attention sur la conduite de son véhicule. Elle alluma la radio lorsqu'ils rejoignirent l'autoroute et sélectionna la fréquence de *sa* station — pas celle de WSLJ, qui ne diffusait que de vieux morceaux de jazz : une musique obscure qu'on ne trouvait même pas en CD. WSLJ, c'était aussi « Les Confessions de minuit » du Dr Sam, une émission qui semblait fasciner son père. Il l'écoutait avant même que le Tueur au rosaire fasse parler de lui, l'été dernier. C'était Kristi qui lui avait fait connaître le Dr Sam. A son insu, elle avait même appelé la radio pour demander des conseils à la psy.

Qui n'aurait pas fait la même chose, à sa place, après toutes ces découvertes sur elle-même, sa mère, l'homme qu'elle avait cru être son oncle et celui qui l'avait élevée ? Ils avaient tous vécu dans le mensonge. Un mensonge qui avait probablement tué sa mère. L'accident de Jennifer — elle avait perdu le contrôle de sa voiture et était allée s'écraser contre un arbre — demeurait inexplicable. On n'avait retrouvé que très peu d'alcool dans son organisme. Jennifer Bentz avait toujours détesté boire de façon abusive — au moins autant qu'elle détestait le boulot de flic de son mari. C'était une belle journée, claire et sèche. Aucun autre véhicule n'était impliqué dans l'accident. Mais on avait découvert des traces de Valium dans son sang…

Kristi commençait aussi à croire que sa mère se détestait pour toutes les erreurs qu'elle avait commises au cours de sa vie. Plus Kristi en apprenait sur la psychologie grâce aux cours de l'étrange Pr Sutter, plus elle était convaincue que Jennifer était ravagée par le dégoût d'elle-même. Pourquoi ? Parce qu'elle avait couché avec son beau-frère qui était prêtre, qu'elle était tombée enceinte de lui et qu'elle avait ensuite vécu dans le mensonge. De quoi rendre cinglé n'importe qui. Et ça ne s'arrêtait pas là : des années plus tard, elle avait remis ça avec le père James. Comme s'il était impossible de lui résister. Elle était allée voir un psy tandis que son mari sombrait dans l'alcool. Pour ne rien arranger, il y avait eu cet incident au cours duquel Bentz avait tué un gamin qui, pensait-il, était sur le point de tuer son coéquipier de l'époque. Ça se passait à Los Angeles. Comme tout le reste.

Ils avaient déménagé de l'autre côté du pays, dans l'Est, à La Nouvelle-Orléans, le seul endroit où son père pouvait obtenir une autre place d'inspecteur. Parfois, Kristi se prenait à regretter qu'ils ne soient pas plutôt allés dans le centre — au Kansas ou dans l'Oklahoma. Sa mère serait toujours de ce monde ; elle s'occuperait de son jardin, tandis que son père vendrait des assurances ou des appartements, comme les gens normaux. Ils auraient une jolie petite maison sur deux niveaux, avec une clôture, un chien et un chat, et elle aurait un frère aîné pour veiller sur elle et une sœur cadette avec qui elle partagerait des confidences. Il y aurait une terrasse couverte avec un barbecue, une de ces vieilles balancelles, à l'avant, sous la véranda, et…

Redescends sur terre!

Elle jeta un coup d'œil vers l'homme qu'elle considérait depuis toujours comme son père. Des rides de contrariété se creusaient au coin de ses yeux. Il avait les lèvres serrées. Il pensait à son affaire, elle le savait et ne l'en blâmait pas.

Au fond, il s'en sortait plutôt bien pour un paranoïaque, ancien alcoolique et flic de la brigade criminelle.

L'Elu était affolé.

Un grondement sourd emplissait son crâne, qui semblait sur le point d'exploser.

Aucune prière, aucune flagellation, rien ne pourrait l'apaiser.

Seul dans son sanctuaire, nu et tremblant, il se tenait à la petite table et feuilletait fébrilement les pages de son livre. Soudain, il se redressa. Son cœur battait à se rompre, il avait la tête en feu. La fête de la Sainte-Olivia tombait en juin… Non, ça n'irait pas. Impossible d'attendre aussi longtemps pour son sacrifice, et Olivia n'était pas canonisée… Non, non… Il transpirait. Comme s'il avait eu de la fièvre. Il y avait Oliva… qu'on célébrait le 5 mars… Non, non… C'était un orage qui se déchaînait dans son crâne, et il respirait avec peine…

Calme-toi.

Pense de façon posée, rationnelle.

Les autres, celles qu'il avait déjà sacrifiées, portaient-elles le prénom des saintes qu'elles étaient devenues ?

Non. Il avait dû les renommer.

Il allait donc s'en tenir à cette méthode et rebaptiser Olivia. Voilà tout.

Ses pensées se faisaient confuses, parfois. Sa mission lui paraissait vague. Il lui arrivait de douter de lui-même… Si seulement il avait pu se confier à quelqu'un ! Il avait eu un élève auprès duquel il avait trouvé du réconfort… Mais c'était terminé, à présent, et il lui fallait recourir à la confession. Quand les doutes devenaient insupportables, il pouvait aller se confesser sans se soucier d'être repéré.

Il ferma les yeux et formula une courte prière pour éclairer ses pensées. Il en avait besoin. Depuis le dernier sacrifice, la lucidité lui faisait défaut. Comme chaque fois, le rite lui-même l'avait élevé à cet état où il se sentait l'égal d'un dieu. Mais, aussitôt après, il avait sombré dans les profondeurs du désespoir. Il en était même venu à remettre en question sa mission.

Il essaya de se rappeler le visage de sainte Catherine d'Alexandrie au moment où il avait levé son sabre. Mais cela ne lui procura aucune euphorie. Il ne banda même pas. C'était à cause de cette femme. Olivia. Elle se rapprochait. Il la sentait. Elle l'observait. Elle voulait l'arrêter.

C'est un test. Dieu te lance toujours des défis, et tu ne dois pas faillir à ta mission.

— Garde le cap ! se dit-il à voix haute.

Inspirant profondément, il tourna les pages de son livre et scruta chaque image. Toutes ces saintes… il devait trouver la perfection. Oui, c'était ça. Dieu était en train de lui parler. Il devait être tout près.

Là ! Celle-ci !

Sainte Viviane.

Viviane… Ce n'était pas si éloigné d'Olivia — il y avait un certain nombre de lettres en commun. Détail sans grande importance. En revanche, son martyre… Il lut avec avidité, songeant déjà à sa mission. Sainte Viviane avait été livrée à une femme chargée de lui faire renier sa foi. Elle fut fouettée chaque jour, sans résultat. Le préfet de Rome, furieux, la fit attacher à une colonne où elle fut de nouveau flagellée avec un fouet aux lanières lestées de plomb. Son corps déchiqueté fut livré aux chiens qui, étonnamment, ne s'y intéressèrent pas.

Il tapota la page du bout des doigts.

A l'évidence, il ne devait pas s'agir de bons chiens. Ils n'étaient pas bien dressés. Et pas assez affamés.

Il allait devoir effectuer quelques recherches sur le sujet à la bibliothèque. Que choisir ? Rottweiler ? Pitbull ? Ou un croisement avec un loup… Oui, ce serait intéressant. Beaucoup de voyous possédaient ce genre d'animal. Quant à l'endroit où retenir les chiens et la future sainte Viviane, il avait déjà ce qu'il lui fallait. Il possédait aussi le fouet.

L'Elu trouva enfin l'apaisement. Son épouvantable mal de crâne diminua jusqu'à se transformer en une migraine diffuse. Sa mission était de nouveau claire. Il sourit et se signa devant l'autel, puis il récupéra ses ciseaux et se mit à découper l'image de sainte Viviane… belle… pieuse… la peau lisse et soyeuse…

Exactement comme Olivia Benchet.

29

— Je n'arrive pas à croire que tu aies réussi à trouver ! s'exclama Olivia en ouvrant la porte.

On était mercredi, en fin de matinée, et Sarah Restin se tenait devant chez elle, deux sacs de voyage posés à ses pieds.

— Je suis si heureuse de te revoir ! ajouta Olivia en serrant son amie dans ses bras. Ne fais pas attention au chien.

Harry se livrait à sa démonstration habituelle : il aboyait, courait en décrivant des petits cercles et suscitait toute une série de croassements et de criaillements de la part des corbeaux et des écureuils cachés dans les arbres environnants.

— J'ai dit que je viendrais, non ? répliqua Sarah.

Elle se tenait toute droite et faisait des pas de côté pour éviter Harry. Olivia se rappela que son amie éprouvait une aversion pour les animaux ; une phobie qui remontait au jour où, enfant, elle avait été mordue par un chien alors qu'elle faisait du vélo.

— J'ai juste eu la chance d'avoir un vol tôt ce matin… très tôt.

— Mais tu devais m'appeler à ton arrivée !

— J'ai trouvé toutes les indications dont j'avais besoin sur Internet et je me suis dit que j'allais tenter ma chance. C'est génial, ici ! s'écria Sarah en s'emparant de son sac de voyage à roulettes. C'est si…

— Tout le contraire de Tuscon ?

— Eh bien… ça doit être ça, oui.

Tandis que Sarah regardait autour d'elle, Olivia l'observa.

Elle avait perdu du poids depuis la dernière fois qu'elles s'étaient vues ; ses cheveux étaient plus courts, d'une nuance de roux plus profonde, mais les rides de contrariété au coin de ses yeux la trahissaient, de même que les cernes foncés qui rendaient son regard égaré.

— En fait, j'allais dire que ça me paraissait isolé… au milieu de nulle part.

— *Home sweet home !*

Sarah s'écarta pour examiner son amie.

— Tu as l'air en forme.

— Toi aussi.

— Ne mens pas. Je *sais* de quoi j'ai l'air.

Elles entrèrent en prenant chacune un sac. Alors qu'elles passaient devant la petite bibliothèque, Sarah jeta un coup d'œil au miroir.

— Non mais regarde-moi ça ! J'ai pris dix bonnes années en un an. Toute cette histoire avec Leo me tue. Je n'arrive pas à croire qu'il veuille divorcer.

— Ne parlons pas de ça maintenant. Nous avons tout le temps. Suis-moi, dit Olivia en rejoignant l'escalier. Je vais te montrer ta chambre.

— C'est comme au Ritz, ici…

— Exactement !

Sarah eut un petit rire tandis qu'elle gravissait les marches derrière Olivia. Elles déposèrent les bagages dans la chambre d'amis mais, quelques instants plus tard, alors qu'elles étaient redescendues boire un café, Sarah recouvra son humeur sombre.

— Si je n'arrive pas à raisonner Leo, je vais devoir engager un avocat.

Elle tourna la tête vers la fenêtre et le bayou. Le soleil faisait de son mieux pour lutter contre le brouillard qui s'élevait entre les branches squelettiques des cyprès et des chênes à feuilles de myrte.

— Il faudra le faire, de toute façon. Ne serait-ce que

pour connaître tes droits. Tu as besoin d'avoir quelqu'un de ton côté.

— Sans doute, oui, murmura Sarah sans trop de conviction.

Baissant la main, elle gratouilla Harry derrière les oreilles. Le chien tendit le cou, ravi de cette attention.

— Jamais je n'avais pensé au divorce, poursuivit Sarah. Je n'y crois pas, tout simplement.

— Je sais. Il n'empêche que Leo fait de son mieux pour rendre votre mariage invivable.

Olivia termina son café tandis que Chia, dans sa cage, faisait entendre des sons gutturaux.

— C'est une vraie ménagerie que tu as ici !

— J'en ai hérité. De Grannie. Pourtant, je serais incapable de vivre sans eux, maintenant.

Comme s'il avait compris qu'il était le sujet de la conversation, Harry remua la queue.

— Je… je n'aime pas trop les animaux, avoua Sarah.

— Je sais. Mais les miens sont inoffensifs, rassure-toi. Enfin, à condition que tu ne colles pas ton nez trop près de la cage de Chia.

— Aucun risque. Et lui ? demanda Sarah en désignant Harry.

— Un vrai minou, chuchota Olivia. Surtout, ne va pas le lui dire : ça ruinerait l'image qu'il se fait de lui-même, et je n'ai pas envie de lui payer des séances de psy.

— Très drôle.

— Je suis sérieuse. Oh ! flûte ! s'exclama Olivia en jetant un coup d'œil à sa montre. Ecoute, ça m'ennuie vraiment de t'abandonner, mais je dois aller travailler au magasin, et ensuite il faut que je passe à la fac pour rendre des livres à la bibliothèque. Je serai de retour vers 18 heures.

— Je vais aller en ville, moi aussi. J'ai découvert la facture d'un hôtel où Leo était descendu. J'aimerais voir si je peux le trouver.

— Tu es sûre ? Tout ça ne me dit rien qui vaille…

— C'est mon mari ! déclara Sarah d'un air décidé. Je vais

essayer de le retrouver, voir s'il est capable de me regarder dans les yeux et tenter de parler avec lui. Il y a peut-être encore un moyen de communiquer. Je reviendrai dans l'après-midi. Sinon, je te passerai un coup de fil.

A moins de ligoter Sarah, de l'enfermer dans sa chambre et de charger Harry de monter la garde devant la porte, Olivia ne voyait pas trop quoi faire pour empêcher son amie de mettre ses projets à exécution.

— D'accord, dit-elle. Mais sois prudente. Vraiment. Il y a un nouveau tueur en ville…

— J'ai vu les gros titres des journaux, dit Sarah, plus intéressée par Leo que par l'assassin qui sévissait à La Nouvelle-Orléans.

— Je suis sérieuse ! Il ne faut pas prendre cette histoire à la légère.

— Olivia, on t'a déjà dit que tu t'inquiétais trop ?

— On me ferait plutôt le reproche inverse, si tu veux savoir la vérité. Et il y a une bonne raison à cela. D'une manière ou d'une autre, je suis en liaison avec le tueur. En fait, je le « vois » assassiner ses victimes. Comme si j'étais témoin.

— Tu le… vois ? Mon Dieu !

— Ça ne me plaît pas, crois-moi.

— Tu veux dire que tu as des… des visions, c'est ça ? Allons, ce n'est pas sérieux…

— C'est *très* sérieux.

Quelque chose, dans la voix et l'expression d'Olivia, dut convaincre Sarah, car elle cessa de discuter.

— Si je comprends bien, reprit-elle, tu as le même genre de visions qu'à Tucson, avec ces horribles migraines ?

— C'est juste plus intense.

Sarah parut de nouveau sceptique.

— Et qu'est-ce que tu as fait ?

— J'ai prévenu la police et j'ai fait installer un système de sécurité ici.

— Non ! C'est vrai ?

— Absolument. Je vais d'ailleurs te montrer comment ça fonctionne.

Elle prit le temps de tout expliquer à Sarah, puis elle lui donna le code qui permettait de désactiver le système afin d'entrer et de sortir sans déclencher l'alarme.

— D'accord, j'ai compris.

— Bon. Mais promets-moi d'être prudente. Je suis très sérieuse. La police pense que je pourrais être une cible pour le tueur.

— A cause de cette histoire de perception extrasensorielle ? Oh ! voyons… Vraiment, Olivia, tu t'inquiètes trop. Et puis, de toute façon, je peux prendre soin de moi.

— Sarah…

— D'accord, d'accord. Je serai prudente. Maintenant, détends-toi. On va passer un super-Thanksgiving !

Sarah passa le quart d'heure qui suivit à se remaquiller, sans cesser de parler de Leo et de la colère qu'il lui inspirait. Dès qu'elle eut terminé, elle prit son sac et sortit rejoindre sa voiture de location.

Olivia la suivit de peu.

Tout en roulant vers La Nouvelle-Orléans, elle se demanda jusqu'à quel point elle devait se confier à son amie. Elle lui avait déjà parlé des visions, elle avait tenté de la mettre en garde, mais devait-elle lui en dire plus ? Sarah était si étourdie.

Et puis il y avait toutes les autres questions. Olivia devait-elle parler à son amie de sa nuit avec Bentz ? Lui dire qu'elle était l'objet d'une espèce d'étrange fascination pour Bentz, mais aussi pour un prêtre ? Ou encore lui confier qu'elle avait un frère, quelque part, dont elle venait d'apprendre l'existence ?

Serrant le volant avec force, elle décida de tenir sa langue. De toute façon, ça n'intéresserait pas Sarah. Elle lui avait parlé du tueur, c'était bien suffisant. A présent, tout ce qu'elle pouvait offrir à son amie, c'était de la compassion car elle avait le sentiment que Leo Restin allait briser le cœur de sa femme.

A moins qu'Olivia puisse l'en empêcher.

Mais comment ? La situation paraissait sans issue.

Ce dont Sarah avait sans doute le plus besoin, c'était de soutien et de conseils. Il lui fallait quelqu'un à qui parler, quelqu'un de confiance qui pourrait l'aider à s'aider elle-même… Pourquoi pas le père James McClaren ?

Ce soir, j'ai pris une vie.

Ces quelques mots, cette confession, n'avaient pas laissé de répit à James depuis qu'il les avait entendus au téléphone, deux jours plus tôt. Il en avait pratiquement perdu le sommeil. Il s'attendait chaque seconde à ce que le téléphone sonne de nouveau, à ce que ce chuchotement glaçant lui demande la réconciliation avec Dieu.

Epuisé, James s'avança dans la nef principale. Il était bouleversé… Le Seigneur avait-il un tel sens de l'humour ? L'avait-il plongé dans ce tourment pour l'aider à expier ses péchés ?

James avait passé sept heures à prier, puis il était allé chercher conseil auprès du père Roy. La réponse avait été classique :

— Il faut parler à Dieu, James. C'est votre défi. Vous devez garder la foi, la confiance. Vous ne pouvez révéler aucun des péchés du pénitent. Cela fait partie de votre contrat avec Dieu.

Le père Roy avait accompagné ses paroles d'un sourire bienveillant. Mais, derrière son expression sereine, il y avait une note sombre et impalpable.

James avait étudié la psychologie et il avait conseillé assez de gens pour reconnaître la culpabilité et la peur quand il y était confronté…

Il marqua une pause devant l'autel et leva les yeux vers la grande croix à laquelle était accroché un Christ sculpté. Sa couronne d'épines avait créé des petits points rouges de sang sur son front. Le sang suintait de la blessure qu'il avait au flanc. Les clous qui lui transperçaient les mains étaient représentés avec un réalisme douloureux.

— Aidez-moi ! chuchota-t-il en s'agenouillant. Je vous en prie.

Comme il se retournait, il fut surpris d'apercevoir quelqu'un près de la porte. Pas n'importe qui. Une femme. La sirène de ses rêves.

Olivia Benchet.

Son cœur s'emballa un instant, avant qu'il se rappelle à l'ordre. Jamais il ne referait l'erreur qu'il avait déjà commise. Elle n'était qu'une des brebis de son petit troupeau. Avec un sourire cordial et chaleureux, aux antipodes de ses tourments intérieurs, il s'avança vers elle.

— Olivia, dit-il en tendant la main. C'est un plaisir de vous revoir.

— Pour moi aussi, mon père.

Elle rougit légèrement, ce qui mit en valeur ses grands yeux dorés et ses cheveux bouclés.

— Que puis-je faire pour vous ?

— J'ai besoin de parler, dit-elle simplement.

— Vous êtes venue au bon endroit. Nous sommes ouverts vingt-quatre heures sur vingt-quatre, et sept jours sur sept. Le Patron aime qu'il en soit ainsi.

Elle sourit, découvrant des dents blanches qui se chevauchaient un tout petit peu. Regardant autour d'elle, vers les rangées de bancs vides, elle murmura :

— Si vous n'êtes pas trop occupé…

— Aucun problème. Suivez-moi.

Il l'entraîna vers son bureau.

— Entrez, dit-il en lui tenant la porte. Et asseyez-vous.

Alors qu'elle passait devant lui pour prendre un fauteuil, il sentit une provocante touche de jasmin dans son sillage. Il serra la mâchoire et tenta vainement d'ignorer ce parfum. Il devait passer de l'autre côté du bureau et l'utiliser comme une barrière entre eux. Il devait s'asseoir le plus loin possible…

Au lieu de quoi, il se percha à moitié sur le coin de son bureau, les bras croisés.

— Que se passe-t-il ?

— D'abord, j'ai une question à vous poser. Y a-t-il au sein de l'Eglise des registres sur les adoptions privées ?

— Comment ça ?

— Eh bien, il s'agit d'une femme, je devrais dire une adolescente, qui a abandonné un enfant il y a une trentaine d'années — j'ai la date exacte. J'ai trouvé ça dans la bible familiale.

Elle fouilla dans son sac et en sortit un morceau de papier sur lequel elle avait recopié une date de naissance.

— J'ai de bonnes raisons de penser que cette adoption s'est faite par le biais de l'Eglise plutôt qu'en passant par un tribunal. C'est peut-être même un prêtre qui a tout organisé. Quoi qu'il en soit, ça n'était pas très… légal.

Il haussa les sourcils.

— Pas légal, mais avec un prêtre ?

— Oui. Ma grand-mère était dans l'histoire. Le bébé dont nous parlons est mon frère. C'était avant… avant que mes parents se marient. Je crois, d'ailleurs, que mon père n'a pas connu tout de suite l'existence de cet enfant. Il l'a découverte par la suite.

— Et votre mère ?

James vit Olivia secouer la tête, et ses mèches blondes décolorées dansèrent dans la douce lumière de la lampe de bureau.

— Elle ignore ce que l'enfant est devenu.

— A moins qu'elle préfère ne rien dire.

— Je crois qu'elle est sincère. Ma grand-mère est morte, à présent, et l'avocat qui s'est chargé de sa succession est assez jeune. Il ne semble pas au courant de l'histoire.

Elle fixa James droit dans les yeux, et, comme il ne pouvait faire autrement que soutenir son regard, il se sentit submergé par des sensations qu'il croyait oubliées.

— Il y a toutes les chances pour que l'enfant ait été

rapidement baptisé, peu après sa naissance, expliqua-t-elle. Le couple qui l'a adopté devait être très catholique.

James était comme statufié, traversé par des pensées qu'il n'aurait pas dû avoir.

— Il faut que je retrouve mon frère, lui dit-elle encore, d'une voix presque implorante. C'est important.

James songea à son propre frère, à leur séparation douloureuse, au désir qu'il avait de revenir à l'époque où ils se faisaient confiance, où ils luttaient ensemble. Il songea aussi à la manière dont ce lien si fort s'était rompu. A cause de sa faiblesse. Dieu lui donnait peut-être une chance d'aider quelqu'un d'autre. D'expier.

— Je peux chercher, si vous voulez.

— Vous feriez ça ? Oh ! merci !

— Je ne vous promets rien, mais je vais essayer.

— Super ! A présent, j'ai autre chose à vous demander.

— Allez-y.

— J'aimerais vous présenter l'une de mes amies.

— Au cas où vous l'ignoreriez, les prêtres ont fait vœu d'abstinence, dit-il en souriant.

— Il ne s'agit pas d'une rencontre sentimentale ! répliqua Olivia en lui rendant son sourire.

— Très bien. Dans ce cas, pas de problème. Quand voulez-vous me présenter votre amie ?

— Elle est arrivée ce matin, en avion, et elle va rester quelques jours chez moi. Elle me tuera si elle découvre que je me suis adressée à vous. Mais elle a de graves problèmes matrimoniaux et elle a besoin de parler à quelqu'un.

— Elle n'a pas de confesseur ? demanda James.

Il était de nouveau sur ses gardes. Il se rendait compte qu'il était surtout intéressé par Olivia, et assez peu par son amie.

— A Tucson, oui. Mais comme elle est ici, en ce moment, j'espérais que vous pourriez la conseiller. Elle me parle, mais, quand je lui suggère de quitter son mari, elle refuse de m'écouter. Sarah et son mari, Leo, sont catholiques, et je crois qu'elle serait plus à l'aise avec un prêtre, quelqu'un qui serait capable d'apporter à cette situation un éclairage positif — contrairement à moi.

— Vous ne pensez pas que c'est à elle de prendre la décision ?

— Si, mais…

Olivia secoua la tête.

— Je me suis dit que vous trouveriez peut-être un moyen de l'aider, de *les* aider, de renforcer leur mariage, d'arranger les choses si c'est possible… tout en ayant la certitude que ça n'est pas possible — ni souhaitable, du reste.

Elle se laissa aller en arrière, contre son dossier, et ajouta :

— Tout cela est stupide, j'imagine.

— Pas du tout. C'est une preuve d'amitié. Mais je ne voudrais pas que cela se retourne contre vous. Elle pourrait penser que vous dépassez certaines limites, qu'elle est persécutée, que nous cherchons à la faire plier…

Olivia soupira et se mit à tapoter des doigts un des accoudoirs de son fauteuil.

— Nous pourrions être plus subtils, alors. Si vous passiez nous voir ?

— Eh bien… pourquoi pas ? dit-il d'une voix traînante.

Il s'interrogeait sur la tournure que prenaient les événements.

— Si elle accepte de vous parler, tant mieux, poursuivit Olivia. Sinon, je promets de ne pas insister.

— Ça peut marcher, dit James, vaguement soulagé. Mais si Sarah ne me demande aucun conseil, nous devrons l'accepter.

— Vous voulez dire que *je* devrai l'accepter.

Il hocha la tête.

— Vous vous en sentez capable ?

— Pas de problème. Je veux juste lui offrir une opportunité.

Olivia sourit, visiblement ravie du cours que prenait la conversation.

— Quand ? demanda-t-il en feuilletant son éphéméride.

— Pendant les vacances de Thanksgiving ? A moins, bien sûr, que vous ayez d'autres projets. Est-ce que…

Elle marqua une pause, puis se lança brusquement :

— Père McClaren, que diriez-vous de vous joindre à Sarah et moi pour le dîner de Thanksgiving ?

Il hésita une fraction de seconde, puis la regarda droit dans les yeux. C'était dangereux. Il pouvait sentir la température monter entre eux. Mais il ne put résister.

— Ce sera avec grand plaisir, répondit-il.

Et malheureusement ce n'était pas une parole en l'air. Il éprouvait un immense plaisir.

— Je t'avoue que je ne comprends pas ! lança Jay d'une voix geignarde.

Kristi, qui était assise au bord du lit, l'écouteur collé à l'oreille, se mit à protester.

— Pourquoi tu ne viens pas dîner avec nous ?

— Parce que mon père est seul.

— Je croyais que tu ne t'entendais pas avec lui.

— C'est le cas. Mais je fais des efforts.

— C'est sympa de ta part. Tu peux quand même venir. On a besoin de se voir. Ça fait un moment.

« Dis-lui ! songea Kristi. Fais-le maintenant ! »

— Tu me manques.

— Jay, je…

— Et je t'aime, Kristi.

Oh ! Seigneur !

— Ecoute, il va falloir qu'on parle, toi et moi.

Il y eut un silence. Elle n'entendait plus que le martèlement affolé de son cœur.

— Jay ?

— J'ai dit : « Je t'aime. »

— Je sais, mais…

— Bon sang, Kristi, qu'est-ce qui se passe ? Tu as changé, depuis que tu es entrée à All Saints. Cet endroit n'est pas net, si tu veux mon avis. Pas net du tout. Il a un drôle d'effet sur toi.

— Peut-être que je suis en train de découvrir qui je suis réellement.

— Epargne-moi ce genre de salades, d'accord ? C'est ce que les gens disent quand ils veulent éviter les sujets importants.

Il prit une voix de fausset et ajouta :

— « Je suis en train de me trouver. Je découvre enfin ma vraie féminité. Il me faut de nouvelles expériences. » Moi, j'appelle ça des conneries ! conclut-il en reprenant sa voix normale.

— Tu as peut-être raison, dit Kristi. C'est un peu bizarre, ici. Très différent du lycée. Mais c'est normal : il s'agit d'une fac.

— Bien sûr. Et donc tu prends deux cours merdiques de psychologie et de philosophie, et tu es tellement à la recherche de toi-même que je ne te reconnais même plus. Je… Peut-être qu'on devrait se quitter.

— Peut-être, oui.

Elle entendit Jay retenir son souffle.

— Mais enfin, Kristi ! Ecoute-nous un peu ! On s'aime, non ?

— Je ne sais pas, Jay.

Elle sentait des larmes lui brûler les yeux. Elle avait vraiment cru l'aimer. Mais ça, c'était au lycée. Avant qu'elle ait son bac. Avant qu'elle apprenne que son père n'était pas vraiment son père et que son oncle… Seigneur ! Elle avait conscience de s'être précipitée à l'université pour échapper à tout ce gâchis. « Evitement » et « déni », aurait dit l'étrange Pr Sutter… Jay avait mis en plein dans le mille. Certaines personnes, ici, à All Saints — y compris le Pr Sutter, le Pr Franz et le Pr Northrup — étaient vraiment au-delà de l'excentricité. Entre eux, il y avait cette fofolle de Lucretia, Willie Davis qui était toujours assis derrière elle en psycho et qui ne la quittait pas des yeux, sans oublier la prof lesbienne… All Saints ne manquait vraiment pas de cinglés.

— Tu ne *sais pas* ? répéta Jay. Oh ! mais j'ai compris ! Tu as rencontré quelqu'un d'autre, c'est ça ? Nom d'un chien ! Ça fait moins de trois mois que tu es là-bas, et tu me trompes déjà ? Mais qu'est-ce qui t'arrive, Kristi ?

— C'est précisément ce que j'essaye de comprendre, répliqua-t-elle.

Et elle raccrocha. Puis elle se leva et alla donner un grand coup de pied dans le sac d'entraînement. C'était donc le commencement de la fin. En vérité, elle s'était détachée de Jay. Le mieux était de laisser la situation se détériorer.

Parce que, pour sa part, elle avait Brian.

L'alarme !

Olivia se redressa dans son lit.

Les sirènes du système de sécurité couinaient sans fin. Les derniers vestiges du rêve dans lequel elle était plongée s'évanouirent, et elle comprit que quelqu'un s'était introduit chez elle. Elle jaillit de son lit. Quelques secondes plus tard, Harry se mit à aboyer et se précipita vers la porte.

Le fusil…

Merde ! Il était en bas, dans le placard sous l'escalier, entre les ponchos et les bottes.

Alors que ses pensées se faisaient plus claires, Olivia entendit par-dessus l'alarme une voix qui criait son nom. Suivit une bordée de jurons qui auraient fait rougir le plus endurci des marins.

Sarah !

Olivia descendit précipitamment l'escalier, et trouva Sarah devant le panneau de contrôle du système de sécurité. Le visage rouge, elle poussait tous les boutons l'un après l'autre. Elle empestait le gin.

— Comment tu fais pour éteindre ce foutu machin ? lança-t-elle à Olivia.

— Ici…

Quelqu'un frappa à la porte d'entrée.

— Police ! Ouvrez !

— Et merde ! s'exclama Sarah, alors qu'Olivia tapait le code pour neutraliser l'alarme.

Le silence revint.

— C'est bon, c'est bon ! lança Olivia. J'arr…

A moitié arrachée de ses gonds, la porte s'ouvrit à la volée, livrant passage à deux policiers en uniforme, arme au poing. Sarah hurla. Harry, lui, se mit à aboyer de plus belle.

Les deux jeunes femmes levèrent les mains en l'air.

— Ça va, ça va, dit Olivia. Mon amie n'a pas su arrêter l'alarme, c'est tout.

Lentement, les policiers abaissèrent leurs armes.

— Vous êtes certaine que tout va bien ? demanda le plus costaud des deux.

— Puisque je vous le dis ! Vous n'avez pas vu arriver mon amie ? demanda Olivia en baissant les bras.

Sarah, une main sur le cœur, alla s'adosser au mur.

— Mon Dieu ! chuchota-t-elle. Mon Dieu !

— On l'a vue arriver, confirma le plus jeune des deux policiers. Mais l'alarme s'est déclenchée, et on n'a pas voulu prendre le moindre risque.

— Qu'est-ce que vous faites ici ? interrogea Sarah.

— Ils surveillent la maison.

Olivia ne savait pas si elle devait être en colère ou soulagée. D'un côté, elle était furieuse que son intimité soit ainsi violée ; de l'autre, elle était reconnaissante à la police de se trouver à proximité, si jamais un intrus cherchait à s'introduire chez elle.

— Je t'ai expliqué que j'étais une cible potentielle du tueur en série.

— Tu es sérieuse ? Mon Dieu…

Le visage de Sarah perdit toute couleur.

— Je vous assure que tout va bien, dit Olivia en s'adressant aux policiers. Le système de sécurité vient d'être installé et mon amie, que j'héberge pour quelques jours, n'est pas habituée à se servir de ça…

De la main, elle désigna le panneau de contrôle.

— Si vous êtes sûre…

— Je vous le répète : tout va bien.

Après le départ des policiers, Sarah et Olivia gagnèrent l'étage. Alors que la première avait troqué ses vêtements pour un pyjama à motif léopard et qu'elle se brossait les dents dans la salle de bains, Olivia s'assit sur le rebord de la baignoire.

— Dire que tu es sous surveillance policière… Quelle histoire !

— Ça fait partie du plan de Bentz.

— Bentz ? Qui est-ce ?

Olivia hésita.

— L'inspecteur chargé de l'enquête.

Sarah plissa les yeux, puis se rinça la bouche avant de demander :

— Et si tu m'en disais plus ?

Olivia lui fit un rapide résumé des événements de la semaine écoulée, ce qui s'était passé, comment elle était entrée en contact avec Bentz. Elle garda évidemment le silence sur sa nuit passée avec le policier. Mais son amie, qui s'essuyait le visage avec une serviette, croisa son regard dans le miroir.

— Il te plaît, hein ?

— C'est quelqu'un de bien.

— Tu n'as pas compris. Je t'ai demandé s'il te plaisait, comme un homme peut plaire à une femme.

— Je répète : « C'est quelqu'un de bien. »

Sarah se tourna et croisa les bras sur sa poitrine.

— Oh ! Je t'en prie ! Il te fait craquer, ce policier ?

— Non, pas du tout.

— Mon œil ! Je vends des tonnes de Love Beads du Dr Miranda à des adolescentes amoureuses, alors je ne peux pas ignorer les symptômes. Je le répète : tu craques pour l'inspecteur Bentz !

— J'aimerais bien savoir depuis quand tu es une experte en amour…

— Eh bien…

Sarah soupira et secoua la tête.

— Tu as sans doute raison. La situation ne plaide pas en ma faveur. Mais n'essaye pas d'esquiver la question. Tu ne dirais pas non à une histoire avec ce flic.

— Ça n'arrivera pas, assura Olivia.

Elle souleva ses pieds afin de poser le menton sur ses genoux. Elle avait un peu l'impression d'être redevenue une ado.

— Et toi, alors ? Qu'est-ce qui t'est arrivé, ce soir ?

— Rien de bon.

— Tu as trouvé Leo ?

Sarah secoua la tête.

— Je pense qu'il était avec l'autre salope qu'il a rencontrée à ce congrès, à Nashville.

— Tu en es sûre ?

— Non, mais je l'ai appelée. Elle.

— Quoi ? s'écria Olivia.

Ça, ce n'était pas bon.

— Oui. J'étais sur les nerfs et j'avais bu deux Martini. Je lui ai téléphoné chez elle.

Se tournant vers le miroir, Sarah chassa un cheveu rebelle du coin de son œil.

— Tu n'as quand même pas fait ça ? lança Olivia.

— Mais si ! C'est de mon mari qu'il s'agit.

Sarah semblait assez fière d'elle.

— Je ne suis pas certaine de vouloir connaître la suite, marmonna Olivia.

— Je lui ai dit de laisser tomber.

— Et ?

— Elle a raccroché. J'ai rappelé, mais le téléphone sonnait occupé. Elle avait dû décrocher.

— Tu penses vraiment que Leo était là-bas ?

— Probablement. Quel salaud !

Elle se redressa et, avec un soupir triste, humilié, elle

ferma les yeux et posa le front contre le miroir, au-dessus du lavabo.

— Oh ! Olivia. Qu'est-ce que ce je dois faire ?

— Pour l'instant, tu vas aller te coucher. Il est tard. On en reparlera demain matin. Les choses seront peut-être plus claires.

— J'en doute. Mais je commence à penser que tu as raison. D'une manière ou d'une autre, je dois oublier Leo. Toutes ces émotions me tuent !

— Tiens le coup jusqu'au dîner de Thanksgiving.

Sarah parvint à sourire.

— De la dinde farcie, une tarte à la patate douce…

— Et j'aurai peut-être une surprise, ajouta Olivia avec un clin d'œil.

Elle éteignit la lumière de la salle de bains.

Ce n'était pas grand-chose au vu de l'état d'esprit de Sarah, mais le père James McClaren parviendrait peut-être à l'aider un peu.

— Tu travailles le jour de Thanksgiving ? marmonna Kristi, recroquevillée sous les couvertures.

— Que voulez-vous, ma bonne dame, faut bien que quelqu'un se charge de maintenir l'ordre dans les rues de cette ville pour les citoyens respectueux des lois !

Bentz se tenait à la porte de la chambre, les yeux fixés sur la forme qu'il devinait au milieu du lit.

— Oh ! je t'en prie ! dit-elle.

— Il n'y en a que pour deux ou trois heures.

— Mais oui, bien sûr ! Je connais le refrain.

— Je serai de retour pour mettre la dinde au four.

— Parce que tu vas faire la cuisine ?

Elle souleva un coin des couvertures et ouvrit un œil endormi. Bentz retint son souffle. Parfois, dans une certaine lumière, Kristi ressemblait incroyablement à sa mère.

— Je pensais qu'on irait au restaurant puis au cinéma, dit-elle entre deux bâillements.

— Tu n'as pas vu la dinde dans le frigo ?

— J'ai cru que c'était juste pour les apparences. Que tu essayais de m'impressionner.

— C'est exactement ça, ma belle. Et j'ai réussi ?

— A m'impressionner ? Non !

Elle se mit à glousser comme elle le faisait quand elle était petite fille, ramenant ainsi Bentz à une époque heureuse.

— Mais si ! reprit-elle. Je suis super-impressionnée, d'accord ? Maintenant, file ! Au fait, quelle heure est-il ?

Elle souleva la tête pour regarder le réveil.

— 8 h 15 ? Un jour de Thanksgiving ? Mais tu es fou, papa !

— Certains le pensent.

— Eh bien, ils ont raison !

Elle rabattit draps et couverture sur elle et se recroquevilla.

— Tu n'as qu'à me réveiller vers midi.

— Tu peux y compter. Tu es de corvée de pommes de terre !

Elle grogna de nouveau, et Bentz quitta la pièce en fermant la porte derrière lui.

Même si elle était un peu bougonne, il était heureux de l'avoir à la maison. Elle lui avait manqué. Ils se chamaillaient tout le temps quand elle habitait avec lui, au sujet de tout et de n'importe quoi : l'heure du couvre-feu, ses notes, son petit ami, son attitude. Chaque fois, elle lui faisait remarquer qu'il avait lui-même des défauts. Notamment, le fait qu'il soit flic — un métier qui « craignait » entre tous. Quant au fait qu'il la soupçonne d'avoir des relations sexuelles, c'était une « violation des principes de confiance les plus élémentaires ». Lorsqu'il avait trouvé des préservatifs dans le tiroir de sa commode, elle avait été « dégoûtée » et l'avait accusé d'être jaloux parce qu'il n'« avait personne dans sa vie ».

Les trois derniers mois, leur vie commune avait été un enfer.

Et ça lui avait manqué.

Au commissariat, il retrouva l'équipe qui avait été désignée pour travailler en ce jour férié. La première chose qu'il vit sur son bureau, ce fut un rapport des policiers chargés de surveiller la résidence d'Olivia. Son alarme s'était déclenchée pendant la nuit. Visiblement, il s'agissait d'une erreur : une amie d'Olivia, que celle-ci hébergeait pour quelques jours, était rentrée vers 1 h 30 du matin. Elle avait déclenché l'alarme et n'avait pas été en mesure de l'arrêter.

Bentz composa aussitôt le numéro de la jeune femme. Elle répondit d'une voix un peu endormie.

— Allô ?

Il sentit sa poitrine se serrer.

— Rick Bentz à l'appareil. J'ai appris que tu avais eu un problème, cette nuit ?

— Oh ! non… Rien de grave.

Elle avait la voix un peu pâteuse parce qu'elle était encore endormie. Il se rappela quel bonheur il avait éprouvé à la tenir dans ses bras, à sentir son parfum durant la nuit, alors qu'elle était pelotonnée contre lui.

— Je voulais juste m'assurer que tu allais bien.

— Très bien… très bien…, répéta-t-elle.

Elle lui expliqua ce qui s'était passé. Son histoire concordait avec le rapport. Puis elle le remercia d'avoir appelé et lui souhaita un « joyeux Thanksgiving ». Mais il entendit le changement dans sa voix, sa défiance. D'une façon ou d'une autre, elle avait accepté le fait que ce qu'ils avaient partagé l'autre nuit ne pouvait pas se reproduire. Et cela le contrariait. Il eut l'impression qu'il faisait plus froid lorsqu'il raccrocha.

Refusant de s'attarder sur de stupides considérations romantiques, il vérifia sa boîte e-mail, et passa quelques coups de fil, avec l'espoir qu'on ait identifié les deux nouvelles victimes. Rien, jusque-là. Pas de rapport d'autopsie. Mais la cause de la mort était chaque fois évidente, et il avait la certitude que les dates correspondaient aux visions d'Olivia. Avec de la chance, aussi, le tueur avait fini par commettre une erreur, et les techniciens avaient trouvé quelque chose — un cheveu, un morceau de fibre, de la peau sous les ongles de la victime, une empreinte laissée par mégarde, une trace de pneu, un témoin qui aurait vu un véhicule… n'importe quoi.

Ils avaient besoin d'une brèche — même minuscule. Un élément plus concret que les visions d'Olivia. Il priait pour que le tueur fasse une pause.

Pourquoi pas ?

Il but une gorgée de café amer et baissa les yeux sur la liste qu'il avait dressée : une liste de saintes martyres dont les dates de célébration étaient proches. Ce qui n'augurait rien de bon.

Le 2 décembre, c'était sainte Viviane, flagellée et abandonnée aux chiens. Le 9 décembre, sainte Gorgonie, écartelée par des mules, les os broyés, les organes internes réduits en purée. Elle avait prétendument survécu à l'écartèlement, qui l'avait laissée paralysée, et elle était morte de « causes naturelles ». Le 13 décembre, c'était la Sainte-Lucie. Lucie avait été condamnée à l'écartèlement, mais les bœufs sollicités pour le supplice n'avaient pas réussi à la faire bouger. Elle avait alors été torturée, et on lui aurait arraché les yeux avant de la brûler vive. Elle aurait apparemment survécu au bûcher et serait morte d'un coup d'épée dans la gorge.

Brutal. Affreux. Tordu.

Un prêtre ?

Non, il n'y croyait pas.

Il repoussa ses notes. Sa sélection ne concernait que quelques saintes. Il y en avait d'autres. Beaucoup d'autres. Chaque jour qui passait.

Bentz se massa la nuque, puis il se leva et alla regarder par la fenêtre. La journée était grise, humide.

A New York se déroulait la traditionnelle Parade, tandis

qu'à travers tout le pays les gens recevaient leur famille pour festoyer et regarder le match de foot à la télé.

Mais ici, à La Nouvelle-Orléans, il y avait un tueur à l'affût, prêt à frapper de nouveau.

30

— Je vous répète que je ne sais rien de ces meurtres ! C'est vraiment dégueulasse de m'avoir amené ici en plein Thanksgiving !

Sous l'éclairage cru de la salle d'interrogatoire, les yeux brillant de colère, Reggie Benchet était assis au bord de sa chaise, les coudes sur la table. Il était mince, presque maigre, et paraissait plus que ses soixante-huit ans.

— Alors, est-ce que j'ai besoin d'un avocat ?

Il pointa un doigt noueux sur Bentz et ajouta :

— Je connais mes droits. Vous ne pouvez pas me retenir si vous n'avez aucune charge contre moi. J'ai un dîner de Thanksgiving…

— Où ça ?

— Ça ne vous regarde pas. C'est chez mon amie.

Bentz jeta un coup d'œil à ses notes.

— Claudette DuFresne ?

— C'est ça. Mais ne vous avisez pas d'aller la déranger ! Son cœur n'est pas trop vaillant, et elle n'a pas besoin de contrariétés.

— Elle a été interpellée parce qu'elle dealait du crack, dit Bentz en survolant la copie du casier judiciaire qui contenait à peu près tout : du racolage à la revente de drogue. Sympa, ton amie.

— C'est fini depuis des années. Elle a tout arrêté, et elle a accueilli Jésus dans son cœur. C'est une bonne chrétienne :

elle s'occupe de sa maman malade et travaille au centre du troisième âge.

Il glissa la main dans la poche poitrine de sa chemise et en tira un paquet de Camel sans filtre.

— Ça vous dérange, si je fume ?

Sans attendre de réponse, il alluma une cigarette.

— Et toi aussi, tu as rencontré Dieu, si j'ai bien compris ? lui demanda Bentz.

— Oui. Grâce aux prières que j'enverrai pour le salut de vos âmes, vous pouvez dormir sur vos deux oreilles.

— Vous n'êtes pas prêtre, lui fit remarquer Montoya.

Il était posté près de la porte, les bras croisés. Son expression signifiait clairement : « On ne me la fait pas. »

— Non, bien sûr que non ! Mais c'est comme si j'étais né une seconde fois. J'ai trouvé le Christ en taule… Bon sang ! On dirait les paroles d'une bonne vieille chanson country, pas vrai ?

Il se mit à tousser, tout en riant de sa propre plaisanterie.

— Tu étais catholique ? demanda Bentz.

— Moi ? Bon sang, non ! C'était ma femme. Enfin, mon ex-femme. Bernadette.

Il secoua la tête, comme un nageur qui a de l'eau dans les oreilles.

— En voilà une à qui j'aurais jamais dû passer la bague au doigt.

— J'aimerais qu'on parle de ça, justement.

— C'est de l'histoire ancienne.

— Tu as eu trois enfants avec elle.

Le sourire de Reggie s'évanouit.

— On sait qu'il y a deux filles, dont l'une s'est noyée toute petite. Mais tu as eu aussi un fils.

— Pour le bien que ça m'a fait ! Personne ne m'en a jamais parlé. J'avais des soupçons, remarquez — j'ai découvert des vieilles factures de toubib, à l'époque où j'étais marié à Bernadette. Mais elle s'est jamais troublée : elle racontait qu'elle avait fait une fausse couche. Des années plus tard, quand je me suis retrouvé en taule, elle m'a tout avoué. Je crois qu'elle en avait trop gros sur la patate. Elle m'a envoyé une lettre où elle m'expliquait que ce fils existait, mais qu'elle n'avait pas la moindre idée de ce qu'il était devenu. J'ai fait ce que j'ai pu, à l'époque — c'est-à-dire pas grand-chose. J'ai essayé de faire parler Bernadette, j'ai contacté sa mère et même le toubib. Mais il était mort. J'ai rien trouvé, au final.

— Et tu as laissé tomber ?

Reggie garda le silence. Puis il tira longuement sur sa cigarette et recracha la fumée en formant des ronds.

— C'est pas mon genre. C'est mon seul fils, et on me l'a pris. Trente foutues années de perdues.

— On peut peut-être t'aider, déclara Bentz.

— Et pourquoi vous feriez ça ?

— On le cherche, nous aussi.

Reggie fut aussitôt sur ses gardes.

— Pourquoi ?

— Il faut qu'on lui parle — de la même façon qu'on devait vous parler, répondit Montoya.

Reggie fronça les sourcils.

— Je ne vois pas pourquoi. Si vous ne savez pas qui c'est, pourquoi vous avez besoin de le voir ?

— On pense qu'il pourrait nous aider.

Mais Reggie n'y croyait pas, et il secoua la tête.

— Pas d'accord…

— J'avais cru comprendre que tu voulais voir ton fils. On te demande juste de nous dire ce que tu sais.

Hésitant, cherchant visiblement à gagner du temps, Reggie écrasa sa Camel.

— Vous arrêterez de m'enquiquiner ?

— A condition que tu te tiennes à carreau.

— Mais je me tiens à carreau ! Demandez à mon contrôleur judiciaire !

— Alors, qu'est-ce que tu peux nous dire ?

Il poussa un léger grognement, puis haussa les épaules.

— Pas grand-chose. Virginia m'a expliqué que c'était

une adoption privée — autrement dit, illégale. Pour que personne sache, j'en suis sûr. Un prêtre s'était chargé de toute l'affaire, il avait juré le secret. Sauf qu'un jour un autre taulard m'a parlé d'un père Harris, ou Henry, qui avait eu plein d'ennuis. Non seulement il revendait des bébés, mais il s'était fait choper avec le froc baissé, en compagnie d'un gamin de quinze ans.

— Il a été condamné ? demanda aussitôt Bentz.

Enfin, ils avaient une piste.

Il croisa le regard de Montoya.

— Je ne pense pas, répondit Reggie. D'après l'autre taulard — Victor Spitz, qu'il s'appelait —, la famille du gamin a été dédommagée, alors elle a laissé tomber les plaintes. Le prêtre a été muté dans un autre Etat.

— Tu dis qu'il s'appelait Harris ou Henry ?

— D'après l'autre, oui.

— Et ce serait son nom ou son prénom ?

— Ça, j'en sais rien, répondit Reggie en secouant la tête. Voilà, c'est tout ce que je peux vous dire.

Il regarda de nouveau sa montre.

— Maintenant, j'espère que vous allez me ramener à Lafayette avant que mon dîner refroidisse et que je me fasse engueuler.

— Quoi ? s'écria Sarah, horrifiée. Tu as invité un prêtre à dîner ? Mais dans quel but ?

Elle était en train de confectionner la « fameuse » farce de sa mère.

— Je pourrais te mentir, répondit Olivia en pelant des patates douces, et te raconter qu'il semblait seul, que je l'aime bien et que je voulais qu'il se sente intégré à un Thanksgiving traditionnel — ce qui ne serait pas vraiment un mensonge. Mais la vraie raison, c'est que je l'ai invité pour toi, parce que tu semblais déprimée et que…

— Et que quoi ? Tu as pensé que j'avais besoin de me confesser ? Tu as un sacré culot, tout de même !

— Tu n'es pas obligée de lui adresser la parole, d'accord ?

Sarah était livide. Elle mélangea les ingrédients avec une énergie vengeresse.

— Je voulais juste t'aider..., murmura Olivia.

Sarah posa sa cuillère en bois et laissa échapper un long soupir, comme pour se calmer.

— Oui, je sais, et je t'en remercie. Seulement... c'est à Leo que j'ai besoin de parler.

Olivia décida de ne pas discuter.

Deux heures plus tard, on sonna et Harry se précipita vers la porte en aboyant. Olivia, elle, se demanda si elle n'avait pas commis une erreur.

— Super, voilà le prêtre ! lança Sarah. On avait vraiment besoin de ça !

— Il va te plaire, j'en suis persuadée. Tu vas l'adorer.

— Mais oui, bien sûr !

— Détends-toi, c'est tout. Et passons un bon moment.

Olivia alla ouvrir et découvrit le père James vêtu d'un pantalon, d'un pull et d'un blouson d'aviateur. Un genou à terre, il examinait les dommages causés à la porte. A côté de lui, une bouteille de vin était posée sur le porche.

— Vous avez eu des ennuis ? demanda-t-il en levant les yeux vers Olivia.

Il était vraiment trop séduisant pour un prêtre. La mâchoire carrée, les cheveux épais, les épaules larges. Sans parler de ce sourire ravageur...

— Rien de grave. Un mauvais fonctionnement du système d'alarme.

— Qui a fait sortir votre porte de ses gonds ?

— C'est la police qui l'a enfoncée... Mais entrez, je vous en prie !

Alors qu'il était toujours accroupi, il tendit la main et laissa le chien la renifler avec prudence.

— Je vous présente Harry. J'en ai hérité avec la maison.

— Un excellent argument de vente !

Il se redressa et se frotta les mains.

— Je peux réparer ça, dit-il en désignant le jambage de la porte.

— Vraiment ? Ce serait formidable. Mais on verra ça plus tard. Pour l'instant, j'aimerais vous présenter quelqu'un.

Sarah se tenait dans l'entrée, à côté de la bibliothèque.

Olivia fit les présentations.

— Sarah Restin… Père James McClaren…

— Vous êtes prêtre ? lança Sarah en le détaillant avec scepticisme.

— Tout à fait. Mais j'ai laissé ma tenue professionnelle dans la voiture, répondit-il en souriant. Je suis ravi de vous rencontrer.

— Moi… moi aussi, bredouilla-t-elle, sous le choc.

Olivia les entraîna vers la cuisine. Le père James lui tendit la bouteille de vin.

— Ma contribution au dîner.

— Merci. Nous passerons à table dans une demi-heure. Ouvrons-la tout de suite.

Elle lui tendit le tire-bouchon. Il ouvrit la bouteille, versa le vin dans les trois verres qu'Olivia avait posés sur le plan de travail. La conversation s'engagea, et ils firent rapidement connaissance. Manifestement, Sarah se détendait.

Ce fut le père James qui se chargea de découper la dinde tandis qu'Olivia mettait le couvert et que Sarah allumait les bougies. Harry s'était installé dans son coin, près de la porte ouvrant sur l'arrière. Chia, elle, laissait échapper ses habituels gloussements.

Quand tout le monde fut assis, le père James prononça une courte prière, et la conversation reprit. Ils parlèrent de tout et de rien, et Olivia pensa à plusieurs reprises que c'était un vrai gâchis qu'il ait décidé de se consacrer à l'Eglise. Il aurait fait un mari formidable, un père extraordinaire, elle en était certaine.

A la fin du repas, après avoir aidé à débarrasser la table,

il insista pour qu'Olivia sorte la boîte à outils de sa grand-mère et le laisse s'occuper de la porte d'entrée.

— Il est vraiment très différent des prêtres que j'ai pu rencontrer, avoua Sarah en servant le dessert. Il a un physique d'acteur. En plus, il apporte du vin, il bricole… et, à mon avis, il craque pour toi !

— Quoi ? Mais enfin, Sarah, il est déjà marié à l'Eglise !

Elle sentit une soudaine chaleur envahir son cou et son visage.

— C'est quand même un homme ! Et je te parie ma boutique qu'il doit assurer au lit !

— Sarah ! Ne dis pas des choses pareilles, voyons !

— Et toi, arrête un peu. Tu ne t'es jamais demandé comment ça pouvait être, avec un prêtre ?

— Jamais !

— Pourquoi ? Parce que tu es amoureuse d'un flic ? lança Sarah, qui ponctua sa remarque d'une grimace.

— Je ne suis amoureuse de personne, affirma Olivia.

Elle s'essuya les mains à un torchon et alla s'occuper du café.

— Maintenant, ça suffit ! Tais-toi !

Mais Sarah avait toujours le même sourire.

— Je suis juste en train de te dire que, si j'étais célibataire et que cet homme me regardait comme il t'a regardée pendant le dîner, je ne sais pas si je pourrais me contenir.

— Vraiment, tu exagères !

— Comme si je ne le savais pas ! répliqua Sarah en riant.

— Qu'y a-t-il de si drôle ?

C'était le père James qui venait d'apparaître à la porte de la cuisine. Il s'essuyait les mains à un mouchoir.

Olivia et Sarah se mirent à rire de plus belle.

— De toute évidence, quelque chose m'échappe, dit le prêtre.

— Ce n'est rien. Des sottises, affirma Olivia en jetant un coup d'œil menaçant à Sarah. Mon invitée a beaucoup d'imagination. Mais parlons plutôt de choses sérieuses : vous avez pu réparer ma porte ?

— Elle est comme neuve !

Il lui expliqua ce qu'il avait fait et de quelle manière il avait réussi à remettre le verrou en place.

— Une petite couche de peinture et il n'y paraîtra plus.

— Comment vous remercier ? demanda Olivia.

Du coin de l'œil, elle vit Sarah hausser un sourcil éloquent.

— Ce dîner était un bon départ, répondit le père James avec un début de sourire. Est-ce que je pourrais vous convaincre de venir assister à une messe de temps à autre ?

— Vous êtes dur en affaires… Mais pourquoi pas ? Maintenant, venez prendre le dessert dans le salon. Je vais mettre un peu de musique et allumer un feu.

— Laissez-moi faire. Dites-moi juste où vous rangez le bois. J'ai été scout…

— Allez savoir pourquoi, ça ne me surprend pas…

Durant l'heure suivante, alors que le feu craquait dans la cheminée, ils parlèrent de choses et d'autres, bercés par la programmation jazz de WSLJ, sur l'antique radio de Grannie Gin. Si le père James était toujours aussi charmant, Olivia remarqua chez lui une certaine tension quand ses yeux bleus s'assombrissaient.

Elle était assise à une extrémité du canapé déformé de Grannie Gin. Sarah, plus détendue que jamais, avait ôté ses chaussures et coincé ses pieds sous ses fesses, et elle se balançait lentement dans le vieux fauteuil à bascule.

Sarah avait raison. Le père James était séduisant. Il était même irrésistible. Malgré ses efforts pour ignorer cette évidence, elle ne put s'empêcher de remarquer la petite étincelle dans son regard, chaque fois qu'il la fixait. Comme s'il lui adressait un message informulé — qui l'aurait terrifiée si elle en avait connu la teneur, elle en était persuadée.

Tout cela la contrariait. Car il était prêtre, au nom du ciel ! Dans ses pensées, le père James McClaren devait rester ce qu'il était : un homme de Dieu.

D'abord, le policier. Et maintenant le prêtre…

Non, c'était impossible ! Tant bien que mal, elle se raccrocha à la conversation. Il était question de Sarah et de sa vie à Tucson, du magasin où « rien n'était plus pareil » depuis le retour d'Olivia en Louisiane.

Le moment semblait bien choisi pour s'éclipser discrètement et laisser Sarah en tête à tête avec le prêtre, décida Olivia. Elle s'excusa et rejoignit la cuisine.

Quelques instants plus tard, quand elle jeta un coup d'œil par la porte, elle constata que son amie s'était installée sur le canapé et qu'elle était en grande conversation avec le père James. Elle vit aussi qu'elle se tapotait les yeux avec un mouchoir en papier. Bien. Il s'agissait maintenant pour Olivia de se faire aussi discrète que possible.

Elle termina la vaisselle, nettoya le comptoir et la table, lava même le sol. Par-dessus l'ambiance musicale, elle entendait Sarah parler, parler encore, parfois interrompue par des sanglots ou la voix profonde et apaisante du père James. Peut-être allait-il pouvoir l'aider, la raisonner ? Olivia croisa les doigts et formula même une rapide prière pour que Sarah trouve, d'une manière ou d'une autre, le moyen d'en finir avec son mariage et le pauvre type qui lui tenait lieu de mari.

Olivia était sur le point de rejoindre le salon pour proposer quelque chose à boire à ses invités, quand le téléphone sonna. Une fraction de seconde, elle pensa que c'était peut-être Bentz qui la rappelait.

— Allô ?

— Bonsoir, ma chérie.

Elle se figea en reconnaissant la voix de son père. Son cœur se transforma en pierre.

— Je voulais juste te souhaiter un joyeux Thanksgiving.

— Eh bien… Moi… moi aussi. Joyeux Thanksgiving, bredouilla-t-elle, alors qu'elle n'en pensait pas un mot.

— Je n'ai pas le temps de m'arrêter aujourd'hui et j'imagine que tu n'es pas seule. Mais un jour, Livvie, il faudra qu'on se voie et qu'on rattrape le temps perdu. Je suis un homme de Dieu, maintenant. Un pasteur. Tu peux me parler.

— Il n'y a rien à rattraper, Reggie.

Elle devait tuer dans l'œuf ces prétendues relations père-fille.

— Il faut lancer des passerelles au-dessus des fossés, ma chérie.

— Je vous en prie, ne m'appelez pas comme ça ! Plus jamais. Appelez-moi Olivia.

— T'es pas drôle, bon sang !

Olivia se hérissa, soudain furieuse qu'il soit venu la déranger en pleine soirée de Thanksgiving.

— Je trouve que vous avez un drôle de langage, pour un pasteur. Vous jurez beaucoup.

— Peut-être que je suis de l'Eglise « Où On Dit Les Choses Comme Elles Sont ». Je voulais juste te souhaiter une bonne journée, pour demain.

En sentant qu'il était sur le point de raccrocher, elle s'en voulut soudain pour ses paroles un peu dures. Après tout, c'était Thanksgiving.

— Un instant, dit-elle. Ecoutez... je... j'espère que vous allez passer une bonne journée, vous aussi.

Elle ne pouvait pas faire mieux.

— Ça, j'en suis sûr, *Olivia*.

— Reggie ? J'aimerais vous demander quelque chose, dit-elle dans la foulée.

Puisqu'il avait appelé, autant en profiter.

— Je triais les affaires de Grannie et j'ai découvert sur un document que j'avais un frère aîné. Bernadette me l'a confirmé, mais elle est incapable de me dire où il se trouve et même s'il est vivant. Peut-être en savez-vous plus qu'elle...

— C'est incroyable, ça ! Je n'ai pas entendu parler de ce gamin pendant trente ans, et voilà qu'on me questionne sur lui deux fois dans la même journée ! Je ne sais rien de plus que ce que j'ai dit à l'inspecteur qui a eu le toupet de m'amener à La Nouvelle-Orléans pour Thanksgiving. Je lui ai raconté tout ce que je savais, et c'est pas grand-chose.

On m'a caché l'existence de ce gamin. Ta foutue mère m'a empêché de connaître mon propre fils !

Il était agité, soudain.

— Mais pourquoi est-ce que tout le monde s'intéresse à lui ? demanda-t-il.

— Je n'avais jamais entendu parler de lui…

— Et le flic ?

— Ça, c'est entre toi et lui. J'imagine que c'est en rapport avec une affaire.

— Ah, oui, une affaire ? Bon sang ! Je parie que c'est cette histoire de tueur en série. Il a eu le culot de me demander où je me trouvais quand ces femmes ont été tuées. Comme si j'en savais quelque chose ! Tu merdes une fois, et le système ne te lâche plus, Livvie. Je ne serai plus jamais libre, même si j'ai fait mon temps. Dès qu'il y aura de l'embrouille, les flics viendront sonner chez moi… Ecoute, si jamais tu retrouves ton frère, je te demande juste de lui dire qu'il a un père — un vrai — qui aimerait le rencontrer. Apparemment, le reste de sa foutue famille est bien plus intéressé par lui que par moi. Au revoir, Olivia, conclut Reggie avec colère.

Et il raccrocha si violemment qu'elle en sursauta.

Tout en remettant le combiné en place, elle décida de s'offrir un digestif. Voilà l'effet que Reggie Benchet avait sur elle : il la menait droit à l'alcool.

Fouillant dans ses placards, elle trouva une bouteille de whisky, du Black Velvet, et ajouta une bonne rasade à son café.

— Santé ! murmura-t-elle pour elle-même.

Dans le salon, la voix de Sarah se mêlait toujours aux accents du jazz. Bien. Elle se mit à fredonner, tout en finissant de ranger la cuisine.

Le téléphone sonna de nouveau.

Qui, encore ? Tout en se disant qu'elle était stupide, elle ne put s'empêcher d'espérer qu'il s'agissait de Bentz. Elle décrocha.

— Allô ?

— Olivia, laisse-moi parler à Sarah ! dit Leo Restin sans même se présenter. Je sais qu'elle est chez toi — elle a appelé une amie, hier soir. Passe-la-moi.

— Leo…

— Tout de suite !

Le ton de sa voix ne plut pas à Olivia. Elle écarta le combiné de son oreille, puis décida de raccrocher.

— Connard ! chuchota-t-elle, avant de boire son café.

Le téléphone se remit à sonner. Elle songea un instant à décrocher l'appareil et à laisser Leo mariner. Elle vida sa tasse. Et à la quatrième sonnerie, elle répondit.

— Allô ?

— Olivia, tu n'as pas intérêt à me raccrocher au nez ! cria Leo.

— Ah, non ? Mais laisse-moi te dire une chose, Leo : tu ne peux pas jouer au petit chef avec tout le monde.

Elle fit le geste de raccrocher.

— Olivia !

Avec un soupir, elle ramena le combiné contre son oreille. Leo suffoquait presque de rage.

— Je veux parler à ma femme. Si tu ne me la passes pas tout de suite, je vais venir et…

Cette fois, elle raccrocha. Elle envisagea de se resservir à boire, mais le téléphone sonna presque aussitôt. Elle répondit une nouvelle fois.

— Passe-moi ma femme, s'il te plaît.

— Comporte-toi d'abord correctement.

— Tu n'as pas le droit de…

— Ttttt. Qu'est-ce que je viens de dire ?

— D'accord, d'accord. Laisse-moi juste lui parler.

Olivia leva les yeux et découvrit le père James, qui la regardait fixement.

— Un problème ? demanda-t-il.

— Rien de grave. Je suis au téléphone avec Leo Restin. Est-ce que Sarah veut lui parler ?

Comme si elle attendait derrière la porte, Sarah fit irruption dans la cuisine.

— Je pensais bien t'avoir entendue prononcer son nom !

Malgré ses yeux encore humides, elle lança à Olivia un regard furieux qui signifiait clairement : « Comment oses-tu filtrer mes appels ? » Puis elle lui arracha le combiné des mains.

— Allô ? dit-elle d'une voix mal assurée.

De nouvelles larmes se mirent à couler sur ses joues.

— Mon Dieu, où es-tu, Leo ? J'étais si inquiète...

Elle tourna le dos à Olivia, qui, secouant la tête, remplit de nouveau sa tasse et celle de James. Elle ouvrit le placard où était rangé le Black Velvet et sortit la bouteille presque vide. A sa surprise, le prêtre hocha la tête. Olivia rajouta une goutte d'alcool à leur café et, tandis que Sarah chuchotait, reniflait et sanglotait au téléphone, ils rejoignirent le salon.

Harry ronflait doucement, recroquevillé sous la fenêtre.

— Vous avez pu la raisonner ? demanda Olivia, tandis qu'il s'asseyait sur le canapé.

Le père James but une gorgée de café.

— Informations confidentielles.

— Je cherche simplement à l'aider.

— Vous avez fait ce que vous pouviez. Maintenant, c'est à Sarah et Leo de se prendre en main.

— Pauvre type ! murmura Olivia.

Elle brûlait de se confier au père James et de lui expliquer quel genre d'homme était Leo Restin : un bon à rien, un sale type. Mais elle préféra garder ses commentaires pour elle.

Avant qu'elle ait eu le temps de changer d'avis, Sarah sortit en trombe de la cuisine.

— Je dois y aller ! Leo veut me voir !

Ses yeux brillaient d'espoir.

Olivia avait la certitude que son amie allait souffrir une fois encore.

— Tu es sûre que...

— Oui ! Et je n'ai ni le temps ni l'envie qu'on me fasse la leçon. Je te raconterai tout à mon retour…

Elle traversa le salon en courant, la main tendue vers le père James.

— Merci, mon père. Vous… vous m'avez vraiment aidée.

Puis elle monta au premier, passa un moment dans la salle de bains, et redescendit.

— A plus tard ! lança-t-elle.

Olivia secoua la tête d'un air consterné.

— Ça ne marchera jamais.

— C'est à elle d'en décider, dit le père James.

— Je sais, je sais… Mais, quand elle est arrivée chez moi, elle était en miettes…

Sans rien dire, James but une gorgée de café.

Un vieux titre de Frank Sinatra emplissait le salon de ses harmonies nostalgiques. Dans la cheminée, les braises rougeoyaient ; le bois sifflait et craquait en laissant partir de temps à autre des étincelles. Le whisky faisait son effet, aussi. Olivia se sentait fondre. Du bout des orteils, elle se débarrassa de ses chaussures. En regardant James, assis à l'autre extrémité du canapé, ses longues jambes étendues devant lui, elle se sentit heureuse.

Il regardait fixement le feu, les sourcils froncés, la mâchoire serrée.

— Quelque chose vous tracasse, lui dit-elle soudain.

— Moi ?

Il leva les yeux vers elle et lui adressa un sourire fugace.

— Non.

— Je vois bien que si. Et n'essayez pas de dire le contraire. Je suis un peu médium, vous savez ?

Comme il ne réagissait pas, elle ajouta :

— Ma grand-mère lisait dans les cartes de tarot et les feuilles de thé. Et bien qu'elle eût été une fervente catholique, elle donnait aussi un peu dans le vaudou.

— Comment peut-on « donner un peu » dans une chose pareille ?

— En fait, ça ne consiste pas seulement à tuer des poules et à piquer des aiguilles dans des poupées pour jeter des maléfices aux gens.

— Je sais. J'ai étudié toutes sortes de croyances, et pas seulement au séminaire. C'est l'une de mes passions.

— Il y en a d'autres ?

Il sourit.

— Oh ! oui… Et vous ?

— Ne détournez pas la question ! Quelque chose vous tracasse, n'est-ce pas ?

— Même les prêtres ont des soucis.

La douce lumière du feu joua sur les lignes anguleuses de son visage. Olivia, qui ne le quittait pas des yeux, en était sûre : quelque chose le contrariait, l'emplissait même d'une tristesse qu'il s'efforçait de cacher.

— Je pourrais peut-être vous aider.

— C'est déjà fait.

Il se rapprocha un peu et lui prit la main. Elle constata avec surprise que sa peau était calleuse.

— En m'invitant ici ce soir, précisa-t-il. Dans la petite communauté de vos amis. Cela m'a rappelé ce qu'était une famille.

Il garda sa main dans la sienne un peu plus que nécessaire, puis la lâcha précipitamment.

Olivia s'aperçut qu'elle avait retenu son souffle.

— Pourtant… vous avez vous-même une famille, j'imagine ?

Ses yeux s'assombrirent un peu plus.

— En effet.

— Où sont-ils ?

— Ici et là. Mais… mes parents sont morts, à une année d'intervalle, et j'ai un demi-frère que je vois très peu.

Il la fixa un instant d'un regard incroyablement intense, et Olivia crut sentir la violence du conflit qui faisait rage en lui.

— Je pense que je devrais y aller, dit-il.

Posant les mains sur ses genoux, il se redressa aussitôt, comme s'il craignait de changer d'avis.

— Je suis de service tout à l'heure.

— Un prêtre n'en a jamais fini de remettre son ouvrage sur le métier, n'est-ce pas ?

— Amen, ma sœur.

Ils rirent, et la tension entre eux se dissipa. Olivia fut de nouveau capable de respirer normalement. Elle l'accompagna jusqu'à la porte.

— Merci d'être venu et d'avoir parlé à Sarah.

— Ce n'est rien. Appelez-moi quand vous voudrez.

Il avait dit cela avec douceur, et elle sentit qu'il était sincère. Sarah avait peut-être raison, songea-t-elle en lui tendant son blouson. Il le prit et posa les yeux sur elle. L'intensité de son regard la tétanisa. Elle éprouva l'envie, étonnamment forte, de l'embrasser en guise d'au revoir. Mais elle n'osa pas.

— Oh ! j'allais oublier ! dit-il en sortant de sa poche une feuille qu'il déplia. Ce sont des documents d'archives, et je n'enfreins donc aucune règle de l'Eglise : voici une liste des baptêmes effectués autour de la date que vous m'avez indiquée. J'espère que ça vous aidera.

Elle prit le document.

— Sans aucun doute. Merci.

— C'est le moins que je puisse faire.

Cette fois, elle eut la certitude qu'il allait se pencher vers elle et déposer un baiser sur sa tempe. Mais il n'en fit rien.

— Au revoir, Olivia, dit-il en lui serrant la main. Et n'oubliez pas que la maison de Dieu vous est toujours ouverte.

Il se tourna, remonta son col et courut jusqu'à sa voiture.

James sentait dans son dos le regard d'Olivia, un regard qui semblait le brûler à travers son blouson. Serrant les dents pour dominer le feu intense qui circulait dans ses veines, il courut sans s'arrêter jusqu'à sa Chevrolet. Il n'aurait jamais dû la regarder dans les yeux : ce moment d'abandon avait signé sa perte, et son érection en apportait la preuve évidente.

Quel était son problème, au juste ?

Il monta à bord de sa voiture, fit démarrer le moteur et adressa un signe de la main à Olivia — alors qu'il n'avait qu'une envie : jaillir du véhicule, revenir en courant jusqu'à la maison, soulever la jeune femme dans ses bras et l'emporter jusque dans sa chambre. Là, il lui enlèverait ses vêtements et il s'enfoncerait en elle aussi profondément que possible. Il risqua un dernier coup d'œil dans sa direction. Elle avait soulevé le chien et le tenait dans ses bras, adossée au chambranle de la porte.

Ce n'était pas seulement de sexe qu'il avait besoin. C'était de tout ça. Une femme magnifique, une maison chaleureuse perdue dans la nature et un sympathique petit corniaud. Autant de choses qu'il avait abandonnées. Pour sa vocation. Pour Dieu. Parce qu'il croyait pouvoir aider les autres. C'était son but dans la vie. Ce que Dieu avait prévu pour lui.

Serrant les dents, il appuya sur l'accélérateur, et la voiture démarra presque en trombe. Il ne pouvait pas se permettre de telles pensées, de tels doutes. Pas maintenant. Jamais. Parce qu'il n'en faudrait pas beaucoup pour qu'il franchisse le seuil qui le séparait du péché. Les mains crispées sur le volant, il dérapa en rejoignant la route principale. La pluie commença de tomber et il se mit à prier.

Il était en train de perdre sa bataille contre la luxure.

31

Pivotant sur elle-même, Kristi donna un grand coup de pied, suivi d'un coup de poing, sur le sac d'entraînement accroché au plafond de sa chambre. Le sac absorba les deux chocs avec un bruit sourd. Il se balança et revint vers elle, comme s'il en demandait plus.

— Tu n'en as pas assez ? Très bien, si c'est comme ça…

Elle transpirait, ses cheveux étaient trempés. Tous les mouvements de taekwondo qu'elle avait appris dans son enfance lui revenaient peu à peu.

Le sac n'aurait pas fait un *sparring-partner* valable aux yeux de maître Kim, son instructeur, mais il était suffisant pour l'exercice dont elle avait besoin, physiquement et mentalement. Il eut droit à un coup de pied crocheté retourné, un coup de pied latéral et un coup de poing pour terminer.

— T'es mort ! lança-t-elle rageusement.

Elle était très en colère, mais en fait c'était contre son père.

Il était rentré tard du boulot ? Le jour de Thanksgiving ? Rien de nouveau. Il rendait déjà sa mère dingue — mais vraiment dingue — avec toutes ses histoires de flic. A l'époque, Kristi n'avait pas compris : elle était trop petite. En revanche, elle avait senti la tension qui montait entre ses parents chaque fois que son père était immergé dans une affaire. Il n'avait pas changé. Son travail passait avant tout le reste.

Non, ça n'était pas complètement vrai. Elle pensait être sa première priorité. Rick Bentz l'aimait, qu'il soit ou non son « vrai » père. Il était tout de même étrange de penser que son oncle, le prêtre, était son père biologique, tandis que Rick, qui l'avait élevée et qu'elle continuait de considérer comme son « papa », était en réalité son oncle. Un truc de fou.

Elle donnait deux derniers coups de pied au sac quand Bentz passa la tête à la porte.

— Allez, Cassius, il est temps de préparer la purée !

— Cassius ?

— Oui, Cassius Clay. Dit aussi « Mohamed Ali ». On encore *The Greatest*.

— C'est bon, j'ai compris. Tu me laisses prendre une douche et j'arrive, d'accord ?

Comme il semblait sur le point de protester, elle pointa le doigt vers lui.

— Et surtout tu ne touches pas à mes patates. Elles attendront. J'en ai pour dix minutes.

Avant qu'il ait pu trouver un argument à lui opposer, elle fonça dans la salle de bains et s'y enferma.

Vingt minutes plus tard, elle avait pris une douche, enfilé son pull favori, tiré ses cheveux en queue-de-cheval et pressé en purée ces fichues pommes de terre.

De son côté, Benz avait découpé la dinde qui était beaucoup trop cuite. Et même si la farce était en bouillie, il restait la sauce à la canneberge, la tarte à la citrouille et les éclairs au chocolat qu'il avait achetés à la boulangerie du coin. Bentz avait essayé, il avait fait des efforts, Kristi était bien obligée de le reconnaître. Il avait mis des fleurs fraîches dans le vase, sur sa table de nuit, et posé sur les oreillers sa peluche favorite : un raton laveur gris avec un œil en moins. Il avait même réussi à trouver deux bougies, qu'il avait allumées et disposées sur la petite table de la cuisine. « Pour l'ambiance. »

Ce qui la touchait sans doute le plus, c'était qu'il n'ait pas bu une seule goutte de Wild Turkey, l'alcool qu'il avait autrefois l'habitude de boire à chaque Thanksgiving. Des moments très désagréables. Du plus loin qu'elle s'en souvienne, il avait toujours beaucoup bu. Tout avait dû commencer lorsqu'il avait découvert qu'elle n'était pas sa fille. Par la suite, après cet accident au cours duquel il avait abattu un jeune, il avait carrément sombré dans l'alcool… Elle n'avait pas oublié les affrontements de ses parents, qui transformaient Thanksgiving en véritable pugilat. Si les autres enfants attendaient cette période avec impatience, elle sentait la pression monter, et avant ses dix ans elle n'avait qu'une envie : qu'on fasse l'impasse sur tout ça.

Et puis Jennifer était morte. Rick avait cessé de boire. Vraiment.

Ils en avaient presque fini avec le plat de résistance, quand il aborda d'un coup tous les sujets qui fâchent.

— Tu as parlé à Jay ?

— Oui, au téléphone, répondit Kristi en jouant avec sa purée du bout de sa fourchette. On s'est disputés.

— Tu lui as expliqué ce qui se passe ?

— Pas vraiment.

Parler de Jay ne lui disait rien. Pas maintenant.

— Tu ne penses pas que tu devrais ?

— Je le ferai quand je serai prête, d'accord ? répliqua-t-elle, sur la défensive.

En voyant Bentz hausser les sourcils, elle soupira.

— Je le verrai demain ou samedi. Je n'ai pas envie d'une scène en plein Thanksgiving. Pourquoi gâcher ce jour de fête ?

Sur le front de son père, les rides se creusèrent. Pourtant, il hocha la tête, visiblement soucieux de lui laisser un peu de liberté.

— Tu as raison. Et je ferais mieux de me mêler de ce qui me regarde.

— En voilà une bonne idée ! Mais je lui parlerai avant de partir, c'est promis.

Elle reprit sa fourchette, mangea encore un peu de purée, avant de décider que le moment était venu d'évoquer Brian. Son père finirait bien par découvrir son existence, de toute façon.

— Il faut que tu saches que je vois quelqu'un d'autre.

— *Quelqu'un*. Et moi qui t'imaginais entourée d'une cour de garçons !

Il coupa un morceau de dinde et planta sa fourchette dedans.

— C'est que… j'ai fait la connaissance d'un garçon. Il est prof assistant et… Surtout, ne monte pas sur tes grands chevaux… Il est un petit peu plus âgé que moi.

— Qu'est-ce que tu entends par « un petit peu plus » ?

Bentz s'était arrêté de manger et la fixait avec intensité. Kristi songea qu'elle aurait peut-être mieux fait de tenir sa langue.

— Quelques années. Et, ne t'inquiète pas, ça n'est pas sérieux…

— Je l'espère. Je ne suis pas sûr que les professeurs assistants aient le droit de sortir avec des étudiantes.

— C'est mal vu, en effet. Mais crois-moi, ça n'a absolument rien changé à mes notes en philo. Je veux dire : elles ne sont pas meilleures qu'avant.

Bentz fronça les sourcils, et Kristi se demanda si elle n'était pas en train de tout faire foirer.

— Oh ! non, ne va surtout pas penser ça, papa. Mes notes sont bonnes. Pas exceptionnelles, mais bonnes. Le cours de Zaroster n'a rien d'évident. *Philosophie de la religion*. Je me demande pourquoi je me suis inscrite à ce truc. Tous les cours sont difficiles, du reste. Ce n'est plus le lycée. Zaroster, Sutter et Northrup ont la réputation d'être les profs les plus exigeants du campus… et je les ai tous les trois !

— Ça n'est pas si mal, fit remarquer Bentz en jouant avec la farce du bout de sa fourchette. L'exigence est une bonne chose.

— Et la bizarrerie ? Je te jure, j'ai l'impression d'avoir récolté les profs les plus étranges d'All Saints. Même Mme Wilder, la prof de maths, est vraiment inquiétante. Je suis certaine qu'elle vit avec une douzaine de chats et qu'elle leur tricote des pulls.

Kristi se mit à rire de sa propre plaisanterie, espérant détourner l'attention de son père. Bien sûr, ça ne fonctionna pas. Il n'avait pas esquissé un début de sourire.

— Qu'est-ce qui te fait dire que tes professeurs sont bizarres ? demanda-t-il en posant ses couverts.

— Je ne sais pas. Ils sont comme ça, voilà tout. Quand on y réfléchit, c'est un peu normal pour des gens qui passent toute leur vie à rabâcher sur le même sujet et qui vivent pratiquement entre eux. Ils finissent par se déconnecter…

Elle haussa les épaules.

— Mais fini les questions, d'accord ? Je vais avoir de bonnes notes. N'y pensons plus. C'est Thanksgiving.

Il voulut dire quelque chose, mais se ravisa.

— Tu as raison. Je suis content que tu sois à la maison, ajouta-t-il avec un léger sourire.

— Moi aussi, je suis contente. Pourtant, j'ai été à deux doigts de ne pas venir. Quand tu m'as dit que tu allais être en retard, j'ai pensé : « Ça suffit ! Je reste ! »

— A cause de ce Brian ?

— Il n'était pas complètement étranger à l'affaire.

— Il a un nom de famille ?

— Evidemment !

Olivia hésita, avant de décider que son père, avec toutes les relations qu'il avait ici et là, le découvrirait, de toute façon.

— Thomas. Brian Thomas. J'aimerais que tu me fasses une promesse, maintenant. Jure-moi que tu ne vas pas t'empresser de mener quelques recherches sur les ordinateurs de la police. Il n'a pas besoin qu'on fouille dans sa vie privée. C'est bien suffisant que tu ailles fouiller dans la mienne.

— Jamais je ne…

— Mais si ! Et pas simplement parce que tu es mon père, mais parce que tu es paranoïaque, flic et père célibataire.

— Paranoïaque ?

Le téléphone sonna, et Kristi sursauta.

Elle songea à Brian, à qui elle avait laissé son numéro. Mais il pouvait aussi s'agir de Jay. Elle se leva pour répondre.

— Allô ?

Il y eut un court silence.

— Kristi ?

— Oui ?

— C'est ton… oncle. James.

Elle eut la nausée, soudain. Elle se tourna vers Bentz, et parvint enfin à sortir de son mutisme.

— Bonsoir, murmura-t-elle. Ça va ?

— Je voulais juste te souhaiter un joyeux Thanksgiving.

— Oh ! D'accord. Eh bien, à toi aussi.

Elle réfléchissait intensément. Comment allait-elle se débarrasser de lui ? Elle n'avait aucune envie de lui parler. Ni maintenant ni jamais. Quel sale type ! Penser que… Non, pas question de s'aventurer sur ce terrain. Elle lui avait déjà fait confiance, à l'époque où elle pensait qu'il était son « oncle James ». Elle ne comprenait pas l'attitude distante de son père, alors, ni la lueur de jalousie qui brillait dans ses yeux. C'était clair, à présent, et elle haïssait ce James. Bentz était son père. Point. Il avait toujours été là pour elle. Toujours. Jamais elle n'avait douté de son amour, même à l'époque terrible où il buvait. Oh ! il la rendait dingue, aucun doute là-dessus ! Mais comme tous les pères, non ? Ce type, James, c'était un salaud, une ordure. Elle ne voulait pas de lui dans sa vie. Sauf qu'en cet instant il était au téléphone, il lui parlait d'une voix posée, incroyablement sereine, et ça lui donnait envie de vomir.

— J'aimerais te voir, lui dit-il. J'en ai parlé à ton père, l'autre jour, et il n'a pas approuvé. Je tenais quand même à t'assurer que je pense souvent à toi. Et aussi à lui. Mes prières vous accompagnent.

— Très bien. Merci.

En raccrochant, elle s'aperçut que ses paumes étaient moites, que son cœur battait à grands coups sourds. Et quand elle entrevit son reflet dans le miroir, elle constata qu'elle était toute pâle.

— Jay ? lui demanda Bentz.

Elle secoua la tête, tout en s'asseyant lourdement sur sa chaise.

— Le père McClaren…

— Merde ! Je lui avais pourtant dit de ne pas…

Bentz s'interrompit.

— Il voulait nous souhaiter un bon Thanksgiving, dit Kristi. Ça n'a rien de bien méchant, tu sais ?

— Ça ne l'est pas.

— C'est juste… étrange. Je me dis parfois qu'on doit être la famille la plus dysfonctionnelle de la planète.

Il se mit à rire et roula en boule sa serviette en papier, pour la mettre dans son assiette.

— Rien n'est moins sûr. Chaque fois que je pense avoir tout vu, dans mon travail, je découvre quelque chose de nouveau. Je t'assure que notre famille reste dans la moyenne.

— C'est ça, bien sûr…

Kristi n'y croyait pas une seconde. Elle aida son père à desservir, puis coupa deux grandes parts de tarte.

James mit un long moment à raccrocher. Leur conversation avait été courte, mais il s'y attendait. Il faudrait du temps.

Il habitait une petite maison située à un bloc de St. Luke's, et un instant il envisagea de se rendre plus tôt que prévu à l'église afin d'avoir une conversation avec le père O'Hara.

Il raccrocha enfin.

Le père James, l'homme vers qui tant de gens se tournaient pour obtenir des conseils, avait lui-même besoin de se confier à quelqu'un. Il était désarmé face à tous les problèmes qu'il devait affronter.

En premier lieu, il y avait Kristi. Son enfant. Il avait tant désiré abandonner la prêtrise, épouser Jennifer et reconnaître Kristi. Mais ça ne s'était pas fait.

Aujourd'hui, il n'était pas question pour lui de prendre quoi que ce soit à Rick, qui avait été un excellent père.

Et puis il y avait Olivia…

James rejoignit son bureau et prit sa Bible. Elle avait appartenu à sa mère, et ses pages lui avaient toujours apporté le réconfort. Où était le passage dont il avait besoin ?

Il feuilletait le Livre des proverbes quand le téléphone sonna et le fit tressaillir.

Il décrocha, les yeux fixés sur le texte, à la recherche du passage qui l'apaiserait.

— *Pardonnez-moi, mon père…*

James ne bougea pas. Il n'eut pas même un battement de cils. C'était le pénitent de minuit qui appelait de nouveau. Sur le mur, la pendule égrenait les secondes de son tic-tac régulier. La main crispée sur le combiné, James parvint à demander :

— Que puis-je faire pour vous, mon fils ?

— Je dois… achever ma mission. Mais parfois, j'ai des doutes.

— Nous en avons tous. Quelle est cette mission ?

— C'est Dieu qui me l'a confiée. Je dois trouver les saintes. Et veiller à ce qu'elles aillent jusqu'au paradis.

Non, ce n'est pas possible ! songea James en s'asseyant dans son fauteuil. Etait-il vraiment en train de parler au tueur en série ? Le monstre que Bentz recherchait ?

— Ce n'est pas à vous de décider qui doit être canonisé, déclara-t-il avec prudence.

— Mais Dieu m'a choisi. Pour les trouver et les Lui offrir.

— Vous avez dû mal interpréter ce qu'Il a dit. Prendre une vie est un péché. « Tu ne tueras point » : c'est l'un des Dix Commandements, ne l'oubliez pas. Jamais Dieu ne vous demanderait de pécher.

— Il me parle. Il me dit qui je dois choisir. C'est Sa divine volonté. Et ceci est ma confession, mon père, laquelle doit rester entre vous et moi, bien entendu. Quelle sera ma pénitence ?

Le cœur de James tapait à grands coups. Il réfléchit le plus vite possible.

— Votre pénitence, mon fils, sera de réciter un rosaire et d'aller vous présenter aux autorités.

Un long silence suivit. James aurait pu croire que son correspondant avait raccroché, s'il n'avait pas entendu de la musique en arrière-fond. Des chœurs. Non… c'était un chant de Noël, une version instrumentale de *Douce Nuit*.

James sentit son estomac se nouer.

— Le rosaire, répéta soudain le pénitent. Réciter un rosaire.

— Oui. Et ne plus jamais tuer. Et aller vous rendre à la police.

— Pour qu'ils me mettent en prison parce que je voulais accomplir la volonté de Dieu ? Pour que vous n'ayez plus à porter le fardeau de ma confession ?

Sa voix s'était chargée de colère, soudain.

— Surtout pour que vous ne puissiez plus pécher. C'est votre pénitence. Vous devez aller vous…

Clic.

On avait raccroché. James ferma les yeux et posa son front sur ses mains. Il avait échoué. Le tueur allait encore frapper, il en était certain. Au nom de Dieu.

Et James n'y pouvait strictement rien.

Quand Bentz arriva à son bureau, le vendredi matin, Montoya l'attendait. Son expression était éloquente. Les nouvelles n'étaient pas bonnes. Il portait son uniforme habituel, blouson en cuir et jean noir, mais il avait les cheveux en bataille et son bouc était mal taillé. Quant à son inaltérable petit sourire, il avait carrément disparu.

— Ça va ?

— Ça va, répondit-il de façon laconique.

— Mais…

— J'ai dit que ça allait.

Ses yeux sombres s'illuminèrent. Il avait la mâchoire

crispée, tous les muscles du corps tendus, comme s'il était prêt à se battre.

Alors que Bentz ôtait son manteau, Montoya annonça :

— Lundi soir, on nous a signalé trois disparitions. La première femme est revenue chez elle — elle en avait simplement eu ras le bol de son mari et de ses fils, et elle s'était offert une petite escapade sans prévenir personne. La seconde n'a pas reparu. La troisième, Leslie Franz, est probablement la victime que nous avons retrouvée sur la roue. Mariée, pas d'enfant. Elle travaillait dans une garderie… et tenez-vous bien, son mari est prof à Loyola.

— Je parie qu'elle prenait aussi des cours là-bas.

— Gagné.

Bentz serra les dents. Il pensa à Kristi.

— On a pu l'identifier avec certitude ?

— C'est une question de minutes.

D'un mouvement de tête, Montoya désigna l'ordinateur de Bentz.

— J'ai récupéré les photos au service des personnes disparues. La femme en question avait deux tatouages. Un sur la cheville droite, l'autre sur l'épaule gauche.

— Vraiment ?

— Ouais. Un dauphin et une croix.

Alors que Bentz s'asseyait à son bureau et s'emparait de la souris de son ordinateur, Montoya s'approcha de la fenêtre, les mains dans les poches avant de son jean. Bentz ouvrit le fichier auquel son coéquipier faisait allusion, et le visage souriant de sainte Catherine d'Alexandrie lui apparut. Elle se tenait devant le foc d'un bateau de plaisance, ses cheveux blonds tirés en arrière. Son sourire était aussi éclatant que le soleil qui faisait étinceler l'eau bleue. Bentz sentit son ventre se nouer. Si ce n'était pas la malheureuse à qui l'on avait fait subir le martyre de sainte Catherine d'Alexandrie, il s'agissait de sa jumelle.

— Une fois encore, tous ceux qui la connaissaient de près ont un alibi, du moins à première vue. Le mari, Bertrand, est plus âgé qu'elle : autour de la cinquantaine. Leslie était sa seconde femme. La première était prof. Elle enseigne toujours à All Saints.

Bentz se raidit. Bon sang !

— C'est là-bas qu'il a rencontré sa seconde épouse. Leslie Jones était étudiante. Il y a eu un scandale. Bertrand a divorcé, il l'a épousée, et il a trouvé un poste à Tulane, dans le département de psychologie.

— Avec le Pr Leeds.

Bentz n'aimait pas du tout ça. Parce que Kristi suivait des cours là-bas, de même que le Tueur au rosaire. Et puis il y avait le nom de l'université — All Saints. S'agissait-il d'une coïncidence ? C'était difficile à croire.

Il ouvrit le tiroir du haut de son bureau et en sortit un rouleau à moitié plein de Tums.

— Quand il a épousé Leslie, Bert avait quarante-huit ans. Elle était deux fois plus jeune que lui.

Bentz prit deux comprimés antiacides, et il les fit passer avec une gorgée du café de la veille.

— Il va falloir effectuer quelques vérifications sur l'ex-femme, même si je ne la soupçonne de rien.

— J'ai déjà commencé. Elle s'appelle Nancoise Franz. Elle a des récompenses, des distinctions à ne plus savoir qu'en faire. Elle n'a pas vraiment le profil d'une tueuse.

— Tu te souviens du gars qui avait écrit *Le Régime Scarsdale ?* Il a été abattu par une maîtresse trompée, qui se trouvait être aussi la directrice d'une espèce d'école privée prétentieuse, la Madeira School. C'est donc déjà arrivé. Dans une vieille pièce du XVIIe siècle, on trouve d'ailleurs cette phrase : « L'Enfer n'a pas pire furie qu'une femme dédaignée »...

— C'est assez bien vu, murmura Montoya.

Du coin de l'œil, Bentz le vit jouer avec son bouc tout en regardant par la fenêtre.

— Qu'est-ce qui te travaille ? lui demanda-t-il en se

laissant aller dans son fauteuil. La dinde était mauvaise ? Le blues de Thanksgiving ? Quoi ?

Montoya prit une profonde inspiration.

— Problème de femme, dit-il enfin.

— Hein ? Non, je n'y crois pas… *Diego.*

— Vous devriez.

Il serra les dents, plissa les yeux.

— L'autre disparue à laquelle j'ai fait allusion, celle qui n'a pas reparu.

— Eh bien ? fit Bentz avec un mauvais pressentiment.

— C'est ma copine. Marta Vasquez. C'est moi qui ai signalé sa disparition. On s'est engueulés, lundi soir. Elle n'est jamais rentrée chez elle. Elle est partie de chez moi dans sa Camaro, comme une dingue, mais personne ne les a jamais revues — ni elle ni la Camaro.

Il tourna la tête vers Bentz. Son regard avait perdu tout éclat.

— Je suis le dernier à l'avoir vue et je n'ai pas la moindre idée de l'endroit où elle peut se trouver. Et ce qui craint vraiment, dans l'histoire, c'est qu'elle suit des cours du soir à Loyola.

Levant les yeux de son bureau, Bentz fit signe à Olivia d'entrer. Mais elle n'eut pas droit au moindre sourire… Ainsi, il n'était pas heureux de la revoir ?

— Bonjour, dit-elle.

Le téléphone sonna. Il la salua d'un hochement de tête en même temps qu'il décrochait.

— Bentz.

D'un geste, il fit comprendre à Olivia qu'il en avait pour une ou deux minutes. Puis il pivota sur sa chaise, lui tournant le dos. Tout ce qu'elle perçut de la conversation, ce furent ses réponses laconiques.

— Non… Pas encore… Attendre l'autopsie… Oui, on peut l'espérer, mais on n'a pas eu trop de chance, jusqu'ici… Dans la merde jusqu'au cou… Je vais voir ce que je peux faire…

Son bureau n'avait pas changé depuis la première visite d'Olivia — mais après tout cela ne remontait qu'à une semaine à peine. La même pagaille, avec les dossiers, le courrier, les calepins sur lesquels il prenait ses notes, et les deux photos de sa fille. Par la fenêtre entrebâillée, la rumeur de la circulation s'infiltrait, ainsi qu'un léger courant d'air.

— … j'appellerai dès que j'aurai du nouveau… Ouais… toi aussi.

Il se tourna et raccrocha.

— Comment allez-vous ?

Il avait posé la question sans chaleur particulière. Et en la vouvoyant. Ses yeux étaient tout aussi froids que ses manières.

— Bien.

— Bon Thanksgiving ?

— Oui, j'étais avec des amis. Et t… vous ?

— On était tous les deux, Kristi et moi. C'était sympa. Alors, qu'est-ce que je peux faire pour vous ?

C'en était fini des amabilités.

— Je voulais vous montrer quelque chose.

Elle sortit de son sac la feuille de papier que James lui avait remise.

— J'ai demandé un service à un prêtre de ma connaissance.

Bentz haussa les sourcils.

— J'ignorais que vous aviez ce genre de relation. La dernière fois qu'on a parlé de prêtres, ils vous inspiraient plutôt des cauchemars…

— *Un* prêtre, précisa-t-elle en lui tendant la feuille. Toujours est-il que le père McClaren a été assez aimable pour…

— Le père McClaren ? coupa Bentz en plissant les yeux. Le père James McClaren, de St. Luke's ?

— C'est lui, oui. Vous le connaissez ? demanda Olivia avec surprise.

— Kristi et moi allons de temps à autre à la messe.

— Je ne savais pas que vous…

— C'est assez rare. Comment l'avez-vous connu ?

— Je cherchais des renseignements, après l'incendie. St. Luke's est l'église la plus proche et…

— Peut-on savoir ce que vous a suggéré le père McClaren ? demanda Bentz en l'interrompant de nouveau.

Elle était contrariée. Ils avaient couché ensemble, et il avait décidé qu'il ne pouvait pas l'assumer. Soit. Mais cela ne l'empêchait pas de se comporter correctement.

— C'est une liste de baptêmes, expliqua-t-elle. Célébrés dans les trois mois qui ont suivi la naissance de mon frère. Comme vous sembliez convaincu que le tueur en série avait un lien de parenté avec moi, j'ai pensé que ça valait la peine de chercher.

— Ça vaut la peine, dit-il en parcourant la liste de noms.

Il y en avait soixante-trois, Olivia les avait comptés.

— L'un d'eux est devenu prêtre ? demanda-t-il.

— Je l'ignore. Je n'ai pas posé la question.

— Est-ce qu'il sait que vous recherchez un prêtre qui pourrait être un assassin ?

— Il ne sait rien des meurtres. J'ai juste évoqué mon frère. Nous avons parlé un peu. Il m'a donné quelques conseils…

Bentz semblait de plus en plus surpris.

— … sur la façon de s'en sortir avec un flic dur à cuire qui s'enferme à double tour chaque fois que quelqu'un s'approche de lui.

Un début de sourire étira les lèvres de Bentz.

— Et quel a été le conseil du père McClaren ?

— D'envoyer ce pauvre type en enfer.

— C'est ce qu'il a dit, mot pour mot ?

— Non. J'ai interprété.

— Il sait peut-être de quoi il parle…

Le fauteuil de Bentz gémit quand il se pencha en avant. Il soutint le regard d'Olivia et murmura :

— Je suis désolé, Olivia.

— Tu parles !

— Je le suis. Sincèrement.

Elle eut un aperçu fugitif de l'homme qui se cachait derrière l'apparence du flic insensible, dépourvu de toute émotion.

— Mais ce serait préférable si nous…

— Oui, je sais, l'interrompit-elle en se levant. J'ai compris le message, la dernière fois. Je vous préviendrai si j'ai d'autres visions, d'accord ?

— Ce serait bien, oui.

— Bien ? Pour moi, ce ne sera pas si bien que cela. Ça ressemblera plutôt à un cauchemar !

Elle remonta la bandoulière de son sac sur son épaule.

— Trouvez ce malade, et vite. Ensuite, vous n'aurez même pas à m'expliquer pourquoi vous ne pouvez plus me voir.

Elle se tourna pour rejoindre la porte. Mais, avant qu'elle ait pu l'ouvrir, il se leva, contourna son bureau et fit claquer le battant devant elle. La main plaquée dessus, il maintint la porte fermée. Il était si près qu'elle sentit l'odeur de son eau de toilette.

— Arrête ça ! lui chuchota-t-il, les yeux étincelant de colère. Epargne-moi ces petits jeux de bonne femme. Nous avons commis une erreur, l'autre nuit, voilà tout. Je ne voulais pas que les choses aillent si loin, et de ton côté tu n'avais pas l'intention de t'impliquer non plus. Ce sont des choses qui arrivent…

— Pas à moi.

— Il faut croire que si.

Elle ne discuta pas. Elle en était incapable.

— Je suis désolé, reprit-il. Mais il nous est tout simplement impossible de commencer une histoire — du moins pendant un moment. Nous devons être en mesure de travailler ensemble, professionnellement. Je pensais avoir été clair là-dessus.

— Clair comme du cristal.

— Tu t'en sens capable ?

— Sans problème.

Elle mentait, ils le savaient tous les deux. Mais tandis qu'il la laissait ouvrir la porte, elle ajouta :

— Appelez-moi si vous avez besoin d'un médium, inspecteur Bentz. Parce que je vois dans votre avenir, et je peux vous assurer qu'il s'annonce sacrément solitaire.

En bas, au sous-sol, les chiens aboyaient de nouveau. Ils étaient enchaînés, muselés, affamés. Et ils faisaient un raffut à réveiller les morts. L'Elu ne s'affolait pas. Personne d'autre que lui ne pouvait entendre les chiens. La Sainte-Viviane, le jour du festin, approchait rapidement, et les animaux ne seraient pas déçus.

Il les avait achetés à un péquenot qui vivait dans la carcasse rouillée d'un semi-remorque au milieu de nulle part, crachait du jus de tabac entre ses dents et se vantait d'être plus malin que la loi en braconnant les alligators, en distillant son propre tord-boyaux et en vendant des chiens à moitié affamés et des coqs de combat à quiconque le payait en liquide.

La transaction s'était effectuée dans la pénombre, la seule lumière provenant des feux de position d'un pick-up délabré et d'un SUV. Aucun des deux véhicules n'avait de plaques. L'Elu avait pris la précaution d'ôter celles de la Ford volée avant de se rendre dans cette partie du bayou. Mais le vendeur ne devait pas se soucier de ce genre de détail. Des deux côtés, on avait préféré ne pas voir le visage de l'autre.

Aussitôt après l'échange du liquide contre « un mâle de bonne qualité et la plus méchante des chiennes de ce côté de l'Arkansas », l'Elu avait amené les deux bêtes ici, avant de retourner à l'université. Puis il avait garé le SUV Ford sur un parking, non loin de l'endroit où il l'avait volé. Il avait remis les plaques et il avait couru jusqu'à l'endroit où l'attendait sa propre voiture. Il avait aussitôt rejoint son sanctuaire.

Il était fier de lui. De son ingéniosité. Il avait trouvé les chiens à la faveur d'une annonce dans un journal local où l'on pouvait acheter de tout. Les chiens étaient décrits comme des « chiens de garde — mélange de doberman et de rottweleir ». Ils étaient parfaits. Mis à part leurs incessants aboiements. Heureusement, il ne vivait pas ici, même s'il y passait la majeure partie de son temps. Il habitait un petit appartement exigu situé à quelques blocs de l'université, où se trouvaient ses meubles, ses livres et ses vêtements. Il y avait laissé traîner quelques affaires, comme s'il y avait reçu des femmes. Et c'était la partie excitante de l'histoire : ces boucles d'oreilles, ces colliers ou ces foulards provenaient des femmes qu'il avait immortalisées.

Il défit le nœud de sa ceinture et laissa son aube glisser au sol. Il se tint devant l'autel, nu, mais découvrit qu'il était incapable de se concentrer à cause des chiens. Ils aboyaient trop fort. La musique n'y changea rien. Même la douce morsure du fouet sur sa peau ne lui procura aucune satisfaction. Ses prières semblaient vides, elles restaient sans réponse, et quand il caressa sa natte de cheveux féminins, lorsqu'il la fit doucement passer sur son sexe, il n'obtint qu'un début d'érection. Il ferma les yeux et se représenta sainte Catherine d'Alexandrie en train de tourner sur sa roue, son corps dégouttant de sang, l'expression horrifiée de son visage alors qu'il levait son sabre... Mais décidément, non... il n'arrivait pas à bander. Il ne sentait pas la présence de Dieu... Il se mit même à douter.

Les aboiements se poursuivaient. Dès que l'un des chiens paraissait se calmer, l'autre prenait le relais. Rejoignant le palier, il se pencha vers le sous-sol et cria :

— La ferme !

Ces molosses étaient de vraies créatures du diable ! A chaque aboiement, le battement qui lui emplissait la tête devenait de plus en plus fort.

Peut-être devrait-il les corriger une fois encore. Les fouetter avec les laisses en cuir jusqu'à ce qu'ils se calment. Il leur avait laissé de l'eau, mais pas de nourriture. Il les voulait affamés pour la Sainte-Viviane.

Malgré sa tête douloureuse, il sentit confusément qu'il

devait se repentir. C'était si déroutant, parfois. Dieu attendait de lui qu'il accomplisse Sa volonté, et en même temps… le prêtre avait insisté pour qu'il arrête ; il lui avait dit que ses sacrifices étaient un péché… Mais le prêtre ne comprenait pas. Il ne pouvait pas.

Prononcer un rosaire et aller voir la police.

Quel genre de prêtre était ce père James, au juste ?

Devant l'autel, l'Elu tomba à genoux et baissa la tête. Il pria jusqu'à ce que sa nuque fût douloureuse. Mais ça n'était pas satisfaisant. Il avait besoin de se confesser, et le téléphone ne suffisait pas. Non. Il fallait qu'il aille au confessionnal, qu'il entende le souffle du père McClaren, qu'il sente la chaleur de son corps à travers la mince cloison… Ce serait dangereux, sans doute, mais nécessaire.

C'était ce que Dieu attendait de lui.

32

— … un bar à Lafayette, un autre à Baton Rouge, deux à La Nouvelle-Orléans et un à Cambrai, expliquait depuis son bureau de Montgomery le propriétaire de Nick's Neon Lighting.

Le combiné du téléphone coincé entre l'oreille et l'épaule, Bentz griffonnait des notes.

— Ce sont les seuls endroits où j'ai vendu des néons qui ressemblent à celui que vous m'avez décrit, avec le verre à Martini rose. Si ça peut vous être utile, je vous faxe tous les détails.

— Faites ça, oui, s'il vous plaît.

Bentz se passa fébrilement la main dans les cheveux tout en donnant son numéro de fax. Cette affaire le mettait à cran. Il avait vu et revu tous les indices, il travaillait avec cette fichue force spéciale, et pourtant il avait toujours l'impression de tourner à vide, de n'aller nulle part.

Nulle part mais à toute allure.

Et voilà maintenant qu'une enseigne au néon — un verre à Martini rose — l'entraînait jusqu'à Baton Rouge, à quelques blocs seulement du campus où étudiait Kristi. A All *Saints*. Même s'il y avait d'autres bars avec la même enseigne, Bentz décida de se concentrer sur celui-ci — le Dive. Ça ne lui plaisait pas. Pas du tout.

Dès qu'il recevrait le fax, il en communiquerait une copie aux gars de la force spéciale, tout comme il leur avait transmis la liste de noms que lui avait donnée Olivia. Les hommes de l'équipe triaient les patronymes, localisaient les personnes baptisées ; ils comparaient les naissances déclarées aux numéros de Sécurité sociale, puis aux fichiers du DMV et de la police. Ils passaient au crible les listes d'élèves de tous les établissements depuis la maternelle, celles du corps enseignant, celles des anciens élèves et employés des universités que les victimes avaient fréquentés. Le FBI comparait aussi les meurtres à tous ceux qui figuraient dans ses bases de données pour tenter de trouver des points communs avec d'autres crimes commis dans le pays, au cas où La Nouvelle-Orléans ne serait pas le premier ou le seul terrain de chasse du tueur.

La force spéciale avait également mis en place une *hot line* et elle avait communiqué de nouveaux éléments aux médias, au cas où quelqu'un aurait vu ou entendu quelque chose de suspect.

En l'espace d'une semaine, un grand nombre d'éléments avaient été rassemblés, triés et classés. Mais jusque-là cette masse d'informations n'avait rien donné, alors que Bentz avait un sentiment de plus en plus prégnant que le temps pressait. D'autres meurtres étaient à venir, et chaque jour les rapprochait du prochain.

Desserrant son col de chemise, Bentz relut pour la énième fois la liste de noms d'Olivia... Il avait la certitude de passer à côté de la solution, comme si l'assassin s'était trouvé parmi cette soixantaine de patronymes.

Mais lequel ?

Certains de ces nouveau-nés étaient-ils devenus prêtres ? Avaient-ils fréquenté des universités de la région ? Vivaient-ils aujourd'hui dans les environs de La Nouvelle-Orléans ? Les ordinateurs permettraient d'y voir plus clair.

Une secrétaire frappa doucement à la porte. Elle entra et déposa sur le bureau le fax du fabricant de néons, avec du courrier. Tout avait déjà été ouvert, et il n'y avait là rien d'intéressant. Bentz parcourut le document que lui avait fait parvenir le patron de Nick's Neon Lighting, avant d'en envoyer une copie au coordinateur de la force spéciale. Aucun des bars ne se trouvait aux alentours des appartements des victimes, de leur lieu de travail ou de l'endroit où elles étaient censées avoir été enlevées.

A l'exception du Dive, à Baton Rouge. Il était situé à seulement trois blocs de l'All Saints College. Bon sang ! Bentz avait une impression désagréable, avec ce bar. Il baissa les yeux sur les deux photos de Kristi. Il se rappela comme elle était enfouie sous ses couvertures, le matin de Thanksgiving. Il l'avait surprise un peu plus tard en train de se défouler à coups de pied et de poing sur le sac d'entraînement. Au dîner, elle avait héroïquement fait comme si ce dîner de Thanksgiving était formidable.

Il grimaça un sourire. Kristi avait raison : il était paranoïaque. Mais que ferait-il, s'il la perdait ? Et il était prêt à étriper quiconque se permettrait de rappeler qu'il n'était pas son père biologique. Sa fille était le seul élément stable de sa vie, la raison pour laquelle il avait laissé tomber l'alcool et les femmes.

Il savait qu'il devait lâcher un peu de lest, la laisser prendre son indépendance, et il s'y efforçait. De son côté, elle lui disait de se bouger, de sortir un peu…

Il promena son regard dans la petite pièce en désordre où il passait plus d'heures qu'il n'en pouvait compter. Les dossiers et les gobelets de café vide encombraient le dessus de son bureau. Les photos de scènes de crime punaisées sur son panneau d'affichage étaient sinistres à souhait. De la poussière s'était accumulée sur les quelques affiches fixées au mur. Ce n'était pas ça, la vie, il en était bien conscient. Et quand il rentrait chez lui, ce n'était guère mieux. Que faisait-il, à part regarder du sport à la télé et aller suer de temps à autre devant son sac d'entraînement ?

Il posa son stylo sur le bureau et ferma les yeux en se laissant aller contre le dossier de son fauteuil. Elle avait raison. Il lui fallait quelque chose de plus dans sa vie.

Quelque chose ou… *quelqu'un* ? Quelqu'un comme Olivia Benchet ?

— Merde !

Il n'avait pas de temps à consacrer à une femme. Surtout une femme qui s'était d'une manière ou d'une autre liée d'amitié avec le père James.

« Et pourquoi pas ? Regarde les choses en face, Bentz : elle est venue ici en t'offrant une branche d'olivier et tu l'as traitée comme de la boue. »

Il serra la mâchoire à s'en faire mal. Non, il ne voulait pas envisager de relation en ce moment, même avec Olivia. Quand cette affaire serait terminée, quand l'autre malade serait mort ou derrière les barreaux, alors la situation serait différente. Il laisserait peut-être entrer une femme dans sa vie.

« Comme l'avait fait Montoya ? » songea-t-il en se rembrunissant encore. On était toujours sans nouvelles de la petite amie de son coéquipier. Elle avait disparu sans laisser la moindre trace. On n'avait pas encore lancé d'avis de recherche la concernant.

Elle était étudiante… Il était là, le lien. Mais il y avait autre chose. Quelque chose d'important. Il ouvrit son tiroir, récupéra un paquet de chewing-gums à la nicotine et en prit un, qu'il commença de mastiquer.

Il prit les informations qu'il avait réunies sur Brian Thomas. En l'espace de vingt-quatre heures, il avait découvert que Thomas avait trente et un ans, qu'il était brouillé avec ses parents et qu'il avait eu des ennuis, plus jeune, pour une affaire de viol sur mineure. Il était alors parti pour l'armée, avant de passer par le séminaire.

Cela faisait beaucoup de voyants rouges qui clignotaient autour de la même personne. Dans sa vision, Olivia pensait avoir discerné l'image d'un prêtre en train de décapiter Stephanie Jane Keller, et l'homme qu'elle avait décrit faisait environ le même poids et la même taille que Thomas, qui était athlétique et avait les yeux bleus. Durant les années au cours desquelles il avait été militaire, Thomas avait dû s'entraîner au maniement d'un certain nombre d'armes — dont l'épée ou le sabre, par exemple. Ensuite, il avait souhaité devenir prêtre, mais il avait passé peu de temps au séminaire. Et, d'une façon ou d'une autre, Thomas avait fini à All *Saints*.

En admettant que ce soit bien lui le tueur, pourquoi sortirait-il avec Kristi ? Etait-ce ainsi que l'assassin procédait pour connaître les victimes — en les mettant à l'aise, en les séduisant ? Ce mode opératoire semblait assez peu probable, car dangereux. Le tueur prendrait un grand risque en se montrant avec des femmes qu'il finissait par supprimer. Jusque-là, personne n'avait fait le lien entre le tueur et les victimes.

Mais il avait pu être malin et sortir avec elles dans le passé.

Pour Bentz, en tout cas, cela faisait trop de coïncidences.

Le moment était arrivé d'avoir une petite conversation avec le copain de Kristi. Sans que celle-ci le sache, évidemment. Si elle le découvrait, elle serait furieuse.

Et après ? C'était un détail sans importance, compte tenu de la situation.

— Il faut que j'accepte la réalité. Leo est décidé à divorcer, et je ne peux absolument rien y faire, sinon engager le meilleur avocat de Tucson… non, de Phoenix !

Sarah était revenue chez Olivia à 5 heures du matin. Elle avait dormi jusqu'à 14 heures et, après un passage d'une dizaine de minutes dans la salle de bains, elle était apparue dans la cuisine avec ses deux sacs. Elle avait les yeux gonflés et une mine épouvantable. Mais, au moins, elle ne pleurait plus. Elle paraissait calme et déterminée.

— Il veut épouser cette salope. Tu le crois ? Il est…

Elle dessina des guillemets avec ses doigts.

— … « amoureux ». C'est arrivé comme ça : il ne s'y attendait pas…

Elle prit la tasse de café que lui tendait Olivia.

— N'importe quoi ! Quand je pense à toutes ces années

où j'ai fermé les yeux, supporté ses idioties, espéré qu'un jour il allait finir par grandir… Quelle imbécile !

— Il était ton mari. Cesse donc de te flageller.

— Attends, tu ne sais pas le meilleur : l'autre pute et lui projettent déjà de convoler en justes noces, dès que le divorce aura été prononcé. Il va quitter son emploi à Tucson, et s'installer avec elle. Ils…

Le menton de Sarah se mit à trembler. Elle plongea le nez dans sa tasse et but une longue gorgée.

— Ils parlent même d'avoir un enfant. Elle en a déjà deux, de six et huit ans. Des filles. Ils aimeraient bien un garçon.

— Oh ! Sarah… Je…

Une larme roula sur la joue de Sarah.

— Et le pompon, c'est qu'elle est mariée, elle aussi. Le mari a découvert le pot aux roses le week-end dernier, et il est sous le choc. Il ne se doutait absolument pas que sa femme le trompait.

— Ils se méritent, on dirait.

— Oui, tu as raison, répondit Sarah en posant sa tasse sur le plan de travail. Bon, il faut que je rentre, maintenant. Je dois voir un avocat, m'occuper du magasin, adopter un chat et sans doute m'inscrire à un site de rencontres sur internet.

— Tu es sûre de tout ça ?

— Tout ce dont je suis sûre, c'est que j'en ai assez de rester assise à pleurer pour ce pauvre type. Le chat me tiendra compagnie et je compte rencontrer des hommes, bon sang ! Il doit bien y en avoir un quelque part qui vaille le coup.

De nouveau, son menton se mit à trembler tandis que ses yeux se noyaient de larmes.

— Leo est un salaud, conclut-elle. Il l'a toujours été.

— Et toi, tu es géniale ! Ne l'oublie jamais. Appelle-moi quand tu veux… Tu es vraiment certaine de vouloir partir ? demanda Olivia en posant la main sur le bras de son amie. Il y a une chambre pour toi, ici.

— Tu es un amour, merci. Mais je dois remettre de

l'ordre dans ma vie. Et toi… toi, tu dois faire un choix entre le policier et le prêtre.

— Quoi ? Je ne…

Sarah l'interrompit en tendant la main.

— Tttttt, fit-elle. Pas de ça avec moi. Je sais qu'il y a quelque chose entre toi et l'inspecteur. Mais j'ai vu aussi la façon dont le père James te regardait.

— C'est un prêtre, tu ne l'as pas oublié ?

— C'est un homme, qui se trouve être prêtre. Et très beau mec, par-dessus le marché.

— Tu as perdu la tête, ma parole !

Un sourire triste apparut sur le visage de Sarah.

— C'est possible, oui. Je devrais peut-être aller voir un psy. Qu'en penses-tu ?

— Du bien, répondit Olivia.

Elle était triste que Sarah s'en aille. C'était bien d'avoir de nouveau quelqu'un à la maison. Elles tombèrent dans les bras l'une de l'autre, puis Olivia aida son amie à porter ses bagages dans le coffre de sa voiture de location.

Harry laissa échapper une petite plainte quand la voiture passa le pont et disparut au milieu des arbres.

— Elle reviendra, affirma Olivia en s'adressant au chien qui détala brusquement pour se lancer à la poursuite d'un écureuil.

Dans la maison, le téléphone sonna.

— Harry ! Rentre ! cria-t-elle.

Mais le chien l'ignora. Et le téléphone continuait de sonner.

Elle regagna la maison, laissa la porte ouverte et courut jusqu'à la cuisine. Son répondeur s'était déjà mis en marche.

— Bonjour, vous êtes chez Olivia. Je suis sortie ou bien…

Elle décrocha.

— Allô ?

— Oh ! bonjour ! C'est le père James. Je suis heureux que vous soyez là. Je me sens un peu idiot, mais… j'ai dû oublier mon portefeuille chez vous. Je l'ai peut-être laissé tomber en fouillant dans votre boîte à outils, ou bien quand j'étais assis sur votre canapé… Je ne sais pas trop.

— Je vais aller voir. Un instant.

Olivia effectua une rapide recherche. Aucun portefeuille dans la boîte à outils ni dans les plis du canapé. Elle eut alors l'idée d'aller jeter un coup d'œil dans le panier du chien qui se trouvait dans la buanderie. Et, sans trop de surprise, elle y découvrit un mince portefeuille en cuir noir, avec à l'intérieur un permis de conduire orné de la photo du père McClaren.

— Je l'ai ! annonça-t-elle en reprenant la communication. Mon chien est un voleur. J'ai déniché votre portefeuille dans son panier. Je vous l'apporterai demain. Je dois venir en ville, de toute façon.

— J'ai peur d'en avoir besoin avant. A moins que cela ne vous dérange, je préférerais passer. Après la messe de ce soir, ce serait possible ?

— Entendu.

Olivia s'accouda au comptoir, et elle vit Harry apparaître à la porte de derrière. Il commença à donner des petits coups de patte contre la vitre.

— Je voulais juste vous éviter le déplacement, ajouta-t-elle.

Elle déverrouilla la porte et l'entrouvrit. Le chien rentra aussitôt.

— A tout à l'heure, alors, dit le père James. 20 h 30 ?

— Très bien.

— Comment va Sarah ?

— Elle vient de partir, avoua Olivia avec un soupir. C'est une longue histoire. Je vous en parlerai ce soir.

— D'accord. A ce soir.

Olivia raccrocha. Elle posa le portefeuille sur le comptoir, là où son chien ne pourrait pas l'atteindre.

— Tu n'as pas honte ? lui lança-t-elle en allant fermer la porte d'entrée. Voler à un prêtre !

« Est-ce pire qu'en désirer un ? » se demanda-t-elle soudain.

Elle nourrit les deux animaux. Puis, tout en essayant de

minimiser les affirmations de Sarah sur les sentiments du père James à son égard, elle alla se changer. Elle enfila un pantalon noir et un pull, vérifia son maquillage et essaya tant bien que mal d'arranger ses cheveux. Elle se vaporisa même d'un peu d'eau de toilette.

On aurait pu croire qu'elle se préparait pour un rendez-vous, songea-t-elle peu après en allumant la télévision. Une journaliste noire apparut à l'écran. Elle se trouvait devant un vieux bâtiment délabré, au milieu des arbres et des broussailles. Des voitures de police aux gyrophares allumés étaient stationnées à la diable autour de ce qui ressemblait à un vieil entrepôt. Il fallut quelques secondes à Olivia pour comprendre qu'il s'agissait du moulin à blé où avaient été retrouvées les dernières victimes du tueur.

Elle déglutit avec peine. C'était donc là qu'elles étaient mortes, dans cette bâtisse désolée.

— … et comme vous pouvez le voir, la police est toujours là, à la recherche d'indices. La nuit dernière, les corps de deux femmes ont été découverts par…

Abasourdie, Olivia se laissa tomber sur son canapé. Elle avait évité de regarder les informations, ces derniers jours, pour ne pas penser aux meurtres. Mais à présent, en voyant ce moulin en ruine, en sachant ce qui s'y était produit, elle écoutait avec fascination la journaliste mettre en garde la population contre un tueur en série particulièrement dangereux.

— … bien que la police n'ait divulgué que peu de détails, elle a diffusé un message d'avertissement destiné à tous les habitants…

Des images se superposèrent à celles du moulin. Des photographies des victimes, des images d'archives de l'appartement de Garden District où le corps nu de Cathy Adams avait été découvert, la statue de Jeanne d'Arc, et la carcasse calcinée de la maison du bayou Saint-John où Stephanie Jane Keller avait été massacrée.

— … d'après certaines sources, les deux femmes assassinées ici ont été tuées de façon extrêmement brutale, presque rituelle. Cela n'est pas sans rappeler le Tueur au rosaire, qui a terrifié La Nouvelle-Orléans cet été.

Bentz apparut soudain à l'écran, alors qu'il répondait aux questions de la presse. Les images étaient celles de cet été : il faisait très chaud et il transpirait. A un journaliste qui venait de l'interroger, il assurait que le Tueur au rosaire avait été abattu.

— Mais, inspecteur, est-il exact que l'on n'a pas retrouvé son corps ? demanda une femme au visage anguleux.

A l'écran, on revint aux deux présentateurs du journal télévisé, un homme et une femme. Le premier prit la parole, le visage grave.

— Et aujourd'hui, six mois à peine après le Tueur au rosaire, un autre *serial killer* sévit dans les rues de La Nouvelle-Orléans. Le Tueur au rosaire est-il de retour ? Pour plus d'informations sur cette affaire, restez à l'écoute de…

Olivia éteignit la télévision. Le seul fait de voir Bentz avait réveillé sa colère. Oui, elle comprenait ses réticences à s'engager avec elle en ce moment mais, quand même, elle n'attendait pas de lui une demande en mariage. Elle aurait refusé, de toute façon. Le jour où elle avait découvert que son fiancé la trompait avec sa meilleure amie, elle avait décidé que le mariage n'était pas pour elle. Elle avait même appris à éviter toutes les relations qui pourraient se terminer de cette façon.

Est-ce pour cela que tu es séduite par des hommes interdits ?

— Non ! répondit-elle à voix haute.

Elle avait parlé si fort qu'Harry se mit à aboyer. Elle chassa Bentz de son esprit et passa les deux heures suivantes dans la chambre d'amis — son bureau — à travailler pour ses cours de la semaine suivante. Quand des phares illuminèrent la façade, dehors, elle descendit rapidement. Elle ouvrit la porte d'entrée avant que le père McClaren eût eu le temps de frapper.

— Je vous attendais, lui dit-elle.

Elle nota qu'il portait son col clérical, avec une chemise noire, un pantalon noir et son blouson d'aviateur en cuir.

— Et vous êtes extralucide. Comme votre grand-mère.

Elle le guida vers la cuisine, où elle récupéra son portefeuille. Puis elle désigna Harry du regard.

— Je ne pense pas qu'il ait eu le temps d'utiliser vos cartes de crédit. Mais vérifiez quand même : si vous remarquez des achats de colliers antipuces ou de paquets de biscuits pour chiens, je veillerai à ce qu'il vous rembourse.

James rit franchement.

— Je passerai mes relevés au peigne fin, promit-il.

Olivia lui tendit le portefeuille.

— Puis-je faire autre chose pour vous ?

Il hésita et, pendant une seconde, elle s'attendit à ce qu'il fasse une remarque spirituelle… voire suggestive. Au lieu de cela, il murmura :

— Non, merci.

— Voulez-vous un verre de vin ?

Elle appréciait sa compagnie. Elle avait envie qu'il reste un peu.

Dans ses yeux bleus, elle perçut une nouvelle hésitation.

— D'accord. Je vous remercie.

Il regarda autour de lui.

— Vous m'avez dit que Sarah était partie. C'est pour la soirée ?

— Elle est rentrée à Tucson, expliqua Olivia en ouvrant le réfrigérateur. Leo veut divorcer. Il a déjà jeté son dévolu sur une autre femme.

Elle tendit au père James la bouteille de vin et un tire-bouchon. Puis elle trouva un morceau de brie et un paquet de crackers qui avait légèrement dépassé la date de péremption.

— Comme va-t-elle ? demanda-t-il en servant le vin dans les deux verres qu'Olivia avait posés sur le plan de travail.

— Mieux que je ne le craignais. Peut-être parce qu'elle vous a parlé.

— J'en doute.

Il lui tendit un verre et ils trinquèrent.

— Santé ! dit-il.

— Aux nouveaux amis.

— Et au bonheur.

— Est-ce que j'abuserais en vous demandant d'allumer encore le feu ? Vous vous en êtes si bien sorti, hier soir…

— C'est fou ce que l'on peut obtenir avec la flatterie. Bon, voyons ça…

Ensemble, ils apportèrent des bûches et du petit bois dans le salon. Olivia fit des boulettes de papier journal tandis que le père James craquait une allumette. Ils ajoutèrent du petit bois puis, finalement, une grosse bûche.

— Parfait ! dit Olivia en regardant les flammes monter.

— Attendons quand même… Il faut un peu de temps pour être sûr… Il arrive que le feu parte très bien, puis s'éteigne. La patience s'impose.

— Et vous en avez ?

— Mmm.

Il la regarda, et elle ne put s'empêcher de se demander s'il parlait du feu.

— Il en va ainsi avec toute chose.

— Les meilleures, en tout cas.

Ils s'assirent et sirotèrent leur verre de chardonnay en parlant de tout et de rien. Le père James se détendit au point d'accepter un second verre.

— Vous savez, vous pourriez me rendre un autre service, lui dit Olivia.

Il haussa un sourcil, et elle sentit son cœur s'arrêter.

Seigneur, que lui arrivait-il ? A quel genre de jeu jouait-elle ? N'était-elle pas en train de flirter avec lui ?

— Quoi donc ? demanda-t-il.

Le sourire insolent qui flottait sur ses lèvres n'était pas celui que l'on s'attendait à voir sur le visage d'un prêtre.

— Rien qui vous attirera des ennuis. Il s'agirait de m'aider à installer mes guirlandes lumineuses de Noël au-dessus du manteau de la cheminée.

— Et moi qui pensais que vous m'offriez à boire et à manger, simplement parce que vous appréciez ma compagnie…

— Ne rêvez pas ! répliqua-t-elle d'un air taquin.

Elle posa son verre et alla ouvrir le placard sous l'escalier. Elle déplaça le fusil de sa grand-mère pour prendre les cartons de décorations de Noël.

— Ce n'est pas un peu tôt ? demanda-t-il en la rejoignant.

Il apporta l'un des cartons dans le salon.

— Pour moi, la saison commence aussitôt après Thanksgiving, dit-elle.

Pour le prouver, elle alluma la radio.

WSLJ avait coutume de passer une chanson de Noël toutes les heures durant la semaine qui suivait Thanksgiving. Et en effet, au bout d'une dizaine de minutes, alors qu'ils finissaient de poser les guirlandes lumineuses, une version instrumentale jazzy de *Let It Snow* emplit la pièce.

— Qu'est-ce que je vous avais dit ? lança Olivia.

Elle éteignit les lampes. En dehors de la lueur du feu et des lumières colorées des guirlandes électriques, la pièce se retrouva dans l'obscurité. L'atmosphère devint encore plus chaleureuse, intime.

— Ça n'est pas vraiment un chant de Noël, fit remarquer le père James.

— Mais c'est de saison ! On entend rarement ça en juillet.

Il se mit à rire.

— Pour moi, la période de Noël commence vraiment quand j'entends *Noël blanc*.

— Mais…

— Je suis sérieux.

Il s'assit à côté d'elle, sur le canapé, le regard fixé sur le feu.

— Ça fait partie du boulot.

Dans ses yeux, elle vit danser les lumières vert et bleu des décorations.

— En revanche, ça, non, ajouta-t-il en levant son verre.

— Non ?

— C'est absolument interdit. Mais je vais faire une exception pour ce délicieux vin californien, dit-il en remplissant les verres.

— Vous connaissez la Californie ?

— J'y ai vécu.

— Ah bon ?

— Oui, oui. Cette période de ma vie est un peu secrète, ajouta-t-il avec un sourire que l'on pouvait raisonnablement qualifier de séducteur.

Olivia se laissa aller en arrière.

— De quel genre de secret s'agit-il ?

— C'était avant que je devienne prêtre.

— Quelque chose d'obscur et d'inavouable ?

— Comme vous dites, oui. J'étais surfeur, à l'époque.

— Je ne vous crois pas !

— Vous avez tort. J'étais un as du *hang ten* !

— Je suis sûre que vous me faites marcher...

Le vin, l'intimité du salon et de la conversation commençaient à lui monter à la tête.

— Je vous ferai une démonstration, un de ces jours.

Olivia, qui buvait une gorgée, avala de travers et fut prise d'une quinte de toux. Elle avait fugitivement imaginé le père James en soutane sur une planche de surf... Elle dut poser son verre.

— Non... je ne vous... crois pas, répéta-t-elle en toussotant.

Le père James se rapprocha et lui donna plusieurs petites tapes dans le dos.

— Ça va ?

— Oui... non...

— Respirez !

Il la tenait contre lui, à présent. Les larmes aux yeux, encore essoufflée, Olivia ne put s'empêcher de demander :

— Et le pape fait du surf, lui aussi ?

Il se mit à rire.

— N'y aurait-il pas un peu d'irrespect dans cette question ?

— Absolument pas ! s'exclama Olivia en feignant l'innocence.

— Vous… vous êtes incroyable.

Il la tenait toujours contre lui. Ils étaient si près l'un de l'autre que leurs visages se touchaient presque. Elle avait les seins écrasés contre son torse. Son odeur la submergeait. C'était fou, insensé.

Dangereux. Interdit.

« Ça suffit, Olivia ! Arrête ça avant de faire la plus grosse erreur de ta vie. »

Mais elle en était incapable.

Le souffle court, elle déglutit avec peine. Elle surprit le regard du père James qui lui effleurait les seins. Elle crut l'entendre gémir doucement.

— Je ne devrais pas être ici, murmura-t-il.

Pourtant, il ne bougea pas.

— Sans doute, mais…

— Je ne peux pas, Olivia. Je…

Il s'arrêta, comme s'il avait lu la tristesse dans ses yeux. Comme s'il avait su exactement ce qu'elle pensait.

— Et merde ! lança-t-il soudain.

Puis il embrassa Olivia sans la moindre réticence.

Elle savait pertinemment que c'était mal. Très mal. Ils en avaient tous deux conscience… Pourtant, elle répondit à son baiser en repoussant tous les doutes qui résonnaient en elle.

C'est un prêtre, au nom du ciel ! Qui a sans doute un peu trop bu.

Comment te sentiras-tu, demain ?

Et lui ?

Ne détruis pas l'amitié qu'il te propose… C'est un péché, Olivia. Un péché !

Réfléchis un peu !

Son cœur battait à se rompre. Elle avait la chair de poule. L'impression qu'un feu s'était allumé en elle.

Elle ne pouvait plus rien arrêter.

Elle ne le *voulait* pas.

Il avait franchi la barrière invisible qui les séparait, et il se montra soudain plus impatient. Ses mains passèrent sous le pull d'Olivia pour venir capturer ses seins. Elle se sentait littéralement fondre, tout en sachant qu'elle commettait une faute monstrueuse.

« Ne fais pas ça, Olivia. Pour l'amour de Dieu, ne le fais pas ! »

Il lui ôta son pull et laissa courir ses lèvres sur sa peau. Quand il posa la bouche sur la pointe d'un sein, elle plongea les doigts dans ses cheveux pour l'approcher un peu plus d'elle. Il laissa échapper un grondement qui semblait venir du plus profond de lui.

« Aidez-moi, mon Dieu ! » implora-t-elle en silence, les yeux fermés, alors que des sensations inouïes se diffusaient à travers tout son corps. Elle avait envie de lui, elle le désirait, elle nc voulait surtout pas qu'il cesse de la caresser.

Des doigts chauds, humides de sueur, lui déboutonnèrent son pantalon. La fermeture Eclair glissa avec un léger chuintement. Il la débarrassa de ses vêtements en les arrachant presque, puis il lui caressa les fesses, les jambes, entretint le feu qu'il avait allumé en continuant de l'embrasser.

Elle avait la tête qui tournait.

— Tu es si belle, chuchota-t-il en faisant glisser sa culotte par terre.

Elle était nue, à présent, dans la semi-pénombre du salon. Lui était toujours habillé. Il portait encore ce col blanc qui indiquait à tous qu'il était prêtre, qu'il avait fait vœu de célibat pour se consacrer à Dieu. Une nouvelle fois, comme s'il avait lu dans ses pensées, il s'en débarrassa d'un geste chargé de colère. Et il reprit possession de ses lèvres.

Elle ferma les yeux, repoussa avec force l'idée qu'elle l'entraînait dans le péché, et elle répondit à son baiser. Elle arracha à moitié les boutons de sa chemise, qu'elle poussa vers l'arrière, découvrant des épaules minces et athlétiques, un dos musclé. , sous son pantalon, elle sentit la violence de son désir. En elle, le trouble s'accentua. Elle avait envie de lui… et pourtant… pourtant, c'était mal. Mais pas seulement à cause de sa condition. Une fraction de seconde, le temps qu'une pensée aveuglante s'impose à elle, elle songea à Rick Bentz, à ce qu'elle éprouvait pour lui. Ce qui se passait ici même, en cet instant, n'avait rien à voir avec ce qu'elle avait connu avec Rick. En cet instant, il n'était pas question d'amour, mais de sexe — du sexe interdit, entretenu par la colère.

Elle tenta de repousser l'image de Rick — Rick, qui l'avait rejetée. Mais quand James, le souffle court, lui prit la main pour qu'elle caresse son sexe, elle s'arrêta net.

— Je… je ne peux pas…, bredouilla-t-elle.

Ce n'était pas bien.

Elle surprit un éclair de colère dans les yeux de James, et elle se sentit idiote. Elle s'était comportée comme une allumeuse.

Elle tira le dessus-de-lit sur elle tandis que le père James s'écartait.

— Olivia…

— Chhhhut… Je sais… Je suis désolée. Je… je ne voulais pas que les choses aillent aussi loin.

Elle se sentait envahie par le remords en voyant la douleur de James.

— Je pense, non… je *sais* que je vous utilisais. J'étais blessée et… vous êtes bien trop séduisant, pour un prêtre. « Craquant », comme dirait Sarah.

Il parvint à esquisser un timide sourire.

— C'est censé me consoler ?

— Non, murmura-t-elle en secouant la tête.

Elle inspira profondément, tout en tirant un peu plus la couverture sur son corps nu.

— C'est un compliment. Je tiens bien trop à vous pour laisser une chose pareille arriver.

— Vous me pardonnerez, mais ça sonne vraiment comme un cliché, un discours rebattu. Je n'y crois pas.

Passant les bras autour de ses genoux, Olivia soupira.

— D'accord. Je me sens coupable. J'ai joué avec le feu. Mais ça n'avait rien de prémédité. Vraiment. Encore une fois, je tiens à vous. Beaucoup. Si nous franchissons ce pas, je pense — j'en suis même certaine — que nous le regretterons tous les deux.

— Vous êtes amoureuse de quelqu'un, c'est ça ?

Elle serra les dents.

— Je l'étais. C'est fini.

Il se pencha pour ramasser son soutien-gorge et sa culotte, puis il les lui tendit.

— Vous vous mentez à vous-même, Olivia, dit-il en soutenant son regard. Vous le savez aussi bien que moi. Maintenant, je pense que vous devriez vous rhabiller. Et moi, je vais m'en aller avant de changer d'avis.

Elle lui attrapa le poignet.

— Je vous en prie, ne prenez pas le volant. Restez. Vous dormirez dans la chambre d'amis. La maison me semble si vide, maintenant que Sarah est partie…

— Je ne sais pas, murmura-t-il, hésitant. Le fait est que j'ai un peu bu, mais…

— Je vous promets le petit déjeuner le plus extraordinaire que vous ayez jamais connu. Ecrevisses, omelette aux crevettes, biscuits au jus de viande… Rien que des recettes de ma grand-mère.

Elle voulait qu'il reste, qu'ils puissent cimenter leur relation, leur amitié naissante, au-delà de ce qui venait de se passer. Il hésita, promena son regard à travers le salon, vit les bûches qui craquaient dans la cheminée.

— C'est d'accord, dit-il enfin. Impossible de vous résister, décidément.

Olivia, qui était en train de se rhabiller sous le plaid, hocha la tête.

— On oublie ça, d'accord ?

— D'accord.

— Bien, fit-elle en lui déposant un baiser chaste sur le front. Merci, James. Merci de comprendre.

— Pas de problème, répondit-il. Après tout, ça fait partie de mon travail.

33

— Tu n'es pas sérieux ? lança Kristi en fourrant ses chaussures de sport dans son sac à dos. Tu voudrais m'empêcher de retourner à la fac ?

Elle jeta un coup d'œil vers son père, qui se tenait devant la porte de sa chambre, la mâchoire crispée, les lèvres serrées. Pourquoi fallait-il toujours qu'il joue son numéro de gros dur ? Là, elle n'était vraiment pas d'humeur. Elle avait déjà eu droit à une scène avec Jay. Quand elle lui avait rendu sa bague sur le parking de Dairy Queen, il était devenu tout rouge et s'était mis à crier. Pour ne rien arranger, Brian ne l'avait pas appelée une seule fois durant ces quatre jours, et elle avait deux exposés à rendre, un pour Zaroster, un autre pour Sutter. Et voilà maintenant que son père en rajoutait une couche avec ses délires surprotecteurs !

Elle n'avait pas le temps.

— Je ne vois pas en quoi ça te gênerait d'attendre quelques jours pour y retourner.

Pour appuyer ses propos, il entra dans la chambre d'un air très décidé. Comme si cela pouvait suffire à la faire changer d'avis !

— C'est la fac, papa. J'ai des devoirs à rendre et je ne peux pas me permettre de manquer des cours.

Elle fit glisser la fermeture Eclair de son sac et jeta un dernier coup d'œil autour d'elle. Le lit n'était pas fait. En général, ça mettait son père dans une colère noire. Elle rabattit les draps à la va-vite, et ses yeux tombèrent sur le bouquet de roses fraîches que son père avait disposé dans un vase, sur sa table de nuit, avant son arrivée.

— Je sais que tu t'inquiètes à cause de ce fou. Mais je ne vais pas m'arrêter de vivre à cause de lui.

— Je ne crois pas que tu aies mesuré à quel point la situation est dangereuse. Ce malade rôde autour des campus. Et il y a un lien avec All Saints.

— C'est vraiment sérieux ou il s'agit juste d'une hypothèse ? Je pensais que les victimes fréquentaient Tulane ou Loyola.

— Exact. Mais je suis convaincu que son terrain de chasse est plus vaste.

— *Terrain de chasse ?* Tu essayes de me faire peur, c'est ça ?

— Il y a de quoi avoir peur, Kristi. Ces femmes n'ont pas simplement été tuées. Elles ont été sacrifiées. Torturées. Massacrées. Le chargé des relations publiques va communiquer à la population de nouveaux éléments et demander aux gens de coopérer.

— Tant mieux. Tu l'attraperas plus vite, comme ça, répliqua Kristi en hissant son sac à dos sur son épaule. Allons-y !

— J'aimerais que tu aies un garde du corps, lui dit Bentz.

— Hein ? Tu plaisantes ?

En fait, il semblait très sérieux.

— Réfléchis un peu ! ajouta-t-elle. Je ne vais pas me promener sur le campus avec des types à mes basques comme si j'étais la fille du président. Non, Bentz, c'est hors de question. Et ne t'avise pas de t'immiscer dans ma vie, de faire des vérifications sur mes amis. Ça ne donnerait rien… Je t'en prie, papa, il faut vraiment que je retourne là-bas.

Elle surprit une infime tension chez son père.

— Tu l'as déjà fait, c'est ça ? Tu t'es renseigné sur… Brian ? Oh ! non, tu n'aurais pas…

Elle vit dans ses yeux que c'était bien ça.

— Quel salaud tu peux faire !

— Tu savais qu'il avait eu des problèmes avec la justice ?

— Oui, il m'en a parlé. Détournement de mineure. Je

sais aussi qu'il s'entend mal avec ses parents… Bon, maintenant, en route ! lança Kristi en sortant de la chambre. Il est temps d'aller s'éclater !

Les chiens le rendaient dingue. Ils aboyaient du matin au soir.

L'Elu se rappela qu'il n'avait plus longtemps à attendre : il ne restait qu'une semaine avant le 2 décembre, le jour de la Sainte-Viviane. Il se signa devant l'autel et s'habilla devant le miroir. Il sourit en pensant à sa prochaine mission. Elle présentait un caractère plus personnel que les autres… Viviane… Sa sœur… Le moment était venu de la rencontrer.

Comment sa mère, qu'on avait baptisée comme Bernadette de Lourdes, pouvait-elle être une telle pute ? Une femme capable d'abandonner son fils, puis d'épouser le père et d'avoir avec lui d'autres enfants — des filles —, qu'elle avait gardées ! Elle n'avait jamais essayé d'entrer en contact avec lui. Jamais cherché à lui expliquer. C'était comme s'il n'avait pas existé.

Et à qui l'avait-on confié ? A des péquenots ! Des bouseux ! Un couple de fermiers qui ne pouvaient pas avoir d'enfant et qui n'en voulaient, en réalité, que pour avoir une main-d'œuvre à faire travailler du lever du soleil à la tombée de la nuit. Ils l'avaient réduit en esclavage, lui, le fils qu'ils avaient si désespérément désiré. S'il avait eu droit à une éducation, religieuse et stricte, on lui avait aussi constamment répété combien cela coûtait cher. Il avait passé toute sa scolarité dans le même établissement, soumis à des règles rigoureuses, privé de filles et de distractions. Un établissement où tout ce qui comptait c'était apprendre, et obtenir la meilleure éducation possible. Un établissement où il avait excellé et obtenu des diplômes. C'était là aussi qu'il avait découvert sa vocation : Dieu l'avait choisi pour souffrir, il l'avait élu pour débarrasser la Terre des pécheurs… A commencer par ses parents.

Il avait procédé lentement, pour ne pas éveiller les soupçons. Il y avait d'abord eu l'« accident » de tracteur dont son « père » était sorti infirme. Ensuite, avec le temps, les fertilisants mélangés à ses médicaments avaient fait leur effet — il les mélangeait avec soin aux préparations diverses que le vieux prenait contre la toux ou la constipation. La tâche s'était révélée tout aussi facile avec sa « mère ». Elle croyait dur comme fer aux bienfaits des herbes « naturelles », à l'efficacité de ces gélules que l'on pouvait si facilement trafiquer. Elle était peu à peu devenue à moitié aveugle, totalement dépendante. Personne n'avait rien soupçonné. Ils approchaient de la cinquantaine lorsqu'ils l'avaient adopté. Quand l'Elu avait découvert sa vocation, quand Dieu avait commencé à lui parler, ils avaient déjà bien décliné.

Freda était morte dans son fauteuil relax alors qu'elle regardait « Jeopardy ! » Tom l'avait suivie moins d'un an après, victime d'une crise cardiaque.

Simple.

Net.

Propre.

Et ça n'avait été que le début, songea-t-il en entendant les hurlements des chiens par-dessus la musique classique. Bach… Bach l'apaisait, en général. Mais pas ce soir.

Ce soir, il était impatient. Il fallait qu'il trouve Viviane et qu'il la fasse venir à lui. Ce ne serait pas évident : elle allait se montrer méfiante. Mais… il avait juste le bon appât.

Il arrangea sa veste, puis descendit à la cave.

La femme nue étendue sur la paille était toujours inconsciente. Elle avait les mains liées dans le dos, et la chaîne qui lui emprisonnait une cheville était fixée au mur par un cadenas. Il lui avait laissé un seau pour ses besoins et juste assez d'eau pour qu'elle ne meure pas de soif. Elle était encore groggy. Dommage qu'elle ait cette marque au visage, mais elle s'était débattue comme une lionne. Il allait la garder vivante encore un moment, jusqu'à ce qu'il ait attiré sainte Viviane ici.

Il serra les poings en pensant à sa sœur.

Olivia Benchet.

Ce serait bientôt l'heure du sacrifice pour elle.

Dieu l'attendait.

Les chiens aboyaient furieusement depuis leurs niches. On voyait leurs côtes. Des filets de bave coulaient de leurs gueules ouvertes en grand et menaçantes. Leurs yeux sombres étincelaient. Il leur lança deux os rapportés du marché, et ils se jetèrent dessus avec des grognements féroces.

La femme gémit. Il allait devoir lui ôter son bâillon pour qu'elle puisse boire… Elle ouvrit un œil, cligna, ajusta sa vision et eut un mouvement de recul. Elle rampa comme elle put vers le mur, les yeux écarquillés de peur. L'un des chiens cessa de ronger son os pour aboyer de nouveau, et elle se rapprocha encore du mur.

Le spectacle de sa terreur excita l'Elu, qui songea à ce qu'il pourrait faire d'elle. Son érection s'intensifia. Ce serait si simple de la prendre comme une bête, de l'avilir pour lui montrer quel genre de salope elle était. Mais il ne pouvait pas. Ce serait impur. Indigne.

Le plaisir charnel ne fait pas partie de ta mission.

Cette mission, soudain, lui parut vague et incertaine.

Vous devez vous confesser.

Il surprit le regard de sa prisonnière fixé sur son sexe en érection. Elle était totalement terrifiée. A moins que… Il y avait autre chose dans ce regard. Un calcul froid. Malgré la confusion qui régnait dans son esprit, elle pensait à la liberté, à un moyen de s'évader.

Il envisagea de l'endormir de nouveau. Mais non, mieux valait la laisser réfléchir à son destin.

Un chien laissa échapper un glapissement sauvage qui la fit tressaillir. Elle regarda dans sa direction, horrifiée. Elle les haïssait. Et elle avait de bonnes raisons pour ça.

Quand l'Elu se tourna vers l'escalier, il l'entendit geindre derrière lui. Bientôt, elle le supplierait pour qu'il l'épargne, elle se dirait prête à faire tout ce qu'il lui demanderait. Il aurait un pouvoir absolu sur elle.

Au niveau de la troisième marche, il baissa les yeux sur la cave sans fenêtre, baignée d'une faible lumière rouge.

La femme rampait vers lui, l'air implorant.

Oui, elle commençait à comprendre qu'il était son maître, que lui seul décidait de son destin. En la voyant ainsi, nue et enchaînée, il éprouva presque de la tendresse pour elle. Mais le temps pressait, et il avait du travail… Pourtant, il sentit une pointe de remords le tourmenter. Sa conscience lui envoya des messages contradictoires. Il avait parfois le sentiment que sa mission n'était pas une bonne chose… A d'autres moments, il savait qu'il avait raison.

Un martèlement sourd lui emplissait la tête.

« N'oublie pas que tu es le purificateur, celui à qui le Seigneur a confié la tâche de purger la Terre de la dépravation des femmes pécheresses. Il s'agit de pureté. Et de châtiment. »

L'Elu combattit la douleur et les doutes qui le mettaient soudain au supplice. Il avait besoin de conseils, d'une direction. Qu'on lui réaffirme ce qu'il savait être vrai.

Il retint son souffle. La migraine le harcelait, sa tête était emplie d'un grondement qui le mettait à l'agonie. Contrairement à la douce morsure du fouet, au plaisir que le baiser des lanières de cuir provoquait, cette douleur était insupportable. Elle était différente. Débilitante. Aveuglante. Il avait besoin de parler à quelqu'un.

Au père James.

La femme laissa échapper un nouveau cri étranglé. Juste avant d'éteindre la lumière, l'Elu se tourna et la regarda. Elle n'était plus que peur. Elle ignorait qu'il allait la rendre immortelle, qu'elle deviendrait une sainte.

Le doigt sur l'interrupteur, il lança :

— Bonne nuit, Sarah !

*
* *

— Tout figurera dans mon rapport, déclara Calvin Smith, l'un des policiers chargés de surveiller Olivia. Mais j'ai pensé que vous aimeriez savoir qu'en dehors de son amie Sarah Restin, qui est partie en voiture pour rejoindre l'aéroport, Mlle Benchet a reçu un autre visiteur. Il est venu pour la soirée de Thanksgiving, et le lendemain il a passé la nuit chez elle. Je ne me suis pas trop inquiété, parce qu'à la façon dont elle l'a accueilli j'ai bien vu qu'ils se connaissaient. Mais maintenant je me dis qu'il y avait quelque chose de bizarre…

La main crispée sur le combiné du téléphone, Bentz eut l'impression que tout son corps se tendait.

— Il est resté… toute la nuit ?

— Oui. Et c'est ça que je trouve bizarre. J'ai demandé une recherche à partir des plaques de la voiture, et je viens de découvrir que le véhicule appartient à l'Eglise.

— L'Eglise ?

— Ouais. Ce type est prêtre.

Bentz se leva d'un bond. Une peur glaçante l'avait envahi.

— Qui est-ce ?

Des images d'Olivia prisonnière quelque part, torturée, lui traversèrent l'esprit. Puis d'autres images leur succédèrent, terribles et réalistes : Leslie Franz attachée à la roue de la mort, Stephanie Keller enchaînée à un lavabo…

— Le père James McClaren, répondit Calvin en riant. Apparemment, même les prêtres ont le droit de prendre un peu de plaisir de temps en temps.

Bentz serra les dents.

— Pourquoi vous ne m'avez pas prévenu tout de suite ?

— Comment ça ?

— Vous ne savez pas qu'on cherche un prêtre ? Que le tueur en série est…

— Bon sang ! Mais non ! J'étais en vacances. On m'a mis sur ce boulot dès mon retour. Et mon coéquipier ne m'a jamais dit que le suspect était un prêtre…

— Où est-elle, maintenant ?

— Je ne sais pas. Je ne suis plus de service.

— Nom de Dieu ! Trouvez-la et rappelez-moi sur mon portable.

Il donna son numéro à l'autre abruti.

— Bien noté ?

— Oui, monsieur.

— Répétez-le-moi.

Smith obéit puis demanda :

— Que voulez-vous que je fasse ?

— Priez, Smith, lui dit Bentz. Et restez tranquillement chez vous. Je pense que vous en avez assez fait.

Il raccrocha en poussant un juron, puis quitta son bureau en trombe et rejoignit l'escalier en courant. Une poignée de minutes lui suffit pour rejoindre sa jeep sur le parking.

En passant la première vitesse, il chassa de son esprit les images grotesques qui le poursuivaient. Olivia et James… amants… tout comme Jennifer et James… Non, c'était impossible. Impossible ! Il donna un coup de poing sur le volant et alluma ses phares.

Tout en roulant, il envisagea l'autre hypothèse. James ? James serait l'assassin ? Il avait la bonne taille, il était athlétique, il avait l'âge si l'on se fiait à Norm Stowell et… bon sang ! il avait les yeux bleus, non ? Mais pourquoi Olivia irait-elle se compromettre avec un prêtre après l'expérience de ses épouvantables visions ? Ça n'avait aucun sens. Qu'avait-elle dit, déjà ? Qu'elle s'était rendue à St. Luke's parce que c'était l'église la plus proche du lieu de l'incendie où Stephanie Keller avait perdu la vie. Et qu'elle avait demandé au père James, le prêtre de la paroisse, de lui fournir la liste des bébés qui avaient été baptisés autour de la date de naissance de son frère.

Bentz contourna une camionnette stationnée en double file. Avait-il fait fausse route ? Il était parti de l'idée que le tueur était d'une manière ou d'une autre lié à Olivia, mais il avait pu se tromper. Et à présent Olivia allait peut-être le payer de sa vie !

Il klaxonna quand un type âgé au volant d'une BMW lui coupa la route.

Son téléphone portable sonna et il décrocha, tout en se préparant au pire — on allait lui annoncer une nouvelle victime, ou que l'autre fils de pute avait eu Olivia…

— Bentz, à appareil ! hurla-t-il.

— Rick ? C'est Olivia.

Elle semblait effrayée. Terrifiée, même.

— Où es-tu ?

— Au travail. Mais… il se passe quelque chose… Je le sens. Le tueur est en conflit avec lui-même. Déboussolé. Il veut parler à quelqu'un…

Bentz sentit un immense soulagement le traverser. Elle n'avait rien.

— A qui veut-il parler ? demanda-t-il.

— Je ne sais pas. Mais j'ai le sentiment qu'il a besoin de déposer un fardeau. Il se prépare au pire… Il est désespéré.

— Ne bouge pas ! J'arrive dans cinq minutes.

Il accéléra et prit la direction du Vieux Carré.

L'Elu se glissa parmi les ombres de St. Luke's. Il était déjà venu. Il avait repéré les réduits secrets, les passages, les endroits où se cacher et les issues pour fuir, si besoin était. Il connaissait le cloître et les jardins, le fragment de verre transparent d'un vitrail qui lui permettait de voir l'intérieur de l'église.

Sans bruit, il traversa le chœur. Puis, alors que ses yeux s'habituaient à la faible lumière, il s'arrêta net.

Il n'était pas seul.

Un enfant de chœur, toujours vêtu de la soutanelle et du surplis, était en train de fouiller dans la sacristie, et il buvait le vin de messe dans un calice en or. Ce voyou avait la tête presque rasée. Il portait à l'oreille une boucle qui luisait faiblement.

L'Elu se glissa dans une niche.

La migraine reprit.

Oublie ce gamin. Il ne fait pas partie du plan.

A moins que…

Abusant de son privilège, l'adolescent, qui devait avoir quatorze ans, versa un peu plus de vin dans le calice — *le calice !* Et, comme s'il avait tous les droits, il porta le vase sacré à ses lèvres et siffla le vin comme un clochard dans la rue.

Sacrilège !

Depuis son poste d'observation, dans la pénombre, l'Elu comprit que ce n'était pas pour se confesser qu'il avait été attiré là, mais parce qu'il avait une tâche à accomplir. Dieu l'avait envoyé ici pour punir l'hérétique habillé en enfant de chœur et… et pour une autre raison, plus intimement liée à sa mission. Oui, le gamin allait fournir une distraction à la police. Exactement ce dont il avait besoin.

Sortant son couteau à cran d'arrêt de sa poche, l'Elu se déplaça furtivement, en silence. L'hérétique, absorbé par l'accomplissement de ses péchés, ne remarqua rien. Il n'entendit pas le cliquetis de la lame qui sortait. Il avait un léger sourire aux lèvres et songeait sans doute à la façon dont il allait se vanter auprès de ses copains.

Sauf qu'il n'aurait pas cette chance.

L'Elu lui tira la tête vers l'arrière, exposant sa gorge. Le garçon cria. Mais il était trop tard. L'Elu plaqua sa main gantée sur sa bouche et lui trancha le cou. Le sang jaillit. Le calice tomba, roula sur les dalles. L'Elu tira le gamin secoué de convulsions à travers le déambulatoire, jusqu'à l'autel, et il le laissa là, agonisant.

Non comme un sacrifice, mais comme un avertissement.

Essuyant la lame de son couteau sur la soutane de l'enfant, il sourit. Il était dans la logique de sa mission. Débarrasser ce monde des pécheurs.

L'adrénaline coulait à flots dans ses veines quand il replia la lame de son couteau et alla se perdre dans la nuit. Dehors, en inspirant à pleins poumons l'air chargé des odeurs du Mississippi, il se rendit compte qu'il n'avait plus du tout mal à la tête.

— *Nooooon!*

Olivia sentit ses jambes se dérober. Elle disposait de petites pyramides en cristal dans une vitrine du Troisième Œil quand elle surprit son reflet dans un miroir. Et, au-delà de sa propre image, elle distingua un autre visage, énorme, déformé, cruel. En pensée, elle vit une petite lame effilée qui s'abattait violemment. Le sang gicla. Olivia s'écroula au milieu des objets disposés devant elle — bougeoirs, encensoirs et cadres pour photos.

— Mais que se passe-t-il ? demanda Tawilda en écartant le rideau de perles.

Elle découvrit Olivia par terre, la tête entre les mains.

— Olivia ? Ça va ?

Elle vint s'agenouiller à son côté.

— Ça… va, oui.

— Tu es sûre ? Tu ne veux pas que j'appelle un médecin ?

— Non, ça ira, chuchota Olivia.

Un battement sourd lui emplissait la tête. Elle avait les yeux noyés de larmes. En réalité, ça n'irait pas. Ça n'irait pas tant que l'autre monstre serait en liberté.

— Je t'assure que tu as une drôle de tête. Tu es toute pâle, comme si tu avais vu un fantôme. Je vais appeler…

La porte du magasin s'ouvrit dans un tintement de carillons. Rick Bentz n'eut qu'à faire quelques pas pour se retrouver auprès d'Olivia.

— Que s'est-il passé ?

— Elle a eu un malaise, expliqua Tawilda. Mais… qu'est-ce que vous fichez là ? Je croyais qu'elle vous avait envoyé paître…

— Ça va ? demanda Bentz à Olivia, en ignorant sa collègue.

— Il… a recommencé.

Elle avait froid, elle tremblait.

Quand Bentz la prit dans ses bras, elle s'accrocha à lui.

— Vas-y, raconte-moi. Qu'est-ce que tu as vu ?

— Il a tué quelqu'un. Avec un couteau. Ça s'est passé très vite. Je… je pense que ça n'était pas prévu…

Elle reprit son souffle.

— Et il ne portait pas de cagoule, cette fois. Je… j'ai aperçu son visage.

Elle frissonna violemment et se laissa aller contre lui.

— *Il a tué quelqu'un ?* répéta Tawilda. Mais de quoi parles-tu ?

Olivia l'entendit à peine.

— Les images étaient bizarres. Comme s'il regardait dans un de ces miroirs déformants qu'on trouve dans les fêtes foraines. Il… il avait les yeux bleus… des cheveux très bruns… et je crois…

Elle ferma les yeux avec force.

— Oui, il m'a semblé voir une bague.

— Une alliance ?

— Non… enfin, je ne sais pas. Il y avait une pierre. Et…

Elle retint son souffle.

— Mon Dieu ! Je pense que la victime était un enfant. Une fille vêtue d'une longue robe noire, avec un tablier ou… Non, je ne suis pas sûre.

— Nous allons vérifier ça, lui promit Bentz d'une voix rassurante.

Mais il ne pouvait pas la rassurer. Il était trop tard.

— Et si tu me racontais dans le détail ce qui s'est passé ?

Elle hocha la tête.

— Je… j'ai l'impression que ça se passait dans une église… Il a tué l'enfant dans une espèce de réduit, ou à côté, puis il l'a traînée jusqu'à l'autel.

Non, ça n'allait pas. La victime n'avait pas les cheveux longs… Etait-ce vraiment une fille ? Olivia avala péniblement sa salive et regarda par-dessus l'épaule de Bentz, vers un présentoir de colliers de mardi gras.

— Je ne sais pas pourquoi, mais l'endroit m'a paru

familier… Même si je n'ai vu que des bribes… Tout s'est passé si vite… C'était très violent. Le tueur était en colère, comme enragé.

Elle fut secouée d'un violent frémissement. Puis elle se reprit en se rendant compte qu'elle était serrée contre Bentz. Elle s'écarta légèrement.

— Je crois que ça se passait à St. Luke's. J'ai discerné des bribes de couleurs vives, des vitraux que j'ai vus là-bas.

— Bon. Il faut que je vérifie, dit Bentz.

Il sortit son téléphone portable, mais Olivia ferma la main sur son poignet.

— Je t'accompagne.

— Je ne pense pas, non.

Tawilda choisit ce moment pour intervenir de nouveau.

— Etant donné ce que mon amie vient de vivre, je pense que ce serait la moindre des choses de l'emmener avec vous.

— J'irai, de toute façon, et…

Une évidence traversa soudain Olivia.

— Ce n'était pas une robe ! s'exclama-t-elle. Plutôt une de ces tenues que portent les… les enfants de chœur.

Ses yeux croisèrent ceux de Bentz, et elle vit dans son regard la même peur, la même appréhension. Comme lui, elle pensait que James, d'une manière ou d'une autre, pouvait être mêlé à ce qui venait d'arriver.

Et, pour sa part, elle en était déchirée.

En arrivant à l'église, le père James trouva la porte de derrière entrebâillée. Ce n'était pas la première fois : le père O'Hara négligeait trop souvent de fermer à clé. Et quand James lui parlait de sécurité, il répliquait toujours par le même couplet : « Les portes de la maison de Dieu doivent rester ouvertes. » C'était ce que James avait dit à Olivia pour la convaincre de venir assister à la messe.

Olivia. Il sentit son cœur se serrer. La soirée qu'ils avaient passée ensemble, cette soirée au cours de laquelle ils avaient failli faire l'amour lui avait déchiré le cœur. Le matin, elle l'avait accueilli dans la cuisine avec une tasse de café. Par la suite, les poings serrés dans les poches de son peignoir, elle s'était excusée pour l'épouvantable erreur qu'elle estimait avoir commise. Il avait trouvé dans ses grands yeux mordorés le reflet de sa propre détresse. Il avait bu le café, fait honneur au petit déjeuner qu'elle avait préparé, lâché deux ou trois plaisanteries qui le faisaient maintenant grimacer, et il avait quitté la maison dans le matin froid. Durant tout le trajet de retour jusqu'à l'église, il avait pensé à elle, sans prêter la moindre attention à la circulation ou à la pluie qui menaçait.

Il entra par derrière, traversa un couloir et sentit que quelque chose clochait. Et ce n'était pas seulement à cause du froid glacial qui régnait dans les lieux. Il s'aperçut alors que le calice était par terre, sur le sol de la sacristie, et que le vin était renversé… Qu'est-ce que cela signifiait ?

Comme il se penchait pour ramasser la coupe, il vit de plus près les taches sur le sol… Du vin, oui. Mais il y en avait aussi sur le mur. De grandes traînées rougeâtres… Son cœur se mit à battre à grands coups. Ce n'était pas du vin, mais du sang.

Se redressant, il sentit la présence du mal, le mal qui rôdait toujours dans la maison de Dieu. La gorge sèche, le cœur battant, il suivit la traînée de sang jusqu'à l'autel où…

— Seigneur Dieu !

James s'arrêta net. Il n'arrivait pas à croire à l'horreur de ce spectacle. Un enfant de chœur couché sur l'autel. Le sang qui coulait d'une profonde blessure qu'il avait au cou. James courut dans le déambulatoire, mais, quand il eut rejoint le garçon et qu'il vit son visage exsangue, le sang sur le surplis de sa soutanelle, il sut qu'il était mort.

— Je vous en prie, mon Dieu, non ! s'écria-t-il.

Le garçon s'appelait Mickey Gains, un gamin difficile pour qui la vie n'avait jamais été simple. James tenta de lui prendre le pouls, mais il n'en trouva pas. Aucun souffle au niveau de ses narines.

Si James avait déjà eu à affronter la mort, s'il avait apporté du réconfort à des mourants, jamais il n'avait vu quelque chose d'aussi brutal. Un acte de sauvage. Il fit quelques pas en arrière, puis rejoignit en courant le bureau de l'église et composa le 911. Il avait du sang sur les mains, sur sa chemise.

— Aidez-moi ! s'écria-t-il quand on lui répondit. Il y a eu un meurtre ! Mickey Gains… il est mort. Ici, à St. Luke's. Envoyez quelqu'un. Appelez Rick Bentz ! Dites à l'inspecteur Bentz de venir !

34

Le portable de Bentz sonna alors qu'Olivia et lui étaient à environ cinq blocs de St. Luke's.

— Inspecteur Bentz, répondit-il.

Et il laissa échapper un juron alors qu'il manquait emboutir un véhicule, juste devant lui.

— Oui, j'y suis presque. Deux minutes maxi. Prévenez Montoya.

Il raccrocha et jura de nouveau. Il alluma sa sirène et son gyrophare.

— Je crois que tu avais raison, expliqua-t-il à Olivia, assise à côté de lui.

Il franchissait à présent les carrefours sans ralentir ou presque. La jeep se balança dans un hurlement de pneus quand il fit un brusque écart pour éviter une camionnette de livraison stationnée en double file.

— Un enfant de chœur…

— A St. Luke's ?

Olivia se laissa aller contre sa portière. Elle était tout engourdie. Vidée. L'image de l'enfant assassiné était comme imprimée en elle, avec le poids d'un terrible sentiment de responsabilité, comme s'il lui avait été possible d'empêcher cette tragédie. Ses yeux se brouillèrent de larmes. *Un enfant.* Ce monstre avait tué un enfant !

— Et quel est ton « lien » avec St. Luke's ? demanda Bentz en lui jetant un rapide coup d'œil.

Elle eut l'impression que son cœur s'arrêtait de battre. Une immense culpabilité l'envahit.

— Je t'ai déjà expliqué que je connaissais le prêtre. C'est lui qui m'a fourni les noms de tous les enfants baptisés à l'époque de la naissance de mon frère.

Elle regardait par la vitre, de son côté, dans les rues éclairées par les lampadaires. Soudain, elle aperçut les murs blancs de St. Luke's, la flèche et le clocher.

Olivia avait toujours considéré les églises comme des lieux privilégiés, réconfortants. Des endroits de consolation. Ce soir, au contraire, c'était tout le mal et la noirceur du monde qui l'y attendaient. Elle frissonna et croisa les bras avec force. Bentz s'engagea sur le parking et s'arrêta.

Au loin, une autre sirène se rapprochait en faisant entendre sa plainte.

Bentz, qui avait déjà ouvert sa portière, se tourna vers Olivia.

— Tu ferais mieux de rester ici.

— Pas question !

Elle descendit du véhicule avant qu'il ait pu protester. En trois foulées, elle l'eut rejoint, et ils atteignirent ensemble le perron de l'église.

Tous feux allumés, une voiture de police fit irruption sur le parking, avec dans son sillage une ambulance qui s'arrêta dans un crissement de pneus, juste devant l'édifice religieux. Deux hommes jaillirent du véhicule, rejoignant les policiers pour s'engouffrer dans le bâtiment.

Un flic en uniforme voulut arrêter Olivia.

— C'est bon, dit Bentz en montrant son insigne.

— Mais…

— Elle est avec moi, bon sang !

L'autre policier n'insista pas.

Bentz, qui tenait Olivia par le coude, poussa la porte d'un coup d'épaule. A l'intérieur, toutes les lumières étaient allumées. Il s'arrêta près de l'entrée.

— Ne bouge pas, lui ordonna-t-il.

A son expression farouche, elle comprit qu'il était inutile de discuter. C'était lui qui commandait, ici. Elle regarda vers l'autel, où les ambulanciers s'activaient autour de la victime : un garçon vêtu d'une soutanelle souillée de sang. Le père James, dont la chemise était, elle aussi, ensanglantée, avait les yeux fixés sur le corps. Son visage était sombre et fermé. Olivia sentit son cœur se serrer douloureusement. Que se passait-il ?

Elle voulut s'avancer, mais la main de Bentz se crispa sur son coude. Elle eut alors conscience de l'odeur métallique du sang.

— Reste ici, lui dit-il. Sinon, tu sors et tu retournes à la jeep.

— Il est mort, annonça l'un des secouristes.

Olivia réprima ses larmes, tandis que le père James chuchotait quelques mots et se signait. Puis il leva les yeux, et leurs regards se croisèrent. Elle lut alors un certain soulagement sur son visage. Il quitta l'autel et descendit l'allée centrale, entre les rangées de bancs vides.

— Qu'est-ce que vous faites ici ?

Le regard de James, jusque-là fixé sur Olivia, se posa alors sur Bentz. Il s'arrêta net, comme s'il avait buté sur une barrière invisible. Bentz lâcha Olivia.

— Vous vous connaissez ? demanda James, visiblement abasourdi.

Dehors, d'autres sirènes se rapprochèrent.

— Je pourrais te poser la même question, répliqua Bentz.

James serra la mâchoire, et Olivia comprit qu'un lien profond, bien plus intime que celui du prêtre et de son paroissien, unissait les deux hommes.

— Un instant…

— Bon sang, James, ne me dis pas que tu as encore pris des libertés avec tes vœux ?

Bentz s'était approché de James au point que leurs visages se touchaient presque.

Et Olivia vit brusquement la ressemblance entre les deux

hommes. Les mêmes cheveux sombres, la même mâchoire forte, les mêmes pommettes hautes. Mais il y avait plus que cela. Un lien réel, comme s'ils étaient de la même famille — cousins, peut-être. Mais pas frères… oh, non ! Une vague nausée monta en elle. Non, c'était impossible. La preuve : ils ne portaient pas le même nom de famille.

— Je n'ai pas le temps pour ces conneries ! lâcha Bentz en ordonnant d'un nouveau coup d'œil à Olivia de rester tranquille. Qui est la victime ?

— Mickey… Mickey Gains. Je t'en prie, ne jure pas dans la maison du…

— Qui l'a découvert ? C'est toi ?

— Oui.

James repoussa la mèche de cheveux qui lui tombait devant les yeux.

— Je l'ai trouvé ici, sur l'autel, il y a une dizaine, peut-être une quinzaine de minutes. Il avait quatorze ans, il vivait à quelques blocs d'ici. Sa famille fréquente la paroisse depuis des années…

James lança un nouveau coup d'œil à Olivia. Elle détourna aussitôt le regard, de crainte que sa culpabilité ne soit trop évidente.

— J'étais venu faire un peu de paperasserie et parler avec Dieu. Je… j'ai quelques problèmes à régler. J'ai besoin de Ses conseils. Je suis entré par derrière et… j'ai trouvé du vin renversé et du sang dans la sacristie. Il y avait une longue traînée. Je l'ai suivie et j'ai… j'ai découvert Mickey, sur l'autel.

— Allons voir ça, dit Bentz.

Aussitôt, il tendit la main, paume en avant, vers Olivia.

— Si tu veux rentrer, l'agent Clarke sera ravie de te ramener chez toi.

Il désigna une rousse qui venait d'entrer dans l'église, un téléphone portable à la main. Clarke avait visiblement l'habitude de recevoir les ordres de Bentz. Elle hocha la tête.

— Je vais y réfléchir, promit Olivia.

Ils la laissèrent, et elle observa ces deux hommes si proches d'elle — le policier et le prêtre —, tandis qu'ils rejoignaient l'autel.

C'était un cauchemar. Ce garçon mort. Bentz. Le père James. N'y tenant plus, Olivia décida de sortir dans la nuit. Le froid s'insinua à travers son blouson et son pull. Elle se frictionna les bras. Deux équipes de télévision arrivèrent. Des curieux, aussi, maintenus à distance par d'autres policiers. Olivia, qui se tenait à côté de la jeep de Bentz, laissa son regard se perdre dans la pénombre des rues voisines. Quelque part, dans l'obscurité, un tueur rôdait, un tueur qui avait un lien avec elle et avec les deux hommes qu'elle avait laissé entrer dans sa vie et dans son cœur.

— J'ai pensé qu'on pourrait passer la soirée ensemble, dit Brian.

Kristi, qui était allongée sur son lit, tendit les jambes pour toucher le matelas de Lucretia, au-dessus d'elle. Elle sourit. Il ne l'avait pas appelée depuis son retour de vacances et s'était montré distant lors des cours. Du coup, elle s'était posé toutes sortes de questions, se demandant notamment ce qu'elle avait pu faire, ou ne pas faire, pour qu'il la laisse tomber.

Mais, apparemment, il était toujours aussi intéressé.

— Bien sûr. A quelle heure ?

Elle était impatiente de le revoir.

— 22 h 30 ?

Elle jeta un coup d'œil à la pendule. Il était 21 h 30.

— Ça pourrait aller, oui.

C'était tout de même assez tard, et elle avait cours le lendemain matin. Mais tant pis.

— On se retrouve au Dive ?

— J'y serai, promit Kristi.

Elle raccrocha, tout en réfléchissant déjà à sa tenue. Quelque chose de sexy. Au cas où, elle allait mettre un soutien-gorge noir et une culotte assortie. Est-ce que c'était ça, tomber amoureuse ? Elle chercha dans son placard sa minijupe noire préférée, ses bottes et son pull sans manches à col roulé. Il serait super avec son blouson noir, très court.

Brian Thomas n'avait qu'à bien se tenir ! Même si, à la réflexion, elle avait plutôt envie qu'il se tienne mal…

— Donc c'est tout ce que tu sais ?

Bentz avait envie de tordre le cou de son demi-frère. Bon sang, qu'est-ce qui n'allait pas chez James ? Quel genre de prêtre était-il, au juste ? Un curé incapable de résister aux femmes — et notamment aux femmes de Bentz ?

« Pas vraiment, Bentz, lui rappela une petite voix. Tu as coupé les liens avec Olivia. »

Les techniciens « scène de crime » étaient toujours occupés à collecter des indices tandis que Montoya, dehors, se chargeait de gérer les médias et d'interroger les voisins, avec l'espoir de trouver quelqu'un qui aurait vu ou entendu quelque chose, n'importe quoi.

James avait répété son histoire à quatre ou cinq policiers. Un récit immuable, auquel Bentz croyait presque. *Presque.* Assis dans le bureau de l'église, le visage tiré, le regard habité, n'arrêtant pas de se frotter nerveusement les mains, James semblait égaré. Il ne ressemblait en rien à un tueur.

« Il n'empêche que, comme le tueur, il est prêtre, il a les cheveux sombres, les yeux verts, et il porte une bague ornée d'une pierre noire… Il connaît Olivia — de façon intime, apparemment —, ce qui signifie qu'il ne respecte pas ses vœux. Il a découvert le corps et il a du sang un peu partout sur lui. »

— Et parmi tes paroissiens ? Tu en vois qui ne tournent pas très rond ?

— Plusieurs. Des handicapés mentaux, des vieux qui souffrent de démence. Il y a des gens étranges, c'est sûr. Mais détraqués et sadiques au point de massacrer quelqu'un ?

La réponse est non. Bien sûr, je ne les connais pas tous parfaitement, mais…

— Si tu as affaire à de bons catholiques, ils doivent se confesser, non ?

James resta figé. Il se mordilla la lèvre, joua avec sa bague. Bentz comprit qu'il avait touché un point sensible. Il attendit.

— Les bons catholiques ne commettent pas de meurtre, dit enfin James.

— Et les mauvais ?

James déglutit avec peine.

— Tous les enfants de Dieu sont…

Bentz se pencha soudain au-dessus du bureau, et il attrapa son demi-frère par le col de sa chemise.

— Epargne-moi ce blabla, d'accord ? Tous les enfants de Dieu ne sont pas des gens bien qui restent dans le droit chemin. Il existe des êtres mauvais. Des malades. Des cinglés. Des gens chez qui il y a eu un court-circuit. Ils sont malfaisants. Alors, encore une fois, épargne-moi ton baratin. Est-ce que tu vois quelqu'un qui aurait pu tuer Mickey Gains — ou l'une des autres victimes ?

— Je… je n'ai aucune preuve de quoi que ce soit.

— Et ton intuition ? Même une vague impression. Tout m'intéresse, James. Il est question de vies humaines.

De son bras libre, il désigna l'église et l'autel, au-delà de la porte du bureau.

— Tu as envie que ce qui est arrivé à ce gosse se reproduise ? Je vais te donner le fond de ma pensée : c'était notre tueur qui était là, ce soir. Je suis prêt à le parier. Alors, aide-moi, je t'en prie.

— J'ignore qui a pu faire une chose pareille, assura James en secouant la tête.

Il avait un regard hanté. Son visage était défait, comme s'il avait pris dix ans d'un coup.

— Tu sais quelque chose ! rugit Bentz.

James secoua encore la tête.

— Je… je ne peux rien te dire.

— Tu n'es qu'une saloperie d'hypocrite ! Des gens se font massacrer, bon sang ! De la façon la plus ignoble qui soit. Mickey Gains n'est que la partie émergée de l'iceberg, tu comprends ?

Bentz resserra les doigts autour du cou de son demi-frère.

— Si tu en as la possibilité, tu dois m'aider !

— Je ferai ce que je peux.

— Tu parles !

Bentz le relâcha, mais son visage resta à quelques centimètres du sien.

— Tout à l'heure, tu as dit que tu avais des problèmes à confier à Dieu. Quel genre de problèmes ?

Un tic nerveux agita la mâchoire de James.

— Alors ?

— Mon vœu de célibat, avoua James dans un souffle.

Bingo ! pensa Bentz, qui eut en même temps l'impression de recevoir un coup de poing dans le ventre.

— Autre chose ?

— Ça ne suffit pas ?

— Tu as une liaison avec Olivia Benchet.

Bentz ne s'était même pas donné la peine de poser la question. C'était une affirmation.

Un silence écrasant s'abattit sur la pièce. Un instant d'immobilité absolue durant lequel la nuit et ses bruits parurent se glisser par les fenêtres fermées.

— Comment as-tu fait sa connaissance ?

— Elle ne t'a rien dit ?

James secoua la tête, puis il se laissa aller en arrière dans son fauteuil, qu'il fit pivoter de manière à ne plus faire face à son frère.

— Non.

— Et tu ne lui as pas appris que nous étions demi-frères ?

Bentz s'était écarté du bureau, mettant de la distance entre eux. Il serait ainsi moins tenté de se jeter de nouveau sur James pour le rouer de coups. Des flots d'adrénaline coulaient en lui, secrétés par la rage.

— Pourquoi l'aurais-je fait ? répliqua James. Tout ce qu'elle sait, c'est que j'ai un demi-frère avec qui je suis brouillé.

Il esquissa un vague sourire et demanda :

— Pourquoi tu ne lui as pas dit, toi ?

— L'occasion ne s'est jamais présentée.

James secoua la tête, un rien méprisant.

La porte du bureau s'ouvrit alors en grand et le battant rebondit contre le mur. Bentz sursauta et vit entrer un autre prêtre, plus âgé que son frère.

— Que se passe-t-il ? demanda le nouveau venu.

Il avait des yeux bleus au regard impérieux et parlait d'une voix grave, pleine de colère mais aussi de dédain. Sous son habit religieux, on le sentait très satisfait de lui.

— Que font la police et la presse dans la maison de Dieu ? J'ai reçu un appel de Mme Flanders, de l'autre côté de la rue, qui m'a prévenu qu'il se passait quelque chose ici…

Son regard se posa sur Bentz, qui avait déjà ouvert le petit porte-cartes contenant son insigne.

— Un meurtre a été commis, mon père, expliqua James. Ici même, dans l'église… On a tué Mickey Gains.

Le prêtre parut soudain moins assuré. Son visage devint exsangue.

— Mais je… je l'ai vu… Il devait fermer… Il…

Se laissant aller contre le mur, il ferma les yeux et se signa. Il semblait avoir perdu toute son énergie.

— Je… C'est incroyable.

— Vous avez laissé ouvert ? lui demanda James.

— Vous connaissez ma position sur la question. Mickey… tué ? Seigneur Dieu !

Il cligna plusieurs fois des yeux, comme pour s'éclaircir les idées, puis se signa de nouveau et secoua la tête avec incrédulité.

— Pourriez-vous me dire ce que vous savez ? lui demanda Bentz en ouvrant son calepin.

— Ce que je sais ? Mais… rien. Mickey est l'un des jeunes garçons qui aident pendant les services et…

Sa voix se brisa sur le dernier mot, et il enfouit son visage entre ses mains.

— Je ne peux pas y croire… Pas Mickey… pas Mickey…

On frappa à la porte, et Montoya passa la tête dans l'embrasure de la pièce.

— Vous êtes Roy O'Hara ? demanda-t-il au prêtre.

Celui-ci confirma d'un hochement de tête. Puis il trouva la force de se redresser de toute sa taille pour lancer :

— Oui, pourquoi ?

Les yeux sombres de Montoya croisèrent ceux de Bentz.

— Il a été mêlé à une affaire, il y a quelques années, à Jackson, dans le Mississippi. Une histoire de jeune garçon.

Le père O'Hara pâlit, et Bentz fit aussitôt le lien. Reggie Benchet lui avait parlé d'une affaire de pédophile dans laquelle était impliqué un certain père Harris ou Henry… A moins que ce ne soit *O'Hara ?*

— Tout ça n'était qu'une regrettable erreur, dit le prêtre qui s'était mis à postillonner en parlant. Les mensonges d'un enfant malveillant. On a abandonné les charges par manque de preuves. Et on m'a changé de paroisse. Je me suis retrouvé à St. Luke's.

— On a laissé tomber les charges par manque de preuves… ou parce qu'il y a eu un arrangement financier ?

— Non… la famille a décidé que l'enfant mentait. Je l'avais surpris dans un coin de l'église en train de se livrer à des pratiques impensables… C'était là ma seule faute.

— Dans ces conditions, cela ne vous ennuiera pas de m'accompagner en ville pour faire une déposition ?

Le regard de Montoya glissa jusqu'à James, et il ajouta :

— Vous aussi.

— Volontiers.

Montoya quitta les lieux en compagnie des deux prêtres. Avant de sortir, Bentz promena son regard sur la nef qui était presque vide, à l'exception de quelques policiers. Il avait la conviction que c'était le même esprit dérangé qui avait tué le jeune garçon et massacré des femmes en s'inspirant du martyre de certaines saintes. Il le fallait.

Mais qui ?

Le père Roy O'Hara, qui avait déjà eu affaire à la justice pour pédophilie ?

Le père James McClaren, un prêtre qui n'arrivait pas à respecter ses vœux et qui se trouvait aussi être son demi-frère ?

Brian Thomas, cet étudiant qui s'intéressait à Kristi et qui était passé par le séminaire, avant de se brouiller avec l'Eglise et ses parents ?

Le frère d'Olivia ? Le lien de famille expliquerait qu'elle soit en mesure de « voir » les meurtres à travers les yeux de l'assassin.

Un étudiant ou un enseignant de l'une des universités de la région, qui connaissait les victimes ?

Le Pr Franz ?

La réponse se trouvait sans doute ici, à St. Luke's… Si le tueur était venu, c'était pour une raison précise. Mais laquelle ?

Pour prier ? Se confesser ? Sentir la présence de Dieu, d'une manière ou d'une autre ? Ou pour chercher sa prochaine victime ?

Bentz mourait d'envie d'allumer une cigarette et de boire un verre. Plus que jamais, il éprouvait le besoin de s'asseoir pour réfléchir avec une dose de Jack Daniel's et une Camel allumée dans un cendrier. Juste ce qu'il fallait de nicotine et d'alcool pour l'aider à se concentrer. Alors qu'il se tenait au fond de la nef, il plissa les yeux en regardant l'autel souillé de sang et l'immense Christ en croix qui montait jusqu'au sommet de l'église.

Un meurtre avait été commis ici.

Dans la maison de Dieu.

Dans la ville de Bentz.

Pourquoi *ici* et pas dans la cathédrale St. Louis, par exemple, ou dans une autre église ? Il y avait forcément un lien.

Il se demanda ce qu'il découvrirait s'il mettait les téléphones des deux prêtres sur écoute. Il envisagea même sérieusement cette option. Il était inutile d'aller voir le procureur ou un juge : étant donné le peu d'éléments dont il disposait, ils lui opposeraient probablement un refus. Mais il savait poser un mouchard dans un téléphone — il avait même l'équipement planqué au fond d'un placard. Ça ne lui prendrait que quelques heures. Il avait aussi un bon contact chez un important opérateur téléphonique. Et Larry l'aiderait.

« Je tiens à ce qu'on agisse dans les règles », lui avait dit Melinda Jaskiel. Soit. Sauf que lesdites règles n'avaient mené nulle part, jusqu'ici. Bentz était bien conscient d'avoir une grosse dette envers Jaskiel. Quelques années plus tôt, elle avait bataillé dur pour qu'il puisse obtenir ce misérable boulot, ici même. Et il s'apprêtait à la remercier en utilisant sans autorisation une écoute téléphonique et une caméra de surveillance. Il enlèverait tout ce matériel aussi discrètement qu'il l'avait installé, et, avec tous les renseignements obtenus, il acculerait le tueur. A l'exception de Larry Dillis, personne ne saurait. Pas même Montoya. Si Bentz devait tomber, il préférait tomber seul.

Il était possible aussi que ses mouchards ne donnent rien…

Alors qu'il se dirigeait vers la sortie pour rejoindre Olivia, Bentz songea qu'en aucun cas il ne mettait son demi-frère sur écoute pour savoir ce qui se passait entre Olivia et lui. Ça ne le regardait absolument plus. Son unique but était de coincer le tueur.

Bon sang ! Il donnerait tout pour une cigarette !

Il sortit dans la nuit. Et se retrouva soudain au milieu d'une invraisemblable cohue. Des voitures de police, les camionnettes des équipes de télévision, des curieux du quartier. Des micros jaillirent devant lui, des questions fusèrent en rafales. Olivia n'était visible nulle part.

— Que pouvez-vous nous dire de ce meurtre, inspecteur Bentz ?

— Vous aurez droit à un communiqué un peu plus tard.

— C'est une nouvelle victime du tueur en série ?

— Je ne sais pas.

— S'agit-il encore d'une étudiante ?

— Pas de commentaire.

— Le meurtre a apparemment eu lieu dans une église. Y aurait-il un lien avec le Tueur au rosaire ?

Bentz observa une pause, balayant du regard les journalistes et cameramen avides d'informations. C'étaient les faits qui les intéressaient, en aucun cas la victime.

— Comme je viens de le dire, nos services publieront un communiqué. Jusque-là, je ne peux faire aucun commentaire. Merci.

Sur ces mots, il gagna sa jeep d'un pas rapide.

Installée côté passager, Olivia avait mis sa ceinture de sécurité et le regardait à travers le pare-brise. Elle paraissait épuisée. Vidée. Il pouvait le comprendre. Il ouvrit la portière, s'assit derrière le volant et fit démarrer le moteur.

— Désolé d'avoir été aussi long. J'ai pensé que l'agent Clarke te raccompagnerait chez toi.

— Elle me l'a proposé, mais j'ai refusé. Pourquoi ne m'as-tu pas dit que le père James était ton frère ?

Sans laisser le temps à Bentz de répondre, Olivia ajouta :

— Et ne va pas me raconter que l'occasion ne s'est pas présentée, d'accord ? Je t'ai parlé de lui lorsque je t'ai donné la liste des enfants baptisés.

— Je ne trouvais pas ça important.

— Pas important ? répéta-t-elle d'un air stupéfait. Oh ! Arrête un peu, Bentz ! C'est ton frère, non ?

— Mon demi-frère.

Se retournant sur son siège, il fit marche arrière, puis passa la première. Le véhicule rebondit dans les flaques et les nids-de-poule, tandis qu'il slalomait entre les nombreux véhicules stationnés n'importe comment sur le parking.

— Oh ! *Demi*-frère. C'est pour cette raison que tu n'y as pas fait allusion ?

La patience de Bentz atteignit soudain ses limites.

— Nous sommes quittes, comme ça. Si je ne m'abuse, tu n'as pas jugé utile de me dire que tu couchais avec lui !

Elle se raidit.

— Ça ne te regarde pas, Bentz. Tu as toi-même clairement déclaré que nous ne pouvions rien construire ensemble, toi et moi. Quant à ma vie privée, elle est *privée*, justement.

— Même quand tu couches avec un prêtre, suspect principal dans une affaire de meurtre ?

— Quoi ? s'exclama-t-elle, choquée. Le père James ? Mais il n'est pas…

— Tu couches avec lui et tu l'appelles toujours *père* James ?

— Je ne couche *pas* avec lui.

— Plus maintenant, peut-être, mais tu l'as fait.

Elle ouvrit la bouche pour répliquer, puis se ravisa. Du coin de l'œil, Bentz vit qu'elle tentait de se calmer.

— J'ai *failli*, d'accord ? Je ne crois pas avoir à m'expliquer là-dessus. C'était une erreur.

Elle croisa les bras sur sa poitrine.

— Et des erreurs, j'en commets beaucoup, ces derniers temps.

— L'enfoiré ! marmonna Bentz.

Il s'arrêta à un croisement et tourna sur la droite.

— Ça n'était pas sa faute, assura Olivia.

— Ah, non ?

— Non ! Et une fois encore, il ne s'est rien passé. Enfin quoi, Bentz, passe à autre chose ! Arrête d'en vouloir sans arrêt à quelqu'un.

— Si ça peut te faire du bien, Livvie, sache que ce n'est pas la première fois que James a du mal à respecter ses vœux.

— Je ne veux pas en entendre parler ! Ça ne me regarde pas.

— Moi, si.

Bentz accéléra pour franchir un feu qui passait au rouge.

— Il y a environ dix-neuf ans, je l'ai surpris au lit avec ma femme.

35

Les gros titres étaient magnifiques. L'Elu avait acheté un exemplaire de tous les journaux de la région et à présent, dans son sanctuaire, tout en chantant un cantique de Noël, il les découpait avec ses ciseaux et lisait au fur et à mesure les titres en caractères gras.

— *Ecoutez le chant des anges*... LA POLICE DANS L'IMPASSE POUR LE MEURTRE DE L'ÉGLISE... *Vient d'éclater dans les airs*... LE TUEUR AU ROSAIRE EST-IL RESSUSCITÉ? *Joignons aussi nos louanges*... LE TUEUR EN SÉRIE ÉCHAPPE À LA POLICE... *A leurs sublimes concerts*... UN ENFANT DE CHŒUR ASSASSINÉ...

Il marqua une pause avant de reprendre avec force :

— *Gloire à Dieu! Paix sur la Terre! Aujourd'hui le Christ est né!*

Il aimait particulièrement ce passage.

Il sourit en contemplant son travail, tandis qu'il punaisait les manchettes à la gloire de sa célébrité toute nouvelle sur le calendrier où figuraient déjà ses saintes préférées. Sainte Jeanne d'Arc, sainte Catherine d'Alexandrie, la belle petite sainte Philomène, sainte Marie-Madeleine... toutes plus adorables les unes que les autres.

Il y avait un respect nouveau dans la façon dont la presse parlait de lui, mais les journalistes ne le comprenaient pas. Aucune mention de Dieu, de la mission qu'Il lui avait confiée. C'était la faute de la police, de ce ramassis d'idiots qui continuaient de cacher la vérité au « quatrième pouvoir ». Ils parlaient de « meurtres rituels » ou d'« assassinats violents » afin de ne pas susciter des vocations chez ceux qui, pour quelques minutes de célébrité, étaient prêts à endosser la culpabilité d'un crime. La presse n'avait donc pas toutes les clés pour comprendre sa mission. Il faudrait les aider pour ça. Il suffisait d'une lettre à un journal, d'un coup de fil à une radio. Il pourrait par exemple appeler le Dr Sam pendant son émission « Les Confessions de minuit ».

Oui, ce serait parfait.

Mais une chose à la fois.

D'abord, il devait capturer ses deux prochaines victimes : sainte Viviane et sainte Lucy. Le temps passait et, alors que la police cherchait à établir un lien entre la mort de ce misérable enfant de chœur et les autres meurtres, c'était le moment pour lui d'agir. Il avait juste besoin d'un peu d'aide.

Tout en fredonnant, il gagna la cave de son repaire. Il ouvrit la porte et fut aussitôt saisi par la puanteur, une odeur de fauve et de matières fécales. Il alluma la lumière rouge et descendit. Les deux chiens se mirent alors à aboyer furieusement. La chienne était apparemment en chaleur, et le mâle semblait plus impatient d'aller lui renifler le derrière que de se jeter sur la prisonnière recroquevillée contre le mur, terrifiée.

Comme il approchait, elle leva les yeux vers lui, puis les fixa sur l'arme qui se balançait à sa ceinture : un pistolet paralysant qui contrastait avec son habit ecclésiastique.

— Tu aimerais sortir d'ici, mon enfant ? lui demanda-t-il avec douceur.

Elle hocha la tête, frénétiquement. Son regard se déplaçait à présent sans cesse entre les chiens, le pistolet et lui.

— Je pense que le moment est venu. J'ai pris ma décision. Tu seras obéissante ?

Nouveaux hochements de tête. Il se baissa pour lui défaire ses liens, mais, dans le mouvement, il lui attacha autour du cou un collier semblable à celui des chiens. C'était le genre d'accessoire qu'on utilisait pour le dressage. Grâce à une télécommande qu'il gardait dans l'une des profondes poches de son aube, il pouvait faire circuler du courant dans les colliers équipés de petites pièces de métal entrant en contact avec la peau. Ceux qui les portaient recevaient alors une décharge plus ou moins importante. Il suffisait d'un peu d'humidité, d'eau bénite ou de sueur, pour que l'épiderme devienne porteur. Cette arme permettait à l'Elu de tenir la femme et les chiens à sa merci. Ils lui étaient soumis.

Pour en avoir la confirmation, il sortit la télécommande et la dirigea sur elle. Elle se décomposa et se recroquevilla contre le mur, secouant violemment la tête. Elle laissa échapper de petits cris étouffés par son bâillon. Il sourit et sentit venir un début d'érection.

— Aie confiance en moi, dit-il.

Et il pressa le bouton. La femme ferma les yeux. Traversée par le courant électrique, la chienne en chaleur se mit à couiner et à japper. C'était elle qui avait eu droit à la décharge, cette fois.

La femme rouvrit les yeux, terrifiée. Elle était en larmes. Elle regarda derrière l'Elu, vers les chiens, en particulier la femelle qui pleurnichait, la queue entre les jambes, visiblement étourdie.

— Tu vas m'obéir, maintenant ?

La question ne se posait même pas. Il lut une soumission complète dans le regard de sa prisonnière.

— C'est bien. Allons-y, alors. J'ai un petit travail pour toi.

Il la libéra des chaînes qu'elle avait aux pieds, mais lui laissa les mains entravées. Il l'aida à se lever, puis l'entraîna sans douceur vers l'escalier.

— Si tu fais quelque chose qui ne me plaît pas, quoi que ce soit, je serai contraint d'utiliser le collier. Et aussi le pistolet… Tu te rappelles ? Tu n'as pas aimé, je crois…

Elle secoua vigoureusement la tête. Elle devait se souvenir du moment où il l'avait approchée, alors qu'elle venait juste de rendre sa voiture de location et s'apprêtait à rejoindre le terminal de l'aéroport.

Vêtu d'un jean, d'un pull et d'un blouson, il se noyait dans la masse. Il avait sorti le pistolet à impulsion électrique et pressé la détente. L'attrapant avant qu'elle ne tombe par terre, il l'avait tirée jusqu'à la voiture qu'il avait volée sur le campus… comme les autres fois. Il pleuvait à verse, et il avait eu besoin d'un grand parapluie pour les abriter, mais aussi pour se mettre à l'abri des regards. Elle n'avait poussé qu'un cri. Par la suite, quand elle avait repris connaissance, la menace du pistolet et d'un couteau avait suffi pour qu'elle se tienne tranquille. Il l'avait bâillonnée, menottée et amenée ici.

C'était une belle femme, qu'il pourrait probablement offrir en sacrifice. Il observa ses fesses, rondes et musclées, tandis qu'elle gravissait les marches, et il recommença à bander… Oui, faire jaillir son sang serait un plaisir.

En haut, il l'arrêta dans le couloir.

— Nous y voilà.

Il la maintint devant un grand rideau et prit plusieurs photos d'elle avec son Polaroid.

— Maintenant, si tu es obéissante… très, très obéissante, je te laisserai sortir, la prochaine fois. J'ai une mission plus difficile pour toi. Pour l'instant, il faut que tu redescendes.

Elle secoua la tête et se remit à pleurer.

— Ce n'est que pour un petit moment, lui assura-t-il. Après, tu quitteras la cave pour de bon. Seulement, pour ça, tu dois promettre de m'aider.

Elle accepta en hochant la tête sans la moindre hésitation, et chercha à agripper sa chasuble, à enrouler ses doigts dans le tissu satiné.

— Je comprends, dit-il. Je sais que c'est difficile. Mais ça se passe souvent comme ça quand les choses en valent la peine. Il y a de la douleur, de la souffrance, du sacrifice… Maintenant, grouille-toi !

Comme elle secouait de nouveau la tête, il sortit la télécommande de sa poche.

— Sois gentille…, dit-il.

Elle se détourna aussitôt et descendit les marches, pieds

nus. Il eut envie de lui envoyer une petite décharge, pour la déséquilibrer et la faire tomber, mais il résista à la tentation.

Elle avait besoin de comprendre la différence entre la récompense et la punition.

— Pardonnez-moi, mon père, car j'ai péché.

James sentit ses jambes se dérober. Une semaine s'était écoulée depuis qu'il avait entendu pour la première fois cette voix rauque se confesser à lui.

— De quoi s'agit-il, mon fils ?

Il s'assit au bord de son bureau.

— Cela fait une semaine que je me suis confessé pour la dernière fois. Voici mes péchés…

James se prépara au pire.

— J'ai invoqué le nom du Seigneur en vain.

James avait la gorge affreusement sèche et la poitrine si comprimée qu'il arrivait à peine à respirer.

— Et j'ai de nouveau violé l'un des commandements. J'ai pris une vie.

James eut comme un vertige.

— Encore une ?

Le père O'Hara avait été interrogé et relâché. Il avait pu prouver où il se trouvait au moment du crime de Mickey. Cela n'avait pas empêché le scandale. Toute l'attention de la presse, des paroissiens et du clergé s'était portée sur lui, et, même s'il était innocent, son nom serait pour toujours associé au meurtre. Il n'en avait pas fini : l'avocat des parents de Mickey était en train de monter un dossier pour attouchements sexuels, sodomie, viol…

Et maintenant *ça*.

— Oui. J'ai trouvé ce pécheur dans la maison de Dieu.

— Ce pécheur ? répéta James.

— Oui, cet enfant de chœur qui profanait l'église ! Ce voyou qui volait le vin de messe et qui avait l'audace de le boire à même le calice ! Oui, j'ai versé son sang, avec plaisir.

Que ce soit une leçon pour tous ceux qui défient Dieu, qui ne respectent pas Sa maison, qui commettent des péchés !

Un fou, c'était un fou.

— Ecoutez-moi, mon fils…, dit James d'un ton posé, alors qu'il brûlait d'étrangler son correspondant.

« Donnez-moi la force, Seigneur, implora-t-il. Je vous en prie. »

— Je suis, moi aussi, allé chercher conseil auprès de Dieu. Il m'a dit que les crimes devaient cesser, que ce n'était pas sa volonté. Il ne veut plus de ces morts.

— Vous ? fit la voix avec une note d'incrédulité teintée de moquerie. Vous avez parlé à Dieu ?

— Cela m'arrive souvent.

— Et vous l'entendez quand Il vous parle ?

— Je sais ce qu'Il veut. Et je vous le répète : ces violences n'ont rien à voir avec Sa volonté.

Le monstre eut un rire narquois.

— Ce monde est un monde de violence, mon père. Vous ne l'avez pas remarqué ? Depuis toujours, des atrocités sont commises au nom de la religion.

— Ce n'est pas une raison pour en commettre davantage. Vous devez en finir avec vos péchés.

— J'ai vraiment parlé à Dieu, moi. J'ai entendu Sa voix, et ma mission est claire. Je dois accomplir des sacrifices. Pour Lui. Pour les saintes, dont je dois réitérer le martyre.

— Comment ça ? balbutia James, tout en réalisant que Bentz avait vu juste.

— Vous ne comprenez rien, n'est-ce pas ? Je savais que vous n'aviez pas parlé à notre Seigneur.

Et il se mit à exposer sa « mission », la façon dont il cherchait et trouvait la bonne personne à sacrifier les jours de fête — exactement comme l'avait imaginé Rick. Il parla, parla encore, prenant à peine le temps de respirer, comme s'il était trop heureux d'avoir la possibilité de s'expliquer. Il s'exprimait avec une certaine éloquence, qui semblait trahir son habitude de parler en public. Un prêtre ? Un homme politique ? Un chef d'entreprise ? Un enseignant ? Les victimes poursuivaient toutes des études dans les universités de la région…

— Ai-je une pénitence ? demanda-t-il enfin.

— Eh bien… oui… oui, bien sûr. Comme l'autre fois. Vous devez dire le rosaire et aller tout avouer à la police.

— Pas question que je sois jugé par des mortels ! Je ne me confesse qu'à Dieu, à travers vous.

Et, sur ces mots, il raccrocha.

James s'agenouilla, et se mit à prier comme jamais il n'avait prié dans sa vie.

Bentz enregistra toute la conversation. Il éprouva un certain soulagement à l'idée que James ne soit pas l'assassin. Mais entendre la voix rauque de l'autre salopard, sentir sa présence lui avait donné la chair de poule. Il prit deux comprimés antiacides dans le tiroir de son bureau, puis, sans perdre de temps, il appela son ami qui travaillait à la compagnie téléphonique. Larry aurait peut-être des informations pour lui. Il allait *peut-être* enfin pouvoir mettre la main sur le tueur. Il allait *peut-être* avoir *enfin* de la chance.

— Que me voulez-vous ? demanda Brian Thomas en ouvrant la porte de son studio et en découvrant deux flics devant chez lui.

L'un avait le teint basané et une attitude qui voulait clairement dire : « Ne joue pas au con avec moi ». L'autre, plus âgé, n'avait pas l'air commode non plus et… merde ! Il venait de reconnaître le père de Kristi Bentz, dont il avait vu la photo dans le portefeuille de la jeune fille.

— Nous aimerions juste vous parler, expliqua Bentz.

— Je n'ai rien fait à votre fille.

— Vous savez qui je suis ?

— Elle m'a dit que vous appelleriez.

Brian recula pour les laisser entrer. La pièce qui lui tenait lieu d'appartement était en désordre, ce dont il se foutait complètement. Les flics ne trouveraient rien de compromettant ici. L'herbe qu'il avait fumée la veille au soir avait disparu, et il ne prenait rien d'autre. Ce qui ne l'empêcha pas de se mettre à transpirer en voyant les policiers tout scruter, y compris sa bibliothèque et… Merde ! Il avait laissé la pipe et des bouteilles de bière vides à côté du lit. Ça n'avait pas dû échapper à Bentz, qui pinça les lèvres.

— Nous avons quelques questions à vous poser, dit-il.

Il désigna le vieux fauteuil au dossier inclinable.

— Asseyez-vous, je vous prie.

Brian suait à grosses gouttes. Qu'est-ce que les flics avaient contre lui ? Il était déjà passé par là, des années plus tôt ; il n'avait pas oublié son arrestation, les menottes, les heures d'interrogatoire. On avait pris ses empreintes, on l'avait déshabillé puis jeté dans une espèce de cage avec les pires rebuts de l'humanité.

A présent, il s'efforçait de penser. Il n'avait rien fait de mal. Ils ne pouvaient rien contre lui.

— Kristi m'a dit qu'en sortant avec elle on s'exposait plus ou moins à un interrogatoire.

— C'est un bien grand mot, dit le collègue de Bentz. Si vous coopérez, nous aurons terminé dans quelques minutes.

— Je devrais peut-être appeler mon avocat.

— Vous en avez besoin ? lui demanda Bentz en haussant un sourcil.

— Je ne sais pas, moi. Vous croyez ?

— C'est inutile si vous n'avez rien à vous reprocher. Asseyez-vous. Détendez-vous. On a juste quelques questions à vous poser.

« Tu parles ! » songea Brian.

Il s'assit dans le fauteuil, tout en se demandant s'ils sentaient l'odeur qui flottait encore dans l'air. Bentz resta debout. Il ne faisait pas confiance à Brian, et il ne se donnait même pas la peine de le cacher. Il était évident aussi qu'il ne voyait pas d'un bon œil que Brian tourne autour de sa fille. Brian ne put s'empêcher de penser à ces films où des flics véreux planquaient de fausses preuves chez un suspect et le cuisinaient jusqu'à ce qu'ils obtiennent des aveux. Il déglutit péniblement. Même s'il parvenait à effacer soupçons et accusations, sa carrière ici, à l'université, serait fichue.

Le plus intelligent était donc de coopérer.

Ils lui posèrent un million de questions. Certaines étaient en rapport avec la fac et les étudiants, mais la plupart avaient trait au Pr Franz et à ses deux femmes. Brian, qui était arrivé à All Saints alors qu'il n'avait pas encore sa licence, avait effectué quelques travaux pour sa première épouse, le Pr Nancoise Franz. Ils l'interrogèrent aussi au sujet de ces femmes dont il avait entendu parler dans les journaux : Leslie Franz, Cathy Anderson et Stephanie Jane Keller — les victimes du tueur en série. Ils examinèrent avec attention les deux sabres qu'il avait accrochés au-dessus de son lit, l'interrogèrent sur les armes en général et sur la période qu'il avait passée dans l'armée.

Brian se dit qu'il devait contacter un avocat car, apparemment, les flics le soupçonnaient d'avoir un lien avec le tueur qui sévissait sur les campus.

Ou, plus vraisemblablement, Bentz avait une dent contre lui parce qu'il fréquentait sa si précieuse fille. Les flics n'avaient-ils donc rien de mieux à faire que venir intimider les gens qui n'avaient rien à se reprocher, bon sang ?

Comment pouvaient-ils s'imaginer qu'il était impliqué ? C'était dingue ! Il ne connaissait même pas ces filles.

Bentz le cuisina sur l'accusation de viol et sur son passage au séminaire. Ils avaient même apporté une feuille sur laquelle figurait une liste de saintes — mais qu'est-ce que c'était que ce bordel ?

Bentz avait suffisamment étudié son dossier pour savoir que, avant son arrivée à All Saints, il avait passé ses deux premières années de fac à Tulane, où il avait étudié la psycho avec le Pr Leeds.

— Lui, c'est un vrai con, assura Brian en essuyant ses paumes en sueur sur son pantalon. Imbu de lui-même. Entre Sutter et lui, c'était une telle impasse que j'ai abandonné la psycho et décidé de faire un doctorat de philo. J'en suis arrivé à la théorie que ceux qui s'intéressent de trop près à la psychologie sont plus ou moins cinglés. Ils ont des problèmes, ils vont voir un psy, ils prennent leur pied à parler d'eux et ils décident qu'ils pourraient gagner de l'argent avec ça, mais…

Brian se tut. Qu'est-ce qui lui prenait de jacasser comme ça ? Des années plus tôt, quand il avait eu tous ses problèmes avec ces accusations de viol, son avocat lui avait conseillé de répondre de façon concise, de donner juste les informations qu'on lui demandait.

Les deux flics s'en allèrent une heure et demie plus tard. Brian les regarda par la fenêtre monter à bord d'une jeep. Qu'est-ce qu'ils étaient venus foutre ici ? Jusqu'à quel point fallait-il prendre au sérieux ce qu'ils lui avaient dit ? Cette visite lui laissait un sentiment désagréable.

Il pensa un instant téléphoner à Kristi et lui passer un savon, mais il y renonça. Il était exclu qu'ils se voient ce soir. Bentz risquait de rendre visite à sa fille, et c'était bien la dernière personne que Brian avait envie de retrouver sur son chemin. Non, il avait besoin de temps pour réfléchir. Et qu'est-ce qu'il fabriquait avec la fille d'un flic, de toute façon ?

Brian sortit une bière du frigo. Il venait d'ouvrir la canette quand on sonna de nouveau à la porte. Et merde ! Pitié, pas encore les flics ! Il but une longue gorgée de bière et alla regarder par la fenêtre. La jeep était partie.

Alors, qui pouvait lui rendre visite ? Il esquissa un sourire. Il avait sa petite idée…

L'état de nervosité dans lequel l'avait plongé la visite des policiers commençait de s'estomper. Il avait volontairement mis un peu de distance entre Kristi et lui depuis qu'elle était rentrée de chez son connard de père. Il sentait qu'elle aimait les défis, et il allait lui en offrir un. Jusqu'au moment où il la sauterait enfin. Quelle serait la réaction de son père quand il l'apprendrait ? Hein ?

On sonna de nouveau.

— J'arrive ! cria-t-il.

Il se passa la main dans les cheveux et alla ouvrir. Son sourire se figea quand il reconnut la personne qui se trouvait sur son palier.

— Qu'est-ce que vous fabriquez ici ?

Il vit alors le pistolet paralysant.

— Hé ! Mais...

Trop tard. Il sentit la décharge, bascula en arrière et regarda sa bière tomber par terre.

— Il est soupçonné de quelque chose ? Tu vas l'arrêter ? demanda Kristi en ignorant son hot dog et son Coca.

Elle se trouvait avec son père et Montoya dans un petit restaurant situé juste à l'extérieur du campus. C'est là qu'il avait lâché sa bombe : il était allé voir Brian.

Il y avait quelques étudiants au comptoir, et Kristi se cachait comme elle pouvait car elle ne souhaitait pas être vue en compagnie de son père lorsqu'il était en service.

— Disons que c'est une « personne qui nous intéresse »...

Son père était assis face à elle, de l'autre côté de la table. Il était d'un sérieux absolu.

— *Une personne qui vous intéresse ?* répéta-t-elle. Qu'est-ce que ça veut dire ?

— Que je vais le surveiller.

— Pas question ! Qu'est-ce que tu cherches, au juste ? A gâcher ma vie ? Dans ce cas, c'est parfaitement réussi.

Elle se tourna vers Montoya.

— Il enquiquine Brian juste parce qu'on se voit, c'est ça ?

— Non. Ce type a peut-être quelque chose à cacher.

Montoya n'était pas comme d'habitude. Il paraissait plus dur, habité par une colère sourde. Comme si cette affaire l'affectait profondément, lui aussi.

— Et la présomption d'innocence ? Ça existe, non ? Je t'en prie, papa, laisse-moi respirer un peu, d'accord ?

— Ce type est dangereux.

— *Le tueur* est dangereux. Pas Brian. Je le connais. Il n'a rien d'un assassin.

— Je veux que tu viennes avec moi, maintenant, dit Bentz en se levant. Ça devient dangereux, ici.

— Dangereux pour qui ? Pour tout le monde ou juste pour moi ? Tu vas renvoyer tous les étudiants chez eux, parce que tu te demandes si l'un des profs assistants ne sait pas quelque chose au sujet des meurtres ?

La mâchoire de Bentz se crispa.

— Je n'ai pas la possibilité de faire une chose pareille. En revanche, je peux le faire arrêter. On a assez d'éléments pour le garder avec nous un moment. Je te laisse le choix. Ou tu viens avec nous, ou je l'arrête. Que préfères-tu ?

— Tu es sérieux ?

— On ne peut plus sérieux.

— Mais c'est scandaleux ! Tu me mettrais dans une situation pareille ?

— Pour te protéger, oui. Sans la moindre hésitation.

Kristi sentit que son menton se mettait à trembler.

— Fais ça, et je ne te le pardonnerai jamais. *Jamais !*

Il baissa les yeux sur sa montre.

— Tu as une heure pour réunir tes affaires. Tu pourras suivre tes cours tous les jours. Tu viendras en voiture. Tu auras un garde du corps avec toi.

— Pas question ! J'ai dix-huit ans. Tu ne peux pas m'obliger à…

Le regard de son père la fit taire. Elle devait retrouver Brian à la bibliothèque dans une demi-heure. Elle lui expliquerait tout à ce moment-là. Mais, en capitulant trop facilement, elle risquait d'éveiller les soupçons de Bentz.

— J'ai donc le choix entre quitter la fac et être humiliée à mort… Dans un cas comme dans l'autre, Brian me haïra.

— Tu t'en remettras.

— Tu peux vraiment être le pire des salauds, parfois, tu sais ?

Il consulta de nouveau sa montre.

— Il ne te reste plus que cinquante-huit minutes.

Olivia enveloppa les bougies parfumées à la canneberge dans du papier de soie, prit les billets que lui tendait sa cliente et lui remit le sac en papier. La grosse femme aux cheveux gris frisés lui sourit et lui souhaita un joyeux Noël.

— C'est dans moins d'un mois, maintenant ! Demain, nous serons le premier décembre.

— Vous avez raison. Joyeux Noël à vous aussi !

La cliente quitta le magasin, faisant tinter les clochettes que Tawilda avait suspendues au-dessus de la porte.

Olivia jeta un coup d'œil à sa montre. Plus qu'une heure avant la fermeture de la boutique. Elle projetait d'aller passer deux heures à la bibliothèque du campus, puis de rentrer chez elle et de s'immerger dans un bain chaud. La perspective des fêtes de fin d'année ne l'enchantait pas. Ce serait cette année son premier Noël sans Grannie Gin, et elle se trouvait ici, en Louisiane, au lieu d'être à Tucson avec ses amis.

A propos d'amis, elle était de plus en plus en colère contre Sarah, qui ne l'avait même pas appelée pour lui dire qu'elle était bien rentrée chez elle, qu'elle avait adoré son séjour en Louisiane ou qu'elle était décidément trop amoureuse de Leo pour se faire à l'idée du divorce. Olivia avait tenté de la joindre à deux reprises et, chaque fois, elle avait laissé un message.

Sarah était peut-être accablée par l'approche des fêtes…

« Et toi ? Avec qui vas-tu passer Noël ? »

Rick Bentz ? C'était peu probable. Leurs dernières conversations n'avaient rien d'intime. Et elle lui en voulait toujours de ne pas lui avoir parlé de son lien de parenté avec le père James McClaren.

Pourquoi pas le père James, justement ? Cette idée la fit presque sursauter. Hors de question !

Bentz n'avait pas été tendre avec elle, mais de là à coucher avec un prêtre… Etait-elle désespérée à ce point ? James McClaren était quelqu'un de bien, qu'elle avait failli détourner du droit chemin.

Dieu soit loué, ils s'étaient arrêtés à temps en se rendant compte de l'erreur qu'ils étaient sur le point de commettre. Une erreur qui aurait ruiné leur vie.

Le téléphone sonna juste au moment où une nouvelle cliente entrait dans le magasin.

— Le Troisième Œil, dit Olivia en décrochant.

— Bonjour, Livvie. Tu as passé un bon Thanksgiving ? demanda Bernadette.

— Oui, merci, répondit machinalement Olivia.

Elle essaya de garder son calme. Sa mère faisait un geste vers elle. C'était bien. Seulement, elle ne devait pas se laisser envahir.

— Mon amie Sarah, de Tucson, est venue passer quelques jours à la maison.

— Bien.

— Et toi ?

— Tout va… Eh bien, en réalité, ça ne va pas. Jeb et moi, nous sommes séparés. J'ai décidé que tu avais raison. Je n'ai pas besoin de ça. Je suis allée à San Antonio, et j'ai passé le week-end seule, pour remettre de l'ordre dans mes idées. J'avais déjà rempli les papiers depuis un moment, mais le divorce était en suspens. Ce n'est plus cas. Je… je ne me remarierai plus jamais !

Olivia prit sur elle pour ne pas éclater de rire.

— Tu es faite pour le mariage, contrairement à moi. Tu es vraiment décidée à divorcer ?

— Oui, répondit Bernadette d'un ton ferme. Et j'espère que nous allons pouvoir recoller les morceaux, toi et moi. Je n'ai pas été une excellente mère, j'en suis consciente, mais… si nous devenions amies, ou quelque chose de ce genre ?

Olivia était abasourdie. Etait-ce bien sa mère qui parlait ? Bernadette l'égocentrique ?

— Ce serait bien, oui…

Au même moment, Olivia vit une cliente glisser dans son sac un presse-papiers en verre.

— Euh… maman, il va falloir que je te laisse.

— Avant ça…

La voleuse regarda par-dessus son épaule tandis qu'elle tendait la main vers un autre objet : un renne en cristal. En s'apercevant qu'Olivia l'observait, elle examina l'article comme si de rien n'était, puis le reposa. Olivia n'écoutait plus sa mère que d'une oreille distraite.

— La vraie raison de mon appel, c'est que je me suis rappelé le nom associé à l'adoption de mon fils.

— Quoi ? fit Olivia en oubliant soudain la boutique et la voleuse.

— C'était Thomas.

— Thomas ?

— Oui, j'en suis certaine. Il devait s'agir du nom du couple qui a adopté mon fils. J'ai entendu par hasard ta grand-mère en parler, un jour. Thomas, c'est bien ça… J'espère que ça t'aidera.

— Je crois. Merci, maman, dit Olivia, le cœur battant.

Elle vit sa voleuse qui se dirigeait vers la sortie.

— Un instant, je vous prie ! lança-t-elle en raccrochant. Je pense que vous avez pris un objet sans pay…

Mais la femme avait déjà ouvert la porte et pris la fuite. Olivia se lança à sa poursuite. A peine sortie de la boutique, elle comprit que c'était sans espoir. Son gibier s'était perdu dans la foule. Il faisait sombre, il pleuvait…

— Super !

Il lui était impossible d'abandonner la boutique pour essayer de retrouver la voleuse. Tawilad ne devait revenir que dans une quinzaine de minutes.

Alors qu'elle s'apprêtait à regagner le magasin, Olivia surprit son reflet dans la vitrine. Le visage très pâle, complètement décoiffée… Soudain, pour la première fois depuis une semaine, elle sentit *sa* présence. Une image insaisissable derrière son propre reflet.

Non!

Les gens qui passaient sur le trottoir parurent s'éloigner d'elle, les bruits de la rue s'estompèrent et sa tête se mit à la lancer. Il était là, en train de la regarder. Des yeux bleus et des cheveux sombres, des traits anguleux, assez proches des siens. Il tourna son attention vers un autre point, et Olivia découvrit le visage de la femme. La douleur sourde, derrière ses yeux, s'accentua. C'était une jeune fille aux longs cheveux auburn, apparemment sûre d'elle… Ce visage, Olivia l'avait déjà vu. En photo, dans un cadre diptyque posé sur le bureau de l'inspecteur Dick Bentz.

36

Où était Brian, nom d'une pipe ? Depuis un quart d'heure, Kristi l'attendait devant la bibliothèque. Il n'était que 17 heures, mais, avec les nuages bas et sombres, il n'y avait presque pas de lumière. Pour un peu, on se serait cru en pleine nuit.

Et il ne lui restait plus que dix-sept minutes avant de rejoindre son père. Elle avait pris rendez-vous avec Brian cinq minutes avant l'arrivée de Bentz. Il lui avait paru bizarre, au téléphone. Comme s'il était défoncé. Ou effrayé. Ou énervé. Comment lui en vouloir ? Il avait vu le père de sa copine, un flic, débarquer chez lui et le soumettre à un interrogatoire en règle. Rien que d'y penser, elle avait le visage en feu. Elle haïssait son père, parfois.

Mais le problème n'était pas là. Bentz n'avait fait que mettre son grain de sel dans une situation déjà incertaine. Depuis son retour de La Nouvelle-Orléans, les relations de Kristi avec Brian étaient pour le moins tendues. Il était crispé, d'humeur instable. Quelque chose le contrariait. Quand elle le questionnait, il invoquait le stress de la fin du trimestre, le travail que Zaroster lui donnait, mais Kristi sentait bien qu'il y avait autre chose.

A deux reprises, ils avaient failli faire l'amour, mais elle s'y était opposée au dernier moment. Il manquait quelque chose qu'elle ne parvenait pas à définir. Elle pensa à Jay. Lui, il l'aimait. Pas Brian, elle le savait. C'était peut-être ridicule, mais elle avait l'impression qu'il l'utilisait, qu'elle n'était qu'une conquête parmi d'autres.

Elle leva les yeux en entendant un moteur, et reconnut la voiture de Brian qui approchait. Il ne lui avait pas posé de lapin ! Il était juste en retard, une fois de plus. Elle agita la main, mit sa capuche sur sa tête et courut sous la pluie battante pour le rejoindre.

— Salut ! lança-t-elle en s'installant, côté passager.

Elle ferma la portière et se pencha pour embrasser Brian. Mais il ne réagit pas. Il se contenta de redémarrer. C'est alors qu'elle remarqua un passager, à l'arrière : un homme au visage masqué par une cagoule. Elle crut que son cœur allait cesser de battre. Elle s'aperçut aussi que Brian portait autour du cou un étrange collier, une espèce de collier étrangleur.

— Qu'est-ce qui se passe ? demanda-t-elle.

Elle voulut ouvrir sa portière, mais le passager sortit un pistolet qu'il braqua sur elle.

— Non ! hurla-t-elle.

Sa dernière pensée fut pour son père. Il avait raison : elle était une idiote.

Une violente décharge de courant la traversa.

Bentz jeta un coup d'œil à sa montre au moment où son téléphone portable sonnait. Montoya et lui étaient stationnés en double file devant Cramer Hall, où ils attendaient Kristi. Elle avait dix minutes de retard.

— Inspecteur Bentz.

— C'est Olivia. Il est de nouveau en chasse. Et c'est Kristi qu'il cherche. Je… je l'ai vue.

Rick eut l'impression que son corps se transformait en un bloc de glace.

— Qu'est-ce que tu racontes ?

Non, ça n'était pas possible !

Il sortit de la voiture et se mit à courir comme un fou, son téléphone collé à l'oreille. Montoya le suivit aussitôt.

Ils bousculèrent un groupe d'étudiantes qui sortaient de Cramer Hall.

— Je te dis qu'il la pourchasse ! lança Olivia. Je crois même qu'il l'a eue...

— Non ! C'est impossible !

Pour Bentz, c'était tout simplement inconcevable.

— Un instant ! lui cria une femme, derrière le bureau d'accueil du bâtiment.

— Je suis dans la résidence de Kristi, dit-il à Olivia.

— Trouve-la !

— J'en ai bien l'intention.

— Il y a autre chose. Ma mère a appelé. Elle dit que le nom de famille des gens qui ont adopté son fils était Thomas.

— Merde !

— Et je peux l'identifier, ajouta Olivia. J'ai vu son visage.

— Fonce au commissariat, demande à quelqu'un de faire un portrait-robot et compare avec des photos de Brian Thomas. Kristi sort avec lui.

Il raccrocha et monta l'escalier quatre à quatre.

— Appelle et demande des renforts ! dit-il à Montoya en lui tendant son téléphone. Qu'on envoie quelqu'un chez Thomas. Olivia vient de l'identifier.

En arrivant devant chez Kristi, il sortit son arme et ouvrit la porte à la volée.

Lucretia était assise à son bureau. Elle sursauta.

— Qu... qu'est-ce que vous faites ici ?

— Je cherche ma fille. Où est-elle ?

Lucretia ouvrit de grands yeux stupéfaits.

— Elle est partie il y a environ une demi-heure.

— Pour aller où ? demanda Bentz, paniqué.

— Je n'en sais rien. Il me semble qu'elle a parlé de la bibliothèque — je pense qu'elle avait rendez-vous avec Brian Thomas. D'ailleurs, vous devriez la mettre en garde. Elle pourrait avoir des ennuis — il est prof assistant et...

Bentz n'entendit pas le reste. Il courait déjà dans le couloir.

*
* *

— Puisque je te dis que ce n'est pas lui ! dit Olivia en secouant la tête devant une photographie de Brian Thomas.

— Mais si, c'est forcément lui !

Bentz était assis de l'autre côté du bureau surchargé de paperasserie, et il la regardait droit dans les yeux. A côté d'eux, le tableau d'affichage était tapissé de photos des scènes de crime, des atrocités qu'Olivia avait aperçues dans ses visions. Sainte Cécile, sainte Marie-Madeleine, sainte Jeanne d'Arc… et les autres. Des victimes martyrisées. Des images insoutenables. Et à présent Kristi se trouvait avec l'assassin. Les jambes faibles, Olivia se laissa aller dans son fauteuil.

De l'index, Bentz tapota furieusement une photo en se penchant vers elle.

— Regarde encore, s'il te plaît ! C'est forcément notre homme !

Elle étudia de nouveau la photo, tout en sachant que cela ne servait à rien.

— Je suis désolée, Rick. Ce n'est pas lui, j'en suis certaine.

Elle affronta le regard furieux de Bentz. Elle discernait clairement la peur derrière son expression fermée. Il était à l'agonie, au désespoir de ne rien pouvoir faire pour sa fille, du moins dans l'immédiat. Olivia souffrait pour lui. Pour Kristi. Il était même possible qu'elle soit déjà morte… ou qu'elle endure d'atroces souffrances.

— J'aimerais tellement t'aider…

— Alors, aide-moi, bon sang ! Donne-moi un nom. D'après ta mère, cet enfoiré avait été adopté par les Thomas. Donc c'est lui !

Il ponctua sa phrase d'un coup de poing sur le bureau, et un gobelet de café presque vide se renversa.

— Et merde !

Il sortit son mouchoir pour éponger la tache.

— Faut vous calmer, lui dit Montoya, qui entrait dans la pièce à ce moment-là.

— Va te faire foutre ! hurla Bentz en pointant le doigt vers son coéquipier.

— Allez vous faire foutre vous-même !

Bentz resta un instant sans réaction, puis il se passa la main dans les cheveux.

— Amène-la en bas, dit-il en désignant Olivia.

Leurs regards se croisèrent et, dans ses yeux, elle vit non plus de la peur, mais une profonde défiance.

— Vous voyez le spécialiste et vous m'apportez un croquis, un portrait-robot, ce que vous voudrez… mais vous faites vite !

Il baissa les yeux sur les deux photos de Kristi. Olivia le vit déglutir avec peine. Ses épaules s'affaissèrent, mais cela ne dura qu'un instant. La seconde d'après, il était de nouveau gouverné par la colère.

— On va le trouver, ce salaud ! D'une manière ou d'une autre. Même s'il faut mettre à sac cette université !

Il se tourna vers Montoya.

— Tu me récupères une photo de tous les hommes de plus de vingt ans qui ont mis ne serait-ce qu'un pied à All Saints au cours de ces deux dernières années.

Il revint à Olivia, qui se sentit emprisonnée par son regard déterminé.

— Tu en reconnaîtras peut-être un, lui dit-il d'un ton glacial.

Il refusait de la croire. Tout comme la première fois qu'elle était entrée dans ce bureau.

Comme si sa vision lui était insupportable, il se tourna encore vers Montoya et ordonna :

— Emmène-la !

Le téléphone sonna, et il décrocha en leur tournant ostensiblement le dos.

— Venez, dit Montoya à Olivia.

Elle parvint à se redresser, même si ses jambes étaient flageolantes, et ils gagnèrent le rez-de-chaussée.

Trois heures plus tard, un portrait-robot avait été établi. Olivia put s'en aller, et elle retrouva la nuit resplendissante de La Nouvelle-Orléans. Les décorations de Noël illuminaient toute la ville. Mais la jeune femme n'avait pas l'esprit à la fête. Elle grimpa à bord de sa camionnette et songea un instant retourner voir Bentz. Mais à quoi bon ? Elle n'avait aucune information nouvelle à lui apporter.

Avec un peu de chance, il allait parvenir à localiser le monstre et il sauverait sa fille.

Un monstre qui est peut-être ton frère…

Son téléphone sonna alors qu'elle venait de démarrer.

— Allô ?

— Olivia ?

C'était Sarah. Elle avait une voix tremblotante.

— Sarah ! s'exclama Olivia avec soulagement. Où es-tu ? Je n'ai pas arrêté de t'appeler ; je tombe chaque fois sur ton répondeur.

— Je ne suis pas rentrée à Tucson.

— Quoi ?

Elle était étrange. Fatiguée, peut-être ? C'est du moins ce que pensa Olivia alors qu'elle essayait d'entendre la voix de son amie par-dessus le bourdonnement de son moteur, la rumeur de la circulation et les grésillements dus à une mauvaise communication.

— Tu n'es pas rentrée ? Mais ça fait une semaine !

— Je sais. Je… j'ai pensé que je pourrais arranger les choses avec Leo.

— Un instant…

Olivia mit en route le système d'antibuée car elle voyait mal à travers le pare-brise.

— Tu étais pourtant décidée à divorcer.

— Je… j'étais… Comment dire ? Je suis un peu troublée.

Ce qui expliquait sa voix étrange.

— En fait, avoua Sarah, je voudrais que tu viennes avec moi voir le père James. J'ai besoin de lui parler.

Olivia se mordit la lèvre.

— Le père James n'est peut-être pas disponible, dit-elle en pensant au cadavre de l'enfant de chœur, sur l'autel. Il y a eu un drame, à l'église.

— Je sais. Je… j'en ai entendu parler. Mais… je l'ai déjà contacté. Et il tient à ce que tu m'accompagnes.

— Vraiment ?

Voilà qui était surprenant. Ils ne s'étaient plus revus depuis le drame. Ils ne s'étaient pas parlé non plus.

— S'il te plaît ! reprit Sarah, qui paraissait soudain désespérée.

Olivia se laissa convaincre. Son amie avait besoin d'elle.

— Quand veux-tu qu'on se retrouve ?

— Le plus tôt possible.

Elle semblait sur le point d'éclater en sanglots.

— Le père James est à l'église en ce moment, dit-elle.

Olivia consulta sa montre. Il était presque 21 heures, et elle était épuisée, mais…

— Bon. Je peux être là-bas dans un quart d'heure.

— Merci, Livvie.

— J'arrive.

Olivia coupa la communication et se mit en route. Quelle mouche avait piqué Sarah ? Après Thanksgiving, elle semblait avoir pris sa décision, elle était sûre d'elle. Il y avait donc autre chose. Un nouvel élément incontournable…

Tout en roulant, elle s'efforça de chasser l'impression désagréable qui s'accrochait à elle. Ce sentiment que quelque chose ne tournait pas rond. Mais, ces derniers temps, elle éprouvait ce genre de malaise à propos de tout. Elle souffrait encore du mal de tête qui succédait invariablement à ses visions, et elle s'inquiétait affreusement pour Kristi. Elle était à cran.

« Merci, Livvie », avait conclu Sarah. Ce qui était étrange. Elle n'utilisait jamais son diminutif, sauf lorsqu'elle la taquinait. Mais à l'évidence Sarah n'était pas dans son état normal, ce soir.

Olivia s'arrêta à un feu rouge et se mit à pianoter nerveusement sur le volant. Où Sarah avait-elle passé la semaine ? Avec qui ? Avec Leo ? Etaient-ils réconciliés ? Dans ce cas, pourquoi ce ton hésitant et… cette peur ? Car c'était bien ça. Olivia avait perçu de la peur dans la voix de son amie. Seigneur ! Leo ne l'avait quand même pas frappée ? Le salaud !

Le feu passa au vert, et Olivia accéléra sans douceur, dérapant légèrement sur l'asphalte détrempé. Elle serra les dents en songeant au sale type que son amie avait épousé. Elle franchit le feu suivant juste avant qu'il ne passe au rouge et tourna. Elle aperçut alors la silhouette de St. Luke's, à trois blocs de là. Des projecteurs éclairaient son haut clocher, ainsi qu'une petite crèche installée sous le gros magnolia, avec les Rois mages, les moutons, Marie et Joseph, et une mangeoire pleine de paille sur laquelle reposait l'enfant Jésus. L'église elle-même était dans la pénombre, hormis quelques lampes à l'extérieur et la douce lumière venue de l'intérieur et qui traversait les vitraux colorés.

Malgré la crèche, le lieu donnait une impression de désolation. La rue était vide et la plupart des maisons plongées dans l'obscurité. Olivia s'engagea sur le parking plein de flaques et de nids-de-poule, cherchant vainement des yeux la voiture de Sarah. Apparemment, elle n'était pas encore arrivée.

Etrange. Il lui avait semblé que Sarah était tout près de l'église, voire *dans* l'église. Il était possible qu'elle ait déjà rendu sa voiture de location et qu'elle soit venue en taxi.

En descendant de sa camionnette, Olivia eut le sentiment que la nuit se refermait sur elle. Elle ne put s'empêcher de penser à sa dernière venue ici et au pauvre Mickey Gains, sauvagement assassiné dans ce lieu sacré.

Elle serra plus étroitement son blouson autour d'elle et s'avança vers les portes. Chargé des puissants parfums du Mississippi, le vent gémissait en passant à travers les arbres aux branches nues. Les lampadaires de la rue donnaient à la scène une lumière bleuâtre irréelle. Olivia s'efforça de repousser toutes ses appréhensions. Elle était nerveuse à cause de ce qui s'était passé ici même, à cause de ce tueur en série désagréablement proche d'elle. Elle s'inquiétait aussi pour Kristi Bentz, qui semblait introuvable.

Elle atteignait les portes quand elle entendit un bruit de moteur. Elle se retourna et vit une voiture européenne tourner au coin de la rue, puis freiner devant St. Luke's. Un nouveau pressentiment l'assaillit. Elle avait la chair de poule. Ça n'allait pas. Pas du tout. Elle reconnut alors la silhouette de Sarah. Elle était assise côté passager, le visage tourné vers elle.

Dieu merci !

Olivia se dirigea vers la Mercedes tout en se demandant pourquoi Sarah n'en descendait pas. Elle était appuyée contre la vitre de sa portière, immobile. Elle était pâle, très amaigrie, avec de grands yeux hantés.

Lentement, Olivia secoua la tête. Puis elle fit encore deux pas vers la voiture.

— Sarah ? Ça va ?

Elle porta son regard au-delà de son amie, vers le conducteur. Il devait s'agir du père James. Sauf que ce n'était pas sa voiture…

La portière s'ouvrit brusquement sur un homme vêtu d'une aube dont la blancheur tranchait sur le noir de la nuit.

Olivia comprit aussitôt son erreur. Ça ne pouvait pas être James. Il ne porterait pas ses vêtements sacerdotaux.

Elle se figea, glacée, quand ses yeux croisèrent ceux, bleus et cruels, du tueur.

— Mon Dieu ! lâcha-t-elle dans un souffle.

Pourquoi Sarah était-elle avec lui ? Que se passait-il ?

— Va-t'en ! Va-t'en ! hurla-t-elle à son amie.

Puis elle fit volte-face et se mit à courir. Elle avait eu le temps de voir le tueur qui contournait la Mercedes. Sarah, elle, restait sans réaction, comme prostrée.

— A l'aide ! Au secours ! cria-t-elle en fuyant vers le parking. Aidez-moi !

Elle entendit des pas sur le bitume derrière elle. Quelqu'un qui courait. Se rapprochait. *Plus vite ! Plus vite !* se répéta-t-elle, terrifiée. Elle chercha ses clés. Sa camionnette n'était plus qu'à une dizaine de mètres, peut-être moins. Mais son poursuivant était si près ! Elle entendait même son souffle.

— Au secours ! hurla-t-elle encore sans cesser de courir.

Mais personne ne lui venait en aide.

Dans un éclair, alors qu'elle n'était qu'à quelques foulées de son véhicule, elle pensa à son téléphone, dans son sac. Une fois dans sa voiture, elle appellerait la police et…

— Ahhhhh !

Une onde de douleur se répercuta à travers tout son corps. Le souffle coupé, elle alla rebondir contre le pare-chocs de sa camionnette, avant de tomber par terre. Son menton heurta violemment le goudron. Son sac tomba, lui aussi, répandant son contenu — le téléphone, son tube de rouge à lèvres, son portefeuille.

Elle comprit alors que le tueur lui avait tiré dessus. Elle avait mal partout, elle était incapable de bouger. Au moins, sa mort serait-elle rapide… Pas de roue de torture, de bûcher ou de décapitation… Confusément, elle le vit qui approchait. Elle découvrit aussi son arme et sentit une détresse indicible l'envahir quand elle reconnut un pistolet paralysant. Il ne tirait pas des balles, mais des espèces de dards chargés d'électricité. Sa mort risquait d'être plus longue que prévu, en fin de compte. Elle voulut crier, mais aucun son ne sortit de sa bouche.

— Viens, dit-il d'une voix calme et posée. Nous avons à faire, Viviane.

— Non, balbutia-t-elle en secouant faiblement la tête tandis qu'il lui passait un collier autour du cou et la traînait vers la Mercedes. Non…

Elle s'efforça de distinguer ce visage qui ressemblait

au sien. Son frère. Un monstre dissimulé sous son grand vêtement blanc.

Arrivé devant la voiture, il ouvrit la portière, à l'arrière.

— Au se… cours ! chuchota Olivia.

Sarah, à l'avant, ne bougea pas. Elle était toujours appuyée contre sa portière.

En sentant quelques forces lui revenir alors qu'il la faisait entrer dans la Mercedes, Olivia essaya de lui donner un coup de pied. Sans résultat. Son geôlier se contenta de faire claquer sa langue d'un air désapprobateur.

— Du calme…

Olivia chercha à lui donner un nouveau coup de pied, et elle fut récompensée par une brûlure au niveau de la nuque. Tout son corps se tendit, et elle hurla.

— Ne recommence pas ! lui ordonna-t-il.

Il la poussa sur la banquette. En basculant, elle crut apercevoir une silhouette, dehors. Un mouvement. Elle chercha à appeler, crier, mais elle n'y parvint pas. Son corps engourdi n'était que douleur.

La portière se ferma.

Le monstre contourna la Mercedes et revint s'installer au volant. La voiture quitta aussitôt les abords de l'église. Olivia vit confusément la rue et ses lampadaires qui défilaient rapidement derrière la vitre. Si elle n'agissait pas rapidement, elle allait mourir, elle le savait. Le monstre tuerait aussi Sarah et Kristi.

« Mon Dieu, donnez-moi la force ! » pria-t-elle. Elle espérait juste que Dieu l'entendrait.

— Mais puisque je vous dis qu'il vient d'enlever Olivia ! cria James.

L'adrénaline déferlait à grands flots dans ses veines, alors qu'il s'efforçait de suivre la Mercedes sur l'autoroute. L'autre roulait vite, et le trafic était dense.

— Il faut absolument que j'entre en contact avec Rick Bentz ! Je roule en direction du nord, vers Baton Rouge.

Il avait les feux arrière de la Mercedes en vue, environ trois voitures devant lui. Il ignorait tout ou presque des techniques de filature — ce qu'il en savait se limitait à ce qu'il avait pu voir dans les séries policières, à la télévision.

— Ecoutez, monsieur, si vous vouliez bien…

— Prévenez Rick Bentz ! répéta James. Maintenant ! Dites-lui que son frère, James McClaren, a appelé pour prévenir que le tueur avait enlevé Olivia ! Ça s'est passé devant St. Luke's. Elle a laissé sa camionnette là-bas. Je roule sur la 10 en direction du nord. Je vous en prie, madame, j'ai besoin d'aide !

— Je…

Au même moment, son téléphone émit une suite de petites sonneries étouffées de très mauvais augure. La batterie était à plat.

— Il conduit une Mercedes noire ! reprit-il. Un modèle ancien. Il a des plaques de l'Etat de Louisiane. Je n'ai pas réussi à déchiffrer…

Tout s'était passé très vite. James sortait de l'église, sur le côté, quand il avait vu un prêtre, tout de blanc vêtu, qui poussait une femme visiblement groggy dans la voiture. Malgré la vitesse à laquelle s'était déroulée la scène, James avait pu reconnaître Olivia. Puis il avait remarqué sa camionnette sur le parking désert. Sa propre voiture était stationnée au coin de la rue. James s'était élancé vers la Chevrolet, et, sans se soucier des limitations de vitesse, il avait pris la même direction que la Mercedes en espérant la retrouver. Il avait eu de la chance : il avait reconnu la voiture à un feu rouge. Depuis, il ne l'avait pas lâchée. La peur lui faisait battre le cœur à grands coups ; ses mains moites glissaient sur le volant.

— Envoyez quelqu'un ! reprit-il d'une voix suppliante. Je peux les perdre. Et de toute façon, appelez l'inspec…

Son téléphone s'éteignit.

— Merde ! fit-il en jetant le portable à côté de lui. Mon Dieu, si vous m'écoutez, je vous en supplie, aidez-moi à les sauver !

La Mercedes quitta la route au revêtement régulier pour s'engager sur un chemin plongé dans une pénombre absolue. Des branches griffaient la carrosserie. Les pneus crissaient sur des gravillons. Sarah n'avait pas bougé. Le conducteur, lui, était parfaitement calme. Olivia avait essayé d'ouvrir sa portière, mais celle-ci était verrouillée. Les questions se bousculaient dans sa tête. Qui était cet homme ? Où allaient-ils ? Elle avait compris qu'ils se dirigeaient vers le nord, en direction de Baton Rouge. Mais il avait pris une bretelle de sortie qu'elle ne connaissait pas pour quitter l'autoroute, et à présent, avec la nuit, elle avait perdu tout sens de l'orientation.

Elle croisa son regard dans le rétroviseur intérieur et se figea. A chaque fois qu'il la surprenait en train de bouger, il faisait quelque chose — quoi, elle l'ignorait —, et une douleur cuisante la traversait, une décharge électrique qui lui arrachait un cri et lui amenait les larmes aux yeux. Elle porta les mains à son collier, mais il était bien fermé. De toute façon, il la surveillait. Il semblait capable de surprendre le moindre de ses mouvements, qu'il sanctionnait aussitôt d'une décharge. Il était possible qu'il joue avec elle, qu'il essaye de l'effrayer et de la brutaliser jusqu'à la faire tomber dans un état second, comme il l'avait fait pour Sarah.

Mais oui, c'était ça ! Manipulation… conditionnement… psychologie… Elle ferma les yeux, mais son cerveau semblait incapable de suivre un raisonnement jusqu'au bout. Elle chercha à se rappeler les noms des enfants baptisés figurant sur la feuille que lui avait fournie le père James. Elle l'avait lue et relue, des dizaines de fois… Thomas… Brian Thomas était le seul bébé qui y figurait avec ce nom de famille.

— Qui êtes-vous ? s'écria-t-elle.

Presque aussitôt, elle eut droit à la décharge redoutée. Elle poussa un cri.

— Tais-toi ! ordonna-t-il. Pas un mot.

La voiture ralentit, prit un virage un peu serré et s'engagea sur une voie cahoteuse. Sarah laissa échapper quelques petits miaulements.

— Toi aussi, ferme-la !

Thomas… De nouveau, Olivia passa en revue la liste de noms. Bill et Monica Trent, Seth et Rosemary Baily, Ralph et Primrose Stafford, Tom et Frieda Sutter… il n'y avait là aucun… Soudain, l'évidence lui apparut. Tom… comme Thomas. Tom Sutter et sa femme avaient fait baptiser leur enfant… Comment s'appelait-il, déjà ? William ? Non. Warren. Warren Sutter.

Ce nom lui était vaguement familier. A moins qu'elle ne l'imagine. Elle était épuisée par les nombreuses décharges électriques qu'elle avait reçues. Elle avait la tête enserrée dans un étau douloureux. Mais alors que la voiture ralentissait, elle se rappela. Tulane. C'était là-bas qu'elle avait entendu ce nom. Ce soir où le Pr Leeds était arrivé en retard alors qu'elle avait rendez-vous avec lui. Il s'était excusé en invoquant une conversation avec un certain Pr Sutter.

Son frère. Un assassin, un sadique. Et un professeur d'université, pas un prêtre.

De hautes herbes frôlèrent le dessous de la Mercedes alors que celle-ci roulait sur une longue allée sinueuse, noyée dans la nuit. Olivia comprit qu'il les amenait dans un endroit isolé — comme il l'avait fait avec les malheureuses qu'on avait retrouvées dans l'ancien moulin. Seigneur ! Comment allait-elle pouvoir s'en sortir ? Comment sauver Sarah ? Et Kristi, la fille de Bentz ? C'était un cauchemar, un épouvantable cauchemar.

Et il ne faisait que commencer.

La Mercedes s'arrêta. Sutter coupa le moteur, et le silence s'installa. Très vite, cependant, Olivia distingua des sons.

La plainte sourde du vent, les gémissements de Sarah et… des aboiements étouffés.

A l'avant, Sarah s'était mise à trembler, le regard fixé droit devant elle, à travers le pare-brise. Elle était déjà venue. Peut-être même était-elle retenue ici depuis une semaine. Et Dieu seul savait ce qu'elle avait subi. Olivia tâcha d'accoutumer ses yeux à l'obscurité. Elle distingua un bâtiment assez haut, avec un toit pentu à pignons. Une écurie. Les aboiements provenaient de l'intérieur. Ils étaient terrifiants.

Olivia arrivait à peine à respirer. Elle ignorait ce qui l'attendait exactement à l'intérieur de cette bâtisse, sinon une mort quasi certaine.

Le monstre était descendu de voiture, et il ouvrit la portière.

— Viens, Viviane… Tu es arrivée, maintenant. Lucy t'attend.

— Je… je ne connais pas de… Lucy, bredouilla Olivia, tout en se doutant de ce qui allait suivre.

— Mais si, voyons ! Tu es intelligente, n'est-ce pas ? Tu as ces visions… Tu sais très bien qui est Lucy.

— Kristi…, lâcha-t-elle dans un souffle.

Une vague de nausée déferla en elle. Elle s'y attendait, pourtant. Au moins, la fille de Bentz était-elle vivante.

Mais dans quel état ? Torturée. Mutilée. Défigurée…

— Je savais que tu trouverais.

Son boîtier de télécommande braqué sur le cou d'Olivia, il la fit descendre de la Mercedes. Puis il alla ouvrir la portière pour Sarah.

— Au moindre faux pas, la punition sera immédiate. Pensez aussi à votre amie. Si vous essayez de vous échapper, elle souffrira. Horriblement.

Olivia se mordit la lèvre. Il n'hésiterait pas une seconde à mettre sa menace à exécution, elle en avait la certitude. C'était horrible. Pourtant, il restait une lueur d'espoir. Le jour de la Sainte-Lucie était dans plus d'une semaine, presque deux. Il restait donc une chance à Kristi de s'évader et d'échapper ainsi à une fin horrible.

Olivia ferait tout ce qui était en son pouvoir pour l'aider.

— Dépêche-toi, Viviane, ton destin t'attend. Tu sais ce que c'est, n'est-ce pas ?

La réponse s'imposa brusquement à Olivia, lui coupant le souffle. Elle avait étudié la vie des saintes que l'on célébrerait ces prochaines semaines. Elle connaissait donc le martyre qu'avait enduré sainte Viviane, fouettée à mort puis livrée aux chiens.

Comme en écho à ses pensées, elle entendit de nouveau les aboiements dans la nuit. Une terreur pure l'inonda. Elle n'avait pas besoin de les voir pour savoir que ces bêtes étaient féroces, peut-être même affamées exprès.

Sarah, qui était sortie de la voiture, laissa échapper une petite plainte tandis qu'il les poussait vers la grande bâtisse sinistre.

Aucune possibilité de fuite. Pour ce qu'elle en voyait, ils étaient au milieu d'une immense forêt. Une odeur d'humidité très forte pesait dans l'air, trahissant la présence voisine du Mississippi. A chaque faux pas qu'elle faisait, elle recevait une décharge qui la laissait épuisée.

— Dépêchez-vous ! lança Sutter avec un soupçon d'impatience.

Olivia songea qu'elle devait lui arracher le pistolet paralysant et le braquer sur lui. Mais il ne fallait pas brusquer les choses. Mieux valait attendre le bon moment. Il les fit entrer puis suivre un long couloir aveugle, sans fenêtre. Il y avait une porte, tout au bout, derrière laquelle les chiens grognaient.

Olivia faillit vomir.

Vas-y ! C'est maintenant ! Si tu le laisses t'enfermer ici, c'est la mort assurée !

Les battements affolés de son cœur retentissaient à travers tout son corps. Elle devait pourtant trouver la force de lui prendre son arme.

Ignorant l'escalier qui menait à l'étage, Sutter les poussa vers l'avant.

— Plus vite !

Essaye, Olivia ! Tu n'as pas le choix. Si tu ne tentes rien, c'est la mort pour Kristi, Sarah et toi.

Les gémissements de Sarah étaient presque des cris, à présent. Elle sanglotait.

— Non… non… non…

Elle s'arrêta, mais Sutter la poussa juste avant d'ouvrir la porte et d'appuyer sur un interrupteur.

Maintenant !

Olivia plongea et tenta de prendre le boîtier de la télécommande. Confusément, elle entendit le hurlement de Sarah qui tombait.

— Mais aide-moi, Sarah ! lui cria-t-elle. Aide-moi !

Avec un hurlement sauvage, Warren pressa un bouton de la télécommande, et une onde de douleur transperça Olivia. Aveuglée par la souffrance, elle ne put que tendre la main vers lui et lui griffer la joue.

Il la poussa dans la pièce.

— Sale petite pute !

Elle tomba par terre, s'écorchant le genou, et il lui envoya une nouvelle décharge, alors qu'elle n'avait fait aucun mouvement. De nouveau, cette douleur qui se répercutait d'un muscle à l'autre. Elle hurla.

Il appuya encore sur le bouton de la télécommande. Olivia cria, à bout de souffle, à bout de forces.

Il recommença.

— Noooooon !

Encore.

Il continua jusqu'à ce qu'elle soit à moitié inconsciente, la gorge brûlante à force de hurler, les nerfs à vif. Alors qu'elle se traînait pitoyablement sur le sol crasseux, elle découvrit les chiens, enchaînés, qui marchaient en grondant devant leurs niches.

— Obéis, maintenant, Viviane, ou je lâche les chiens sur toi.

De toute façon, elle n'avait plus aucune force. Elle trouva

tout juste l'énergie de soulever la tête pour étudier la cave. Une lumière rouge permettait d'entrevoir un endroit crasseux, avec les deux chiens qui faisaient les cent pas près de leurs cages métalliques, et, sur le mur opposé, une femme nue enchaînée.

Kristi.

Olivia eut un haut-le-cœur.

Comment allait-elle pouvoir les sauver ? Comment ?

Cet endroit sans fenêtre était une chambre de torture grotesque en même temps qu'une espèce de lieu de culte terrifiant. Au milieu de fouets, de chaînes et de sabres, des croix, crucifix et autres symboles religieux offraient un contraste aussi saisissant que blasphématoire. Et comme si ce n'était pas suffisant, des dizaines de miroirs étaient éparpillées à travers la salle et miroitaient dans la lumière rouge, reflétant chaque centimètre de ce décor monstrueux. Olivia se vit dans ces miroirs, elle vit ce qui se passait derrière elle tandis qu'elle regardait les autres.

C'était de la folie pure.

Malgré sa faiblesse, elle sentit le poison de la terreur se répandre en elle, une terreur comme elle n'en avait jamais éprouvé. Ce qui allait se passer ici serait épouvantable.

— Où est Brian ? demanda Kristi en tirant sur ses chaînes.

Elle était nue, et aussi furieuse que Sarah était docile.

— Espèce de pourriture ! Qu'est-ce que vous avez fait de Brian, bon Dieu ?

— Tttttt, fit Sutter entre ses dents, les yeux luisant de cruauté. Quel langage, Lucie ! On n'invoque pas le nom du Seigneur de la sorte.

— Je vous ai dit que je n'étais pas cette foutue Lucie et… Ahhhhh !

Son corps se tendit de douleur quand il dirigea la télécommande vers elle et pressa le bouton. Elle s'affaissa, tomba sur la paille souillée.

— Salaud ! lança-t-elle.

Une autre décharge, et elle sursauta violemment avec un nouveau cri.

— Mon… mon père va vous trouver et il vous tuera, enfoiré ! Ce que vous m'avez fait, ce n'est rien à côté de ce que vous allez subir. Ce sera un million de fois pire ! Espèce d'en…

Il lui envoya une décharge avec le pistolet paralysant, cette fois, et pressa aussitôt le bouton de la télécommande pour faire bonne mesure. Kristi laissa échapper une longue plainte d'agonie. Les chiens se mirent à hurler comme des loups et Sarah pleura de façon pitoyable.

— Tais-toi ! cria Sutter en lui donnant une gifle qui la projeta contre le mur. J'en ai assez de tes plaintes !

Il se précipita vers elle et la bâillonna avec du gros ruban adhésif. Puis il attacha une chaîne à son collier. Son aube était toute sale, à présent. Il transpirait, aussi, et sa peau luisait dans la lumière rouge. Olivia chercha à se rapprocher de l'escalier, et elle fut aussitôt récompensée par une nouvelle décharge du pistolet paralysant.

— Déshabille-toi ! lui ordonna Sutter.

Il se mit à déchirer les vêtements de Sarah. Elle était terrifiée, elle hurlait, et il lui envoya plusieurs décharges qui la firent tressauter comme une marionnette.

Olivia, elle, n'avait pas bougé.

— J'ai dit : déshabille-toi ! répéta-t-il en plissant les yeux. Tu préfères que je m'en charge moi-même… *ma chère sœur* ?

Un rictus de pure malfaisance tordait ses lèvres. Dans ses yeux, elle vit étinceler des éclairs de lubricité.

Elle devait lui obéir.

Pour l'instant.

Mais pour l'instant seulement. Déjà, elle sentait ses forces renaître. Elle avait juste besoin de temps.

— Maintenant ! hurla-t-il.

Tremblante, le cerveau en pleine ébullition, cherchant comment elle allait s'enfuir, elle commença de déboutonner sa chemise. Elle fit mine de ne pas remarquer l'érection de Sutter qui tendait le tissu de son vêtement religieux.

Un pervers, un immonde pervers.

Elle ravala son dégoût tandis qu'elle ôtait sa chemise. *Je vais sortir d'ici et emmener les autres avec moi, même si, pour ça, je dois te tuer moi-même*, se jura-t-elle en silence.

Oui. A condition de ne pas laisser la peur l'emporter. De rester lucide. De penser de façon claire. Et de trouver le moyen de se libérer.

37

— Je vais le buter ! répétait Bentz, tandis que sa jeep quittait l'autoroute.

La voiture s'enfonça à toute allure dans la campagne, un paysage plat comme la main, hérissé de broussailles et de bouquets d'arbres.

— S'il touche ne serait-ce qu'un cheveu de Kristi ou d'Olivia, je jure devant Dieu que je lui arrache la tête !

L'extrémité incandescente de la cigarette de Montoya brilla dans la pénombre.

— Vous n'aurez pas cette chance, dit-il en expulsant lentement la fumée. Parce que sa tête, je l'aurai déjà fait sauter.

Il tapota son arme, dans son holster. Bentz se demanda si ce serait suffisant.

A la suite à l'appel de James, les policiers de plusieurs juridictions convergeaient en ce moment même vers une propriété située près du Mississippi, à une vingtaine de kilomètres de Baton Rouge. Les flics de Baton Rouge, justement, avaient perquisitionné chez Sutter et avaient découvert l'adresse de cette vieille ferme qui avait autrefois appartenu à Tom et Freda, les parents adoptifs de Sutter. Mais ils avaient du retard par rapport à Bentz, qui se trouvait déjà à proximité de la ferme.

Alors que la jeep avalait les kilomètres d'asphalte, il priait et priait encore pour que Kristi et Olivia soient toujours en vie. Sa fille représentait tout pour lui. *Tout.* S'il la perdait… Sa gorge se serra. Jamais il ne se le pardonnerait. Pourquoi ne l'avait-il pas protégée quand il en avait la possibilité ? Pourquoi l'avait-il laissée seule ? *Pourquoi, pourquoi, pourquoi ?* Il donna un coup de poing sur le volant, et Montoya jeta sa cigarette par la vitre qu'il avait légèrement descendue. Bentz se dit qu'il ne devait pas penser au pire. Kristi était en vie. Il le fallait. Et Olivia aussi. Mais il souffrait en pensant qu'elles se trouvaient entre les mains de ce monstre, qu'elles étaient peut-être même mortes. Il s'était montré si froid, si distant avec Olivia. Pas simplement détaché, mais impitoyable, presque méchant. Alors qu'il voyait dans ses yeux ce besoin d'établir un lien avec lui, il l'avait repoussée. Parce qu'il avait peur pour sa fille. Parce qu'il était furieux qu'il se soit passé quelque chose entre elle et James.

Et à présent… à présent, il l'avait peut-être déjà perdue. Il serra les dents à s'en faire mal. Olivia… pourquoi ne lui avait-il pas fait confiance ? Pourquoi ne lui avait-il pas dit qu'il l'aimait avant qu'il soit trop tard ? Maintenant, les deux femmes auxquelles il tenait le plus se trouvaient en danger de mort. Parce que, dans les deux cas, il n'avait pas été à la hauteur.

Et James ? D'après les indications de l'émetteur GPS installé sur sa voiture, il avait suivi la Mercedes jusqu'à la ferme Stutter. Lui aussi courait un sérieux danger. Tous ceux que Bentz chérissait se retrouvaient dans ce cauchemar. Leur vie était plus que menacée. Bentz faisait de son mieux pour ne pas penser aux atrocités que le tueur avait commises. Il repoussait le souvenir des photos fixées sur son tableau d'affichage, les images des scènes de crime sanglantes sur lesquelles il s'était rendu.

— On va l'avoir, cet enculé ! dit Montoya alors qu'ils prenaient un virage sur les chapeaux de roues.

Un putois, pris dans le faisceau des phares, se réfugia précipitamment dans un fossé.

— Et si jamais il a eu Marta, il va regretter d'avoir posé les yeux sur elle. Et sur moi.

Montoya tourna la tête vers Bentz, qui, pour une fois,

ne vit aucune effronterie dans le regard de son coéquipier. Dans l'habitacle sombre de la voiture, éclairé seulement par les voyants lumineux du tableau de bord, Montoya avait une expression dure, un visage grave.

— On va l'avoir, répéta-t-il. Même si, pour ça, je dois y passer.

Bentz se contenta de hocher la tête. Il ralentit en apercevant le carrefour qui permettait d'accéder à l'allée menant à la ferme des Sutter. Ses phares éclairèrent une boîte aux lettres rouillée et penchée, dont la porte était à moitié arrachée. Bentz sentit sa poitrine se serrer tandis qu'il tournait.

Que Dieu lui vienne en aide, si jamais il arrivait trop tard !

— Aidez-moi, mon Père, chuchota James en progressant à travers l'herbe et les broussailles détrempées qui cernaient le bâtiment.

Il pouvait heureusement compter sur le brouillard de plus en plus épais pour le cacher. Mais il devait aussi composer avec une peur toujours plus forte. Ces chiens qu'il entendit aboyer à l'intérieur du haut bâtiment sinistre n'auguraient rien de bon. Malgré le désespoir sans nom qui lui glaçait le cœur, il continuait sa progression. C'était une mise à l'épreuve, sans l'ombre d'un doute. Le Seigneur testait son courage.

Si James comptait sur l'élément de surprise, il ne possédait aucune arme, rien pour se battre hormis son téléphone portable et une bouteille de lave-glace avec lequel il espérait aveugler le tueur. C'était stupide, digne d'une mauvaise série télé. Malheureusement, il n'avait rien d'autre.

Souviens-toi de Daniel dans la fosse aux lions.

A l'intérieur, il trouverait peut-être un fusil, un couteau ou… Mais pourrait-il s'en servir ? Serait-il capable d'ôter la vie à un homme ? Se rendrait-il coupable du pire des péchés ?

Il avait atteint la porte. Il s'arrêta et chassa de son esprit toute pensée parasite. Il devait sauver Olivia… Rien d'autre n'importait. Il fit un rapide signe de croix, saisit la poignée, poussa la porte.

Elle n'était pas verrouillée et elle s'ouvrit en craquant légèrement. Les muscles douloureusement tendus, James s'avança dans un couloir sombre au bout duquel on distinguait un rai de lumière rouge qui se glissait sous une autre porte. Il y avait des bruits, aussi. Les chiens, des voix. Dans la pénombre, il scruta attentivement les murs, sans rien trouver qui puisse servir d'arme. En revanche, il découvrit un escalier qui menait à l'étage, apparemment plongé dans les ténèbres et le silence. Il aurait peut-être plus de chance là-haut. Mais avait-il le temps de monter ? Oui, il devait tenter le coup.

Derrière la porte, au fond, les chiens aboyaient furieusement.

— Aidez-moi, Seigneur ! chuchota-t-il en s'élançant dans l'escalier.

Olivia tremblait de peur quand elle se trouva face à son frère.

— Je le gardais pour toi, dit Warren.

Il avait décroché du mur une espèce de fouet comportant une dizaine de lanières en cuir terminées par de petites griffes métalliques.

— Tu connais ça ?

D'un mouvement du poignet, il le fit claquer. Le son, abominable, fit sursauter Sarah.

— C'est un chat à neuf queues.

Warren le tenait presque amoureusement. Il en caressait le manche.

— Maintenant, tourne-toi et ne bouge pas, ordonna-t-il. Là, face aux chiens. Surtout, ne tente rien de stupide ou bien je serai obligé d'utiliser de nouveau le pistolet paralysant et de sacrifier ton amie. Pour tout te dire, je ne lui ai pas encore attribué de sainte. Elle peut donc mourir à n'importe quel moment.

Sarah se mit à hurler malgré son bâillon. Ses yeux emplis de terreur étaient grands ouverts.

— Chhhhut ! fit Warren. Je suis certain que sainte Viviane sera une bonne pénitente.

Il pressa l'un des boutons de sa télécommande, et Sarah émit un couinement étouffé, avant de glisser le long du mur, en larmes.

— Espèce de pourriture ! cria Olivia, incapable de tenir sa langue. Comment oses-tu te réclamer de Dieu ? C'est du blasphème ! De l'hérésie ! De la barbarie !

— Du blasphème ? répéta-t-il d'un amusé.

— Tu es vêtu comme un prêtre, tu te gargarises de formules religieuses… et à côté de ça, tu suspends des croix au milieu de tes fouets, et tu as tué des innocents, tu les as massacrés. Tu n'agis pas pour Dieu, mais *contre* lui !

— Je sauve les pêcheurs.

— Tu ne les sauves de rien. De rien ! s'exclama Olivia en se tournant vers lui. Tu es un malade, un pervers, un fou ! La religion n'est qu'une excuse. Tu aimes tuer. Le voilà ton vrai moteur. Tu aimes faire souffrir, tu aimes dominer.

Elle remarqua un tic nerveux qui faisait palpiter son œil tandis que sa bouche esquissait un rictus menaçant.

— Tu n'es qu'un lâche, reprit-elle, un être pathétique qui se cache sous des vêtements religieux auxquels il n'a pas droit, et tu tentes de justifier comme tu peux ta maladie.

— Je parle avec Dieu.

— Bien sûr que non !

Le tic était régulier, de plus en plus rapide.

— Je suis l'Elu.

— Tu es fou !

— Le Seigneur me parle.

— Tu n'es qu'un cinglé ! s'écria Kristi.

— Tais-toi ! lui ordonna Olivia.

Elle était bien décidée à monopoliser l'attention de ce monstre afin de gagner du temps, mais, pour la réussite de son plan, et pour le bien de la jeune fille, Kristi devait rester en dehors de tout ça.

— Tu joues les protectrices, maintenant ? lui demanda-t-il.

Elle ne répondit pas. Le sourire de Warren revint, son tic diminua.

— Je m'attendais à un certain esprit combatif, chère *sœur*. Je ne suis pas déçu. Et, à l'évidence, tu es encore plus intelligente que je ne le pensais. Maintenant, tourne-toi vers les chiens…

Elle hésita.

Warren fit un pas vers Kristi.

Aussitôt, Olivia obéit, sans cesser pour autant de réfléchir. Il était tout bonnement impensable qu'elle se laisse déchiqueter par ce fouet, pour être ensuite jetée en pâture à ces ignobles chiens. Dans le miroir, elle le vit qui levait le bras. Elle rassembla ses forces.

Crac !

Neuf griffes lui mordirent la peau, envoyant des ondes de douleur à travers tout son corps. Elle tressaillit, mais ne laissa pas échapper la moindre plainte.

— Ne bouge pas ! lui ordonna Warren.

Elle croisa son regard dans l'un des miroirs.

Les yeux plissés, il avait déjà levé le bras. Le fouet s'abattit de nouveau. Une douleur cuisante lui enflamma tout le dos. Elle cligna à peine des yeux et soutint son regard. Dans le miroir, elle le vit qui se passait la langue sur les lèvres. Il fixait son corps nu, sa peau meurtrie. C'était un malade. Un fou. Un…

Chlac !

Encore une fois, elle eut l'impression qu'un feu ardent la traversait tout entière. Des larmes jaillirent de ses yeux, et elle reprit comme elle put son souffle entre ses dents serrées. Elle devait l'arrêter, vite. Il lui sembla entendre quelque chose. Des bruits de pas ? Les chiens, qui aboyaient, s'étaient tournés vers la porte. Warren regarda par-dessus son épaule. Mais il n'y avait rien. Elle ne devait pas attendre d'aide extérieure.

Tout reposait sur elle.

Comment faire ? Il lui était impossible de se tourner et de foncer sur son bourreau. Elle devait attendre le bon moment, supporter la douleur encore un peu. Et, avant de ne plus avoir la moindre force, elle rassemblerait courage et énergie pour effectuer une roulade et culbuter vers lui alors qu'il aurait levé son fouet. Elle tenterait de le déséquilibrer, de récupérer le pistolet paralysant et de le braquer sur lui.

Sinon, il allait la tuer.

Elle n'avait pas d'autre solution. C'était leur unique chance. Elle devait essayer.

Smack !

La douleur, déchirante, lui donna l'impression que des centaines de minuscules couteaux la transperçaient. Elle sursauta, mais parvint à rester debout.

— Tu es une coriace ! lança-t-il. La digne fille de Reggie Benchet.

Dans l'un des miroirs, Olivia croisa le regard de Kristi.

Regarde-moi, Kristi ! Regarde-moi ! On va réussir ça ensemble.

Kristi regarda dans le miroir. L'un des chiens, le mâle, s'était tourné vers la porte et gémissait. Olivia eut de nouveau la certitude qu'il avait entendu du bruit, qu'il…

Snap !

Le fouet siffla et claqua, et la douleur explosa dans tout le dos d'Olivia. De minuscules lumières scintillèrent devant ses yeux noyés de larmes. Ses jambes flageolèrent. Elle crut même qu'elle allait perdre connaissance. *Non ! Ne flanche pas maintenant !*

Sutter était en nage. Le milieu de son aube tendu par son érection, il fixait le dos et les fesses nus d'Olivia.

Kristi eut un mouvement de tête à peine perceptible, auquel Olivia répondit, alors que leur bourreau levait une nouvelle fois son fouet. Maintenant ! C'était maintenant qu'il fallait tenter sa chance ! Le fouet siffla dans l'air. Ses lanières et ses petits crochets déchirèrent le dos d'Olivia, qui, brusquement, se tourna, roula sur elle-même, puis se redressa d'un bond. Elle attrapa le fouet.

— Lâche ça !

Surpris, Warren fit deux pas en arrière, se rapprochant assez de Kristi pour que celle-ci lui donne un violent coup de pied au niveau du torse.

Olivia entendit ses côtes craquer.

Tournoyant sur lui-même, Warren poussa un beuglement de douleur et de rage. Les chiens aboyaient furieusement. Malgré le vacarme, Olivia entendit des pas.

Quelqu'un les avait trouvées !

— Ici ! En bas ! cria-t-elle. Au secours !

Elle bondit sur Sutter, mais il réussit à diriger la télécommande sur elle avant qu'elle l'ait atteint. Il pressa le bouton.

Une onde de souffrance la transperça. Son corps se tendit, se tordit. Bien qu'aveuglée par la douleur, elle trouva la force de se jeter sur lui, les mains en avant. Il tituba vers l'arrière, et, malgré ses chaînes, Kristi parvint à lui balancer un coup de pied dans le bas-ventre.

L'Elu se plia en deux et laissa échapper la télécommande.

En haut, la porte s'ouvrit à la volée, et James fit irruption dans la cave. Il avait à la main une espèce de fouet, lui aussi. Son autre bras était tendu, la main en avant. Il descendit lentement l'escalier.

— Arrête ! Je t'en prie !

Il avait le visage d'une pâleur absolue, comme s'il avait vu un spectre.

L'Elu se redressait.

— Mais qu'est-ce que…

— Tu dois arrêter ! Kristi, tu es là…

— Aidez-nous ! s'écria Olivia, qui trébucha aussitôt, terrassée par une nouvelle décharge électrique.

Sutter avait récupéré le pistolet paralysant. Elle tomba en

se tordant la cheville et se retrouva tout près de la chienne, dont elle affronta les yeux dorés.

— Assis ! lui ordonna Olivia.

L'animal émit un grondement sourd qui roula dans sa gorge, et le mâle s'approcha derrière elle. Dans l'un des miroirs, Olivia vit Warren, un bras plaqué sur ses côtes. De son autre main, il tenait le pistolet.

— Posez mon fouet, père McClaren, ordonna-t-il d'une voix faible. Vous… vous avez commis une grave erreur en venant ici.

— Aide-nous, oncle James ! cria Kristi.

— C'est bien mon intention.

Il s'avançait lentement, sans quitter Warren des yeux, alors que les chiens tiraient sur leur chaîne et décrivaient des cercles fébriles devant leur niche.

— Je t'en prie, mon fils, dit-il. J'ignore pourquoi tu agis ainsi, mais ce n'est pas la volonté de Dieu. Relâche ces femmes et repens-toi. Je t'en supplie, par tout ce qui est saint…

Warren braqua le pistolet sur James.

— Qu'est-ce que tu sais de la sainteté, espèce de connard moralisateur ?

Il pressa la détente du pistolet paralysant. James poussa un cri et s'écroula.

Il fallait arrêter ça ! Olivia se redressa, puis s'élança comme elle put, malgré la douleur violente au niveau de sa cheville. Elle sentit la décharge électrique avant d'avoir atteint son frère. L'Elu fut quand même obligé de reculer, trébuchant légèrement, et Kristi lui sauta sur le dos. Elle lui passa sa chaîne autour du cou et tira en hurlant et en pleurant, alors que le courant la traversait à son tour. Warren vint écraser Kristi contre un mur, cherchant à tâtons une autre arme. Ses doigts tombèrent sur un crucifix — une croix noire, en fer forgé, à l'extrémité très effilée.

James, qui s'était redressé, chancela légèrement avant de se ruer sur Warren.

— Attention ! cria Olivia, horrifiée.

Mais il était trop tard. James était déjà sur Warren.

— Non ! hurla Kristi.

La main de l'Elu s'abattit. Et la pointe de la croix s'enfonça profondément dans le torse de James.

Celui-ci tituba. Du sang commença de suinter autour de l'arme.

— Non ! Non ! cria encore Olivia, la voix brisée, en essayant de ramper vers James. Oh ! mon Dieu ! Non !

Elle l'avait presque atteint, et elle comprit qu'il était trop tard. Le sang coulait déjà entre ses lèvres.

— Pardonnez-moi, mon Père, dit-il avant de tomber à genoux.

Bentz entendit les cris alors qu'il jaillissait de la jeep. Trop tard ! se dit-il. Il était trop tard ! Les horreurs que l'autre fou avait imaginées étaient en train de se réaliser. Avec pour victimes Olivia et Kristi, les deux femmes auxquelles il tenait le plus au monde.

Suivi de Montoya, il courut vers le bâtiment, son arme à la main. Il ne pouvait pas les perdre. « Je vous en prie, mon Dieu, laissez-les vivre ! Et accordez-moi une occasion de le buter. C'est tout ce dont j'ai besoin. Juste une. »

Les autres voitures de police arrivèrent au moment où il ouvrait la porte et se retrouvait dans un long couloir. Il courut, poussa une autre porte et là, au bas de quelques marches, baigné d'une lumière rouge, il découvrit l'enfer.

— Non ! hurla Kristi en tirant de toutes ses forces sur la chaîne toujours passée autour du cou du monstre.

Il avait tué l'oncle James ! Secouée de sanglots incontrôlables, déchirée par le chagrin et la rage, elle n'avait plus qu'une idée en tête : tuer ce salaud.

Toute la haine et la confusion entretenues pendant des

années s'embrouillèrent dans son esprit lorsque l'homme à qui elle devait la vie s'effondra devant elle. Il ne pouvait pas être mort ! Pas James ! Du coin de l'œil, elle vit Olivia, qui s'était redressée et décrochait un sabre du mur. C'était à se demander comment elle était encore vivante. Sanguinolente, le dos à vif, elle boitait. Pourtant, alors que le fou levait le pistolet paralysant pour le diriger vers elle, elle se précipita comme elle put et lui abattit le sabre sur le poignet, qu'elle entailla profondément. Le pistolet tomba dans la paille.

Elle leva de nouveau le sabre, mais Sutter se tourna. Ce fut alors Kristi, toujours accrochée à son dos, qui se trouva exposée.

— Saute ! lui cria Olivia.

Kristi ne voulait pas abandonner. Elle continua de lui donner des coups de pied et de tirer sur la chaîne.

Elle entendit le sabre qui tombait par terre, en même temps que des bruits de course.

Bentz apparut à la porte.

— Police ! Laissez tomber vos armes ! cria-t-il en entrant.

Il fit faire le tour de la salle à son Glock, qu'il tenait à bout de bras devant lui. Ses yeux accrochèrent ceux de Kristi.

— Descends ! lui cria-t-il. Lâche-le !

— Papa ! fit-elle dans un souffle.

Elle se sentait faible, soudain. Elle lâcha prise et se retrouva par terre, recroquevillée, et elle se mit à pleurer doucement. Son père était là ! Il était venu les sauver !

Derrière ses larmes, toutefois, elle vit que Sutter avait récupéré le pistolet paralysant et qu'il le braquait sur Bentz.

— Rick, attention ! cria Olivia.

Bentz ouvrit aussitôt le feu.

La détonation assourdissante fut suivie d'un glapissement déchirant, et l'Elu s'effondra en même temps qu'il pressait la détente de son arme. Bentz tressaillit, resta sans réaction une ou deux secondes, visiblement groggy, puis il s'élança et tira à plusieurs reprises sur la silhouette affalée au sol.

— Papa… Papa…

Il n'eut besoin que de quelques enjambées pour la rejoindre, la soulever du sol et la serrer contre lui, comme si sa vie en dépendait. Elle enfouit son visage dans le cou de Bentz et se mit à sangloter.

— Oncle James…, bredouilla-t-elle. Il… il est mort.

Elle était déchirée. L'homme qu'elle avait rejeté. Cet oncle qui l'adorait. L'homme qui lui avait donné la vie, aussi, et avec qui elle s'était montrée odieuse, mesquine. Tout ce qu'il essayait de faire, c'était l'aimer. Elle songea aux cadeaux dont il l'avait comblée, à sa gentillesse, à sa patience… et au bout du compte, pour quoi ? Pour qu'elle le rejette, lui raccroche au nez la dernière fois qu'il l'avait appelée. Et maintenant… maintenant… elle dut presser les paupières avec force pour repousser l'image de ce moment horrible où l'Elu avait plongé un crucifix dans la poitrine de James. Secouée de violents tremblements, elle s'accrocha de toutes ses forces à Bentz, comme pour l'empêcher de l'abandonner.

Sans lâcher Kristi, dont il sentait les larmes brûlantes ruisseler dans son cou, Bentz lança des ordres alors que les autres policiers faisaient irruption dans le sous-sol. Olivia s'en sortirait, apparemment. Mais James… Bentz contempla avec horreur son frère et cette croix toujours plantée dans son torse. Il vint s'agenouiller à côté de lui.

— James ? Tu m'entends ?

Des lampes électriques s'agitaient dans tous les sens. Les exclamations, les ordres jaillissaient ici et là. Certains policiers s'occupèrent des chiens, qui aboyaient furieusement, d'autres allèrent fouiller les lieux et d'autres encore se chargèrent des blessés.

— Prends-lui les clés ! lança Bentz à Montoya en désignant le corps du tueur. Et qu'on fasse venir plusieurs ambulances, bon sang ! Ça urge !

Une femme policier s'accroupit à côté de James.

— Ne bougez surtout pas, mon père, dit-elle doucement.

Montoya, après avoir vainement cherché un pouls à la

gorge de Sutter, entreprit de fouiller ses poches. Il trouva des clés qu'il lança à Bentz.

— Je vais te sortir de là, dit-il à Kristi en la débarrassant de ses chaînes et de son collier.

Il éprouva une rage aveuglante en regardant autour de lui, dans cette cave, cet endroit ignoble où régnait une odeur pestilentielle et où flottaient encore les spectres d'une violence inhumaine.

Ses yeux se rivèrent à ceux d'Olivia, prostrée dans un coin. Elle était recroquevillée contre un mur, frissonnante, respirant avec peine, nue à l'exception d'un collier semblable à celui qu'il venait d'ôter à Kristi. Tout son corps semblait écorché et contusionné.

Dans ses bras, Kristi se remit à pleurer.

— Chhhhut ! fit-il doucement. Tout va bien, maintenant, ma chérie. Je te le promets.

Il mentait, il le savait. Il s'agenouilla et trouva la clé pour la débarrasser de son collier.

— Ça va ?

— Non… oui… Je… je ne sais, bredouilla-t-elle.

Elle pleurait, elle aussi. Des larmes roulaient sur ses joues éclairées par l'étrange lumière rougeâtre qui baignait cette cave de cauchemar. Sans lâcher Kristi, il parvint à ôter sa veste afin de la passer sur les épaules d'Olivia. C'est alors seulement qu'il découvrit son dos. Il en eut le souffle coupé. Elle avait la peau à vif, entaillée par d'innombrables griffures.

— Le fils de pute !

— Ça… va, assura-t-elle, toute tremblante.

— Si je pouvais, je le tuerais de nouveau.

Il lui caressa la joue.

— Je suis désolé…

Elle lui attrapa les doigts.

— Plus tard… Occupe-toi de James, dit-elle d'une voix cassée.

Un policier s'approcha avec une serviette que Bentz passa sur les épaules de sa fille. Elle sanglotait. Il se tourna vers son frère, qui était d'une pâleur extrême et tremblait de tous ses membres.

Gardant Kristi dans ses bras, Bentz regagna l'autre bout de la salle. Il mit un genou à terre.

— Tiens bon, dit-il à son frère, avant de crier à la cantonade : Où en sont les secours, bon sang ? Ça va aller, ajouta-t-il en posant la main sur l'épaule de James. Tu m'entends ? Tu vas t'en sortir.

A peine conscient, James leva vers lui des yeux vitreux. Il avait un crucifix planté dans la poitrine, et le bas de son visage était plein du sang qu'il avait recraché. Bentz eut un haut-le-cœur qu'il réprima.

— Non… c'est trop tard…, fit James d'une voix rauque, la respiration difficile. C'est un prêtre qu'il me faut.

— Ne dis pas ça ! Où est la putain d'ambulance qu'on avait appelée ? demanda encore Bentz en se tournant vers Montoya.

— Elle vient d'arriver.

— Pardonne-moi, Rick…, dit encore James. Je… je t'ai fait du tort.

Un horrible sifflement franchissait ses lèvres à chaque respiration. Il tourna son regard vers Kristi.

— A toi aussi. Je… je… t'aime.

Ses yeux devinrent un peu plus vitreux, et Rick eut l'impression que des milliers de griffes le déchiraient, à l'intérieur. Des images d'un James tout jeune lui traversèrent l'esprit, des souvenirs de ce gamin qui le suivait toujours à la trace. Ils avaient passé tant de temps ensemble, alors qu'ils grandissaient, à parler de base-ball, de chasse et de filles. Sa gorge se noua douloureusement.

— Tu n'as rien à te faire pardonner, James… Maintenant, tais-toi. Ça va aller…

— Mais Jennifer…

— De l'histoire ancienne. Et j'ai… j'ai Kristi.

Sans la trahison de James, Bentz n'aurait jamais eu de fille.

— Je t'en prie, oncle James, ne meurs pas ! dit Kristi

d'une petite voix, arrachant à James un sourire à peine perceptible. Papa !

— Dieu… m'appelle à lui.

— Non, pas encore. Bats-toi, James ! gronda Bentz en serrant la tête de son frère contre lui. Bats-toi, bordel ! On a besoin de toi ! J'ai besoin de toi. Kristi a besoin de toi. Tiens le coup, tu m'entends ?

Alors que Kristi sanglotait, James ferma lentement les yeux.

— Je… je ne peux pas, balbutia-t-il dans un râle épouvantable.

— Non ! James ! Reste éveillé, bon sang !

Bentz tourna de nouveau la tête vers les autres.

— Il nous faut des secours, nom de Dieu ! Tout de suite !

Les yeux noyés de larmes, il n'y voyait presque plus. Il entendit les chiens qui glapissaient furieusement alors que des policiers les faisaient entrer de force dans des cages.

Il ne pouvait pas perdre James. Pas de cette façon. Pas des mains d'un tueur en série que Bentz aurait dû arrêter avant. Ils avaient tant à se dire, tant de barrières à abattre.

Soudain, une demi-douzaine de sauveteurs firent irruption sur les lieux avec leur équipement. Quelques ordres furent échangés, et ils se dispersèrent dans la salle pour aller s'occuper des différents blessés.

— Nom de Dieu ! lâcha l'un d'eux en arrivant près de James.

— Ici ! fit un autre. J'ai une femme gravement traumatisée. Peut-être pire.

— Sarah ! cria Olivia.

Mais elle n'obtint aucune réponse de son amie, à qui on avait retiré ses liens et son bâillon.

— Pour lui, c'est terminé, annonça un médecin penché sur Warren Sutter.

Son aube blanche était criblée de plusieurs impacts de balles et souillée de sang. Un autre sauveteur vint s'occuper de James.

— Faites-moi de la place… Bon sang, j'ai besoin d'aide ! Ici ! Vite, on le perd !

— Non ! s'écria Olivia.

Bentz la vit se redresser péniblement et tituber à travers la salle. Elle avait les doigts crispés sur la couverture de la police qui couvrait son corps nu.

— James ! chuchota-t-elle en se laissant tomber à côté de lui. S'il te plaît… s'il te plaît…

Le visage ruisselant de larmes, elle lui prit la main.

Bentz sentit son ventre se nouer quand les paupières de son frère frémirent puis se soulevèrent.

— Occupe-toi de Bentz… C'est… quelqu'un de bien… Tu mérites quelqu'un qui… qui t'aime…

Il s'interrompit. Olivia était secouée de violents sanglots, à présent.

— Et lui… lui, il a besoin… besoin d'une femme… forte.

Il avait prononcé le dernier mot dans un souffle.

Ses yeux se fermèrent en même temps que sa tête se tournait sur le côté.

Kristi laissa échapper une longue plainte et agrippa Bentz.

— Non ! Il n'est pas…

Mais le médecin qui se trouvait au côté de James secoua la tête. Une vague de douleur et de colère traversa Bentz.

— C'est terminé, ma chérie, murmura-t-il en serrant sa fille dans ses bras.

Sa fille. La fille de James. Leur fille.

— Mais oncle James…

— Il est avec Dieu, maintenant.

— Mais tu ne crois même pas en Dieu ! répliqua Kristi. C'est ce que tu as toujours dit.

— J'ai menti.

— Une autre ambulance arrive ! annonça Montoya, son téléphone portable à la main.

Sa fille dans les bras, Bentz se rapprocha d'Olivia. Elle avait les yeux fixés sur James et secouait la tête, le menton tremblotant. Il passa son bras libre autour de ses épaules.

— On va y arriver. Ensemble.

— Je… ne sais pas.

— Il faut avoir la foi.

En même temps qu'il les prononçait, les mots firent vibrer en lui une corde dont il avait refusé d'admettre l'existence pendant des années.

— C'est James qui t'a suivie jusqu'ici et qui a appelé, expliqua-t-il à Olivia. Il vous a sauvées, toi et Kristi, ajouta-t-il en serrant sa fille un peu plus fort.

— Mais toi ? Comment… as-tu su ?

— J'avais mis son appartement et son téléphone sur écoute. J'avais aussi fait placer un émetteur sur sa voiture.

Cet aveu lui rappela à quel point il avait douté de son propre frère. La colère et la jalousie qu'il avait ressenties envers un homme de bien, même s'il pouvait se montrer faible à l'occasion.

— Je suis un superfrère, n'est-ce pas ? dit-il, dégoûté de lui-même. Je ne fais confiance à personne…

Son regard croisa furtivement celui d'Olivia.

— Mais je vais essayer de changer. Je le promets.

Au loin, le hurlement de nouvelles sirènes transperça la nuit.

— Il est temps d'y aller, maintenant, ajouta-t-il.

— Et Brian ? s'exclama Kristi. Il faut le trouver. Il… il était avec ce fou !

— Je suis désolé…, intervint Montoya, l'air sombre. On l'a retrouvé dans le coffre de la Mercedes.

— Et… il va bien ?

Bentz, qui avait compris, secoua la tête.

— Kristi…

Elle comprit à son tour et se mit à crier.

— Non ! Non ! fit-elle en martelant les épaules de Bentz de ses poings serrés. Il ne peut pas être mort. Pas à cause de moi. Non !

Ses cris déchirants couvraient presque les aboiements des chiens et les sirènes des nouvelles ambulances qui arrivaient. Bentz se demanda si elle se remettrait de cette histoire. Et Olivia ? se demanda-t-il en croisant le regard de la jeune femme.

Il se mit à bercer sa fille.

— Chhhhh ! fit-il. C'est terminé, maintenant.

— Non ! Non ! Ce ne sera jamais terminé ! lança-t-elle d'une voix brisée par les sanglots.

— Tu as sans doute raison.

Il soutint le regard d'Olivia, alors que Kristi semblait d'une manière ou d'une autre se reprendre. Ses sanglots s'espacèrent.

— Mais ça ira mieux, promit Bentz, sans être lui-même réellement convaincu. Beaucoup mieux. Pour nous tous. Je jure devant Dieu que nous nous en sortirons. Maintenant, allons-y. Rentrons.

Épilogue

— Je vous déclare maintenant mari et femme. Mesdames et messieurs, je vous présente M. et Mme Tyler Wheeler.

Le pasteur leva les mains alors que le couple se tournait face à la petite assemblée de parents et d'amis.

Radieuse, vêtue d'une longue robe crème, Samantha s'avança au milieu des invités installés dans l'immense cour de l'hôtel Sainte-Suzanne, dans le Vieux Carré. Son nouveau mari, en smoking noir, était grand et séduisant. Son livre consacré au Tueur au rosaire sortirait l'année prochaine.

Le cadre était parfait, pensa Olivia. Rick Bentz se tenait à côté d'elle. Un mois s'était écoulé depuis cette nuit terrible dans le repaire de l'Elu. Fidèle à la promesse qu'il avait alors formulée, Bentz essayait d'arranger les choses et de donner à leur relation un nouveau départ. Ils avaient passé des heures et des heures à parler, mais elle ne se sentait pas encore prête à lui faire confiance. Et pourtant, elle l'aimait, folle qu'elle était ! Cette pensée lui arracha un sourire.

Les choses n'étaient pas parfaites, loin de là. Suivie de près par les psychologues, Sarah Restin était sous anxiolytiques. Kristi aussi avait été traumatisée, mais elle serait en mesure de retourner à l'université après les vacances de Noël. Et si Olivia avait fait tomber quelques barrières dans ses relations avec sa mère, le spectre de l'Elu était toujours là. La presse avait entretenu son souvenir sinistre bien après sa mort.

Peu à peu, l'affaire avait été éclaircie. La femme déposée au pied de la statue de Jeanne d'Arc avait été identifiée : il s'agissait d'une habitante d'El Paso, de passage à La Nouvelle-Orléans. Aucune famille n'était venue réclamer son corps. Sainte Philomène était une adolescente en fugue, originaire de Detroit. On avait retrouvé leurs papiers dans le repaire de l'Elu, à l'étage de la vieille grange. On avait pu aussi établir des liens avec l'université : les deux femmes avaient été vues à un moment ou à un autre par des étudiants d'All Saints. La première y avait travaillé pendant une semaine comme serveuse, tandis que l'autre avait été invitée à une soirée.

La seule personne disparue qui manquait toujours à l'appel était Marta Vasquez, avec qui Montoya était sorti. Elle semblait s'être volatilisée.

Bentz craignait qu'elle ait été enlevée par l'Elu, tuée Dieu sait où, et qu'on n'ait pas pu localiser son corps. Jusque-là, aucun lien n'avait pu être établi. Tout ce que le Pr Warren Sutter avait pu posséder ou toucher avait été passé au peigne fin. Y compris son repaire personnel, cette petite ferme située au milieu de nulle part, que la famille Sutter avait achetée bien des années plus tôt. Il en avait fait son sanctuaire, un temple d'un genre particulier avec son autel, mais aussi une chambre de tortures.

Olivia ne put réprimer un frémissement en y songeant. Dans la pièce du dessus, la police avait trouvé non seulement un épouvantable calendrier orné de photos des victimes, mais aussi un placard plein de vêtements et de trophées, dont une natte confectionnée avec des mèches de cheveux prélevés sur toutes les malheureuses qu'il avait tuées.

Selon Bentz, Sutter avait dû trouver les autres lieux de ses meurtres un peu au hasard, en fouinant ici et là, à la recherche de bâtiments libres. Même en plein centre-ville, comme la *shotgun house* du bayou Saint-John.

Mais Olivia ne voulait pas s'attarder sur le passé. Ses visions effroyables avaient cessé avec la mort de son frère, et elle essayait maintenant de construire pierre après pierre une relation nouvelle avec un homme très méfiant. Il semblait avoir accepté le fait qu'elle et James n'avaient pas fait l'amour — et, même si cela avait été le cas, elle en était certaine, il ne lui en aurait pas tenu rigueur. De son côté, elle lui avait pardonné son comportement durant l'enquête.

Beaucoup d'eau avait coulé sous les ponts.

La vie reprenait. Du moins, faisaient-ils tout pour ça.

Elle regarda la piste de danse. Tous les collègues de Samantha, à la radio WSLJ, étaient là. Si le père de Samantha l'avait conduite jusqu'à l'autel, Peter, le frère de la mariée, ne s'était pas montré, pas plus que la meilleure amie de Sam, Corky Griffith, qui n'avait pas pu venir, trop occupée par sa mère, victime d'une récente crise cardiaque.

Malgré tout, Sam rayonnait. Ses cheveux roux luisaient sous les lumières et sa robe étincelait. Tout en dansant avec Ty, elle glissa quelques mots à l'oreille de son cavalier, qui éclata de rire et souleva sa femme dans ses bras.

— On pourrait danser, suggéra Olivia.

— Je ne danse pas.

— Jamais ?

— Jamais.

— Encore un de tes principes, c'est ça ?

Olivia leva les yeux au ciel.

— C'est exactement ça, répliqua-t-il en lui adressant un clin d'œil. Mais pour toi, je suis prêt à faire quelques entorses à ces principes.

Il la prit dans ses bras et l'avertit :

— Simplement, ne te plains pas si je te marche sur les pieds.

— Je l'ai déjà fait ? répliqua-t-elle en riant. J'ai l'impression que tu as écrasé pas mal d'orteils depuis que je te connais.

— On dirait que tu as vu clair dans mon jeu.

— Pour ça, il faudrait une vie, Bentz. Peut-être même deux. Mais j'essaye. Je pense que tu le mérites. Enfin, *peut-être*.

— On t'a déjà dit que tu n'avais pas toute ta tête ? demanda-t-il en la faisant tournoyer avec une agilité surprenante.

— Juste toi, Bentz, répliqua Olivia avec un sourire. Juste toi.

REMERCIEMENTS

Avant toute chose, je tiens à remercier la police de La Nouvelle-Orléans pour son aide et sa courtoisie, même si j'ai pris quelques libertés avec les règles pour les besoins de cette histoire.

J'aimerais aussi remercier les personnes suivantes, qui m'ont offert leur soutien, leurs connaissances et leur expérience, et sans qui ce livre n'aurait pas pu être écrit. Merci, donc, à Nancy Berland, Nancy Bush, Matthew Crose, Michael Crose, Alexis Harrington, Mary Clare Kersten, Carol Maloy, K.C. McNeeley, Arla Melum, Ken Melum, Ari Okano, Betty et Jack Pederson, Sally Peters, Robin Sue, Jon Salem, John Scognamiglio, Larry et Linda Sparks, Laura Stanulis, Matk et Celia Stinson, et Jane Thornton. Si j'ai oublié quelqu'un, qu'il accepte mes excuses.

Si vous avez aimé *Visions*, découvrez le nouveau roman de Lisa Jackson *Le couvent des ombres*, à paraître en juin 2012 en grand format chez Mosaïc.

Le livre en quelques mots :

Dans la cathédrale Sainte-Marguerite de La Nouvelle-Orléans git le corps sans vie de Camille, une jeune novice vêtue d'une robe de mariée jaunie. Les inspecteurs Rick Bentz et Ruben Montoya sont chargés de l'enquête. Mais ils ne se doutent pas que c'est une longue descente aux enfers qui commence dans ce couvent…

Pour en découvrir davantage, voici un extrait de ce livre en avant-première…

— Le moment est venu, Camille.

La voix était claire, parfaitement audible.

Camille sourit intérieurement, tout en achevant de boutonner sa robe avec un indicible soulagement. Elle contempla son reflet dans le petit miroir et ajusta son voile.

— Tu es une apparition immaculée, murmura son père.

Mais il n'était pas vraiment là, n'est-ce pas ? Elle ne remonterait pas l'allée centrale à son bras. Non, bien sûr que non. Il était mort des années plus tôt. Du moins, c'était ce qu'elle avait cru. Mais son père n'était pas vraiment son père. Juste son père devant la loi. Elle battit des paupières. Elle se sentait un peu étourdie et tenta d'éclaircir ses idées, de lutter contre cette impression d'immatérialité qui l'assaillait.

C'est parce que c'est le jour de tes noces. Tu as les nerfs qui lâchent.

— Le fiancé attend.

Encore cette voix qui la pressait. Délirait-elle, ou quelqu'un s'adressait-il vraiment à elle ?

Idiote ! Bien sûr que quelqu'un s'adresse à toi !

Elle quitta la petite pièce où elle s'était habillée et parcourut d'un pas incertain le couloir sombre, à peine éclairé par quelques appliques tremblotantes, et pourtant illuminé d'une étrange phosphorescence.

Elle descendit les marches du large escalier de bois, polies par les milliers de pieds qui l'usaient depuis si longtemps, et prit la direction de la petite chapelle où elle savait qu'il l'attendait.

L'émoi faisait battre son cœur.

Son sang chantait dans ses veines.

O glorieuse nuit !

L'une de ses mains glissait sur la rambarde lisse et brillante que ses doigts effleuraient à peine.

— Dépêche-toi, ordonna de nouveau la voix à son oreille.

Elle se prit les pieds dans l'ourlet de sa robe et trébucha.

— Tu ne dois pas le faire attendre !

— Je ne le ferai pas attendre, promit-elle.

Le son de sa propre voix lui parut lointain, comme s'il résonnait à travers un long tunnel — ou peut-être simplement dans son crâne. Elle releva le jupon de sa robe pour accélérer le pas. Ses pieds frôlaient le sol. Elle se sentait légère, elle avait l'impression de flotter, l'impatience lui donnait des ailes…

La lune filtrait à travers les petites fenêtres à remplages, projetant des ombres et des motifs colorés sur le sol. En arrivant devant la chapelle, elle vacilla un peu, comme si elle avait porté de trop hauts talons.

Mais elle était pieds nus. Le froid glacial du sol de pierre la pénétrait.

Pauvreté, chasteté, obéissance.

Ces trois mots tourbillonnaient dans son crâne quand la porte de la chapelle s'ouvrit. Elle entra lentement. Un chœur d'anges s'éleva et monta vers les flèches de la cathédrale Sainte-Marguerite, en l'honneur de ce jour béni, celui de ses épousailles.

Nuit, plutôt… La nuit de mes épousailles.

Des cierges brûlaient sur l'autel au-dessous du grand crucifix qui rappelait aux fidèles les souffrances du Christ. Elle fléchit les genoux pour se signer, puis avança lentement.

Pauvreté, chasteté, obéissance.

Ses doigts se refermèrent sur les perles de son rosaire, le chœur des anges s'amplifia.

Comme elle atteignait l'autel, les cloches se mirent à sonner et elle s'agenouilla devant son Seigneur. Elle était sur le point de prononcer ses vœux, d'offrir son existence à l'objet de son adoration.

— Dieu… Seigneur… Si bon…

Elle courba la tête pour prier, puis la releva vers le crucifix, vers les blessures du corps émacié de son Seigneur, songeant à l'étendue du sacrifice auquel il avait consenti pour le rachat de leurs péchés. De *ses* péchés.

Car elle avait péché.

Encore et encore.

Mais, bientôt, son âme serait purifiée.

Par Son amour.

Et pour l'éternité.

Elle ferma les yeux et voulut de nouveau s'incliner en signe de soumission, mais, cette fois, sa tête lui parut lourde. Tandis que ses mains, qui tenaient le rosaire, maniaient maladroitement les perles, la chapelle vacilla et s'assombrit. Les statues de la Madone et des anges, près des fonts baptismaux, semblèrent soudain la fixer avec des yeux accusateurs.

Elle entendit le craquement d'une semelle sur le sol de pierre et la joie qui gonflait son cœur se dissipa, remplacée par une angoisse sourde.

N'aie pas peur…

Sa robe de mariée ne lui paraissait plus si soyeuse et légère. Le tissu en était soudain rêche et épais, il sentait le moisi.

Sous son voile, le duvet de sa nuque se hérissa.

Non, non… N'aie pas peur…

— A présent, tu sais, annonça la voix, si près de son oreille que le souffle la fit reculer. Tu sais que le salaire du péché est…

— La mort, murmura-t-elle.

Une terreur sans nom lui glaça le sang. Prise de panique, elle voulut se relever.

Et ce fut à cet instant que le destin frappa.

On lui arracha le rosaire des mains, les perles glissèrent de ses doigts.

Elle tenta de se redresser, mais elle avait les genoux en coton, les jambes molles comme du caoutchouc.

On lui passa quelque chose autour du cou. Puis on serra.

Non ! Pourquoi ?

Des tessons aussi pointus que des aiguilles s'enfoncèrent dans sa chair.

La panique explosa en elle.

Non ! A l'aide !

Avec la sensation qu'on la brûlait au fer blanc, elle se jeta en avant pour échapper à son agresseur, ce qui ne fit que serrer davantage le garrot autour de son cou et lui couper le souffle. Elle ouvrit la bouche pour respirer, mais en vain. Ses poumons — doux Jésus… — ses poumons allaient éclater sous la pression.

Seigneur, mais que lui arrivait-il ?

Pourquoi ?

La nef se mit à tanguer, les hauts plafonds en forme de dôme commencèrent à tourner sur eux-mêmes. Derrière elle, la créature maléfique tira un peu plus.

Elle tenta une nouvelle fois de se libérer, avec l'énergie du désespoir, donnant des coups de pied, mais son corps ne réagissait pas comme il aurait dû. La créature l'écrasait de son poids, le garrot entaillait sa gorge.

Son sang pulsait au niveau de ses globes oculaires et résonnait affreusement dans ses oreilles.

Ses doigts s'agrippèrent au garrot, si fort qu'elle se cassa un ongle.

Sa tête partit en arrière, retenue par le cordon, tandis qu'elle tentait de s'échapper.

Elle lutta sauvagement, mais en pure perte.

Ayez pitié, ayez pitié, ayez pitié, mon Père, épargnez-moi ! J'ai péché, mais j'implore Votre pitié…

Elle continuait à se débattre, mais plus faiblement, à présent. Ses forces l'abandonnaient.

Non, Camille, bats-toi ! N'abandonne pas ! Résiste ! Résiste tant qu'il te reste un souffle de vie !

Ses yeux levés vers le crucifix imploraient à présent le visage exténué du Christ qui se brouillait lentement. *Pardon…*

Elle se sentait si faible ! Lutter ne servait plus à rien.

— Je… vous en… supplie, essaya-t-elle d'articuler.

Mais il ne sortit de sa bouche qu'un son faible et confus, à peine distinct.

Le démon qui avait osé fouler le sol de cette chapelle, souiller de sa présence ce lieu sanctifié, tirait toujours sur la corde. Sans discontinuer. Avec une détermination cruelle et sans faille.

Les poumons de Camille étaient en feu, son cœur battait si fort qu'elle avait l'impression qu'il allait exploser. Ses yeux agrandis de terreur ne voyaient plus qu'un brouillard rouge.

Oh ! Seigneur, que de souffrance !

Elle tenta de nouveau d'inhaler un peu d'air, sans résultat.

Un sifflement perçant s'échappa de ses poumons.

Et le démon serra un peu plus, avec une rage froide et sans pitié.

Une douleur atroce la transperça.

— Catin ! cracha la voix. Fille de Satan !

Non !

Son regard chercha de nouveau le Christ en croix dont le visage était maintenant recouvert d'une mince pellicule écarlate, avec des larmes de sang qui suintaient de ses yeux.

Je Vous aime.

Le déluge de péchés qu'avait été sa vie déferla sur elle, et elle vit défiler tous ceux qu'elle avait floués. Sa mère et son père, sa sœur, sa meilleure amie… Tant d'êtres, dont certains l'avaient aimée. Tant d'innocents.

Elle comprit brusquement qu'elle payait aujourd'hui le prix de sa perversité. Ses mains lâchèrent le cordon pour aller griffer son abdomen et s'attardèrent quelques secondes au niveau de son ventre.

Une vive lumière éclata devant ses yeux. Puis tout devint noir.

Au nom du Père, du Fils et du Saint-Esprit… Ayez pitié de mon âme… Pardonnez-moi, car j'ai péché…

A paraître le 1er septembre

Best-Sellers n°526 • roman

Le temps d'un été - Emilie Richards

Trois femmes – Tessa, sa mère et sa grand-mère – se retrouvent dans la propriété familiale, une grande demeure de Virginie, chargée d'histoire et de souvenirs, où ont vécu plusieurs générations avant elle. Tessa, la plus jeune des trois, noyée dans le chagrin d'avoir perdu sa petite fille, s'est éloignée peu à peu de son mari. Nancy, sa mère, n'a quant à elle jamais cessé de lutter pour échapper à ses origines. Mais à présent qu'elle mène une vie confortable et mondaine, elle est persuadée que son mari ne l'a pas épousée par amour, et qu'elle a trahi celle qu'elle est vraiment. Helen, la grand-mère, est une battante qui a fait face aux épreuves toute sa vie durant, mais s'est murée dans une solitude têtue, prétendant n'avoir besoin de personne et négligeant ses talents artistiques. Toutes trois, bien qu'unies par un lien indestructible, se sont repliées sur leurs propres blessures. Mais si chacune est hantée par un secret douloureux, elles vont tenter, le temps d'un été, de se remettre à croire en l'espoir.

Best-Sellers n°527 • roman

Un été au lac des Saules - Susan Wiggs

A vingt-sept ans, Olivia Bellamy a déjà deux fiançailles annulées derrière elle. Et alors qu'elle s'attend à une demande en mariage, son petit ami lui annonce leur rupture. Pour tromper son désespoir, elle accepte la proposition de sa grand-mère : passer l'été au lac des Saules pour remettre en état le camp de vacances appartenant à ses grands-parents et où, enfant, elle a passé tous ses étés. Pour la décoratrice de talent qu'elle est, la mission est passionnante. D'autant plus que l'endroit est paradisiaque et empreint de nostalgie… même s'il ne lui évoque pas que de bons souvenirs. Adolescente mal dans sa peau et fragilisée par le divorce de ses parents, elle y a, à l'époque, beaucoup souffert. Une seule personne, alors, l'aidait à supporter le rejet des autres… une personne à laquelle elle se refuse de penser : le passé est passé. Mais voilà que, le jour où se présente l'entrepreneur venu l'aider à réaliser son projet, elle reconnaît avec stupéfaction Connor Davis, le garçon qu'elle a secrètement aimé durant son adolescence… et qui lui a brisé le cœur.

Best-Sellers n°528 • thriller

Jusqu'au bout du mal - Michelle Gagnon

A peine remise d'une grave blessure et déterminée à retrouver sa confiance en elle après avoir frôlé la mort, l'agent spécial Kelly Jones refuse l'idée de ne pas reprendre le travail sur le terrain. Aussi décide-t-elle envers et contre tout d'accompagner Jake Riley, son fiancé, ainsi que son équipe d'élite, pour d'une périlleuse mission de libération d'otage. Une mission qui la conduit dans les bas-fonds de Mexico. Mais malgré son courage, Kelly redoute secrètement de ne plus être à la hauteur. C'est alors que dans les bidonvilles de Mexico, elle retrouve l'homme qu'elle recherche depuis des années. Un tueur machiavélique qui semble désormais mettre en scène un effroyable rituel macabre en choisissant ses victimes, des enfants, dans la frange la plus pauvre de la société. Horrifiée et décidée à saisir cette ultime chance de faire ses preuves, Kelly se sépare momentanément de Jake et de son équipe pour se lancer seule dans une mission plus périlleuse que jamais…

Best-Sellers n°529 • thriller

Noire était la nuit - Lisa Jackson

Le jour de son quinzième anniversaire, à La Nouvelle-Orléans, Abby Chastain a vu sa mère se jeter par la fenêtre de l'hôpital psychiatrique Notre-Dame-des-Vertus où celle-ci vivait enfermée, victime d'hallucinations. Et personne n'a jamais su quelle terrifiante vision avait bien pu pousser Faith Chastain à commettre l'irréparable. Vingt ans plus tard, Abby est encore hantée par le souvenir de cette tragédie. L'hôpital, désormais abandonné, est promis à la destruction. Mais Abby pressent qu'il n'a pas révélé tous ses secrets. Et, lorsque des meurtres en série sont commis, elle comprend que les démons du passé sont en train de se réveiller : toutes les victimes ont un lien avec elle, ou avec l'hôpital. A commencer par son ex-mari, sauvagement assassiné. Un lien secret que l'inspecteur Montoya va devoir comprendre pour empêcher le dangereux psychopathe de poursuivre sa série macabre. Mais le tueur, lui, a d'autres plans…

Best-Sellers n°530 • thriller

Elles étaient si jolies - Andrea Ellison

Quand le lieutenant de la brigade des homicides de Nashville, Taylor Jackson, découvre la scène de crime qui l'attend au bord d'une autoroute par une étouffante journée d'été, elle reconnait instantanément la signature de l'Etrangleur du Sud : une victime jeune, jolie, et des indices macabres qui ne laissent aucun doute sur l'identité du meurtrier. Profondément choquée par cette effroyable mise en scène, Taylor est prête à tout pour arrêter l'assassin, avec l'aide de son amant Jack Baldwin, un célèbre profiler du FBI. Car elle ne s'est pas dévouée corps et âme à ce métier pour se laisser manipuler par un tueur psychopathe qui la provoque en laissant derrière lui des poèmes. Des poèmes qui vont la mener dans les beaux quartiers de Nashville qu'elle connaît bien, là où les secrets sont si bien préservés au nom des apparences.

Best-Sellers n°531 • suspense

Noire révélation - Brenda Novak

Madeline, rédactrice en chef du journal de Stillwater, n'avait que 16 ans lorsque son père, le respectable Révérend Barker, a mystérieusement disparu de la petite ville. Vingt ans ont passé depuis, et tout le monde, y compris sa belle-mère et son demi-frère, lui conseille d'oublier ces douloureux souvenirs. Mais un hasard vient bouleverser leur existence et raviver le drame : la voiture de Barker est retrouvée au fond d'une carrière abandonnée. Contre l'avis de tous, Madeline engage Hunter Solozano, un détective privé, pour l'aider à remonter cette piste. Mais de sulfureux indices sont retrouvés dans la voiture de Barker, qui laissent Madeline perplexe. Et sa propre famille, au lieu de lui venir en aide, se mure dans le silence et cherche à la détourner de son enquête. Comme si tous étaient complices d'un passé trouble, soigneusement caché à Madeline ces vingt dernières années. Comme si le démon qui s'était emparé de la ville vingt ans plus tôt était sur le point refaire surface…

Best-Sellers n°532 • historique

Le secret d'Elysse - Brenda Joyce

Irlande, 1839

Si Elysse De Varenne occupe une place d'honneur dans la haute société irlandaise, elle n'ignore pas les cruelles rumeurs qui circulent sur son mariage. Des rumeurs qu'elles s'efforcent de démentir par tous les moyens. Pas question d'admettre qu'elle n'a pas vu son époux depuis le jour où ils ont échangé leurs vœux, et encore moins que leur union n'a jamais été consommée ! Car on ne tarderait pas alors à découvrir le scandaleux secret qui a poussé le ténébreux Alexi De Varenne à l'épouser six ans plus tôt… Hélas, son personnage de parfaite épouse vole en éclats lorsqu'après six ans d'absence, Alexi décide de rentrer en Angleterre. En effet, comment continuer à faire croire en leur mariage quand l'irrésistible Alexi refuse de lui adresser la parole ?

Best-Sellers n°533 • historique

Le mystérieux fiancé - Shannon Drake

19ème siècle, Londres.

Sous la protection des Carlyle depuis son enfance, Ally a grandi dans un havre de paix, loin des troubles qui agitent le royaume. Et si cette existence dorée a des inconvénients – comme celui d'être promise à un inconnu –, Ally a bien conscience que ses origines modestes auraient pu la conduire à un sort moins enviable. Aussi est-ce résignée qu'elle se rend au bal qui officialisera ses fiançailles avec Mark Farrow, l'époux que son parrain lui a choisi. Mais alors qu'elle est en chemin, sa voiture est attaquée par un ténébreux bandit. L'homme, aussi inquiétant que séduisant, fait aussitôt naître en elle un désir implacable. Un désir qu'elle s'efforce de réprimer pour lui tenir tête : comment ose-t-il s'en prendre à elle, Alexandra Grayson, pupille du puissant comte de Carlyle ? Son argument, elle le sait, est peu convaincant… Pourtant, contre toute attente, l'homme la libère dès qu'il apprend son nom, visiblement bouleversé par sa découverte…

Composé et édité par les

éditions HARLEQUIN

Achevé d'imprimer en juin 2012

BRODARD & TAUPIN

La Flèche
Dépôt légal : juillet 2012
N° d'imprimeur : 68402

Imprimé en France